酷威文化
图书·影视

春江花月

终章

Chun Jiang
Hua Yue

上

蓬莱客

著

四川文艺出版社

目录

第一章 应天而战

半个月后，消息传来，陇西爆发了战事。

西金皇帝谷会隆，亲自统领二十万兵马，大举进攻西京长安。

北夏派重兵迎战，双方在距离长安百里的霸城附近相遇，开战。

随着战事不断扩张，连日来，从陇西方向举家携口投奔义成请求收容以躲避战乱的流民越来越多，最多的一天，人数竟有上千。

义成正处在迅速扩展的阶段。垦荒打仗靠的就是人，流民不能不让入城，但有了前次的教训，蒋发对流民的身份审查加倍谨慎，特意在城中划分出一块区域，专门安置那些刚入城的人，周围以士兵分隔，出入登记，夜间实行宵禁，严禁城民无故擅自外出，若有违令者，便驱逐出城。

制度执行严格，有条不紊，故城中人口如今虽然大增，但秩序井然，丝毫不见乱相。

洛神这边也并未因噎废食。她依旧如从前那样，教孩童们读书写字，又组织妇人，用侯定送来的那几十车原料纺线织布，忙着替军队制鞋做衣。和从前唯一的区别，就是阿菊如今谨慎异常，绝不让洛神一个人在刺史府，更不许陌生人靠近一步。

李穆更不用说了，加强了刺史府的安防，白天黑夜皆轮班守卫，不允许再出任何的纰漏。然而哪怕防范得再周密，还是会出现意料不到的意外。

这日午后，洛神正在屋里，在阿菊和几个侍女的陪伴下，亲手做着一件穿在里头的男衣，是打算给李穆的。

因自知针线功夫有限，虽然是穿里头的，别人看不见，也知道李穆不会嫌弃，却还是做得格外认真，一针一线丝毫不敢马虎。她正聚精会神，外面突然跑进来一个侍女，一下打开帘子，面带慌张之色地嚷道："夫人，不好了，家里头跑进来老虎了！樊将军说，侯离抓的一只老虎脱笼跑了，还逃进了家里头，叫我赶紧来告诉夫人一声，先关好门窗，千万不要出来！他正带人捉拿，等抓到了再来通知！"

随着侍女的话音落下，一屋子的人都大惊失色。

阿菊如临大敌，立刻起身，匆忙叫全部的人都回自己屋里，将院门关闭，随即入内，紧紧反闩门窗，带着一群人将洛神挡在身后。

洛神起先亦是吓了一跳。她实在想不到，青天白日的，竟然会有一只老虎跑进刺史府里。再一转念，她突然想起半个月前在草荡中和自己对望了半天的小白虎。

当时自己实在是太过害怕了，事后再回忆当时的场景，倒确实有几分像那侯离说的，小白虎当时应当没有伤己之心，否则早就已经扑上来了。

一眨眼半个多月了，昨日她还刚想过，侯离当时留下说要抓那小白虎的，也不知他如愿了没有。没有想到这么巧，今日家里就进来了一只老虎。

难道这只老虎就是那日追过自己的那只小白虎？

不知为何，或许是知道刺史府里人多的缘故，她倒不似阿菊她们那么紧张，仔细侧耳听着外头的动静。

起先，隐隐传来的呼喝之声、杂音似乎在前堂。渐渐地，呼喝声越来越响，竟似朝着这边后院来了。

"快，发箭！射死它！决不能叫它跑到后头去！"守卫的声音已是清晰入耳。

突然，一阵长长的虎啸之声，响彻整个刺史府的上空。屋里众人脸色无不惨白，几个胆小的侍女被吓得瑟瑟发抖，一屁股坐在了地上。

洛神心跳忽然加快，急忙跑到窗口，捅破窗纸从窗格子里看出去。

"小娘子，莫看，莫吓到了！"阿菊跟了上来，死命往回拽她。

就在这时，洛神看到一团白色的影子突然从墙头跳了进来。

她一眼就认了出来，那正是先前和自己对视过的小白虎，脖颈生了一圈黑毛，宛如戴了项链。只不过，它再也不似当初跑出来吓她时那么威风凛凛了。

它脖颈上吊着一根断了的锁链，屁股上一左一右插了两支箭，后足流着血，蹿进院子便跟无头苍蝇似的，一瘸一拐地朝着墙角奔去，奔到前头，见没了路，纵身又要跳墙。只是这回仿佛是力气耗尽了，墙头又高，前爪扒了上去，挣扎几下，只扒掉了几块砖，"嗷呜"一声，整个摔落在地。它爬起来，突然看见那丛竹子，似乎是想到了躲藏的地方，正要跑过去，院门已被人一脚踹开。

洛神看见李穆手持一根长棍飞奔而入，几步到了白虎面前，挡住它的去路，一棍便横扫过去。伴着一声"嗷呜"的惨叫声，小白虎整个飞了起来，重重地撞到墙上又掉落在地。

它的一条腿骨仿佛被李穆这一棍给打折了，挣扎着爬起来，又无力地跌倒在地，嗷嗷地叫着，望着朝自己走来的李穆，眼睛里满是惊恐之色。

"阿弥，你没事吧？"李穆喊了一声。

"我没事——"洛神急忙应了一句，推开窗户，探出头来。

小白虎听到了她的声音，转头看见她，仿佛认出她，突然改成呜呜的叫声，缩在地上，两只眼睛可怜兮兮地看着她。

"这畜生凶悍，弄出去，打死它！"李穆用木棍牢牢压住仿佛试图爬起来的小白虎，回头喊了一声。

侍卫应声，拿了铁链上来，一下套在了它的身上，几人七手八脚，很快便将它缠得严严实实，拖着就要拉出去。

"呜呜——呜呜——"小白虎挣扎着，爪子在地上不停地刨，所过之处全是泥巴，两只眼睛看着窗台口的洛神，叫声凄惨无比。

洛神心一下软了，急忙道："郎君，不要打死它好不好？它好好地被捉了，也是可怜，放它回去便是了。"

白虎再次被关进铁笼里，铁笼以链条紧紧锁住，万无一失了，方才被几个卫兵抬着，暂时放到刺史府前头的一间空屋里。

仆妇侍女们这才从屋里出来，议论纷纷。有胆子大的，还特意跑到前头去张望被关起来的白虎。

洛神问了李穆，这才知道今日这意外的来龙去脉。

侯离一心想要捉这白虎，先前留在那片莽原里，带着灵犬在野林中日夜追踪，终于叫他追到了白虎的踪迹。

起先因它尚年幼，也不似面对大虎那么忌惮，侯离直接带人围捕。不想白虎虽幼，却凶悍异常，侯离非但没能如愿，反被伤了人。数次不成，于是费尽心机，想法子设下各种陷阱。哪知这白虎竟十分精明，他从前捕猎用过的陷阱竟无一成功，皆被它躲开。

几次下来，白虎愈发机警，且似记恨在心，竟主动来报复，不分日夜，频频攻击侯离的宿营地，有时就是故意吓唬，等侯离和随从严阵以待时，它又跑了个无影无踪，一夜反复，弄得众人不敢睡觉，几天下来皆疲惫不堪、焦头烂额，那白虎似也消了气，再没有主动现身了。

侯离无可奈何，只能打算放弃了。他生平还是头一回遇到如此聪明的一只猛兽，就这样放弃实是不甘，想来想去，最后竟叫他想出了一条计策，决定以身犯险。

他先悄悄布好陷阱，叫随从远远散开，不必管自己，随即在白虎出没的地方附近独自晃荡，做各种追寻挑衅之状，如此两日，终于再次引出了被激怒的白虎。白虎对他发动攻击，侯离不敌，被抓伤后拼命逃到预先设定的地点，操纵机关，从天降下一张大网，终于将这白虎给捉住了。

捉住它后，侯离欣喜若狂，将它关在铁笼里运了回来。今日抵达义成，他自是要停留见李穆的。他本打算将这白虎暂时放在城外，但心中总如怀有稀世珍宝一般，若不叫人同看，犹如锦衣夜行，明珠暗投，实在是心有不甘。何况他又是个爱炫耀的，当下带着稀罕的白虎入城，一路引来了不知道多少路人观望惊叹，他得意扬扬，最后来到刺史府外的那片空场，将白虎停在了那里。

这一路回来，小白虎除了头两天很是狂躁，一直抓咬铁笼，企图脱身，后来便老实了，给吃就吃，不给就趴在里头。侯离见围观者众，白虎却懒洋洋的，在笼中闭目不动，有心想叫人看看它的虎威，便加以刺激，不承想它依然不动。侯离自觉当众失了颜面，有些不爽，见它脖颈还紧紧地拴着铁链，也不怕它挣脱，便叫人打开了笼门，亲自伸手，想去撩拨。没想到，就在打开笼门的刹那，睡虎竟猛地睁眼，从笼中弹蹿而出，带得整只沉重铁笼被拖了数丈，随后，白虎当场挣断铁链，抓伤了侯离胸腹。

场面一时大乱。侯离被抓伤倒地，围观的百姓纷纷逃窜，在场的樊成一边叫人速去通知李穆，一边带人追捕。重重包围之下，箭镞纷飞，小白虎慌不择路，趁机冲开包围，跳墙蹿进了刺史府，这才有了方才那惊魂一幕。

洛神听完，吃了一惊，忙先问侯离的伤。

"这小畜生，爪子很是锋利，侯世子被它抓得皮开肉绽，伤口流了不少的血，好在无性命之忧，方才已在处置了。"

洛神松了口气。

听完经过，她心里虽对侯离所为有些不喜欢，但他毕竟是李穆的客人，先前还为寻找自己出了不少的力，若他在义成有个好歹，也不好向侯定交代。听得侯离伤势无大碍，松气之余，反而有些记挂那只小白虎了。想它无端端被侯离给抓了，屁股插箭，惊慌逃窜，又被李穆一棍子扫飞，似乎还打折了腿，最后被抓走时瞅着自己呜呜个不停，爪子刨得地上泥巴都翻起来了，洛神不禁出神。

李穆见她不语，以为她还未从方才的惊吓里恢复，轻轻地拍着她的后背，安慰道："你莫怕，它出不来了。你既然可怜它，我便不打死它了。等会儿再问下侯离，看他是放还是什么意思。"

洛神捉住他的衣袖："郎君，我不怕它。我是看它腿好像是被你打折了，有些可怜，你叫侯离先安抚好它，给它治伤。"

李穆看了她一眼，那一双美眸大睁着望着自己，只好道："好，我知道了。"

洛神听他答应了，便知他不会骗自己，这才放下心来，露出了笑容。

李穆心里记挂着侯离的伤，且也不好叫白虎长久停在刺史府里，抱了抱妻子便离开了。

刺史府里恢复了原本的平静，洛神和众人一块儿继续做着针线，心里却始终记挂着小白虎。到了晚上，等李穆回来，她立刻问他后续，得知小白虎被转到了城外军营附近，侯离也能起身了，叫人去给它治了伤，这才放下心。

没有想到三天后，当她再次想起小白虎，逮住李穆询问进展时，才知事情并不顺利。

那小白虎再次被关入笼中之后，莫说容许侯离带人靠近给它治伤，只要一瞧见他，就大声咆哮，张牙舞爪的，极是愤怒，不停地以头撞着铁笼，直撞得头破血流也不停下，甚至不吃不喝，极其狂躁。

洛神想起那日它被守卫用铁链绑着拖走时回头瞅着自己呜呜叫个不停的一幕，很是牵挂，便求李穆带她过去看看。

李穆起先自然不肯。

那小白虎在他眼里不过就是一头畜生，何况还伤了人，死了也无甚要紧。想起那日它追着洛神的险情，他就后怕不已，此刻怎肯叫她过去，直接摇头拒绝。

洛神拽着他的衣袖，不放他走，又是恳求又是威胁，最后干脆抱着他，踮起脚尖主动送吻。

李穆敌不过，这才勉强同意，说亲自带她过去，道："只是说好，你不要靠近它，就站在我后面。"

洛神急忙点头，催他立刻动身。李穆无奈，只好叫人赶来马车，洛神上车后，他带她出了城，来到了军营附近关着小白虎的地方。

笼子被搁在一间平屋里。洛神才下马车，隔着段路，远远就听到里头传出一阵长长的虎啸之声。

这声音在她听来，竟似充满悲伤，和那日第一次在草荡之中遇到它，在听到李穆呼唤自己时它所发的那充满了舍我其谁般王者气势的啸声完全不同。

旁人都无动于衷，她却加快脚步，一下将李穆撇在了后头。

李穆望着她的背影无奈地摇了摇头，几步追了上去。

侯离带着驯兽师也在。得知李穆和夫人来了，忙出来相迎。他的胸前到腹部裹着一道长长纱布，精神瞧着还是不错。见礼后，听洛神说要瞧瞧，他忙亲自在前面引路。

越靠近，高高低低的虎啸声便越是清晰，中间还夹杂着吭吭的铁笼碰撞之声。

进到屋内，墙角地上固定了一只铁笼。洛神看到被关在里头的小白虎正不停地用头撞击着笼子，脑门上挂了一片血痕，毛已染成红色。小白虎听到动静，猛然转头，那双已经变得猩红的虎眼一看到侯离，立刻射出仇恨的凶光，在笼子里朝他扑来。那只被李穆打断的爪子耷拉在地，另一只则五爪张突，用力地抓着笼身，摇得铁笼剧烈晃动。

李穆立刻将洛神拉到了身后。

侯离见状，面露尴尬，转头对洛神勉强笑道："这只老虎怕是疯魔了。夫人还是离远些，免得受了惊吓。"

洛神从李穆身后露出脑袋，看向笼中的小白虎。

那小白虎看到她，和她对望了片刻，竟停止了咆哮，目中凶光褪去，慢慢地趴了下去，染血的大脑袋无力地耷在地上，压着自己那只蜷曲起来的前爪，两只眼睛看着她，一动不动，唯有受伤的那只爪子微微抖个不停。

屋里几人，连那驯兽师，全因为这突然变化的一幕愣住了。

侯离极想驯服这头白虎，这两日，他不顾自己身上伤痛，一直待在这里，用尽法子也无法让这白虎安静下来，更不用说替它治伤了。实在没有想到，刺史夫人一来，这畜生竟似通灵般，一下就驯服了。

"夫人！它肯和你亲近！它已经两天不吃东西了，你试着喂它东西看看！"侯离欣喜不已，一时也忘了别的，话便脱口而出。

洛神急忙从李穆身后出来，手却被他拉住了，李穆将她再次带到自己身后，对侯离微笑道："怕是不妥。她只是来瞧瞧的……"

侯离这才醒悟过来，忙点头："是是，我一时忘了……"

"叫我试试吧。"洛神仰着脸，看着李穆央求，"你不放心的话，就站在我边上。"

"郎君——"

酥软的一声郎君，听得一旁侯离心跳耳热，不敢抬眼。

李穆蹙眉，看了眼笼中白虎，又看着央求自己的洛神，终于还是勉强同意了，带着她慢慢地靠近铁笼，隔一人之距时便命她停下了。

洛神知道他为自己好，何况兽性难测，于是听话地停了下来，蹲在地上，用一根铁叉叉起旁边的一块野兔肉，朝它递了过去，柔声道："小乖乖，吃吧。"

小白虎望着她，慢慢地抬起头，闻了闻肉，终于张嘴叼了过去，一口就吞了下去。

"它吃了！"侯离大喜。

洛神心里也是欢喜，又叉了另一块，继续喂它。

小白虎一直吃，狼吞虎咽的，它显然是饿极了，很快将盆子里的肉都吃光了。它伸出舌头，舔着那只受伤的腿，睁大一双湿漉漉的眼睛望着洛神，喉咙里发出轻轻的呜呜的叫声。

洛神顿时信心大增，问侯离如何给它治伤腿。侯离讲后，她看向李穆，央求道："叫我再试一试，好不好？"

李穆再次看了眼笼中白虎，终于点头。洛神便拿了侯离递来的一只特殊长叉，叉头上有个可以收缩大小的活动铁环。她将长叉伸进笼子里，小心翼翼地探向小白虎那只受伤的腿，拨了几下。

小白虎仿佛知道她的意图，艰难地抬起那只爪子，任由洛神将铁圈套进去。

洛神紧紧地盯着它，收紧铁圈，口中轻轻地道："小乖乖，听话，过来些……"

小白虎便跟着她的牵引，从地上慢慢地挪到了笼子边，任由她将自己的那只爪子带出了铁笼。洛神照着侯离所言试了几次，终于将爪子固定住了。

侯离已是佩服得五体投地，知道这头白虎不喜欢自己靠近，也不再凑上去，只叫兽医上去，给它的爪子敷药固定。

兽医有些紧张，操作之时，洛神便一直在边上陪着，柔声和白虎说着话。那小白虎也变得极乖，再没有伸爪子、露尖牙了。

终于处置完毕，洛神松开叉子，叫它自己缩回了爪子。

侯离长长地舒了一口气，笑容满面地上前向洛神道谢。

洛神微笑道："世子，我想求你件事，不知是否冒犯？"

侯离眉飞色舞，张口便道："夫人尽管开口！只要我侯离做得到，便是叫我天上摘星，我也必去想法子！"也不管一旁微微皱眉的李穆。

洛神笑道："怎会为难世子去摘星？我是想着，这小白虎的天性应是喜爱自由，这才在笼中绝食，又残害自己，世子可否将它放归山林？"

侯离一愣，看了眼笼中白虎，又望向面前一脸笑颜的刺史夫人，胸口一热，立刻点头："夫人既开口替它求情了，我又有何不可？等它伤好了，我便立刻放它回去，绝不食言！"

洛神听他答应得如此爽快，心中欢喜，连声道谢："世子真是痛快人。多谢！"

侯离心花怒放，望着洛神嘿嘿笑个不停。

李穆上前，不动声色地将洛神挡在了身后，微笑道："既无事，我便送夫人回去了。"他瞥了眼侯离身上的绷带，"世子有伤在身，更宜多加休养。"

侯离心里有点儿不舍刺史夫人，只觉得和她一起心情极好，连灰扑扑的屋角都似开出了花。

只是心里虽这么想，嘴里却不好说不，点头应好，又殷勤相送。

接下来的一段时日，洛神有空便叫李穆伴着，三天两头地去那里看小白虎。

据侯离说，那天过后小白虎便安静了下来，再不似先前狂躁。只是若有三两天没看到洛神露面，便又会焦躁地在笼子里走来走去。

洛神更是牵挂。因李穆严令，没他陪着，不许她去那里，她便磨着他，频频陪自己去。

小白虎每次看见她来，便在笼子里又蹦又跳。洛神叫它"小乖乖"，和它说话，它便趴在笼子里，显得极其温顺。多去了几回，一人一虎渐渐熟了，洛神胆子也大了。有一回，趁着李穆背过身没留意自己的空当，她壮着胆子，伸手摸了摸它伸出铁笼的爪子。

毛茸茸的一只肉掌，手感别提多好了。

说起来也是好笑。当时小白虎就凑过来，从笼子的缝隙间探出舌头舔着洛神的手背。

那感觉又暖又湿又软，还有点儿痒，手背像被一把带着软刺的肉刷刷过。

当时，李穆正在和侯离说话，看见侯离似乎心不在焉，两只眼睛不停地望着自己身后，似乎在瞧着什么，回头见状一声怒喝，吓得小白虎一个哆嗦，迅速收了舌头，滚到了笼子角落，缩着脖子一动不动。

它似乎害怕李穆。

这事过去好些天后，李穆还被洛神埋怨。李穆暗中忍着，终于，忍了大半个月后，兽医说那白虎的伤腿应该差不多好了，已经拆了绑带。他便立刻行动，叫人将虎连笼子一起搬上了车，亲自送着，要远远地将它放走。

出发当日，李穆说路上危险，不许洛神同行。高桓是个爱热闹的人，早听说了白虎的事，便兴冲冲地跟着同行。

李穆唯恐放得太近，它会骚扰居民，故大清早出发，疾行一天，足足出去了数百里，到了一处密林之前方停下来，打开笼门放出白虎，自己则和随行退出几十步外。

那小白虎从笼里出来后没有立刻跑走，反而在笼子旁不住地徘徊，张望着李穆这边的方向，竟似不肯走的模样。

"姐夫，小乖乖似有灵性。它是不是想回去寻我阿姊啊？"高桓看着，说了一句。

李穆很不高兴。

白虎分散了妻子的注意力，和自己说话，三句离不开它。这也就罢了，到底不过一只畜生。叫他更不爽快的，是侯离。

他那点儿伤，早就可以回去了，偏这么久了，借口要管这只畜生，一直赖着不走。每回洛神去看虎，他必会在一旁跟着，殷勤至极，实在是让人忍无可忍。

李穆盯了一眼还在跟前徘徊不去的白虎，一言不发地走到近旁一棵树旁，折下一根儿臂粗的树枝，拿在手上上前几步，举起树枝冲着白虎大喝一声。

小白虎立刻后退，朝前跑了几步，却又停下了。它回头望了眼来时的路，长长地吼叫了一声，终于撒开四条腿，身影宛如一道白色闪电消失在了密林之中。

次日，高桓回来，把当时的情景绘声绘色地说给阿姊听。

洛神听了，怅然若失，心里难免怪李穆有些狠心，竟然不让自己同行。当晚，他回来后，洛神便没给他好脸色。

李穆却终于觉得高兴了。

先是赶走了虎，又送走了再也寻不到借口赖着不去的侯离，一天之内，两样叫他看了极是碍眼的东西都消失了，他心里很是舒服。知道妻子在生气，当晚在床上抱住洛神，百般卖力，将人侍奉得妥妥帖帖，次日起来，她便又"郎君、郎君"地叫个不停，满屋子都是她的娇声俏语。

过了半个月，一日清早，洛神想起小白虎，想着也不知它如今如何。正挂念时，高桓气喘吁吁地跑了进来，说一大早，城卒打开城门时，发现城门口的地上，竟有一头被咬死了的雄鹿，也不知是怎么回事，吸引了很多人去看。他也去凑了热闹，看见地上留有两行兽足脚印，瞧着像是虎踪，他便疑心是先前放走的那只小白虎又回来了。

此后隔三岔五，大清早的城门附近总会有猎物出现。要么是鹿，要么是狐，有一回，竟是一头野猪。陆续有守夜的城卒出于好奇，紧盯着城门下头，半夜时分，果然看见似有一道白色身影在城门附近出没。城卒本想再看清楚些，眨眼却又不见了踪迹。

次数多了，李穆自然也听闻了。他担心万一真是白虎在义成附近徘徊不去，恐制造恐慌，或是伤了居民，便特意组织人到附近四处寻找，但却无果。

寻不见虎踪，他也只好作罢了。

时令已进入深秋，天气渐渐地冷了。今年秋收刚完，垦出的田里便又种下冬季小麦。仇池那边也一直源源不断地送来麻，洛神组织城中妇人不停地生产织布，储备冬衣冬鞋。忙碌之余，她用剥下来的鹿皮给李穆做了双靴子，顺便用多余的鹿皮，给先前因为自责愧疚而一直郁郁不乐的阿鱼也做了一双，既是安慰，亦是让她能够安然过冬。

而李穆这时候也再没有心思去和一只老虎或是倾慕自己妻子的男子拈酸吃醋了。

北方战乱，正进行得如火如荼。

在义成的北方，西金和北夏为争夺长安大战不止。不止如此，北夏的南面亦燃起战火。

一支由许氏和陆氏霸府共同组成的大虞军队借了这个机会开过长江，从许氏经营多年的荆襄出发，目标直指南阳。

许氏军队由将军杨宣统领，陆氏则由陆柬之监军。

北夏腹背受敌，倾举国之力苦苦支撑了两个月，到了这一年的腊月，还是敌不过大虞联军，丢了南阳。

眼见大虞军队就要深入豫州腹地，威胁到洛阳，另一头，西金军队势头更是凶猛，接连打了几个胜仗。北夏皇帝在权衡过后，终于做出决定，放弃长安，收缩兵力，回兵豫州，集中精力对付图谋洛阳的大虞军队，以保京都。

李穆一直密切关注着双线战事。每日，纵马出入城门传递最新消息的斥候往来不绝。

大规模的战乱制造了无数的无家可归者，汉人流民从各个方向朝着传言中的乐土赶赴而来。如今，城中居民已近两万，而李穆的军队数量亦已集结至四五万了。

这个冬天，义成军除了练兵也没有闲着。

人怕出名猪怕壮。数万人口的城池，在北方，如今如同一块肥肉，人人都想咬上一口。

岁末冬寒，李穆和附近想来打秋风的几个胡人小国打了几仗，以战养兵，以战练兵，戎马倥偬之间，日子便入了来年。

太康元年初春，义成城外的那片荒野，冰雪覆盖下的春草嫩芽才刚刚露出尖儿，这一天，一个消息送到了李穆的面前。

西金皇帝谷会隆占领长安，整顿兵力，储备粮草，不久之后将调十万兵马，雄赳赳南下来攻打义成，预备灭掉仇池，一雪之前使者被杀、先遣军被灭的奇耻大辱。

西金军队强大无比。这一回南下，气势和先前那次三万先遣军完全不同。何况，他们刚击败北夏，夺走了北夏经营多年的长安，彻底占领陇西，势力正如日中天。

消息传开，全城再次紧张起来。

蒋弢、郭詹、戴渊、孙放之等这些从前在京口时便随他的旧将，以及这一年间因作战出色而陆续被提拔上来的十几名副将，全都早早地赶到刺史府，在外等着李穆的召唤，共商对策。

然而，李穆没有召集他们，亦没有伴在洛神的身边。

天黑了，洛神一直等不到他回来吃饭，还以为他在前堂和众人议事。因知事关重大，她也不敢过去打扰。

惴惴等了许久，始终不见他回来，她终于还是按捺不住，来到前堂，想看个究竟。叫她意外的是，前堂门窗漆黑无光。

皎洁月色照白了阶柱前那排瓦檐头的灰黑青龙瓦当。她迟疑了一下，慢慢地踏上台阶，来到门前，手扶着门环，轻轻推开面前这扇虚掩着的门。

堂中灯未亮。

那张对门而设，他日常与人议事的四方坐榻之上，有个身影肃然正坐，面前长几上横了一柄三尺长剑。

她跨入门槛，慢慢地朝那人走了过去，走到面前，停下。

男子抬起了头。

西窗月光，斜旁而入，照出这张轮廓英毅、双目暗沉的男子的面庞。

他从案后慢慢站了起来，凝望着她，一字一顿地说道："去年此时，我于江畔与高相立下一年之约。长安为聘，汝为我妻。如今约期将至，阿弥，该我为你去取长安了。"

次日辰时，蒋弢等人终于等到了李穆的召令，齐聚在刺史府的前堂。李穆独自在那里等着他们。

案角长烛已经燃得只剩寸许，烛台上堆叠着烛泪，案面之上铺着一卷地理舆图。他面带淡淡倦容，双目却炯炯有神。

人到齐后，他便宣布了决定——立即发兵北上，迎战西金大军。

话音落下，满堂静默，一时竟无人接话。

所有人都被他的这个决定给惊住了。他们早就已经做好西金大军随时再次来袭的准备，所以即刻发兵问题不大。

蒋弢自信，三天之内，一切便可调度到位，大军随时能够开拔。让他吃惊的，是李穆对这个消息做出的战略反应。

开渠筑壕、广设阻障、加固城防、广积粮草。在西金大军到来之前，抓住最后这段宝贵的时间，用尽一切手段继续备战，再以逸待劳，联合仇池共同抗击，即便到了最后一步，亦可利用高耸坚固的城墙进行长期守城，伺机反击，以争取最有利的战果，这才是所有人以为的当下最合理的战略。

但他没有想到，敌人来势汹汹，在兵力不及对方的前提下，李穆竟不做最稳妥的防守，反而主动出击。

没有了义成这条退路，意味着军队一旦北上，便只能胜不能败。否则，之前所有局面都将付诸东流。

蒋弢知道他向来谋定而后动，短暂的惊诧过后，略一迟疑，便问他策略。

李穆手指移到了舆图上的一点地方，落下。众人循着他的指点，目光投向舆图。

顺阳郡。

西金军从长安出发开往义成，从北向南，沿途要经过魏兴、平兴、上洛诸郡。顺阳郡，位于平兴和上洛的中间，距离义成七八百里。大河支流浩浩汤汤，横穿郡北，自西向东汇入洛水。

正是凭借这条阔河，顺阳才成为一个军事要城。如今顺阳被西金掌控着，日常驻军约有一万。

"以最快的速度发兵北上，务必要在西金大军抵达顺阳之前攻下顺阳，控制渡口，在顺阳等待西金大军的到来！"李穆语气平稳，和他平日语调相差无几，听不出丝毫的高亢之音。但两道如炬目光，却显露出了他此刻那雷霆般的勃勃野心和不可更改的决心。

蒋弢终于明白了他的意图。

倘若遵循常规战略在义成等着西金大军的到来，双方开战，西金人绝不可能轻而易举地攻下义成。但相应的，义成军想要速战速决击败对方，亦是一个不现实的愿望。最大的可能便是对峙。而义成即便最后能够取胜，逼退对方，这势必也将会是一场艰难持久的战事。

持久之战，考验的是双方的粮草和后援。

敌方是国，占了整个陇西，拥有城池数十座，兵源不绝。而义成除了这座根基尚浅的孤城，唯一的盟友仇池，在强大的西金面前，实力完全不能相提并论。

仇池是应援，不是倚靠。

倘若最后战局真的进行到了对峙的地步，那么压力毫无疑问都将压到义成头上。

而现在，李穆反其道行之，彻底摒弃保守的防反战略，主动应战，夺取顺阳，再以顺阳为基，可借大河迎战强敌。

军事尚权，期于合宜。看似险招，又何尝不是攻其不备，出其不意？

这是一个大胆的、充满魄力却又进退有据的应战之策。

堂中数人，无一人发声，皆盯着舆图中李穆所指的那一点，屏息敛气。

半晌，孙放之突然哈哈笑道："鲜卑人只想攻我义成，以为咱们如今正在加固城防，又怎会料到咱们会上路去迎接他们，要给他们送去个好礼？"

众人也都跟着大笑，高声道："我等唯命是从！一切皆听刺史号令！"

李穆点了点头，按剑而起，目光从面前的一张张脸上掠过，道："知照侯定。三日后，准时出兵！"

强敌再次来袭，但这一回不再像上次那样就地防守反击，刺史要带领军队北上迎击。这个消息，迅速在全城传开。

军营预备开拔。载着粮草辎重的车不断地往来于城门之外，营里时时传出的号令之声，令整个城池的气氛变得严肃而紧张。

洛神领着城中妇人，抓紧这最后几天的时间，终于赶完了最后一批军衣和鞋，发放了下去。侯定派来的三万士兵也已急行赶到，加入了义成军的阵营。

李穆留一万人马守城。明日一早，他便要领着剩下的七万人马离开义成，北上阻敌。

天黑了。刺史府的前头灯火通明，门前不断传来马嘶之声。

这几个晚上，前堂一直人来人往，李穆都是半夜才回，躺下去便睡，天不亮就起身。明早就要发兵了，洛神猜他今夜必定更加忙碌。

她叫厨娘做了足够的饭食送去前头，让他和那些与他一起为发兵做着最后准备的部将能吃上一顿热饭，却没有想到，才戌时，便听到外头传来侍女唤他的声音。

她正坐在床沿上，收着替他做的那件衣裳的最后几针，缝完，抖开，正拿在手上检查衣襟上的针脚有无疏漏，听到声音，转过头，见他已经推门而入了。

"郎君可是回来取东西？"

洛神以为他到后头是要拿什么东西，放下衣裳和针线起身去迎，却见他笑着快步朝自己走来，握住她臂膀扶她坐了回去，道："前头已无我的事了，我便回来了。"

洛神明白了。

他应该很早以前，就开始预备这场战事了。定下了具体作战方案，安排好重要的人事，其余杂事自然也不用他自己全程盯着了。

"郎君累了吧？我叫人给你送水沐浴，早些休息。"

她又要起身，双手却被李穆握住了。

他微微低头，端详着她的手指，看见青葱指尖上几个被针头扎出的印痕，摇了摇头，望着她的目光，充满了爱怜。

"我不累。倒是辛苦你了。何必自己动手，把手都扎肿了。"

他轻轻亲了下她的手指。

洛神心里甜甜的，只觉便是再多扎十来个眼也是心甘情愿。她摇头说不辛苦，将手抽回，拿起衣裳说："我刚把衣裳做好你就回来了。前两天就想叫你试穿的，你却都没空。快试试大小是否合身。"

李穆笑着站起来，将她亲手为自己做的衣裳穿上。

他低头，看着自己的小妻子替他整理衣襟，系着衣带，又命他张开双臂，前后左右地检查，忙忙碌碌，十足贤惠的模样。

衣裳大小正好合适。洛神仔细检查了一圈，发现前后襟被她缝得稍稍有些不对称。后片比前片稍长了些。虽然是穿里头的，且不仔细看也看不出来，但终究觉得不完美。

她有些懊恼，"哎"了一声，立刻要他脱下马上修改。

李穆笑着抓住了她的手："不用改了，已是极好。我的阿弥做的衣裳最好，旁人谁也比不上。这件衣裳，我要穿它到老。"

洛神被他夸得脸都红了，只好看着他自己脱下新衣，小心翼翼地折起放好。

"阿弥，你累不累？"他放好衣裳，忽然问。

洛神摇了摇头："不累。"

"我带你去城外骑马，教你怎么让马儿听你的话，好不好？"

她来这里这么久了，他总是有忙不完的事，好像还是头回说要带自己出城骑马。洛神一下抱住他的胳膊，还有点儿不信："真的？你没骗我？"

"你先前不是想我教你好好骑马吗？我都没教。明早要走了，趁晚上有空，我们出城骑马。"

洛神双目放光，"哎"了一声，立刻点头："好！我这就去！你等等，我换件衣裳！"

李穆笑着，看着她翻箱倒柜地找衣裳，终于找到了她满意的，要换时，回头见他瞧着自己，又不许他看，推他转身。

他只好转过身来，听着身后传来的窸窸窣窣的换衣声，过了一会儿，她的声音响了起来："郎君，你看我这样，可以吗？"

李穆回头，见她穿了条鹅黄襦裙，裙长到膝，腰袖束起，下面是条方便骑马的胡裤，裤管扎进一双黑色的小皮靴里。小胸脯挺了起来，蛮腰一握，亭亭玉立，又美又精神。

李穆上前握住她一只手，带她朝外走去。

初春，一轮镰刀似的弯月挂在远处山头，星光灿烂，依稀照出了山顶那层尚未融尽的积雪，近处的野地却已到处都是新发出来的春草嫩芽了。

这是一个晴朗的夜晚，空气清新，带着叫人为之精神振奋的微微寒意。乌骓放开了四蹄，驮着背上的男女主人，奔驰在义成城外那片广袤的原野里，最后停在一块平地上。

李穆教授着妻子驭马技巧。

洛神很是聪明，很快她便记住了。试了几次后，高大雄健的乌骓果然乖乖听话，自己要它停它便停，要它走它便走。洛神又是新奇又是兴奋，叫李穆将马镫升上去些，好让她能踩住。

坐稳后，试了几圈，她就不要他带了，自己骑着马，绕着草地跑来跑去，欢喜不已。

李穆被强行赶下马背。起先他还有些担心，怕她坐不稳摔下来，在旁跟了片刻，见她平衡掌握得很好，乌骓也很是温顺，对背上那可爱的新主人百依百顺，便也放下心来。

夜风里不断飘来她清脆的笑声，那笑声仿佛山涧清泉，泠泠动听。他半卧半坐地靠在一块石头上，唇边含笑，看着她骑马的身影，片刻后，见她胆子越来越大，跑得越来越快，离自己也越来越远，便伸手到嘴边打了个呼哨。

乌骓听到了他的召唤，自己掉头驮着她跑了回来。

洛神意犹未尽，还要再骑，可无论她怎么驱使，乌骓就是不听话，停在李穆的面前一动不动。她不高兴，埋怨着他。

李穆一笑，从石头上站起，纵身一跃，人便飞身上了马背，坐在了她的身后，他将缰绳从她手中拿过，附耳道："坐稳了，我带你。"

他没有放回那副方才为她升高的马镫，双腿夹紧了马腹，低低地喝了一声，乌骓仿佛感觉到了来自主人的愉悦心情，轻快地朝前奔驰而去。

他策马绕着自己一手打造出来的这座城池，在郊野里纵情奔驰了一圈，最后停在一座小山岗前，下马，将她从马背上抱下，带她爬上了岗顶。

明日便要领军北上，去打一场于他而言意义极其重大的仗。

在梦中，在一切终结于新婚夜的那杯毒酒之前，他官至大司马，指挥着动辄便是几十万大军参与的大战，万千性命系于他手，得失荣枯在他一念，但从没有哪一场大战能够像接下来的这场战事这般叫他如此看重。

他必须要赢，绝不能输。

今夜本应是紧张而繁忙的，他却不知为何，一心只想和她独处。于是在交代完事后，他撇下了自己的部将，将她这般带了出来，登上了这座山顶。

"阿弥，你瞧，这些便就是明日随我北上，发誓要从胡人手中夺回长安的将士。"他指着前方，对她说道。

洛神这才惊讶地发现，就在他所指的山岗脚下不远的那片平地之上，便是明日一早要誓师北上的大军营地。

头顶夜空深蓝，繁星点点，天光水色，素波银河。脚下是点点营火，连绵迤逦，一眼望去，看不到尽头。人立于穹顶和营火之间，恍若伸手便可揽下这漫天的银河。

洛神眺望着。

忽然，一阵雄浑的营角之声，随风隐隐地送入了耳中。

他说，他曾向她父亲许诺，要以长安聘她，如今该他履行诺言了，但她却知道这一仗的艰难和凶险。

她眼眶忽然发热，却不愿叫他觉察，便抱住了他的腰身，将脸埋在他的胸膛前，趁机悄悄蹭去眼角一点担忧又不舍的泪，而后才仰面，用欢喜的声音说："郎君，去年此时，我记得你带我去看春江夜潮，回来后我总想着，哪日若能再去就好了。等你取了长安回来，有空，我要你再带我去看，好不好？"

李穆沉默了片刻，道："好。我记住了。"

次日清早，五更，天还黑着，义成那条从刺史府通往城门的道上便燃起了点点的火杖。

百姓们冒着寒气纷纷走出家门，沿着道路涌向城门，送大军开拔北上。

晨光熹微，洛神披着一件连帽斗篷，在一队士兵的护卫之下站在高高的城头，眺望着不远之外的那片平野。

平野之上，大军已全部集结，密密麻麻，一眼望不到边际。接受过刺史李穆的检阅，誓师之后，便要出发。

李穆一身盔甲，腰悬长剑，高高立于点将台上。

"尔等将士全部听好，此战，乃为驱逐虎狼，匡复长安，应天而战！从今日起，你们便有了一个名字，叫做应天军！

"天之赤子，应天而战，神必据我！"

他的声音雄浑沉着，充满了力量，随风飘送，被身边的传令官立刻传了下去，紧接着，从两人到四人，四人到八人，八人到十六人，百人、千人联声传喝，最后，数万大军齐齐高呼："应天而战，神必据我！"

雷霆般的呼喝之声气冲霄汉，回荡在义成城垣外的旷野之上。民众随声高呼，欢送着渐渐开拔而去的军队。

洛神心情激荡，双眸一眨不眨地凝视着远处那座高台之上，那个正被部下迎去即将踏上征途的男子。

她看到他即将要下去的时候，忽然转过身来，目光投向了自己所在的方向。

她朝他露出笑容。

他凝视了她片刻，转头快步走下了点将台，跨上马背。很快，一行人的身影消失在了城门外的黎明之中。

第二章

长安为聘

建康皇宫。

颐泰宫里，伴着孩童的尖利哭泣，不断地传出器物被砸落在地的碎裂之声。

奉命来请吴兴王出宫去往封地的宗正不敢入内，宫女和太监跪在殿外战战兢兢，个个如丧考妣。

"去把高家妇给我叫来！我还没死，容不得她在我面前如此放肆！"

暴怒之声，从殿内传出。

春寒料峭，宗正却一头的汗。

已经是第三次了，他奉命要将改封吴兴王的前太子迁出皇宫送去封地，但却遭到了许太后的阻挠。

前两次，她关闭宫门，对请求不予理会。这一回，因限定日期到了，他再次来催，许太后变本加厉，竟闹得如此厉害。

若只有太后一人，也无多少忌惮，他忌惮的是太后身后的许泌。

太后不放人，自己又能如何？只得派人去告诉皇后，忐忑等待之时，又见一只错金觚从殿门里"呼"地砸出，正朝自己面门飞来，他慌忙偏头避让，那觚从他耳畔飞过，"咣"的一声砸落到身后的殿阶之上，轱辘辘滚了下去，最后滚到了一袭曳地华裙之畔方停了下来。

宗正转头，见高皇后到了，松了口气，赶紧趋前拜见。

高雍容的视线从脚边那只被撞扁了的错金觚上抬起，她盯着宗正，冷冷地道："这是在做什么？不过迁个人，你竟也要我来？"

宗正慌忙跪下："非臣胆敢惊扰皇后，实是太后阻挠，口口声声要见皇后，眼见期限又到，臣亦是无可奈何。"

高雍容蹙了蹙眉，寒面从宗正身旁经过，走上殿阶，早有随行宫女疾奔入内，高声开道："皇后殿下驾到——"

殿内砸物之声停歇，孩童的尖利哭声却依然不断。

高雍容穿过落满了碎瓷和杂物的狼藉地面，脚下那双玉沿高屐发出声声踏响。

她步入殿内，抬眼一看，见许太后斜身坐于榻上，怀里搂着哭闹的吴兴王，脸色铁青，寒面盯着自己。她走上前，脸上露出了笑容，向许太后见礼，说："这几日因宫中杂事缠身，虽一直挂念太后，却实是无暇分身拜望，方才听闻这里有些动静，我怕有人对太后不敬，撇下事情赶来。"

她环顾了眼四周："这是怎么了？倘若有人胆敢对太后不敬，惹太后起了怒气，太后尽管开口，我必会为太后做主。"

如今被尊为宣颐太后、迁到了此处的许氏冷冷地道："不敢要你主张。只求你高抬贵手，放过我母子二人，我便感激不尽了。吴兴王年幼且体弱多病，我是绝不会叫他迁出去的！除非你也一并逼死了我，否则我只要还有一口气，你就休想将他从我身边赶走！"

她话音落下，怀中的吴兴王便又尖声哭泣起来。

高雍容面露惶色："太后如此发话，岂非责难于我？并非我狠心逼你母子分离，只是祖上规矩历来如此，我不过照制而行罢了。"

她顿了下。

"吴兴乃富庶之地，且迁封吴兴如此重大之事，我一妇道人家如何插手？乃陛下听取高相之言而行，怎料下头做事的不知轻重，以至于叫太后误会了我！岂非冤枉！"

许氏冷笑不言。

高雍容沉吟了下，瞧了眼还在哭闹不停的吴兴王，笑道："罢了，太后既如此发话了，我便是坏了祖上制度，也不忍你们母子生生分离。我去求高相试试，倘若高相肯点头，我又有何不肯？"

她朝依旧黑着面的许氏恭敬地行礼，随即转身而去，到了皇帝御书房所在的太初宫。

今日朝廷休沐，皇帝不见人，宫人道他带贵妃去了华林园。

皇帝昨夜便偕宿于贵妃宫中，今日又偕贵妃同游华林园，高雍容却无半分的不悦。不过眯了眯眼，走到那张置着大臣奏折的御案之前慢慢翻着，忽听宫人传话，道高相来了，忙将奏折叠了回去，转身迎出。

今日朝廷休沐，高峤却不得脱身，依旧在台城衙署里忙碌着。方才得知了许太后不肯放吴兴王就藩的消息，入宫要见皇帝，没想到皇帝人不在。

高雍容亲自迎高峤入内，蹙眉道："陛下一向体弱，虽来到建康有些时日了，却仍不习惯此地气候，一场倒春寒，前两日又熬夜批阅奏章，人便不大利索。今日去了华林园修身养性。伯父若有急事，我这就派人去将陛下唤回。"

高峤也知皇帝做东阳王时便生性疏懒，摆了摆手："罢了，陛下身体要紧。我是听说太后不放吴兴王就藩，你可知道？"

高雍容说："我正想将此事告知伯父，好听取伯父之言。太后方才又大闹了一场，还险些伤了宗正。宗正将我唤去，我只得过去。太后谩骂我一番，又以死相逼，且殿下亦不肯与太后分离。我怕她做出过激之举，只能巧言安抚，叫吴兴王暂且再留于她身边。正想求问伯父，如此可行否？"

兴平帝与高峤后来虽然君臣离心，但他终归是萧永嘉的亲弟，人没了，只留下这么一点血脉。萧永嘉不喜欢这个侄儿，却也不愿看他继续受母族操纵，高峤便想照祖制安排他就藩吴兴。一来地方富庶，可以做个安乐王，二来，吴兴太守是高氏门生，方便高峤督察，以防许泌日后再借吴兴王生事。却不料许太后这般行事，以死相胁，晓得她应是受了许泌指示。

高峤沉吟了下，道："我知晓了。此事暂且先这样吧，过些日子我再寻陛下商议。"

高雍容恭敬应是，又坚持亲自送高峤出宫，道："陛下昨夜方和我说，如今事事要劳烦伯父，叫伯父辛劳至此地步，他心里很是过意不去，道身子便是不适也定不耽误奏折朝事。侄女更是如此，感激之余，惭愧不已，想也有些时日未去拜见伯母，甚是想念，只是宫中事多繁杂，一时脱不开身。烦请伯父回去，代我向伯母问安。"

高峤点头，去了。

高雍容面带微笑，目送高峤背影离去，折回太初宫，入了侧殿。

近侍照先前所为，将前头那些奏折都搬了过去。高雍容手中执笔，翻了片刻奏折，命人去将新安王传来。

一炷香后，伴着一阵响亮的脚步之声，进来了一个气宇轩昂的华服男子，正是新安王萧道承。萧道承向她行礼："听闻陛下传召，陛下何在？"

高雍容并未起身，也未隐藏奏折，说："陛下身子不适，去了华林园。方才乃我代他传你入宫，有事要议。"

萧道承望着对面女子一张姣好面容，道："臣洗耳恭听。"

高雍容搁笔，看了眼近旁亲信。几人退了出去，侧殿里剩下她与萧道承。

萧道承的脸上不见了方才的恭敬之色，靠得近了些，看了眼高雍容面前的奏折，笑道："皇后真乃女中英杰。原来这些时日，我等臣下所见陛下批复，皆出于娘娘之手。"语气已是略带轻佻。

高雍容也无不快之色，只瞥了他一眼，笑："莫非你心里气不过，这位子本是你的，你没做成？伯父当日不是力荐你为太子吗？你自己力辞，如今又来怪我？"

萧道承不语，走到她身侧，抓住了她一只手，才抚了几下便被高雍容抽了回去。

她面现怒色，压低声叱道："你好大的胆！以为我还如当年，什么都不懂，听你甜言蜜语哄骗？你若再敢对我不敬，我便不客气了！"

萧道承一愣，后退了一步，神色中却也无多少的惶恐，只道："当年本就是你负了我对你的真心，选择了如今的陛下立了婚约，怎么成了我哄骗你？这些年，你人在东阳，我凭先帝重用得以留在建康，哪回不是我给你传的消息？太子……"

他转头，看了眼身后，压低了声。

"若非阴差阳错，太子此次被高峤夫妇如此送了下去，宫中我本早已安排好了，只等时机一到，必会替你除去太子，好让你得偿所愿。我如此对你，你还有何怨？你替陛下尽心费力，他却冷落你，我不过是替你不值。罢了罢了，你瞧不上我，我又怎么敢强迫你？"

高雍容冷笑："说得我倒似欠了你无数。当初叫你除个李穆，你做得不干净不说，还给我坏了事，险些连累我被伯父猜忌！"

萧道承面色一红："那回是我轻看了他，不小心罢了！下回你再瞧着便是！"

高雍容睨了他一眼，脸色慢慢又转晴，露出笑容："行了，不过一句玩笑，竟惹出你如此多的抱怨。宫中人多眼杂，你还是小心些为好。"

萧道承脸色亦跟着转好，低声道："我明白。"也不再和高雍容调笑，转而问吴兴王之事。

高雍容道了一遍。

萧道承目露阴沉："许泌不死心，怕废太子离了眼皮子有闪失，还想拿废太子在手上，日后造势。"他看向高雍容，"那边宫里我的人还在。你若发话，我如今便可将他除了，一了百了！"

高雍容摇头："不急。许家一时还动不了我高氏。朝廷中那些许家之人最近本就为迁吴兴王一事议论不休，若如今动手，恐怕会招致猜疑，惹来不必要的麻烦。况且，若是这么巧，太子在此时出事，伯父必会疑心到我头上。不值。咱们不必动手，这事叫我伯父处置便可。他也不放心许家，不会让吴兴王长久留在许氏手中的。"

萧道承点头，笑道："高相公对陛下和你倒是很维护，毕竟是一家人。也幸好朝中有他，才不至于叫许泌阴谋得逞。听闻他和长公主如今和好了，据说先帝大丧过后，长公主便没回白鹭洲了，一直留在城中。"

高雍容想起高峤夫妇在兴平帝临终时暗谋跳过自己丈夫，力举萧道承上位一事，出神了片刻，冷冷地道："他们何来的维护？不过个个在为自己打算盘罢了。尤其我伯母，我晓得她，从小她便对我不亲，如今心里还不知如何想的，怕是在我伯父面前少不了说我的不是。日子久了，伯父便是原本向着我和陛下，怕也经不起她的枕头风。"

话说完，见萧道承望着自己，似若有所思，摆了摆手："罢了，不说这个了。我召你入宫，是为许泌、陆光北伐之事。他两家联合出兵，名为替朝廷北伐，谁不知这二人是想趁着北羯军队疲于应对，陛下又是初登基，要在陛下面前立个下马威，以分高家之势？竟还有脸开口向朝廷索要粮草！他们既敢发兵，自己没有？不过是借机狮子大开口，要讹朝廷一笔罢了！你如今是度支尚书，这事你要给我办好。粮草不能一点儿也不发，免得落人口实，道朝廷和陛下无心北伐，但也决不能照他们要的数发！"

萧道承道："放心吧。此事高相公在办了，他正筹措粮草，要给陆家儿子发去。只是去年天灾不断，他便是想多发，又何来的粮草？"

高雍容的面色这才松了下去。

萧道承顿了一下，忍不住又说："高相公此人也是奇人。许泌、陆光此次北伐，分明是针对他，他不但想法筹粮，我听闻，北夏皇帝调动了青州的驻军，意欲合围许陆联军，他竟还命广陵军阻击，截拦青州兵，也实在是……"

他摇头，目露不解之色。

高雍容道："我伯父所为你自然不懂，却无人比我更知他了。既无粮可筹那便罢了，你照他意思行事就是，不要惹他疑虑。"

萧道承颔首："知道。"

高雍容哼了声："许陆两家此次便是真打下了洛阳，亦绝不可能同心合力，日后大不了再是三家对峙，看他们再争去！"

萧道承笑道："有你这般不输男子的皇后，乃上天要复兴我萧室。假以时日，还怕奈何不了这些世族？先叫他们自己斗，斗得越狠越好。斗败了，就该轮到我们出手收拾了！"

"对了！"他突然想起来，看向高雍容，"最近几日，朝臣又在议论李穆。他竟也发兵，欲战西金。听说先前也向朝廷发了道请战疏，实是匪夷所思。西金刚从北夏手里夺走长安，气势如虹，陇西千里之地尽入鲜卑人之手，他竟有底气叫阵！从前你不愿高氏因他玷辱情有可原，如今情况不同了，此一时彼一时。倘若此次真叫他再立奇功，如此人才，咱们须得延揽，加以利用。须知先帝当初提拔他，本就想日后重用，借他对付那些人。他如今是你妹夫了，我听闻你姐妹情深，再加你的手腕，他定会为你所用。"

高雍容道："不消你说，我也知道！先看他能不能打得过吧。"

又叙了几句，高雍容便催他出宫，萧道承亦知自己不可久留，告退之时却又被高雍容叫住。

"我召你来，除方才那事，另还有一事。我对我那位伯母实在是不放心。你和我伯父走得近，你给我仔细留意，若察觉他起异心，要立刻叫我知道。"

萧道承应了，迟疑了下，又走了回来，附耳低低地道了几句话。

高雍容一怔："真有此人？"

"你若不信，哪日得空我安排你见下。是真是假，想必也瞒不过你。"

高雍容出神了片刻，点了点头："也好。你将人悄悄带来，我见上一面。"

萧永嘉和丈夫和好后，高峤像是老房子着火，竟比年轻那会儿还黏她。每日从台城回来，手头事情一完必会找她。

先前有段时日，萧永嘉想着岛上一处楼宇年深日久，须得翻修。又想既修了，不如修得好些，等女儿女婿日后回来专门给他们住，故自己亲自盯着。那些日，有时晚了，懒得再大老远地回城，便住在岛上。不想丈夫一回去，不管多晚，她若不在城里，必出城跑到岛上和她一同过夜，次日大早再赶回城中朝会，一夜只能睡几个时辰。萧永嘉心疼高峤辛苦，没等房子修完便回了高家，再没回岛上去住了。

这个月，朝廷又出了大事。

李穆以一己之力，大战强大的西金鲜卑，叫她很是担心。一波未平一波又起。许泌、陆光联合北伐，分明是针对高峤，这老东西却还替人筹措粮草，又派高胤阻击北夏的青州军。萧永嘉很是气恼，想说他，又知他不会听，原本每晚都会去书房陪他，这几个晚上，一则气他，二来人感到特别的乏，大白天也犯困，便没再去书房陪着，自己早早上床歇了。

今日本是休沐，一早，高峤见妻子精神不大好，抚慰了一番，叫她再睡，说自己会早些回来陪她，随后又匆匆去了台城。

二十年前，他就曾对她这么说过，萧永嘉早不信他这种鬼话了。丈夫去了后，她独自躺了一会儿，想着女儿，也不知她如今境况如何，很是牵挂，随后起床，用早饭时，突然感到恶心呕吐。

边上的仆妇以为她昨夜受了冻，忙要去叫太医，她自己这才猛然醒悟，月事似乎推迟了几日，至今未来，一下便想到，可能是自己又有了身孕，便立刻叫人请来了个擅长妇科的太医，屏退了人，叫太医悄悄地给自己诊脉。

那太医一切脉便开口恭贺，道她有喜了，后细细再诊，又说她年纪稍长，不比年轻妇人，胎象似略有不稳，叫她放宽心，勿多杂念，好生养身，叮嘱若有任何不适立刻叫他，又开了副安胎的方子才去了。

萧永嘉都这个年纪了，女儿也出嫁了，自己竟然又有了身孕！

萧永嘉被这个消息给弄得乱了分寸，不知是喜是愁，更不敢声张，就连身边服侍的人也没说。送走太医后，萧永嘉心情复杂，坐立不安，心里正煎熬着，恰好收到了一封一直盼着的女儿从义成给她写来的信。

女儿去义成也有半年了，这半年里，母女之间相互通信往来。

萧永嘉原本担心女儿在那里吃苦，想着只要她说苦，自己便立刻派人去接她回来。但后来，看她信中不但没有半句喊苦，对那边生活的描述，字里行间反而处处透出喜悦，便猜女婿对女儿应是很好。正所谓有情饮水饱，女儿在那边既感到快乐，她也渐渐放下了心。

上次收到她的信还是上月月初，这一个多月过去，情势已经大变。从知道李穆要对战西金之日起，她便牵挂万分，此刻终于收到了信，急忙读信。

信是女儿在送走李穆的当日给她写的。信上说李穆已经率领军队北上，她对郎君很有信心，知他必能胜利。义成后方也一切稳定，叫母亲放心，不必为她多牵挂。

女儿的乐观，终于叫萧永嘉那颗悬了多日的心稍稍放下了些。

这日高峤回得很晚，萧永嘉已上床睡了。见他终于回了，她坐起身来。

高峤快步来到床边，扶住了她，自己坐到边上，开口问她身体。方才听下人讲，白天太医来过了，便问她哪里不妥。

萧永嘉见丈夫神色关切，想起太医说自己胎象不稳，怕万一保不住胎，早早叫他知道了，反而让他空欢喜一场，便忍住了，只说是寻常的肠胃不适，已是好了。

高峤松了口气，扶她躺了回去，柔声道："你先睡吧。我还有点事。去下书房，好了我便回。"

萧永嘉目送丈夫出了屋，如何睡得着？辗转了片刻，想他这些天又起早贪黑，虽然心里气他，终究还是放不下，也起了身，端了碗傍晚时煮的当归莲子汤，亲自送去书房。

　　高崎心里也知道，萧永嘉为他配合许陆北伐在生气，这几晚都不来书房了。此刻忽然见她又至，还送东西给自己吃，未免有些受宠若惊，急忙接过吃了，放下手头还没做好的事，便要熄灯，说陪她回房去睡觉。

　　萧永嘉坐了过去，替他整理案上堆得凌乱不堪的信报和文书，说："行了！我还不知道你，一日事情没完，便是我睡着了，你半夜也会偷偷起来再来这里做。我也不想你睡不好觉。你忙你的吧，不要管我。等你做好了再去睡吧。"

　　高崎体贴地在妻子腿上围了自己冬日用来御寒的一张毯子，又往她腰后垫了隐囊，笑着叹了一口气："也就只有你最知我了。我怎么从前都不知道你的好。"

　　丈夫不过一句无意之言，却叫萧永嘉心里生出无限感触，暗暗摸了摸如今还平坦的小腹，想着无论如何也一定要保养好身子，再给他生个孩子。

　　书房里静了下去。

　　明烛燃烧，夫妇对坐着，如常那般，一个忙事，一个替他整理誊写，给他寻找寻找他要的东西。终于事毕，两人一道回了屋，上床，高崎想这些日子自己忙碌，她也不大理睬自己，已是好些天没行房了。此刻见妻子卧在身畔，妩媚温柔，一时意动，朝她伸手过去，却被她推开。

　　萧永嘉命他趴在枕上，自己爬了起来，压坐到他腿上，双手替他揉捏肩背。

　　高崎正有些颈肩酸痛，静静享受着妻子替自己放松筋骨。片刻后，他闭目低声道："阿令，我知你在生气，只是我做不到不闻不问。不管他们初衷如何，若他们真能攻下洛阳，替朝廷夺回这失了多年的半壁江山，便如同是在替我完成当年做不到的事，我又有何遗憾？"

　　他感到按压在自己背上的那双手停了一停，又揉捏了起来。

　　他听到妻子说："你甘心替那些想害你的人做事，我可以不管你，可你怎不想想女儿女婿？今日我收到了女儿的信，她还叫我问你好！"

　　高崎一下睁开眼睛，翻起身来。

　　"快给我瞧瞧！"

　　萧永嘉见他一脸喜色，白了他一眼，将洛神的信从枕下取出，递了过去。

　　高崎看完，慢慢将信收了，沉默良久，道："比起许陆联军北伐，我其实更担心长安这边。他虽与我立下一年之约，但我却无意逼迫他为履约而草率用兵。取不回长安，难道我还真将阿弥再强行带回来？我也替他筹了些粮草的。前次他却只向朝廷发了封请战疏，既无给我的私人信件，更未开口向朝廷索要辎重粮草。"

　　"李穆其人……"他神色复杂，停住，半晌未再开口。

　　萧永嘉从后抱住丈夫，叫他躺了回去，低声道："放心吧，我看他是个很有章法的人。从当初娶咱们女儿开始，一路过来，何曾见他鲁莽行事过？他既决意和西金打，想必就有胜算。咱们安心等着那边的好消息就是了。"

高峤压下心中虑念，唔了一声。

他闭目冥想，片刻后，忽然听妻子在耳畔如此问了一声："景深，你有没有想过，咱们再生个孩子？"

这话实是突兀，他一愣，睁眼，见她一双眼眸还望着自己，忍不住笑了，抬手摸了摸她散落在枕上的长发，叹了口气："我老了，已是不行了。"

"万一呢？你欢不欢喜？"

高峤又笑了，将妻子搂入怀中："自然了。就是怕你太过辛苦，还是不要了。我有阿弥，就已足够了。"

萧永嘉不再说话，往丈夫怀里靠了靠，慢慢地闭上了眼睛。

妻子的随口之言并未让高峤多想，他亦闭目，却久久难眠。

算着时日和路程，李穆的军队此时应该差不多到了顺阳一带，应当即将和南下的西金大军狭路相遇了。

他焦心无比，时刻都在等待着战果的传来。

五更，顺阳城的城头之上火杖通明，士兵列队来回走动，不断巡逻，下方城门紧紧关闭。整个顺阳气氛紧张，如临大敌。

一个身穿西金战袍的鲜卑男子登上城墙，眺望着前方弥漫着大雾的黑漆漆的荒野，双眉紧皱，神色凝重。

谷会良是被西金皇帝谷会隆派来这里任职郡守的西金宗室。从数日前起，获悉上洛郡失守的消息之后，他便下令闭城。

与此同时，一个恐慌的消息也正在城中迅速蔓延开来。

当初那个曾以数千兵马取巴郡、平梁州，一战成名，因而得了"战神"之称的南朝人李穆，正领军北上。三天前，几乎不费吹灰之力，荡平了路上的第一个障碍——从前被西金从北夏手中夺来的上洛郡。

很明显，李穆的下一个目标便是此地，顺阳郡。

两郡距离三四百里，照行军速度估算，谷会良还有五六天的时间可以应对这突然而至的凶讯。

皇帝正统领大军南下，目标就是这个李穆。顺阳郡对于此次皇帝南征的重要性不言而喻。

作为南下征伐的必经之道，他早就奉命在城中准备好了大量的辎重补给以及上千艘预备迎接大军渡河的舟船。如今那些舟船都整齐地停在大河南岸，只等收到大军抵达的消息，他便立刻渡河前去迎接。

他怎想得到，本该是皇帝猎杀对象的李穆不退反进，竟敢主动迎了上来。先是以迅雷不及掩耳的速度夺下了毫无防备的上洛郡，现在又开向自己这里。

无论是皇帝还是戎马出身的自己，谁也没有想到李穆会做出如此反应。

顺阳郡事先没有任何的准备。一旦他大军到达，自己这座城池必定岌岌可危！

消息早就以八百里加急的速度，发给了正在南下路上的皇帝。

三天已经过去了，城中虽储备了十万大军的充盈辎重，但却只有万余守军。平常，这个数量的守军足以应对任何的寻常意外了。即便遭遇强敌来袭，凭借城防也必能坚持到援军的到来。

但这一次，长久以来的作战经验和直觉，让谷会良从心底里产生了一种不寒而栗的恐惧之感。

很明显，南朝人李穆主动来袭的消息也已在他的士兵中引发了恐慌。一旦李穆那七万军队抵达，而皇帝大军却未能赶到，顺阳城的命运将会如何，谷会良不敢想象。

他如今唯一的期盼，就是皇帝军队南下的速度能快些，再快些，只有赶在李穆军队到来之前抵达，顺阳才能有救！

"将军，陛下传书到了——"身后，突然传来一道高声呼唤。

谷会良猛地转头，看见士兵手中持信，大步登上城墙，朝着自己的方向疾奔而来。

他匆忙迎了上去，看完传书，那张困顿至极的脸上终于现出了狂喜之色。

皇帝大军已到平兴郡，正全力向着顺阳而来，三天之内必能抵达。皇帝命他严防死守，务必要等到大军到来。

按照估算，李穆的军队也还要三两日才能抵达。也就是说，等李穆到来，那时候，皇帝大军应该也到达了。

谷会良立刻命士兵前往渡口，将渡船送往对岸，做好迎接皇帝大军到来的准备。

安排好了一切，已经绷了数日的谷会良终于放松了下来，困乏袭来。想到已是熬了一夜，终于能够得以暂时喘息了，他叫人继续盯着，自己下了城头，倒头睡了过去。

睡梦中，他梦到自己跟随皇帝征伐的脚步，拿下长安后，继续攻克洛阳，北方中原尽数落入手中。谷会部的大军又浩浩荡荡跨过大江，攻破了南朝人的都城建康。

那里，有着传说中最为膏腴的土地、丰富的物产和取之不尽的金银财宝、享用不尽的美人。听说建康城中的士族贵女更是人间绝色……

他垂涎三尺，沉浸在美梦中时却被一个突然而至的消息给惊醒了。

刚派出去的探子方才惊慌而归，说在距离城池数里之外，远远地见到了一支正快速朝顺阳而来的军队的影子。

因今晨大雾弥漫，看不清楚旗帜，但极有可能是南朝人李穆的军队。

谷会良彻底震惊，美梦不翼而飞。

他不敢相信，更不愿意相信，五六日的行军日程，如今才过去一半时日，李穆的军队便就已经到了。

他连鞋子都来不及穿，狂奔上了城头，睁大眼睛眺望着前方。

天已亮了，黎明到来，朝阳尚未升起，顺阳城外的那片野地依旧被一片茫茫白雾笼罩着。

白雾慢慢流动，眼前看不到半点人影，耳畔也听不到半分动静。

天地凝肃，旷野无声，却仿佛有什么隐隐的足以摧毁这平静表象的可怕力量，正静静地潜伏在这片遮天蔽地的浓雾里，一旦爆裂，迸发出来，便如同火山吞没一切！

谷会良心跳加快，冷汗滚滚。

就在他希望是探子看错了眼，报错了消息，那支正向这个方向而来的军队不是李穆，而是败退逃亡来此的上洛残余守军之时，毫无征兆地，一个黑点突然撕破了面前的遮天大雾，瞬间出现在了他的视线里。

那是一个黑衣骑兵。连夜的行军，露水已经完全打湿了他的鬓发，甚至渗入盔甲，将衣衫浸透以致紧紧地贴于身上。但目标在望，他年轻英俊的面容之上，却看不到半点疲倦的痕迹，相反，他望着前方那座在雾中触手可及的城池，双目炯炯，放射出犹如长久饥渴着的猛兽终于见到美味猎物的那种带着强烈欲望的狂热目光，驾驭着胯下战马，肩头扛着一面大旗，犹如闪电般笔直地朝着城门冲了过来。

旗帜之上，一张狰狞威武白虎虎头拱了黑底绣金的"应天""厉武"的字样，夺人眼球。

这是阿姊带人亲手绣出来的应天军的战旗，此刻就负在他的肩上。高桓立誓，必要登上墙头，亲手将这旗帜插在最高处！

谷会良的瞳孔蓦然放大。

他看到就在这面旗帜之后，紧跟着又出现了一个接一个的骑影，几十，成百，上千，浓雾瞬间被撕得千疮百孔。

才不过一个眨眼工夫，方才还见不到一个人的城外，漫山遍野，到处充满了从浓雾里拥向城门的士兵，密密麻麻，发出的震天杀声几乎撼动了整面城墙。不计其数的敌人便如此毫无征兆从大雾中杀了出来，杀向城门。

往来之矢纷如雨下，无数燃烧着火的石炮乌云般砸向城头，落入城中，熊熊火光里，冲车猛烈地撞击着城门。

城头守军无不变色，在郡守谷会良声嘶力竭的吼叫驱赶之下，利用制高之利，竭力守城。但鲜卑士兵从未遇到过如此悍勇而可怕的敌人。

云梯强架，在盾阵之下，那个传说中的有着战神之名的南朝人李穆，带着他身后的厉武军团强登云梯，杀上了城头。

他一路向上，势不可挡，足底踩踏到城墙头的砖块，挥刀振臂高呼的那一刹那，宛若天兵空降临世，鲜卑士兵再也顶不住了，意志迅速地垮了下去。

而城墙之下，应天军的士兵斗志昂扬，争先恐后地追随着那道身影，力攀墙头。

攻城之战，半天结束。

城门从里面被打开，其余在外的应天军杀了进去。

以多战少，此战结束得毫无悬念。

顺阳郡守谷会良死于乱箭，城池如李穆预先计划的那样顺利被夺下。

旗帜高高地插在城头，迎风招展。

占领城池后，李穆下的第一道令，便是赶去渡口，控制住那千余条渡船。随即下令不得扰民，命全部士兵沿着城外河岸就地休整，等待着西金大军的到来。

大河南岸渡口，沿着河岸燃起了点点火把，远远望去，犹如一条蜿蜒火龙，蔚为壮观。千余条船正相继归岸，士兵忙着划舟固船，气氛忙碌而紧张，却又有条不紊。

攻下顺阳郡，可谓又大发了一笔。不但得了这千余条渡河的舟船，连同城中那些原本替西金皇帝准备的辎重和粮草补给亦皆入囊中。士兵终于吃饱喝足，得以好好休整。

白天时，高桓紧随李穆攻城，被一块砸下的火石伤了背，好在并不严重。军医叫他好生休息，他也感到累了，却始终睡不着觉。从伤兵营里出来，他坐在岸边，看着不远处那些忙着做事的士兵的身影，心情激动之余，又带了些迷惑和好奇。

他知道，攻占顺阳，获胜的关键就在于快，和对方比速度。

七万大军北上迎敌，这么大的动静，不可能不惊动对方，所以必须要快，要赶在对方做出有效反应，援军抵达之前，抢先到达，攻下城池。

为了达成这个目标，在轻松拿下此行第一站——毫无防备的上洛郡后，他的姐夫李穆，只调了两万精兵随他急行军，其余士兵随后赶来。这两万士兵随身只携带了三天的口粮和攻城武器，抛下其余一切辎重轻装上路，从上洛到顺阳这数百里路上，除了必要的休息以恢复体力外，几乎日夜兼程，终于在今日清晨抵达，宛如天降神兵般，自大雾中出现在了始料未及的顺阳守军面前。

两万士兵皆是精兵猛将，到了这里，吃完今早攻城前的最后一餐饭，身边已无半点余粮。援军在身后，尚未抵达，若攻不下城，莫说没了下顿，一旦拖到数量远压过自己的西金大军到来，便会丧尽先机，退路尽断。加之他的姐夫李穆身先士卒，将贤士勇，士兵自然更是个个不要命般地随他冲杀，气势如虎，终于顺利拿下了城池。

高桓知道，拿下顺阳郡只是姐夫北上征途完成的第一步。用不了几天，等西金皇帝领着大军赶赴到了北岸，等着他们的考验才真正降临。

高桓并不害怕。他对自己的姐夫有着一种不问缘由的信任和崇拜。

兵贵神速，先人，才有夺人之心、丧敌之胆。

高桓将兵书读得滚瓜烂熟，自然明白这个道理，知道姐夫强攻，继而夺下顺阳，用的就是这个法子。叫他迷惑又好奇的，是面对这汹汹而至的十万西金大军，姐夫又打算如何应对。

身后忽然传来一阵骚动。

高桓回头，看见姐夫在随从的簇拥之下正往伤兵营去，他急忙起身跑了过去，停在营房门口。

受伤士兵见主将不忘自己，亲自前来探望，感动不已。

高桓望着姐夫卓然挺拔的背影，感受着士兵们对他的爱戴和尊敬，心底里不禁生出一种深深的与有荣焉之感。

李穆看望了受伤士兵，又记挂着高桓，想找他，却不见他人，正要问，忽然看见他站在营房门口，便朝他走来。

"伤怎样了？"李穆问他。

"刺史放心！随时可再作战！"高桓立刻挺胸，响亮应答。

在人前，高桓从来不用"姐夫"来称呼他。

李穆微微点头，拍了拍他的肩，说道："好好歇息！"

他从高桓身边走了过去。

姐夫向来惜字如金，更不会在旁人面前对他表露过多的除了上下级之外的情绪。但是就在方才，他拍着自己肩膀叫他好好休息的时候，高桓分明从他望向自己的目光里，感觉到了一种欣赏和鼓励。

他顿时热血沸腾，望着姐夫和身边人边走边说话的背影，忍不住追了上去，鼓起勇气问："姐夫，西金大军就要到了，咱们如何应对？"

李穆停下脚步，转头，与他对望了片刻，道："今夜，我在大帐之中召人部署军事，你可来旁听。"

两日之后，谷会隆领着大军奔到了顺阳郡，然而还是迟了一步。

迎接他的，是陷落的城池和大河对岸严阵以待的李穆军队。

谷会隆暴跳如雷，当即下令搜调船只，渡河强攻，却被手下一个谋士劝阻了。

谋士说，李穆本就有善战之名，此次又让他夺了先机，占领顺阳，如今是以逸待劳。皇帝大军虽然数量优于李穆，但先前为驰援顺阳，大军是经过长途急行才来到这里的，如今上下疲惫，抱怨不断，非利战之机。如果立刻正面攻击，必定会遭李穆强劲阻击，莫说到达对岸，恐怕连能否顺利强渡都是个问题。不如先在北岸驻扎，等士兵缓过来，再随机应变，寻找战机。

谷会隆虽性情暴戾，睚眦必报，但他也并非没有脑子的人，否则从前尚未得势之时，也不至于搅得侯定丧妻，乃至险些丧国。

他冷静下来，知道谋士说得在理，便采纳了谋士的建议，一边命人准备船只，一边下令让士兵驻扎休整，等待战机。

河面宽阔，两军对峙之处虽有数十丈宽，但晴天之时，对岸动静亦相互隐隐可见。

他没有想到的是，就在他刚刚下完命令，士兵甚至还没来得及扎好营地时，对岸便迅速集结起了大片的军队，舟船出动，士兵纷纷登船，弓箭手也沿江一字列阵排开。

顷刻间，箭矢如雨般隔江射来，无数石炮亦随箭矢发射，落在北岸河边，溅起了大片的水花。最前的沿岸士兵躲避不及，有被流箭射中，也有被石炮砸中的，一时间鬼哭狼嚎，场面乱成一团。

显然，李穆是要趁自己疲军，渡河发动攻击了。

谷会隆再次暴怒，立刻指挥军队列阵，并迅速调集了大量的弓箭手和投石车，向着对岸反击。

在箭阵和石炮的反击下，那些已经下水的船纷纷掉头，士兵回了岸上。

见对方的势头终于被压制住了，谷会隆的士兵欢呼，朝着对面吐口水，大声谩骂。

谷会隆还没来得及喘口气儿，士兵又来报，说就在方才，发现距离十几里外的一处河道狭窄之处，还有另一支南朝军队在渡河，像是要从那里登岸。

谷会隆再次大怒，急忙调兵，赶去阻击。

南北两岸相互射箭投石，又谩骂不绝，正战得热火朝天，又得报，说在另一处渡口，再次发现南朝军队集结渡河。

这一日，谷会隆便如此被李穆指挥安排的机动军队调得跑来跑去，疲于奔命，好容易等到天黑，原本以为可以暂时歇息了，没想到对岸竟还不消停。

当夜，疲乏至极的西金士兵刚入酣梦，大河对岸突然又火把点点。南朝军队趁着夜色，在对面轮番奔走，人声喧哗，马嘶不断，号角声此起彼伏，叫嚣声阵阵，造势要趁夜渡河强攻。

急行多日又累了一个白天的西金士兵从睡梦中惊醒，他们不得不继续打起精神，应对攻击。

一连三天，日夜皆是如此，莫说西金将士上下疲乏至极，怨声载道，就是谷会隆自己也有些受不住了。他也明白了，李穆这是指挥军队故意在不同方向机动，造势要渡河强攻，拖垮自己的大军。

谋士建议，不能再这样被他牵着鼻子走。因一时也集不到所需的足够渡船，不如集合大军，选择合适之地驻扎，好好休整，再派小队士兵，沿河设立哨所，严密监控，探查对岸敌情，一旦发现有异再伺机而动。

谷会隆接受了谋士建言。

接下来的几天，南朝军队依旧不断扰袭，西金士兵渐渐视若无睹之时，又收到了探子传来的消息，道李穆军队名为七万，但其中三万皆是仇池侯定之人。统军的侯离一心复仇，急于抓住西金此刻上下疲乏的战机，想渡河强攻。李穆却不采纳，想先行对峙，用这法子激怒谷会隆，叫他彻底忍无可忍之时主动发起进攻，他再以逸待劳。两人争执离心。

过了两日，北岸的西金士兵隐隐看到南岸汉军和仇池的军队果然分了阵营，各自驻扎，正应验了探子的消息，于是彻底放下心来，再不理会。见对岸还在虚张声势，纷纷讥笑嘲讽，骂南朝人是缩头乌龟。

李穆的军队却似乎丝毫不为所动，白天黑夜必少不了几次骚扰，从没一次真的渡河。

直到七八天后，一个大雾弥漫的深夜，李穆派士兵在南岸继续喧哗造势，掩盖响动，实则将主力和此前每日逐渐分散的船只，悄悄全部调到了上游距离此地数十里处预先选好的渡口。

天尚未亮，趁雾未散尽，他一声令下，隐藏在河边芦苇丛里的大量船只便迅速集结，载着士兵快速渡河。

西金哨兵发现了对岸异动，报了上去。

此前，这个渡口也频频有大量的南朝士兵假意渡河，白天黑夜，不分时段，甚至有渡到一半又回去的情形。

被派在这里的头领，对这样的消息早就无动于衷了。虽听哨兵报信，这回规模似乎比从前都要大，但想着十有八九又是对方声东击西，且这几日，皇帝脾气暴躁无比，动辄叱骂，前日因谷会部和吐谷浑部的士兵为争抢物资私斗，打死了两个人，皇帝闻讯更是勃然大怒，直接杀了一个带头的吐谷浑部军官。万一此刻调来大部队，发现又被戏耍，自己恐怕要吃不了兜着走，便叫人再盯着，等探明对方动机再定，不必立刻惊动皇帝。

便是如此，直接错过了时机。

天光微亮，雾气散尽，等北岸的士兵终于看清，这回南岸不是故弄玄虚，而是实实在在有无数条船只正满载南朝士兵向这边开来，慌忙要去报讯时，已是迟了。

大量的南朝士兵登岸，轻而易举地全歼了这几百人的分队。军队在黎明的掩护之下，大举朝着谷会隆的大军营地杀去。

与此同时，原本等在南岸的剩余军队也迅速用舟船搭出了一座浮桥。

全部七万人马，短时间内毫无障碍地越过了大河，杀向尚在睡梦中的西金大营。

谷会隆从睡梦里惊醒，来不及披挂，便匆忙奔出大帐，想指挥军队集结应战。然而敌人已经不会给他这种机会了。

连营起火，号令无效。大量的西金士兵从梦中被杀声惊醒，莫说听从号令集结列阵，甚至找不齐自己的盔甲和武器。面对着从四面八方杀来的南朝士兵，如何抵挡得住？那些拿起兵器的，也不过勉力战了片刻，便随大流纷纷逃窜了。

放眼望去，四面八方尽是敌军。谷会隆眼见大势已去，知不可久留，遂弃营地，在身边亲信的保护之下杀出重围，带头往北，想逃去城防坚固些的平兴郡，不想前路被一支预先绕道而来的骑兵所挡，无奈，被逼仓皇向西，逃到了顺阳百里之外一处兵镇，在那里稍作喘息，集结残余。

带出来十万大军，此刻随自己逃出的不到一半，剩下死的死，散的散。

谷会隆恨得几乎吐血，发誓要将李穆碎尸万段。他立刻派人向长安发讯，命驻在那里的皇弟谷会长速派军队前来救援。

他消息刚发出，李穆大军便尾随追上，围住兵镇，发动了猛烈的攻击。

兵镇只是个小城，城墙高不到两丈，又是泥基，年久失修，本就不牢，怎经得起李穆大军的围攻？

不过两日，城墙倒塌。

谷会隆的军队早就已经没了斗志，如今又失了城墙的保护，如同鸟兽，四散逃亡。谷会隆再次出逃，欲先奔回秦城老家，再议复仇，却被早就对他心怀不满的鲜卑吐谷浑部士兵趁乱围住，杀死后割下头颅。随后，吐谷浑部拥戴自己部族的将领为帅，逃往秦城，决意占了秦城，改朝换代。

谷会隆先前夺下长安，命皇弟谷会长驻守，自己兴兵南下，攻打李穆，却没有想到，原本是长虹贯日，势不可挡，如今竟遭遇了如此惨败。不但葬送了十万大军，连自己都遭叛军割颅，身首异处。

消息很快便传到了长安。

而此时，李穆的军队正继续北上，开往长安。一路途经平兴、魏兴等地，势如破竹，所向披靡，眼看离长安只剩不过七八日的路程了。

谷会长恐惧之时，又得报杀了自己兄长的吐谷浑部现正往秦城而去，似图谋不轨。

那里是谷会部的后方，也是西金的都城。失了长安，只是肉痛。若丢秦城，则是连老窝也被人一锅端了。

谷会长很快做了决定，放弃长安，率领军队奔回秦城，绞杀吐谷浑部的叛乱。

但是，已经到手的一块大肉，他又怎肯白白就这么送出去？

谷会长领兵逃离长安时，留下了一支五千人的军队，命在李穆到来之前，务必屠尽城中居民，放火焚城。

曾经，长安还是大虞西京之时，人口一度超五十万，商业兴旺，繁荣无比。

几十年前，萧室南渡，长安落入胡人之手，当时便经历了一场惨祸。三日内，居民被屠数万，房屋焚毁，满目疮痍，惨不忍睹。

北夏立国后，为增加赋税，维持庞大的军费和开支，稳固皇朝，才渐渐收起暴虐。几十年来，长安人口慢慢得以繁衍，如今又成了一个拥有居民超过十万的庞大城池。

就在数月之前，西金攻打长安，北夏军队退败之时，城池就已历劫，居民死了数千。落到谷会隆手中后，这几个月间，又遭受了残酷对待。百姓不但被抢得家徒四壁，连菜刀都被收走，妻女被夺更是家常便饭。城池四门亦日夜关闭，不放一个居民出城。

十几万人的城池，就连白天，街道上也空空荡荡的，人人战战兢兢。除了那些被抓去服劳役的，无人敢随意出街，唯恐祸从天降，遭遇不测。

但是，最大的厄运还是降临了。

这一日，长安上空，腥风血雨，愁云惨雾。

谷会长弃城，临走前留了军队实施屠杀。随着这一消息而生的恐怖在城中疯狂蔓延。人们拖儿带女，四处奔窜，想要寻一个藏身之所。可天地之大，又何处可以藏身？

东、西、北三向城门全部被巨石堵死，只留南门通行，屠杀和焚城亦从南门开始。火光之中，手无寸铁的城民从城池南面逃出家门，身后追赶着五千如狼似虎的鲜卑士兵。

撕心裂肺的哭泣和尖叫声遍布全城。

眼见一场惨绝人寰的屠杀又将再次降临长安这座多灾多难的古城，城池四门之外，突然传来了震天动地的喊杀之声。

孙放之和高桓领着厉武战队和两千骑兵现身长安。

李穆早就料到谷会长极有可能弃城西去。以西金的凶残和毫无人性，临走之前，屠城也不是没可能。他的大军虽然无法及时赶到，但在顺阳发动突袭后大败谷会隆当日，为防万一，他便提早派遣孙放之带着高桓，领厉武战队和两千轻骑，先行赶往长安。

这一支军队日夜兼程，前日便已抵达，一直潜伏在外。到了今日，见谷会长领军西去，城中现出火光，便知被李穆料中，留下士兵预备屠城了，于是立刻分出疑兵，分别赶到东、西、北三面城门之外，驱马来回践踏黄泥地面，踏出飞扬尘土，又遍布预先带来的旌旗，做出杀声不断、军队来袭之状。

与此同时，高桓领着百骑，在马蹄践出的漫天黄尘中，冲到开启着的南门附近，带着士兵，用刚学的鲜卑语，齐声高呼："李穆大军已到，包围了全城，快逃命去！"

城中鲜卑士兵本就对南朝人李穆心怀畏惧，正奉命追杀城民，突然耳畔隐隐传来呼叫逃命的族语，不知真假，以为是同伴发出的警告，大惊失色，谁还顾得上杀人？此刻逃命要紧，于是纷纷掉头，拥向南门。

等到那五千人全拥出城门，争相逃命之时，早埋伏在旁的孙放之带着部下横杀了出来，加以拦截。

高桓命人守住城门，自己随后亦领着剩余骑兵，和伙伴一道投入了追杀的行列。

这一战，双方人数虽无法和先前以万人计的大战相提并论，但惨烈程度却是有过之而无不及。

从前在建康时，高桓亦听闻胡人残暴。但他天性柔慈，来到义成后，数次加入作战，战场之上，有时遇到姐夫下令，将投降的胡兵全部就地杀死的境况，心中还觉不忍，乃至被孙放之嘲笑如同娘们儿般心软。

今日此刻，目睹了这些在他看来本也是常人的鲜卑兵，在战争的碾压之下变得如此丧尽人性，竟对城中无辜老幼举起手中屠刀，终于赤了眼睛，心中只剩下了一个念头——

以牙还牙，以血还血。

生逢乱世，天道已死，人命轻贱，贱若龃狗。他从小读的圣贤书，书中教的道德言，更有那满建康城的名士风流，倜傥风度，名倾六辅。

这一切，在屠城面前，皆是笑话！

以战止战，以暴止暴！

今时今日，唯手中持有之暴力，强大到足以绞杀一切其余暴力，道德方能复苏，天下才能重得太平！

他恶向胆边生，冲杀上去，见人就砍，状若疯狂，毫不留情。

其余和他一道的厉武伙伴，皆是如此。

一个又一个的鲜卑士兵被砍杀在地，尸首堆叠，血流满地，一脚踏下去，足可溅出血花。

他追上最后一个逃走的鲜卑士兵。

那人倒在了他的面前，用恐惧哀求的目光看着他，向他乞讨饶命。

高桓没有半分犹豫，一刀下去，一道热液猛地喷溅到了他的面门，将他的面庞彻底染红！

他手中倒提着卷刃的长剑，闭目，任那腥血沿着自己的脸一滴滴地滴落。

片刻后，他睁开眼睛，慢慢转过头来，看向身后那座千年前起便已矗立在这片土地之上的古老城池。

两面布满累累刀砍斧斫、火烧木撞伤痕的城门，缓缓地在他面前开启。

李穆统领联军北上之后，整个义成都开始了等待。

他刚走的那些天，满城气氛紧张而压抑。

刺史府里，每日上午的孩童读书声依旧琅琅，但午后，刺史府前，原本总会吸引许多孩童聚集玩耍的那片空场变得静悄悄的，再也听不到孩童的嬉笑之声了。

孩童都得过父母的叮嘱，命不许再去那里，唯恐打搅了刺史夫人的清净。

谁都知道，刺史夫人在等着战报。这座城中，应当没有人会比她更为急切了。

虽然表面上，她看起来和平常并无两样。

渐渐地，终于有消息开始传回来了。接二连三，全都是好消息。

先是大军夺取顺阳郡，在大河之畔击溃了来势汹汹的西金大军。就连西金皇帝谷会隆，也死在了乱战之中。

接着，又一个此前大约所有人都不敢想象的消息也随之飞抵。

长安，这座自上古起便见证了华夏巍巍的古老城池，在异族铁蹄轮番践踏下伤痕累累、沉陆多年之后，今日，又重新被夺了回来。

李穆取了长安！

据说，他的大军开到长安的那日，整个长安都为之沸腾。民众洒水清道，扶老携幼，出城数里之外，跪地迎接他的到来。

消息传开之后，义成全城亦是跟着沸腾了。

当日，几乎全部的城民，从四面八方拥到了刺史府外。

李穆不在，但那些人依然纷纷向着空门跪地拜谢。最前的几个白发老者更是老泪纵横，长跪不起。

他们都曾是长安城的故人。当年长安沦陷，他们幸运地逃离屠杀，从此浮萍飘零，苟延残喘，幸存至今。

离开时，黄口垂髫，而今鬓发苍苍。故土旧城，已经遥远得连梦中也不会记起了，没有想到，有生之年，竟然还能够听到它归来的消息。

洛神本无法和他们一样感同身受。但当她目睹这一幕时，她整个人亦被深深地感染了，心潮澎湃，乃至激动落泪。

她开始暗暗地盼着郎君的归来，数着手指，等了他一天又一天，度日如年。

终于，在传来长安回归消息的一个月后，洛神感觉好似已经等了漫长的三百年，这一天傍晚，李穆回来了。

这原本只是一个再寻常不过的暮春的傍晚。

夕阳西下，余晖照着静谧的城垣头上的垛口，将青黑色的城墙染成了深红色。城垣之外，一望无际的原野，芳草青青，远山头上挂着半轮落日，天际之上燃烧着的漫天晚霞，将一人的面庞映成了红彤彤的颜色。

洛神本以为他还要数日后才能到的。

他发给蒋弢和写给自己的私信里都是这么说的。

忽然，就在这个满布火烧云的暮春傍晚，一个斥候就这么纵马入城，奔到刺史府，给她带来了刺史提早归来，人已到城外的消息。

她方沐浴出来，懒梳头，慵着衣，闻讯，立刻从屋里奔了出来，刚奔到院子口，又被身后的阿菊生生地唤停了脚步。

"我的小娘子哎，你瞧你那模样……"

洛神又跑回了屋，一迭声地唤来侍女，梳头、换衣，一边催一边不忘照镜。

终于梳好了头，换好了衣裳，她爬上自己那辆小马车，催促着去往城门。

还没有别人知道刺史归来的消息。

城中，炊烟袅袅，耕夫结束了一日劳作，荷着锄头从田地归家，妇人唤着门外的孩童，孩童却贪恋着白天的这最后一缕天光，兀自嬉戏玩笑着，口中一边应着一边跑得更远。孩童认出了夫人乘坐的小马车，见车往城门匆匆而去，腼腆地停在路边，好奇地望着，随后大胆地追在后头，亦跑向了城门。

城门口的士兵如常巡逻走动，忽然见夫人来了，从马车中下来，神采照人，容颜殊色，皆不敢多望，低头行礼过后，方悄悄望着她飞快登上城墙的背影，皆面带困惑。

洛神一口气登上城墙，立在那日曾目送他誓师北上的墙头之后，睁大眼睛，眺望着城门外那条仿佛延伸到了远方地平线尽头的驰道。

李穆没有叫他的小妻子等待多久。

洛神站在城头，在漫天绮丽的晚霞中，看到远方出现了一列疾驰而来的人马。

战衣烈马，滚滚烟尘。

渐渐近了，不止她，城门附近的士兵和归城的民众也终于发现了。

"刺史归来——"

兴奋的呼喊之声此起彼伏，一传十，十传百，很快，原本有些冷清的城门口突然如同集市一般热闹了起来。

洛神飞奔下城楼，在身后之人的簇拥下出了城门，朝着正往这里而来的李穆迎去。

他纵马而来，身影越来越明。很快，洛神便看清了他的面容。

身畔那么多的人，他的两道目光却好似立刻寻到了她。

身后，越来越多的人拥出城门，迎接他归来的欢呼之声不绝于耳。

洛神忽然停了脚步，站在道上，望着他朝向自己纵马而来，越来越近。

乌骓终于将他带到了她的面前。

李穆停马，微微低头，望着她那张仰向自己的被晚霞烧红了的娇颜，朝她伸出一只大手。

洛神心跳加快，迟疑了下，亦慢慢地朝他伸出了自己的手。

他微微俯身，一下抓住她的手，轻轻一带，她便被他带上了马背，坐在了他的身前。

四周短暂寂静，继而又爆发出一阵新的欢呼之声。

耳畔，传来男子的低语。

"阿弥，长安为聘，你满意否？"

洛神便如此，和身后这个以长安礼聘自己的男子，在道旁越来越多闻声而出的民众的呼迎之下，从城门口同乘一鞍，回到了刺史府。

第三章

翁婿对酌

谷会隆死，李穆攻取长安。此战，令南朝李穆的声名再次震动天下。

闻风前来投军的北地汉人不计其数。

才短短一个月，他的兵员便迅速扩张。

李穆留孙放之、高桓等人驻守长安，训练新兵，自己和侯离的仇池兵以及两万军队先回义成。

当夜，刺史府前灯火通明，满城都是庆祝的欢声笑语。李穆将犒军之事交代给了蒋弢，自己便早早地回了后院，再没出来过。

直到次日午后，蒋弢在前堂等待良久，才终于等到了李穆。

蒋弢呈上了一道诏书，诏书发自建康皇宫。御笔玉玺，昨夜送到。

皇帝得知他为朝廷夺回西京，龙颜大悦，为彰显褒奖，布告天下，特命他即刻归朝面圣，受封接赏。

午日的明媚春光从半开的窗扇里照入，屋里静悄悄的，没有半点儿的声响。

记得自己走时，窗前那片她移栽的野石兰还在拔节抽叶。昨日回来，半圃的兰已是绽出了花，白的，紫的，兰香郁郁。这个静谧的午后，带着兰香的微风无声无息地漫入窗隙，轻轻地掠着床前一幅轻软的天青色床帐。

帐子半遮半挂，低低地垂着，被风拂动了一角，宛若微波漾动，替床里人挡着光，笼着若有似无沁人心脾的馨香。

她还醉睡未醒，脑袋微微地歪着，面庞枕着一截鲜藕似的玉臂，身子侧趴在枕上，一床轻薄的水色被衾，不知何时，被她伸出被角的一条腿给缠住了，从肩头被凌乱地挂扯下来，只掩至腰身，露出了整片散着乌发的光溜溜的雪白后背。

李穆从前堂回来，衣裳收拾齐整，人便坐在床畔默默地瞧着她的睡态。

想到此刻被衾之下那不着寸缕的模样，李穆眸色一暗，情不自禁，俯身靠了过去。手慢慢地探入被角，唇落在光滑的薄肩上头，轻轻触吻，停留了片刻，慢慢地沿着漂亮的蝴蝶骨和柔美的背沟一路往下……

长睫颤动了几下。

洛神被弄醒了。

是熟悉的、略带糙感的大手，在被衾的遮掩下摸着她光滑如丝的肌肤。

知是他回了，唇角微微翘了起来，人却依然沉浸在浓睡未醒的慵懒之中，感到浑身发酸，眼闭着不想睁开，只懒洋洋地缩了缩腿，又蜷起身子，以此表达她对这个从昨晚起便总不叫她好好睡觉的男人的不满。

男子非但没有停止动作，反而从身后将她整个人抱住了。

洛神还没睡饱，含含糊糊地嗯了几声，软软地抬臂想推开他，手却被捉住了。

唇改而印在她手背上，沿着她细细的雪白胳膊亲了上去，一直亲到她面庞。

男人和她继续耳鬓厮磨了片刻。

洛神听到耳畔传来一道温柔的问话声。

"还很累吗？"

她还是有点儿迷糊，下意识地摇头。忽然却仿佛想起什么似的，人一下彻底清醒了，睁开睡眸，点了点头。

李穆望着她睁大眼睛，戒备地瞧着自己的模样，忍不住笑出了声。

昨夜，对着自己这个热情无比的小妻子，他意兴盎然，放纵得几至狂宕的地步。数度云雨，今晨醒来，犹未餍足，抱着怀里还困得不行的小美人又温存了一遍，方拥着她眠至午时，直到蒋弢来寻，他才起身。她却还是困得很，仿佛连眼睛都睁不开，得知是蒋弢来找他，眼睛一闭，便又睡了过去。

补眠了一个上午，他已精神奕奕，却知她被自己累坏了，应是还没缓过来，见她终于醒了，问她肚子饿不饿。

"已过午了。我是怕你饿坏了，不如先吃些东西。若还困，吃饱了再睡。好不好？"

被他提醒，洛神才觉得自己饿得前胸贴后背了，乖巧地点头。

李穆摸了摸她脑袋，下了床，将帐帘挂起，也不叫人进来，自己亲自帮她穿衣。一件一件地穿好，方再次开门，唤人入内服侍洗漱。

两人一道吃了饭，又一起回了屋。

嫁他都一年多了，仿佛只有今天，他的白天是属于她的了。

洛神心情极好，哪里也不想去。一进屋，她便挂在他身上，要他抱自己。

"我浑身都好酸，走不动路了，都怪你……"她娇声娇气地埋怨，声音软得出水。

李穆微微蹲身，双手托住她，一下将她抱起，抱得高高的。

冷不防地离地三尺，比他还要高。洛神被吓了一大跳，"哎"了一声，抬手打他，要他赶紧放自己下来，不让他抱了。

李穆哈哈大笑，心下因片刻前收到的那个消息而引出的些许阴影，顷刻间荡然无存。

他将她抱到了床上，让她躺下，自己坐在床边，将她双腿搬放到自己膝上，替她揉捏起了腿脚。

他手法极好，捏得洛神服服帖帖，舒服地眯着眼睛享受着来自郎君的服侍。忽记起中午蒋弢曾来寻他，她便顺口问了一句。问完，没听他回答自己，顿悟，想着或许是什么不便说的军机之事，忙睁开眼睛。

"若是不方便和我说的事，不说也是无妨的。"

李穆的手停了下来，抬眼，注视了她片刻，微微一笑："无别事。只是昨夜到了一道建康的圣旨，宣我回去，要封赏于我。"

洛神倒没想到过是这样的事，起先有点儿诧异，坐了起来，再一想，又欢喜了。

"这是好事啊。郎君你攻取了长安，如此功勋，谁人能及？你依功封赏，天经地义。郎君打算何时动身？"

他没有立刻回答她，望了她片刻，才道："阿弥，你觉得，我该回去受封吗？"

洛神不禁一愣，对上他投向自己的两道目光。

方才乍听这消息，她起先意外，随即便只感到欢喜和骄傲了。为自己嫁了如今大英雄一样的一个郎君，与有荣焉。却未承想，他看起来似乎不愿回去受封。

她立刻想起先前他和父亲之间曾起过巨大分歧的那个问题。

他丝毫没有将父亲苦心维持的这个朝廷放在眼里，甚至，还大不敬。

当初便是因此，她才会被父亲从京口他的家中强行给带走。后来若不是自己执意追来此地，如今两人会如何，还未可知。

这半年多，她在这里和他一起经历了那么多，几乎忘记了还有这事。

此刻，突然又想了起来。她的心，蓦然一沉。

迟疑了许久，她终于说："郎君，如今的皇帝已不是从前我皇阿舅了。先前我阿姊的信你也看过的，陛下和阿姊亦是一心向好，新朝应是有中兴之心的。但你若真不想回去受朝廷的封，我绝不会逼你。你便回一道奏疏，说你并非藐视朝廷，抗命不回，而是义成和长安还不甚稳固，你军务繁忙，脱不出身，无法归京。他们如今给你发这道诏书，应也是出于好意。不要为了这个，和我阿耶，还有皇上他们起了不快，乃至惹他们疑心。好不好？"

她说完，用央求的目光小心翼翼地望着他。

李穆凝视着她，起先沉默着，片刻后，道："等这里的事都安排妥当了，我带你回去。想来，你也想见岳父岳母了。"

洛神终于舒了一口气。

她最怕的，就是李穆固执己见，在这个当口对朝廷公然不敬，落人口实。

只要他肯回，说不定就能感受到新朝的气象，继而慢慢改变想法。再乐观些，她更期盼着，有一天他和父亲一起同心协力，一齐做事。

何况，她也确实想念阿娘和阿耶了。

她爬了起来，跪坐在他的身边，带着感激似的几分讨好，低低地呢喃："郎君，你对我真好。"

她微微地红了面，悄悄握住他的一只手，将他引向自己。

李穆闭了闭目，抽回了手，改而将她搂住，带着她，和她并头躺了下去。

他亲了亲她温暖的额，柔声道："我也有些乏。你陪我再睡一会儿。"

洛神昨夜实在被他折腾得狠了，真的还没睡够，便乖巧地缩在李穆的怀里，被他搂着，闭上眼睛，很快，又沉沉地睡去了。

李穆凝视着在自己身边安然睡着了的妻子的恬静面庞，心里那片起先因她而散去了的阴影，再次慢慢地笼罩回来。

如今的这个新皇帝，甚至还不如兴平帝。

至少，兴平帝还有几分争心。

而这个皇帝，留给李穆的唯一印象，便是贪图安逸，只顾享乐。

李穆记得梦中的场景，最初皇帝还能收敛些。在登基次年，高峤死后，他便彻底只知风花雪月，朝政由高雍容和新安王萧道承把持，与许泌、陆光这些士族明争暗斗。直到数年后，许泌叛乱，他救驾平叛。而这个皇帝，在许泌叛乱之时，连惊带吓，死在了逃亡的路上。

李穆可以肯定，昨夜送达的这封诏书，托名圣旨，背后之人，必定是高雍容。

他也猜得到，高雍容如今应该还只是想笼络自己。催他回建康受封，想来不过是想要明确长安城的归属，更借此机会向天下昭告，在外之臣，哪怕立下再大的功劳，亦受制于朝廷，只是萧室之臣。

倘若没有此刻怀里的这个女子，今日，他是绝不会答应奉诏回去的。

既出来了，乱世自主，荡平中原，被冠以南朝乱臣贼子之名又如何？便是这萧姓南朝，他亦可取而代之。

但因为有了她，他便也和这个朝廷有了千丝万缕的羁绊。

她除了自己这个丈夫，还有父母、亲族，以及这个皇朝带给她的一切地位和荣耀。

那些都是属于她的一部分。

他做不到完全不顾她的意愿，强行要她为了自己，生生地和这一切割裂。这一点，从当初放不下执念，强娶了她的那一天起，他便知道了。

就在方才，听到她用讨好的语气，对他说，他对她真好，又娇羞地讨好自己时，有那么短暂的一刻，他仿佛又看到了梦中洞房之夜的那个她。

只不过，梦中的她，是有求于他。而如今的她，是害怕他和她在乎的家人决裂。

曾经的她是何等骄傲，他记忆犹新。他也想着，宁愿她一世都保有当初刚嫁他时的那种高傲天真。

然而，他终究还是做不到。

娶了她，却叫她如今在自己面前如此的小心翼翼，甚至想要讨好于他，乖巧得令他心疼。

有得便有失。得到了她，他便不得不为她，向这个皇朝做出自己的退让。

这一辈子，他想他是不会重蹈梦中的覆辙了。

但今日，当这似曾相识的一幕，再次在他面前徐徐展开时，他只盼着，等到了图穷匕见的那日，此刻在他身边安然卧眠的她，能依旧这般满怀地信赖于他。

她的余生，皆托于他手。

他是她一辈子的郎君。

李穆慢慢将怀中的小妻子搂得更紧，脸向她贴了过去，深深满嗅了一口来自她发肤的馨香，闭上了眼睛。

洛神深深地热爱义成这座城池，也喜欢自己现在住的这地方。

她是亲眼看着这座城池如何从她刚来时的满目荒凉，慢慢变成如今这样一个充满了烟火气息的居住之地。更不用说，这个刺史府里的一草一木、一砖一石，都是她亲手拾掇过的，更是充满了感情。

但是，建康也是她出生和长大的地方，离开久了，未免也会想念。更何况，那里还有她的阿娘和阿耶。

从李穆答应回建康的第二天起，洛神便开始暗暗期待。

叫她有点儿意外的是，那道诏书后，没过几日，义成竟又来了皇帝的特使。

特使是那位当初曾主持过李穆和陆柬之的重阳比试的老熟人——侍中冯卫。

冯卫带来了皇帝的诸多赐物。除了寻常的饼金、贵器、帛缎等物之外，竟然还给义成派来正紧缺的精通营造和各种工技的匠人以及来自太医院的太医，不可谓不周到。

洛神很是高兴。

李穆带着她谢过天恩，又向冯卫致谢，道他一路辛苦。

冯卫笑眯眯地说："李刺史不必多礼。你代朝廷取回西京，大虞谁人不敬你三分？能奉旨来此，伴刺史和夫人归京受封，乃我冯卫之幸。刺史倘若安排得出，可否早些动身？满建康的民众，都知道李刺史你要回京受封的消息了，日日在等着呢。"

洛神看向李穆。

他望着冯卫，道："我这里事情已安排妥当，一切由钦差定了便是。"

冯卫大喜，立刻道："择日不如撞日，那便明日归京，刺史意下如何？"

李穆将带回来的大军留在了义成，事务交托给了蒋歆，次日便带着洛神，踏上了南归的路程。

这一年的五月，建康城的大街小巷飘满了白色柳絮的时候，离开建康已经将近一年的洛神伴在丈夫的身边，再次踏上了这片她熟悉的土地。

太康帝为彰显对李穆的荣宠，在他抵城当日，命朝廷四品下的官员悉数出城迎接。

这样的待遇，从前也就只有高峤、许泌等极少数超一品的大臣才有过，满朝无不欣羡。

那一日，建康城的民众，早起便看到数百身穿官袍的人乘车坐轿，纷纷来到城北十里外的长亭，顶着日头在那里翘首等候。

李穆携洛神抵达时，天已向晚，但长亭两侧却依然站满了等候着的建康官员。

似乎已经无人再记得当初，当他以别部司马的不起眼身份横空杀出，娶走高氏女郎之时，曾加在他身上的那些无情的嘲笑和恶意的鄙视。

虽然已是等了大半日，众人无不又饿又累，但看到李穆一行车马出现之时，却无不笑容满面，争相上前，恭喜道贺之声不绝于耳。

攻无不克的战神，南朝人的荣光，皇帝的新宠，高峤的女婿，这就是今日的李穆在这些人眼里的样子。

人人都想，李穆这个出身寒门的武官，今日起始，必是真正要飞黄腾达了。

李穆态度谦逊，远远便下了马，立于道上，向这些等了自己大半日的官员们作揖致谢。随后，一行车马被簇拥着入城，他护着妻子的马车骑马在前，数百官员紧随其后，队列迤逦，场面壮观，从城门到高家，吸引了不知多少民众驻足观看。

李穆在建康并无私宅。他人尚在路上，皇帝便已赐下一座大宅，奴仆车马，一应俱全。高峤前些时日也特意派高七去了京口，想将李母接来，却被卢氏婉拒，也只能作罢。

得知女儿女婿今日抵京，他特意早早从台城回来。因高胤如今人在广陵作战，遂派了族中在京的另外几个侄儿和高七到城外迎接，引他夫妇二人直接先回了高家。

马车停在高府大门之前，双门大开，家中奴仆早一字排开，在门外等候。他夫妇二人脚还未踩地，便早有家人将消息一路飞快地传报进去。

萧永嘉闻讯极是欢喜，见丈夫亦目露喜色，分明比自己更迫不及待，眼见他人都朝外飞快地走了几步，却又突然停下，摆出一副不甚在意的样子，道了声"叫阿弥回来去书房见我"，转身走了。

萧永嘉丢给他背影一个白眼，自己去了前堂，亲自去迎女儿女婿。

洛神跨入门槛，心情激动万分，快步往里而去。穿廊过庭，还没走到前堂，远远看见抱厦门里出来一道身影，正是自己母亲。她唤了一声"阿娘"，丢下身边还同行着的李穆，飞快地朝她跑了过去。

"阿弥！"

萧永嘉笑容满面，伸臂将想念着的娇娇女儿搂入怀中。

洛神扑到母亲怀里，忍不住又哭又笑。

萧永嘉抱了女儿片刻，定神端详她。

大半年不见，女儿面若芙蓉，颜色鲜艳，出落得比从前还要好上几分，萧永嘉心里满意了，见李穆也笑着来了，忙伸指点了下女儿的额，笑着附耳道："快莫哭了！叫女婿瞧见了，还以为你是在向我诉苦呢，当心他不高兴。"

洛神破涕而笑，撒娇摇头："他才不会呢！"回头看了眼他，擦去了眼泪。

身后，李穆已经上前来，笑着向萧永嘉见礼。萧永嘉忙上去几步，叫他不必多礼，随即引着女儿女婿朝里面去。

"阿娘，我阿耶呢？"洛神入了前堂，朝里张望，却不见父亲的身影，忙问。

萧永嘉正想开口，却听身后传来一声咳嗽，转头，见丈夫不知何时竟自己出来了，正背着双手，一脸严肃地从后堂而来。

她强忍住笑，下巴指了指："那里，他不是来了吗？"

"阿耶!"洛神又朝他奔去,"阿耶,你怎么比我走前瞧着又瘦了?"

洛神奔到高峤面前,捉住父亲的手,心疼地打量着他。

高峤方才本想憋着,等李穆先来见自己的,结果进了书房,终究还是忍不住,又转了出来。

他对自己的女儿是真的疼爱。她被人带走,一去不回,连自己也不要了,每每想起,他就觉得失落痛心,今日终于等回了女儿,和萧永嘉一样,见她面若朝霞,气色很好,心知和李穆应当过得不错,心里又是酸,又是喜。

毕竟是做父亲的,女儿也大了,久别重逢,心里虽充满着喜悦,但当着别人的面,却也不像妻子一样情绪外露,只含笑低声抚慰着女儿。

这边父女见面有叙不完的话,那头萧永嘉招呼着女婿,笑道:"你岳父知你今日抵京,特意早早就从台城回了家。先前还派人去了京口,本想将你母亲和阿妹一并接来,好叫你们一家早些得以见面,只是你母亲不来,他才无奈作罢……"

正说着,高峤又咳嗽一声,打断了萧永嘉的话,说:"今日台城无事,我便早些回了。且举手之劳,有何可说?"

李穆见老丈人一脸正色,从现身后,似乎就没瞧过自己,便走到了他的面前,恭敬地行了一礼,说:"有劳岳父费心了,多谢。小婿很是感激。"

高峤淡淡地唔了一声,对妻子道了句"你招呼吧",而后转身去了。

萧永嘉见丈夫一副煮熟的鸭子还嘴硬,似依旧在和女婿赌气的模样,又是好笑,又是好气,也不理他,只对女儿女婿笑道:"你们一路辛苦了,屋子早给你们收拾过,是阿弥从前的闺房,你们先去歇个脚,也不早了,歇一会儿便出来用饭吧!"

李穆向她道谢。

洛神欢喜地引了李穆走在她熟悉的家中,一路给他指点各处,说说笑笑。最后穿过一道墙间的月洞门,来到了一个庭院。那里正是她少女时代的闺房所在。

院中湖石假山,芭蕉萝薜,花木错落,掩映有致,清幽中一片开阔。

入了外间,迎面便是整整一墙的书,架子高过人顶,上头纵横堆了书籍。对面一只多宝格,靠墙有张长案,上头摆了个白底青叶纹的大肚瓷瓶,口子里插了枝珊瑚,另一把大蕉扇,边上是只仿古绿铜的双耳香炉,再过去,一榻,一棋枰,一架古色斑斓的琴,一只存琴谱的案格,上头斜插玉箫,此外,干干净净,不似脂粉闺阁,倒像是个书房。

李穆环顾着四周。

一个仆妇在旁笑说:"小娘子,你走之后,我们日日都来洒扫拂尘,就等着你回呢。除了前两日新换的应季的纱窗和床帐，你走之前如何，如今还是如何。你瞧，可有哪里不满意的？"

洛神心中生出一种归家之感。入内室，见床具摆设果然皆是从前模样，只换了顶银红色的烟罗帐，笑道："都好，无不妥之处。"

下人们便忙着归置随身之物，又送入净面的水。

洛神洗了手脸，重新梳头，换了身衣裳，神清气爽地出来，见李穆还在外间，站在她那架琴前打量着，也不知道他在瞧什么，走了过去，笑着说："你看什么呢，不见个人！快些洗脸洗手，换了衣裳，好去吃饭。我肚子饿了。"

李穆仿佛才回过神，收了目光，回头朝她一笑，走了过来。

他才换好衣裳，外头便有人来催唤了，于是一道出来，转去饭堂。

高峤并未叫人陪饭。晚饭饭菜丰盛，却只自家四人而已，也无那些男女分桌的规矩，一道入席。

用饭之时，高峤依旧无话。饭毕，也未多说什么，先叮嘱女儿早些歇息，看了眼李穆，道了句"你随我来"，说完去往书房。

李穆立刻起身，向萧永嘉辞别，又对洛神道："阿弥，你陪岳母先说说话，等见完岳父，我便回房。"

洛神望着前头他随父亲而去的背影，想着父亲今晚对着李穆，态度一直很是冷淡，心里有点忐忑，唯恐私下父亲要给他难堪，犹豫着要不要先截住父亲提醒他一番。

女儿的担忧之色，又怎逃得过萧永嘉的眼，她走了过来，笑着牵住洛神的手。

"放心吧，我知道你阿耶，他不会对女婿怎样的。走吧，回屋去。"

洛神这才放下了心，伴着母亲，两人一道回了屋。

李穆跟到书房，停在高峤的面前，再次见礼。

如萧永嘉所言，私下对着女婿，高峤的态度便和在妻女面前截然不同了，颇是温和。

高峤命他入座。

李穆向他道谢，隔着张案，坐到了高峤的对面。

高峤开口便问战事经过。

李穆将自己收到谷会隆大军南下消息后的整个经过说了一遍。

高峤听得很是专注，不时插话发问，就连一个细节也不放过。

随着李穆的叙述，看得出来，他的情绪似乎渐渐变得有些激动。等李穆讲完他提早派遣高桓等人奔赴长安阻止屠城，终于得以安然接手长安之后，沉默了良久，唏嘘道："敬臣，这回你不但为朝廷立下大功，于民亦有再造之恩，是我小看了你。先前你所立的一年之约，我是输了，却输得好！我大虞，若能多得几个如你这样的忠臣良将，又何愁失地不复，民无所依？"

他语气慨然，双目微烁，眼角隐有激动泪光闪烁。话刚说完，两道目光又紧紧地盯着对面的女婿，似意有所指。

李穆心知肚明。

老丈人一顿猛夸之后，不忘暗中提点，无非就是要自己紧紧跟随他的脚步，忠于这个朝廷。

他垂眸，恭敬地说："立下寸功，亦是以侥幸居多。岳父如此称赞不敢当。"

高峤摆了摆手："何必自谦！你之才能，有目共睹。今日陛下在我面前亦对你多有赞赏。明日一早，你上朝受封便是。"

李穆道谢。

高峤又问他离开后的长安驻防情况，神色变得凝重。

"谷会氏和吐谷浑部如今在夺秦城，自顾不暇。北夏亦要应对我大虞联军，一时无力西进。但我前些日子刚得到消息，慕容西已召集旧部，复立燕国，和柔然一战，打败了柔然，夺取了萧关，势头又起。等他在关外站稳了脚跟，以他的野心，必觊觎关内中原。此外，氐人所立凉国、匈奴之赵……"

他眉头紧蹙。

"长安便如肉饲群虎，不能有半点儿疏忽！"

"岳父放心，"李穆立刻道，"我已安排重兵把守。且长安至义成，沿途数个重要郡城皆入我手，军道畅通无阻。一旦有风吹草动，驰援便可发去。且我亦不会在此久留。过些日子，便回去。"

高峤点头："你胸有丘壑，我便放心了。长安是你为朝廷打下的，刺史之职也无人比你更能胜任了。皇上纳我之言，明日朝会之时，亦会封你为长安刺史。望你往后恪勤匪懈，为朝廷亦为天下谋安。"

李穆应是。

高峤案前放着一信。他取出信，推到了李穆面前。

李穆接了过来，展开，见是许陆联军大约于半个月前发来的一份胜报，道联军已合力从北夏手中打下了重兵防守的南阳，随后兵分两路，许军攻颍川阳翟，陆家打郾城，计划各自攻下目标之后，双方合围，从左右同时攻打洛阳。

"敬臣，你对联军北伐之势，如何看？"高峤问他。

李穆放下信，斟酌着应："陆氏霸府实力如何，我因先前没有往来，不敢妄下结论。但许氏大军若真能由杨将军全权统领，自主用兵，北伐应是有所成就。"

"好！"高峤击掌赞叹，"杨宣将军我从前亦有过数面之缘，确实有大将风范！连你也如此推崇，极好！你已取回长安，若此次联军能上下齐心，一鼓作气，将洛阳亦从胡人手中夺回，彻底荡平乱寇，还一个一统天下，万民皆安，则我高峤，此生再无遗憾！"

李穆沉默。

高峤的情绪却因和女婿今夜的这一场对答，被彻底点燃，显得很是兴奋，又笑道："我藏有西域来的极好的葡萄酒，号称十年不败，若醉，弥月方解。平日我无心饮酒。今夜难得你也在，月色正好，你我翁婿，不如月下对饮，尝尝这西域美酒，你意下如何？"

他口里问着女婿意下如何，却是话刚说完，不等李穆回答，便立刻起身，大声命人去将他所藏美酒搬到庭院，又领了李穆同去。

李穆见丈人兴致勃勃，前所未见，又怎会扫他兴致？

一笑，便随他而去。

洛神和萧永嘉进了屋，母女之间说不完的话。

虽往来信件上也有所提及了，但萧永嘉依然细细地问她在义成那边的生活，洛神亦一一作答。

方才见了阿菊，萧永嘉已是得知女儿尚无身孕，因自己心里揣着件心事，便问了一声。

洛神听母亲问起孕事，脸一下红了，带了点儿忸怩，说："是郎君的意思……先前说那里还不稳，怕我辛苦，就……"

萧永嘉便明白了，笑道："我从未见过如此体贴妻子的男子。从前你刚嫁他时，阿娘还百般不忿。如今才知，我女儿的确嫁了个如意郎君。"

洛神感到甜蜜无比，依到萧永嘉的怀里，抱住了她。

阿耶和阿娘，真的已是和好了。

记得去年她离家，毅然去往义成寻李穆质问之时，父母关系还很是僵，当时为究竟是否放她过去，两人还争执了起来。

后来，她和阿娘相互往来通信。碍于关山阻隔，虽通信次数有限，但从母亲来信的字里行间，洛神亦能读出，阿娘和阿耶的关系似乎在慢慢变好，尤其最近几个月，应当亲密得很。

今日到家，果然如此。阿娘看着阿耶的眼神和从前截然不同了，充满了柔情。

她双手抱着母亲的腰身，闻着她身上散发的她从小熟悉的幽幽兰香，低声道："阿娘，郎君说，这趟回来，也不会在建康停留多久。你和阿耶都这般好的话，即便是见不着你们的面，我也放心了。否则从前那样，你二人分开，阿耶无人照顾，阿娘亦孤单一人，我想起来就觉得难过。"

女儿的体贴和记挂，叫萧永嘉心中很是宽慰，便又想到了自己的那桩事，迟疑间，正不知该如何开口，见女儿忽然松开了抱着自己腰身的手，坐直身子，打量着她，神色带着欣喜。

"阿娘，傍晚我回家，一眼看到你，就觉着你比从前丰盈了些，方才抱着阿娘，身上好似也长了些肉。如此极好。从前阿娘就是太瘦了。"

萧永嘉如今已有四五个月的身孕了。最近脱了衣裳，不但小腹开始微微显怀，人比起从前，确实也如洛神所言，丰盈了不少。

自从知道自己有孕后，萧永嘉便极其小心，今早，太医再来给她问诊过后，说胎象已稳，叫她放心，往后安稳养胎便是，终于叫萧永嘉彻底放下了心。恰好今日，女儿女婿也回了家，如同双喜临门。

女儿都如此大了，自己却还要开口和她说这种事儿，实在有点儿叫人难以启齿。听她正好提及这个话题了，便试探道："阿弥，阿娘若再给你生个阿弟或是阿妹，你觉着如何？"

洛神立刻点头。

"阿娘，我方才就还想说，我很早前就想着，你和阿耶，若能再给我生个阿弟阿妹，那就好了……"

她忽然停了下来，视线落到萧永嘉的小腹上，迟疑了下，伸手过去，轻轻摸了摸，蓦然睁大眼睛，眸中充满了惊喜："阿娘，难道你已经……"

萧永嘉见被女儿猜出来了，含笑点头。

"已有四五月了。昨日太医方来瞧过，说一切都好，叫我放心。"

洛神没有想到，回家后，迎接她的竟还有如此一件大喜事，高兴得简直不知道该如何才好了。

"阿耶岂不是要高兴坏了？"

想到父母之间有爱，叫少女时代几乎都在惶然中度过的洛神，顿时感到幸福无比。

女儿如此热烈的反应，终于叫萧永嘉放下了心，笑道："你阿耶啊最糊涂了，眼睛里只盯着他自己的朝廷事，我说什么他便信什么。他还不知道呢！"

见洛神迷惑不解，解释道："太医起先说不稳，我怕万一不好，便没告诉他。今日早上，太医来瞧过，说稳妥了。趁着今日你回家的喜事，晚上我便告诉你阿耶。"

洛神欢喜无比，连连说好。母女俩又说了些话，渐渐晚了，萧永嘉便叫阿菊去书房瞧瞧，看那翁婿俩的话讲得如何了，却没有想到阿菊来，说相公和李郎君不在书房了，两人去了庭院里。

"相公瞧着有些醉了，拔剑在墙上教李郎君写字呢……"

阿菊说着，仿佛在极力忍笑。

萧永嘉和女儿对望了一眼，站了起来，道："瞧瞧去！"

洛神挽着阿娘胳膊，一齐来到父亲书房外的那个庭院。见院中一案，案上草草杯盘，残酒见底，父亲也不知喝了多少酒，逸兴遄飞，竟离席，如阿菊说的那样，以剑代笔，在庭院的一道白泥墙上写字，似在教导着一旁的李穆。

洛神隐隐听他道："敬臣，字，如人之门面，极是重要。或以气韵流畅，凤泊鸾漂为上，或取劲骨丰肌，风流多变。当日重阳题试，我见过你的字，汪洋恣肆，下笔风雷，横扫千军，可算是力透纸背，但若真的品评起来，离上等差得太远。亏得那日我未考书法，否则，你定会败于柬之之手。你瞧仔细了，我把那日你写过的许泌之作写在此处，你无事的话，不妨揣摩揣摩……"

他运剑如飞，剑尖如笔，在墙上唰唰地划出大字。白泥随着他走剑，不断从墙上落下。

从小到大，洛神还是头回见到父亲这般狂放的模样，先是惊讶，后又忍俊不禁。

萧永嘉更是好笑，又觉好气，扫了眼席上的残酒，皱眉道："你这是做什么呢？会写几个字，便要在女婿面前卖弄？也不怕人笑话！"

高峤很久没有如今夜这般心情畅快了，方才和女婿月下对酌，高谈阔论，酒亦是一杯杯地下腹，渐渐有了醉意，年轻时骨子里的那股子名士作派便冒了出来。

他工书法，是当世排得上名的书法大家。从前见过李穆的字，很不认可，一直耿耿于怀，今夜趁着酒兴大发，忍不住便要教他写字。

李穆毕恭毕敬，在一旁听得很是认真。

翁婿正一个写一个看，突然听到身后声音，一齐回过了头。

萧永嘉见丈夫面带酒色，分明是喝醉了，上去道："好了，也差不多了，该散了。女婿行路辛苦，明日还要上朝，你抓着他教什么字！叫他回屋早些歇息了！"

高峤意犹未尽，但见萧永嘉已经寻了过来，又如此发话，无可奈何，只好放下剑，又谆谆叮嘱了李穆一番，才被萧永嘉扶着走了。

洛神目送父母相携而去的背影，上去道："郎君，你醉了吗？"见李穆摇头，便笑道，"我阿耶今日难得高兴，他是醉了。等明日醒来，他知道强要你学他的字，定会后悔。也不早了，咱们回屋吧。"说着牵住了他的手。

李穆回首，看了眼墙上那几列高峤所划的字，慢慢地反握住了洛神的手，随她迈步而去。

高峤跟着萧永嘉进屋，脚底一个趔趄，半边身子压在她肩上。

一旁紧紧跟着的几个仆妇如临大敌，见状"哎哟"一声，七八只手抢着伸了过来，要将他从主母身上拉开。

萧永嘉摆了摆手，叫阿菊和自己一道扶了丈夫，带到床上躺了下去。

很快醒酒汤便送来了。萧永嘉喂丈夫喝了下去。下人又送水进来。她坐在床边，亲自替他擦脸，擦身，一番忙碌，终于安置了下来。

高峤闭目躺了片刻，方才腹中那股子酒的冲劲终于缓了些。

耳畔静悄悄的。他睁眼，那些仆妇都不见了。床头灯架上燃了一盏夜灯，帐中光线昏暗。转过脸，妻子睡在自己身边，额面贴在他的肩膀上，闭着眼眸，一动不动，仿佛已是睡了过去。

高峤盯着她的睡颜看了片刻，渐渐感到口干舌燥，忍不住朝她伸过去一只手。

两人已是有些时日未有房事了。因她说那日请太医来看，说身子虚，需要慢慢调养，房事不便。妻子都这么说了，他自然不会强迫。至今已有三两个月。

以前一个人时，不会想，经年累月，也就这么过下来了。

如今对着她，夜夜同床共枕，自然又不同了。

他有点惦记着。

掌心轻抚妻子柔软温暖的皮肤，感到她比先前似乎又圆润了。想她最近精神好，胃口也比从前要大了，吃得不少。

他更喜欢她丰腴些。但时下女子皆追求身姿飘逸，他又知她一向最是爱美，怕她介意禁口，便没在她面前提及半句，装作不见。

感到怀中女子动了动，似乎醒了。

高峤忍不住，借着几分酒意，附耳低声问："阿令，太医可有说，身子何时可以调养好？"

萧永嘉一直醒着。忽听丈夫如此发问，感到他停留在自己身上的那只手臂慢慢地收紧，怎会不知他所想。

她有孕的事，身边那几个亲近服侍的人早都知道了，高峤却至今浑然未觉。一开始，她自然是怕胎儿不稳，想等情况稳定了些再告诉他。于是逢他亲近，便以调养身子为由婉拒。他信以为真。

那段时日，见她吃着药，精神也不济，整日恹恹的，他事情虽多，但每日也会尽量早地回来陪伴她。叫萧永嘉心里感到极是妥帖。

后来身子渐渐稳了，她想告诉丈夫，又逢许陆北伐事多，高峤又丢下她自己忙个不停，天天地早出晚归。

连萧永嘉自己都觉得胖了不少，丈夫却视而不见，眼睛只盯着朝廷那些事，对她身体发生的变化，仿佛完全没有感觉，叫她又是好笑又带着恼，加上太医那里还没给个准话，索性又忍了下来。她倒要瞧瞧，他到底哪天才会自己发觉。

今日终于从太医嘴里听到了期盼已久的话，女儿女婿也回来了，萧永嘉得偿所愿，心情愉快，按住丈夫那只留在自己身上的手，睁眸："你都没觉着，我比先前胖了些吗？"

高峤摇了摇头："未曾。"说完，见妻子盯着自己，想了下，赶紧又加了一句，"不管肥瘦如何，我都觉得好。"

萧永嘉忍住笑，带着丈夫那只手掌，慢慢地来到自己的小腹，道："你摸摸看，这里和从前，可有不同？"

高峤轻轻抚摸妻子已带肉感的小腹，正想闭着眼睛说和从前一样，忽然留意到她双眸凝视着自己，眼底似有喜悦光芒闪烁，令她整张面庞充满了叫他看得舍不得挪开视线的柔情，愣了片刻。

突然，一个不可思议的念头自他脑海里跳了出来。

几个月前开始，妻子突然不和自己亲近，那段时日，她人恹恹的，总爱睡觉，他不放心，特意还去问过给她调养身子的太医，太医说无事，后来他事情忙碌，见她渐渐恢复了精神，胃口好了，人也胖了，也就再没多想别的了。

此刻被她如此提醒，他便是再糊涂，也知有异。

他终于想了起来。

很多年前，她刚怀上女儿的时候，起初那几个月，身体似乎也和如今有些相像……

高峤顿时血液沸腾，心跳加快，却又觉得自己似乎没有如此的运道。

他感到难以置信。

"阿令……难道你……"

他盯着卧在枕上的妻子，迟疑了下，那句话，竟不敢问出来。

萧永嘉见丈夫如此紧张，比她记忆中，当年他得知她怀女儿时的反应还有过之而无不及，再也忍不住了，翻身背向着他，肩膀微微耸动，笑得是花枝乱颤。

高峤见她如此反应，便是再迟钝也明白了。

他狂喜不已，飞快地爬了起来，双手握住妻子肩膀，将她身子扳了过来，朝向自己。

"阿令！你没骗我？真的？我真的又当阿耶了？"

萧永嘉一边笑，一边看着丈夫，点了点头。

"都四五个月了。起先太医说胎象不稳，我便想缓缓再告诉你。谁知我一好，你眼里就又没我了。我天天地胖，你都没半点留意。我就想瞧瞧，我要是不说，你到底哪天才能想到自己又当阿耶了。"

她的语气带了点埋怨，却又充满了爱意。

高峤呆呆地看了她片刻，突然仿佛反应了过来，大笑，从床上一骨碌翻身下地，连鞋都未趿，赤着脚走来走去，仿佛唯有如此，才能表达他此刻那种激动万分的心情。走了几个来回，他突然又停住，抬手重重地敲了一下自己的脑壳，露出懊恼的表情，奔了回来。

"我竟糊涂至此！阿令，真是委屈你了！你消消气，你打我！"

他将萧永嘉抱在怀里，不停胡乱地亲着她的脸，嘴里絮絮叨叨个不停。

萧永嘉笑着，伸手推开他脸，扇了扇面前的风："谁高兴打你！一身的酒气，离我远点！"

高峤急忙松手，往后挪了挪，却不提防自己本就靠着床沿边，这一挪，竟挪了个空，"咕咚"一声，整个人从床上倒栽了下去。

萧永嘉吓了一跳，慌忙探身出来，见丈夫摔到了地上，闭着眼睛，一动不动。

知他和女婿今晚喝多了，这么重重一摔，一时怕是起不来，又是心疼，又觉好笑，嘴里埋怨着，急忙下了床，想把他从地上扶起来。不料腰间一暖，低头，见丈夫伸臂，已是抱住了自己。

高峤从床前地上起了身，抱起妻子，将她送回到床上，小心地放在枕上，自己也靠了过来，再次抚她小腹。

"阿令，我真的没有想到，我都这岁数了，还能再有个孩子！辛苦你了……"

萧永嘉凝视着身畔这个她少女时便一见钟情的男子，手指慢慢地抚过他那张已然不再年轻，却依旧叫她心深系之的面庞，柔声道："我不辛苦。再给你生个孩子，是我的本分。"

高峤心情激动，将妻子轻轻揽入怀中，和她温存了片刻，忽然想起女儿。

"阿弥可知道了？"

萧永嘉点头："她极是欢喜。"

高峤松了口气，搂着妻子，感慨万分。

"阿令，我得妻如你，又有女阿弥。而今女婿立下了旷世奇功，非但没有居功自傲，今夜我和他一番对谈，观他态度，较之从前，反而少了几分桀骜。我知他心性深沉，便是依旧对朝廷不满，也不会再叫我知晓的。但他如今肯顺服，便是好事。慢慢来吧！但愿帝后不负天下，不负臣民，真正有所作为。日后，他若真能与我勠力同心，扶持大虞，待他成为朝廷肱骨砥柱之日，便是我退隐之时。到了那日，我带你，还有你腹中咱们的孩子，一道归隐田园。则我高峤，此生再别无遗憾了。"

萧永嘉未出声，出神了片刻，在丈夫的怀里慢慢闭上了眼眸。

阿娘带走了醉醺醺的阿耶，洛神也带着郎君回了房。

看他分明未醉酒，却又好似喝醉了，或是不知触了他哪根筋，竟不管白天行路辛劳，硬要胡天胡地，又累她到了半夜，好容易才放了她，叫她睡了过去。

次日，洛神终于睡醒，李穆早就上朝去了。

侍女说，李穆一大早就起了身，叮嘱不要吵醒她，他自己随相公上朝去了。

洛神洗漱穿衣完毕，去了母亲那里。

萧永嘉也刚起床没多久，正要叫人唤她来和自己一起吃早饭，见女儿自己来了，命人摆上饭，母女一起吃着。

洛神见母亲气色很好，想起昨晚她说回房告诉阿耶怀孕喜讯的事，忍不住问："阿娘，昨晚我阿耶怎么说？"

萧永嘉想起丈夫今早四更就醒了，摸着自己的肚子，到五更还不想出门上朝的一幕，对女儿，却只道："你阿耶很是高兴。"

洛神知道母亲肯定有所隐瞒，捂着嘴偷偷地乐。

萧永嘉白了女儿一眼。气氛正轻松着，阿菊进来了，说外头来了辆宫车，皇后派了个宫使过来，说是来接阿妹进宫，姐妹叙话。

这本也在洛神的预料之中，很是高兴，立刻点头，转向母亲笑道："阿娘，我在信里和你说过的吧？先前我在义成时，阿姊派人给我送了好些东西，我正想着亲口向她道声谢呢。"

萧永嘉慢慢地放下筷子，叫阿菊先去招呼那宫使，说小娘子要梳妆换衣，叫人稍候。

阿菊应声，转身匆匆离去了。

虽然姐妹关系从小亲善，堂姐待自己比亲姐还要好，但阿姊如今毕竟是皇后，也不能因为关系亲密，便叫她等自己太久。

洛神立刻起身回屋，重新梳头换衣。匆匆收拾妥当，正要出门，见母亲来了，她急忙迎了上去，扶她坐下："阿娘，你肚子里有我阿弟阿妹，要小心，有事唤我一声便是，自己不必特意过来。"

萧永嘉笑道："阿娘又不是纸做的人儿，吹一口便倒。放心吧，我自己有数。"她打量了下女儿，点头，"我女儿真是出落得越来越漂亮了，比阿娘这么大时，好看了不知道多少。"

洛神知道母亲是建康数一数二的美人儿，年轻时更不用说了，便捉住她衣袖晃了晃："阿娘，你又拿我取笑了！"

母女笑了几句，萧永嘉便叫人都出去，带上门。

洛神见她似乎有话要说，收了笑脸，看向母亲："阿娘，你可是有事？"

萧永嘉望着女儿："阿弥，敬臣今日上朝，你知是何事？"

"应当是皇帝姐夫封赏郎君吧？"

萧永嘉点了点头："不错。他已是卫将军了。再往上，便是车骑、骠骑，还有大司马。大司马一职，从你皇阿祖时起，朝廷便不再设，应当不会轻易再封。我若所料没错，今日应会封他骠骑将军，也是二品的正职，是如今武官所能做到的最高官职了。"

洛神出生于大贵之家，若不是当初高峤力辞，她自己也是郡主，怎会将这官职放在眼中？

但想到这是自己郎君靠着军功挣来的，从初赴义成的四壁荒野，到有今日，个中艰辛，再无人比她更清楚。

这官职，在她心中，分量自然也是与众不同，格外沉甸。

"郎君能有今日，全是他应得的。"

她的语气，不自觉地多了几分骄傲。

萧永嘉点头："确实。但旁人只看他升官加爵，又怎知他是如何得的？你却不一样，你是他的妻。"

"阿弥，你从小被我和你阿耶捧在手心里养大，天真有余，防人不足。须知如今，你和从前不一样了。做功臣之妻，尤其敬臣这样的功臣，遇人遇事，你要多留心眼。不能旁人说什么，你便信什么。人心难测。世上有一心对你好的人，便也有那些看似忠善，实则暗怀心思，想要以你为谋之人。"

洛神还是第一次听母亲和自己说这种话，心中一凛，立刻点头："阿娘，我明白了。我会记住你的话的。"

萧永嘉微笑："你从小就聪明，日后你自己若多留心眼，阿娘也就不怕你吃亏。"

洛神本就是个冰雪聪明的人。母亲早不说，晚不说，偏要挑她就要进宫去见堂姐的这个时候，突然特意和自己说这些话……

她迟疑了下，试探地问："阿娘，你莫不是提醒我，要提防阿姊？"

话问出口，她自己都觉得匪夷所思。

阿姊和她从小一起长大，对自己这么好，阿娘又不是不知道，怎会意指阿姊？

她急忙摇头："我若想错了，阿娘莫怪！"

萧永嘉凝视着女儿，亦跟着摇头。

"阿弥，你没有想错。阿娘确实是想提醒你，对如今的阿姊，你不可再拿小时候的她去看待了。世事多变，人更是如此。小时候，你阿姊固然对你极好，舍己救你，阿娘也至今不忘。但正如你已不是从前还在阿娘阿耶跟前的你一般，你的阿姊，她也不是你从前的阿姊了。阿娘从小长于皇宫，见识比你要多。非阿娘诋毁，人一旦接近皇宫里的那把椅子，便极少有不失本心的。越是靠近，越面目全非，更不用说，那些已经坐在上头的人了。

"你阿姊，她如今是大虞的皇后。她坐上了那个位子，就算和你依然姐妹情深，阿娘敢说，她如今和你说的每一句话，都是带着她如今身份地位的考虑。尤其，你如今是敬臣的妻。她和你的皇帝姐夫，如今要用敬臣。"

萧永嘉顿了一顿。

"阿娘和你说这些，并非是挑拨你们姐妹感情，要你视她为敌。你阿耶是朝廷重臣，阿娘更是出自皇家，今日一切，皆来于皇室天恩。倘若今后，你阿姊和皇帝，能与你阿耶还有你郎君，都如今日这般君臣相和，阿娘自然是求之不得。今日告诉你这些，不过是为提醒你，以防万一。

"今日起，你和你阿姊相处，须时刻牢记，你不仅仅只是高氏女，更是李穆之妻。你的阿姊，也不仅仅是你堂姐，更是当今的皇后。该有的礼节不能少。凡事再多留个心眼，总是没错。

"你懂阿娘的意思吗？"

洛神屏住呼吸，良久，慢慢地吐出一口气，点了点头。

"我懂了。多谢阿娘的提点！"

萧永嘉面上露出笑容，抬手，爱怜地替女儿整理了下发鬓，催促起身。

"去吧。莫让她等久了。"

第四章

鹬蚌渔翁

来接人的宫使毕恭毕敬。

洛神坐上了车，在高七等人的陪送下去往皇宫。路上，她反复思量着方才母亲对自己说的那一番话，心中泛着难言的滋味。不知不觉，车入宫门，停下后，早有宫人在旁等候，请洛神改坐四人抬的步辇入内。

坐辇入宫，如此待遇，只有太后、太妃或是帝后、太子级别，才能享受。

洛神怎敢僭越，再三地推辞，叫那宫人在前头领路，自己走路进去。

宫人无奈，只好领她步行，最后来到高雍容所在的皇后寝宫，进去传话。

洛神还等在殿外，听到一阵脚步声传来，抬头，见阿姊面带笑容，亲自从里头出来了，忙敛起心思，朝她下跪行礼，以皇后呼她。

高雍容急忙将她扶起，望了眼身后，蹙眉斥责宫人："宫门到我这里，路有些远。我不是特意吩咐过，叫阿妹坐我的辇吗？怎的还是走路进来了？"

宫人扑通下跪，磕头告罪。

洛神忙开口解释，道是自己要走路的。

高雍容才又露出笑脸，挽她胳膊，带她入内，叹气说："做这劳什子的皇后，也不知哪里好了。非但不如从前自由自在，如今连我的阿妹和我都这般见外。旁人尊我为皇后，阿妹不想你也和旁人一样。阿妹从小看着你长大的，你若也这般呼我，岂不叫我伤心？"

洛神笑着道："我本想着，我心中还是将阿姊看作阿姊，但面上，须敬阿姊为皇后。因阿姊如今是天下人的皇后了，我和阿姊再亲，也不能僭越位分。"

"那些东西，不过是做给外人看的。你我亲姐妹一样，跟前无外人，只管叫我阿姊。"

高雍容亲手扶着洛神入座，仿佛她还是当年那个小女娃娃。

洛神也不再执拗了，顺她之言，说："多谢阿姊先前派人给我送来那些赏赐，早就想亲口向阿姊道谢了，今日才有机会。"

高雍容这才又露出了笑，摆了摆手道，不过是寻常之物，叫她不必挂怀，随即打量着洛神，称赞她愈发美貌，说："阿妹你和李穆实是天造地设的一双璧人。我只恨我自己，当初怎会如此糊涂，险些害了你们这桩良缘不说，还差点叫我大虞损失一位忠臣良将！阿姊真是后悔！"

洛神惊讶，又有点不解："阿姊此言何意？"

高雍容面露惭悔之色："阿妹，我想伯母大约也早和你说过的。当初你嫁李穆之前，他遇刺一事，是我派人所为。当时我知你和柬之两情相悦，不愿嫁他，伯父伯母对他亦是切齿痛恨，却又无可奈何。我一时激愤，冲动之下便做了那事。后来时过境迁，你和妹夫琴瑟和鸣，我方知自己错了，反倒两面不是人了，后悔不已。来建康后，亦早早地去拜见伯父伯母，当面向两位大人认了错。所幸，二位大人亦理解我当时所为，并未责怪。我却怕阿妹你还埋怨我，故趁着今日，向阿妹当面认个错。阿妹千万不要怪我。"

洛神呆住了。

当初那事，她一直以为是母亲痛恨李穆，为了自己，一时激怒而做下的。却怎么也没想到，行凶之事，竟是她一向认为的稳重又柔善的堂姊所为！

再想起今早出来前母亲对自己的一番教导，她突然有种醍醐灌顶之感。

听阿姊的口气，分明是疑虑母亲已经告诉了自己此事。

以自己对她的信任程度，倘若不是来之前有过母亲那一番教导，阿姊如此地引咎自责，以当时的情形而言，她除了感动，还真不会再有别的想法了。

此刻，再想母亲所言，道阿姊如今一言一行皆是带着她身份地位的考虑，不禁彻底信服，也隐隐明白，她为何会在自己面前主动提这旧事了。

她看向堂姊，见她两道目光投向自己，似带了一丝审视，蓦然醒悟，急忙道："阿姊，快不要如此说了！我实在是半分也不知此事！阿娘阿耶先前从未在我面前提及过半句。由此可见，他们确实早就谅解阿姊了。便是我，此刻知道了，除了感激，也再无别的想法。当初那样的情境，莫说阿姊，便是我阿耶阿娘也不知后来如何之事。阿姊肯帮我，乃是出于对我的一片爱护之心。我又怎会不知好歹去怪阿姊？阿姊千万不要再自责！否则，往后叫我如何自处？"

高雍容露出释然的表情，柔声道："阿妹你能如此想，阿姊便真的放心了。"

她叹息了一声，笑着摇头："谁人又能想到，当初那个引来高家人人切齿痛恨的李郎君，今日会是我阿妹的夫君呢？可见姻缘天定，旁人便是阻止，也是阻止不了的。"

洛神含羞而笑。

"对了，陛下赐下的宅邸，你夫妇可还满意？若觉得哪里不妥，只管告诉阿姊。"高雍容道。

"多谢陛下，还有阿姊。宅邸极好，我和郎君都很是感激。"

"妹夫替朝廷夺回长安，叫南朝终于得以扬眉吐气，他立了如此大功，再怎么封赏也是不够。不过一座宅子而已，有何可感激的？"

她握住了洛神的手，凝视着她："阿弥，你回去了，代我转话给妹夫，就说陛下和我对他寄予厚望，盼他往后一如既往，保我大虞之江山社稷，做我大虞之忠臣良将。"

"阿姊放心！食君之禄，忠君之事。郎君定会恪守本分，效忠陛下！"洛神立刻说道。

高雍容慢慢地露出笑容："往后阿妹无事，记得多入宫走动，咱们从前如何，往后也是一样。"

洛神点头，亦笑着应好。

她被堂姐留下用了午饭，说了许多小时候的事。自然了，洛神再次真心实意地感谢阿姊当年对自己的救护之恩。

她终于从宫中出来时，朝会早已散了。

皇帝封李穆为骠骑将军，金章紫绶，兼长安刺史。

"满朝文武，都在恭贺李将军。那等风光，实是羡煞了人！"

伴她出宫的那宫人尖着嗓说着，满脸的笑。

身畔宫人的奉承之声不绝于耳，洛神却心思恍惚。

她想着入宫前母亲对自己说的那一番话，想着方才和阿姊见面时的情景——阿姊依然还是她从前印象中的样子，对自己是如此的好，亲切、周到，后来还唤出了登儿。

登儿是阿姊的儿子，如今的太子。才三岁不到，却已聪明伶俐，黏在洛神身边，"姨母姨母"地叫个不停，洛神很是喜欢他。

皇后宫中，充满了笑声和巧稚的童言童语声，天伦满满。

洛神一直在笑，可是她的心里却知道，阿娘的话，说得真的没错。

她不再是从前那个只靠父母荫蔽的高氏女了。

阿姊，也不仅仅只是那个小时候曾用身体替她挡住危险的阿姊了。

她们，再也回不到从前了。

不知为何，这个认知，忽然让洛神的心里生出深深的失落，还有一丝莫名的伤感。

出来后，她已然发酸的嘴角再也支撑不住那坚持了大半日的笑容了。

她微微低头，默默地行在平整而宽阔的宫道之上，才出宫门，抬头，意外地看到李穆的身影。

他身穿朝服，就立在宫门外不远的一座镇兽旁，似乎早就看到她出来了，正默默望着，见她看到了自己，朝她一笑，快步走来。

他面庞上的笑容，宛如一道阳光，冲破云霾，迎面而来。

洛神呼了一声"郎君"，惊喜不已。

李穆停在了她的面前，笑道："我散朝出来，宫门外恰好遇见高七，方知你被皇后召入了宫中，便在此等着。走吧，我先送你回家去。"

心底方才所有的失落和伤感，仿佛因为面前这个在此一直等着她的男子，突然间烟消云散了。

她笑着说好。

李穆扶她上车，自己骑马护在车旁，一行人离开皇宫，向着高家行去。

牛车不紧不慢地行在建康的街道上，沿途，李穆不断被人认出。

路人纷纷驻足，低声议论。

"他就是那个打下了长安的李穆将军？真是仪表堂堂，八面威风。"

"胡人听到他的名字就害怕，连仗都不用打，就被吓跑了，拱手让出长安……"

"老天总算开眼，才有李将军武曲星转世。咱们南朝人憋气了那么多年，如今可算是出了个战神，要替我们汉人拿回老祖宗的地方……"

"南朝有高相公和李将军这对翁婿，一主内，一主外，日后再也不用怕了！"

"是啊是啊！李将军和高氏女，真真是郎才女貌，天造地设……"

洛神悄悄地拨起一点挡帘，看向车外的郎君。

来自身后那些民众的啧啧赞叹并未在他身上留下任何的痕迹，他护在她的身边，双目望着前方，依然不紧不慢地朝前而去。

后头，此刻有另一辆牛车正停在岔道口上，车中坐了一个士族子弟模样的年轻男子。

前头那行车马分明已经走了过去，路人的赞叹之声却还是不断地飘入他的耳中。

他撩开挡住自己视线的车帘，盯着前头那辆渐渐远去的牛车，视线又落到车旁骑马男子的背影之上，脸色变得越来越难看。忽然，他命牛车停下，从车中下来，叫一个骑马随从下马，自己翻身而上，抽了一鞭，驱马追去。很快他追了上去，到了后头，非但不减缓马速，反而朝着跟在李穆之后的几个高家随从一头撞了上去。

随从毫无防备，险些被撞翻在地，打了个趔趄，几人才稳住脚，不禁勃然大怒，转头，却认出撞了自己的，竟是陆家公子陆焕之。

因两家从前关系亲近，陆焕之也算是高家的老熟人了，一时不敢发作，只得硬生生地忍住了。

高七压下心中不快，急忙走来，用尽量克制的语调质问："陆二公子，这路不算窄，我家车马，更未占道独行，你不走空道，上来一头便撞我人，是何道理？"

陆焕之瞥了眼前头已经停马，转头看了过来的李穆，脸上露出笑容，急忙朝着高七抱拳作揖："七叔，实在是对不住，我并非有意。都怪这畜生！"

他装模作样地踢了一脚马腹。

"这畜生是前几日一个司马献给我的，马性还不熟，不认我，只认司马。方才想是见着了真正的司马，想要认主，便不听我的驱策，自己撒开蹄子追赶，我停都停不住，这才不小心撞了上来，七叔你多担待些。若人有撞坏，只管和我讲，我赔偿便是！"

高七不禁暗暗恼怒。

陆家的这小崽子，本事没半点，阴阳怪气、冷讽热嘲的本事，倒是无师自通。

李穆从前做过别部司马。他这一番话，分明是在讥嘲他出身卑微。

高七急忙看向李穆，却见他神色平静，似乎丝毫未将陆焕之方才那一番话放在心上，只问："人可还好？"

众人听他发问，忙说无事。

李穆点了点头："无事便好。连累几位兄弟受惊了。晚上我买酒给你们压惊。走吧。"

随从听有酒喝，大喜，纷纷笑道："罢了罢了，看在李将军的面上，就当是被疯狗咬了一口。莫睬，莫睬！"

高七见李穆不和陆焕之计较，也就压下怒气，命人重新列队上路。

陆焕之停在那里，见李穆连半个正眼也未瞧自己，路边之人纷纷朝着自己指指点点，神色里皆是鄙夷不满，跟着那几个随从起哄。再看李穆护着的那辆牛车，窗帘紧闭，知里头坐的是何人，不禁恼羞，勉强挤出冷笑："一个伧荒武夫罢了，不过侥幸诓回了长安，也值得如此吹捧？我陆氏霸府，似这等武夫比比皆是，还不是使唤如狗！等我大兄拿下东都，方叫你们知道，何为真正英杰！"

车中洛神那平日隐藏着的暴脾气，一下便发了出来。

方才见陆焕之突然不知从哪里冲上来，故意撞了高家下人，又出言讥讽李穆，她便已是气得不轻，但见李穆不与他计较，只能强行忍下。

此刻听陆焕之竟还大放厥词，如何还能忍？隔着车帘，开口："陆二兄，你这话，说得未免叫人齿冷。我只看到，若无你口中那些被使唤若狗的陆家霸府武夫，大兄再有能耐，凭他一人，便能摇世家之旗，败万千羯敌，拿下东都？"

众人听到车里突然传出一道年轻女子的说话之声，音色极是悦耳，但却犹如敲冰戛玉，隐含怒气。晓得必是李穆夫人、高氏女郎发声了，众人一愣，那些议论的、起哄的，纷纷静了下来。

"南朝供养了无数生出来便高高在上的世家子弟。'敬贤如大宾，爱民如赤子'。那些只知口出雌黄，整日清谈，涂脂抹粉，乃至和女子争奇斗艳的所谓世家子弟，自己便是做不到如此，对正为朝廷、为南朝人征战，乃至流血丧命的前方将士，难道就不能多几分敬重，留几分口德？你这般拿前方陆大兄的名头在这里摇旗呐喊，你以为是替大兄争脸？他品性高洁，若是知道，必会羞之！"

她话音落下，周围寂静。不知是何人带的头，路人里突然爆发出了一片叫好之声，众人纷纷议论着，又相互推挤着，慢慢拥向那辆牛车，盼能瞧一瞧车中方才发话的传言里的高氏女的真容。

李穆的目光从门帘低垂的那辆车上迅速收回，面上不辨喜怒，只叫车夫上路。

车夫得命，立刻驱车前行。

高七瞥了眼已然呆住、脸一阵红一阵白的陆焕之，这才觉得出了口恶气，吆喝了一声，领着人，追车而去。

载着高家女的那辆牛车走了，路人却还在热烈地议论着，对着陆焕之指点个不停。

陆焕之终于回过了神，重重地踢了一下马腹，又狠狠抽了一鞭，马吃痛，发出一声长长惨嘶，掉头疾奔而去。

李穆回头，盯着陆焕之纵马而去的背影，微微眯了眯眼，转头继续前行。

到了家，洛神的气也消得差不多了。

只是不知为何，她隐隐有一种感觉，和她归家后的愉快心情不同，从昨日踏上建康的那一刻起，她便感到李穆整个人的情绪都透出了点儿阴郁。

这是很难描述的一种直觉。

此刻她更是担心，方才的那一幕，恐怕会叫他对世家越发有所隔阂。见他送自己进了屋，更嘱她歇息，说还有事，接着就要出去，她忍不住叫住他，抱住了他的胳膊。

"郎君，你千万不要介意这些人。"她解释说，"士族里也并非全都如陆焕之这样的人。便如陆大兄，他二人虽是兄弟，却绝不是如此蛮横无理之人。你莫再放心上了，好不好？"

她说完，仰面望着他。

李穆微微低头，望着她凝视着自己的充满担忧的一双美眸，片刻后，将她身子轻轻拥入怀中。

"我知道。阿弥，方才还要多谢你替我解围。我无事的，你放心吧。"

他面带微笑，语调温柔，叫洛神终于放下了心。

李穆抱着她，温存了片刻，柔声道："我还有事，先出去一下，回来再陪你，好不好？"

这才是他归京的第二天，早上刚受了封，洛神知道他必会有很多的事，立刻点头。

李穆一笑，亲了亲她，转身而去。

陆焕之在路人的指指点点中，逃也似的上了牛车，放下挡帘，遮得密不透风。

虽看不到外头了，他却仍能感到无数的讥嘲目光，似利剑一般向自己射来，立刻命人驱车离去。

他又羞又惭，又恼又恨，又带了几分伤心，不想回陆家，叫下人出了城。到了城外，自己又独自骑马，狂奔了一阵，到了一荒僻无人之地，下马，拔剑在手，红着双眼胡乱劈杀着路边的荒树野草。

他不恨洛神，那是他一直暗中恋慕的女子。

他只是更恨李穆。不但将她从身边夺走，还花言巧语蒙蔽于她，叫她竟为了如此一个出身卑贱之人忘了自己的出身，更是不记当年和自己的情谊，当着路人之面叫他如此难堪。

一时之间，那些被他砍削得漫天纷飞的草叶和树皮，仿佛都化为了他痛恨的那个人的影子。

他咬牙切齿，砍得愈发起劲，连手背手指被锋利木屑划破，鲜血四溅，也毫无痛感，只是不停地砍，砍得几近疯狂之时，突然，听到身后有人说道："陆公子，你这般砍杀，又有何用？便是砍尽了这一片荒林，非但不能伤敌分毫，倘若叫人知道，反惹来讥笑！"

陆焕之吃了一惊，猛地回头，看见新安王萧道承竟不知何时，如同鬼魅一般无声无息地站在了自己身后，也不知已经站了多久。他唇边噙着笑意，两道目光正投向自己。

陆家和萧道承，一向无多往来。

他蓦然停下，瞪着萧道承，呼哧呼哧地喘着粗气，猛地收剑，大步离去。

"陆公子，我知你所恨是为何人。不瞒你说，我和那人亦是有些私怨。可惜，他有高峤和帝后的宠信，又借夺取长安之功，势力扶摇直上。你陆家便是攻下洛阳，回来后，树大招风，不过更遭陛下猜忌而已。那人却不同，借着高峤，大树好乘凉。日后，只怕你我全都要被他踩在脚下，永世不得翻身。"

陆焕之停住脚步，片刻后，慢慢地转头，喘道："你究竟何意？"

萧道承朝他走来。

"你兄长固然是世家子弟中的佼佼者，我却一直认为你也是不差的。孤王不才，如今也算被陛下差用。别的本事没有，必要之时，通个消息还是能做到的。你若愿意，往后，咱们多些往来，但也无妨。陆二公子，你意下如何？"

他朝盯着自己的陆焕之，露出笑脸。

是夜，为庆长安收复，皇帝于华林园大设御宴。头号功臣李穆自然在座，其余文武大臣亦纷纷陪列。歌舞升平，君臣尽欢。

次日，皇帝宿醉未醒，朝会临时散了。高峤率众大臣去往台城衙署做事。萧道承借修缮后宫几处殿宇，商议削减度支之由，求见皇后。

高雍容依旧在前次的太初宫见他。说完修缮宫殿之事，左右皆退。

"皇后，你猜，昨日叫我遇见了何事？"

不等高雍容答，萧道承靠了些过去，压低声，将昨日之事说了一遍。

高雍容惊讶："什么？陆焕之手上有阿弥从前寄给陆柬之的琴谱？"

"不错。还是她嫁了李穆之后亲笔所书。"萧道承面带微微得色。

"昨日恰好叫我遇到陆焕之当街羞辱李穆，却反被你阿妹数落之事。我见他心怀恨意，便尾随跟了上去。本来只想瞧瞧有无可利用之处，没有想到，竟被我钓出了鱼。陆焕之本忌惮他兄长，不敢贸然行事，被我三言两语便被激怒了，答应叫人四处散发。"他笑，"等着瞧吧，过几日，满建康的人，都将有幸听到李穆之妻谱给陆家长公子的琴曲。"

"一个是战无不胜，刚夺西京，天下无人不知的骠骑大将军，一个是正攻伐东都、风流倜傥的士族公子。你说，这是不是有趣至极？"

高雍容的脸色很是难看："你给我立刻出宫，去告诉陆焕之，不许他如此行事！"

新安王愣住，盯了高雍容一眼，惊讶地道："你怎的了？莫不是因为她是你阿妹，你便不忍动手了？"

高雍容不语。

萧道承笑了："你是个聪明人，我为何如此安排，难道你不知道？"

"皇权不兴，我萧室南渡以来，受制门阀，形同傀儡，这种苦楚，难道你也想永世不得摆脱？陛下登基，第一要务当是铲除门阀，叫他们从往后再无力干涉朝政！只有重用自己人，那些靠着陛下提拔上位的才能对陛下、对皇后，死心塌地，感恩戴德！

"皇后你想先借高家打压许陆。许泌、陆光却也不是坐以待毙之辈，如今联军北伐，势头正猛，万一攻下洛阳，陛下未必能够迁回东都掌控故土，但门阀之势却必定再起，到时候，谁还能替你压制？如此天赐良机，不但能叫陆家和高峤、李穆彼此加深仇恨，更能借机打压李穆。鹬蚌相争，渔翁得利。你真的不愿？

"你必也知道，李穆人还没回建康，满大街的民众便对他交口称赞。今日，我更是亲耳听到人传他是上天所派武曲星转世，要救我大虞于水火。民望至此，皇后就丝毫不感惊悚？

"皇后若姐妹情深，就当臣没说。臣遵旨，这就去叫陆焕之收手！"

他冲高雍容下拜，行了个告退之礼。

"站住！"

他行了几步，听到身后传来高雍容的声音。

他停住脚步，回头。

"皇后若允许，臣便照原计划行事了。"

高雍容慢慢走到一尊人高的鹤形烛台之前，盯着上头那盏白日也燃点着的婴儿手臂粗的巨烛，半晌，抬起一只手，手心压盖而下，覆着，灭了烛火。

"事情做得干净点。"她捏着被烛火和烛油灼痛的手，慢慢地转身，盯着萧道承，淡淡地道。

许家府邸距离高家不远，但也不算毗邻，中间尚隔着几条街。

许泌这晚回府，夜深了，人在书房里，四周一片寂静，耳畔却仿佛还能听到几道街外高家那阖府欢庆的声音。

他闭目端坐，呼吸吐纳，脑海里却又浮现出昨日朝堂之上李穆受封纳赏的一幕。

当时，高峤看着他的女婿，脸上露出的激赏和得意令许泌如刺扎目、如鲠在喉，即便已过去一夜，那种气闷之感依旧难以消除。

他深深地后悔，自己当初考虑欠妥，完全看走了眼。不但没有想到当时还只是个别部司马的李穆日后会有如此大能耐，更让他感到痛心的是，李穆原本分明是自己军府下的人，却硬是因为自己误判形势，生生地将他塞给了高峤，叫他今日变成了高峤的女婿。

显然，这个原本格格不入，曾将高家搅得翻天覆地，令高家上下恨之入骨的李穆，如今早就已经被接纳了。

这对翁婿，关系如鱼得水。

许泌不停地吐纳，终于压下心绪，慢慢地睁开了眼睛。

朝堂风云变幻，暗流涌动，时刻都有意想不到的状况。和高峤相争大半辈子，谁能保证自己一直慧眼独到，毫无纰漏？便是高峤，不也数次吃了自己的大亏？

失误便失误了，与其自怨，不如运筹帷幄，放眼将来。

幸亏自己动作快，早早便联合了陆光出兵北伐，如今局面大好。

南阳已被攻下。如今只要杨宣能攻下颍川，陆家也打下郾城，两军合围，一鼓作气，攻下洛阳，也是不可图的壮举。

若真拿下洛阳，意味着北夏失都，如同覆亡，如此旷世功勋，完胜李穆攻占长安。

即便遭到北夏的负隅顽抗，一时攻不下洛阳，能夺回江淮大片故地，凭着这份功劳，往后朝堂之上，亦足以叫自己能和高峤分庭抗礼，再徐图大计。

许泌再次感到微微激动，忍不住起身，从一只信匣里又取出几日前刚送到的一份他已读得滚瓜烂熟的战报，再次浏览。

这封战报，来自他的次子许绰。

许绰是许泌诸多儿子中他颇为欣赏的一个。

和现如今的许多世家当中，家长更推崇似陆柬之那般才高气清的子弟不同，许泌不缺吟诗作赋、谈经论道的儿子。

他的这个次子，文才虽是平平，却骁勇善战，能行伍领军，许泌一直着重栽培，期待日后大用。

但他也知道，自己的这个儿子，性情骄纵，不够稳重，亦乏磨炼，离独当一面还早，故此次北伐，不敢委他以大任，命杨宣掌着帅印，只叫许绰领了右将军之职，听从杨宣的调遣。

许绰在这封发给许泌的私报里，讲自己在南阳战中如何拔得头筹，立下大功，联军上下，无不敬服。具信当日，他已领军入了颍川，一路所向披靡，离阳翟不过数日距离，麾下将士无不亟盼再立奇功。

字里行间，洋洋洒洒，意气风发，信心十足。

许绰看完儿子的私报，又翻了遍杨宣呈给他的信报。

杨宣说，蒙司徒委以重任，丝毫不敢懈怠，又得陆崃之协同合军，幸不辱命，攻下了南阳，军心振奋。他必会晨兢夕厉，恪尽职守，以不负司徒信任。

但北夏弃长安回兵保护洛阳，以全力应战大虞北伐联军。所谓百足之虫，死而不僵，今豫州屯兵不计其数，尚有后军从各地汇流而至，正面强攻，非明智之举。故联军兵分两路，欲先取敌军防备空虚的颍川，自己攻阳翟，陆氏打鄢城，再行合围，则胜算更大。如今陆氏大军已向鄢城而去，自己一方也照预定计划调兵遣将，预估数日之内抵达阳翟。后续战报，他会及时递送。

杨宣信报言简意赅，看得出来，他的语气凝重而谨慎。

许泌放下，又看向儿子的那封信，出神了片刻。

突然，他目光微微一动，似乎想到了什么先前被他疏忽了的事，立刻疾步走到案后，提笔蘸墨，飞快写好了一封信，盖了自己的大印，封好，正要叫人将这信连夜以八百里加急的速度发出去，突然听到门外传来了一阵疾走的脚步声。

管事推门而入，喊道："司徒，前方刚来的杨将军战报！"

许泌先前有令，收到前方战报，无论何时，无须等待，第一时间送上。

他接过那只封以火漆的牛皮信封，开启封口的时候，心下涌出一阵紧张和激动，手指甚至微微颤抖。

"恭喜司徒！必定是前线又传捷报！"管事站在一旁，满面笑容地说道。

许泌启了封口，取出内中的信瓤，定了定神，展开。

"司徒，可是我们家公子在前方又立奇功？非我奉承，公子文武双全，天纵英才，只需稍加磨炼，莫说陆家的长公子，便是那个方取下长安的李穆，在公子面前，亦是……"

管事不住地恭维。

前次也是他送来的大捷战报。许泌一高兴，随手给了他重赏，这回他自然越发地卖力。

他的视线落到家主的脸上，见他一目十行地看着信报，尚未看完，脸色竟陡然大变，仿佛头上降下一阵看不见的寒冰，将他整个人瞬间冻住了似的。

管事一愣，声音小了下去。

"滚！"

许泌猛地拍案，厉声大吼。

管事大吃一惊，慌忙闭口，弯着腰，几乎是连滚带爬地退了出去。

许泌双目瞪得几乎脱出了眼眶。

他死死地盯着手中的信报，几乎不敢相信自己的眼睛。

但是白纸黑字，一清二楚。

杨宣领着许氏大军开往阳翟。北夏一反常态，连路守军毫无斗志，几乎没遇到什么像样的抵抗，大军便顺利逼近阳翟。又收到消息，道北夏援军尚未赶到，阳翟兵力空虚。出于多年领兵打仗的一种直觉，杨宣疑心前方有诈，命大军暂停，再去刺探军情。

这一停，遭到了许绰的反对。

一路北上，许绰屡争先发，高奏凯歌，渐渐轻敌，一心想着以快取胜。

在他眼中，似杨宣这种寒门出身的武将，再有能耐，不过也就是一个供自家驱用的下人而已，怎会真的将他放在眼里？平日大帐议事，动辄当着诸多将士之面，出口打断主帅之言，自己高谈阔论，杨宣也只能忍耐。

这回眼见阳翟在前，如同探囊取物，大军斗志昂扬，杨宣却不肯发兵，许绰怎还忍耐得住？于是仗着身份，暗中联合诸多听从自己的将领，夺了杨宣的帅印，命大军前行，攻取阳翟。结果中计，陷入包围，遭遇惨败，许绰也险些临阵被俘。

还是杨宣救主，领着剩下那数万不听许绰指挥、仍追随着自己的军队杀入重围，撕开了北夏大军的包围圈，救出许绰，又带着余下幸存将士逃脱。一路上，杨宣遭北夏大军的追击，边战边退，连原本已经攻取的南阳也没守住，丢失了大半，直到退回到靠近许氏经营多年的襄阳一带，才终于稳住阵脚，打退了北夏的追兵。

这一场大败，非但将先前赢得的北伐战果损失殆尽，许氏军府更是损兵折将，折损副将以上的将领二十多人，士兵伤亡逃散过半，元气大伤，面对着势头凶猛的北夏敌军，已是无力再次正面应战。

如今，杨宣只能带着剩余军队暂时退守在襄阳和南阳的交界地带，请罪之余，他也在焦急地等着陆柬之的作战消息。

杨宣最后请求，必要之时，允许他审时度势，突围而出，前去援助郾城，引陆柬之先一并回兵撤退，保存实力。北伐大计，只能日后再议。否则，陆柬之孤军深入豫州，即便最后攻下了郾城，也必身陷包围，前途凶险。

许泌一把撕碎了信报，整个人不停地发抖。

就在几天之前，朝臣还在议论，陆崍之领军攻打郾城很是顺利，陆光很是得意。

许泌也满心期待着许氏大军能再攻下阳翟。

杨宣是个很有章法的大将，此前从未叫他失望过，何况这次，他准备充分，兵多粮足，更是信心十足。

自己的儿子不将杨宣放在眼中，许泌是早知道的。但他向来也不如何在意，平日不过是在想起之时出言提点几句罢了。

方才他重读儿子的信，有感于他信中口气，突然顿悟，想到如今大军在外，和平日不同，万一儿子不听帅令，恐怕于战事不利，故匆忙写信，本是要下一道严令，命儿子在外，须全权听从主帅的指挥，若有不从，以军法处置。

他做梦也没有想到，信才刚写好，还没来得及发出去，前方竟已送来了如此一个惨败的结局。

许泌感到喉头又甜又痒，一口血突然呕了出来，眼前发黑，一头栽倒。

发出的声响惊动了门外的管事。

管事见家主吐血倒地，慌忙将他扶起，又急忙去唤人。没片刻，许泌心腹便陆续赶到，知大战失利惨败，个个面色沉重，默不作声。

许泌躺在榻上，慢慢地睁开眼睛，猛地推开一个姬妾正喂送到嘴边的参汤，命下人都下去，随即坐了起来。

"朝廷这边，暂时先隐瞒消息，不许透露！立刻传我的令，命杨宣再不许发一兵一卒！"他一字一句地道。

幕僚知他所想。

此战，许氏大军损失惨重，即便重整旗鼓，也无力再攻洛阳，弄不好连老巢荆襄都岌岌可危。

许泌已是无心再战了。

此次北伐，虽未结束，但败局已定。

倘若再照杨宣信中所请，突围而出，援陆崍之撤退，那么陆家依然能够保有大部分的实力，而许家更添伤亡。

许陆两家，本就没有什么密不可分的关系，从前还曾相互踩踏，如今不过是为打压共同的政敌才临时联合在了一起，如此行事，也是人之常情。

但就此撒手不管的话，毕竟先前有过盟约，恐怕朝廷舆论，会对许家不利。

幕僚迟疑了下，低声道出自己的担忧。

休息了一阵子，许泌脸色虽然灰败依旧，但情绪已是恢复了过来。

"换作是陆光，他会为我许家以身涉险？"

"北伐败便败了，此也不是头一回败。高峤不也数次未果？何人能指责于我？"

"至于见死不救……"他冷笑，"当那些还围着南阳的羯兵都是死的吗？杨宣一路败退，自顾不暇，能守住最后一点打下来的南阳之地，就已经是竭尽所能了，他不是神人，如何插翅脱困，飞去郾城救那陆家的儿子？"

众人被他一语点醒，纷纷点头。

许泌强打起精神，和众人连夜商议接下来的应对之策。

许家的书房，这夜灯火不灭。同一夜，陆家依然风平浪静，上下安稳。

陆府阖府之人，除了值夜的下人，其余皆已入眠，对此刻那远在千里之外已然降临到头顶之上的狂风暴雨，没有丝毫的觉察。

唯有一人，如此晚了，还是没有入睡。

陆焕之从自己屋里出来，悄无声息地潜入一墙之隔的他长兄的院里，熟门熟路，直接摸到内室，停在了置于琴案之上的那张古琴之前。

陆柬之对这张古琴极是珍爱。临出门前，不但将其装入琴匣，以锁锁之，还在上头盖了张覆布。

陆焕之定定地瞧了片刻，慢慢伸手，一把掀开覆布，用刀撬开琴匣，摸了一阵，果然在琴下找到了那份他先前曾入过眼的琴谱。

谱是减字谱，已力求简明，但一首曲子下来，亦有十来页，抄于宫中特用的瓷青粉笺之上，以线装订成册。

月光从窗外透入，照出了扉页上的寥寥数列字迹。

闻大兄他乡卧病，缠绵不愈，弥有感，乃谱曲一首，千言万语，皆寄于曲中，愿大兄早日舒忧。放开心怀，则处处海阔天空。此曲，既是劝君，亦为自勉。

字体娟秀，漂亮至极，一看便是出自闺阁之手。

陆焕之慢慢地翻着后头的琴谱，盯着上头那一个一个他再熟悉不过的字，手在微微地抖动。

他翻完，闭目良久，眼前又浮现出李穆护着她扬长而去，留下自己遭人耻笑的一幕，仿佛芒刺在背，猛地睁开眼睛，咬着牙，颤抖着手，撕掉了扉页，胡乱地塞入自己怀里，将琴匣闭合，再盖回那张布，转身，借着夜色的掩映，飞快逃离而去。

次日，入夜，建康城南的秦淮之畔灯火辉煌，青楼酒家鳞次栉比，丝竹之声，伴着夜风不绝如缕，阵阵入耳。

　　一间青楼二楼的雅座里，十来个浓妆艳抹的艺伎围坐在一起，朝着上座中的那个年轻公子丢着媚眼。这年轻公子虽不是熟客，但看他打扮和作派，便知是士族子弟。

　　这种地方，时有权贵官宦或是世家子弟出没，众人司空见惯。在姐妹中，从前被相中买去入府做侍妾或是歌姬舞姬的也是不少。但今晚的这个客人，却有点奇怪，召了十来个姑娘，皆要通琴的，他自己带着侍从入内，却始终保持着这坐姿，不喝一口酒，也不开口说一句话，神色倨傲，似不屑来这种地方。众人不禁好奇起来。

　　当中，一个年龄最长，看起来二十五六岁，名叫绿娘的女子，被众女簇拥着出来，笑嘻嘻地道："这位小郎君，你来我们这里，叫来我们如此多的姐妹，既不吃酒，亦不作乐，难道是要我们陪你枯坐到天明不成？"

　　她话音落下，其余女子皆吃吃而笑。

　　陆焕之朝身边侍从丢了个眼色。侍从会意，取出随身所携的一只小布袋，解开口子，随手一倒，只听哗啦啦一声，地上便撒了几十枚金饼，金光闪闪，耀目无比。

　　女子们还是头回遇到出手如此大方的客人，喜出望外，急忙磕头道谢，纷纷要去捡金币，却听那公子道："且慢！"

　　众人知他有话，停了下来。

　　陆焕之道："高氏女精通乐理，你们想必都知道吧？"

　　众女一愣，不知他为何突然提高氏女，但她们纷纷点头。

　　每年建康城中举办曲水流觞，为给达官贵人助兴，她们这些青楼女子也有被叫去过。

　　那绿娘笑道："怎会不知？我还记得几年前，她曾与陆氏长公子，于曲水流觞会上箫琴和鸣，声如天籁，当时我也有幸亲耳听过，至今难忘。只是不知，公子为何突然提她？"

　　陆焕之笑："巧了。我这里有一份她亲手所谱的琴谱，你们可愿一睹？"

　　众女大喜，围过来求要，等陆焕之掏出琴谱，争相翻看。

　　很快，那个名叫绿娘的女子，坐于琴后对谱试奏，奏了一段，停下，感叹道："高氏女果然不负才名。我不过是粗通琴技罢了，更不知她谱曲时的心境如何，但奏来，只觉行云流水，情真意切，我极是喜欢。"

　　陆焕之道："此谱有个名字，叫做《鸾凤鸣》，乃是去年三月，于曲水流觞会后，她特意谱好，送给远在千里之外的陆家长公子的。"

　　众女愣住了。

方才突然听到有高氏女亲谱的琴曲流出，众人都是惊喜不已，只想一睹究竟，一时也没人多想别的。

此刻听到这琴谱的名字，又听这公子如此解说，全都回过了神。

所谓鸾凤鸣，自然是寄托男女相思的了。

当初高氏女下嫁李穆，轰动了全城。

那个李穆，虽出身寒门，却有着南朝战神之名。他从胡人手中夺回长安，前两日方回了京，这消息无人不知。女子们自然也都知道。

听这年轻公子的意思，竟是高氏女在嫁了李穆后，还对陆家的那位长公子念念不忘，乃至暗通款曲，保有男女私情。

众女静默了。

陆焕之道："明日起，我要你们四处弹奏，务必尽快将此曲传播开来。要叫有曲之处，便能耳闻。若能做到，这些金饼便都是你们的！"

众女面面相觑，无人应答。

陆焕之朝随从再作眼色。随从又丢出了一袋金饼。

陆焕之望着几个眼睛慢慢发亮的女子，唇角泛出一丝含着鄙夷的冷笑。

"你们不必害怕。无须你们说什么，我只要你们帮我传开曲子便可。其余之事，我自有安排。李穆便是真的寻来，你们只说是偶得曲谱，其余一概不知，他又能拿你们如何？

"况且，一旦传播开来，建康数百楼馆，乐伎上千，人人弹奏，谁又知道是你们这里先传出去的？"

面前十来个女子仍是无人作声，全都看着那个名唤绿娘的女子。

绿娘一言不发。

陆焕之等了片刻，脸色渐渐沉了下来，冷哼："你们若是不愿，我更去叫旁人了。秦淮通琴的乐伎，不止你们几个！"

一个乐伎面露急色，忙道："我愿意！"说着跪下去捡面前金饼。

手还没碰到，那块金饼便被身后一只穿着绣鞋的脚给踢飞了出去。

地上那乐伎回头，见绿娘双眉倒竖，怒道："你是没见过钱吗？眼光如此之浅？随便什么人给的你都敢要？"

这绿娘在秦淮一带很是有名，琴技出众，恩客众多，亦带了不少的弟子，这乐伎便是其中之一。

见她发怒，女子瑟缩了一下，慌忙缩回了手。

绿娘这才看向陆焕之，将手中那本琴谱放了回去，推还给他，方冷冷地道："这位公子，我不知你和李大将军有何怨隙，也不管你何来的这琴谱，所言是真是假，我只知道，李将军他替我们南朝人打败了胡人，夺回了长安，是我们南朝人的英雄！我等生而卑贱，沦落风尘，但南朝人的良心，还是存了几分的！"

她扫了眼地上的金饼，语气里带着一丝轻蔑。

"莫说就这么些东西，你便是搬来金山银山，也休想我绿娘替你做这种事！"

她话音落下，其余女子跟着纷纷点头，地上那个捡金饼的乐伎亦面露羞惭，不敢再抬起头。

陆焕之脸一阵红，一阵白，盯了绿娘一眼，点了点头，捡起琴谱，起身掉头而去。

他那随从，匆匆收起地上金饼，恨恨地朝绿娘道了句"等着瞧"，转身匆匆追了上去。

才追了几步，他突然收脚，惊呆了。

他看到陆焕之的身形定在了雅间的门口。

门外立着一个男子，身影被廊侧的一排暗红灯笼投出了一道凝重的黑色轮廓。

那人双目沉沉地盯着陆焕之，挡住了他的去路。

随从一眼便认了出来，这竟就是方回建康还没几日的李穆！

他的身后站着从前的宿卫营统领，如今早被提拔，掌着建康武库、都卫的李协。

李协上前一步，对着呆若木鸡的陆焕之笑嘻嘻地道："陆公子，方才我来此处取乐，难得见你也在，索性便将李刺史也请来了，大家一道热闹，你不会怪我多事吧？"

陆焕之终于回过神，脸色一变，猛地拔出腰间佩剑，朝着李协刺了过去。

李协闪避。他立刻夺门而出，却被李穆一脚给绊倒了。"啪"的一声，整个人重重摔到了门槛之上，鼻梁磕碰，血顿时冒了出来。

乐伎们纷纷惊叫。

李协朝女子们示意，命人都出去。

众女晓得今晚是摊上事儿了。

门外突然冒出来的这两个男子显然都不是一般人物，尤其那个神色阴沉的，另一个人唤他"李刺史"。

难道便是那个刚回建康不久的李穆？

众女怎敢再多停留？避着地上一时还爬不起来的陆焕之，慌忙相继出去。

绿娘最后一个提着裙子从李协身边走过。

李协沉着脸，下令道："那人方才全是污蔑。让你的人嘴巴紧点儿，不该说的不要说！日后若是叫我听到半个字，你这里也不用营生了。"

绿娘停步，起先不语，忽然抬手，拔下簪在发间的一枝新鲜凤仙花，蔻丹纤指送着，慢慢地插到了他衣襟上。绿娘盯着他，双目宛若秋波涟滟，启齿一笑，面绽春花，耳语般地低声道："郎若是信不过我，日后常来这里，自己多盯着些，岂不是更放心？"

李协一愣，反应了过来，看着她扭身飘然而去的背影，不禁有点尴尬，忙扯下胸前的凤仙，转头，却见陆焕之的那个随从还张着嘴在看着自己，突然回过神，转身似要跳窗逃跑，低低地骂了一声，上去一把制住，将他拎了出去，关上了门。

李穆蹲到陆焕之的身旁，伸手探入他怀里，将那册琴谱取出翻了翻。

他看过洛神的字，一眼便认了出来，琴谱确实是出自她手。

视线落到尾页一角所留的那日期，他浑身的血液仿佛一下凝固住了。

他盯着那道墨迹，看了片刻，视线慢慢转向还倒在地上的陆焕之，指着被撕去的扉页留下的纸张残页："这一页呢？"

他的声音听起来依然平静，眸底却已是开始暗波逐涌。

陆焕之睁开眼睛。

"姓李的，你想知道，我偏不告诉你！

"你别以为那日在街上她帮你说话，就是心里真的有你！你算个什么东西？一个寒门出身的武将，连替她提鞋都不配！你名为她丈夫，想必平日在她面前，也是如犬般摇尾乞怜，唯恐她看不上你，是不是？

"我和她从小就认识。她打小心地就最是软了，见不得人在她面前扮怜，连看到个乞丐也要给碗饭吃。似你这般向她摇尾，莫说你是个大活人，你便是条狗，她也会对你好的！不过是见你当街被我羞辱，可怜你，才开口替你解的围！

"可惜啊，不止我一人，满大街的人都听到了，她看似在替你说话，心里想的却还是我大兄！当着满街之人褒扬我大兄的人品！

"是，我陆焕之是无品无德，猪狗不如，我被她骂我心甘情愿。可是你呢？你当初用奸计将她从我大兄身边夺走，名义上是她丈夫，她都嫁了你这么久了，却还是对我大兄念念不忘。

"李穆，你可真是可怜哪！"

他的嘴巴不住地一张一合，血从鼻孔里冒出来，一道道地蔓延开来，渐渐布满了两侧的面颊，又流进了他的嘴里，他也不去擦拭，模样瞧着有点瘆人。

"我再问你一遍，扉页在哪里？"李穆恍若未闻，面无表情，又问了一遍。

"你既然叫人跟着我，想必方才早也到了，听到了我的话。这可是阿弥去年三月送我大兄的琴谱，曲名就叫《鸾凤鸣》。"

他神经质般地呵呵笑了起来。

"不妨告诉你吧，扉页就是被我撕下的。至于上头她都和我大兄说了什么，我偏不告诉你！"

李穆五指蓦然收紧，骨节发出一道清脆的咯咯之声，蚓身般的纵横青筋，瞬间遍布手背。

他张手，一把便抓住陆焕之的衣襟，竟将他整个人从地上提了起来，掷了出去。

陆焕之人虽瘦，但也是个成年男子，整个人却似一只面袋般飞了出去，"砰"的一声，重重地撞到对面的墙上，又弹落在下头的那张琴案之上，在琴弦断裂发出的一道杂乱无章的嗡嗡声中，人带着整张琴案，翻滚在地，肋骨已是齐齐断裂。

他痛苦地拢着双臂，整个人的身体蜷缩成了一团，在墙角挣扎着。

"……阿弥和我大兄情投意合，你却夺人所爱，你凭什么？原本如今，她已是我阿嫂了……"

他犹在呻吟，声音断断续续。

"她和我大兄，才是天生的一对，当年曲水流觞，箫琴相合，谁不知道……你以为她就只给我大兄谱过如今这么一支琴曲？从前她就和我大兄用琴谱往来，互诉心意。她爱的人是我大兄……她只不过是可怜你……"

李穆大步而来。

一只剑柄，猛地击在了他的脑袋上。

伴着一道惨叫之声，那坚硬的头骨，在这剑柄之下，犹如一只脆弱的蛋壳，瞬间应力而裂。

血从陆焕之的头上汩汩而下，宛若溪流，瞬间染满了他的整张脸。

他的人蜷成一团，四肢抽搐着，仿佛下一刻就要死过去了，唇却还在微微地张翕着。

"你等着……等我大兄这回攻下了东都……阿弥还不知会如何高兴……"

他气若游丝，直到最后一道声音也戛然而止。

李穆掐住了他的脖颈，一手将他整个人高高举起，悬空钉在了身后的那堵墙上。

在他这只曾染过无数人血的铁钳般的指掌之下，陆焕之的脖颈脆弱得犹如一根秋天行将腐烂的芦苇，一折便断。

血一团一团地从陆焕之的鼻孔和嘴角里涌出，但那张分明布满了痛楚的脸上，却仿佛还残留着方才糅杂着恨意和犹如报复得逞似的近乎畅快的诡异表情。

他被掐住咽喉，无法呼吸，只能翻着白眼，无力地在空中蹬着两腿。

李穆看着在自己五指之下，徒然扭着身体，没有半点反抗之力的陆焕之，视线最后定在他那张扭曲得几乎已经认不出原本面目的脸上，看了片刻，凝聚于他眼底的仿似下一刻便要爆发而出的暴风骤雨、海啸山洪，慢慢地消失了。取而代之的，是他眸底忽地掠过的一缕萧瑟。

缓缓地，他手背之上那原本纵横暴布着的一片青筋亦似平复了下去。

他突然松开了自己钳住陆焕之喉咙的那只手，转身而去，再没有看他一眼。

陆焕之从墙上掉落在地，仿佛被抽去了脊梁，趴在那里，一动不动。

李协方才吩咐好了绿娘，命手下将楼里的人全部驱走，关了大门，自己便守在这门外。

虽隔着门，他也能想象里头正在发生着什么。

起先还能听到陆焕之传出的话语之声和惨叫之声。渐渐地，里头安静了下来，也听不到他发出的任何动静了，不禁担心起来。

万一李穆一时情绪失控，真将他给弄死了，此处毕竟是建康，陆焕之又是个大活人，且还是陆家的，恐怕会有一场官司。正要推门进去阻止，却见门先开了，李穆出现在了面前。

他的脸色看起来并不怎么好，但还算是平静。

李协又瞥了眼地上的陆焕之，见他满头血污，面目可怖，一动不动，匆忙走了过去，伸手探了探鼻息，发觉他还活着，只是昏死了过去，松了口气，笑着走了回来，压低声道："李将军放心去吧，我会替你再盯着这小崽子。干出这样的事，他自己必也不敢在陆光跟前全部认下。陆家若是找你的事，方才我也吩咐好了那女子，就说是他来此闹事在先，险些逼出人命，刺史恰好路过，路见不平，出手教训了一下而已。"

李穆道："多谢兄弟。回头我做东，请众位兄弟吃酒。"

李协唉了一声，急忙摆手："李将军怎说这话？当初若不是李将军，莫说有我和那帮子兄弟的今日，说不定连命都已经没了。我等兄弟对李将军敬佩得五体投地，不过是举手之劳罢了。往后但凡还有用得着我兄弟的地方，只管开口，便是掉脑袋的事，你瞧我会不会皱一下眉！"

李穆又叮嘱，叫他看着些这里，莫惹来陆焕之日后报复。

李协眼前便浮现过方才那女子朝自己衣襟簪花的一幕，咳嗽了声，点了点头："不消你说，我亦知道。"

李穆微微一笑，向他作了个揖，随即迈步而去，从后门而出，身影消失在了夜色里。

第五章

我有一曲

为了方便洛神与父母相处，回来后，两人一直住在高家。

　　李穆回到高府已是戌时中。不等他下马，早有门口的下人出来迎接，争相向他问好，替他牵马入厩。

　　李穆入内，遇到了阿菊。问了声，晓得高峤今日回来得早些，伴着长公主，此刻两人已经回屋了。

　　"夫人也在房里。李大人晚饭可吃过了？夫人本想等您一道吃的，没等到你回，自己便先吃了，吩咐给你留饭。"阿菊又说道。

　　李穆说在外头已是吃了，叫她不必费心，如常那样，脸上带着笑容，继续朝里而去。

　　越靠近那个院落，脚步便越来越慢。

　　院门是开着的，他晓得是她为自己而留的。

　　院中光线昏暗，屋子的窗里，映着一片明亮的灯火。

　　廊下等候着的几个仆妇侍女正在低声地唠着闲话，忽然听到身后脚步发出的动静，转头见是他回了，忙来迎，道夫人正在屋中沐浴。

　　李穆穿过蕉影婆娑的院落，步上檐阶，来到透出亮光的门前，定了定神，轻轻推门而入。

　　外屋空无一人。一道垂下的帐帘，将内外分隔了开来。

　　隐隐水动声中，李穆听到了她低低地哼着小调的愉快嗓音，清喉娇啭，百媚千娇。

　　温水洗凝脂，滴露妍姿俏。

闭着眼眸，他都能想象，此刻里头是何等一番动人的景象。

他只要伸手，撩开面前这道轻软如云的帐帘，走到她的面前，便能开口问她了。

而此刻，那只手却犹如灌满了铅，重得无法举起。

怀中那本薄薄的不过十来页的小册子，仿佛一团火，被他揣入了胸膛，在渐渐地升温。

灼烫之感，从某个平日隐藏起来的不为人知的，连他自己亦未能察觉的角落，不停地蔓延，刺灼着他的四肢百骸，直到遍布全身的每一寸体肤。

他感到心浮气躁，再也无法维持住方才在下人面前的从容了，脸色渐渐变得僵硬。

那日他接她出宫，路上遇到了陆焕之的挑衅，她为自己解围，陆焕之愤而离开之时，将满腔怒气都撒在了身下的坐骑之上。

那一幕，叫李穆心生警惕。

陆焕之不过是个无能之人，以前如此，现在亦是如此。但再无能的人，手中一旦举刀，亦能杀人。

出于直觉，亦是为了对她的保护，哪怕只是多心。在送她回来后，他便去寻了李协，这个当日曾被兴平帝派来助他去打巴郡的下属，如今执掌都卫，耳目遍布四城，叫他派人留意陆焕之的异常举动。

果然被他猜中了。

如此之快，陆焕之便展开了他的报复。

但叫李穆无论如何也想不到的是，他的报复，竟是如此手段。

李穆感到了一丝后怕。

并不是为自己可能面临的声名受损，而是为她。

倘若不是李协第一时间通知了自己，他及时赶到截了下来，倘若琴谱真的就此传了开来，伴着高氏女千里相思寄情郎的传言，他无法想象，她将要面对怎样的一番情景。

幸而，一切都未发生。

原本他该为之感到庆幸。

他想将这琴谱悄无声息地毁掉，再让这件事就这般尽快过去，仿佛什么都没发生一样——因为他知道，陆焕之口中说出来的一切，都只是恶意的中伤。

他的阿弥，若不是一心爱上了他，去年的那个时候，怎会不顾她父亲的反对，毅然追他到义成，留在了那个什么也没有的荒凉之地，伴在他的身边，一步步地走到了今日？

他的阿弥，若不是真的爱他，又怎会在他出征前的那一个晚上，让他感受到了来自她的那般热情而缱绻的对待，叫他至今想起依然为之战栗？

从回来的路上开始，李穆便一遍遍地不停告诉自己，陆焕之不过意在激怒他，以此来求得他那可怜的些微的报复快感。

但是那些话，却还是犹如毒蛇一般钻入了李穆的心里，驱之不去。

他想她父亲醉兴之时教自己写字，想回来才几天，她便数次在他面前提及陆柬之，语气中充满了欣赏。

他知她完全无心。但也恰恰因是无心，才可见陆柬之对她的影响是何等根深蒂固。

或许她真的只是施舍自己，这种感情，连她自己大约也无觉察。

李穆鄙视自己，内心为何会有如此阴暗的揣测，但他却控制不住。

建康这座紫气王城，无时无刻不在提醒着他，在她的人生里，有很重要的一部分，并没有他的参与。

他只是一个突兀地闯入了她的世界的外来者，显得格格不入。

李穆慢慢转头，视线落到了琴案侧旁那只存放着她琴谱的搁架，盯着看了片刻，走了过去。

软帘后的低低哼曲之声忽然停住。

"郎君，可是你回来了？"

里头传出她带着点不确定的试探发问之声。

没有人应。

伴着轻微的泼水之声，那低低的曲儿之声，再次传了出来。

洛神舒舒服服地泡了一个澡，还不见李穆回来，到外间也不见他人，忍不住问侍女。

侍女仿佛有点惊讶，笑道："李郎君没见着夫人的面吗？方才他已经回来了，也进了屋，片刻后又出来了，也没说什么，人便走了。我们还以为他和夫人说过的。"

洛神有点惊讶，实在不知道方才自己泡澡之时他竟进过屋了。

迟疑间，忽然想了起来，方才隐约听到外间传来过依稀的脚步声。当时她还问了一声，没听到应答，还暗笑是自己听错了，也就没有在意。

但侍女却说他进来过。

那么显然，当时自己没有听错，那阵脚步声确实就是他所发。

但为何他人明明都回来，进了屋了，突然又一声不吭，甚至都不和自己打声招呼,就又走了?

即便有什么急事,也不至于急到连和自己打个招呼的空都没有吧?

洛神迷惑不解,忙打发人去前头,看下他到底去了哪里。

片刻后,那仆妇回来了,说相公和长公主屋里已经歇了,前头也不见李郎君。门房说,李郎君骑马又出了门,也没说去哪里,何时回。

洛神彻底地迷惑了,心里总觉得哪里不对。她茫然地在门外檐阶前立了片刻,忽然,一阵过墙狂风卷过,吹得院中芭蕉大叶相互拍击,哗哗作响。

月隐入霾云,远处的天边隐隐有道闪电的光掠过,快要下雨了。

洛神又等了一会儿,终于转身回了屋里。

她立在外间,环顾着四周,心想他说不定给自己留了什么字,便在案几上寻找,忽然,视线落到琴案旁的那个搁架,定住了。

搁架上头存的都是琴谱。除了她从各处搜集而来的佚散古曲,还有这些年她自己陆续所作的一些琴谱。

她是个恋旧的人,所有的琴谱,包括谱曲的初稿也都没有丢掉,而是按照日期依次留存,整齐地堆放。

但此刻,那搁架里的琴谱,却明显有被人翻过的痕迹,有几份还凌乱地放在上头,并没有收回去。

洛神急忙走了过去,拿起那几份琴谱,翻开,发现其中有早几年,自己谱曲之后,和陆柬之相互有过交流的谱稿。上头除了有自己当时的作曲所感,还有他回复给她的一些评注。后来整理,便按照日期,一直收放在下头,自己也就没再动过了。

如今翻出,因年深日久,纸张已有些泛黄。但上头的墨迹却依旧清晰。

洛神呆住了。

很显然,应该就是李穆翻出了她的这些琴谱。

她定定地望着这几份旧日谱稿,忽然,心里涌出一阵不安的感觉。

方才他不和自己说一声就走了,莫非是因为无意间发现了这几份她和陆柬之之间的旧日往来琴谱?他不高兴了?

她又想起回建康的这几日,他给她的感觉,也似和先前不大一样了。

她不禁心慌意乱了起来。望着窗外那片黑漆漆的行将落雨的浓重的夜色,心里暗暗焦急,盼他能早些回来,她好向他解释。

徐赢曾是宫中最为著名的乐师,因年老体弱,早几年起便只能出宫,住在城南同夏里的一间局促院落里。好在还有些名气,平日能靠着教授弟子和乐伎为生。今夜无事，本早就入睡了，忽被老仆唤醒，说有访客来寻，出手阔绰。

老乐师急忙起身，匆匆迎了出去。

外头起了夜风，卷得院中一株老树枝冠摇曳，沙沙作响，天边不停闪电，就要下雨了。

他看到院中站了一个身材高大的男子，一袍当风，面容隐在夜色之中，知他就是那位豪客，急忙上去，躬身请入叙话。

那男子不动，只问他："我听闻曲可传情。你可否解读其中之意？"

徐赢一怔，松了口气，忙道："自然。我浸淫半生，但凡有曲，便可闻弦知意。"

"极好。我有一曲，劳你解读。"

男子慢慢地道，从怀中取出一谱，递了过来。

徐赢将客请入琴室，二人对着琴案而坐。

院中昏黑，方才亦看不清对方面目。此刻借了灯火打量，见对面男子甚是年轻，衣冠寻常，看似不显，人却是英武卓伟，气宇不凡，知他绝非庸碌之辈，必有来头。

只是不知为何，观他入座之后，虽轩昂自若，但眉宇之间却隐有郁结之色，仿佛心事重重的样子。

出宫后的这几年，他这里来过各种各样的访客。学艺的，求谱的，慕名听琴的，或是请他去宴席抚琴助兴的，人各有态，喜怒哀乐，便是荒诞怪异者，也是见过的。他不敢多看，望了几眼，便收回目光，小心地翻开这男子方才递来的那册琴谱。

还没看谱，他先一眼便认了出来。这个琴谱所用的纸张，乃是御贡的瓷青粉笺，光致平滑，纸中极品。除了皇宫，也就只有在达官贵人的书房之中，才有可能见到这种珍贵的纸张。

徐赢又瞥了眼对面男子，见他入座之后，一言不发，此刻双目亦盯着自己面前的这份琴谱，忙再看。字体秀媚，灵动流逸，有仙露明珠之气，一看，便是出自女子手笔。

徐赢再瞧一眼对面男子，心中立刻便有了自己的判断。

深更半夜，一个不显身份又怀心事的年轻男子，叫自己替他解谱。那作谱的，显然是个出身不低的闺中女子。

这其中有何不可言的隐秘，无须多问，一目了然。

他在宫中多年，早就学会了察言观色。出宫后，为谋生计，更是善于应对访者，揣摩人心，一言一辞，皆以悦人为目的。

他既断定这年轻男子和那赠谱女子皆身份非凡，这男子又似郁结心中，便先入为主，认定是为情所困，有着一段不可说的男女私情。女子赠谱，自然也和闺中相思脱不了干系——况且，从前在宫中时，他也屡闻建康高门大户里的男女阴私艳情，于此，早见惯不怪。

今夜突然来了这么一个访客，出手又如此阔绰，言其所想，投其所好，他自然心知肚明。于是凝神敛气，就着琴谱，先试奏前引。一段下来，觉曲调空灵轻清，律如清韵佩声，便停下，看向对面男子，赞道："谱曲如同作诗，或咏物言志，或借曲诉怀。此谱显然是为倾诉心怀而作。只听前引，我便可断定，谱曲者深谙音律。如此妙音，不可多得。"

他说完，见那男子展眉一笑，神色间，似流露出对自己这话的赞许之意，愈发认定了方才所想。

这男子，必定对这谱曲女子心怀恋慕。

老乐师便笑道："此为引章，且听我再奏下去。"

他对着琴谱又奏了一节，闻音律舒和，便信口道："此节如春光明丽，流莺花底，叮咛呢喃，当为小儿女之无邪私语。"

窗外骤然传来一阵雨敲屋檐的落雨之声，下起了夜雨。

他自己渐渐浸在曲调之中，也未多留意那男子悄然起身，立于窗畔，背向自己望着夜雨。渐觉曲调转为凝重，似有忧意，遂触景生情，叹息："孤鸿云外鸣，夜雨阶前滴。此相思而起之忧念，闻之，犹如断肠。"

孤灯夜雨，那男子面向窗外，背影寂然。

老乐师再奏，曲调划然变为轩昂激扬，宛若勇士奔赴敌场。琴弦铮铮，不禁沉醉其中，闭目感叹："商声嘹亮，羽声苦。女娲炼石，破天惊。此段，乃寓意情比金坚，搏浪而上。有情之人，岂不为之心魂激荡，热血沸腾？"

琴声渐渐又转为初始那般清轻，但和引子相比，音律旷远，闻之，天阔地远，万壑松风，心洗流水。

老乐师彻底地沉醉在了曲境之中，手指划出最后一道长长尾音，在绕梁不绝的弦鸣声中，久久闭目。

终于，长长叹了一声："这位相公，曲终余情，来日方长。你且如这琴语所言，解脱忧思，放宽心怀，上天垂怜，终有一日，必是能得偿所愿……"

半晌，未听到任何响动，睁开眼睛。

一阵夹着雨气的夜风，猛地扑入了半开的门户，屋门拍打墙面，烛火明灭不定。

房中已是空空荡荡。

案角留有金饼，而方才那个男子连同琴案前的琴谱，不知何时，皆已不见。

夜雨滂沱，已是三更，李穆竟然还是没有回来，也没有叫人传一声他去处的消息。

洛神披衣站在窗前，望着窗外漆黑如墨，大雨飘泼的一番景象，整个人的情绪从一开始的忐忑不安，变成了万分的焦虑。

这实在是太反常了。

建康城中鱼龙混杂，他如今是众人注目的焦点。许家陆家对他也必定怀着恨意。想起那天陆焕之当街挑衅的一幕，洛神的心突然跳得飞快。

陆焕之她从小便认识，如果光是他，她并不觉得他会给李穆带来什么大的麻烦。

但陆焕之并不只是一个人。

他背后还有陆家，或是别的什么和他一样，对李穆怀有恶意的人。

难道，真的是他出了什么意外？

洛神被这个突然冒出来的念头给吓了一跳，心急如焚，再也等不住了，立刻叫人去拿雨具。

她等不到天明了，想立刻过去叫醒父母，叫他们派人到各处去寻人。

仆妇忙去取来雨具，洛神也已穿好衣裳，琼树在前，提了一只防风灯笼。她跨出门槛，正要去往父母那里，忽然听到前头一个仆妇惊喜地道："李刺史回了！"

洛神也已听到脚步声，迅速抬头。果然，一道身影出现在了院子口，穿过漆黑雨幕，踏着地上飞溅的积水，向这里走来。

不消看脸，洛神立刻认出了那道熟悉的身影，正是李穆。顿时，长长地松了口气。见他已步上檐阶来了，既未打伞，也无蓑衣，头上连顶雨笠都没戴，整个人从头到脚，被雨淋得湿透，又是惊讶，又是心疼，急忙过来，正要唤他，却见廊前灯笼映出一张反着湿淋淋的光的僵硬脸庞。

他面无表情，仿佛没看到她似的，竟从她面前走过，径直地推门而入。

洛神知道，他分明是看到了自己的。

嫁他这么久了，她还是头回被他如此忽视。

洛神视线随了他的背影，望着他消失在门后，脚步定住了，方才因他回来而起的惊喜消失了。

因母亲有孕，洛神叫阿菊回去照顾她了。但身边的这个仆妇和琼树，也都是从前一直跟着她从建康到义成，再回来这里的。

显然，她们亦是困惑于李穆的反常，疑虑地相互对望着，又看向洛神。

洛神回过了神，低低地嘱了声，叫人都散去，不必再跟入伺候，随即也跟着入了屋。

她轻轻地关了门，转过身来。

地上一道湿漉漉的水渍，从门口一直延伸到了内室。

洛神进去，见他背对着自己，正默默地脱着衣裳，整个人像刚从水里捞出来似的，连头发根里都在不住地往下滴水。

他背影凝重，重得仿佛压住了身畔一切，叫她的呼吸甚至都变得艰难。

洛神从没见过他如此模样，从来没有。

原本再熟悉不过的背影轮廓，此刻看起来却也变得如此陌生。沉默得拒人于千里之外的感觉，甚至叫她感到有些惶恐。

她猜想，难道因为那几份琴谱手稿引出了陆柬之，而这几天，她又数次提及陆柬之，他真的为此在生气？

她迟疑了下，继续朝他走了过去，来到他身后，用听起来尽量如常的语调，开口，柔声道："郎君，晚上你去了哪里？外头雨下得这么大，我很是担心，一直睡不着，方才原本正想去叫阿耶和阿娘……"

她说着，伸手想去接他刚解下的腰带，却没接到，他自己放了下去。

洛神的那只手便停在了半空，一呆，慢慢地缩了回来，勉强道："那你先去沐浴吧。热水先前替你备好了……"

李穆依旧一言不发，自己拿了套干净的衣裳，丢下她，朝浴房去了。

洛神定住，发了片刻呆，压下心底涌出的那种犹如被抛弃了似的难过之情，抬手擦了擦已经泛红的眼角，跟着他来到了浴房之外。

今夜那个一直困扰着她的隐忧，再一次地冒了出来。

原本她只是猜测，那几份记载着从前她和陆柬之往来的琴谱手稿惹出了事。

这一刻，她是确定无疑了。

因为手稿，也因为回来后陆焕之那日当街挑衅惹出的事，加上自己的粗心和疏忽，让李穆误会了。

他真的恼她了。

但叫她意外的是，他的反应竟会如此之大。

这一点，她真的始料未及。

她在外头等了片刻，没听到他发出任何的响动，便进去，见他靠坐在浴桶里，面带倦容，双目闭着，一动不动，仿佛已经睡了过去。

她知道他没有睡着，鼓足勇气来到他身后，挽起衣袖，捞出那条漂在水里的巾子，替他慢慢地擦着后背，低声问："郎君，你是在生我的气吗？"

他没有应声，也没有动。

洛神继续替他擦着身体。

"那几份琴谱，都是很早以前的，你自己也瞧见的，纸都发黄了。

"郎君你也知道的，我和陆大兄从小相识，他也通琴，我作了曲，有时便会寄他，请他评点一番。那时我还不认识郎君。

"至于手稿如今都还在我屋里存着，并非是我对过往念念不忘，只是我向来有收藏的习惯，手稿存在那里，时日一久，我自己也忘了，便一直没有收起……

"晚上我全都收了，干干净净！不信的话，你自己再去看……"

他依旧没有反应。

洛神心底再次涌出一丝惶惑。

她眨了眨发酸的眼，继续说："郎君，有时我在你面前说陆大兄好，并不是嫌你不好的意思。怪我太粗心了。郎君是个顶天立地的男儿，对阿弥又这么好，阿弥心里，只有郎君你一人……"

她丢开了巾子，也不管他身上的水会弄湿自己，一双玉臂从后探了过去，紧紧地抱住他的肩膀和脖颈，手心贴于他的胸膛之上，面庞也压了过来，唇轻轻地吻他耳垂，和他耳鬓厮磨着，柔声地祈求着："郎君，阿弥只爱你一人。倘若阿弥哪里做得不好，惹你生气，你告诉我就是了，我会改。你不要误会阿弥，更不要生阿弥的气，好不好？"

他何尝听不出来，身后，她那声声软语里，分明已经带着强忍的隐隐哭腔。

他感到那柔软温暖的身子贴压在了自己被大雨浇得连骨都冰冷的肩颈皮肤之上，耳朵被她的唇瓣轻轻刷过。

一阵战栗的鸡皮疙瘩，从和她相贴的颈肩皮肤上冒了出来。

他感到寒毛竖立，往下迅速蔓延，遍布到了他被浸在水下的四肢百骸。

那只小手又抚慰般轻轻地抚过他的胸膛。

他覆着的眼睫颤抖了一下，抬起手，按住了在自己胸前游走的手。

"郎君，求你了……"她一顿。

耳畔再次传来她的软语之声，李穆睁开眼睛，"哗啦"一声，从水里站起身，一步跨出浴桶，横抱起她，出了浴房，将她压在了床上。

他终于原谅了她的无心之失！

他刚压上来的那一刻，洛神怀着满心的释然和欢喜，柔顺地迎接着来自他的索要。

但很快，她就感到不对劲了。

他待她极是粗鲁。红着眼睛，面容狰狞，犹如一头猛兽，一言不发，将她压在身下，用尽手段，折磨似的蹂躏着她。

洛神开始感到害怕，更是不解和委屈。

她真的不明白。他又不是不知道高陆两家从前的往来。她和陆柬之也是从前的关系，他为什么如此耿耿于怀？

今晚从得知他不告而别后，便一直萦绕着她的那种惶恐和无助渐渐地将她淹没。

她开始挣扎、拒绝，奋力反抗，但那点气力在他面前，非但微小得犹如蝼蚁，无法撼动他这巨树半分，反而惹来他越发狂野的对待。

她放弃了反抗，任由他摆弄，为所欲为。被强行反压在床沿，被迫拱起身子迎合他之时，眼泪再也控制不住，从早已憋得红通通的眼眸里滚落，布满红潮的一张小脸，紧紧地埋在被褥里，无声地哭了起来。

她死死地咬着嘴唇，想忍住，眼泪却越来越多，憋得两只肩膀一抽一抽。倘若不是他的一只手还在身后箍着她腰，人被强架住了，早已是瘫了下去。

眼泪很快便濡湿了脸庞下的那片褥子。

夜雨依旧疾骤，哗哗地打在窗外院中的芭蕉叶上。

忽然，他缓了下来，直到停住，慢慢地，五指松开了那遍布着冷汗的湿滑腰肢，离开了她，翻身，仰面躺在了她的身侧，大口大口地喘息着。

失去了来自他的承托，她的身子立刻软了下去，无力地趴在床上，只那两只落满了凌乱乌发的雪白肩膀瑟瑟抖动，仿佛折断了翅的一只玉蝶。

李穆抬臂，紧紧地压着自己的脸，片刻后，喘息渐平，说："我这两日就回义成。你准备一下，跟我走。"说完，从床上翻身而起，套回衣裳，走出了内室。

高家的仆妇和侍女们，都早已各自散去睡了。外屋里没有灯，黑魆魆的。李穆坐在门槛上，对着漆黑庭院里的雨幕，望着檐廊前那一排瀑布般哗哗落下的水柱，身影一动不动。

雨丝被风夹着，不断地从檐廊外飘入，牛毛般飘到他的脸上。带着冰凉潮气的下半夜的风，终于令他那只滚烫得如同火烧的额头慢慢地降下了温度。

眼前浮现出片刻之前，她在他毫无怜惜的对待下，那忍着泣的无助恐惧模样，这一夜所积攒下的所有恶劣心情，突然之间变成了一种深深的自厌。

他后悔，为何自己会如此愚蠢，非要寻人替他解出琴谱。

倘若没有听过那乐师的解，原本他完全可以告诉自己，一切都不过是陆焕之的恶意中伤。

即便她和当时远在交州的陆柬之再有鸿雁往来，也不过是旧日知音相互往来，譬如伯牙子期，无关风月，那么事情过去也就过去了。

他却做不到如此大度。

有一根刺扎在心里，始终无法拔除。

他记得清清楚楚，就在她给陆柬之送这份琴谱之前，两人刚刚圆房没有多久，正柔情蜜意，如胶似漆。

她在他的身后，和他共同经历过了一场生死。她亦陪他共登姜山，夜观春潮。

那个春江之夜，花月朦胧，浪涛东去。脚下江渚涌过他有生以来见过的最为壮观的潮水，头顶之上，亦有着最为动人的朦胧月色，而她倚在他的身畔，面眺江北，和他听取渔歌，共临江风。

那一刻，没有誓约，胜过誓约。他想到他老死那日，他应也不会忘记和她共同度过的那个春江月夜。

然而，就是在那夜过去才没多久，她被她的父亲强行从他身边带走，随后，便有了她送给远在交州的陆柬之的这份琴谱。

或许正是如此，才使他如鲠在喉，无法释怀。

今夜刚回之时，他本可以亲口问她，向她求证。但他竟没有勇气直面于她，转而寻人替他解谱。

他盼望着有人能为他证明，她和陆柬之的过去真的已是彻底断了，再也无关风月。

然而希望还是被无情地打破了。

"哗啦"一声，院中那片芭蕉突然被一阵吹来的大风给折断了，无力地匍匐在了地上。

一道细细的压抑的呜咽之声，在雨打蕉叶发出的急促簌簌声中，隐隐地传入了他的耳中。

伴着那道断断续续的呜咽之声，他的眼前仿佛再次浮现出片刻前，她停止了挣扎，惶恐无助，默默掉泪的模样。

李穆觉得自己的心，仿佛也被这无边的潇潇夜雨给淋得湿透了，从里到外，无论用什么法子，也是再也拧不干了。

他闭了闭目，抬手，抹去面上的一层湿润水雾，从门槛上起身，循着那道伤心欲绝的呜咽之声，慢慢地回到了她的身边。

他立在床前，借着床头夜灯那仅剩的几寸微弱火光，默默地凝视着她。

床上一片凌乱。她依然还是他离开前的模样，趴在那里，身子蜷缩成一团，露出细弱的微微颤抖着的一片雪白后背，面庞压着的褥上，泪痕斑斑。

听到他回来的脚步声，她立刻停下了抽泣。

李穆靠了过去，试着向她伸出手，轻轻碰了碰她。

"阿弥……方才是我不好……我混账……"

他的嗓音嘶哑。

她把身子蜷得更紧了。

指尖碰触，感到她的身子又湿又冷。

李穆立刻爬上床，将她那张泪痕斑斑的脸从被褥里捧了出来，替她擦去眼泪，试着将她抱入怀里。

她闭着已经哭得红肿的眼眸，不断地往里缩，一直躲着他的手，不让他碰，直到缩到了床的最里侧，再没有可去的地方，终于被他抱回在了怀里。

李穆拿被子将她身子裹住，像抱着受了惊吓的孩子那般不停地亲吻她，在她耳畔低声安慰。

"我真是个混账。你原谅我可好……"

他不断地求她原谅自己方才的混账。

洛神起先一直挣扎，渐渐地，仿佛没了力气，缩在他的怀里闭目默默流泪，她忽然伸手，紧紧地抱住他的腰，将脸埋在他的怀里，哽咽道："郎君今夜是为陆大兄而气我吗？我心里真的只爱郎君一人。郎君如此狠心对我？"

就在被她伸手再次抱住的这一刻，曾折磨了李穆几乎整整一夜的恶劣心情忽然退去了。

他觉得自己忽地释然了。

就这样过去吧，不必再纠结于这册她写在多年前的琴谱了。

倘若事情早已时过境迁，即便当时她念着陆柬之，而现在，早不是当初谱曲时的心境了。她真的如她所言，只爱他一人，他又何必作茧自缚，不放过她，也不放过自己？

又倘若，在她的心底深处，依然还是悄悄念着陆柬之，那个这辈子的最初所爱，那么也是人之常情。毕竟，当初本就是自己不顾她的意愿强娶她的。如今又这样逼她，他算个什么？

她对他已经足够好了。这辈子，只要她心里有他，愿意这样留在他的身边，他又何必介怀旁的人或事？

"我知道，我知道……是我混账……"

李穆眼角泛红，将她抱得愈发的紧，胡乱亲她哭得红肿的眼皮子，不断地骂着自己。

洛神那颗原本哭得千疮百孔的心，在郎君的温柔抚慰和自责之下，终于慢慢地恢复了过来。

她柔顺地蜷在李穆的怀里，低低地道："郎君，回来后，我便知道你有些不开心。你到底是怎么了？"

她问完，久久不闻回答，睁开双眸，凝视着他："郎君？"

李穆终于说："阿弥，我不喜欢这座皇城。"

他的声音沙哑，语调凝涩。

洛神立刻道："我听你的！我也不想留在这里了！"

李穆凝视着她，抬手抹去她眼角还噙着的一朵泪花，低头，吻住了她的嘴，带着她，又并头躺了下去。

窗外夜雨渐渐转小，不知何时，悄然停歇。

淡淡一缕晨曦从门窗的缝隙里透入。

洛神昨夜后来睡得并不好，天才蒙蒙亮，便醒了。

刚醒，还没睁开眼睛，她的脑海里立刻浮现出了昨夜的一幕一幕。

她一下睁眼。李穆就侧卧在她的身畔，手臂轻轻搂着她的腰肢，将她拢在他的怀里。

朦胧晨曦之中，他沉沉未醒，下颌抵着她的额。温热的气息随了他的呼吸，轻轻地落在她的额面之上。

耳畔静悄悄的，什么声音都听不到。

昨夜的狂风骤雨，已然消逝得无影无踪。

洛神慢慢地闭回自己那双还带着点酸涩胀感的眼眸，继续安静地蜷在他的身边。

可是心绪，却再次变得纷乱了。

昨夜后来，他一直这样抱着她，不停地抚慰着她，直到她倦极，在他怀里睡过去为止。

她知道他不是故意那样待她的。她是如此喜欢这个名叫李穆的男子，所以，哪怕他曾那般吓人，当时叫她惶恐害怕得哭个不停，过后，她也很快就原谅了。

事情看起来，好像终于也都过去了。

她知道，他以后再不会对她做出那样的事了。这是一种直觉，她相信这男子。

他们还会像以前一样。他继续宠着她，她也可以继续无忧无虑地做着他的妻子。高兴的时候和他撒娇，不高兴的时候拿他恼。而他永远都会那么好脾气，除了昨夜。

但是心底却分明又有另一个声音在悄悄地提醒着洛神，经历过了昨夜那般的大起大落之后，她的心再也无法像之前那样，再度真正安定下来了。

她的郎君李穆，原本让她每每想起来，就会感到无比的安全。但现在，她再也寻不回那种在他身边的那种安心之感了。

她的直觉又在提醒着她，李穆一定还有事情瞒着她。

仅仅只是因为被他看到了那几份记载着她和陆柬之旧日往来的琴谱手稿，或是这趟回来她在他面前无意多提了陆柬之两句，他就变得如此反常，她是真的无法相信。

可是他就是不和她说。

她感到万分无力。

一夜的狂风骤雨，将花木摧残了一地。

外头，早起的仆妇和侍女看到眼前满地落花折枝，芭蕉伏地，低声地抱怨了几句昨夜这鬼天气，便开始收拾院落。

扫帚扫过湿漉漉的甬道，发出一阵轻微的窸窣之声。

李穆醒了，却没有立刻睁眼，只是慢慢地收紧臂膀，将怀中那具温暖柔软的身子抱得更紧了些。

片刻后，他感到有只小手，轻轻地抚着自己一夜之间冒出凌乱胡茬的面颊，睁眼，见她睁着一双还带着昨夜哭泣肿痕的眼眸，正瞧着自己。

他凝视着她，慢慢地捉住了她停在自己脸颊上的那只小手，送到唇畔，亲了亲她的手指。

"还困吧？再睡一会儿，我陪着你。"

他靠过来些，下巴轻轻蹭了蹭她的脸。

洛神柔顺地"嗯"了一声，在他怀中，慢慢又闭上了眼睛。

朝廷若无紧急大事，官员五日休沐一次。今日又逢休沐。

从前，哪怕休沐，高峤也必是会去台城衙署的，今日却破天荒地留在家中伴着萧永嘉。

人到中年，不但和妻子重归于好，如今竟还要再次做父亲了。顶着多年的惧内之名，一朝终于得以翻身，高峤难掩心中得意，喜形于色，被人问起，自是要炫耀一番。于是没两天，满衙署的人都知道了长公主喜孕的消息，纷纷向他道贺。

宫中随即也知晓。高皇后虽然自己没出宫，但当时便派宫使带着贺礼过来，向高氏夫妇表达了自己得知喜讯后的欣喜之情，嘱咐伯母好生养胎。

高峤今早心情愉悦，起身后，在屋里看着萧永嘉梳头，又抢着要替她画眉。画好，萧永嘉对镜看了一眼，连声嫌弃。

高峤自诩丹青高手，被她嫌弃画出的眉，怎肯作罢？一定要再替她画一遍。两人一个嫌，一个哄她耐心些，低声嬉笑，倒好似少年夫妻。折腾了半晌，听得下人传话，道女儿女婿来了，这才作罢，一道出来，留二人用早饭。

饭毕，洛神伴着母亲回房休息。李穆开口，请高峤借步说话。

高峤知他应是有事，领他去了书房，笑呵呵道："敬臣，那晚我是喝多了。你若不想习字，我自不会强迫。但你若想学，我这里倒有几本不错的帖子。我知你事忙，但不妨拿去，等有空临。每日便是积学一二字，正所谓跬步千里，汇溪成海，天长日久，想必也是有所进益……"

一边说着，一边去书架子上翻出帖子，拿了过来。

李穆恭敬地接过，笑着向丈人道谢。

高峤叫他入座，这才问是何事。

李穆没坐，却向高峤下拜，行了跪礼，神色郑重。

高峤忙叫他起身，不解地道："你这是何意？"

李穆依旧跪地，道："实不相瞒，昨夜我重伤了陆焕之。今日御史那里应会传我。陆光怕也是要借机寻岳父的不是。我知必是会搅扰岳父清净，请岳父多些担待。"

李穆在回来的次日，路上便遇到陆焕之挑衅，这事，高峤先前已从高七口中得知。虽然心里对陆家那个儿子感到不满，但想着事情过去了，也就罢了，却没有想到，竟还有如此的后续，吃惊不已："你怎么伤了陆家儿子？昨夜到底出了何事？"

李穆道："昨夜小婿和旧日几个兄弟去秦淮吃酒，再遇陆焕之，一言不合，我一时失手，将他打成了重伤。"

高峤问伤情。听得陆焕之被剑柄打破了头，又被打断了肋骨，当时人昏死了过去，"哎"了一声，从座上起身，来回走了几步，停下，皱眉看着李穆。

"敬臣，你和人去那种地方也就罢了，人情难免。但我以为你一向沉稳的，陆家儿子无礼，你出手教训也是无妨，事要有度，怎么下手如此之重？万一被你打死，人命官司如何了断？"

他的语气，带着斥责。

李穆叩首："当时确实是我失了分寸，一应罪责，小婿自己承担。只为难免牵连岳父，恳请岳父见谅。"

高峤沉默了片刻，摇头，叹了口气："罢了罢了！陆家那个儿子也确实无礼，人品心性和他兄长如有云泥之别。打都打了，你是我的女婿，我难道不管？起来吧！"

李穆这才起身。

"你还年轻，难免气盛，手又重，一时失手，也是有的。幸好此次没出人命。切记，往后再不可如此莽撞了！"

李穆恭声答应。

高峤叫他先去。自己思索了下，归座，打算先给陆光去信。写完了信，又觉不妥。

姑且不论谁更占理，毕竟是自己的女婿将人打成重伤，此刻还昏迷着，只送封信，未免显得诚意不够。再三思虑，高峤决定还是亲自去见陆光。

虽然希望不大，但高峤还是决定先走一趟，看看事情能否善了。于是，他又写了一道拜帖，笼入袖中，出门才行到一半，家人匆匆追了上来，道李穆方才被传去了御史台，这才知道，御史中丞丁嵩一大早就已接到陆光的状，状告李穆昨夜行凶，重伤陆焕之，要求朝廷严惩，以正纲纪。

"事情连陛下也惊动了，陛下派了新安王代察。那边方才来了人，传李穆速去问话。"

高峤眉头紧锁，立刻转身，匆匆赶去台城。

洛神伴着母亲回了屋，坐她边上，听她说着天气渐热，打算去白鹭洲避暑的事儿，口中应话，心里却想着昨晚的事，渐渐出神。忽然听母亲又唤了自己，才回过神儿，见她望了过来，神色关切，忙应声。

萧永嘉摸了摸女儿的额头，并无异样。

"你可是有心事？我见你今早眼皮浮肿，难道是昨晚没睡好？方才我和你说话，你也不知想哪里去了！"

洛神如何敢叫母亲知道昨夜的事？连今早起身后，都一再地叮嘱跟前的仆妇和侍女，命不许在阿菊或是自己母亲面前提半句昨夜李穆反常迟归的事。

此刻听她发问，忙否认。见母亲似乎不信地瞧着自己，想起方才她说想和自己搬去岛上避暑，阿耶也很赞成的事，迟疑了下，低声道："阿娘，我也很想陪伴你，只是恐怕不行了。等郎君这里事毕，我和他去探过阿家，大约便要回义成了……"

刚回没几日，便又要走了，洛神心里确实有些舍不得父母。但想到李穆昨夜说他不喜欢这皇城那话时的语气，一颗心便无限地软了下去。

她说完，望着母亲，目光歉疚。

萧永嘉一愣，想了一下，点了点头："也好。义成长安那边事情重要，敬臣若久不在，也是不好。你只管去吧，不必记挂阿娘。阿娘有阿耶。"

洛神点头，靠过去些，轻轻摸了摸母亲的小腹。

"阿娘，等你生了，记得传信给我。"

萧永嘉笑了，将女儿搂入怀里："知道。阿娘怎会忘记你？"

洛神依在母亲的身边，情不自禁，又想起了昨夜之事，终于忍不住问："阿娘，你先前教导我，要我记得自己如今是李穆之妻。我也想做好……"她迟疑了下，坐直身子，望向母亲，"但是他若心里有事，却不和我说，我该怎么办？"

萧永嘉看了眼女儿："他有事瞒着你？"

"怎么会？"洛神立刻摇头。

"我只是想到，随口问问罢了。想着过几日就要走了，万一日后若是遇他如此，我早问过的话，心里也有个数。"

她故作轻松，说完还冲母亲一笑。

萧永嘉不再多问，只道："你这话，还真把我问住了……"

她沉吟了片刻，忽然笑了，摇了摇头。

"旁人不知，你是我的女儿，最是清楚。我和你阿耶，这二十多年，他一直便是有话不和我说的。想我自己，又何尝不是如此？正是这般，我和你阿耶才磕磕碰碰，一直没过好，从前叫你还跟着受了不少的委屈。如今想想，拿我来说，是我太要强，当初一开始就压着你阿耶，才叫他对我避之不及。但你却和阿娘不同……"

萧永嘉望向女儿。

"也怪阿娘，从小到大把你养得太娇贵了，你性子又天生柔弱。阿娘想，你的郎君，倘若一直只是将你视为需要他保护周全的人，他有了心事，又怎会轻易告诉你？越是重的心事，恐怕越不会叫你知道。

"所以，阿娘先前和你说，你要忘记自己是高家的女儿，要把自己真正当作他的妻。何为夫妻？你不仅仅只是需他护住周全的人。你还要叫他知道，倘若他不顺，你能向他伸手。即便你帮不了他多大的忙，你也不会松手，你会一直不离不弃。想来如此，他有事的话，自然也就不会瞒你。"

洛神出神了。

萧永嘉笑着，叹了口气："夫妇相处是一辈子的事。说起来容易，做起来便难了。阿娘便是如此。"

她握住了女儿的一双手，柔声道："阿弥，你性格比阿娘不知道好多少，人也聪明。阿娘方才说的是不是，你自己有空，再仔细想想？"

洛神望着母亲，慢慢地点头："阿娘，我会的。"

一大早，台城御史衙署又热闹了起来。

今天本休沐，台城里，难得连高峤也不露面了，众人终于可以放心在家，却又被陆光给逼了过来。

御史中丞丁崧可谓满心懊恼，却迫于无奈，加上连皇帝也被惊动发了话，还派了新安王萧道承过来代察，只能穿上官服匆匆赶来，见过新安王后，一边安抚着愤怒的陆光，一边等候着李穆的到来。

李穆竟然出手打伤了陆光的儿子陆焕之。据派去陆家验伤回来的属官报称，陆光所言并非夸大，陆焕之确实伤得不轻。破了头，一侧肋骨断了不说，一夜过去，此刻还昏迷不醒。

丁崧心中不断地叫苦。

原本此案并不难决断，一桩极普通的伤人案而已，因涉案之人是朝廷命官，故递到了自己这里。

但现在，因为一方是陆氏，另一方是高家，而那个出手伤人的，还是刚刚打下长安立下大功的李穆。

这就成大难题了。

丁崧心中忐忑不安，终于听到衙署外传来一阵脚步之声，抬头见李穆来了。

虽然是被传讯来的，但还未定罪，且他官阶比自己高，丁崧急忙出去，亲自迎他入内。

李穆进来，和笑容满面的萧道承相互见了礼，随即转向一旁的陆光。

陆光脸色铁青，等不到旁人开口，厉声叱道："李穆！我儿焕之那日在街上不慎走马撞了你的随从，口角几句，为何你竟对他下如此狠手？可怜他一夜过去还是昏迷不醒，生死未卜！今日你若不把话给我说清楚，我绝不放过！"

新安王咳嗽了一声："陆尚书暂且息怒。孤王既奉上命而来，可否容我问一声，昨夜事情，到底是何经过？"

陆光看向一旁带来的下人。

那人便是昨夜陆焕之的随从，"扑通"一下跪在地上，垂着脑袋，闭着眼睛道："二公子听说城南秦楼有善操琴者，昨夜本慕名而去，想听一曲罢了，没成想遇到李将军，李将军不由分说，便将二公子关在屋里打成那般模样，打完了人，扬长而去。奴之所言，千真万确，没有半分虚假！"

新安王看向李穆，目露关切惋惜之色："李将军，这陆家奴的说法若是当真，李将军便不占理了。即便是有私怨，这般出手伤人，于国法也是不容。更何况李将军还是朝廷命官，身居高位，更应当为人表率，行事怎可如此冲动行事？"

陆光猛地拍案："李穆，你还有何话说？"

他话音落下，外头又传来一道说话之声："陆尚书，二公子既已昏迷不醒，自然不曾开口。他都未曾开口，你怎能听信一个家奴胡言乱语？"

众人循声望去，见是都卫李协来了，大步入内，到了跟前，向萧道承见了一礼，看着陆光。

"陆尚书，你这家奴忘性大，昨夜刚见过，怎么就没有提我？我也是可以作证的。昨晚我就在秦楼。令公子确实是李将军打的，众目睽睽。只不过起由，却并非如你这家奴所言。当时分明是陆公子见色起意，欲对操琴女子行不轨之事，那女子拼死反抗，惹恼了陆公子，竟拔剑威逼。恰好昨夜，我和李将军同在秦楼，听到女子呼救，寻了过去，便劝陆公子立刻收手。陆公子对李将军心怀不满，路人皆知，当时陆公子非但不听，反而拔剑刺向李将军。"

他转向萧道承："新安王明鉴。当时情景，我亲眼所见。陆二公子状若疯虎，李将军迫于自卫才出的手，一时失手，固然将人打得重了些，但也非有意。千真万确，我可以作证！"

陆光大怒："李协，谁不知道你和李穆是何关系！你如此作证，谁人能信？"

那随从见家主发怒，急忙张口，正要再跟着叫冤，忽听疾步之声传来，抬头，见高峤竟也来了，一时不敢做声，慌忙低下了头。

众人忙都去迎，连萧道承也起身了。陆光不动，见高峤向自己作揖，方淡淡点头，说道："高相公，我知道你女婿交友遍布天下。只是这等证词，未免可笑。他二人关系亲近，证词如何能信？"

高峤眉头紧锁。

"陆尚书，李穆失手伤了焕之，我已知情。此事姑且无论是非对错如何，伤人终归是不妥的。方才我本想去探望贤侄，寻你商议，如何了结此事。听闻人都来了此处，我便也来了。"

他看了眼地上跪着的陆府家奴。

"方才你之所言，想必出自你这府中下人。他和二公子的关系，亲近恐怕更甚于李都卫与敬臣。他能替二公子作证，李都卫所言若是属实，为何就不能为敬臣直言几句？"

陆光一下被噎住。

萧道承不语。

李协目露笑意，立刻道："禀相公，下官所言，句句是真！不止下官能作证，昨晚那受害女子，亦可作证。"

高峤点了点头："既如此，传人。"

御史中丞暗自松了口气，忙问："人可来了？"见李协点头，立刻叫人去传。

片刻之后，伴着一阵轻巧的脚步之声，进来了一个二十多岁的女子，面容姣好，身段苗条，打扮也是素雅，浑身上下看不出半点儿风尘之气。

只是大热的天，脖颈上却围了条帔巾，有些惹眼。进来后，神色严肃，低头向着众人下跪磕头，自称绿娘，是秦楼里的琴伎。

丁崧将方才李协的话复述了一遍，问道："李都卫所言，你可能作证？"

绿娘眼眶便泛红了，抬起手来，慢慢地解开缠在脖颈上的帔巾，赫然露出脖颈侧的一道伤痕，泣道："那位李都卫的话并无虚假。奴脖颈上的这道口子，便是昨晚被那位陆公子用剑所伤，若非李将军及时出手阻止，奴此刻已是命丧黄泉。"

丁崧立刻亲自靠近，仔细查看，见她脖颈上的那道伤口，整齐划一，确实是利刃所伤，且足有数寸之长，深亦入了皮下，虽过去了一夜，伤口附近依然有血丝外渗，且位置更是凶险，离颈脉不过分毫之距。若再过去些，恐怕当时就活不成了。

丁崧摇了摇头，回来，将所见讲述了一番，随即看向高峤和萧道承。

绿娘将脖颈伤口掩住，再次叩头，流泪道："奴本贱躯，晓得那位陆公子出身高贵，奴惹不起。原本，便是昨夜死于剑下，亦是命该我受，不敢有怨。侥幸逃生，今日在家养伤，忽被唤来这里要奴作证。奴不知该做何证，斗胆拼着一死，据实而告。求贵人们饶了奴，奴真的什么也不知道……"

她掏出一块手帕抹泪。

大堂中静悄悄的。

高峤的神色平静，瞧不出喜怒。陆光的脸色却极是难看。

家奴心慌意乱。

昨晚将昏死重伤的二公子弄回家后，陆家上下乱成一团。陆光暴怒，逼问于他。他怎敢说出陆焕之偷了琴谱，意欲散播兄长和高氏女有染的事？支支吾吾，被逼得急了，胡乱编了一通，想先搪塞过去，等陆焕之醒来，叫他自己再圆。没想到，陆光一大早就把事情闹到了这里，他也只能硬着头皮继续捏造。哪知这个李协竟比自己还黑，不但把打人的过错推得一干二净，还反咬了一口。

眼见家主怒目而视，似要吃了自己似的，慌忙喊冤："这女子胡说八道！全是凭空捏造的！二公子未曾伤她，李穆打了二公子，乃是因为——"

"因为何事？"高峤盯着他，双目如电。

家奴又卡住，在高峤两道目光逼视之下，脸色涨得如同猪肝，垂头丧气地低下了头。

李协看了眼还跪在地上抹泪的绿娘，心中不禁又是佩服又是惊讶。

昨夜他原本只和她说好，要她需要时，来此替自己作证，仅此而已。万万没有想到，看似柔弱的一个女子，竟想得出，也下得了手，将自己好好的脖子割出如此一道触目惊心的伤痕。

他上前道："新安王，中丞，是非曲直，早已明了，便是到了陛下面前，下官也只有这话。"说完，恭敬地退到一旁。

丁崧原本就不愿得罪高峤和李穆这对翁婿，情势急转直下，心中早有论断，于是看向萧道承，见他一言不发，神色有些古怪，正想开口，听外头又来了传报，道台城宫门之外，跪了好些秦淮乐伎，都在替这绿娘叫屈，边上更是围满了看热闹的民众，议论纷纷，道陆家公子欺人太甚。

场面一时又陷入静默，气氛有些难堪。

萧道承忽地起身，道："原是一场误会！李将军本是路见不平，仗义出手，亦出于自卫，因为一时不慎，方才伤了陆二公子。"

他看向陆光。

"陆尚书，以孤王之见，此事也不宜再闹大，且令郎还昏迷不醒，天大的事，如今也比不过二公子的性命安危。高相公方才也说了，他亦深感歉然，陆尚书不如先卖个面子给孤王，此事暂时先这般搁下，如今头等要事，乃是替二公子治病救伤。若真还有事，等日后二公子转危为安，再行商议，可否？李将军便是不在，高相公人亦在建康，随时可见。"

陆光唇角侧旁的一道面肌微微抽搐，慢慢地从座上起身，狠狠地盯了高峤和李穆一眼，转身大步而去。那家奴连滚带爬，慌忙跟了出去。

等人走得不见了，萧道承哈哈大笑，对着高峤道："孤王来时，便知此事必定另有隐情。果然不出所料！公道自在人心，高相公放心，回宫后，我必如实上告。"

高峤作揖道谢。萧道承又转向始终沉默着的李穆，亦慰勉了几句，方先离去。

高峤叫李协带那名叫绿娘的女子去看伤，李协答应，到了绿娘身前，扶她起来，带去治伤。

丁崧面上带笑，等送了高峤和李穆出去，想起方才剑拔弩张的一幕，不禁长长地吁了一口气。

第六章

患得患失

三天之后，李穆早朝上殿，求告归京口探母，随后便回义成，赴长安刺史之任。

皇帝先前已从高崃那里知悉，当庭准奏。当日散朝之后，高家大门之前，门庭若市，全都是闻讯前来辞别的朝廷大小官员。

李穆白天忙着和人应酬，一直没有见人。

明早便要动身离开建康了。傍晚，洛神早已收拾好了行装，无事，一手执卷，一手托腮，坐在窗前，望着窗外庭院里那片铲去了大风刮断的芭蕉的空地，渐渐地又出了神。

那个雨夜，李穆在回来之前，原来竟又遇了陆焕之，还将他打成了重伤。据说到了现在，陆焕之仍是昏迷不醒。太医也是束手无策，说慢慢医治，不定哪天就能醒来。

当然了，言下之意，便是或许也有可能醒不来了。

洛神得知这个消息的时候，心情异常复杂。

倒不是耿耿于他为何会去秦楼那种地方，这一点，她对他是完全信任的。即便去了，想必也是和朋友应酬，她丝毫没有不放心的地方。

她越发想不通的是，即便李穆真的是路见不平拔刀相助，也不至于失手，将陆焕之重伤到如此地步。

洛神一直觉得，李穆是个极其稳重又克制的人。他应该知道，重伤陆焕之可能导致的麻烦，不仅是他，还会牵扯父亲。

但他却还是做了。

这几天，他的行为，一件接一件，全都那么反常。

这两天，他看起来总算恢复了原本的样子。于是，在两人私下相对之时，她又曾试着问他，为何如此痛恨陆焕之。

以那日陆焕之当街挑衅的程度来说，陆焕之固然可恨，但洛神认识的李穆，他的心胸绝不至于狭窄到这样的地步。

他却不承认，只说是一时失手。她再问，他便顾左右而言他。他明显避而不答的态度，叫洛神再次感到深深的失望。

明天就要走了，结束这次并不令她感到愉快的行程，原本她该感到释然的。但却没有。她只感到心烦意乱。

那一夜，在李穆回来之前，到底曾经发生过什么？

夜幕渐渐降临。

洛神放下手中的书，站了起来，在屋里徘徊了良久，那个前两日起便开始在她心底萌生的念头，再一次地浮现，变得清晰起来。

她握了握拳，终于下定了最后的决心。

正因为明天就要走了，下回再回建康也不知是何日。她若不趁走之前把心中的这疑窦给弄清楚，便是跟他回到了义成，她也将不得安宁。

她走到门口，打开门，吩咐外头的仆妇，替自己备车。

天黑下来的时候，洛神坐的那辆牛车，停在了秦淮岸边。

她登上一条雇来的船，安静地坐在四面闭合的船舱之中，等着她要唤的人。

绿娘脖颈有伤，前几日都未见客，因为用的药好，到了今日，那道她自己割破的伤口便已结疤。忽听有一豪客，今夜泛舟秦淮，慕名要自己登船抚琴，以为助兴，迟疑了下，答应了。装扮了一番，打扮停当，取巾掩住脖颈，叫仆童抱琴，袅袅盈盈，来到岸边，见那里停了一艘大舫，回头看了眼身后，脚步顿了一顿，终是上去了。

她被一个仆妇引入船舱，定睛看去，见舱中舷窗紧闭，灯火通明，里头却不见男子。

一张坐榻之上，只坐了个面容看起来尚带着几分少女稚气的年轻女子，容貌极美，气质高华，神态端庄。看她穿衣打扮，应已嫁为人妇。

绿娘一怔，立刻转头，看向身后，却见那女子朝自己微微一笑，道："我便是邀你登船之人。姐姐请随意坐。"

绿娘惊讶地打量着她，迟疑了片刻，问："敢问小娘子何人？叫奴过来，又为何事？"

洛神道："李穆乃我郎君。今夜我请姐姐来，乃有一事，想要请教姐姐。"

绿娘一下子愣住了。

这女子报出的身份太出乎意料了，她一时竟不知该如何反应。定了半晌，方回过神，急忙上前，屈身行礼。

洛神早已起了身，上去伸手，扶住了她。

"姐姐不必多礼。我听说那日就是姐姐在公堂上替我郎君作的明证，才叫我郎君得以洗脱污名。此事本就该我向姐姐道谢，怎能再受姐姐之礼？"

对着如此一位望门贵女，绿娘又怎敢挟功在她面前托大？慌忙道："不敢当夫人如此呼我。我出身卑贱，夫人唤我一声绿娘，便是对我天大的抬举了。"

洛神笑道："穷道壮士剑，风尘侠骨香。姐姐当时敢以性命抗恶，过后又不惧淫威出面作证，激浊扬清，彰善瘅恶。论高洁仗义，在我所知的人里，莫说女子，便算须眉从中亦数一数二。我敬你风格高清，你年纪比我也大了几岁，如何就当不得我唤你一声'姐姐'了？"

绿娘怔了。

高氏女的清才高名，她早几年前便就风闻，尤其那年曲水流觞，亲耳听过她和陆家大郎的那曲箫琴和鸣过后，更是艳羡。但也仅此而已。

她怎会想到有朝一日，自己竟站到了她的面前，和她这般对上话。

面前这年轻女子，她不但如传言里那般貌若天仙，通身贵气，且举止言辞，竟不见半点的倨傲。尤其对自己一个风尘中人，竟也如此执礼，言辞褒赞，还以姐妹相称。

这是如何一种礼遇，绿娘又岂会不知？叫她怎不为之感动，乃至受宠若惊！

她再次拜谢，这才依话坐了下去。

落座后，绿娘渐渐定下心神。

她这等身份地位之人，今夜这般屈尊来此，唤自己到她面前，自然是有话要说。绿娘便等她开口。

半晌，却未再听她发声。

绿娘悄悄打量了一眼，见她目光定于案角那簇烛火之上，微微出神，若有心事。自己心里也开始胡乱猜疑。忽然间想到一种可能，惊了一下，立刻说道："李将军与我此前素昧平生。我在秦淮多年，那晚亦是头回见李将军现身秦楼。一切事，皆为巧合。若有冒犯夫人，望夫人恕我。"

这名叫绿娘的女子，虽出身青楼，行事却带了几分风骨，方才见面，见她伴琴而来，也无想象里的烟视媚行之态，事情虽是因她而起，但有惊无险地化解了，且她也站出来作证，出了大力，叫一声姐姐，乃是出自谢意。

洛神落座后，还在踌躇如何问话，忽听她自己开口了，言下之意，似乎在撇清她和李穆的关系，晓得她误会了自己的来意，抬眼看向她，微笑。

"姐姐误会了，我无半分如此之念。今夜我来到此地，冒昧将姐姐请上了船，乃另有一事，想请姐姐相告。"

"夫人但有不解之处，请发问，我必知无不言。"绿娘放下了心，恭敬地道。

洛神道谢，这才问："姐姐可否告知当晚详细经过？我郎君到底为何会将人重伤至此地步？"

"我听闻那晚上，乃那人对姐姐无礼，郎君偶遇，路见不平，出手相助。郎君与那人，先前也确实有过龃龉。但我知我郎君，以他平日性情所为，即便忍无可忍出手教训，也绝不至于如此地步。"她顿了一下，"姐姐应该也知道伤者身份，乃陆家二公子。因牵涉两家，并非小事。我百思不解，想到姐姐那晚应当亲历经过，故冒昧相问。"

绿娘再次一愣。

李穆夫人来寻自己，她起先以为是对方疑心李穆和自己有私，方如此替她出头，故急着要在她面前撇清。

等她开口，终于说明了来意，绿娘再次惊讶了。

那晚发生的事，李协再三地严嘱，命她拘好当时在场的人，不许向人透露一个字。

她人在风尘，怎会不知，达官贵人身上这种不能被人知晓的阴私隐秘，被自己如此凑巧知晓了，一个不小心，就是丢命的事，怎么敢掉以轻心？

那个李穆，不欲妻子赠予陆大公子的琴谱被人知晓，乃天经地义，人之常情。

她没有想到的是，事情都过去这么些天了，竟连亲手作了那篇琴谱的高氏女也还浑然不知此事。

听她方才的口吻，李穆那晚回去之后，非但没有和她对质，竟似完全将事情给隐瞒了过去。

这到底怎么一回事？

涉及对方夫妇隐秘，连那做丈夫的自己也不说，绿娘又如何敢贸然开口？见对面女子双眸目光投向自己，一时不敢和她对望，垂眸，飞快想着该如何应对。

洛神见她避了自己的目光，心里面的那个疑团越发冒了出来。

倘若原本还只是三四分，那么此刻，那一团疑虑已是肯定了七八分。那个晚上真正发生的事，和次日在台城公布出来的经过，一定有所不同。

这个绿娘，必是知道隐情，却又有所顾忌。

"不瞒你说，那晚之事，我因心中不解，曾数次问于郎君。他却一概以失手应我，避而不答。"她说道。

绿娘清了清嗓子，带着笑，尽量若无其事般地接道："李将军乃大丈夫，对夫人想必更是爱惜万分。那种不快的杂事，既已过去，想来他也不愿再提，免得惹夫人无谓杂思。夫人又何必多想？况且，那晚确实并无其他事。"

洛神沉默了片刻，缓缓地道："姐姐，明日一早，我便要随郎君离开建康。今夜我既寻你来到此处，便也不怕你笑话，和你说实话了。"

"我不知姐姐是否曾心系一人，以求偕老。当初我与我郎君结缘，姐姐若是长居城中，当也有所耳闻。和郎君能行至今日，外人不知，我自己却知，一路波折，并不容易。"

"郎君将人重伤，险些惹上官司，在我面前却避而不谈，我心知应是和我有关，偏偏他又不告诉我。明日便要走了，下回再来，不知何时，我心中带着如此疑团，怎能心安？想来想去，或许只有姐姐这里能帮我了，故今夜冒昧前来。"

"倘若换作别人，我若有求，此刻必以钱财动之。但姐姐却不同。绿娘之名，我虽是前几日才刚知晓的，能做出这般仗义之举的女子，又岂是钱财所能轻易打动？故不敢侮你，只诚心开口相求，恳请姐姐能以同理之心，告诉我实情，解我心疑。"

绿娘脸上那做出的笑意渐渐消失，微微蹙眉，露出迟疑之色，似在沉吟，欲言又止。

洛神凝视着对面的她。

"关于那夜之事，我猜姐姐或许是得到过吩咐，有为难之处。我亦知如此开口，如同强人所难。本不过也就是抱着一试之念而来。倘若姐姐实在不愿帮我，我也不敢勉强。今夜多有叨扰，请姐姐见谅！"

洛神唇角露出一丝笑，向她微微欠身。

对面，无论换作别人，哪怕再如何的威逼，关于那夜之事，绿娘也是决计不会吐露半字。

但此刻，听着这高氏女那满含情感的柔婉之语在耳畔徐徐倾诉，感受到她分明极其盼望，却又克制有礼的举动，见她年纪比自己小，但那仿佛由内及外扑面而来的有礼有节的大家之风，却将她彻底折服。

她的心底里甚至有那么一点庆幸，幸好当时她的丈夫来得及时，阻止了那个陆家公子。否则，如那陆焕之所言，只要给钱，愿意做这种事的人多的是，此刻，想必早已流言蜚语，满城风雨了。

一想到面前这女子若受这般羞辱，她竟有些于心不忍。

绿娘不再犹豫，点了点头，起身来到那张琴前，坐了下去，静心回忆那日自己试奏过的一段曲调，双手抚弦，奏了出来。

洛神望着绿娘举动，起先有些茫然，不知她为何突然抚琴给自己听。

直到那一声曲调，被她十指从弦上拨动而出，她突然定住了。

这曲子，听起来仿佛有些耳熟，似曾相识。

再几调，她突然辨了出来。

这……仿佛就是去年春天，自己应陆脩容所求，作给当时卧病，人又远在交州的陆柬之的那支琴曲！

没有听错，她可以确定了。

但眼前这个名为绿娘的艺伎，她怎么可能会奏这支曲子？

洛神震惊了。

绿娘抚完自己还记得住的那一段，停下手，起了身，回到洛神的面前，再次跪下去。

"夫人可觉这曲子耳熟？"绿娘问。

洛神如梦初醒，看向了她。

"你……从何得来这曲谱？"

话刚问出口，突然，脑海中如有一道灵光闪过，洛神猛地睁大了眼睛。

"难道便是陆焕之？"她失声道，一下站了起来。

绿娘点了点头："那夜我还不知他便是陆家公子。当时他来，拿出琴谱，道是你去年三月写给陆家长公子的，曲名《鸾凤鸣》，叫我们四处广为传播，我不愿，他恼羞而去，道寻别人替他做事。李大人便是那时来的，将人堵住，随后关起门，动了手……"

绿娘回忆着当时情景，说着，见她仿佛站立不稳，忙起身去扶。

洛神定了定神，慢慢地坐了回去。

这几日，事情过去之后，绿娘有时无事思量，也感疑虑，那李穆的夫人高氏女，到底是否真的如那陆焕之所言，在嫁了李穆之后，还和陆家长子旧情难断，借了琴谱传情达意？可惜当时自己只奏了曲子的起头小节，也无法领悟整支曲境到底为何，未免心里好奇。

今夜，和这位年轻的李夫人才相对坐了这么片刻，她心中所有的疑虑，全都消失了。

直觉叫她相信，眼前这位高贵有礼的年轻女子，哪怕就算对别的男子还有余情，也断然不会做出如此有失身份的传情之举。更何况，听她方才所言，虽不过寥寥几句，但话里话外都显露出对她夫君的情意。

绿娘见她坐下去后，脸色苍白，微微垂眸，双唇紧闭，神色瞧着有些委顿，自己也是不敢再开口了，只在一旁静静陪着。

洛神低着头，默默坐了片刻，低声道："谱子确是我作，但陆焕之之词却是污蔑……所谓鸾凤曲名，亦是他捏造的。当时，他兄长人在异地，卧病不起……"

她也不知，自己为何竟会对这素昧平生的绿娘解释起了当时作这曲子的缘由，喃喃地道了几句，才反应过来，猝然停下。

她慢慢地抬眼，望向正用担忧目光注视着自己的女子，展露出了自己的笑颜，改口道："多谢姐姐相告，我有数了。今晚已搅扰多时，我先去了。日后，姐姐若有用得到我的地方，尽管开口。"

绿娘连忙道谢。

洛神站起，待要走，又停下，问道："姐姐为了我的名声得罪了人，不知李协李都卫可有安排了？"

绿娘忙道："夫人放心。李都卫已有安排，派人在我边上护着了。"

洛神点头，出了舱房。

绿娘送她出舱，看着那一抹身影上了岸，在随从的簇拥之下，登上停在岸边的那辆车，渐行渐远，消失在了夜色之中。

李穆明日离京。李协等人今夜择城西江畔一有名的临江酒楼为他办宴践行。

盛情难却，李穆自然前去赴宴，席间觥筹交错，众人杯酒言欢，豪兴大发，至宴散，已是戌时末点。

李穆向众人再三地道谢，一番话别，各自散去之后，自己却没有立刻归家。他踏月行至附近江畔，独自对着脚下江流，默默站了片刻，从怀中取出那册那夜被雨水淋得纸张已然发皱的琴谱，卷起，朝着江心那片日夜奔流不停的滚滚江涛，奋力掷去。

那东西在夜空里划出一道长长的轨迹，最后变成一个小点，落在数十丈外的那片江心漩涡之中，瞬间被滔滔江流吞没，消失得无影无踪。

李穆转身，上马疾驰而归。

他回来时已是很晚，高峤早已回府。门房见他也回了，关门上闩。

李穆回院，推开虚掩着的房门，进了屋。

房中灯还亮着，床帐低垂，地上是她的一双绣鞋，隐隐可见她卧在床上的身影，一动不动，晓得她应是睡着了，自己便轻手轻脚地入了浴房，出来，熄灯上床。

那个雨夜之事，李穆自知吓到了她。这几天，白天她看起来和平常没什么两样，但到了晚上，两人同床之时，对着他，她虽然柔顺依旧，却完全没了先前那股子缠他的热情和黏糊劲儿。

李穆晓得她应当还没从那夜自己带给她的阴影里彻底恢复过来，心里也是后悔。她既没有兴致，他自然也不敢再动她，免得再惹她厌烦。

已是几个晚上了。今晚上床，才靠近，闻到了她发肤间散出的淡淡幽香，李穆便感到了一阵熟悉的渴紧之感。他逼着自己不去想，翻来覆去了良久，这才慢慢入睡。

一夜无话，次日早，两人醒来。

洛神先爬了起来，下了地，走到床头，挂起床帐，催他起身。

李穆默默地望着，见她挂好床帐，催了自己一声，转身就要走，伸臂将她搂住，臂膀轻轻一收，洛神那双早上刚起还软着的腿脚，如何站得住？人扑到了他的身上。

李穆翻了个身，将她压回在了床上。

洛神摇了摇头，抬手挡住他俯向自己的脸，凝视着他，低声道："别闹了，一早就要动身，外头人都起来了。别叫阿耶阿娘他们等。"

外头的走廊里，传来一阵放轻了的仆妇们走动时发出的脚步之声。

李穆停住。

洛神微微一笑，轻轻推开他，自己坐了起来，低头理了理衣裳，便出去开了门，叫人送水进来服侍梳洗。

李穆望着她的背影，慢慢地吐出了一口气，耳畔已经听到仆妇入内的脚步之声，只好起身。

两人穿衣洗漱过后，一道去了高峤和长公主那里。

一番忙碌，又一番告别，至辰时中，李穆带着洛神，依然是樊成、阿菊等人随同，一起上了船，循水路去往京口。

数日后，船至码头，两人回了李家。

卢氏早两天前便收到儿子和儿媳不日归家的消息，和阿停一直在盼着，今日终于盼到了，见面欢喜亲热，自不必赘述。

一年过去了，卢氏身体硬朗，阿停的个头也比先前长高了，出落成了亭亭少女的模样。看见洛神，阿停唤了声阿嫂，抱住洛神便不肯放手，惹得卢氏笑个不停。

当天，李家热闹极了，沈氏和一双儿女，诸多的街坊、京口令，以及李穆的旧日相交，闻讯纷纷而来。

沈氏已经很久没有见到丈夫了，甚是思念。李穆带回了蒋骏给她的一封家书。他也已经有了打算，等陇西局面稳定下来之后，便将阿母、阿妹还有沈氏等人都接过去。众人闻言，无不欣喜盼望。

李穆和洛神在家住了几天，卢氏便催李穆带洛神早些回义成去，叫他们不必记挂自己。

李穆见母亲一切都好，家中奴仆齐全，便也放了心，和洛神在母亲跟前又尽了几日孝道，便打算明早动身，回往义成。

临行前夜，他应酬得有些晚，回来见洛神没睡，不但等着自己，还服侍他沐浴，帮他穿衣，极是温柔，瞧着似乎已经彻底忘记了先前的不快，松了口气，上床后，借着几分酒意，将她身子轻轻搂入怀里，试探着，将掌心贴在了被下那片细滑如丝的肌肤上。

已忍了多日，此刻只感到越发急躁，见她卧在身边，仿佛一只柔顺的猫咪，彻底放下了心，将她搂住，和她亲热。

洛神低声道："郎君，你真的没有事情要和我说吗？"

李穆一顿，含含糊糊地道了句"没"，接着继续和她亲热。

"我有件事，想和你说。

"去年春天，你去了义成，我被阿耶带回家中后，得知陆柬之在交州抑郁不振，久病不愈。陆家阿妹求我帮忙，我便写了一支琴曲，以曲代言，交给陆家阿妹，代为传给他。"

李穆慢慢地停住了。

洛神继续道："曲名并非鸾凤鸣，曲中更没有男女私情。只是出于和陆柬之的旧日情谊，勉励他振奋精神而已。没有告诉你，是我的疏忽。我和陆柬之，从前也确实是有过往来。但嫁了你之后，我便将他视为兄长了。"

"郎君，你信不信我？"

李穆从她胸前抬起了头，和身下的她对望着，片刻前眸底泛出的那片激情之色慢慢地消退。

他从她身上慢慢地翻了下去，闷声道："我信。"

洛神紧紧咬唇，望着帐顶，说："那你还有没有什么话想和我说？"

李穆沉默了片刻，道："琴谱我已烧掉了。你不必担心，往后不会有人知道此事的。"

洛神亦跟着沉默了，许久，终于低低地道："这回多谢你，替我保住了名声。"

李穆仿佛睡着了，良久，慢慢伸臂过来，将她身子重新揽入怀中，掌心安抚般地轻拍她的后背，柔声道："事情已经过去，你也不必再多想了。睡吧，明日还要早起。"

洛神"嗯"了一声，出神了片刻，闭上了眼睛。

次日大早，天还没亮，为免引来众人相送，李穆特意早早地带着洛神起了身，拜别卢氏，预备离开京口去往义成。

依然是沿着大江往西，先走一段水路。没想到去往渡口的路上，才走了一半，京口令还是提着东西追了上来。

盛情难却，李穆只得停下。

洛神隔着车帘子，和京口令招呼了一声，又道："你们慢慢叙话。我先去了。"

李穆只道她不耐烦等，不以为意，便叫樊成先送洛神一行人先登船，等自己过去。

那京口令是个话多之人，礼节又足，他拉着李穆，一直说个不停，最后喝了三杯送别酒，这才终于放行。

李穆想起洛神今早拜别他母亲和阿停，出发后，路上便没和自己说过话，情绪似乎有些低落，怕叫她等久了，一得脱身，立刻赶去渡口。

等他匆匆赶到，却吃惊地发现，船不见了，洛神和她的那些人也全都不见了，只剩下装了自己衣物和杂物的几口箱子留在岸边，旁边蹲着一个看东西的随从。

李穆愣了半响，才回过神来，跑了过去，问："夫人呢？"

那个随从见他来了，赶忙从地上站了起来，跑到近前，哭丧着脸道："夫人说她不随李大人你去义成了，叫你自己去，她回建康。方才已经叫人开船，走了！"

李穆心咯噔一跳，立刻飞奔到了渡口前，立于江畔，朝西眺望。

但见江水逐流，奔涌不息，今日风向正顺，眼前只见一片茫茫，哪里还能看得到那条船的半分影子？

李穆心下便如脚下这滚滚江水，一片茫茫。

他做梦也没有想到，好好的，为何她突然就变了心意？自己不过是被京口令在路上耽搁了一会儿，她竟连招呼都不打一个，丢下他就回建康去了。

他猛地转头，厉声道："夫人就没有别的话了？"

随从想起方才夫人到了渡口，上船后，命人将这几口箱子抬出来，叫自己看着，又道了那么一句叫他转的话，随后便扬帆而去的一幕，此刻还是犹如丈二和尚摸不着头脑，云里雾里，见李穆脸色很是难看，缩了缩脖，小声地道："未曾留有别的话。当时说了，撇下我就去了……"

李穆想起她今早出门后便不大理睬自己，又想起昨晚两人之间那一场对话，心里忽上忽下。

他隐隐有一种感觉，她在生自己的气。但是他又实在想不通，她为何还要生自己的气？

他觉得自己早就想通了，不再介意琴谱的事，自然也是相信她的话的。

李穆实在不知，自己到底还错在哪里，竟引来她如此的不满，做出丢下自己一走了之的任性举动。

他感到有点儿着恼，微微皱眉，忽又想起方才和京口令叙话时，对方曾提了一句，说是一大早得人来报，说他提早出了门，这才匆匆赶来，幸好没有错过相送。

当时自己并未留意京口令的话，但此刻细细回想，突然之间，他若有所悟。

洛神撇下他独自走了，绝非是到了渡口才临时起意。极有可能，今早京口令就是她叫来的。

这几日在家里，她看似若无其事，和自己的母亲和阿停她们处得融洽亲密，在自己的面前亦一如既往，但说不定心里，她早就已经有了这个打算。

他被自己的小妻子给蒙了，竟然浑然不觉，直到这最后一刻才明白了过来。

李穆脸色愈发难看了。见那随从还呆呆地看着自己，沉着脸，命他暂时将东西搬到驿馆里去，在那里等着，不要回家惊动卢氏，自己立刻追了上去。

他沿着江岸一路西去，追了整整一天，直到傍晚，追到了一处可供舟船停泊过夜的码头，寻遍了停在那里的船只，也没看到洛神坐的那条船的踪影。

这段水路因靠近建康，水道繁忙，江中千帆百舸，从早到晚往船只穿梭不停。那艘船的外表看起来也普普通通，并无任何显眼之处，加上江面宽阔，若是远离江岸而行，自己未必就能无所遗漏地看到它的踪影。

李穆站在江边，眺望着落日后的昏暗江面，出神了片刻，做出了一个新的决定——他决定停止这种徒劳无功的愚蠢行动。

他走陆路，若是全速前行，必快于她走水路。

与其像这样漫无目的地海底捞针，唯恐错过，倒不如快她一步，先赶到建康城东水道百里之外的那道闸口，在那里等着，守株待兔，等她船到了，将她拦截下来。

李穆打定了主意，纷乱了一日的情绪终于渐渐平复下来，遂胡乱在附近寻了个吃饭的地方，填饱了肚子，略作休整，便继续上路，不过隔日，人便到了江闸口。

江闸距离建康只有百里的路了，所有船只都要经过此道关口，才能进入通往皇城的水道。

数日前，李穆才带着洛神坐船经由闸关出建康去往京口，那闸官自然认得他。

忽见他去而复返，从天而降，说要在此等一条船来，心中不解，却也不敢多问，殷勤接待，只等他要寻的那条船到。

李穆便如此，在闸口等了三天。

这三天，通过这道必经闸口去往建康的船不下千条。

整整三天，从早到晚，从开闸到闭闸，李穆亲自盯着，没有放过任何一条船只。但是那么多的船，竟然就没有看到她的那条。

算着日子，就算走得再慢，最迟今天，那船原本应该也是到了的。

李穆再也无法笃定，心情更是从刚开始的困惑和着恼，变成了担忧和焦虑。

这段水路因靠近建康，多年一直平安无虞，且樊成等人又都和她同行，李穆原本并不担心她的安全，只想着早些将她拦截回来。

他非常肯定，她不可能走那么快，能跳过自己先回建康。但是，不知为何，她却一直没有到来。

李穆怀着焦虑不安的心情又等了一天，依然不见船的踪影。

他再也等不下去了，叫闸官继续看着这里，借了几个人，以自己的名义，分别派往沿途几处衙门，问这几日是否有水道异常的报告，自己又沿江畔折了回来，一路打听，一路寻找。

又一天过去了，依然没有任何消息。

那么大的一条船，连同船上的人，仿佛一滴水凭空地消失在了日头之下，消失得无影无踪。

派去京口令那里的人也传回了消息，道京口令亲自去李家附近悄悄打听过了，这几日，李夫人并没有回去。

希望再次落空了。

李穆已经几个晚上没好好合眼，人急得几乎就要发狂。

原本他是不愿将此事让高峤和长公主知道的，想着自己在她负气回家之前将她截住带走，事情也就过去了。此时再看，当初那个想法，显得如此可笑。

他怀着最后一丝侥幸的心情，盼着上天可怜，还有奇迹能够出现。

或许，她真的比他走得快，在他到达那道闸口之前，她便已经回了建康。此刻，人正安然在家。

这一天，天刚蒙蒙亮，他入了建康，穿过空无一人的街道，来到了高家府邸的大门之前。

晨光黯淡，两扇黑漆大门，在他面前紧紧地闭着。门前空荡荡，只有大门上方那两盏尚未熄火的灯笼在晨风中轻轻摆荡，迎接着他去而复返的脚步。

他迈着沉重步伐，上了台阶，站在门槛之前，鼓足勇气，举手握住了大门之上的一面门环。

过了好久，门里终于传出一阵踢踏踢踏的脚步之声。

"吱呀"一声，门开了一道缝。

"何人？大早叩门……"

门里，探出了高家门房的脑袋。他睡眼惺忪，打着哈欠，看了眼门外站着的人。

那人一身风尘，脸上布满憔悴疲乏，眼眶凹陷，眼底布满血丝，一下瞪圆了眼睛："李大人？"

反应过来，门房连忙打开了门。

李穆压下骤然猛跳的心，盯着门房，哑声问："夫人可是回来了？"

门房摇头："小娘子未曾回家……"

就在听到门房嘴里冒出这几个字的那一瞬间，这一路上，支撑着李穆的所有侥幸和希望的念头，全部彻底破灭了。

他的额头、掌心乃至后背，顷刻间冒出冷汗，心坠到了冰冷的深渊之底，脖颈仿佛被一只看不到的手给紧紧掐住，几乎就要窒息。却见那门房又露出了笑脸，叫他稍等，随即转身入内，很快飞快跑了回来，双手持了封信，恭敬地递上，笑道："李大人，怎么就被我家小娘子给猜中了？小娘子随李大人走前，交给我这封信，道您若是寻了回来，就叫我把这封信转给你。"

李穆原本觉得自己已经快要死了，突然之间又活了回来，他劈手夺过信，"哗"的一声，撕破了整道封口，抽出里头的信纸。

才看了一眼，他整个人从头到脚，瞬间凝住了。

门房见他双眼盯着信纸，一眨不眨，面容扭曲，表情似是笑，又似是哭，再瞧一眼，又像在咬牙切齿，极是怪异，一时看得呆了。

"李大人，你怎么了？可是身体不适？小娘子又怎么了？她没和你一道？"门房问他。

"我无事。你家小娘子也很好。不必告诉岳父母我来过的事。"

李穆嘶哑着声吩咐了，一个箭步下了台阶，翻上马背，一人一马，疾驰而去，转眼消失在了晨曦之中。

这个深夜，李穆又赶回了京口。

他没有入镇，而是直接去往南郊。

乌骓这样的脚力，在终于赶到位于京口南郊的那座庄园大门前时，也已经跑得筋疲力尽，浑身汗津津的，仿佛刚从水里捞出来似的。

感到主人松开马缰，背上一轻，乌骓两只前蹄便并拢在了一起，无力地跪趴在地，大口大口地喘息。

这么晚了，庄园大门早已闭合，门口黑漆漆的。

李穆奔至门前，用力拍门，发出的砰砰之声在夜色里迅速散开来。

樊成手中举着一支巡夜火把，疾步而出，看到李穆，高兴地叫了一声，随即似是想到了什么，目露歉疚之色，忙向他行礼，低声道："李刺史见谅。那日实在事发突然，我才送小娘子上船，小娘子便说要走，一刻也不许再等，我实在是……"

还没等他说完，李穆便从他身边穿过，朝里面大步去了。

"小娘子就住在后头的清辉楼里！过回廊，左拐，池子过去就到了！"樊成冲他背影喊。

李穆疾步穿过回廊，向左，奔向那座池边小楼。

楼中人已经睡去，门窗漆黑，楼下大门紧闭。

李穆几步并做一步地奔到门前，抬手去推，推不开。

门反闩了。

他拍门。

"谁啊？"门里传出一道仆妇的问话之声。

"是我！"

他的嗓音又干又哑，但那仆妇还是听了出来，"哎"了一声，急忙起身，点亮了灯。

"李大人稍等，我先去和小娘子说一声！"

一阵"噔噔噔"的登梯之声。

李穆站在门前等待着，人依然还在喘息，带着他灼热体温的汗，一滴滴地从他额面上滚落。

过了一会儿，楼上一扇窗里亮起灯火，透出一片暖黄的灯光。

李穆屏住呼吸，侧耳听着那仆妇下来的脚步之声。

仆妇回话了，声音里却带了惶惑，隔着门道："李大人，实在是对不住，不是我不给你开门，是小娘子说，知你一路辛苦，叫你自便，先去好好歇息。有话明早再说。"

李穆目光阴沉，抬手想再次拍门，又停住了。

他退了出来，站在楼前地上，仰头望着楼上那扇小窗。窗后静悄悄的，不见人影，只有一片灯色。

他望了片刻，收回目光，环顾四周，目光落在近旁的一棵老樟树上，走了过去，攀着树干往上，很快上树，站在一簇枝干之上，朝着丈许之外的小楼纵身一跃，身影仿佛一只灵猿，跃了过去，伸臂一把抓住飞檐下的一道横梁，借力往上一荡，人便稳稳地落在了屋顶之上。

他踩着屋檐，足底无声无息地踏过瓦顶，朝着那扇窗户走去，到了窗前，伸肘用力一顶，咔嗒一声，窗户开了。

他翻身而入，双脚站在了实地之上。

这是一间女子的卧房，宝帐低垂，兰香弥漫。隔着一道珠帘，李穆看到一个女子身披曳地长衣，背对着自己，坐在镜匣之前。

她似乎完全没有留意到身后有人闯入，静静地望着镜子，犹如沉醉在了镜中人的娇颜之中，手中握着一把玉梳，慢慢地梳着垂落在肩上的一束长发。

发如墨，衣如云，腕如雪，人如玉。

他终于找到了她，那个几天之前莫名丢下他，叫他经历了一番噩梦般寻妻经历的小妻子！

在来的路上，李穆曾不止一次地咬紧牙关，想着等他抓到了她，他该如何叫她知道她的任性和她这种任性举动而带给他的所有焦虑和怒气。

但是真的到了这一刻，在他日夜兼程，几乎跑瘫了乌骓，绕了一大圈，终于回到了这里，再次看到她的身影出现在自己眼前之时，此前所有的担忧、愤怒、焦虑、不满以及疲倦，在这一刻烟消云散。

他的心里只剩下了满满的激动和狂喜，只想将她紧紧抱在怀里，再也不许她离开自己视线一步。

"阿弥！"

他唤了她一声，一把掀开珠帘，朝她大步走去。

洛神拢了拢自己那把梳得犹如绸缎般平滑光亮的长发，回头，瞥了眼他那副风尘仆仆的落魄样，淡淡地道："总算还没蠢到家，知道找来这里。不是叫你自便先去歇了吗？你又做贼似的爬我窗户，意欲为何？"

珠帘伴着她的清脆话声，瑟瑟而动。

仿佛遇到了一堵无形的墙，李穆猝然停了脚步，不再向她走去。

他望着一脸淡漠的她，方才乍见她时心底涌出的狂喜和激动之情慢慢地消退了。

"阿弥，你分明没回建康，却说回了！你气我无妨，为何要如此骗我？你可知这几日，我到处寻你不着，以为你出了事，我是如何过来的？"

他的脸色凝重，语带质问，嗓音发闷，听起来干涩又嘶哑。

洛神却哼了一声，语气满不在乎。

"我说什么，你便信什么吗？那晚上我分明向你解释了琴谱的事，说我和陆柬之已过去了，嫁了你，便对你一心一意，你怎就不信了？"

李穆沉默了片刻，道："那夜我也已对你说了，我信你！你还要我如何自证？"

"啪"！

洛神将手中那把梳子重重扣在了镜匣上，倏地站了起来。

"你胡说！你若真的信我，那晚上你拿回了琴谱，那么大的事，你为何不当面问我？却把气闷在心里，一味地拿我身子发泄，你分明是信了陆焕之的话！

"那会儿我不知道到底出了何事，过后，我又几次三番地问你，想你告诉我实情。你为何就是不说？你可知我那几日心里有多难过？若不是后来我自己去寻人，终于叫我得知那晚上发生的事，你究竟要瞒我到何时？"

她那一双美丽的眼眸里，映了跳动着的两点烛火的光点，犹如点着了火星子，亮得异常。

"李穆，你说你信我，但你扪心自问，有你如此信人的吗？

"我宁可你回来，将琴谱丢在我的脸上！是我的错，我不会认吗？可你没有！你分明心里装着阴私，表面上却在装着大度罢了！怕是连你自己都觉得自己大度吧？可我不稀罕！"

她一口气嚷完，仿佛透不过气，微微地喘着气，胸口随呼吸不停起伏。

"李穆，我初嫁你时确实不愿意，我承认这一点。但后来我为你做的事，你是瞎了还是聋了，难道你都没有半点儿感知？我写下这琴谱的那段日子发生过什么事，难道你都忘了？阿耶以你对朝廷存心不利为由，强行将我带回建康，不许我再跟你了。那会儿倘若不是我心里有你，我会不顾阿耶反对，自己去往义成寻你？

"我知道，比起你对我的好，我为你做的确实微不足道。但我真的认定你是我这辈子的郎君了，我想你也将我视为你的妻子。

"如今我才知道，你并没有。当初是你强行娶了我的。你一边自以为是地对我好，一边却总是在心里抓着我和陆柬之从前的事不放！

"李穆，你到底为何如此？你告诉我！我若是哪里做得不好，我真的可以改……"

洛神眼眶发热，鼻头一酸，一颗眼泪从她的眼角悄悄滑落。她飞快地转过了脸，将泪珠隐在了烛火照不到的暗面里。

窗上树影摇曳，小楼里陷入了静默。

李穆望着朦胧烛火里她只留给自己的半张侧脸，眼底那片因为星夜兼程而熬出来的血丝，颜色愈发地红了，连眼角之处亦跟着慢慢地泛出了些许红痕。

洛神等了许久，未听他开口发一句话，蓦然偏回一张俏脸，盯着他双目凹陷，一脸胡碴，神色憔悴，却始终沉默的样子。

"你当你这副样子，担心了我几天，没睡好觉，我就会心疼自责了？告诉你，我的心狠着呢！倘若不是不愿阿家担心，我会忍到现在？倘若不是不愿阿耶阿娘知晓，我会给你留书叫你来此？倘若不是想着再给你个机会，我会在这里等着你来？你不信我，有事宁可闷在心里也不和我说清楚。"

她冷笑。

"这回陆大兄的琴谱侥幸是无事了，下回，说不定再冒出来个张大兄、王大兄！一辈子长着呢，像我这么蠢的人，也不敢保证我就再不会犯错，不会得罪你。谁知到了下回，你又会是如何？与其这样，我宁可一拍两散，大家各自清净！这回我就是故意的，你又能怎样？实在气不过，你走就是了！"

李穆脚步微微动了一动，却又止住了。

她顿了一下。

"你还是不说是吧？好，好。"她气得俏脸发白，点头，"你立马给我走，回你的义成去！"

他依然没有作声，脚步也未再挪动。

洛神朝他走来，伸手推搡起他。

"你快走！我不想再看到你了！"

李穆仿佛失去了全部的气力，被她轻而易举地推着，双脚往后退去，不断地退，直到退到了门边，再无路可退。

他的后背被那两只小手给按在了墙上。接着，那手又离了他的胸膛，伸过去要开门。

就在她那只手要碰到门把之时，李穆忽然抬起一臂，捏住了她的手腕，拽了一下，洛神足下一个趔趄，人便扑向了他。他张开双臂，一下就将她整个人紧紧地抱在了怀里。

"你给我走……你放开我！"

人分明都在他怀里了，她一张俏面犹含怒气，奋力地挣扎，不住地打他、踢他，犹如一只亮着尖牙利齿的小老虎。

李穆一手紧紧地箍住她的后脑勺，低头，一下便堵住了她的嘴。

洛神呜呜地叫着，拼命地摇晃着脑袋，想要挣脱出来。但他的吻却是前所未有的坚定和有力，任她胡乱踢打着自己，不叫她离自己唇舌半分。

洛神的双手渐渐地垂落，无力地搭在了他的臂上，身子也跟着软了下来。

李穆的吻炽烈而狂野。他红了双眼，与她唇齿相依，紧紧地纠缠在了一起，两人中间再也没有留下半丝半毫的空隙。

洛神那段纤细修长的颈无力地往后仰去，任凭脑后他那只宽厚手掌的依托，闭上眼眸，承受着来自他的亲吻。

仿佛这还远远不够，他猛地松开了她，大口地呼吸着，又将怀中那无力的娇小身子抱了起来。

夜凉如水，一阵风从那扇方才被他顶开的窗中涌入，房中的烛火摇曳了几下，灭了。

小楼里顿时陷入了一片昏暗。珠帘随风轻轻碰撞，发出如水般的轻灵瑟瑟之声。

昏暗中，夜风里，一切终于慢慢地平息下去。一道道的热汗却依然宛若落雨，从男人皮肤上的每一个毛孔里不断地渗出，他的心房也还在胸腔里激烈地跳动着。他没有放下洛神，依然将她紧紧地拥抱着，只是没了方才的狠厉劲儿。他慢慢地低下头，将自己的脸压在了垂散在她肩头的那片又凉又软的发丝里。

"阿弥，我真的控制不住自己嫉妒……"

良久，昏暗里，洛神的耳畔，传来了他低低的沙哑之声。

"我嫉妒那个姓陆的。"

洛神一呆，听到他含含糊糊的声音，再次传入耳中。

"阿弥，当初我是凭了一股执念，费尽心机，也算是上天成全，运气够好，才得以娶你。娶了你之后，我慢慢才知，你到底是如何好的一个女孩儿。你越是好，我便越是患得患失。我不知我何以能得你倾心，他却能陪你吹箫抚琴、吟诗作画。你赠他一曲，不必言语，他便知你所想。你与他箫琴和鸣，事情过去了那么多年，至今建康城中还流传佳话……"

他的声音愈发地喑哑，如这笼罩住了小楼的无边暗夜。

"我却连字都写得无法叫岳父满意。他有我如此一个女婿，想必也是万分无奈……"他顿了一顿，"阿弥，那夜陆焕之偷出琴谱寻人想要四处扩散，被我拿回琴谱后，在我面前说你念着他的兄长，说你从小心肠最是善软，你是可怜我，才对我好。回来后，我分明不住地提醒自己，他的那些话都不过是无中生有，恶意离间，但我却还是无法放在心上。因他恰好说出了平日或许连我自己都未曾觉察的心底所想。"

"阿弥，哪怕我被人设计丧命，我也从未像恨他那般地恨一个人，所以我才往死里打他……我便是如此一个人。你方才说得没错，分明在心底里怀着不可告人的阴私，充满了疑虑，回来将余怒撒在你的身上，过后却还要在你面前故作大度，只字不提，便好像是我原谅了你的过失，就差连我自己都要感动了，我可真是个混账……"

洛神在他怀里，动了动身子。

"你方才骂得没有错……阿弥，我知道我错了……"

声音愈发沙哑，似乎哽住了。

他顿了一顿。

"当初要娶你的人是我，如今不信你的人还是我……阿弥，都是我活该……只要你能消气，无论你如何对我，都是我该受的……千万不要赶我走……"

耳畔那话声，猝然断了。

洛神感到自己肩头微沉，他的头靠了过来。

这个在战场上所向披靡，叫胡人望而生畏，叫南朝人万众敬仰的伟岸男子，此刻犹如被剥去了盔甲和护盾，只剩下一身软肋，将他的一张脸深深地埋入她的发堆之中，一动不动。

他潮热的身体紧紧地贴着她，滚烫的体温透过那层薄薄的衣衫灼着她的肌肤。洛神感到他的心跳在撞击着自己的胸口，一下一下，凝滞而沉缓。

她一动不动，任凭他这样抱着自己，将他的面庞埋在她的肩上。

良久，黑暗中的小楼里只剩下了夜的寂静。

她终于扭了扭身子推开了他，从他的怀抱里下来，双足踩落实地，借着窗外透入的夜色，走到那盏被风吹熄了的烛台前，点亮了火。

昏黄的光再次充盈了小楼里的这间屋子，将方才的暗夜彻底地驱散。

她转过身来，在他望着自己的黯然眸光之中，朝着他慢慢地走了过去，停在他的面前，仰头，凝视了他片刻，抬起了自己的胳膊，向他伸了过去。

"郎君，你不是混账，你是个傻子……"

她低低地唇语，小手轻轻抚过他长出了一层凌乱胡碴儿的脸。

"我和陆柬之的那些过往早就已经结束了。在我心里，他和我阿兄并无两样。箫琴相鸣，以曲传声，换一个人，未必就不能取而代之。

"唯你，于我才是独一无二，谁人也无法取代。

"字叫我阿耶不满能如何？不知琴韵又能如何？我爱的便是你这个人。见到你的面，听到你的声音，我心里便就欢喜。我只想一辈子都和你在一起，再给你生几个小娃娃，叫你阿耶，叫我阿娘……"

她停住，长睫轻颤，贝齿咬唇，脸庞悄悄地红了，却还是踮起脚尖，红唇凑了过去，轻轻亲了他一口。

李穆定定地看着面前的洛神。

烛火在她身后映照，光温柔地将她笼住，薄薄一层衣衫的纤维，又怎么挡得住她纤细身子的玲珑轮廓？

她仿佛一朵夜的幽兰，朦朦胧胧，亭亭地绽于他的面前。只要他伸手，便能将她折下，彻底地叫她归属于他，成为他的所有。

"阿弥——"

李穆眼眶发红，眼底隐隐似有泪光闪烁，向她伸出了手。

洛神却又睁开眼眸，后退了一步，躲开了他的手。

他一愣。

"阿弥？"

"李穆，你要保证，日后若再有这般的事，你要和我说，不许闷在心里自己猜疑，更不许你那般对我！否则下回，等我真生气了，真的不要你了，你可就别想再找到我了！"

他仿佛看到了她初嫁他时的模样，又翘起了久违的那个小下巴，鼓起她比从前看起来要挺了些，却还是宛若花苞未曾全部绽开的带了点可怜兮兮的小胸脯。

李穆眼眶愈发红了。

"好。"他哑声道，紧紧地绷着面上肌肉，不敢眨一下眼。

"你听起来有些不乐意？"洛神狐疑地盯着他。

"没有。"

他嘴角下意识地向她露出笑意。

便是这一个松懈，他感到自己眼底那积聚出来的水汽，下一刻似乎就要抑制不住下落了。

他仓促地转头，悄悄地背过身去。

"啊！你哭了？"

身后突然传来她的声音，听起来竟然仿佛还带着惊喜！

"没有！"

李穆断然否认。

"你分明哭了！快让我瞧瞧！"

仿佛遇到了什么稀罕的事，洛神从后拖住他胳膊，强行要将他扳回来。拽不动他，又自己转到他的面前，双手捧住他的脸，就着烛火的方向，非要看个清楚不可。

他的小妻子，这个小坏蛋，一个生气就把他折磨成这样还不够，此刻竟然还笑话起他了！

李穆反手便将她那两只不老实的小手给制住，又堵住了她的嘴。

她终于忘记要看他哭的事，像只小猫，柔顺地软在了他的怀里，任他耳鬓厮磨，亲密无间。

他忽然又抱起了她，就要往床上去。

洛神鼻尖儿凑了过来，闻了闻他，一脸嫌弃，将他又推到了门口，打开门，叫他先去把自己弄干净。

阿菊方才一直在楼梯口守着，侧耳听着屋里动静。起初还有些提心吊胆，渐渐便放下了心，悄悄地下去，早就让人预备好了沐浴之物，此刻听到楼上传来洛神的呼唤之声，秉烛登楼，笑吟吟地道："李大人，随我来吧。"

洛神倚门暗笑。

李穆悄悄捏了捏她的一只小手，跟着下去了。再回来时，头脸清爽，身上亦换了一身干净的衣裳。

洛神已爬上了床，拥着床薄被，跪坐在床的中央，微微歪着头，看那英俊郎君朝着自己走来，没等他走到床前，就爬了起来，朝他扑了过去。

李穆疾步赶至，张臂一把接住了带着轻笑的她，双双倒在了床上。

"郎君，我是不是太坏了，一生气便这般折磨你，害得你跑来跑去地空找我，你瞧着都瘦了。"洛神小手摸着他的脸，碎碎地亲着他，口里念着。

"你累了，快些睡吧。我不闹你了，明日我再给你好好补补……"

她又替他盖好被子，哄他睡觉。

李穆只觉浑身皮松骨软，便是再乏，此刻也精神抖擞，毫无想要睡觉的意思。

他一把抱住她，要将她凑向自己，说："我不累。你没事第一，你高兴就好……"

"真是个痴郎君呀——"

洛神衣衫半褪，露出一只香肩，玉臂支着身子，人趴在他的胸膛上，捂嘴，低声吃吃地笑着他。

芙蓉花腮，柳叶眉眼，娇俏无比，看得人恨不得将她揉碎了，一口吞入腹中。

李穆看得呆了，忽又想起那夜她被自己粗暴对待，哭得成了泪人儿的模样，心里愈发愧疚，忍不住恨恨地道："阿弥，我不信你，固然该受你的罚，但那晚上，若不是那个该死的乐师胡解了你的琴谱，害我错上加错，我也不至于那般心结难解，委屈了你……"

洛神一愣："郎君，你那天晚上瞒着我，到底都去了几个地方？"

李穆话才说出口，便知失言，立刻翻身将她压在身下，低声央求道："阿弥，我都好些天没碰你了……"

洛神推开了他，嘟着张小嘴，道："你方答应我的，有事便和我说，怎的才一转头，我问你，你又不说了？"

她伸臂，勾住了他的脖颈，嫣然一笑："郎君放心，无论何事，只要你肯对我说，我都不会生气的。快说吧，哪里来的乐师？那夜你还去了何处？我真的想知道呀！"

她催促他，兴致勃勃。

李穆这才放了心，于是将那夜自己为求明证，特意去寻徐赢叫他替自己解琴谱的事说了一遍。

"我还以为他是个中高手，谁知竟是浪得虚名！害我误会至此！下回若叫我再见到他，我定要叫他把他屋里的琴谱都给我吃下去！看他还敢信口雌黄，害人不浅！"

不说还好，再提，心里依旧窝了老大的火。

洛神听完，长长地"哦"了一声，露出了然的神情，点了点头，笑眯眯地道："怪不得你生气呢！那老东西，确实害你不浅！可是李穆，你拿了我的琴谱，家中有个现成的人，你不问，瞒着我偏偏去叫别人解，活该你要受罚！"她脸上忽地一变，笑容收起，指着床下，"今晚你也别睡床了。下去，自便吧！"

李穆这才知道上了她的当，心里后悔不已，赶紧抱着她哄。

洛神哼了一声："睡床也可以，我先要罚你！"

此刻莫说罚，便是她要拿他打骂，李穆也是甘之如饴，急忙答应。

只是他又怎会想到，小娇妻那个小脑袋里想出来的惩罚手段，竟是如此甜蜜，又叫人痛苦不堪。

帐帘低垂，不断有她的轻笑声传出。

他终于得以解脱之时，整个人几乎都软了，躺在那里，闭目良久，才慢慢地睁开眼睛，看着身畔面庞娇红的她，伸臂将她再次搂入了怀中。

已是深夜，烛火燃尽，悄然熄灭。夜色下的小楼静谧无声。

她柔柔的嗓音，忽然在他耳畔响起。

"郎君，那日你对我说，你不喜欢建康这座皇城。你能告诉我，你为何不喜欢它吗？"

李穆沉默了片刻，道："阿弥，我不喜欢建康，是因为那个地方布满了层出不穷的阴谋，充斥了防不胜防的背叛。

"原本我总担心，日后有一天，它会再次将你从我身边夺走。

"但是今夜，我不再怕了，亦不再恨它。

"建康就在那里。

"我要这建康城见证，我李穆何等幸运，能得妻如你，此生不离不弃。我亦要这座城见证，我李穆终有一日将成就未竟之大业，复邦家之荣光，叫我千千万万的南朝人，生有立足之地，死有魂归之乡！

"阿弥，你可愿意陪我到底？"

洛神眼眶发热，心潮更是澎湃起伏，她紧紧地搂住枕畔的男子，用力地点头："郎君，阿弥愿意！"

第七章 许陆之仇

"大人！前方来报——"

深夜，一道突然而至的充满了惶急的传报之声，打破了陆家的沉寂。

陆光从睡梦中被惊醒，感到心口处一阵突突乱跳，他定了定神，跑了出去，一把打开门，看见管事提着灯笼，领了一名信使，正从外飞奔而入。

那信使身上染着血污，脸上全是倦容，看起来已经筋疲力尽的样子，看到陆光，"扑通"一声跪在地上，从怀中取出一封信，哽咽道："大人，不好了！许泌日前攻打阳翟失利，不声不响地把军队撤回到了南阳，大公子得知消息时，大军已是深入腹地，无路可退，只能力战，损失惨重，攻下郾城，便被北夏大军重重包围，如今困在城中，亟待救援——"

信使日夜兼程才赶回建康，又受了重伤，体力已是到了极限，终于见到陆光，将信送至，话一说完，便再也支撑不住，晕倒在了地上。

陆光大惊失色，夺过信报跑回屋中，就着烛火飞快看了一遍，一张脸便蓦然变得煞白，眼前一黑，险些站立不定，捏着信的那只手不住地发抖。

那日御史衙门回来，被他一阵拷打，那家奴便道出了实情。他这才知道，自己儿子竟然干出了这种蠢事，当场暴跳如雷，叫人直接将那家奴打死。

他虽妻妾众多，子嗣却不旺，只得了陆柬之和陆焕之两个儿子。

对陆焕之，他原本就不抱什么大的希望，如今知道了这事，不过更添失望而已。

但对长子却是不同，从小便寄予厚望。虽然此前因求亲一事落败蒙受屈辱，一度引来陆光责备，但在陆光的心底，他依然笃信，只要这次北伐能够有所建树，陆家长子的名望便依旧能够恢复。

而现在，一切的希望，眼看随了这一份短短的战报就要无情地破灭了。

他那个最是引以为傲的儿子……

陆氏全部的兵力和家当……

眼看一切就要毁于一旦了。

信从他手中脱落掉在了脚下，他却仿佛浑然未觉，双目直勾勾地盯着前方，茫然僵立了片刻，一张脸渐渐地扭曲了起来。

"许泌，我和你势不两立！"陆光咬牙切齿，猛地怒吼了一声，一把抓起剑，转身跑出了房门。

城北，家家户户早已闭门入梦，静悄悄一片。而城南的秦淮一带此刻却依旧灯影波漾，笙歌不绝。

秦楼一间布置清雅的私室里，墙角博山炉的烟孔中袅袅地泛出几缕淡淡香烟。

李协坐于榻，听着对面绿娘抚琴。

最近他时常亲自来此巡查，渐渐和这绿娘熟了。听闻今夜有一官员举办夜宴，一定要她过府抚琴，便赶了过来，以先约为由把人给留了下来。

一曲罢了，余音不绝。

绿娘双手仍停于琴弦之上，抬眸，望向对面似在出神之人，微笑道："李都卫可还要再听奴奏曲？"

李协留下她后，便随她入室，一直听她抚琴，直到此刻。

李协回过了神，摆了摆手，望了眼她还覆着层轻纱的脖颈，问道："伤可好了？"

绿娘解了纱巾，露出脖颈给他瞧了一眼，又覆了回去，盈盈拜谢，笑道："早已痊愈，只剩一道红痕罢了。怕人见了多问，才以纱巾覆颈。都卫不必挂心。"

李协点头："无事就好。李将军临走前，曾特意叮嘱我，叫我多留意你这里。往后，类似今夜这种事，你不必理会，我已和你大娘说过了。"

绿娘垂眸，再次拜谢。

李协叫她不必挂心。

有些晚了。他知她多年前以琴技出名后，此间大娘便未再追她留客过夜。自己也该走了。想起身告辞，又望她一眼。她正襟危坐，和那夜初见之时拔下头花簪于自己襟前和自己调笑的模样判若两人。

李协微微出神之际，忽听门外传来一道急促的脚步声。

"李都卫！不好了，出事了！"手下的声音随之而来。

李协立刻起身，开了门："何事？"

"方才巡夜的兄弟来报，说陆光亲自领了人马赶往许泌府邸，许泌不见人，他还扬言要放火烧屋！"

李协一惊，回头迅速吩咐了声绿娘，叫她自己早些歇息，立刻带人匆匆赶往许家。赶到之时，见许家大门之前围满了人，一片火光中，陆光衣衫不整，手中提剑，正在那里胡乱砍着大门，口中高声叫骂。外围站了许多闻风而来的百姓，议论纷纷。

陆光自恃身份，平日无论何时，于人前皆衣冠整齐，不苟言笑，似今晚这样状如发疯般的失态模样，李协虽在建康多年，也是头回见到。压下心中惊诧，立刻命手下将围观百姓全部驱散，不许靠近，自己分开那堆跟随主人挤在门前喧嚷的陆家下人，冲着陆光喊道："陆尚书，出了何事？你为何带人来此摆出如此阵仗？"

许家两扇大门已是被利剑砍得布满了纵横交错的剑痕，陆光又狠狠一剑砍在那黄铜门环之上。"叮"的一声，铁星四溅，他手中那剑亦随之断为两截。

他猛地转头，目光狂乱，大口大口地喘息着，视线落到李协身上，丢开手中断剑，大步走来，一把抓住了他的胳膊，嚷道："李都卫，你来得正好！许泌这个黑了心肝的小人！本来约好共同对敌，自己在阳翟吃了败仗，竟瞒着消息，将他自己人悄悄先撤退回来，可怜我家大郎蒙在鼓里，丝毫不知，深入敌后，孤军作战！如今连他在内，全部人马都被困在郾城，危在旦夕！许泌这无耻之徒，便是将他砍成肉泥，也难消我心头之恨！"

李协见他全然没了矜持的风度，拽着平日绝不会正眼多看一眼的自己说着话，神色狰狞，话未说完，突然，陆光抬手捂住心口，面露痛楚之色，一口气仿佛喘不上来，人摇摇晃晃地便要摔倒。

家人知道他有心绞痛的老毛病，此刻怕是又犯，见状不妙，慌忙上来，七手八脚地扶住。

来的路上，李协听手下提过，说今夜的闹剧似是因许陆联军吃了败仗所致。

前些时日，许陆联军一路高奏凯歌，顺利拿下了南阳城，他也和众多朝臣一样，原本都在等着新的胜报。万万没有想到，今夜等来的竟是如此一个坏消息。

他知高峤对此次北伐寄予厚望，立刻叫了个手下，命速去通知，这才叫人将陆光先扶到空地上坐下。

陆光渐渐缓回了神，便冲家奴厉声喊话，命人往许家投掷火把。

陆家下人早就跃跃欲试。见主人无事了，又下了命令，无不答应，顷刻间，火光点点，不断落到门墙那头。

里面传出一阵响动，似是许家人在忙着扑火。

外头听到动静，上蹿下跳，闹得愈发厉害。

李协对许陆两家毫无好感。此刻两家翻脸，陆光带人来此，他不过出于职责赶来罢了，知道门里有人，一时半会儿这火应该烧不起来，便也不管了，只叫手下在一旁看着，猜想高峤闻讯必会亲自赶来，自己在一旁等着。

果然，没过多久，夜色里匆匆赶来了一行人，正是高峤到了。

李协急忙迎了上去，将方才经过说了一遍。

高峤眉头紧皱，快步来到许家门前。众人见他到了，纷纷停下喧闹，让开了一条道。

陆光坐在台阶之上，有气无力，忽见高峤来了，被人扶着站了起来，朝他迎了过去，忍住羞愧，落泪道："高兄，许泌狼心狗肺，我家大郎危在旦夕，救我大郎！"

高峤不语，匆匆来到许家大门之前，命人向里传话。

片刻后，那扇一直紧紧闭着的大门，终于打开了。许家管事一脸惊恐地出来，朝着高峤行礼，在陆家人的斥责声中不住地躬身解释道："高相公，非我故意不开门，而是陆家实在是太不讲理！我家司徒前些时日一直抱病在家，不离药石，这些日子连朝会都只能告缺，高相公您也是知道的。杨宣战败的消息，因路上阻滞，我家司徒也是今夜刚收到，当场便晕厥了过去，此刻人还昏迷不醒。他陆家却将过错全部推到司徒头上，一味地指责，又这般动刀动枪，砍我家大门，还放火烧我府邸，我又怎敢轻易开门？"

他话音落下，陆家人便纷纷痛骂。这时，门内照壁之后，许泌被长子扶着，手里拄着一根拐杖，现身而出。

见他出来了，门口慢慢安静了下来。

不过十来天不见，许泌脸色蜡黄，形销骨立，看起来犹如垂死之人，颤巍巍地到了近前。

许家儿子眼中含泪，向高峤和陆光见礼，道："大军先前战败，被迫后退，杨宣又被北夏重兵包围得水泄不通，莫说冲出重围去援救陆公子，便是消息也递送不了！此战，我许家损失惨重。家父亦是今晚才刚得知凶讯，悲痛欲绝，当时便吐血晕厥，方才刚苏醒过来，便要叫人去给二位叔伯传信……"

许泌道："高兄，我无用，辜负了你先前的期待！陆兄，全是我许泌之罪！你若要怪，杀我便是，我死而无怨！"

他推开了扶着自己的儿子，双膝跪地，用力顿着拐杖，泪流满面。

陆光双目圆睁，手指戳着哀哀恸哭的许泌不住地发抖。突然，胸口又感到一阵绞痛袭来，眼前一黑，"咕咚"一声，人便一头栽倒在了地上。

李穆陪着洛神，睡到次日日上三竿才醒来。

因要走的先是段水路，入夜停泊靠岸便可，不需要提前出门，便也不急。醒来后，在帐中任她缠着自己又玩闹了片刻，方起了身，洗漱吃饭完毕，阿菊和樊成等人也早已收拾妥当了。为免惹卢氏多心，便也没再去惊动，一行人重新登船，扬帆西去，终于重新上路。

白天行船，夜间泊舟，不紧不慢地走了两日，这日傍晚，船入了邻郡，停泊靠岸。

因见地方繁华，且睡在船上，若遇起风，船体难免晃荡，怕洛神休息不好，李穆便带她上岸，入宿驿馆。

住进去后没一会儿，驿官便匆匆赶来，毕恭毕敬地呈上了一道公文，道数日之前，沿途所有的驿馆和码头，皆收到了来自高相以八百里加急递出的手令，若遇到李穆将军，叫他即刻赶回建康。

李穆回房，将消息告知洛神。

洛神很是惊讶。

李穆才离开建康没几天，实在不知又出了何等大事，父亲竟会动用八百里加急的递讯手段来召他回去。

看那道手令签发的日期，乃是四天之前。算起来，便是自己还停在京口，等着李穆来找她的那几天里的事。

父亲既如此急着找人，必定不会是小事。不知道也就罢了，既收到了消息，必定是要回去走一趟的。

李穆不放心留洛神在此，洛神更不愿和他分开。两人商量了一下，决定一道回去，舍水路，改走陆路，回往建康。

次日清早，李穆备好了马车，叫阿菊和琼树伴着洛神同坐，自己点了樊成和几个随从，其余人先都留在原地等着。动身上路，晓行夜宿，紧赶了数日，这天晚上，一行人终于回到建康，抵达高家已是亥时。

顾不上休息，李穆立刻被高峤召入书房。洛神去见萧永嘉，从母亲的口中听到了一个令她震惊无比的消息。

许家战败，败军退回到了南阳，和陆柬之之前构成的作战同盟已然瓦解，却隐瞒着消息，致使陆柬之继续按照原定计划北上，得知情况有变之时，已是无路可退，一番拼死力战，伤亡惨重，终于攻下原定的郾城，却也只是得个喘息之机罢了，很快遭到北夏大军的四面围城，如今状况岌岌可危。

洛神呆了，一时不敢相信竟会发生这样的事。

萧永嘉眉头微皱，又道："陆光去寻许泌闹了一场，许泌把事情推得干干净净，陆光被气倒了，旧病复发，听说情况很是不好。陆家叔父三番四次来求你阿耶相救，但你伯父和你大兄如今也被北夏的青州兵给羁绊住了，有心无力。你阿耶无奈，只得将敬臣先叫回来，和他商议此事。"

她看向女儿，见她脸上血色渐渐褪去，沉默不语，晓得她和陆柬之从前往来交情，如今虽时过境迁，但就算是个旧日老友，出了这样的事，心里必定也是不好受，叹了口气，安慰道："你也不必太过担忧。前日，那边后续消息也传了过来，说是城中粮草大约还能支撑大半个月，你阿耶也在想办法，无论如何，还是有希望的。"又和女儿说了一会儿的话，晓得她行路疲倦，便叫她先去安置歇息。

洛神叫母亲也不要为这些事烦忧，养胎要紧，让她也歇了，自己才回房，却又如何安得下心？自己去父亲书房前站了一站，见门窗紧闭，里面透出灯火，晓得两人还在叙话，便转了回来。一会儿猜测父亲和李穆到底在说什么，会不会要他出兵去救陆柬之，一会儿想着李穆对此会有何想法，陆柬之此刻的处境又到底如何？

正坐立不安，外头一个仆妇来报，说陆脩容来了，求见于她。

洛神一愣。

那次曲水流觞过后，她便没再和陆脩容见面了。前些日回建康时，她给陆脩容去了个帖，她回帖，道婆婆身体不妥，自己正日夜侍奉，看起来很忙，便也没再扰她了。

没想到今夜自己刚回，她就寻了过来。洛神忙叫人迎入，自己稍稍收拾了下，到院外亲自去接好友。

陆脩容人看起来很是消瘦，愁容满面，进来后，定定地望着洛神，尚未开口，先便潸然泪下，朝着洛神跪了下去，向她磕头。

洛神一惊，阻拦："你这是怎么了？快起来，这是何意？"

陆脩容不起，摇头哭道："阿弥，我来是向你赔罪的。先前我都不知，也就这几日，我才知道我那二兄做过何事！从前本是我求你，你才出于旧日友情，写了那琴谱赠我大兄勉励他。我二兄却狼心狗肺，偷了琴谱出去，险些坏了你的名声！他成了如今这模样，便是我母亲也说是他该受，无半句埋怨。她还叫我给你带句话，请你千万不要见怪！"

洛神将她扶了起来，坐下，取帕替她拭泪，道："伯母和你不怪，我便放心了。但愿他能早日醒来，化险为夷。"

陆脩容哽咽道："阿弥，不瞒你说，我此刻来，还另有一事。我知原本不该开口，但实在是无路可走了，只能厚着脸皮，再来求你一次了。"

"我二兄如今躺在那里，生死不知，我阿耶旧病复发，情况凶险，我母亲终日以泪洗面，伤心欲绝，家中上下，如今乱成一团。许泌狼心狗肺，巴不得我陆家全军覆灭，你阿耶虽有心相助，却也是有心无力，至于朝廷，更不用指望，思来想去，也就只有李将军了。偏偏我二兄又这般得罪了李将军……"

她又要下跪磕头。

洛神暗叹了口气，再次拦住她，说："阿容，你若是想我在我郎君那里说话，劝他发兵去救陆大兄，恕我无能为力。这个忙，这回我真的帮不了你。"

陆脩容一怔，脸色微微苍白，眼泪再次涌了出来。

"阿弥，我知道，这一两年，我家人行事不妥，但你难道因此也迁怒我大兄了吗？他对你如何，你也心知肚明。你们从小一道长大，从前也差一点儿结成夫妻，如今就算断了情分，他遭逢大难，你就忍心见死不救？"

洛神心乱如麻，定了定神。

"倘若我能救，我一定会救大兄。但此事超出了我的能力之外。"

"阿弥！只要你想帮，你一定能劝好李将军的！求求你了！你解释给他听，他一定会听你的……"

她紧紧地抓住洛神的手，手指又湿又凉，目光里充满了期盼和渴望。

洛神慢慢地摇头。

"阿容，你今夜既找到了我，想必也知道，我郎君被我阿耶召回，为的就是此事。他是行军打仗之人，救不救，他自己会有决断。我一个妇道人家，不懂这些，怎开口贸然和他说这个？"

"阿弥，你当真不管我大兄的死活了？"陆脩容一字一字地问，语气之中充满了失望。

洛神望着自己昔日的好友，心里忽然涌出一种极其难过的感觉——仿佛那时候她和李穆刚定下婚事，好友也行将嫁人，匆匆见面过后，自己目送她离开，看着她的背影越走越远，有心挽留却再也无力的那种悲伤之感。

曾经的过去时光，不管她多么地怀念，再也回不来了。她渐渐地明白了这个道理。

"阿容，这个忙，我真的帮不了你。一切看我郎君自己决定。"洛神再次说道。

陆脩容看着洛神，神色渐渐地僵硬，慢慢地放开了她的手，从榻上起身站了起来，向她行了一礼，道："是我太过冒昧。打扰了。"

她转过身来，低头，飞快拭去眼角的泪痕，匆匆而去。

李穆到后没片刻，新安王便也被高峤请至一道议事。

高峤再不复那夜饮酒半醉乘兴迫着李穆看他在墙上用剑写字的放逸模样。此时他脸色灰暗，目光沉郁，眉间镌着几道深深的川字纹，神色里带着浓重的忧虑。

李穆读着诸多战报之时，萧道承道："陛下曾不止一次在孤面前袒露心声，道有幸能得高相公这般匡时济世的辅宰，他意欲效仿先贤，揆文奋武，以纠我大虞南渡以来王业偏安，暗弱无力之状，原本对此次北伐寄予厚望，不想竟落得如此一个结局！我来之前，陛下目犹含泪，叫孤代他向高相公转话，陛下和皇后知高相公为了此事殚精竭虑，不得安宁，陛下和皇后只恨爱莫能助，望相公勿忧思过甚，一切以身体为重。"

高峤起身，朝着皇宫所在的北向虚了一礼："国事皆我本分。但愿还能收拾残局，则为大虞之幸，朝廷之幸。"

萧道承面露愤慨："高相公所言极是！正是多有许泌这等利欲熏心之徒，身居高位，巧伪趋利，才屡屡殃及朝廷，陛下亦是有心无力。当年先是相公多受掣肘，功败垂成，北伐失利，如今又重蹈覆辙，万民同悲！长此以往，孤怕国将不国，我南朝将危如累卵！"

高峤眉头紧皱，看向已经放下战报，却始终一言不发的李穆，道："你本已离京，我却又将你召回，实在是情势紧急，事关我南朝数万子弟的性命，你路上辛苦了。"

李穆恭敬地道："岳父言重。但凡有用得上我的地方，我必倾尽全力。"

萧道承飞快地看了他一眼。

高峤目露欣慰之色，颔首："前日送来的信报你也看了，若估计无误，城中粮草应还能支撑大半个月。我召你回来便是商议对策，看如何才能救下这数万大虞将士。你有何想法，但说无妨。"

李穆沉吟了片刻。

"岳父，郾城深入豫州腹地，又被北夏大军重重包围，犹如汪洋孤舟，想要直接营救，难如登天。除非岳父能再举数十万大军，决战北夏，杀出一条营救之道。但以更多的将士性命去换那城中数万性命，不可取。

"救人不如自救。城中尚有数万人马，可以一战。我等如今能做的，便是将北夏大军调走，减少围城兵力，给出战机，叫城中人马自己突围，拼杀而出，我等再去接应，如此才是可行之策。"

高峤不断地点头："你所言极是。我亦如此想。这几日我一直在思量对策，有一法或许可以一议。我计划两路出发，共同营救。广陵军日前败青州兵，杀其将，虽未得以全歼，但青州兵气势大减，有龟缩之态，广陵军可主动出击，战徐州青州，此为东路。"

他看向李穆："另外一路，便要用你。我知你刚取长安不久，陇西尚在胡人手中，局面不稳，也算是强人所难。你可否想办法调出部分兵力，从西路出击潼关，佯取虎牢城？这两地若危，洛阳则危，北夏必调遣兵马，全力护关……"

萧道承一直凝神倾听，听到这里，插话："高相公，可否听孤一言？"

高峤停下。

萧道承道："高相公方才也已说了，陇西大部如今都还在胡人手中，胡人对长安虎视眈眈，随时可能卷土重来。李将军替我大虞夺回长安，举国振奋，长安犹如民众心中之明灯，绝不可再失。倘若为救陆氏公子和那些人马，将长安置于险境，我不赞成！以我之见，还是另想办法为好。李将军当前首要之事，乃是保证长安无虞，而非涉险营救。"

高峤顿了一顿，看向李穆。

"敬臣，新安王所言也有道理。我确实也有这层顾虑，故方才也说了，只是商讨对策。你若有任何不便只管讲来。我虽救人心切，但孰轻孰重，我自有分寸。"

面前四道目光，齐齐投向李穆。

李穆道："岳父放心，长安既已入手，我便绝不会再叫它易主。此法可行。"

高峤松了口气："有你这句话，我便放心了。"

萧道承略略垂眸，随即露出如释重负的表情，笑道："也是我多虑。敬臣身为长安刺史，既然都如此发话了，我还有何顾虑？东西两路人马，一齐对北夏发动进攻，看他们还如何咬着鄄城不动！坐等好消息就是了！"

李穆一笑，又看向高峤："岳父，还有另一路人马，或许可以一试。"

高峤面露茫然："我大虞如今还有何人可用？"

萧道承也是不解，盯着李穆。

"许泌军府能有今日稳固之地位，从前屡次打退进犯的北兵，捍守荆州，杨宣是为首功。他若愿协同岳父一道用兵，三管齐下，则把握更大。"

高峤微微皱眉，叹息了一声："他虽有良将之材，奈何听命许泌。许泌怎可能叫他出兵协同营救？"

"我从前在他帐下听用，对他多有了解。此次退兵南阳，又隐瞒消息，必定非他所愿。许泌军府之人也并非全都听命于许泌，亦有不少忠心追随他的将士。我愿去见他一面，试上一试。为求稳妥，想请岳父手书一封，我一同带去。"

高峤立刻道："好！我即刻写信，你替我转交给他。"他略一沉吟，又道，"你再替我转话，他若因此而不容于许泌，叫他尽管放心投奔于我，我求之不得。只要他肯来，我必高位以待，绝不食言！"

李穆笑道："如此最好，那我先替杨将军谢过高相公了。"

高峤脸上终于也露出了这些时日以来的第一丝笑意，抬手揉了揉额，望着李穆，说道："敬臣，辛苦你了！此次若能营救成功，你居功至伟。"

李穆道："尽我几分绵薄之力罢了，不敢居功。"

高峤便看向萧道承："我知陛下对此事极为关切。军情紧急，今夜我还需安排诸多事务，不便入宫。事既定了，劳烦新安王回去，再代我向陛下禀奏。"

萧道承笑容满面。

"好，好！我这就入宫去，好叫陛下安心。我大虞有你如此一对翁婿，实在是陛下之福，万民之福！我坐等喜讯便可。"说完起身，告辞离去。

高峤要送，萧道承再三推辞。高峤记挂今夜还亟待自己处置的诸多繁杂事务，也不坚持，只送到书房门口，叫李穆代自己送他出去。

萧道承未再推脱，被李穆送出来，沿途和他亲切叙话，走到大门之外，临上车前，回头看了眼随候在高家大门口的高七等一众仆从，暗暗牵了牵李穆的衣袖，示意他随自己来。

走到稍远一个暗处角落，收了方才面上的笑容，神色肃然，低声道："李刺史，有一事，方才当着高相公的面，我不敢讲。我是将你视为兄弟、自己人，才和你说这一番心里话的。"

"你当还记得，前些时日陆光将你告到御史台一事吧？事后，我越想越觉不对，看那家奴言行，疑心陆家另有隐情，便暗暗着人潜入陆府去打听，恰遇陆光打死家奴，这才叫我得知了那晚上的实情。去年三月，正是陆柬之远在交州，久病不愈，身处困顿之际，夫人不过只是出于少年时的人情，又应人所托，才作一琴谱，以资鼓励，却被陆家二公子拿来恶意诬陷，意图扩散。倘若那晚上不是你机敏察觉，事情如今还不知如何收场。"

"我得知后，替你出了一身冷汗。实不相瞒，遇今夜这种事更是为你不值。从你当初重阳比试力压陆柬之开始，陆家人便对你刻骨仇恨，此次恶毒至此地步，骇人听闻。如今陆家出事，高相公出力营救，乃是同为世家，出于高陆两族交往的考虑。那陆柬之更是得他赏识。在你重阳获胜之前，陆家大郎早被他视为女婿，便是当日考题，我至今也是记忆犹新，无不偏袒于陆大郎。这回他身陷围城，高相公怎不着急？"

"但是李刺史，你却不同。"

"以德报怨，何以报德？连先贤都曾有言，以直报怨，以德报德！"

"方才当着高相公的面，我也是直言不讳。陇西局势不明，你若真的分兵营救，无异于在拿长安涉险，更如同拿你自己以身犯险！你可曾想过，长安有失，不过只失一地罢了，但你李穆一世英名，往后何去何从？更不必说，万一营救不成，长安又失，朝里的那些人不敢说高相公半句不好，却只会将矛头对准出身寒门的将军你的身上！"

他看着李穆，神色诚挚。

"李刺史，你出身寒门，不似世家子弟有家族可凭。高相公待你自然是亲厚的，但非我离间，他既为世家领袖，遇事考虑之时，更多只为世家的利益，而非为你着想。譬如此次营救便是如此。而今朝廷纷杂，时局诡谲，人心莫测，陛下和皇后对李将军却是真心激赏。孤王更是如此。

"方才不便问。这里，我再问李将军一句，此次，你若按照高相公的吩咐，全力营救陆氏人马，你之所图又是为何？"

李穆沉默了片刻，说："不知新安王是否留意，方才高相公谈及营救，言辞之中并无半句陆氏之名，而是南朝子弟、大虞将士。"

萧道承一怔。

李穆望着他，神色似笑非笑。

"人固有私心，我亦是如此，深恶陆家。但冲着高相公的心愿，不叫那些冠以陆氏之名的数万南朝子弟因内斗而白白丧命于胡人铁蹄之下，纵然不才，也只能勉力一试。

"新安王方才所言不无道理，你的好意，我心领了。"

萧道承面上笑容一僵，随即很快改为慷慨："胸中正，则眸子瞭！极是！谁人没有父母，谁人没有妻子！此番营救，无关世家，无关喜恶，乃为救那数万大虞男儿，南朝子弟！方才是我关心你过甚，出于慎重，这才多说了几句罢了，绝无恶意。陛下和皇后知晓李刺史有如此胸襟，必定愈发欣慰！"

李穆笑了一笑，抱拳："新安王谬赞，李某不敢当。"

萧道承打着哈哈，又说了几句场面话，方笑着，从那暗处出来，和李穆再三辞别，终于登车，徐徐而去。

牛车出去，直行了一段路，即将拐过街角之时，他转头回望了一眼身后那扇已是关闭的大门，脸上笑容方渐渐消失。

他回过脸，命车夫径直去往皇宫，从一偏门匆匆入内，着人通报，道有紧急事项，求见皇帝。

他被引入那间深殿，高雍容深夜未眠，坐在那里等着，问他："伯父将你叫去，怎么说？"

萧道承将经过叙述了一遍。

"先前还是轻看了他，以为不过是一介武夫。今夜看来，此人实在是深不可测，非皇后长久可用之人。我就不信，他甘心听凭高峤驱策，真是抱着什么救回大虞将士、南朝子弟之心！"

高雍容冷笑："他若真是如你所想的一介武夫，当初怎么可能娶到我的阿妹？"

"如今他已有了兵马，手握长安，数功加身，坊间地头提及他的名字，无人不知。但他出身寒门，此为他最大命门。他在士族中间，仍因出身被人诟病。他不过想要借此机会再博取更多名望罢了。拯救陆氏于水火，这可是一个在士族中立威的绝好机会，比他夺取十个长安还能打那些士族的脸。你说，这么好的机会，他能轻易放过？"

萧道承一手握拳，猛地拍击了一下另一手掌心，恍然："被你提醒，果是如此！他救了陆氏，日后那些士族，谁还能在他面前抬头？沽名钓誉也就罢了，他的居心更是深沉叵测。"

他忽地想了起来，皱眉："这是个彻底剪除陆氏的大好机会，不可坏了大事。李穆意欲游说杨宣共同出兵，要不我想个法子，看如何旁敲侧击提醒许泌，叫他及早防范。免得万一真被他们谋划成事……"

高雍容蛾眉微蹙，出神了片刻，摇了摇头："不必了。"

萧道承不解地望向她。

高雍容道："人岂无利己之心？杨宣之于许泌犹如左膀右臂，他未必就肯自绝于许泌。以他如今地位，改投高峤，即便高峤厚待于他，他必也会顾虑遭受高氏其余人的排挤。再说倘若万一，他真被李穆游说动了，答应出兵，无异于和许泌公然决裂……"

萧道承眼睛一亮。

"是极！倘若杨宣真被李穆离间而去，许泌失去得力大将，如同断臂！莫说陆家那几万被围在城中之人最后不一定能突围。即便真被救了回来，尚保有那几分兵力，在朝廷也已是颜面尽丧，再不可能恢复从前的地位。

"此局，只要李穆游说成功，无论结果如何，于许陆两家都是两败俱伤！而于陛下和皇后，则如拔去两根长久以来的肉中之刺！"

他越说越是兴奋，双目闪闪发亮。

高雍容笑了："你还要去提醒许泌这只老狐狸吗？"

萧道承见她斜斜瞥向自己，灯火映照，眸尾带媚，顿时心领神会，朝她靠了些过去，悄悄捏住她手，低声道："孤一举一动，自然皆是听殿下号令，唯命是从……"

高峤亲笔写好给杨宣的书信，和李穆细议营救计划，又连夜唤来属官，拟各细则预案，待事初定，已是深夜。

因事紧急，李穆拟明早便动身去见杨宣，而后赶往长安。事情议完，高峤亲自送他出了书房，再三叮嘱小心。

李穆一一答应。

高峤目送他离去的背影，忽道："敬臣，你记住，此次用兵，以分散北夏围兵为第一要务，不是要你拿性命救人。若局势不利，你随机应变，自己主张。营救不成也是天意，一切以自身无虞为上。"

李穆停住脚步，慢慢转身，恭敬地道："我明白。"

高峤点了点头："快些回房歇息吧，明早便上路了。阿弥暂时留在家中，你放心，我会照看好她。"

李穆向他谢以一礼，随即快步离去。

陆脩容的背影在夜色里渐渐远去，彻底消失在了院落甬道尽头的那扇门后。

"小娘子，她走远了。进屋吧！"

侍女见她依然立于门畔，久久不动，出声提醒。

洛神慢慢地转身，回到了屋里。

她知道陆脩容以后应该再也不会开口向她提类似于这样的请求了。

对此，她应该感到释然。

曾经最好的闺中密友，好到共用一块手帕，共睡一只枕头，无话不说，没有秘密，也终于敌不过冥冥中那只看不见的手，两人各自转向，渐行渐远，再也没有回去的可能了。

洛神知道，就在今夜，她彻底失去了她曾一直试图抓住的旧日老友。

陆脩容日后再也不会来寻她了。

她的身上，一些曾经属于少女时代的雪泥鸿爪，如指间握不住的一把流沙，不可避免，终将慢慢离她远去。

幸而，这条新的道路上，和她一道同行的，有那个名叫李穆的男子。

洛神长长地吁了口气，驱去胸臆间的愁闷，打起精神等待李穆回来。

她知道此刻书房里父亲正在和他商议，事关重大，便一直坐在外间等他。

子夜，依旧不见他回来。洛神心浮气躁，手中书卷如同摆设，半晌没有翻过去一页。索性放下书，打开门，正想再去父亲书房外头瞧瞧，抬眼看到院落对出去的甬道之上，一道高大身影沐月而归。

李穆回来了。

他的神色看起来和平日差不多，眉宇间既无喜也无怒，很是平静。

洛神的心里急迫地想要知道他和父亲今夜商议得如何，他心里又是怎么想的。

倘若在从前，她必定早已开口问他了，但今夜反而不敢有所表露，更没有贸然地开口询问。

如同一个寻常的等待他归来的夜晚，她笑着迎他进来，帮他脱衣、沐浴，被他从浴房里抱了出来，放在床上。

他伸手解她罗衫。她一双玉臂抱住他的脖颈，温柔迎合。忽然听他在自己耳畔问："阿弥，你怎么不问我今夜和岳父都说了什么？"

洛神睁开眼睛，对上了他投向自己的两道目光。

他的目光之中，似乎带着几分审视。

她迟疑之际，李穆忽然展眉，将她抱到了自己的胸膛上，轻轻捏了捏她俏丽的鼻头。

"你想知道什么，尽管问我好了。你的郎君虽然小肚鸡肠，但再也不敢多想了。你问吧。我若实在忍不住又多想，你再多惩罚我几遍，我便会记住了……"他望着她，笑吟吟道。

那晚上，她用自己的一条绸带将他双手手腕绑在床头，又蒙住眼睛，好生捉弄了他一番，弄得最后他经受不住，挣断了绸带，这才得以解脱。

听他拿那晚上的事来逗自己，脸不禁红了，赶紧伸手捂住他嘴。两人低声笑闹了片刻，不待她开口，李穆自己先将那最后决议说了出来。

洛神小心地问："可是我阿耶强行要你出手相助？"

"你觉着，倘若我不点头，你阿耶强迫，我能答应吗？"

洛神摇了摇头。

李穆摸了摸她的脑袋，笑了。

"这就是了。阿弥，不瞒你说，从前岳父的某些见地和举动，我不敢苟同，如今依然如此。但我渐渐倒有些佩服起他了。人活于世，污泥浊水，尤其到了他那个高位，仍能保有他的坚持，在我看来很是难得。"

李穆并没有告诉她，他到底为什么决定尽力去救陆柬之和那几万与他一道被困城中的将士。

除了洛神，不用想也知道的阿耶所认的那些光明的理由，或许，李穆也还有他自己不足为外人道的别的想法。

但是，这些都不重要。

他肯答应配合自己的父亲，这就已经足够了。

娇小的身子整个地跪坐在他坚实有力的腿腹之上，长发垂落，遮掩住了柔嫩可爱的肌肤，一掐细腰，修长双腿紧紧地闭拢，弯出了几道迷人的曲线。

"郎君，你要保重。记得早些归来接我。"

洛神凝视着仰于自己身下的郎君，朝他慢慢地贴了过去，美丽的一双眼眸里，满是要和他再次离别的依依不舍。

第二天的清早，李穆最后一次抱了抱送自己出门的洛神，带着樊成和一队护卫，纵马穿过这熹微晨光里的静悄悄的皇城，再一次地向着那似是明晰却又未知的远方疾驰而去。

就在这一刻，他又怎会想到，这一去，他和自己的小妻子竟会分离如此之久，而再次归来之际，他已是大司马之身。

一人之下，万人之上。

南阳之南，一处名为棘阳的平阔野地之上，杨宣驻军在此已有多日。

南阳方向的北夏追兵知道杨宣身后便是襄阳，许氏经营了几十年的大本营，唯恐设有埋伏，不敢再贸然南下，也停止追击。

杨宣早就已经收到了来自许泌的暗令，命他留在原地作对峙之状，不准立刻撤回襄阳，更不允许他向陆氏大军施以任何援手。

杨宣心中抑郁至极。白天从前方一处高地察看敌情回来，经过营房，见满营士兵皆萎靡不振，个个目光茫然，愈发愁闷。

军中禁酒。他身为地方方伯，带兵多年，原本最是以身作则，但今夜却也破了例，叫亲信副将崔振替自己弄了些酒，坐于帐中独自酌饮。本是想借酒浇愁，酒入愁肠，却愈添愁烦。

想自己生平经历大小战事无数，虽然称不上是百战百胜，但如此惨败，损兵折将，伤亡惨重，却是头一回。更不必说陆柬之所领的那支军队，如今自己虽不知详情，但定已是遭遇险境。想他深入腹地，身陷重围，论惨烈，必定远甚于自己。

自责、无奈、抑郁，加上多年来积在心底的那些因了被轻慢而隐忍着的不满和怨恨，今夜，随了这一杯杯的酒水下肚，仿佛全都一起涌了出来。

杨宣一直喝个不停，喝到最后，燥烈起来，索性脱了战袍，随意丢弃在地，抱起酒坛，仰脖正要饮个痛快，看见崔振入内，便哈哈笑道："来！来！平日我拘着你们，不让你们饮酒。今夜索性全都放开！兄弟们都不容易，想做何事便去做好了！一起来喝！大家喝个痛快！"

副将快步走到他的身边，附耳，低低地道了一句话。

杨宣一愣，几乎不敢相信自己的耳朵，猛地看向副将："李穆来了？"

"正是。此刻人就在大营之外！"

杨宣一把丢开酒坛，匆匆奔向辕门，远远看到辕门之外不远的地方立了一道人影。

他一眼便认了出来，那人正是李穆。

李穆也看到了他，脸上露出笑容，朝他快步走来。

杨宣望着面前这个正向自己走来的旧日部属，想到他夺取长安一战，叫南朝人扬眉吐气，自己却陷入如此境地，心中忽觉无比羞惭，一时竟有无颜见人之感，脚步硬生生地刹住了。

李穆已是快步走到他面前，笑道："将军，许久未见，别来无恙乎？"

杨宣长长地叹了一口气，压下心中羞惭，苦笑道："敬臣，怎么连你也笑话起我来了？我如今还能好到哪里去？"

李穆用力握了握他的胳膊。

"多年以来，将军你的处境，旁人不知，我怎会不知？事情已经发生了，将军也不必过于自责。公道自在人心。"

如此苦闷之时，忽然见到故人到来，杨宣心中也是颇感欣慰。又寒暄了几句，见李穆面带风霜，衣角沾尘，显然是星夜兼程赶来的。知这种时刻，他辗转来此见自己的面，必定不会只为叙旧，便将他引入帐中，命人在外守着，不许闲杂之人靠近。

帐中烛火明亮。杨宣见他进来，目光落到地上那只酒坛之上，忙收了起来请他入座，自嘲道："从前我一向严禁部下饮酒，如今自己却喝了起来。正好你便来了，怕是要被你笑话了。"

李穆目光落到杨宣的脸上，笑容收去，问："将军可知如今联军另翼状况如何？"

杨宣脸上方才那挤出的笑也消失了，神色转为沉重。

"我奉了上命，这些时日一直停在此处，退不能退，进更是不允。陆柬之那边……可是全军覆没？"他的手紧紧捏拳，几乎咬着牙，才说出了这几个字。

李穆说："比全军覆没要稍好些，但也好不到哪里去。遭遇北夏军队重重围堵，大军被打散，无路可退，陆柬之只能全力前行，虽如先前计划那般攻下了郾城，得以暂时喘息，但人马伤亡惨重，只剩不到几万人，又被北夏大军围城，粮草紧缺，岌岌可危，随时都有破城的可能。"

杨宣头颈低垂，人宛如凝固，一动不动，半晌，低低地道："全是我杨宣之罪……我便是死，也难辞其咎……"

"将军不必如此。你受制于人，罪不在你。何况，事情已经发生了，再自责也是无用，当务之急，便是想法子帮助陆柬之和那几万将士从围城中脱困返回。"

杨宣抬起头："如何助？"

"多方出击，围魏救赵，迫使围城夏人回兵，给陆柬之创造一个带人突围的机会，咱们再行接应，将人救回。"

"都有哪几路救兵？"

"广陵军一路。我见完你便要赶去长安排兵，是为第二路。还有第三路……"

李穆双目炯炯，望着杨宣："这第三路，便是我今夜来此见你的目的。

"杨将军，你敢不敢随高相公与我一道，做这第三路人马？"

杨宣一怔。

李穆继续道："我之所以问将军敢不敢，而非愿不愿，乃是我笃定，倘若将军你自己能够自主，你必定是愿意的。"

杨宣神色间掠过了一缕难言的愁色，沉默了。

"不知将军可否记得，从前我曾劝过将军，许泌非可效忠之人。以将军之明智，这种话，其实又何须由我来提醒？杨氏从前原本就是江北荆州一带的地方方伯，不过因了寒门不显，这才投效许氏。当年将军父祖投奔许氏之时也是带着兵的，这些年来，倘若没有将军的扶持，许氏军府又何来今日的稳固地位？莫说将军你不欠许氏，便是你真的欠了他人情，也早已还清。何况这一回，许泌如此行事，将军你难道真的不觉寒心？"

李穆加重了语气："杨将军，你我都是行伍之人，打仗原本就会死人。将士们战死在对敌沙场之上，无话可说！但如今，那千千万万的冤魂并非死于敌手，而是因了士族倾轧，死在了自己南朝人的手里！将军，难道你便丝毫没有触动？"

"敬臣，你不必说了！错已铸成，我本就追悔莫及，又何尝忍心再看那些将士因我之过白白命丧敌手！"

杨宣的脸涨得通红，一脸羞惭，欲言又止。

李穆望了他一眼，递上一封书信："将军，我动身之前，高相公嘱我将此信给你。他还叫我转你一话，你在建康的父母妻子，他会派人加以保护。日后，只要你愿意，高相公那里，也是高位以待，绝不食言。"

杨宣一怔，回过神来，急忙双手接过，取信展开，尚未读完，一双虎目隐隐蕴泪，向着建康方向下拜，哽咽道："此次北伐用兵，倘若不是我畏首畏尾，不敢抗争，任人夺帅，又怎会惨败至此？！我本就死有余辜！高相公非但不怪，反而如此厚待，我若还只为自己身家性命考虑，天地不容！"

他从地上站了起来，转向李穆："说吧，要我如何配合？我必无不应！"

李穆上前，双手紧紧握住了他的臂膀："有将军如此发话，何事不成！情况紧急，我这就和你细说作战计划。"

杨宣点头，当即将一众亲信秘密唤来，把自己的决定说了一遍。

他的那些亲信，早就对许泌心怀不满，对许绰更是愤恨无比。便是退到此处的这些天，那许绰名为养伤，帐中却还夜夜歌舞美人，早就引得众多将士暗中咬牙切齿，闻言群情激动，无不应允。于是连夜计划完毕，趁着夜半三更，一群人冲入许绰帐中，将还在睡梦里的许绰捆住，连同他的一些心腹，全部控制住了。杨宣遂命人吹响号角，召齐全部士兵，宣布随同广陵军和李穆的军队，一起营救如今还被困在郾城的北伐军队。

许泌军府里的中下层官兵，对杨宣本就一向服从。那些瞧不起他、随同许绰夺帅的个别将领又都已被控制，加上前次兵败被困之时，若不是杨宣领着亲兵杀出来，众人跟随他撤退，如今恐怕早就已经死了，见他威风凛凛，发号施令，旁边又站着李穆，无不唯命是从。

忙碌了一夜，天亮，诸事完毕，李穆和杨宣约好发兵日子，便要继续北上赶去长安。

杨宣送他出了十几里，方才停步，目送他和那一列随从纵马疾驰而去，身影模糊在了马蹄翻飞带出的一片黄尘里，渐行渐远，心中不禁微微感慨。

曾几何时，李穆还只是自己帐下的一个别部司马。

当日他求娶高氏女时，自己获悉，以为妄想，苦苦劝他打消念头的那一幕，仿佛还历历在目。不知不觉，如今他已官封骠骑，攻下长安，取威定功。他的名字，更是成了南朝人心目中的战神化身。

便是自己，他从前的老上司，如今在他的面前，也感觉到了他举手投足所不经意流露出的一种威重之感，不敢有所托大。

这回兵败之后，他已主动上书许泌，请求降罪，本做好了赴罪的准备，却没想到，李穆会亲自来这里规劝自己共同出兵。

杨宣知道事毕，许泌必定不会放过自己。

他为人一向优柔寡断，顾虑重重，但就在这一刻，他忽感释然，甚至有些感激李穆给了自己一个这样的机会，终于可以违抗许泌，随自己心意，做一件真正想做也是他必须要去做的事了。

最坏的结局，不过就是罪上加罪。

高相公答应保他家人，他再无后顾之忧，哪怕身首分离又有何惧？

杨宣仰面向天，长长地放啸了一声。啸声之中，仿佛终于将这些年来深深积在胸中的所有不满和郁闷全然释放，整个人只觉重担皆去，唯一所想，便是放手一搏，与高相公和李穆一道，誓将南朝被困军队救出围城，以此赎罪。

这些日子，高峤又变得忙碌异常，难免照看不到萧永嘉。见她肚子越来越大，连走路都有些吃力了，高峤有时很是自责。

萧永嘉如今对丈夫却极是体谅，不但叫他不必为自己分心，反而心疼他的操劳，却知劝他也是无用。并非是他自己刻意要忙，而是事情自己找了上来。

许泌、陆光，如今两人都形同隐身。许泌托病不朝，很少有人见到他的面，详情如何不得而知，但陆光从前次那事过后，卧床不起，病情倒是真的岌岌可危，高峤亲自去看了他几次，每次回来，无不眉头紧锁。

朝廷三驾马车，一下去了两驾，剩下高峤一人，每日多少事情可想而知。加上皇帝对他又恭敬异常，朝廷事无巨细，皆要问过他。丈夫便如一只陀螺，如今就是自己想停也是停不下来。眼看他饭吃不好，觉也睡得不稳，睁眼闭眼都是朝廷之事，萧永嘉除了对丈夫日常饮食多加进益之外，心里也就只盼这营救战事能快些顺利结束。

母亲这般盼望，洛神更是如此。在家伴着孕肚越来越大的母亲，等了一个多月，到了七月，一个好消息终于传回了建康。

李穆、高胤和杨宣三路联军约定同时出击北夏，果然达成了预先期待的目的。

尤其李穆那一路，因战事起得毫无预兆，起先势如破竹，很快攻破了潼关，直逼虎牢城。

那段时日，洛阳城的上空，满天飞着关于李穆大军不日就要打来的消息，街头巷尾，民众到处议论。

北夏自从输了那场原本意图南侵的江北大战之后，国力大减，这两年间处处应战，朝廷焦头烂额，人心不定，得知消息如临大敌，立刻将原本还集中在豫州一带的大军调了回来，全力应战，加上徐、青二州和南阳方向又同时遭受南朝军队发动的反攻，北夏的兵力进一步被分散。

半个月前，就在军中粮草匮乏，城中居民也无余粮，陆柬之不得不下令开始宰杀马匹的时候，探子忽然回报，说围城敌军竟一拨拨地开始调离。

不过几天时间，城外漫山遍野，那些原本密密麻麻看不到尽头的连营大片大片地减少。随后便得知消息，竟是朝廷相救，引走敌人，给了他们一个突围而出的机会。

陆柬之无法形容在得知这消息那一刻的感受。

就在昨晚深夜，他悄悄登上城头，眺望南方之时，耳畔还隐隐听到了远处不知哪个守城士兵发出的思乡泣声。

随后，仿佛受了感染，城头之上，随处可见南朝士兵抱着兵器，蹲坐在地上相对而哭，哭声此起彼伏，连绵不绝。

作为主帅，当时他的心情如何可想而知。

他没有惩罚这些士兵，独自默默离开了。

这一刻，听到这个消息的时候，他觉得自己就仿佛一个行将溺毙之人，突然被一只从天而降的援手从水中突然拔出似的感觉。

他立刻将这个消息传达了下去。

他那些一路血战幸存下来，遭遇围城，在无数次打退企图攻城的敌人之后，最后却又面临绝粮境地的将士，原本已经彻底陷入了绝望，以为他们的归宿也和那些早于他们已经战死的同袍一样，不过是死在这里罢了。

他们万万没有想到，朝廷竟然没有放弃他们。

战鼓再次激扬，军心更是空前凝聚，城门大开，陆柬之带着士兵，从这座已经围困了他们半个月多的城池里杀了出去，与那些还留下的北夏兵遭遇，血战之时，杨宣也终于领着军队赶到。

这两支本结为同盟意图北伐的联军，在经过背叛和欺骗过后，再一次联合在了一起，歼灭了附近的北夏军队，随后迅速撤离，踏上了南归之路。

第八章　多事之夏

八月中旬，陆柬之回到了建康。

陆光终于还是没能熬到长子回来的那天，在陆柬之回京的路上便含恨死去。

据说在他临终之时，神志已是有些不清，只一直在恶声诅咒着许泌，死后双目亦是不瞑，无人能够将其合拢，直到一个机灵的下人喊着"许泌死了，脑袋被砍了下来"，又壮着胆子去合他眼睛，这才终于得以成功合目。

陆柬之回来后，便忙着操办丧事。

陆氏身为士族大家，陆光在朝廷亦风光了一辈子，虽说临了这两年不顺，但人都死了，朝廷也对陆氏北伐失利不予究责，诸多抚慰，按照时人丧葬竞奢的风俗，丧事应当大办才是。

但陆家的丧事却很是沉朴，朴素得甚至叫不少同为士族的陆光昔日友人都看不过去，暗中纷纷指责陆柬之不孝。陆柬之亦毫不辩解，他一言不发，只在丧事完毕之后，向朝廷上了一道叫人为之侧目的奏疏。

陆柬之请辞了一切官职，送亡父灵柩归往祖地吴郡，全家同迁，他要为父守孝三年。而陆氏被他带回来的那几万人马，则以自愿募兵的方式，归并入了广陵军。

从此，南朝再无陆氏军府。

前头守孝那条也就罢了，后头这主动解散陆氏军府的决定一出，便引发满朝哗然，大臣们议论纷纷。

据说他做的这个决定当时引来了陆氏宗族的大力反对。

陆柬之一向以性情温恭而出名，但这一回，他却仿佛变了个人，态度极其坚决，丝毫不容人反对。

　　陆光一死，他便是陆氏名正言顺的家主。他如此发话了，陆氏族人争执了一番，但也无可奈何。一些人不甘，暗中拉走部分人马。陆柬之也不阻拦，最后亲自去见了剩下的大部分将士，言明了自己的决定。

　　将士此番死里逃生，除了少量想要退伍之外，其余人都愿意加入广陵军。

　　这日傍晚，洛神见父亲难得早早回了家中。

　　她知道，明日陆柬之就要扶灵归乡了。今日他送来了拜帖，晚上会来家中，向自己的父亲辞别。

　　陆柬之留在洛神记忆里的最后一片印象便是前年之秋，记得刚过重阳不久，他赴任交州。那夜他亦如今夜，临行来向父亲辞别。

　　当时的那些悲伤、欲说还休的愁绪，还有他和自己道别，终于转身离去的那个黯然背影，至今想起，洛神仍是记忆犹新。

　　流光如箭，时间已经过去了那么久，中间各自又是如此多的经历。她不知陆柬之的心境今夜到底如何，但她猜想，在他和父亲辞别结束之后，他或许也会想要和自己再见上一面。

　　这一次，他真的是要离开建康了，在临走之前，应当是有话要和自己说的。

　　这是基于和他从小认识来往多年而得的一种直觉。

　　洛神一直在等着。

　　果然，仆妇来传话了，道高相公叫她去一趟。

　　洛神去了，推门而入。

　　父母都在书房里，陆柬之立于一旁。

　　前番离别，一去经年。洛神今夜，再次见到了陆柬之的面——那位在她还是懵懂少女的昔日里，风花雪月，似曾入梦，却又模模糊糊，并未留下过多少深刻印痕的陆家大兄。

　　他双颊凹陷，人很是消瘦，但精神瞧着还算不错。

　　见她来了，他转向她，唤她"阿弥"，笑道："方才我对伯父伯母说，想要见你一面。你不会怪我冒昧吧？"

　　洛神含笑摇头："大兄明日便归乡去了，便是你不开口，我亦是想来和大兄道声别的。"

　　高峤扶着萧永嘉站了起来，对洛神笑道："你们说话吧，我送你阿娘先回房休息。"

　　陆柬之向两人道谢，相随送了出去，慢慢地转过身来。

　　洛神道："大兄明日便要走了，家中内外之事可都已经安排妥当了？"

　　陆柬之面上露出微微笑容："多谢记挂，诸事已妥。"

　　洛神含笑："如此我便祝大兄归安，往后事事顺遂，时通消息。"

　　陆柬之望着她，唇边的那抹笑意慢慢地消失，沉默了片刻，说："阿弥，实不相瞒，今夜你还愿意见我，善言如旧，我甚是感激。"

　　"去年蒙你顾念我的病情，赠以琴谱为药，我却辜负了你的一番善意，未能妥善收藏。更不用说我那二弟，丧心病狂，做出那般的龌龊恶事，险些玷辱了贤伉俪的清名。李刺史非但不怪，此次，为营救我与那数万陆氏子弟，多方奔走，不遗余力。陆柬之感激涕零，无以为表！"

　　洛神见他竟撩起衣摆，向着自己的方向下跪，郑重行了一道叩礼，吃惊，急忙避让："陆大兄快起来！莫说是我，便是我郎君也不会受你如此大礼！将士头上虽冠有家族之姓，但何人又不是我南朝子弟？我郎君救的便是南朝子弟。"

　　陆柬之从地上慢慢地站了起来，说："去年在交州时，我一度颓丧至极，怨天尤人，乃至自以为此生已是了无生趣。如今想起，我是何等的无知可笑！"

　　"身陷围城，真正到了生死一线，耳畔尽是南朝将士深夜思乡所发之泣，我方知从前那些所谓时乖命蹇、怨天尤人，都不过是庸人自扰，无所疾痛，强为呻吟罢了。"

　　他忽地一笑。

　　"阿弥，你可知当初重阳比试之时，第三关我为何舍玄论，追李穆至虎山？

　　"因第一关比试，他丝毫不逊于我，第二关比箭，我和他亦是看似不分伯仲，但我分明知道，若真论高下，我技不如他。

　　"我平日看似视名利如同浮云，交友亦从不问门庭身份，实则在我心底，依然还是自恃身份。我不甘逊于寒门，这才生出好胜之心，舍了高相公特意为我而设的一关，定要和他在虎山争一高下……"

　　他出神了片刻，仿佛在回忆当时情景，摇了摇头，苦笑："结果自然是我输了。"

　　他的神色渐渐变得凝重。

　　"也是到了如今，我才知晓，李刺史到底是何等一位人物，远远非我能望其项背。输给他，我心服口服。"

　　陆柬之停了下来，望着洛神，唇角再次露出一丝微笑。

　　"阿弥，你从小唤我大兄。当初成婚之时，大兄未能向你道一声贺。趁着今夜送上嘉祝，愿你二人白首同心，永以为好。

　　"大兄先行去了。日后若有机会，再来拜谢你夫妇伉俪。"

　　洛神仿佛在他的眼底深处，看到了一层淡淡的若有似无的闪烁泪光。

但这无关紧要。

这一刻，在陆柬之的身上，再也见不到半分那年秋天留在洛神记忆中的黯然或是萧瑟了。

他是克制而坦然的。

洛神亲自送他，一直送出前堂方停步，慢慢地折了回来。

她知道陆柬之是真的放下了。

在回来的路上，她感到自己心情也随之释然了，又不禁生出了几分的感叹。

她的世界里，倘若没有李穆的出现，倘若当初她顺顺利利地嫁给了陆柬之，如今未必不是另一种现世安稳。但是，如果可以选择，她想她依然还是会选今日这般，和他聚散分合，相思成胲。

没有丝毫的犹豫。

如果不是遇到李穆，她不知道自己原来可以如此地喜欢着一个于她原本只是陌生人的男子。

矫矫虎臣，在泮献馘。在洛神的心目里，她的伟岸郎君，又岂止是如此？

她爱他渊渟岳峙的深沉品格，爱他磊落干云的英雄豪气，爱他那战士般的刚勇和血气，爱他身上那一道道记满了他所走过的铁和血的道路的伤疤印记。她更爱他只会在她面前才肯表露出来的所有那些男人的阴暗、嫉妒和脆弱。

陆柬之和那些幸存下来的将士都已经安然回来了，如今她只盼着他也能早些来接她。

她想和自己的郎君在一起。

可是无法立刻聚首的消息还是不可避免地送到了她的手里。

送走陆柬之，洛神回到自己房中，看到母亲坐在床沿上等着她，见她回来了，似要起身，急忙快步走了过去，扶她又坐了回去。

"阿娘，你怎么还没歇息？"

她摸了摸母亲越来越显怀的肚子，记得方才阿耶说送她回屋歇下的。

萧永嘉微笑着问："柬之走了？"

洛神应是，又说："也无别事。陆大兄方才只是向我表达了对我郎君的谢意。"

萧永嘉也未多问别的，只微笑着叹了口气："柬之向你阿耶和我辞别时，我便瞧出来了，他是真的和从前不同了。他从前本就出众，等过了这道坎，日后只会更好。"

洛神点头，心里想着，嘴里便问了出来："阿娘，还没有郎君何时回的消息吗？"

萧永嘉看了眼女儿，递上一封信。

"方才你和崍之说话之时，敬臣的信到了。一封给你阿耶，这封是你的。我知道你天天念着，自己给你送来了。"

洛神眼睛一亮，急忙向母亲道谢，接了过来。

虽然迫不及待地想要看到关于他的消息，但却舍不得撕坏封口。她站了起来，跑到外间，拿裁刀小心地挑开封口，终于取出了信。

他熟悉的字体，铁笔横勾，一下子映入眼帘。

信写得很长，有好几页纸，她依然舍不得一下看完，一个字一个字地读。

但是渐渐地，洛神唇边的笑容有点凝住了。

陆崍之成功率军突围，继而得以南归的消息传到他那里后，他便停了对虎牢城的进攻，随即撤军回到了潼关之西。

这个消息，洛神早先已经知道了的。

她本以为，等他安顿好长安那边的军务，他便能回来接她了，或者至少派人来将她接去他的身边。但是看起来，这个希望，至少现在，显然是不可能了。

李穆对她说，潼关之西的中原，如今还不在他的计划之内。

取长安后，他的首要之事便是灭掉盘踞在陇西的鲜卑势力。

他对她极是思念，原本挥兵长安之后，打算按照计划回来一趟，但是陇西局面再起变化。

鲜卑的吐谷浑部此前一直在和继位为帝的谷会长争夺秦城。上个月，吐谷浑部攻下了秦城，西金才灭，吐谷浑人又建国称帝，趁他东进潼关的机会，频频派兵袭扰长安。他决定就势反击，打掉这股占据了陇西多年的鲜卑势力，一举拿下陇西，以彻底稳固长安。所以他暂时无法回来，也不方便将她接到战事频频的长安。

他临走之前，曾答应一完事就回来接他的，如今却食言了。

信末，他语气很是小心，再三地向她赔罪，又叮嘱她安心等自己的消息，说等他灭了鲜卑势力，拿下陇西，把长安的局面彻底稳定之后，一定来将她接走。

洛神反复地看了好几遍，慢慢地放下信，抬起头，见母亲望着自己，压下心里涌出的失望，立刻露出笑容："阿娘，郎君战事忙碌，回不来，我也不方便去他那里添乱，正好留在家里陪你，等你生产。"

她想了一下："阿家那里，我也久未尽孝。过几日便是你的诞贺之日，等我陪你过完了，我也去京口住些日子吧。"

萧永嘉方才已经从高峤口中得知这消息了。少年夫妻，最是浓情蜜意之时，本担心女儿愁烦，见她如此发话，也就放心了，和女儿又叙了几句，起身回房时，提醒她若要回信便尽快写，明日正好和高峤的信一道送出去。

洛神应好，等母亲一走，回来立刻坐在案后，挽起衣袖，亲手铺纸洗砚。

琼树等侍女晓得她是要给李穆写回信了，在一旁屏息敛气地等着，不敢发出大声，免得惊扰了她。等了半晌，见她提起笔，却一个字也没落下，出神了良久，竟放下了笔，转身走出房门去往庭院，一时不解，于是全都跟了出去。

她摘了朵锦葵，又寻到一处花草繁茂的院落里，采了枝紫红色的香花椒，回来在书架上抽了一册书，夹压其中，放进信封里，一字未写，便成信了。

侍女们不禁迷惑，面面相觑。

琼树忍不住问："小娘子，此为何意？"

洛神将口封住，笑而不语。

想他行军打仗未免枯燥，若偶也和她一样深夜不眠，帐中坐起，灯下翻翻自己寄他的这卷书籍，未尝不是个打发漫漫长夜的好法子。

数日后，便是萧永嘉的生辰之日。

随着陆柬之举家离京，陆氏家族从此彻底退出朝廷。新安王又上书弹劾许泌，措辞严厉，朝臣议论，也无不指责。

此次北伐损失惨重，不止朝廷，民间亦议论不停，早不是一家一姓之事。许泌自知无法再安于朝廷，便以归乡养病为借口，请辞司徒一职，离开建康，暂时回往宣城的苑陵老家。依附于许陆两家的一些朝廷官员和门生故旧，难免也各有波及，或贬或去。

从前士族三姓大家，经此变故，最后只剩高氏门庭独显。

几天前起，高家门槛几乎都要被那些前来递送拜帖的各路人给踩断了。

萧永嘉并未铺张，叫高七收下拜帖，一一回以谢函，贺礼却一概不收。

到了今日，也不过是请了高氏宗族里几个平日关系亲近些的女眷，还有那位去年过生日曾邀她去住了几日的好友怀德县主，大家一起过来，设了筵席，叫了班乐伎在旁舞乐助兴，一道庆贺而已。

她因有孕，自己滴酒不沾，只和众人言笑晏晏。一片欢声笑语里，只见一个仆妇笑着急匆匆地进来，说宫里来了个口信，道高皇后也亲自来了，要给长公主伯母道喜拜寿，此刻凤驾就在路上，快要到了。

堂中话音顷刻间停了下来，众人看向萧永嘉，目光无不艳羡。

怀德县主笑道："过个生辰，连皇后都亲自出宫拜寿，这等荣耀，阿令，放眼南朝，只有你是头一个了。"

众人纷纷附和。

萧永嘉微微笑了笑。

洛神坐在她的近旁，见她似要起身去迎，立刻道："阿娘，你身子不便，还是我代你去迎阿姊。"

洛神到了前堂，等了没多久，果然，高雍容摆驾现身。洛神领着一众仆从跪迎，早被高雍容扶起，笑容满面，先是埋怨她总不入宫寻自己说话，又道此处是家里，只想听她唤自己阿姊。

洛神笑道："阿姊，阿娘方才本是要亲自来迎的，被我给拦下。阿姊不会见怪吧？"

"今日伯母生辰，我来本就是为伯母贺寿增喜的，谁在乎这些虚礼？何况伯母身子不便，快不要和阿姊如此见外了。"

高雍容亲密地挽了洛神手臂，一路说笑着朝里而去，很快到了宴堂。

萧永嘉早和那些女宾一道出来跪迎了。

高雍容疾步上前，亲手扶起了萧永嘉。

萧永嘉早已命人替她设了贵席，请她入座。

高雍容挽着萧永嘉先将她引回座席，自己这才入座，又叫众人也平身，全都不必拘礼。笑道："我从小失母，多蒙伯母照看，待我胜似亲女，伯母如我亲母。只恨从前远嫁，如今又整日待皇宫里，不能尽我一片孝心。遇了今日伯母喜寿，我来，是为贺寿，顺便看望家人。倘若因我在这里，叫大家都放不开手脚，那才是我的罪过了。"

众人见皇后丝毫没有架子，言辞敬孝备至，对萧永嘉愈发欣羡，渐渐也不再拘束，纷纷笑着附和。几个宫人又抬上了皇后精心准备的寿礼，或贵重，或稀罕。最前的两个宫人，一个跪举着一只描金红漆地的托盘，上头盛了一对镶金如意，另一个提了只鸟架，上头站了只通体斑斓的巧舌鹦鹉，脚上系着一根黄金链子，才逗了一下，张嘴便是"长公主康安如意"！

众人无不大笑，称赞不已。

萧永嘉笑道："皇后辅陛下于六宫，我不过是过个生辰而已，哪年没这一日？原本连今日这几席都懒得折腾，又怕被诸位说我托大，这才把大家请来热闹一下，劳皇后如此费心，实在是过意不去。"

高雍容笑道："伯母不必见外。今日是伯母的喜庆日子，侄女便是为伯母备再多的寿礼，也不足以表达侄女对伯母的一片拳拳之心。"

她起了身，取来那一双如意，亲手献上。

"这双如意，不过是为寻常之物，却礼轻情义重。侄女早就已经备好，逢令月吉日，特此献上。唯愿伯母从今往后，顺心如意，岁岁有今朝。"她注视着萧永嘉，面带欢笑，一字一字地说道。

傍晚，台城官衙里，高峤还未离去。

今天是萧永嘉的生辰，早几天前，她就对他说了不想大办，到时只请几个族人来家里坐坐便可。

前头那些年里，夫妇关系不好之时，萧永嘉日常极其奢侈，高峤也只看着，不敢说她半句。见她如今性子大变，不但温柔可人，连日常生活也不再讲究那些了，自然高兴，这回遇她生辰，他原本想替她好好办一下的，没想到她自己主动这么提了出来。

他本就是个礼奢宁俭的人，妻子都如此说了，便也不再坚持。今日心里一直记挂着，想早些回去陪她。眼见傍晚了，加紧处置了些事，剩下作罢，叫属官也都散了，要走时，却见萧道承来了，随从抱着一叠卷宗跟随，说有事寻他，只好又停住。

萧道承递上了一份名录，笑道："此为各地举荐上来的可用之材。陛下那里已是过目，皆准了。我知相公对此也很是关心，特意先将名录拿来，叫你过个目。知你忙碌，其中的出类拔萃者，我圈出了。相公若不放心，得空可亲自考察，无误后，陛下便下旨委任。陛下也是诸多感慨，道全都是仰仗了丞相之贤，朝廷才能有今日气象一新的大好局面。"

陆光死，许泌遭弹劾，实际半隐，受这场风波的牵连，朝廷里一下腾出了不少空位。这些天，按照用人一贯的察举征辟制，萧道承拟了这份新官员的任用名单，拿来给高峤过目。

需重新任用的官职里，有数个位置，均在五兵、吏部等要害部门，官职也是不低，很是重要。

高峤接过，看了一眼，见圈出的那几个，大多他是知道的，皆为地方方伯，或有威望，或有才干之名，浏览完名单，点了点头："我明日便看，看完上奏陛下。"

他说着，忽然想起一人。

"杨宣怎不在上头？"

萧道承摇了摇头："正想和相公说。实在可惜，相公虽数次召他，他却不肯归都。今日方收到的消息，他去往宣城请罪，许泌非但没有怪他，竟还杀了儿子许绰，说是以此告慰那些死去的北伐将士的英灵。"

高峤沉默了片刻，长长地叹息了一声："杨将军分明心有大义，却时运不济。如此忠烈之人不能为朝廷所用，实在叫人痛心！"

萧道承跟着唏嘘了几声，觑了眼高峤，见他望着外头的天色，笑着，又递上另一份卷宗，说："我知相公今日急着回府，好替长公主庆贺生辰，也不敢再留相公。只有最后一事了。此为秋后问斩的死囚卷宗，请高相公查阅，若是无误，便奏请陛下勾决，到时将这些人予以正法，一律问斩。"说着，命那随从将卷宗呈上。

此事干系人命，高峤一向重视。每有死囚，报上勾决之前，他便是再忙，自己也必会浏览一遍卷宗，以免造成冤假错案。他点了点头，翻了翻面前厚厚一叠卷宗，道："放着吧。我有空就看。"

萧道承应了，又道："这批要问斩的死囚，孤王都看过卷宗，无不是穷凶极恶之徒，死有余辜。只其中一人，事有特殊，孤王先在相公这里提醒一声，免得相公以为孤王滥用法度。"

"朝廷先前不是三令五申，天师教不得再停留建康从事活动吗？孤王知此事干系重大，相公先前提醒过后，孤王一直亲自过问。如今那些人多已离去。其中有一女教首，据说是个香主，名叫邵玉娘，却违抗命令，竟不肯离开，被官差抓了投牢，亦是抵死不走，狡辩说早已脱教，还留在建康，只为寻一故人。问她故人是谁，她却又不肯说。孤王疑心她图谋不轨，更是为了震慑那些沉迷其中的冥顽教徒，想着杀鸡儆猴，便将这女教首投了死牢，等到秋后，一并问斩。"

"我知道高相公对人命一向重视，也不敢自作主张。想着还是先告诉相公，到底是否问斩，由高相公你定夺。"

他翻出其中一册卷宗，递到高峤的面前。

高峤方才一听到这个名字，神色便动了一动，接过卷宗，迅速翻开，一目十行地浏览着，压下心中涌出的无比惊诧，看向萧道承，迟疑了下，问道："这个邵玉娘年岁几何？何方人氏？"

"三十五六，不肯道来历。但听她口音，祖籍应在江北。据说还有个弟弟，名叫邵奉之，亦是天师教的骨干之一。那邵奉之倒是机灵，朝廷禁令一下，人便不见了，应已早早离京……"

萧道承的话还没说完，高峤便已惊呆，视线盯着手中那份卷宗，突然回过神，问道："这个邵玉娘如今人在死牢里？"

萧道承点头："正是……"

高峤放下卷宗，抬脚匆匆出了衙署，一口气赶到天牢，报出死囚姓名，径直被带到了一间关着女囚的牢房之前。

牢里暗无天日，窄得连人都躺不直的空间里，角落被一只泄桶占着，臭气熏天。地上堆着杂乱稻草，蚊蝇飞舞。一个女囚蜷缩在里面，衣衫褴褛，身上带着拷伤，一动不动，看起来仿佛死了似的，一张脸被乱蓬蓬的头发遮住，看不清她的模样。

随同的狱官说道："高相公，这女囚乃是天师教的人，公然抗命，不肯离开，新安王疑心她另有图谋，遂打入死牢。这些时日一直病着，人都烧得糊涂了，也没吃几口饭下去，下官怕她死在此处，正寻思着上报……"

地上那个女囚仿佛被狱官的说话之声给惊醒，呻吟了一声，那张被乱发遮挡住的嘴里发出一句有气无力的低低嘶声："冤枉……"

狱官觑着身畔的高峤。

他的视线紧紧地盯着地上的女囚，神色很是怪异。

这些年，这也不是他头回下死牢亲自提审死囚了，狱官也是见惯不怪。便厉声喝道："邵玉娘，你可知此为何人？他便是当朝尚书令高相公！你口口声声说自己冤枉，却又不说实情，你又何来的冤屈？"

那女囚仿佛被针刺了一下，猛地抬起头，乱发翻开，露出半张面孔，眼睛睁开，视线落到牢门之外的高峤的身上。

那双原本已经看不到半分生气的眼如同被注入了什么东西，蓦然圆睁，定定看了高峤片刻，挣扎着从地上爬了起来，喉咙里含含糊糊地呜咽了一声仿佛带着哭腔的"高相公"，两眼一翻，人又一头栽倒在了地上。

狱官急忙打开牢门，上去探了下鼻息，又拍了几下她脸，见她双目紧闭，一动不动，忙道："应该是昏死过去了！"

高峤望着地上那个双眼紧闭的女囚，这一刻，他内心的震惊，几乎无法用言辞来形容。

虽然已经过去了将近二十年，但就在方才，他看到她露出来的这张脸时，依然还是认了出来。

竟然真的就是当年的邵玉娘！

他原本一直以为，这个邵玉娘早就已经死在了当年去往江北的路上，做梦也不会想到，她竟还活着。不但活着，还入了天师教，如今又因这身份被打入了死牢，以这样的方式再次出现在了自己的面前！

"高相公，怎么办？"狱官问他。

高峤定了定神："给她换个清净的地方，速召医来！"

狱官立刻安排，找来了一个身强力壮的婆子，将地上昏死过去的邵玉娘弄进上头一间好些的囚室里。没片刻，郎中来了，看了病，又被婆子喂了些汤水下去，终于，人苏醒了过来，慢慢地转过半张脸，看着高峤，一言不发，不停地流着眼泪。

当年高峤北伐受伤之时，邵氏姐弟前来送药，当时也照顾了他一些时日，对他是有救命之恩的。后来高峤带这姐弟回建康，发生了那些事。并且，就是因为她的意外死亡，才直接导致了他和萧永嘉这十几年来的夫妻离心。

可以这么说，在高峤的半生里，邵玉娘出现的时间并不长。掐头去尾，一年也不到。但这个女人加在他生活里的影响却不可谓不大，高峤便是想忘也忘记不掉。

以为早已死去的人，突然又活生生地出现了。

他此刻百感交集，无数个疑虑积在心里。见邵玉娘苏醒了，命人全部退出牢房，问道："当年你既然还活着，我后来派人沿江到处寻你们，你为何一直没有露面？又怎么加入了天师教？"

邵玉娘痴痴地望着他，哽咽道："高郎，当年我是出于对你的一片爱慕，一时糊涂做了那件错事，被你训斥过后，当时我便羞愧万分，下定决心，等寻到合适的落脚之地，便远远地走开，免得再被你瞧不起，被长公主怨怪。不承想，我还未寻到去处，长公主便派人来，气势汹汹地要赶我兄妹回江北。也是我做错了事在先，无可奈何，那日只能仓促去往渡口。"

"本想就此回了江北，往后便是死了也是咎由自取。万万没想到，长公主竟还不放过，原来她是一心想要我死，派人追杀上来。我被逼跳入江中，也算我命大，阿弟熟悉水性，落水后他将我死死护住，我兄妹二人抓住一段浮木漂了一夜，九死一生，被经过的船只救起……"

她落泪纷纷。

"高郎君，你本就瞧不起我，长公主又恨我入骨，一心要取我性命，我侥幸逃生之后，又怎敢再露面……"

高峤摆手，打断了她的话："你千万别错怪了人。当年那些拦截之人，和长公主没有丝毫的关系！她丝毫不知。那些人是郁林王妃朱氏所派。"

邵玉娘一愣，随即哭道："高郎君，朱氏可向你亲口承认，当年是她派人杀我？"

高峤摇头："即便没有亲口承认，也是一样。"

"高郎君，我听闻郁林王妃早已死于一场火灾。人都死了，旁人便是将她没有做过的事栽到她的头上，她也是无法自证清白。并非是我要在你的面前说长公主不好，而是一来朱氏和我素不相识，无冤无仇，她为何如此恨我，要置我于死地？二来……"她抹泪，低声道，"当日我被追杀时，曾亲耳听到扮作盗匪的吩咐手下，说长公主发过话的，不能叫我活着离开……"

"大胆！你竟敢污蔑！"高峤勃然大怒，厉声叱道。

邵玉娘打了个哆嗦，苍白着脸，挣扎着爬了起来，不住地磕头，泣道："若有半句不实，叫我不得好死！高郎君你不想听，我便再也不说了。原本当日就是我错在先的，我罪该万死，谁派人来要我的命，都是一样。"

高峤定了定神，慢慢地吐出一口气。

"罢了！你后来又是如何加入天师教，此次怎又不肯离开，以致入监？"

邵玉娘潸然泪下。

"当日救了我的船主，乃是天师教的一个头目，便是因此，我才加入天师教中。

"那头目当时便觊觎我，我一个弱女子，如何反抗？想着高郎君你瞧不起我，长公主不容我存活于世，我又失了身，怎么还有脸再回去寻你？只能含恨忍辱，委身于人。这些年，我被迫无奈，也做了些错事。但早就心生厌倦，不想再过这般日子了。奈何一入教门，又怎能轻易脱身？去年，我又被派去京口发展教众，迫于上命，还得罪了李穆。我早就追悔莫及，一心想要退出，却又不敢，怕教中人要对我姐弟不利。正好朝廷下令，不准天师教的人留在建康，我便偷偷留了下来，想借此躲过他们的控制。不承想又被官府的人抓了，说我图谋不轨，一番拷打，将我投入了死牢。

"这些日子，我被打得半死，又病得厉害，浑身没有半点气力。我原本以为，我就如此死在牢里了。没有想到，竟还能再见到高郎君你的面……"

邵玉娘哀哀恸哭，整个人瑟瑟发抖，最后哭得软倒在地上。

高峤望着，心烦意乱，忽然想起自己答应妻子，今日要早些回去的，定了定神，道："我知晓了。我会和人说的，将你从勾决单子里销去。你安心吧，先在此养着身体。我还有事，先去了。"

他转身要走，邵玉娘突然伸手，一把抓住了他的腿。见他低头望来，慌忙缩回手，怯怯地道："高郎君，求求你，千万不要叫长公主知道我还活着……先前我在京口，曾和她偶遇于路上，当时我挡了她的道，我本想退让的，奈何我当时坐于辇上，被身后教众推着前行，身不由己，长公主大怒，险些掀翻了我的坐辇。我很是怕她……现在她对我更是恨之入骨……若是叫她知道当日那女天师就是我，我还活着……"

她仿佛想起往事，脸上露出一抹恐惧之色，默默垂泪。

高峤眉头紧皱，转身走了出去。

那狱官还在外头等着，见高峤出来，忙迎了上去。

高峤吩咐他，暂时将里头那个女囚转到干净些的女牢里，再叫郎中给她继续看病，务必好生照看。

狱官顿时明白了。这女囚或是十分重要，或者，是和高峤有些故旧，看她虽半老徐娘，倒也风韵犹存，自不敢多问什么，连声答应。

高峤出了死牢，心事重重地回到家中。

此时天已黑透，萧永嘉的寿筵也近尾声了。

高峤得知高雍容来了，其余女眷也都是自家人，那县主也是认识的，不必避讳。匆匆换衣，压下满腹心事，赶去寿堂。

洛神知母亲一直在等父亲，久等却不见他回来。母亲看着还没如何，自己心里是真的着急了，正想起身再去前头瞧瞧，忽然，远远瞧见父亲身影出现在了堂外，正往这边来，忙迎了出去，低声埋怨："阿耶！今日阿娘生辰，你说好要早些回来的，怎又回得如此晚？阿娘一直在等你！"

"怪阿耶不好！怪阿耶不好！你莫恼！"高峤忙小声向女儿赔罪。

洛神回头看了眼正和边上县主在说笑着的母亲，轻声笑道："我是不恼，就怕阿娘心里恼了，嘴里却是不说。等下客人走了，阿耶记得好生向阿娘赔个罪。"

高峤点头，入内，停了下来。

里头的人，也都看到他了，一起瞧了过来。

高峤向高雍容行了个简礼，对众妇人笑道："今日阿令生辰，我本该早回，奈何衙署里又出了点事，被绊住了。有劳诸位过府替她庆生，她有孕在身，不能饮酒，我代她敬诸位一杯。"

早有一旁仆妇替他送上满杯。高峤饮了，众人便都叫好。

怀德县主却不肯轻易放过，要他再饮一杯，向萧永嘉祝寿。

当着众人的面，高峤有些拉不下脸，但见萧永嘉靠坐那里，笑吟吟地看着自己，厚着张老脸，也说了祝词，又喝了酒。

满堂大笑。

县主却还不作罢，说他连今日竟都迟归，要再喝一杯，方显他赔罪诚意。

高峤满口答应。县主叫人取来一只海碗大的杯，往里咕咚咕咚地倒满了酒，端着，要高峤喝下去。

妇人们恍然，都跟着起哄。高峤一边笑，一边不住地看向萧永嘉，投去求助的目光。

萧永嘉心里原是有些恼丈夫的。说好要早回，迟便罢了，事情再忙，何至于竟连个消息也不记得派人回来说一声。但此刻见他被县主如此捉弄，猜他急着赶回，晚饭必是没吃，已是空腹喝了两杯酒，这一大海碗再下去，腹胃怕是要受不住，便看向一旁的阿菊。

阿菊会意，正要上去替高峤解围，却听高雍容已是先开了口，笑吟吟地道："今日伯母生辰，伯父竟也迟到，原本当罚。只是伯父乃是被我朝廷之事给绊住的，若真要罚，本该罚陛下与我才对。不如由我代伯父喝了这一杯，好叫伯母消气。众位意下如何？"

说着，端了自己面前的酒，笑着看向众人。

县主和妇人们见皇后都如此开口了，也就作罢了。见高雍容喝了酒，纷纷喝彩。

萧永嘉看了眼高雍容，笑了笑。

高雍容又道："伯母身子重，想必乏了，大家今夜便先乐到此处，下回有机会再聚如何？"

寿筵已是闹了有些时候，妇人们见高峤回去了，本就有意告辞，听高雍容开口，纷纷点头起身，又叫萧永嘉不必出来相送。

萧永嘉怎肯托大？被女儿挽着胳膊，亲自将客人送出门去。

高雍容再三叮嘱萧永嘉，好生保养身子，又叮嘱洛神记得常来宫中走动，道自己很是想念她，然后坐上停在门外的凤车去了。

萧永嘉又送走其余人，被女儿扶着回来，没走几步，便见丈夫迎了出来。

高峤叫女儿回房歇息，自己扶住了萧永嘉的胳膊，小心地道："阿令，今日你累了吧？我送你回房去。"

一回房，高峤立刻向萧永嘉赔罪。

萧永嘉倒也没恼，只问他吃了晚饭没。得知他果然还空着肚子，埋怨了几声，便叫人送来先前特意替他留好的晚饭。

高峤揣着满腹心事，又何来的胃口，胡乱吃了些作罢。阿菊领仆人来服侍家主就寝。两人收拾完，也是不早了。

萧永嘉对自己的一头长发一向很是爱护，每晚睡前都要反复梳通，才会上床。今夜也是如此。

高峤坐在床沿上，望着妻子在镜前梳着她那一头垂落的长发，背影专心致志，似乎并没打算追问今晚迟归之事，原本忐忑不安的心情，终于稍稍平复了些，胡思乱想了片刻，想到今天她生辰，自己如此叫她等了一晚上，她却连半句责备也没有，不禁愧疚。压下心事，起身走了过去，来到她的身后，将梳子从她手里拿开，将她整个人抱起，送到床上，放躺了下去。

萧永嘉如今已有七八个月的身孕，肚子隆挺。

高峤放平了她，手掌轻轻抚她小腹，柔声道："你的头发已经很好了，不必再如此梳理。今日应当累了，歇息吧……"

萧永嘉点了点头，顺口般地又问："景深，今日可是出了什么烦心事？"

高峤心里"咯噔"一跳，一时不敢和她对望，借着帮她盖被的空，视线避开了，说："会有什么麻烦事？只是衙署里日常罢了，有些事紧急不可留到明日。我一时忙碌，竟忘了时辰……"

萧永嘉望着丈夫的一张脸，摇了摇头："你哄我。平常你也不是没有晚归过。我瞧得出来，今晚你回来和平常不同，你有心事。"

高峤心里发慌，脸上却依然勉强地笑："阿令，你莫多心，我何来心事？只是今日是你生辰，我说好早些回来，却又晚了……"

他声音渐渐轻了，望着萧永嘉投向自己的那两道带着审视似的目光，终于沉默了。

"要是朝廷里的烦心事，你不想说便罢，我也帮不了你什么。睡吧。"

萧永嘉不再多问，自己躺了下去，闭上眼睛。

高峤望了她片刻，慢慢地跟着也躺了下去，却如何睡得着觉？眼睛一闭上，脑海里便全是今夜和那邵氏见面的一幕幕，心底思虑重重。忽觉身畔妻子翻了个身。睁眼，见她背朝里，一只手压着腰，急忙驱散了心中的杂念，伸手过去，掌心贴于她后腰之上，替她来回抚揉。

过了一会儿，萧永嘉转脸道："咱们的这个孩子，比从前阿弥在我肚子里时，要皮了许多，有时把我折腾得……"

她叹气，眼中却满满是笑意。

"我好多了。你也累了，不必替我揉了，睡吧。"说着，又顺手替丈夫理了理鬓角，指端温柔，又带了几分亲昵。

高峤望着她，想她替自己怀着孩子，最近月份渐大，腰酸腿肿，晚上都睡不着觉，却无半句怨言，对自己还如此温柔体贴。那邵氏的事，若还是瞒着她，倒显自己心虚似的。

只要和她说清楚了，想必她便能理解。

高峤胸口慢慢发热，只觉再也忍不下去了，说："阿令，今日我确实遇到了件事。我若和你说了，你可不要生气。"

萧永嘉"嗯"了一声："我就知道你有事，说吧。"

高峤定了定神，鼓足勇气，终于把自己去了死牢，见过邵玉娘的经过说了一遍。见妻子的神色从乍听到邵玉娘这名字时的惊诧转为错愕，最后沉默下去，久久不言，慌忙解释："阿令，你千万不要误会！她还活着，我确实高兴，但绝无半分别意！只是想着当年她对我毕竟有恩，后来虽然做错了事，但也罪不至死。这些年她的经历，我方才也和你说过，很是坎坷，如今被投入死牢，更是阴差阳错，这是一场误会……"

萧永嘉忽然抬眸，打断了他的解释。

"罢了，你不必如此紧张。你当我还是从前年轻那会儿吗？她没死最好，省得我心里总觉欠了人家什么。"

高峤终于松了口气，感叹："阿令，你真好。我原本就是怕你多心，这才没有回来就和你说。你信我就好，我放心了。"

萧永嘉问了几句邵玉娘的情况，得知她入狱后被拷问，如今病得很重，高峤已叫狱官另给她安排牢房看病，点了点头，想了一下，又道："她应是恨极了我吧？在你面前，可有说我不好？"

高峤立刻想起邵玉娘指认妻子派人杀她之事。

他下意识地不相信，但看那邵氏也是信誓旦旦，不像是在说谎。

一来，事情已是过去了这么多年，人活着就好，高峤实在不想为这个和妻子再起纷争。二来，也有可能当日，是那些朱氏的人见邵氏姐弟跳水逃走，为了嫁祸，才故意如此说话，引出了邵氏的误解。

"她怎么会恨你？又怎会在我面前说你不好？你莫多想了。"高峤哄道。

"方才你说她做了天师教的香主，她从前可是去过京口？"萧永嘉问。

高峤一愣，含含糊糊地道："应是去过的……"

萧永嘉出神了片刻，慢慢地道："景深，她未在你面前说我的不好，我却要先做个恶人了。她既去过京口，我便想了起来，先前我在京口遇到的那个蒙面女香主，想必就是她。记得当日我和她相向而行，遇在道中，要她让道，不算错吧？她分明知道是我来了，还故意冲撞而来。你说，她恨不恨我？"

高峤忙道："这个她向我解释过的。说当时她坐于辇上，被信众推拥着前行，也是身不由己，这才无意冒犯了你，她亦很是惶恐。阿令你大人大量，莫和她计较了。"

萧永嘉淡淡一笑："从前她对你有救命之恩，后来因了我的缘故，险些丢了性命，侥幸逃生之后，这些年如你所言，过得又如此坎坷。如今既遇上了，你帮她一把，也是应该，我不会反对。方才和你提这小事，不是要与她计较，而是想提醒下你，莫忘了先前天师教在京口都做过什么。当时被敬臣阻止之后，为了报复还派人刺杀，敬臣和阿弥险些遭难。"

她自嘲般地一笑："大约是我做惯了恶人，心眼又小，看别人，难免和自己一样。并无别意，只是提醒下你。"

高峤一愣，迟疑了下。

"你说得在理。但她一介女子，死里逃生，沦落到天师教中，一些事情，想必也是身不由己。她自己也是说了，她早想脱身，做回个寻常百姓，奈何入教已深，先前一直难以摆脱，这才被迫做了违心之事。此次之所以违抗朝廷命令，私自留在建康以致被捉，也是想要趁这机会匿身脱教……"

他顿了一下，看着妻子。

"人孰能无过？我是想着，先叫她把病养好了，事情查清楚。倘若她真的洗心革面，痛改前非，便成全她，给她安排个稳妥的去处，也算是了结从前和咱们的是非恩怨。"

"阿令，你放心，我心里有数的，绝不会做对不起你的事。"高峤加重了语气。

萧永嘉望了丈夫片刻，笑了笑，说："我知道。"

萧永嘉的生日过后，洛神在家中又住了些日子，照着原本的计划，收拾起行装，打算接下来去京口那边住几个月。

说起来，自己这个儿媳，在嫁人后都没怎么侍奉过婆婆。也幸好阿家人好，从不计较这些。

临行前的晚上，洛神去萧永嘉房里陪她说话，叫阿菊这趟不必随自己，留在家中照看母亲最是重要。

萧永嘉笑道："我一切都好。你不在家，还是让阿菊陪伴着你，我才放心。"

阿菊看了眼萧永嘉，似乎欲言又止。

洛神又劝了几句，萧永嘉却坚持让阿菊同行，洛神知道母亲关爱自己，只得作罢。回房后，阿菊又来检查侍女们收拾好的行装，以免有所遗漏。

洛神看着她的背影，微微出神。

母亲自打生日过后，似乎有点儿反常。

她看起来其实和平常也差不多，但洛神就是有这种感觉，她似乎带了点心事，有时自己陪她说话，她听着听着，就会走神，仿佛在想什么。问她，她却又笑着说是无事，言笑如常。

她忍不住问："菊嬷嬷，我阿娘这几日可是有事？方才我见你在她跟前，似想说话。"

阿菊停了手中忙碌，转过身，看了洛神一眼，犹豫了片刻，摇了摇头。

洛神原本还是不大确定，问出了口，见阿菊这等反应，愈发肯定，这几天一定发生了什么事，于是屏退了人，说道："嬷嬷，你不要瞒我。阿娘若真有事，她不方便和我说，你一定要叫我知道。难道我是外人吗？"

阿菊再也忍不住了，走到她的身边，小声地道："小娘子，你如今大了，有件事，我告诉你也无妨！实在是太气人了！"

她靠到洛神耳畔。

"从前长公主和相公不和，小娘子你不是想知道缘由，曾多次问我，我却不肯告诉你吗？那时我觉得你还小，怕你不懂，不敢叫你知道。如今你也大了，告诉你无妨。全都是被一个姓邵的贱人给害的！那个贱人，如今竟又回来了！"

洛神一愣。

阿菊愤愤不平。见洛神一脸的不解，便把当年高峤北伐带回邵氏姐弟，长公主为报答，将邵玉娘接入府中，以贵客之礼相待，没想到，邵氏却趁着长公主不在，爬高峤的床，事发之后，引长公主大怒，逼她回江北，半道被人劫拦，最后跳江的整个经过说了一遍。

"原本以为她死了，没想到竟还活着，入了天师教。从前咱们在京口，不是有个女天师吗？那人就是她！装神弄鬼，做尽了坏事，如今竟还有脸露面又缠上高相公！最可气的是，高相公竟然还信了她那些鬼话，把她留在建康养着身体！

"叫我看，就是那贱人见天师教没前途了，见不得长公主的好，才故意把自己弄得如此凄惨，不过就是认定高相公心软，记着当年那么点救命之恩，又缠了上来！这种不要脸的贱人，爬床脱衣服的事都能干得出来，到了男人面前，嘴巴又跟抹了蜜似的，黑的能说成白的。偏偏男子还就信这一套。小娘子你说气不气人？"

萧永嘉的原话，自然不是这样的，甚至叫她出去打听消息时，情绪也是平静的。反倒阿菊自己气得不行，这会儿说起来，咬牙切齿，连声音都在发抖。

洛神简直是震惊了。

这么多年来，她一直很想知道父母到底为何不和，可惜从前没人和她说。后来父母和好，这个困扰她多年的谜团慢慢也就变得不再那么重要了。

她没有想到，今天竟从阿菊嘴里说了出来，更没有想到，这竟然就是这几天导致母亲情绪反常的原因。

"菊嬷嬷，你先莫气。你和我说清楚，这几日到底又是怎么一回事？"洛神终于反应了过来，急忙安抚她，又追问了一句。

阿菊长长地吐出一口气，稍稍平复了下心情，这才又继续道出事情的原委。

三天之前，高峤回来告诉萧永嘉，狱官上报，说邵氏病得很重，继续待在牢里怕是不妥。他知照了主管此案的萧道承，暂时将人提出，安置在了外头的一处住所里。

萧永嘉把事情告诉了阿菊。阿菊打发人去看，回来说那地方位于建康东郊，周围很是僻静。那个邵氏的弟弟邵奉之也跑了回来，照顾邵氏。

"你瞧着吧。她就是吃准了高相公心软，记人的好。这回好不容易又巴住了，病必会越养越重。等她能走，怕是要到猴年马月了！"阿菊冷笑着道。

洛神这才彻底弄清楚了来龙去脉，一时沉默，没有说话。

"罢了罢了，不说了。好在高相公这回没有瞒着长公主，事事告知。料那贱人也掀不起什么风浪。小娘子你心中有数就行。长公主也是不想叫你知道的。"阿菊检查完了行装，样样不缺，合上箱盖，转身对着洛神说道。

洛神想了一会儿，说："菊嬷嬷，你去告诉阿娘一声，我还是在家再陪她几日吧。过几日再去京口，阿家应也不会见怪。"

阿菊走后，洛神出神了良久。

原来这么多年以来，在父母不合的表象之后，竟然还横亘着如此一桩往事。

以她对父亲性格的了解，想必这许多年来，在他的心里，那个邵玉娘的死一直是块心病。

虽然当年邵氏做出过那样的事，但在父亲的眼里，错不致死，即便后来得知那些被派去劫持她的人和母亲无关，对于父亲而言，负疚之感想必始终未曾彻底消去。

如今，他以为早已死去的人竟复生了，父亲必定如释重负。

洛神觉得自己似乎能够理解父亲如今的做法。

但是，理解归理解，想叫她在这个问题上和父亲站同一立场，这是相当困难的一件事情。

姓邵的女人竟然就是当初在京口活动的那个蒙面女天师！

退一万步说，即便没有京口的事，洛神对这个女人的"复活"现身也是抱了极其抵触的态度。

父母两人在蹉跎了那么多年之后，好不容易终于和好，再过几个月，母亲就要生产了。她无法容忍这个女人在这种时候突然又现身，夹在父母的中间。

洛神太知道父母的性格了。

阿耶大约也是吸取了当年的教训，这回终于没有隐瞒阿娘，坦坦荡荡，但他却是个认死理的人。在他的眼里，邵玉娘或许依然还是当年那个对他有恩，因为一时犯错而遭到过度惩罚的女子。她侥幸死里逃生，这些年经历坎坷，诸多无奈，境况可怜，需要他的相帮。

阿娘也不再如当年那样冲动了。对于阿耶的举动，她看起来很是通达，但在她的心里，又怎么可能真的一直如此毫无芥蒂？

洛神不是信不过父亲，而是信不过那个女人。

就凭邵玉娘当初在京口干过的那些事，洛神真的无法相信她是完全无辜的，只是被迫行事。更何况，如今还用如此凑巧的方式，在父亲面前死而复生，博得他的同情，还顺利地落了脚。

洛神没法拿善意的目光去看待这一切。

她觉得邵玉娘别有用心。至少，对自己的父亲，她绝对怀了不可告人的心思。

阿菊那最后的顾虑，正是洛神的顾虑。或许，也就是阿娘的顾虑。

可是这种话，连阿娘都不好对阿耶明讲，更何况是自己这个做女儿的？

无凭无据，叫她怎么开口提醒父亲，这个女人极有可能居心叵测？

洛神眉头紧锁，反复思量，忽然想起了一件事。

当初在京口，天师教掳妇人吸引教众这事被查出来前，便曾有过品行不端的传言。有一回，街坊妇人来家中闲话，说是那女天师的弟弟借着传教，勾搭镇上一个年轻妇人，被那家人发觉，闹起来要送官，后来得了钱，事情才平息下去。

当时妇人们都笑骂天师教蛇鼠一窝，就没几个正经的人，洛神听过，也没放在心上，此刻想起，心里一动。

她想到了一个法子。

未必一定有用，但哪怕只是借此了解些姓邵的女人在诈死这些年中的经历，也比什么都不做，眼睁睁看着她用这种叫人无法拒绝的理由再次横插在父母中间要好。

洛神立刻写了封信，叫人去将阿菊唤来，和她说了一番话，叫她尽快悄悄把信亲手送给一个人，请她帮忙。

第九章 宫内之变

秦楼。

绿娘教完来学琴的女弟子，送走人，关门，对镜卸妆。

脖颈上的那道伤痕，印子褪得越来越浅了。

她有些不舍，心底深处，倒似是希望这伤疤永远都不要褪净才好，因此早已停用了那人送来的药膏。

那人很是精明，这事却糊涂得很。每次路过，上来坐时，问她伤口如何。听她说疤痕未消，便隔三岔五不停地送，存胭脂的匣里已是堆了好几只尚未启口的药瓶子了。

视线从镜中那段玉颈侧的伤痕，慢慢地转落到脸上。她怔怔望着镜中那张还当花信的容颜，眉间渐渐爬上一缕愁绪，出神之际，忽然听到门外传来一阵上楼的脚步声，仆妇叩门，道有人寻她。

绿娘正想回绝，听有另一妇人说道："娘子，我是替人传信的。"

绿娘一怔，感到这声音有点耳熟，急忙起身开门。

门外立着一个中年妇人，态度恭敬，向她行了个礼，笑着递来一封信。

绿娘立刻认了出来，这妇人正是那晚在船上，伴于李夫人身畔的那个仆妇。

她极是意外，忙接信请她入内，关了门，又引她入座。

妇人自称阿菊，道小娘子还在等她回去，不敢坐。

绿娘明白了，立刻拆信。

果然是李夫人的亲笔所书。

绿娘看完信，没有丝毫犹豫，立刻道："烦请嬷嬷代我向夫人传话，说我记住了，必会安排妥当，尽早给她消息。"

阿菊上前，握住绿娘的手，低声道："我家小娘子叫我再转你一话。这回的事，只要娘子答应相帮，不管最后消息如何，小娘子便又欠了你一个天大的人情，往后必会相还。"

阿菊朝绿娘一笑，松开手，留下一只钱囊，快步离去。

建康东郊，距离城门数里之外，一乡野，村居院落。

邵奉之来此已有十来天了。周围僻静，往来只有村夫，白天人也寥寥。他又被邵玉娘叮嘱，不得潜入建康寻欢作乐。他知道事关重大，自然不敢妄为，但这样的日子，叫过惯了放荡生活的他形同入牢，颇有度日如年之感。

幸好这几天，终于叫他在附近得了一个极有乐趣的好去处。

说来也是巧，那日他送走替邵玉娘复诊的郎中，回来在村道上闲走，偶见一辆小车从近旁走过。赶车的是个老苍头，车旁跟走了个十几岁的使唤丫头。那车只是乡下极其普通的青毡围车，却挂了幅桃红色的帘子，立刻吸引了邵奉之的视线，盯着瞧时，帘子掀开，里头露出张年轻女子的脸，十八九岁，风姿绰约，桃花媚眼，勾人魂魄。女子和看呆了的邵奉之对望，嫣然一笑，放下帘子，慢慢离去了。

邵奉之当时便心痒难耐，偷偷尾随，跟了上去。那车停在数里之外河畔的一间独宅之前，屋子占地不大，筑有围墙。女子下了车，仿佛有所感应，回头远远看他一眼，又是一笑，袅袅婷婷，身影这才消失在了门后。

邵奉之又怎看不出来，这女子对自己应也有意？看她容貌美丽，如此穿衣打扮，又独自住在这种地方，倒颇像是建康城中那些大户男子安置在外的外室。

乡间生活枯燥，不知还要在此停留多久，忽然有了猎艳目标，他又怎会轻易放过？在附近徘徊良久，又爬上墙头窥探，发现里头除了那个老苍头和小丫头，另外只有一个粗使仆妇，不见男子，胆子便大了，上去敲门，只说是口渴路过，求碗水喝。当时被引进去，女子却未再露面，门帘之后只露了半只桃红绣鞋，立了一立，随即离去。

邵奉之借故在那户人家里停留许久，始终未再见那女子现身，只能怏怏离去。走在路上，心里正盘算着明日如何再来，小丫头竟从后追了上来，递上一方帕子，道是他方才落下的。他接过那方分明是女子的罗帕，看见上头竟然留了字，约他半夜再来，顿时欣喜若狂，回了居处，若无其事，等到半夜，偷偷溜去赴约。

女子果然替他留了门，悄悄引他入内，灯下相见，容貌愈发动人，自称名叫阿桃，且果然如邵奉之先前所猜，是个京中官员的外室，原本住在城里，不料前些时日被夫人发现，容不下她，被迫搬到乡下躲避，日子也没多久。官员惧内，只叫她安心在此住着，说有空便来看她，一连多日，却连个人影也瞧不见。

阿桃说起，满腹牢骚。邵奉之甜言蜜语安慰，很快郎情妾意，解衣登床。

这女子不但貌美，床上手段更是过人，邵奉之得之，如获珍宝。这几天，夜夜等到半夜，趁着邵玉娘睡了，自己偷偷溜去私会。昨夜却因阿桃说那男人要来看她，幽会被阻，邵奉之辗转反侧，只觉相思如狂，好不容易今晚能去了，实在等不到半夜，天一黑，见邵玉娘那屋的灯灭了，立刻溜了出去，再次来到阿桃的住处。

阿桃今夜不但等他，精心打扮，还特意准备了一桌酒菜。

一夜未见，如隔三秋，两人相见愈发亲热，吃酒作乐，半醉逍遥之时，阿桃忽然流泪，伤心说道："我本良家女子，奈何家贫，因为有几分姿色，被那糟老头儿霸占，过着如今人不人鬼不鬼的日子。老头儿活着，我勉强衣食有靠。万一哪天他死了，或是被他夫人逼着弃了我，这世间恐怕便再无我的立足之地了。"

美人如此伤心落泪，邵奉之心疼不已，张口便说要保她下半辈子荣华富贵。

阿桃呸了声："说得好听！我都委身于你了，对你痴心一片，你却根本就没把我当成一回事。到如今还只知道你一个名字，住在附近罢了，每晚都是来了就走，连个囫囵夜也未曾陪过我！家里必定有人，我也不用指望别的了。况且，你当我刚来这里不知道吗？附近不过都是些土里刨食的乡野村户，你便是家里有几亩地，又如何保我下半辈子荣华富贵？"

邵奉之腹内酒意一阵翻涌，直冲而上："我家里没人，不过一个阿姊，管我严了些，不许我在外过夜罢了。你莫小瞧我！莫说我祖上从前在江北是望姓大家，只因时运不济，如今败落。便是我，不久之后，必定也是要再次飞黄腾达，富贵不可限量！"

阿桃方才还在落泪，这会儿却忍不住笑得前仰后合，指着邵奉之说："哎哟，你这牛皮吹的，快把我这屋顶都掀翻了！赶快打住吧。我和你相好，一没图你钱财，二没要你名分，本就只是爱慕你的人才风流，更没指望过你富贵腾达，你何苦又拿这话来骗我呢？"

邵奉之正在兴头上，看她样子分明不信自己，如何还忍得住，面红耳赤地说："新安王听说过吧？建康城中的大人物！我那个亲阿姊，便是新安王的心腹，正在助他大事！等日后事成，荣华富贵唾手可得！我这话，哪里骗你了？"

阿桃双目微动，笑着问是何等大事。

邵奉之搂住阿桃，笑说："你管何事？总之有我，你放心便是。日后等我富贵了，少不了你的好处。"

阿桃终于面露喜色，愈发柔媚承欢。邵奉之得意扬扬，不觉醉酒，一觉醒来，已是下半夜了，虽还不舍离去，却知今夜自己溜出得早，怕邵玉娘发觉了，不敢再留到天明。和阿桃依依惜别，约好明晚再来，匆匆离去，回了居所，也不走院门，从矮墙翻墙入内，蹑手蹑脚正要回自己的屋，邵玉娘那屋的灯亮了，门打开，那个从牢里跟过来的，既伺候也兼看守的婆子走了出来，叫他进去。

邵奉之无奈，硬着头皮入内。邵玉娘打发走了婆子，命他关门。

邵奉之见她靠坐在床上，伤病还没好，一脸病态，盯着自己的两道目光却极是严厉，问他去了哪里。

他起先还想隐瞒，只说自己睡不着觉，出去赏月吹风了。邵玉娘又怎会相信，再三追问。邵奉之知道瞒不过去，终于吞吞吐吐承认，道前些日偶然认识了一个做人外室的女子，两人好上了，晚上刚从那女子住处回来。

邵玉娘强行忍怒，挣扎着从床上下来，悄悄到门窗处先察看了一番，这才转身，低声叱骂："那婆子从牢里跟我来此，高峤不知，我却知道，她必是新安王的人。我这里一有异常，他那里就会知道！我受了这么多年苦，忍辱负重，好不容易走到了这一步，眼看就有希望了。我想着你是我的亲弟弟，往后有事还要靠你，这才将你留在我的身边。你怎么如此不争气？才几日，竟就给我拈花惹草。这里人生地不熟，万一疏忽坏事，我和你何去何从？你以为经过这回的事，教首还能容我？这边不成，咱们能像以前一样再回天师教去？"

邵奉之知道，大约半年前开始，自己的姐姐得到了建康城里一位大人物的暗中庇护，这才得以在朝廷禁令之下，依然留在建康。

那位大人物，便是新安王萧道承。

萧道承一向信奉天师教。在新帝登基之时，教首吴仑还曾得以入建康朝贺，当时被请入新安王的王府，奉为座上宾，这并不是什么秘密。后来，高峤限制天师教的活动。除在各郡县下发限令之外，建康更是颁布了严厉的禁令，他们这些人才不得不离开建康。

多年以来，新安王以奉教为名和天师教往来，继而暗中渐渐施加影响。如今的这位教首吴仑，便是当年在江中救起邵玉娘和邵奉之的人。当时他已是坛主，就是在新安王的扶持下，他才于数年之前登上了教首之位。

因为邵玉娘和吴仑的特殊关系，邵奉之也得以知道了些关于天师教的机密之事。

邵奉之远远算不上什么聪明人，但也不蠢。天师教弟子众多，民间信众更是广布。他知道新安王想控制天师教，为他所用。吴仑对新安王表面上毕恭毕敬，但是吴仓这个人也远不似他表面看起来那么简单。

吴仓的家世，追溯起来也和邵氏姐弟差不多，从前在北方有头有脸，朝廷南渡之后，家道迅速沦落，到了这一代，已是籍籍无名，完全被排斥在了上升的官途之外。

如此乱世，朝廷羸弱，但凡有点儿能力的人，谁不想做一番大事？

吴仓也是个野心勃勃的人物，表面上依附于新安王，借助他的势力，终于做了天师教的教首，但这几年，暗中一直在积蓄力量。可笑新安王竟然浑然不觉，还以为自己一直牢牢掌控着天师教。

年初，高峤开始打击天师教。新安王不敢和高峤力争，暗中命令吴仓暂时顺着朝廷，收敛势力。吴仓对此很是不满，但他知道时机还没成熟，不敢造次，只能答应下来，含恨离开建康。

但是邵玉娘却不肯走。就是在那个时候，她暗中去寻了萧道承。萧道承得知她和高峤从前的渊源，狂喜，将她秘密留在了建康。

那个时候，邵奉之就明白了，自己的姐姐是想要借机彻底抛开天师教，投向萧道承。

她在教中多年，又曾侍奉吴仓，知道许多天师教的机密。一旦吴仓知道她越过自己投了萧道承，怎么可能留他姐弟活于世上？

邵奉之顿时被邵玉娘的这番话给点醒，后怕不已，慌忙认错。

邵玉娘沉着脸，问那和他幽会的女子的详情。邵奉之不敢再隐瞒，老老实实地说了出来。

邵玉娘眉头紧蹙，骂道："这种京官外室，你竟也敢勾搭？被人发现，找上门来，如何收场？一旦坏了事，又如何向新安王交代？"

邵奉之冷汗直流，不住地发誓，道再也不敢去了。

邵玉娘又问他，有无向那女子透露过身份。

邵奉之忙道："阿姊放心，我连报给她的名字，也是假的……"

他说着，突然想起一件事，脸色微微一变。

邵玉娘立刻便觉察了，追问他是否和那女子说过不该说的话。

邵奉之起先不敢承认，被一再逼问，终于吞吞吐吐地道："我今夜多喝了几杯，一时失言，在她面前，仿佛提过一句阿姊和新安王的关系……"

邵玉娘大怒，狠狠扇了他一记耳光。

邵奉之捂住脸，慌忙道："阿姊息怒！我只就如此提了一句。绝未再多说过半句别的话！应当无事的！"

邵玉娘为博取高峤的同情，先前在牢中，受的拷打和后来的病痛，全是实打实的，毫无半点作假。此刻怒火攻心，人一时站立不稳，摇摇欲坠，被邵奉之一把扶住了。

她定了定神，慢慢地转过脸，眼底闪过一道阴冷之色。

"那户人家一个也不能留。今夜你就回去，趁着他们不备，给我把事情办掉！"她一字一字地说道。

深夜，秦楼的门被一个老苍头给叩开了。

没过多久，一辆小车从秦楼后门悄然离开，去往高氏府邸。

子时末，小车停在高家后门的巷子口，绿娘从车中下来，匆匆来到那扇门前。

她深夜亲自而来是为送信，信是交给高家小娘子的。

后门这里的门房，早些日前便已得过洛神的吩咐，说若有人来给自己送信，无论何时，便是半夜也要立刻通知。

那封送来的信很快转到了洛神的手里。

那日传信绿娘之后，这些天，洛神一直在等她的消息。

前几日，终于来了一个好消息，说是她安排的人进展顺利，一旦打听到了什么，立刻给她送来。

又等了数日，今夜终于有了新的消息。

洛神从睡梦中被唤醒，匆忙起身开门，接过阿菊递入的信，看了一遍，吃惊不已。

"怎样？打听到了什么？"阿菊在旁举着灯火照亮，催问洛神，神色有些激动。

绿娘用的那人据说极是机灵，如此半夜送信，打听到的消息必定重要。何况看小娘子这表情，绝对不是小事。

洛神反应了过来，心中的惊诧简直难以言表。

她实在没有想到，请人通过邵奉之去了解邵玉娘的平生经历，竟会引出如此一个平日她根本没有多加留意的大人物。

新安王萧道承！

绿娘信中说，事情未必做准，也有可能是邵奉之在阿桃面前吹嘘。但因事关重大，阿桃不敢耽误，趁邵奉之睡去，当时就打发老苍头连夜送信，她便也连夜转信，以供洛神自己定夺。

倘若邵奉之的话是真的，事态实在是超出了洛神原本的想象。

她又看了一遍，压下加快的心跳，持着信立刻去往父母居所。

深夜，高峤依然迟迟难眠。

他心事重重，听着身畔的妻子终于发出了沉睡的均匀的轻微呼吸之声，悄悄起身，出房来到书房，点亮烛火，坐于案后，再次取出一封信，展开，又读了一遍。

这信来自李穆，是前次营救陆柬之成功之后他发来的。当时一起来了两封。一封写给自己的女儿，这封写给自己。

李穆在信里向他讲了长安的状况和陇西的局势，表述了他接下来意欲平定陇西的计划。

这些都在高峤的意料之中。

叫高峤感到意外的，是他在信末附上的一段话。

李穆说，出兵之前，那日三人议事过后，新安王曾又与他私下谈了一番话，言明利害。言谈间多有劝自己明哲自保之意。新安王想必也是出于一番好意。但自己愚钝，又身为外臣，对士族皇室间的利害纷争，向来不大关心，亦不可理解。此次写信，忽然想起这桩旧事，依然不解，遂随笔添上，盼日后若有机会，能得高峤指点，以示迷津。

信末的这段话，看似仿佛真的只是他随笔添注，在向高峤求教。但以高峤对他的了解，怎可能相信？看到的第一眼，便知李穆言下之意。

他分明是在委婉提醒自己，新安王阳奉阴违，有意借此机会削弱世家，从中渔利。

世家倘若彻底落没了，谁是最大的受益者？

高峤心知肚明。

对于高峤来说，即便知道新安王乃至他身后的帝后真有这样的意图，他也不会感到惊讶。

朝廷为官几十年，他见过太多如此的阴谋和算计了。

倘若这是真的，他唯一的感觉便是绝望，彻底的绝望。

他知道李穆不会凭空捏造，但他真的不愿相信，萧道承和年轻的帝后，也与他们之前的萧室一样，将皇室和世家的权力之争放在了家国之上。

新登基的帝后和他们随后表现出来的一言一行，曾让高峤原本已经起了退念的疲惫的心再次慢慢复苏，甚至起了希望，再次生出了一种南朝或许能够就此中兴的幻想和期待。

正是因为有了这种希望和期待，哪怕再累，他也是甘之如饴。

但是，就是李穆信中这段看似轻飘飘的话，在高峤的心里扎入了一根刺。

他表面上若无其事，但那天之后，面对着萧道承和对自己言听计从的帝后，心里总是不自觉地生出一种淡淡的绝望之感。

他希望这只是李穆多心，希望那日萧道承和他私下的一番谈话，只是出于萧对局势误判而导致的一种悲观坚持罢了。毕竟，当时当着自己的面，他也曾反对过出兵。

但心底，那种隐隐的不祥之感却始终挥之不去。尤其最近这事如此巧合，恰好又和萧道承有关。

高峤视线落在信上，眉头紧锁，忽然，听到门外传来几下轻悄的叩门之声，接着，门被推开了。

高峤抬头，见女儿竟站在门口，不禁惊讶，将信收起，问道："这么晚了，你怎么还没睡？"

洛神入内，望着父亲，说道："阿耶，女儿前些日瞒着你，做了件要被你责备的事。但女儿打听了到一个消息，事关重大，女儿自己不敢妄下论断，请阿耶定夺。"

她将那封信呈了上去。

父亲很快便走了。

洛神望着他匆匆而去的凝重背影，眼前却还浮现着片刻之前他刚看完这信时的眼神。

当时他脸色发青，视线僵在了手中那张纸上。他盯着信的眼神，与其说是震惊，倒不如说是失望，极度的失望。

洛神甚至有一种感觉，父亲眼底里的某种光芒，就在那一瞬间熄灭了。

这薄薄的一张纸和上头的那些字，正如她的所愿，证实了她原先的猜疑。这一刻，她原本应当感到轻松，但是她却没有丝毫的轻松之感。

因为父亲的反应，她的心里甚至感到难过。

那些披着或伪善无辜或道貌岸然面孔的魑魅魍魉，在太阳之下纵情狂欢，翩翩起舞，而真正肯为这个风雨飘摇的朝廷和国家做些事情的人，不但负重前行，步履维艰，还要时刻提防着隐藏在黑暗里的不知何时便要杀出的伪装和欺骗。

建康这座皇城里，布满了层出不穷的阴谋，充斥着防不胜防的背叛。

耳畔忽然响起了这一句话。

她想起来了。这是那一夜，她的郎君李穆曾对她说过的一句话。

门外传来一阵轻微的脚步之声。

洛神抬眼，看见母亲来了。

"阿娘！"洛神急忙迎上，扶住了她。

"你阿耶走了？"萧永嘉问。

洛神望了眼同行的阿菊，知她应把事情告诉了母亲，点了点头："阿耶出城去了，嘱说不要走漏风声。"

萧永嘉慢慢坐了下来。

洛神见她面带倦色，眼睛下方一圈淡淡青色瘀痕，劝道："阿娘，你放心去睡吧。阿耶对那个邵氏，最多只是感念旧恩，别无他意。何况又知道邵氏听命于新安王了，更不会再听信她的花言巧语。"

萧永嘉摇了摇头。

"阿弥，你以为阿娘还会担心你阿耶对这女人有意？年轻时他便无心，更何况是现在？只怪阿娘从前不懂事，没处理好事，以致引发仇怨，祸绵至今。如今阿娘也只担心你阿耶过于念旧，万一被人蒙蔽，惹祸上身。"

"这回的事，你做得很好。那位绿娘，从前先替敬臣作证，如今更是帮了这个大忙，日后定要好好谢她。"

洛神说："我知道。"

萧永嘉沉吟了一下。

"还有那位阿桃，她身边可有人跟着？邵氏这趟回来，处心积虑，必定处处小心。万一被她知道邵奉之在外吐露了消息，我怕她会对人不利。"

"阿娘放心。绿娘先前安排她过去时，持我手书，向李都卫借了人，在那里一道住了下来，以防不测。况且，阿耶今夜也会寻她问话的，问完了话便会送她回城。"

萧永嘉点头，出神了片刻，慢慢地道："今晚建康指不定会出什么乱子，叫高七把人全都叫起来，不要睡了。门闭紧，拿好家伙，以防万一。"

月黑风高，四野无人。

邵奉之走了数里的路，悄悄又回了阿桃的住所之外，在附近徘徊了片刻。

四周黑漆漆的，看不到半个人影，院中屋里的人此刻必定也在熟睡着。

邵玉娘逼他杀死阿桃，以除后患。

杀了阿桃，为了避免被牵出自己，那几个见过他的仆从，自然也要一并弄死。

对付这几人，一个老苍头和几个女流，对于邵奉之来说，并不是什么难事。

但一口气杀这么多人，还不能让官府查到自己的头上，最稳妥的办法，就是先杀人后纵火，让别人以为这家人今夜全都死于一场意外大火。

他犹豫了半晌，终于拍开了门。

阿桃仿佛刚从睡梦中被惊醒，披衣出房迎他，睡眼惺忪，打着哈欠，问他怎么又去而复返。

邵奉之看了眼屋里还没收拾掉的残酒，叫那仆妇下去，关了门。

"你不是埋怨我没有陪你过完一个囫囵夜吗？我阿姐睡死了，我实在是想你，索性又回来，今晚就陪你一个囫囵夜。"

说着将人抱了起来，放在床上，怀中摸出一方包着东西的手帕，笑嘻嘻地递了过去，说道："瞧瞧，我送你的，好东西。"

阿桃接过，打开帕子，见里头包了一只通体碧翠的玉镯，"哟"了一声："真送我的啊？"

"极好的琼玉。快试试，看合腕不？"

邵奉之催她。

阿桃眉开眼笑，拿起玉镯，冲着烛台上的火照着，欣赏着镯子水色，嘴里说："不是我不信你，我从前听说啊，有人拿不值钱的珉石哄人，说什么价值千金，不就是欺负人不识货吗？你说，拿不出来就算了，拿个石头雕的破烂跳脱冒充，这也太缺德了……"

邵奉之盯着她的背影，嘴里含含糊糊地附和着，心中七上八下，眼前忽然掠过邵玉娘盯着自己的那两道阴冷目光，一咬牙，抬起双手，十指蓄力，箕张如爪，正要从后掐住她的脖颈，冷不防见她转头，吓了一跳，两手一时收不回来，僵在半空。

"你做什么呢？"阿桃睨了眼他朝着自己伸来，却又硬生生架住的两只爪状的手，笑眯眯地问。

邵奉之面露尴色，忙收手。

"还能做甚？我这不是想抱你吗？快叫我抱抱，才分开这么一会儿，便想死我了——"

说着，笑嘻嘻地要抱她。

阿桃掩嘴笑，忽然指着他身后，道："你瞧，后头还有人呢。"

邵奉之一愣，下意识地回头。

身后空荡荡的，并不见人，正要转头，耳畔"嗡"的一声，后脑随之剧痛，仿佛被人击了一记闷棍，猛地回头，见阿桃手里抓着烛台，底座一角仿佛沾上了点暗红的颜色。

邵奉之定了定神，抬手摸了摸后脑勺，手掌心里一片血迹。

他怒目圆睁，和阿桃对视了片刻，突然露出凶光，弯腰，从靴筒里一把拔出匕首，朝她刺去。

阿桃飞快后退，伸手扯了扯墙上的一根绳，外头响起铃声，那声未落，"砰"一声，房门被人一脚踹开。

邵奉之转头，吃惊地看到冲入了两个孔武汉子，一左一右朝着自己扑来。

两人身手极是敏捷，下手又狠，邵奉之还没来得及反应，人已被死死按在地上，双臂反扭在后，关节犹如折断，疼痛难当，惨叫了一声，匕首脱手而出。

阿桃将玉镯套到自己腕上，理了理散乱的鬓发，这才袅袅行来。

"好歹也是相好过一场，我方才分明提醒过你，后头有人，你就是不信。这不，转头就吃了个亏。罢了罢了，你既无情，也别怪我，翻脸不认人了。"说完双手叉腰，狠狠踢了地上的邵奉之几脚，这才看向对面二人，娇笑道，"多亏两位哥哥机警，救了我一命。下回有空，记得找我，我给哥哥唱曲儿听，不要你们的钱。"

这两人都是李协的手下，一人吃饱全家不饿的主，平日杀人放火不带眨眼，这些天被派来这里保护阿桃，事情轻松，却是受了不少煎熬。无事藏在柴房里，邵奉之来与阿桃相会，便守在外头，约定以拉绳响铃代表危险。

这几天，响铃没听到，隐隐约约地，却是入耳了不少屋里发出的亲热之声，此刻见她这般模样，面红耳赤，哪敢多看，三两下打晕了邵奉之，将人拖了出去，绑牢，关在了柴房里，等着天明上报。

邵奉之从昏死中苏醒，回想方才之事，这才彻底醒悟，自己应是落入了一个精心设计的圈套，悔恨万分，想要逃走，却又哪里来的机会再让他脱身？正惶恐之时，忽然听到外面传来一阵脚步之声。

柴房的门被打开了，门口站了一人。

邵奉之抬起头，借着门外那些随从手中举着的火杖之光，看清来的是个中年男子，眉目清朗，姿容儒雅，两道目光却极其严厉，正落在自己身上。

"就是他！说他阿姊是新安王的心腹，方才还想回来杀我！"阿桃出来指认。

邵奉之刹那间心如死灰，恐惧不已，跪在地上，不住地哀求饶命。

高峤赶到安置邵玉娘养病的地方，到了，见门扉紧闭，一片昏黑，命人破门入内。

婆子趴在地上，不敢抬头，邵玉娘仿佛也刚从睡梦中被惊醒，从床上挣扎着坐起，有气无力，怯怯地望着高峤。

高峤命人将邵奉之带了进来，冷冷地道："邵氏，你先是勾结新安王，假意入狱蒙蔽我。今夜你的这个好弟弟想要杀人灭口，也是你指使的吧？"

邵奉之瑟瑟发抖，跪在地上，不敢看向邵玉娘。

邵玉娘脸色苍白，定定地望着一脸怒容的高峤，半晌，一言不发。

"邵氏，新安王和你处心积虑谋算于我，到底意欲何为？"

高峤见她不说话，勃然大怒，拔剑指她。

两行眼泪，从邵玉娘的眼中倏然滚落。她从床上挣扎着爬了下来，跪在地上，泣道："高相公，我认罪！先前入狱确是有意为之，今晚叫我阿弟杀人，也是我的指使。但我真是迫于无奈！我是被新安王逼的！"

"半年之前，朝廷下了禁令，不许我等滞留建康，我想走时，新安王寻了过来，以我姐弟性命为胁，要我听命于他。我入狱，得见相公之面，全都是新安王的安排！他此前有过严令，道不得向外人透露半句我听命于他的话，否则叫我阿弟死无葬身之地。新安王心狠手辣，什么事都干得出来，若是叫他知道了，我阿弟必定没命。我实在惧怕，迫于无奈，今夜才叫我阿弟杀人……"

她哀哀痛哭，不住地磕头："全是我的错，和我阿弟无关。高相公你要杀，杀我便是！求你看在当年情面之上，怜我这些年的不易，饶了我的阿弟。往后我必洗心革面，再不敢做这些罪事了……"

高峤双目赤红，咬牙切齿。

"邵氏，你还知道自己做下罪事？从前你做的事，尚可以你身在教中，身不由己为由开脱。事到如今，你却还是一错再错，罪行累累！便是我高峤念旧容你，国法也是难容！"

邵玉娘慢慢抬起脸，望着高峤，泪眼蒙眬地道："高相公，你说的是。我当年有幸结识你，被带回建康，便是为奴为婢也是我的福分，我却一时糊涂做下错事。那时便是死了也是我罪有应得，偏侥幸逃生，从此身陷污泥，身不由己，忍辱活到今日……"

"我父母早亡，家族无靠，多年以来，和阿弟相依为命。当日被新安王如此威胁，连教首也听命于他，我一个弱女子，还能如何？当时本也想过去向相公求救，却怕再次引来长公主的误会猜忌，若是惹你夫妇再次不和，我欲如何自处？实在不敢，无可奈何，最后只能照他吩咐行事……"

"新安王要你图谋为何？你还不从实招来！"高峤打断了她的话，厉声喝道。

"我早就想向相公禀明了，只是从前太过惧怕他们。今日我也不怕了，我全说出来！我在天师教多年，知道些天师教的秘密勾当。新安王和天师教从前往来，表面看起来是在奉教，实际上是暗中控制了天师教。他命教首吴仓发展教众，多地暗蓄兵器，以助他日后图谋作乱。我这话千真万确，没有半分作假！新安王逼我欺骗高相公，目的也是为了博取相公你的信任，好将我安插在你身边，伺机而动，好方便他日后的大事。”

高峤额头青筋跳动，握着剑的那只手，微微颤抖。

“高相公，你千万不要被新安王给蒙蔽了。他表面忠善，实则心机深沉，以退为进，利用你和帝后对他的信任，意图瓦解世家，操控帝后，等待日后时机成熟，他再谋划大事！”

眼泪从她面庞流下，她的神色凄凉无比。

“该说的我全都说了。我知我罪不可赦，再无颜苟活于世，我这就去了，只求相公，看在往昔和今日我将功折罪的分上，饶我阿弟不死，我感激不尽，来生我再做牛做马，报答相公！”

她白着张脸，摇摇晃晃地从地上爬了起来，闭目，朝着高峤手中握着的剑尖，挺胸，猛地扑了上来。

高峤略一迟疑，立刻收手，却还是迟了些，剑尖已入邵玉娘的胸，刺入寸余，随着高峤收剑，一道鲜血从她胸口伤处汩汩而下。

邵玉娘发出一道痛苦的呻吟之声，一头栽倒在地，不省人事。

“阿姊！阿姊！”邵奉之爬到邵玉娘的身边唤她，涕泪交加，又不住地求饶。

高峤盯着邵玉娘那张双目紧闭，不见半分血色的脸，双眉紧皱，眼皮子不住地跳，沉吟了片刻，命人将邵氏姐弟带回城中投牢，旋即出来，唤来同行的李协，低声嘱咐了几句。

李协吃惊，自然无不遵照，一行人立刻纵马，朝着城里方向，疾驰而去。

深夜，一道人影从皇宫的一扇小门里进去，畅行无阻，一路疾奔，很快到了皇后高雍容的寝宫之外。

皇帝今夜依旧宿在华林园里。高雍容从睡梦中被惊醒，听完密报，脸色煞白，在寝宫里来回不停地踱步，焦虑万分。

消息来自于邵氏身边的那个牢婆。

牢婆原本是被萧道承收买的，命她监视邵玉娘。但萧道承没想到，高雍容竟对他也留了一手，暗中将那牢婆又收为己用。

今晚邵奉之猎艳失口，邵玉娘为绝后患，逼迫邵奉之去杀人灭口，这件事自然瞒不过牢婆。邵奉之去了后久久不回，更不见期望中的火光生起，邵玉娘和牢婆便知事情有变。牢婆当时秘密招来眼线，去往阿桃住处打探消息，得知邵奉之极有可能已经被抓。

当时邵玉娘就意识到，自己应该是中了圈套，极其恐惧，叫这牢婆立刻去给萧道承通报消息，自己也想先逃，被牢婆给阻拦下来。邵玉娘这才明白，原来身边这个牢婆，竟也不是萧道承的人。

牢婆当时对她说："你还能去哪里？你们中了高峤的圈套，和新安王的关系败露，就算此刻运气好，被你逃走了，你以为日后你还有机会复仇？"

"长公主当年害你至此地步。你若逃走，往后，你就只能躲在见不得人的暗处，看着她生儿子，和高峤夫唱妇随，白头偕老。我若是你，这般活着，必定比死还要难受。"

"如今你还做梦，想再靠着新安王？高峤知道了新安王拿你算计他，还能容他如同从前？"

"贵人说了，只要你听话，不但保你不死，日后必定还会帮你复仇。"

就是如此几句话，叫邵玉娘死心塌地，再次投靠了那个"贵人"，在高峤到来之后，说了那样一番话。

对于高雍容而言，之所以选在这个时候让萧道承放出邵玉娘，是因为陆家已彻底退出朝廷，许氏也龟缩了起来，一批日后将要听命于皇权的新的朝廷势力正在慢慢培植起来。

世家对朝廷的掌控开始减弱，如今只有高峤独大。

在高雍容的计划里，她是想让邵玉娘接近高峤，离间高峤夫妇，最后若能以当年旧情打动高峤，将人收了，则从此如同在他身边安插了一个耳目。

令她万万没有想到的是，这么快，邵玉娘和新安王的关系就暴露在了高峤的面前。

一旦新安王在高峤那里失去了他那张忠直的面具，对于高雍容而言，这个人便再也没有利用价值了。更不用说，高峤再追查下去，新安王势必牵出自己，那么从前所有的谋划都将化为乌有。

倘若面临如此境况，她只有两种选择。

要么保新安王，两人合力，和高峤翻脸，铲除高峤。

要么弃车保帅，斩臂保命，舍新安王，继续留用高峤。

对于她来说，这其实远远不是什么难以定夺的抉择。

就如今的朝廷局势而言，十个新安王也比不过一个高峤。

在自己能够彻底完全地掌控这个朝廷之前，高峤和他所代表的高氏，对于她的作用无人能够替代。更何况，新安王也并非真的一定就对自己死心塌地。

就在这一刻，高雍容忽然感到无比的庆幸。

幸好自己未雨绸缪，算无遗策，在放出邵玉娘这枚棋子之前，早早就做好了万一事情败露的准备，在邵氏那里安插牢婆的时候，便提早叮嘱过牢婆应当如何说话行事。

高峤今夜应当就会对萧道承动手。情况紧急，留给她的时间不多了。

她不再犹豫，很快下了决心，唤来亲信，命即刻赶往新安王府，递送消息。

王府距离皇宫不远。今夜举办了一场宴乐，才结束不久，宾主尽欢。萧道承喝得半醉，搂着一个宠妾正酣眠于榻，突然被人唤醒，道那牢婆遣人送来了急报，立刻酒醒，急忙召见。得知竟是自己安排邵玉娘入狱、命她接近高峤的事情败露了，邵玉娘今夜已被高峤所控，为保命，将事情全都推到了他的头上，诬陷他图谋作乱，惊惧万分，一时方寸大乱。

这几年间，在朝廷里，虽然他也开始扶植自己的势力，拉拢了一拨拥有军队的地方方伯，但和高氏相比，他的那点军力和威望如同流萤之于星月，完全无法相提并论。这也是为何他格外看重天师教的缘故。

在高峤下了那道禁教令前，他借着奉教之名，对天师教在各地招募弟子的活动，大开方便之门。天师教教众遍布大虞境内，倘若发动起来，将会成为一支何等壮观的力量！从某种意义上说，掌控天师教便也如同掌控了一支变相的庞大军队。

教首吴仓对他言听计从，朝廷里，随着陆、许两家的败落，自己的人也正慢慢提拔而起。

他正春风得意，做梦也未曾想过，今日竟会在邵玉娘这道他原本很是放心的关节上，出了如此一个致命的纰漏！

高峤得知这些事情，要对付他，轻而易举，他又怎会放过自己？

前半夜喝下去的酒顷刻间化为冷汗，从萧道承全身上下的每一个毛孔里争先恐后地渗出。

他跳了起来，立刻要去皇宫，又猛地停住脚步，招来自己的亲信，递出手令，命迅速召齐听命于自己的羽林军，以刚刚获悉北方奸细潜入建康为由，连夜把控住四边城门和皇宫各门，不许任何人马进出，再派出一队人，去往高家附近埋伏下去，一旦得令，立刻冲进去拿人。安排妥后，火速赶往皇宫，叫起了高雍容。

高雍容从寝殿出来，坐了下去，犹打着哈欠，不快地道："何事？如此深夜，还来此扰我？领你进来的虽都是亲信，但皇宫眼杂，万一落人口实，该当如何？"

萧道承喘息未定，将自己方才收到的消息讲了一遍。

高雍容露出惊骇之色，猛地站了起来："该死！竟然会出如此纰漏！这可如何是好？"

萧道承道："我收到了消息，入宫就是和你商议此事。你先安心，我已有应对。

高峤既知道你我谋算于他，岂会容忍？方才我已以抓奸细为名，调动了人马，暂时把控住了四边城门，不如就趁这个机会杀了高峤！"

高雍容仿佛吃了一惊，不语。

萧道承力劝："你不要怕，只要你点头，杀高峤的事，交给我来做，他死了，对外宣称暴病便可，后头也有我替你和陛下挡着！如今朝廷局势已和从前大不相同了，朝廷新臣皆出自你我，你又是高家之人，只要你出面说话，广陵军若敢生变，那便是公然造反！他们未必就有这个胆子。且不瞒你说，我也已有一支军队，虽暂时不能和广陵军相比，但加上天师教的助力，真若有事，未必不能和广陵军一拼！"

"且你莫忘了，吴兴王如今在封地，活得可还是好好的！高峤知道了你和陛下对他的谋算，怎么可能像从前那样倾力相助？以他的势力，要废立一个皇帝还不是一句话的事？当断不断，反受其乱！"

高雍容仿佛有所动心，却还是犹豫不决。

萧道承焦躁不已，催促道："李协听命于高峤，人马又多于我。留给你我的时间已是不多！此刻你若再犹疑不决，明日这个天下怕就要换个模样了！"

就在这时，殿外一个宫人急奔入内，声音惶急，喊道："皇后，不好了！都卫的人和羽林军在城门附近打了起来！"

"皇后，高峤都动手了！你竟还没想好？"萧道承作势，手握佩剑剑柄，上前厉声喝道，双目盯着高雍容，隐隐露出威逼之态。

高雍容面露惊慌："我若是答应，此刻要我做何事？"

萧道承松了口气，立刻道："只消你将陛下符印交给我，我将全部羽林和宿卫军调来，便能控制建康城，拿下高峤！"

高雍容点头："好，我这就叫人给你取！"

她后退了几步，高声道："来人，取陛下符印！"

话音刚刚落下，只见殿内殿外幕帘之后，突然之间拥出了几十名手持刀斧的宫卫，将萧道承团团围在了中间。

萧道承双目陡然圆睁，一把拔出佩剑，厉声道："高雍容，你想干什么？"

高雍容立在宫卫之后，面上再见不到半点方才的惊恐之色，盯着神色大变的萧道承，冷冷地道："新安王，有件事你弄错了。高相公是知道了你在利用邵氏谋算于他，并不知道我。你是为了自己，这才撺掇我去杀他。我好好地做着我的皇后，为何要跟着你害自己的伯父，杀大虞的朝廷肱骨？"

萧道承惊呆了，双目死死地盯着高雍容，犹如第一回认识她似的，一时间竟连方才的愤怒表情也消失了。

"好，好！"他的脸色青了白、白了青，声音微微发抖，"原来你竟是如此一个心机深沉之人！怪我眼盲，当初竟会被你蒙蔽！狡兔死，走狗烹！我费尽了心机助东阳王登基，又助你将许、陆两家赶出朝廷，替你笼络人心，培植势力，末了你竟如此对我！真是最毒妇人心！早知你如此，当初先帝死时，我就该顺高峤之言，自己登基上位，又何来今日，落得如此下场？"

高雍容冷笑："你当我不知？你暗中和天师教往来，难道不是为了图谋日后大事？如今任用的那些官员又哪个不是先言新安王后知陛下？至于当初，你力辞我伯父抬举，看似无心皇位，其实不过只是因你尚有几分自知之明罢了！

"当时我伯父心生去意，谁人不知？你威望不够，势力不足，朝廷被世家把持，你若上位，少了我伯父的倾力相帮，你萧道承算个什么东西，仅靠你自己，能坐牢皇位？最多不过又是一条被世家拿捏在手上的可怜虫罢了！

"你打的主意，不过是借我之手，将世家先行除去，等你羽翼丰满，把持住了朝廷，日后，陛下与我，还不是由你拿捏？"

"你这贱妇！"萧道承破口大骂，挥剑胡乱劈杀，状若疯狂。

"杀了他！"高雍容喊道，声音尖锐无比。

萧道承身中数刀，转头要逃，却又如何逃脱得掉？才跑了几步，便被宫廷侍卫拦住，刀斧再次相向，顷刻间又中了十来下的砍杀，倒在了血泊之中。

大量的血迅速地从他身上那一道又一道的纵横伤口里涌出，而后蔓延开来，淌在平滑的宫殿地面之上，闷密的空气里也弥漫了一股浓烈的血腥之气。

高雍容命人都退了出去，慢慢地来到萧道承的身边，蹲了下去，凝视着地上那个还没死透，一双眼睛死死盯着自己，翕动着唇，用含混的听不大清楚的恶毒之语诅咒着自己的男子。

她充耳不闻，仿佛在回忆着什么，神情渐渐变得柔和，又带了些伤感。

"原本我想着，日后，只要你不逼我太甚，我便绝不先和你翻脸，毕竟……"她停住，闭目，长长地叹了一口气，慢慢地睁开眼睛，"今日之事，只能怪你运气不好。我是实在没有办法。更何况，你也死得不冤。你安心去吧。你的儿子们，我会给他们一个痛快的……"

"毒妇……你必不得好死……"萧道承目眦欲裂，涌着血的嘴里，突然吐出一句清楚的咒骂之声。在说出用他胸中残余的最后一口气所发的这咒骂之后，身体痛苦地扭曲了一下，再也不动了。

高雍容盯了地上尸首片刻，神色渐渐转为冷漠，慢慢地站了起来，坐回到了自己的位置上。

第十章

贻我握椒

和母亲的预想一样。

毫无预兆地，这一夜，到了凌晨大约丑时，夜的宁静被打破了。

当时洛神伴在萧永嘉的身畔，高七忽然跑来，说府邸外头被羽林军给包围了，问话，道是今夜城中发现了北方来的奸细，新安王正全城缉拿，为免惊扰高家之人，特意派了那些人来保护。他已按照长公主之前的吩咐，将前后大门闭死，全部家丁持械，守在门后，严阵以待。

满府仆妇侍女很快也都得知消息，猜到城里必是出了什么乱子。

这些年外头虽不太平，隔三岔五地出事，今天东南贼患，明日藩王作乱，但建康城却一直平平安安的，从没出过这样的意外。众人起先有些担心，但见主母端坐前堂，神色沉静，丝毫不见慌张，渐渐便也定下了心神。阿菊和管事将人全都集在了后院，落锁连通前后的那道垂花门，洛神陪在母亲的身边，开始了等待。

外头被包围，消息传不进来，也不知此刻城里到底如何了。

洛神没有想到，原本只是为了探查邵氏的一个举动，无意之间竟会引出如此一场乱子。

她陪在萧永嘉的身边，在仆妇和侍女的面前，看起来亦是镇定自如，和自己的母亲没什么两样，但是心底却有些担忧。

新安王竟然敢派兵来包围自家了，很明显，他先前处心积虑将邵玉娘推到父亲身边的目的绝非一般，今夜必是知道事情败露，父亲不会容他，这才狗急跳墙，孤注一掷。

她担心在外的父亲，更担心家里这么快就被围住，消息进不来，也出不去，万一那些人丧心病狂强行攻门，高七带领的这群家中随从恐怕难以支撑。

仿佛为了印证她的担忧，没过多久，外头忽然发出一阵鼎沸似的喧嚣杂声，守在垂花门后的仆妇惊慌地来报讯，说叛军开始攻门，又放了火，人站在院子里，都能看到前后门的方向跳跃着一片火光。

后院的气氛一下又紧张起来，仆妇侍女们再次露出惊慌之色，纷纷看着萧永嘉。

萧永嘉神色凝重，却稳稳地坐着，一动不动，只叫人再去打听。

叛军并没有打进来。

大约一炷香后，外头的嘈杂声渐渐消停，仆妇又跑了进来，这回脸上带笑，说方才那些叛军企图攻入之时，李都卫带了一队人马赶到了，镇压了叛军，只有几个家丁受了轻伤，其余人皆安然无事。

众人无不松了一口大气，面露喜色。

离天亮还有一会儿，前后门的火被扑灭后，萧永嘉叫高七安顿好那几个受了伤的人，便命跟前的仆妇侍女都散去歇了。

李协很快来见萧永嘉，报上了消息。

洛神这才知道，新安王不但连夜调人企图控制城门，还把持住了皇宫的大门。父亲带人也赶往皇宫去了，不知事态到底怎样。

李协禀完情况便匆匆离去。

母亲已经熬了大半宿，家门外的险情既解除，洛神送她回房，和阿菊一起服侍她躺了下去。

萧永嘉拍了拍身边的位置，示意洛神也躺下，将女儿搂入怀里。

洛神闻着母亲身上散发出的她从小就很喜欢的那种好闻的淡淡幽香，低声道："阿娘，叛军打门时，你都不慌。"

萧永嘉道："阿娘也慌。但阿娘知道，你阿耶会记着咱们的。"

洛神点了点头。

"莫担心了。今夜虽事发突然，但你阿耶必定能处置。你若实在睡不着，便陪着阿娘，咱们一道等你阿耶的消息。"

洛神贴在母亲的胸前，手轻轻搭了过来，小心地护着她的肚子，慢慢闭上眼睛。

这一夜，建康城里的许多居民，并不知道到底发生了什么，却也和高家人一样彻夜无眠，在周围那些时近时远的打杀声和士兵调拨跑动所发的嘈杂声里关紧门户，心惊胆战地熬等天亮。

天亮了，最后的消息终于传了回来。

萧道承带人闯入皇宫，企图挟持皇帝，调动羽林军和宿卫营士兵为己所用，以诛杀高峤。不料因行动仓皇，事先不知皇帝今夜宿于华林园，来不及过去，便改而逼迫皇后索要符印。皇后虚与委蛇，与之周旋，假意答应去取符印，趁其不备，以利刃刺了萧道承，自己不幸亦被他反伤。正千钧一发之时，所幸有忠心宫人在萧道承违例深夜强行闯入宫中之时便觉察不对，暗中出去唤人，宫廷侍卫及时赶到，一番搏斗，终于将萧道承等人当场诛杀。

高峤赶到皇宫，那些听命于萧道承、正把着皇宫大门的羽林军见萧道承迟迟没有出来，本就心虚，再见高峤露面，越发没了底气，无心抵抗，很快便缴械投降，让出了道。

高峤奔入内殿之时，看见满地血泊，横七竖八倒着十来具尸体，萧道承刚刚气绝不久，身上中了几十下被刀剑砍杀过后的伤，伤口还在流血，形容恐怖。

皇后高雍容也受了伤，且伤势不轻，左胸上方侧肩的位置被萧道承用剑给刺透了。

她的半边身子和胳膊染满鲜血，那只手却还死死抓着能够调动羽林和宿卫营官兵的那枚符印，不肯撒开。

高峤当即叫人传来太医替皇后治伤，知悉皇帝宿在华林园，派人过去保护，随即出宫，控制住王府中人，又连夜捉拿同党，清剿那些还在负隅顽抗的人，一直到了天亮才彻底平息变乱，召集百官，说明事由。

百官昨夜在家，谁人不知外头动静。只是大多数人还是云里雾里，只知道是萧道承突然作乱所致，也不知他好好的为何如此。等得知事由，原来竟是图谋不轨被高峤发现，狗急跳墙，深夜逼宫，意欲挟持帝后诛杀高峤。震惊之余，无不义愤填膺，痛斥萧道承看似面目忠善，私下里竟狼心狗肺，欺君罔上，险些酿成大祸，又纷纷检举他平日隐匿起来不为人知的罪行，人人和他划清界限。

东阳王登基之后，萧道承因为受到高峤的信用，几乎参与了每一项朝政的决策和实施，也因为他萧姓皇室的身份，在皇帝跟前出入频繁，成为犹如架在了皇帝和朝臣中间的一道桥梁。他在朝廷的地位和声望与日俱增，先前便隐隐有赶超许、陆，成为继高峤之后的朝廷第二人的架势。

不过一夜之间，事情竟来了如此一个此前谁也无法想象的转折。他人虽死了，但这场变乱余波对朝廷内外的影响之大不言而喻。

接下来的几日，全城宵禁，高峤每日早出晚归，处置着这事的后续。

洛神知悉高雍容受伤不轻，次日便递奏折，折上列了母亲和自己的名，请求入宫探望。等了几天，终于获准，高雍容派人回话，叫她入宫便可，请萧永嘉在家务必保养身体，不必为了探望自己费事出来。

洛神立刻去了皇宫，被引入时，宫人说皇后殿下那夜受伤不轻，又受了如此大的惊吓，精神也很是不好，太医叮嘱静养。这几天，想入宫来探望的命妇无数，皇后谁也没见，今日洛神是第一个。

"那夜，那逆贼威逼皇后殿下，殿下为保陛下印信，不让那逆贼奸计得逞，不惜以命相抗，这等气魄，何人能及？"

宫人向洛神描述着那夜萧道承如何带人强行闯入深宫，如何威逼皇后索要印信，皇后如何临危不惧，刺伤萧道承，被反伤后还死死护着印信的一幕，绘声绘色，好似当时自己便在现场目睹似的。

洛神随着宫人匆匆入内，看到高雍容躺在床上。

事情已经过去几天了，她面上依旧不见血色，胸肩裹着伤布，人看起来还很是憔悴。但见到洛神显得很是欢喜，坐了起来，大约不小心牵了下伤口，轻轻"嘶"了一声，面露痛楚之色。

洛神急忙上前，扶住她，叫她躺下去。

高雍容摇头笑道："我不过是伤了只肩膀，一边胳膊动不了而已，又不是人残废了，老躺着也是腻了。早就想和你说说话了，偏偏太医啰唆，道我不好见人，只能忍到今日。你来得正好，快坐！"

洛神坐到她的身旁，从送药进来的宫人手中接过药碗，用调羹舀了，轻轻吹凉，说道："我阿娘知阿姊你受伤不轻，叫我传话，让阿姊你莫再为后宫杂事分心，自己好生养伤，身体要紧。"

高雍容忙叫洛神替自己回去转达对伯母的道谢。

"阿姊，那夜实在凶险。你玉体金贵，万一有个闪失，如何是好？当时又何必和那逆贼以命相搏？幸好吉人天相，没出大事。只这样，也已经够叫人担心的了。"

高雍容笑着，叹了口气："你说的何尝不是？我如今想起也是后怕。只是当时也不知怎的，想到若是叫他得逞，拿了陛下印信调了兵马，对伯父不利，那该如何是好，一急，只想拖住他，也就没想那么多了。"

一旁的宫人都笑了。

一个资历老些的插嘴道："便是大臣们也无不被皇后举动所感。这几日，听陛下言，收到的折子里，除叱那逆贼之外，多有对皇后殿下的表颂。"

高雍容摇了摇头："我已对陛下说了，那些表颂我一封不要，叫全部发回。我只怪自己，先前竟丝毫没有觉察萧道承的面目，更未提醒过陛下，以至于被蒙蔽至今，险些酿成大祸。"

她的神色转为肃穆。

"那些如今上表称颂我称颂得越是厉害的，先前称赞萧道承时也越是不遗余力。这些人，也不是说全都无用，但也只限于做些小事罢了，真遇到家国大事，朝廷靠的还是伯父和妹夫这般的栋梁之臣。妹夫如今还在陇西作战，朝廷还要仰仗伯父，只要伯父安然无恙，我受点儿伤，又有何妨？"

洛神望着面前的皇后，自己从小处到大的堂姐，心中此前生出的一些疏离和疑虑，渐渐又变得摇摆不定了起来。

"阿弥，你在想什么？"高雍容忽然问。

洛神回神，笑着摇头："没什么。"

高雍容却仿佛突然想起了什么，屏退左右，低声说道："阿弥，天师教那个姓邵的妇人，我已看过她的口供。萧道承和天师教勾结，认识了这妇人，如此巧，得知她和伯父伯母多年之前竟认识，还有过一段旧事。此事你可知道？"

洛神含含糊糊应了一声。

"萧道承这回本想将这妇人安插在伯父身边，利用她从前和伯父的关系，充作自己耳目，没想到被伯父察觉，面目暴露，这才狗急跳墙，妄图作乱。他死了罪有应得，这个邵玉娘的罪，可死，可活。但我的意思也是严惩不贷，将她处死，免得伯母烦心。只是又想到她是伯父旧日相识，对伯父还有恩，阿姊思前想后，又觉得还是不便插手，故交给伯父自己处置了。万一伯父于心不忍，饶了她的性命，伯母那里，还望阿妹替我解释几句。"

洛神见她脸上露出为难之色，道："阿姊放心。我阿耶定会秉公处置，且无论是死是活，我阿娘也并非不明事理之人。"

高雍容松了一口气，笑道："如此我便放心了。你多陪陪阿姊，不必急着回去。"

洛神被高雍容留了大半日，用了晚饭，天黑方出宫回家，见了萧永嘉，将自己白天入宫的经过讲了一遍。讲到邵氏时，迟疑了一下，终于还是简单提了句："阿娘，我想着，阿耶无论如何处置，必会秉公。"

萧永嘉握了握女儿的手，笑道："阿娘知道。说起来，这回能揭出此事，全是你的功劳。如今无事了，阿娘这里一切也都好，你不必记挂，早些去京口侍奉你阿家吧！"

洛神应好，伴着母亲又说了些闲话，到戌时中刻，下人进来说高相公回了，比前几日都要早，急忙去迎父亲，叙了几句话，便从父母房中出来，回屋再次收拾预备动身要带的行装。

那边，萧永嘉问高峤吃饭了没，听他说在衙署已经吃了，便要帮他换衣服，高峤忙扶她坐了回去，嘱她不要乱动。自己收拾完了，也没去书房，叫妻子躺下，抱起她的腿脚。

随着月份渐大，萧永嘉的双脚和小腿肚慢慢有些浮肿了，走路也不大方便了。

高峤替她揉捏着腿脚，动作温柔，力度极好，只是不大说话。

萧永嘉道："你若有事，说便是。"

高峤望了她一眼，欲言又止。

"可是邵氏的事？"

高峤终于点头。

"阿令，是这样的，邵氏虽累罪不轻，但在萧道承谋反一案里，属于从罪，加上她先是供出了萧道承的谋反之事，后又说出数个天师教秘藏武器的械库，也算是将功折罪，我与刑部议定后，决定免了死罪，判她姐弟流放。"

他说完，望着萧永嘉，神色中带了些小心。

萧永嘉"嗯"了声："这种事，你自己定便是了。倘若她罪不至死，我难道还像从前那样，非要她死不可？"

高峤迟疑了下："另外便是流放时间。她伤病未好，近期大约是走不了的……"

萧永嘉笑了一笑："那就等伤病养好再走吧。"

高峤凝视着她，双手慢慢地停了下来。

"你这么看我做什么？"萧永嘉瞥了他一眼。

"阿令……你没有误会我，我极是感激……"

他过来，将妻子紧紧地抱住，低头亲吻着她的发顶。

萧永嘉在丈夫的怀里，略微挣扎了下，终于还是静了下来，慢慢地闭上了眼睛。

她知道丈夫对邵氏没有男女之情。

但或许是一种错觉，在他的心里，邵氏应该一直都是从前那个救他于险难的温柔多情的小女子。而自己，在他潜意识里印象最深刻的，大约永远都会是当年逼迫他赶人，又提着剑威胁要去杀人的样子吧。

又过了几天，一场大雨，将被封的新安王府门前的石狮上的血迹也给冲得干干净净之后，建康城便仿佛忘记了那一夜的凶险和变乱，街道上车水马龙，人来人往，再次恢复了从前的平静和繁华。

没有谁能想得到，在刚刚终结掉新安王这个堪称大虞南渡以来隐藏最深的阴谋家的诡计之后，建康皇城这几十年来所维持住的平静和繁华，很快就要被一场前所未有的兵变给打碎了。

洛神自然也毫无察觉。

她辞别了父母，坐船在江上走了几天之后，来到了京口，回到了李家。

阿家和阿停对她的再次到来极是欢喜，整个京口镇的人没两天也都知道李穆的夫人、高家的那位女郎，又回了这边来侍奉婆母了。那几日客人不绝，洛神忙忙碌碌，恍惚间，仿佛又回到了自己刚嫁来京口时的那段日子。如今想起，倒也有些留恋。

那时候，至少李穆没什么事，一直都是陪着她的。虽然那会儿两人关系很是别扭，但即便是新婚之夜，自己抽出匕首对付他的那一幕，此刻想起，也觉得如此的好笑。

到了这里，或许是处处勾出她回忆的缘故，她愈发地思念起他了，甚至梦中也全都是他的影子。

但是京口到长安，距离是如此远，双鱼难至，青鸟不来，她不知他如今近况如何，更不知道，他收到自己之前回他的那封信，到底读懂了没有。

日子便如此在暗暗的想念里，在长夜灯火的陪伴之下，无声无息地流淌而过。

两个月后，这一年的十月，江南红叶翻飞，橘黄蟹肥，隔着千山万水，远在陇西的李穆，于这个秋风瑟瑟、芦草枯黄、鸿雁急归的深夜，在军中大营的他的将军帐里，对着一盏萤烛，终于读懂了自己那个小妻子之前寄给他的那封信。

刚收到回信的时候，他看着夹在书中的那朵干了的锦葵和那一枝香花椒，莫名其妙，以为书里会有她留的字，结果翻遍了也不见半个，百思不得其解。

本想拿去向蒋弢请教，转念一想，这是小娇妻寄给他的私信，怎能拿给别人去看？

再想，他的阿弥心思巧慧，既然给自己回了这么一封信，一定不只是一朵花、一枝香花椒这么简单，必定另有意思。

既都夹在书里，她想对他说的话，不定就在书中。

他这才又翻了翻书，发现是册诗经。

从他小时记事起，家堡便是战地。读书认字之后，所习之书，以兵、法、史居多，至于诗经这种多男女慕悦者，从未留意。

也是从那日收到她的回信开始，每逢战事间隔有空，他便取出那册诗经，一篇篇地读下去。转眼三两个月过去了，陇西战事已近尾声。虽然一直还是没有读懂她的意思，倒也替他打发了不少因了思念她而孤枕难眠的深夜时光。

今夜更是如此。

这个白天，他的大军刚刚打下秦城。

自今日起，陇西之地从胡返汉，彻底易主。

军中犒赏，士兵欢庆，他倒并无很大的激动。只在身处如此一个从充斥了铁血和烈酒的夜晚里安静下来的深夜，识过了滋味，对她的思念也就变得愈发强烈了。

他习惯般地又拿出那本已被他翻得有些磨了边的诗经，从前次翻过的地方，继续翻了下去，翻了两页，翻到那篇《陈风·东门之枌》时，视线忽然停住。

> 东门之枌，宛丘之栩。
> 子仲之子，婆娑其下。
> ……
> 榖旦于逝，越以鬷迈。
> 视尔如荍，贻我握椒。
> ……

东门榆树绿荫蔽日，宛丘柞林枝繁叶茂，她在绿树下婆娑起舞。

相亲的日子里，英俊的小郎君从人群里挡住了她的道。

他的眼里，她粉红的笑脸美得像一朵锦葵花。

拿什么表达她对郎君的相思呢？

不如赠他一枝紫红色的香花椒吧。

李穆今夜喝了些酒，本就带着浅浅的醉意。

这一刻，关外深夜寂寂，他孤枕难眠，就在终于读懂她给他的情书之时，他只觉自己醉意渐浓。

他深深地嗅着那或许还残余着她指香的早已干枯了的花，想她，想和她在一起时度过的每一个夜晚，想得如狂，竟似再也无法抑制住对她的那种思念和渴望，最后只能出去，在军营近旁那条已被关外秋寒给浸得凉透了的河里冲了个凉，这才终于压下了满腹热火，双腿分立于水中，闭目，长长地透出了胸中的那口热气。

"郎君，你想奴了？"

身后忽然传来一道女子的声音，娇柔婉转，酥若入骨。

李穆一愣，蓦然，浑身血热。

今夜是真的醉了，否则为何连她的声音竟也这般突然幻现在了自己耳畔？

他猛地转身，看见河滩一丛芦苇之后竟走出了一个女子，袅袅婷婷。

月光照出了那张曾无数次入他夜梦扰他心神的娇面。

水畔洛神，赫然映入他的眼帘！

他的一双瞳孔，蓦然放到了最大——这是人在突然看到心爱之物时的最本能的反应。

她笑面盈盈，俏生生地立于水畔，视线亦是落在了他的身上。

李穆方从水中拔立，赤身立于其中，水面没到了他的大腿。他浑身湿淋淋的，泛出一层油亮般的水光，身躯伟岸，肌理分明，每一块贲露在外的隐隐起伏的虬肌之下，仿佛都隐伏着随时便能爆发而出的可怕的巨大力量。

月光之下，他整个人看起来，犹如一尊自上而下的发着叫人崇拜的凛凛神威的战神之像。

她的目光一时停在了他的身上，隐隐地浮出一缕若有似无的烟迷之色，情不自禁，从他面庞下落，沿着胸膛、腰腹，一直往下，最后定住了。

不过须臾，李穆双瞳缩沉，片刻之前，眼底那片因为乍然看到爱物而显出的欣色，消失得无影无踪。

他的目光瞬间转为冰凉，面无表情，迎着岸边女子的目光，涉水上岸，拾起方才脱下了放在滩石之上的衣裳，穿了回去，转身，冷冷地道："慕容喆？"

那女子一愣，终于从他身上收回目光，回过了神，变得神色如常，娇笑着点头："我还以为，至少能骗你再多说几句话呢。"

这回的声音已是变了，恢复成了她的本音，只是语气亲昵，仿佛两人关系亲近，向来便是如此熟稔。

李穆道："把脸去掉！"语气冷漠，带着命令的口吻。

慕容喆轻轻摸了摸自己的脸，非但不肯去，反而向着他靠近了些，双目柔媚，望了过来："李刺史，你不觉得，我此刻和你夫人看起来也无什么两样吗？我可是费了极大功夫。如此月夜，你既思人，我扮给你瞧，岂不正好？"

李穆微微眯眼，眸底蓦然掠过一道阴沉的凶光，手微微一动，便已拔剑出鞘，剑锋闪烁，朝着对面女子的那张脸削了过去。

"找死。"

他的话音简洁短促，不闻怒意，却也不带半点感情。

慕容喆没料他一动就下杀手，大惊，急忙闪避，用尽全力往后仰去，堪堪避过了迎面削来的剑，却还是感到面门一凉，额头一片头发已被剑锋削断，簌簌掉落。

她立刻想起当日在义成附近的那片荒原里，他硬生生地废了自己兄长一臂的一幕，不禁胆寒，面妆也是掩盖不住其下蓦然煞白的一张脸色，没等那男子再起第二剑，迅速后退："罢了！我这就去掉！"说完匆匆来到水边，俯身蹲了下去，掬水清洗着脸，很快洗去面上掩饰，恢复了自己原本的脸孔，站了起来，勉强笑道，"李刺史，如此你可满意了？"

月光照出一张湿漉漉的苍白颜色的美貌女子面孔。

李穆收剑归鞘。

"你来何事？"他的语气，随之恢复了平淡。

慕容喆再不敢和他调笑，正色道："我这趟来，是奉了我的叔父、大燕皇帝陛下之命，来给李刺史你送一道信。"

就在不久之前，李穆致力用兵收复陇西之时，先前逃回到了龙城的慕容西也打败了柔然人，彻底控制萧关，消灭了附近数股大小势力，前些时日又与北夏一战，胜，将地盘推到了朔州和幽州，随即在燕郡重建燕国，自立为帝。

幽州之北的大片北方边域几乎已经全部落入了慕容氏的手中。

她从怀中取出一信，双手奉着，递了过来。

李穆没接，只道："我和鲜卑人素无往来，他有何事？"

慕容喆见他不收信，慢慢地收了回来，定了定神，道："叔父早就听闻李刺史之名，先前李刺史攻下长安，叔父便道陇西之地很快会被刺史收取。果然今日事成，可喜可贺。"

李穆不语。

慕容喆顿了一下。

"李刺史想必已经知道了，我叔父打败柔然，已在燕郡重建燕国。叔父知道李刺史平定陇西之后，要取洛阳。实不相瞒，我大燕对洛阳亦是势在必得。实在是当年，我鲜卑一族受羯人之辱过甚，取洛阳，复国仇，乃是我慕容阖族之人发下的不二誓愿，不惜代价，纵然粉身碎骨，亦是要完成誓愿！

"两虎相争，必有一伤。我叔父对李刺史，可谓是英雄惜英雄，实在是不愿和你为敌。关中之富，天下人人垂涎，我叔父本也有意要夺取陇西，但李刺史既已抢先一步，叔父便也成全。李刺史，陇西潜力沃野，如今皆在你的掌控，你名为南朝刺史，与王又有何分别？何不就此在长安自立为帝，从此天下之大，唯我独尊？便是那个南朝，李刺史你若有心，日后亦足能够取而代之！"

她望着李穆，双眸闪闪。

"李刺史，我叔父的信中之意，便是他愿与你立约。今日，你占长安，我大燕要了洛阳，完成夙愿，日后，以潼关、淮水为界，各自立业，互不相干。

"我叔父言，只要你答应，他愿与李刺史歃血为盟，绝不食言。你若有心要下整个南朝，有任何需要之处，我大燕亦会倾力相助。

"便是我慕容喆……"

她朝着李穆，慢慢靠了些过去，声音再次转为柔媚。

"我虽无用，但也能做些事的。倘若李刺史有需，我也能留下，无论何事，我都可供你驱策……"

她的声音渐渐小了下去，用含着期待的目光，注视着他，双眸一眨不眨。

李穆看着面前这个血统高贵、企图游说自己的鲜卑女子，沉默了片刻，唇角慢慢地牵了一下，露出一缕似笑非笑般的表情。

"胡汉不两立。

"且莫说洛阳了，便是今日之幽朔，古时起亦是我汉人之地。"

他唇角抿起，笑意消失。

"慕容公主，回去告诉你的族人，回到你们祖先的地方去。凡觊觎我汉地、裂我疆土者，便是我李穆之敌。有生之年，一口气在，我必逐一驱灭之，绝无例外。"

慕容喆的眼睛里的期待之色慢慢地消失了。

"李刺史，先前你曾取潼关，后因陇西不稳又退守长安。如今你既然取了陇西，想必接下来的意图，便是东进，二取潼关，以图洛阳。

"我在南朝居过些时日。据我所知，如今的虞国，莫说权贵，便是皇室，亦早就没了收归北地故土之心，人人各自得利，天下苟安便是最大好事。此也为人之常情。天下何人不是为了己利而存？我叔父的本意，本是交好于你，大家各取所需，岂不最好？

"你在南朝的声望已是如日中天，仅是长安一战，便足以叫你在汉人心中威仪不坠。我实在想不明白，你又何必定与我大燕大动干戈，再争洛阳？如今如此好的机会，你为何不自立为王？"

她凝视着李穆，双眸一眨不眨。

"李刺史，我慕容喆生平没有服气过谁，世间男子在我眼里，更是贱如猪狗，我唯独敬你是条汉子。奉劝你一句，日后等你功高盖主，纵然你仍以人臣自处，别人恐怕也未必能够容你。望你三思。"

李穆淡淡一笑。

"南朝皇族固然并非善类，你鲜卑慕容氏又何尝不是反复小人？不必再多说了。此地为我营旁，非你能留之地。你走吧。"

慕容喆的一双秀眸里露出了无限的失望之色。

这个在燕国叫无数族中男子为之倾心追求的公主，定定地望着面前的汉人男子，见他面容深沉，语调冷漠，想起方才那一剑，犹是心有余悸，不敢再在他面前施展自己从前于旁的男子身上的无往不利的那些手段，最后看了他一眼，无奈，慢慢地将那封信收起，转身一步步地离去。

李穆盯着她的背影，忽道："站住。"

慕容喆立刻停住脚步，飞快地回头，目中露出期待之色。

"只此一回，我念你初犯，暂且饶了你。下回你若敢再以我夫人面目示人，落于我手，我绝不轻饶。"

李穆的语调很是平静，但话中的威慑之意却是扑面而来。

慕容喆脸色微微一变，垂眸，低低地道了声"我知晓了"，随即快步而去，身影迅速消失在了夜色之中。

李穆回营，入了大帐，仰面躺下，随手将那册诗经翻开，覆于自己面上，在一股萦绕鼻息的淡淡的墨香里闭目，陷入了冥想。

大半个月前，在他还在为将鲜卑人的势力彻底消灭在陇西这片地上而用兵时，收到消息，南朝出了大变。新安王萧道承死了，朝廷再禁天师教，不止如此，还下令捉拿教首吴仓。不料吴仓逃脱，随后发动弟子门徒，以自己是天王降世拯救万民，将来分地私有为饵，鼓动信众公然叛乱。

大虞朝廷，士族当权，从上到下，大小士族和依附于士族的地方豪强，广占山林田泽。人口大数的民众，能自己耕种的土地却少得可怜，许多人只能依附于庄园生存，加上多年以来风雨不顺，不是这里水灾便是那里歉收，朝廷虽有赋税减免，但民众日子过得依然甚是艰难。

越是如此，天师教便愈发受到欢迎，在民间坛点广布，信徒众多。吴仓如此鼓动，信众就势而起。地方官员、豪强士族乃至稍有些田产的人家，一律被视为敌对，无论好坏，全部诛杀，分其家财，又抢烧朝廷设在各处的粮库，更逼迫普通民众也一并加入，否则亦以逆天不道为由一并诛杀，一时间人心惶惶。叛乱更是席卷吴地，继而蔓延开来，遍布南朝腹地各郡，声势浩大，震动建康。

高峤已调了军队，如今正在各地全力平定叛乱。

慕容西在燕郡复国称帝之时，李穆便知他意图。

他所要的又岂止洛阳一地？从幽州至洛阳，中间冀州、并州、中州等中原各州何尝不是鲜卑人觊觎下的肥肉？

收复陇西之后，他确实有意趁燕国根基未稳之时抢先东进，以阻断鲜卑人的南下之道。但他却又有些记挂南朝的局势。

这一辈子，很多事都和他梦中所见全然不同了。

譬如萧道承，这么早便死在了那个谜般的宫变之夜。但冥冥之中，又有些事却仿佛注定了，依然还是发生了。

譬如这场天师教的叛乱。

他记得在梦中，天师教叛乱的起因，似是源于新安王试图另立教首。并且倘若没有记错，变乱应该发生在这一年的年末而不是现在。

但是事情就是提前发生了。

梦中，洛神的父母，高峤和长公主便是死于这场教乱。

梦中之事并不详细，他也只记得，各地教乱被高峤镇压后，只剩零星余党还在负隅顽抗，而后，长公主不知何故离开了建康城，高峤前去营救，遭到叛军的围攻，最后两人一道死于围城之中。

凭着他的直觉，梦中的事应该不会发生了。高峤若是无事，以广陵军的军力，镇压下这场教乱，问题也应不大，只是时间长短而已。

这也是为何他此前并没有过于分心的原因。

但是在他的心底，确实也存着另一个隐忧。

他在担心许泌。

如今局面不同，许泌虽不能像从前一样把持朝廷，但他的野心未必就会消失。李穆担心他会和萧道承一样，被局势逼着早早地跳出来动手。

倘若他不死心，趁着天师教作乱，显然是个最好的机会。

高峤应该也是想到了这一点。在天师教乱开始之时，便下令调许泌为江州刺史。晓得他必会借故拖延，又以发放军资为名，派了一支军队驻守到荆州附近，监视动静。

万一许泌铤而走险，趁机作乱，则高峤不但要提防江北羯兵、平天师教乱，还要分兵应对来自荆襄的许氏军队。一旦三面同时受敌，广陵军再神勇，怕也是要顶不住的。

陇西已定。如今，他只要派人立刻去将洛神和母亲等人接来长安，他在这里，便可继续按照自己原定的计划，先东进潼关，谋定洛阳，过后再去收拾残局，或许还事半功倍。

今夜，那鲜卑女子慕容喆的不速之行，令他心底的这个犹疑变得愈发凸显了。

他知道，自己必须要做出一个选择了。

一边是东都洛阳，达成北伐之业的凤愿之地已是近在眼前。

一边是一个可能，那座庄严恢廓的煌煌帝都将要遭到一场灾难。

他的脑海里，忽然浮现出梦中的一段细节。

梦中，他是兖州刺史、镇军大将军，平定了许泌之乱，夺回建康城之后，他赶去救下了当时已是父母双亡、寡居多年，又跟随帝后出逃建康避难的洛神。

她病得很重，从藏身的地方被他寻出来时，那种无依无靠，分明已是惊惧到了极点，却又要在自己这个陌生人面前努力维持住她士族贵女当有的风度，向他郑重道谢的样子，便是梦境，此刻想起，他依然能感到心疼。

他又想起自己攻取长安回到建康那夜，高峤因为兴奋醉酒失态，在墙上以剑划字，强劝自己随他习字的一幕。

许泌如果真的趁着天师教乱起兵发难，那么，这个叫自己有时唯恐避之不及，却又无法不去敬他的人，这个身居高位、宦海沉浮，却依然还能保有几分赤子初心的南朝士族领袖，怕是要陷入他这辈子的一个大劫中了。

他亦是他所爱的女子的父亲。

洛阳可以日后再谋。有些人和事，比起洛阳，孰轻孰重，他怎不清楚？只是一直未曾决断而已。

李穆慢慢地睁开眼睛，将书从自己的面上拿开，坐了起来，终于起身唤人，命将蒋弢请来，有事要议。

一道玲珑人影在夜色的掩护之下，潜到一座因为战乱而彻底荒废的野村破庙之前，和守在暗处的侍卫以夜鸟啼鸣对过暗号，随即入内。

破庙里没有灯火，黑漆漆的，只从一个坍塌掉的井口大小的屋顶破口里漏入了一道月光。借着这道月光散出的光线，模模糊糊，可见屋角地上坐了一人。

"阿兄，我见到他的面了。他连信都未看，道胡汉不两立，拒绝了。"

慕容喆走到了那人面前，低声将经过讲了一遍，隐了自己假扮成他妻子的模样，险些被他所伤的那段。

屋角那人对这个结果仿佛并不意外，沉默了片刻，淡淡地道："我早料到了，他是不可能点头的。"

"阿兄，叔父他……难道真是想和李穆日后划地而治？"慕容喆迟疑了下，问道。

那人低低地哼了一声："否则呢？你以为他当年雄心还剩几何？逃回龙城，拿了萧关，又复了大燕，他早就心满意足了。守着那几个边地城池，做着他的大燕皇帝，倘若不是迫于族人的压力，他连洛阳恐怕也是无心。"

慕容喆咬了咬唇："阿兄，你定要小心，千万不要惹叔父疑心。已经有人在叔父那里挑拨，要叔父提防于你。万一……"

她没有再说下去，眼睛里露出一缕担忧之色。

慕容氏从龙城发家起，祖辈历代便可谓能人辈出，不乏英雄。但大多却死于非命，罕有寿终正寝者。

远的不提，就她亲眼所见，本家叔伯兄弟十来个人，如今也是所剩无几。

死去的，自然有亡于敌手的，但祸起萧墙，为争夺地盘和权力，叔侄、兄弟，乃至父子之间自相残杀的也是不少。

这仿佛已经成了慕容氏的一个诅咒，世世代代，无法摆脱。

男子没有说话，慢慢地从地上站了起来，走到那片月光之下。

沈腰潘鬓，玉容如琢，月光照出了一张美男子的面孔，正是慕容喆的兄长慕容替。

他仰头，目光穿过头顶的瓦洞，望了半晌的月，低头道："你立刻带人潜去南朝一趟，替我办件事。"

他附到慕容喆的耳畔，低低地说了几句话。

慕容喆吃惊不已，失声道："阿兄，你竟然真有这个打算？怎么可能？"

慕容替神色平静："你去瞧瞧，有机会，事成最好，不成也没有损失。倘若平日，我自然不敢有这等打算，但南朝正乱着，天师教到处叛乱，高峤必定焦头烂额。只要乱了，任何事都有可能。许泌那里，我人虽走了，从前却留有眼线。据我的消息，他极有可能会趁机起事。倘若这个消息属实，无异于火上浇油，你行事更是便利。"

慕容喆原本紧锁着的眉头渐渐平了下去，思索了下，笑了。

"阿兄说的是，浑水好摸鱼。阿兄既有吩咐，我便去瞧瞧。但愿许泌不要辜负这大好的局势，水搅得越浑，我才越有机会。我准备一下，尽快动身，阿兄你等着我的消息。"

慕容喆的身影再次消失在了夜色之中。

慕容替宛若泥雕木塑，在透入瓦洞的那片月光下又立了良久，慢慢地抬起自己的一条胳膊，举到面前，盯着摊开的手掌，捏拳。

无数次了，任他如何不死心地发力，自那日后，这条胳膊所受的伤，表面虽已痊愈，但却始终绵软无力，连一把剑也握不稳了。

他猝然松开了因强行发力握拳而开始不停颤抖的手，手臂颓然垂落，无力地悬在腰际，闭目，长长地呼出了一口气。

也是在这个漆黑的深夜，大江上游，荆州江陵，营房之畔，香坛设毕，香烛缭绕，上面摆了用来祭祀神明的五牲。

四周站满了人，皆一身披挂，却静悄悄的，听不到半点杂音，到处站满了手举火杖、一身盔甲的士兵，气氛肃穆无比。

火光映得此处亮如白昼，将坛前每一个人的面孔都照得须发纤悉，一目了然。

所有人的目光都落在那个站在神坛前的人的身上。

许氏家主，曾历任侍郎、司徒，又被朝廷从荆州刺史改任为江州刺史的许泌，今夜，一改之前萎靡病态，双目炯炯，精神抖擞。

他和众人相对而立，目光从面前那几十个军府将领的脸上逐一扫过，沉声说道："朝廷无道，奸佞得势，迫害忠良，以致天怨人怒，引发民乱。非但不思过整改，反而对我一再逼迫，是可忍孰不可忍！我不过是为自保而已！许泌今夜在此，和诸位歃血发誓，今后若得天助，富贵共享，如有违背，天诛地灭。诸位愿从我者，便与我共饮此酒！"

他声音铿锵，说完，从近旁一个副将手中接过匕首划破自己手指，往神案前的一只酒缸里滴入一滴血。随后众人纷纷效仿，逐一上前，各自破手滴血，最后分倒入碗，一齐将这血酒喝入腹中，完毕，再齐齐摔碗。

在几十只碗同时落地发出的砰砰摔裂声中，许泌哈哈大笑，意气风发，目光再次睃巡了一遍堂中之人。

众人议论着不日发兵征讨建康的大计，群情踊跃，无不激扬，独有一人，显得与众格格不入。

他的视线落到了立于一角的杨宣身上，定了片刻。

杨宣独自站在那里，神色凝重，一言不发。

许泌不动声色，朝他走了过去，笑道："杨将军，所思为何？可与我说否？"

杨宣立刻道无，要向他见礼，不料许泌竟伸手过来，顺势将他引到了神坛前，叫他和自己一同面向众人，高声道："诸位，我荆襄能有今日局面，杨将军是为首功，我平日一向将他视为手足，早就有了这个念头，趁着今日神坛在前，我许泌愿和杨将军结为异姓兄弟，我为兄，他为弟，从今往后，有福同享，有难同当！"说着，再次叫人取酒，自己亲手斟了，送到面露吃惊之色的杨宣面前，递了过去。

不仅是杨宣，便是大堂中的那些军府将领也无不吃惊，纷纷看了过来。

当日许氏大军战败，溃退回了南阳南，随后撤退回到荆襄，南阳也落到了北夏的手中，先前已经取得的北伐胜果化为乌有不说，阳翟一战，更是损兵折将，损失惨重。许泌当时被新安王排挤，不能自安，以养病为名离开建康回了宣城，当时杨宣前来请罪。

就在所有人都以为许泌会降罪于杨宣，即便留他脑袋，也少不了一番惩戒痛斥之时，他的反应让所有人都始料未及。

杨宣当时在他室外跪了一夜，天明，许泌出来，双目通红，神色憔悴。他亲手扶起杨宣，终于说话。开口第一句，非但没有责怪于他，反而下令将自己的儿子许绰推出去，在军前斩杀，以告慰那些枉死的将士。

谁人不知，许泌虽儿子不少，但对许绰一向看重，于是无不吃惊。他面前的亲信和军中将官纷纷苦劝，杨宣更是不敢起身，请求饶过许绰，道自己当时退让，未能保好帅印，罪责更大。

就在众人以为许泌不过只是做个样子，好叫事情揭过之时，他接下来的举动才真正叫人震惊。

他竟不顾众人求情，真的下令捉来许绰，当场要于辕门之外斩杀。

许绰这才意识到了事情的严重性，哭泣求饶，辩说当时是怕陆崃之先取城池，压了自己这边，为了和他争功，才一时糊涂做了错事，请求父亲饶过，保证下回再不敢了。杨宣更是苦苦求情。

许泌涕泪交加，却不肯饶他，最后还是斩了许绰。

这事虽然已经过去有些久了，但众人无不记忆犹新。今夜见许泌竟又要和杨宣结拜兄弟，顿时无数道目光落在了他的身上。

许泌见杨宣怔定，并未立刻接自己的酒，盯着他道："怎的，莫非杨老弟看不上我这个长兄，不愿和我结拜？"

杨宣回了神，立刻下跪："许刺史愿与我结拜，乃我福分，只是末将身份卑贱，绝不敢有半分肖想。恳请刺史收回成命。许刺史好意，末将心领，感激不尽。"

许泌顺势将他托起，把酒递到他的面前，大笑："杨将军怎和我如此见外？既不弃，那便与我结拜，往后你我以手足互待，岂不快哉？"

在许泌和周围目光的注视之下，杨宣终于强作笑颜，接酒饮下。

许泌大喜，握住他手，称他"贤弟"，其余众人亦是反应了过来，无不艳羡，上前争相恭贺。

杨宣终于回了自己的住处，脸上方才一直挂着的笑意倏然消失了。

离天亮没多久了。

很快，他将不得不带领军队从这里出发，沿江往下，目标便是建康。

天师教作乱，短短不过一个月的时间，乱局便已经波及南朝腹地各郡，人数竟多达数十万之众，高峤正调军全力镇压。

许泌终于按捺不住，在等了一个月后，暗中联合了竟陵、江夏两地的郡守姚耽和冯显，决定趁着这个千载难逢的机会起兵，沿江而下，放手一搏。

身为许氏将领，杨宣不得不从。

曾经他也暗中怀了期待，盼望许泌能因阳翟之败降罪于他，哪怕杀头，如此，他便也能有了一个能够和旧主彻底决裂的理由。

但从许泌挥泪斩杀许绰的那一天开始，他原本暗怀着的那点希望便彻底破灭了。

他岂会不知，许泌一改从前的态度，先杀儿子，今夜又纡尊降贵和他结拜兄弟，目的为何？

其实，即便没有许泌今夜的这一场戏，他也未曾动过背叛之念。如今，他也只能奉命领军东进，没有别的选择。

这几日，叫他感到忧心忡忡的，并非是否应该听从许泌之命领兵起事，而是另一件事。

许泌并不惧高峤。

南朝之中，他唯一忌惮的，是如今还远在陇西的李穆。

他知道许泌瞒着自己，已派人悄悄潜去京口，意图伺机将李穆之母卢氏掠来，以便日后万一李穆回兵，手中能有威胁之利。

箭在弦上，已是不得不发了。

他犹豫了良久，最后终于下定决心，悄悄唤来心腹，叮嘱了一番。

目送那道消失在了夜色中的背影，这些日子以来，一直压在他心头的那块巨石终于稍稍松去了些。

对这场即将发动的叛乱，以他一己之力，无力改变什么。

他能做的，只是如此。

第十一章

山雨欲来

洛神在京口伴侍阿家，转眼已是数月。

这日卢氏将她唤到面前，说道："阿弥，你阿娘应该是快要生了，高相公又要平乱，阿家这里一切都好，你不必再留我左右，早些回去侍奉你阿娘，我方可安心。"

阿娘的产期应就在这个月底了。洛神这几日都在想着这事，正想寻个机会向卢氏说明，不想没等自己开口，她便先想到，主动叫自己回去，心里很是感动，答应了，又道："阿家，不如你也和我一道去建康，如何？"

卢氏笑道："京口太平，阿家便不去那里给你们添麻烦了，你自己回去吧。等长公主生产了，记得传个信给阿家。"

天师教乱从三吴开始，短短时间之内席卷开来，遍及江南腹地，据说叛乱教众竟多达数十万。

大虞立国以来，虽然内乱不断，但如此声势的动乱，还是前所未有。

建康作为国都，地势平坦，周边无险可据。高峤为防教乱波及建康，派高胤领兵驻于建康东南一带的毗陵、曲阿、句容等地，构筑出一道严密的三角军事防线，以阻断天师教乱波及国都的可能。

京口不但就在这道军事防线之内，作为素来用以连通江北和建康的最重要的一个渡口，最近因频频要从广陵调兵南下应对各地叛乱，高峤在此处也驻扎了一支大约五百人的军队，用来保护渡口。加上从前，京口令和李穆将这里的天师教势力已经驱赶得一干二净，所以如今，外头虽然已经乱得翻天覆地，这里却依然很是太平。街头巷尾，除了到处可闻民众议论天师教乱之外，日子和从前一样并无什么两样。

洛神便也不勉强。只是考虑到外头毕竟乱着，临行前特意召来那个奉了父亲之命驻在此处的名叫范望的广陵兵副将，交代了一番。范望自然一口答应。洛神这才放心，到了次日清早，辞别了卢氏和阿停，在樊成的护送之下登船回往建康。

京口在建康的下游，回程本就是逆水行船，加上今日风向不好，水手虽全力划桨，走得也是不快，一天下来只不过出了几十里的水路，照这速度，至少也要六七日才能抵达建康。

洛神知道父亲如今人不在建康，母亲又快生了，心里记挂，只想早些抵达。接下来的几日，天不亮便开船，天黑透才落帆，如此走了两日，风向转好，终于能够加快速度了，又行船了一日，行程过半之时，却发现水道似乎堵塞，前船越走越慢，渐渐堆积，最后完全停了下来，根本无法前行。

江面之上停满了大大小小的各种被阻滞下来的船只。岸上有支军队正调拨路过，骑着马的军中信使来回不停，穿梭其间，气氛显得很不寻常。

周围的船家纷纷来到船头，相互之间打听，有人说前头传来消息，江道被军队给截断了，除了漕船，其余船只一概不予放行，命立刻全部掉头离开。

这些船只多为满载货物的商船，从上游而来，已经行了多日，眼见没两日就能抵达建康了，突然获悉这个消息，顿时哗然，极为不满。有骂的，有顿脚的，也有相互议论着刚打听来的内情的。据说是朝廷军打不过天师教，那些人有神仙佑体，穿墙过壁，刀枪不入，眼看着就要打来建康了，这才封锁道路不让通行。于是骂声四起，纷纷痛骂朝廷军的无能。

洛神心焦，打发樊成上岸去问个究竟，没多久，听到岸边传来一阵马蹄之声。

洛神从舱窗里看出去，见岸边建康的方向朝着这里疾驰来了一行军中人马，皆披盔覆甲，前头那人竟是高胤。

高胤此前一直在广陵驻军，月前，因爆发天师教乱，他带兵从广陵渡江而回，经过京口时，曾和洛神短暂见过一面，没想到此刻又在这里遇到。

洛神立刻出舱相迎。

高胤停马在岸，翻身而下。

附近船只上的人见岸边来了一个看似地位不低的青年军官，面容严峻，朝着那艘大船疾步而来，猜到前头水道应当就是被他下令所断，很是不满，又不敢高声抗议，便对他指指点点，低声议论。

高胤视若不见，径直地上了洛神的船。兄妹见面，来不及寒暄，洛神立刻问："阿兄，我阿娘快要生产了，我要回建康，今日行到此处，前头为何不让通行？"

"伯父以为你还在京口，前日刚叫我派人给你传信，叫你暂时留在那里，先不要回建康。"

高胤答非所问。

"出了何事？"洛神想起方才岸上那一支匆匆走过的军队，又想起那些船家议论，心一下提了起来，"难道真是天师教要打过来了？"

高胤摇头，神色凝重。

"不是天师教，比天师教更要麻烦些，许泌造反了。非常时期，通往建康的水陆两道，我已下令，全部封闭，不予通行！"

洛神吃了一惊："什么？许泌也造反了？"

高胤点头："数日前的消息。许泌纠合了数路人马，不下十万，从上游和宣城两个方向，西、南两路同时发兵，正朝建康打来……"

他顿了一顿，眉头紧锁。

"建康城没有可以凭靠的地势，加上天师教太过猖獗，是个极大的掣肘。伯父怕万一有变，叫我传信给你，先不要回建康，就留在京口。京口在建康之下，如今反比建康要安全。日后真若再有变故，也方便送你渡江去广陵避乱。"

倘若说方才还只是吃惊的话，那么此刻，当从阿兄口中听到父亲对自己竟做了如何的安排，洛神已是变得震惊无比了。

广陵军驻于江北，直面北夏，身负扼守长江下游门户的重任，不可能将全部兵马都调拨过江。对付各地汹涌而起的几十万天师教众，本来就有些左支右绌了，如今再加十万都是经历过战场的训练有素的许泌叛军，毫无疑问，局势雪上加霜。

难怪父亲不让自己回建康。

"阿娘呢？她一切可好？"洛神脸色微微苍白，立刻发问。

"叛军再快也不可能这么快就打过来的。伯父一得到消息便赶回建康。他回去，便是为了安顿城防，还有安排伯母。伯父会顾好她的。你放心，自己先回吧。你代我传令范望，要他加倍小心。我这里再拨些人，由樊成带着，和你一道回京口。"

洛神愣怔了片刻，想起高胤方才行色匆匆的样子，显然是有紧急军务在身。

她眺望了眼前头江面之上那些积得已经一眼看不到头的船只，心知倘若不是局势真的严峻，父亲也绝不至于会对自己做出如此的安排。母亲那里，料父亲一定也会安排好的。

就像阿兄说的，非常时刻，她若不听，强行回去，说不定反倒会成累赘。

"我明白了，我这就回京口。"

高胤见她答应回去了，松了口气，又安慰道："伯父如此考虑，也只是防患于未然而已。阿妹不必过于担心。"

洛神点头。看着他上岸，叫来一个副将，点了一队人马交给樊成，叮嘱了一番。

"阿兄，我郎君，你叫阿耶快些给他传信！他知道建康城情势紧急，一定会带兵回来帮阿耶的！"洛神探身出去，冲着岸上的高胤喊道。

高胤回头颔首。

"还有，秦淮旁有间秦楼，里头有个名叫绿娘的女子！万一建康城出事，阿兄记得叫人护她周全！"

高胤一愣，但也没多问，只向洛神拂了拂手，表示自己记下了，示意她回舱中去，随即上马带了人离去。

正如他片刻前匆匆赶来，此刻又匆匆地离去了。很快，他那一行人马的身影消失在了江岸的尽头。

洛神按捺下纷乱的心绪，叫樊成安排掉头回往京口。

回程顺流速度很快，没两日，船便又回了京口。

京口和洛神离开之前看起来并无两样，除了军渡附近那几百守军的身影，从船上往岸边望去，景象平和，丝毫感觉不到半点紧张的气氛。

船渐渐靠岸，洛神正预备上岸，忽然听到岸边有人高声呼叫自己。

来人是范望的一个亲信。洛神那日召范望时，这人也在，故认得他。

那人一口气奔到码头，不等船停稳，纵身跳上船头，向着洛神下跪，说是范将军正有事要寻她，昨夜已经派人去追了，没想到今日她自己回来了。

原来昨夜，范望收到了一封信，信中说有人要对李老夫人不利，叫多加防备，此外别无多话，也无落款，那送信人递了信当时便走了。范望一时没头没脑，既不知详情到底如何，更不知是何人想要对老夫人不利，但既收了警示，昨夜立刻派兵先将李家守好，随后又派了人连夜往建康去，把这个消息转给洛神。

洛神心下咯噔一跳。

她的第一反应，便是许泌要拿阿家威胁李穆，于是立刻上了岸，匆匆赶到家中，见到卢氏安然无恙，才松了口气，随即召来范望和京口令，将自己在路上和高胤相遇，得知许泌日前起兵造反事说了，又向范望转了高胤要他守好渡口的命令。

范望、京口令和樊成几人随后匆匆离开，部署应对。

洛神和卢氏商议了下，决定搬到庄园里去。那里门户坚固，占地也大，即便真的有事，也有能够转圜的余地。

卢氏无不应允。于是当日，东西收拾了，上下人等一起全都住了进去。此后，除了日夜安排守卫之外，军队出身的樊成如同备战，带人在庄园周围挖没壕沟，布下擂石，以防万一。

暂时安顿下来，洛神便开始了焦心地等待。

那日阿兄的话虽然让她感到忧心忡忡，但是下意识地，她依然还是盼望着那些都只是父亲过虑了。

建康作为大虞南渡以来的国都，发展到如今，东西南北各四十余里，城郭庄严，宫阙壮丽，城中有二十余万户，人烟稠密，山温水软，更是她从出生起便长大生活的地方。她真的不愿看到它遭受战火的无情摧残。

但是坏的消息还是很快就传了过来。从最近京口渡那一拨又一拨的连绵不绝的广陵军的南调便也可以猜到，父亲如今正在面对着怎样一个巨大的困境。

不过十来天，从荆州而来的那支军队沿着长江东进，连续攻下了守军不足的洞庭、夏口，如今已经推到武昌郡一带了。

武昌郡守是高峤的门生，如今正领着郡兵，借着坚固的城池苦苦守城。

而距离建康更近的位于下游的那支发自宣城的叛军，更是借助着天师教的疯狂作乱，伺机扑向建康，才十来天便打到了溧阳一带。倘若溧阳城破，叛军畅通无阻，用不了七八天，便能抵达建康。

建康岌岌可危。

高峤已经从广陵调来了能用的全部兵力，如今只剩下最后两万兵马，由高允统领，勉强抵御北夏之兵。

面对来势汹汹的宣城叛军，他不得不收缩战线，放弃了对部分郡县的天师教的围剿，命高胤死守布在建康东南方向的那道三角防线，不能有失，将其余兵力全部投入溧阳。

高峤亲自奔赴溧阳坐镇指挥，一场血战，击溃了宣城叛军，叛军被打得魂飞魄散，一口气后退了数百里，再不敢轻易进犯，商议过后，高峤决定等着上游军队到来，再一同防守建康。

此战，高峤之所以调来大军，还亲自从建康赶来坐镇，就是为了彻底打掉宣城叛军的气焰，叫叛军在短时间内再不敢轻举妄动，以便在这密集如雨的战事中间获得一个安排下一步计划的暂时喘息的机会。

目的达成，他留下守军，命部下牢牢守住溧阳，顾不得休息，连夜便又往建康赶去。

建康城里，等着他的事情，还有许多。

从溧阳回往建康，数百里路，沿途经过的大小郡县、村落，早已没了往日的祥和与宁静。

天师教和许泌叛乱引发的实际战乱，因为军队的阻挡，还没有蔓延到靠近都城的这片地方，但这里的人原本的平静生活却早已被打破了。

道路两边的田地，一望无际，还不是农闲，却只有零零星星劳作的人。城门口，巷陌间，田间，村头，全是聚在一起议论时局的人，人人愁眉苦脸，长吁短叹。路上甚至已经到处可见带着家当，拖儿带女往建康方向逃去的人了——在老百姓的眼里，那座住着皇帝的城池，应当必定是牢不可破的。

早在天师教刚生乱时，便传言不断，说天师教众有护体，战无不胜，无往不利。所经之处，如同蝗虫过境，但凡有点余粮家财的人，稍有不从便被开膛剖腹。本就人心惶惶，如今再加上许泌的乱军，到处传着乱军不日便要打过来的流言，境况更是火上浇油。

越近建康，这样的传言和随之而生的恐惧与动荡，便越是蔓延。

路人变得敏感无比，任何一点风吹草动都能叫他们胆战心惊。

这一路上，高峤已经无数次看到因了遇到自己这一行人而恐惧四散奔逃的路人，在终于认出疾行而来的军中人是朝廷军之后，才终于停下仓皇脚步的一幕。

他的心情沉痛万分。

从地理而言，建康向北，长江是为天堑，但遇到如今这样的内乱，便成了三面平坦，无险可守。先天的不足，决定了一旦有强敌沿江而下，或是从腹地进犯，它便彻底失去防御的价值。

从兵力上说，哪怕加上了先前归入的陆氏军队，如今也是完全处于下风。

作乱的天师教众，据地方上报，扬州一州，已经涉及的十六郡七十多县，便有二十多万乱众，这些人如同中蛊，被煽动着攻城略地，状若疯狂。和派去围剿的朝廷军遭遇作战时，论残忍不要命的程度，连高峤手下几个久经沙场的老将见了也是为之心惊。

人数还在滚雪球般地扩大，更不用说如今又多了许泌这支叛军。

宣城叛军的攻势，虽然已经暂时被打压了下去，给建康获得了一个喘息的机会，但这仅仅只是一个喘息之机而已。

高峤心里明白，自己接下来要面临的，是一场更加艰难的大战。

面对荆州而来的那支叛军，武昌郡是守不了多久的。这个方向，他能分去防守的兵力也是有限，全部布防是个根本不现实的幻想。

他择在更下游的望江郡一带布了重防，以期利用坚固的城防和地势，最大可能地阻挡叛军攻向建康的脚步。

关于建康，他也已经做出了一个决定。

做出如此决定，对他而言，是个极其艰难的过程。

但他心里明白，在许泌叛军和天师教相互呼应的前提下，以广陵军目下陷入的被动情况来看，这样的安排是完全有必要的。

在明知建康完全无险可守的前提下，与其抱着侥幸之念不动，不如提早计划，以退为进，为这场不可避免的保卫之战获得更多的时间和机会。

他更不可能将希望完全寄托在援军之上。

尽管在得知许泌也趁乱来打建康的第一时间，他就意识到了形势的严峻，当时就给如今还远在陇西的李穆发去了急召。

但李穆会不会立刻应召而归，他并不确定。

他知道李穆在陇西的局面大好。一旦定了陇西，趁着士气高涨一举出关，谋定洛阳，这样的诱惑，和应召长途行军，归来援助建康，在朝廷对手握实权的臣子的羁縻早已可以忽略不计的前提之下，对于李穆这种身份特殊的外臣来说，哪怕换成是自己，恐怕都要费一番思量，更何况是他。

对于自己这个女婿的心思，坦白说，高峤至今还是觉得有点无法捉摸。所以他不敢把守住建康的希望寄托在救援之上。

南朝的这个都城，哪怕再势单力薄，高峤也不会轻易放弃。但在这之前，他需要安排好一切，以便能够毫无后顾之忧地去做这件事。

他已几日几夜未曾好好合过眼了，骑在马上，酸涩得已经无法顺畅眨动的双目被迎面扑来的风吹得几乎就要流泪。

他分明已是疲倦至极，但整个人却被一种绷紧了的情绪从里到外地控着，已经感觉不出来自于自己身体的任何疲惫了。

在溧阳之战结束后的第三天中午，高峤一行人终于赶回了建康，纵马穿过了建康的南城之门。

他已多年未再披过战甲。建康城里的民众也更习惯他们的高相公那一身白衣的名士风范，以至于刚看到他骑马入城的时候，附近的人并没有认出来，只是用带着几分茫然的不安目光，打量着这一行仿佛刚从战场归来的军中之人。

"是高相公！是高相公回来了！"

突然，一个声音响了起来。

周围的人，终于也跟着认了出来，情绪变得激动起来，纷纷唤着他，朝他拥来。

南城门的附近起了一阵骚动。

那些因为漫天的可怕传言而发自他们眼底的、对于建康的未卜的担忧和惶恐，在看到身披戎装的高峤突然出现在面前的这一刻，全都消失了，取而代之的，是充满信任和依赖的兴奋与激动。

生平第一次，高峤不敢直面建康人投向自己的这种目光。

他压下心中涌出的愧疚之感，骤然催马，将身后那群追随自己的人群抛下，行到那条分别通往皇宫和自家的岔道口时，迟疑了下，随即往皇宫而去。

他径直入了皇宫，毫无阻挡。宫人看到他，露出感激万分的神色，犹如见到了救星，险些没有哭出来："高相公，你可回来了！陛下这几日天天都在望你——"

"陛下，陛下，高相公回来了！"

宫人似乎连宫规也忘记了，引着高峤匆匆入内，还没走到殿内，便朝里跑去。

伴随着一阵急促的脚步之声，高峤抬头，看到一道身影从内殿的帷幕之后出现，向着自己急奔而来。

"相公，你可回来了！"

年轻的皇帝，仿佛生了病似的，脸色蜡黄，眼睛浮肿。

他失去了往日清雅的气度，奔到高峤的面前，在高峤要向他行跪礼的时候，伸手抓住了他的衣袖。

"城里到处都在传言，叛军和天师教就要打来建康了！大臣们上书，溧阳虽然守住了，只怕也是不长久。他们要朕出宫，免得建康万一沦陷！高相公，你看如何是好？"

高峤凝视着面前这个向着自己发问的皇帝。他在皇帝的眼睛里，看到了发自于他内心的充满了渴望的焦惶目光。

他的心底忽然涌出了一阵无力之感。这些日子，作战、奔波，那些堆积出来的疲倦，在这一刻，仿佛突然向他袭了过来。

他一时沉默，没有应答。

"高相公你等等，我去把那些折子拿给你看！"

皇帝那双保养得极好的五指修长的优雅的手松开了高峤的甲袖，转身匆匆要去拿奏折。

"陛下！"

殿后突然又传出一道声音，声音里仿佛透出一丝隐隐的不快。

皇帝回头，见高雍容来了，迟疑了一下，终于停住了脚步。

高雍容阻止了皇帝的举动，急匆匆地来到高峤的面前。

"伯父，我刚听闻，溧阳之战，伯父打退了叛军。伯父一切可好？"

高峤的视线从皇帝的身上慢慢落到自己侄女的脸上，注视着她。

"我无事。"片刻后，他说道。

高雍容松了口气，感激地道："全都仰仗伯父力挽狂澜，保住了建康。否则，若是叫宣城叛军打来，这里此刻还不知道怎样了。这些日子，伯父不在，大臣们天天上书，道建康非可守之地，劝陛下暂时迁出。陛下被群臣恐吓，这才失态。走与不走，一切听凭伯父之言。"

高峤定了定神，再次看向皇帝，神色已恢复了他一贯的沉静。

"建康皇都，臣必誓死固守。大臣们的顾虑，也不无道理。臣回来，也是为了此事。为保稳妥起见，陛下可先迁至曲阿。那里地势可守，城防坚固，是个安全之地。臣会派人护送陛下，陆柬之接应。请陛下放心。"

皇帝彻底地松了一口气。

这一刻，简直可以用喜出望外来形容他的感受了。

从养尊处优、无忧无虑的东阳王，变成这个国家的皇帝，于他而言，至今如同做梦。

比起如今做皇帝他能得的享受，其实并没比当初做东阳王时多多少。相反，他要时时刻刻地听着来自高峤的耳提面命，这叫他感到无比心累。

他已经被汹汹的叛军和四面的传言给吓破了胆。

本以为高峤会坚决反对他离开建康，要他留下，和建康共进退，没有想到，高峤竟已为他准备好了退路。他简直感激万分。

倘若不是一旁还站着高雍容，他就要拉住高峤的手，落下感激的眼泪了。

高雍容道："伯父，为国体之计，陛下可以先走。倘若伯父有需，侄女和太子，可与伯父一道留在建康，与建康共进退！"

高峤微微摇头："不必了。你们全部走吧，我留下便可，城中百姓我也会安排撤离。"

"伯父——"

高雍容仿佛还要再劝他。

高峤摆了摆手："你和陛下先做准备吧，等我安排好，便可以走了。"

他出了宫，朝着高家的方向，步履匆匆地行去。

从九月初天师教乱爆发开始，直到今日，快两个月了，高峤将朝事托给亦是士族出身的素来周正稳重的侍中冯卫，自己便一直在建康和外郡之间来回奔波，辗转各地，亲自部署军事，安抚民众，忙得像只陀螺，没有片刻闲暇。

上回他在家露面还是十来天前。

高七晓得家主回来了，高兴无比，远远地跑出大门去迎，替他牵马引入。

高峤开口便问长公主，知她一切都好，匆匆往里行去。快到寝屋时，先前被洛神留在家中照料母亲的阿菊带着几个侍女刚从里头出来，见他突然回了，也是惊喜不已，急忙来迎。

"长公主在午觉，睡了有一会儿了，应也快醒了。昨日得知溧阳大捷的消息，很是欢喜，中午吃了碗饭，歇了一会儿，按照先前太医的吩咐，在庭院里走，走了还没一圈，就嚷着吃力，又说脚沉，我便扶她回来……今早太医亦是来过，看了，说都好，叫安心等着生产便是。算着日子，应该是月底，至多也就十来日了吧……"

不待高峤问，阿菊自己便絮絮地将萧永嘉这几日的日常讲给他听。

高峤穿过庭院，几步跨上檐阶来到门前，推开虚掩着的门，轻手轻脚地来到床边，慢慢地坐了下去。

怀的这一胎，不但叫她身子变得臃肿，如今连手脚也都完全肿胀了起来，难怪阿菊说她没走一圈就嚷着吃力。

高峤凝视着妻子的睡颜。这些时日以来一直紧锁不解的那双眉头，终于慢慢地化解了。

他伸出双手，握住了她那只套在白色软纱袜里的踢出了被角的脚，轻轻地揉着她的脚底和脚背。

萧永嘉的眼睫毛微微动了动，醒了，睁开眼睛，看到丈夫竟坐在床边替自己揉着脚，惊喜不已，唤了他一声，坐了起来道："我以为你还在溧阳呢。何时回来的？"

高峤答了她话，往她后腰处垫了个枕头，扶她靠了上去，自己挪到她边上，问这几日感觉如何。

萧永嘉说："我好得很。如今只想孩儿快些出来才好。偏偏太医说还要几日，真是急死人了！"

高峤把耳朵贴到妻子高高隆起的腹部，仿佛在听里头的动静，嘴里道："你从前性子急的毛病，到如今还是改不了。等该出来的时候，孩儿自然就出来了。"

萧永嘉道："幸好阿弥不随你。保佑我肚子里的这个孩儿，无论儿子女儿，性子也不要像你，慢吞吞的，要气死人。"

高峤大笑："阿令，我的性子，真叫你如此看不上？"

萧永嘉哼了声："你自己说呢？我只奇怪了，当初我怎么看上了你的，竟哭天抢地地硬是要嫁给你，可把你委屈的！"

高峤笑得两只肩膀都发抖了，说："如今后悔也是晚了吧！"

萧永嘉也不知自己怎的就会和丈夫说这些了，想起少女往事，自己亦有些忍俊不禁，哧地笑了出来。

她抬眸望着丈夫的脸，片刻后，笑容慢慢地消失，抬起手，指尖轻轻抚了抚他眉间如今这道仿佛深深镌刻而上的便是大笑也再无法平复的川字纹，叹了口气："才多久，你越发的消瘦了，累的话睡一会儿吧。"

高峤道不累。

萧永嘉见他一身的风尘，身上那作战的甲胄还未脱去，知他怎会不累？玩笑了几句，便也停了，起了床，叫人送水进来，服侍他净面换衣，又吃了些东西。等他歇了过来，精神瞧着也好了些，才问道："外头情势到底如何了？阿弥先前走的时候，说等我快生时回来。我有点儿不放心。"

高峤方才面上的笑意慢慢地消失了。

"我先前已经吩咐子安，让他传信给阿弥，让她暂时留在京口，不要回建康了。"他说道。

萧永嘉听了，神色微微一变。

丈夫的话，她怎会听不出来是什么意思？何况这些天，外头的传言，她多多少少也是有所耳闻。

"你何意？难道建康……真的守不住了？"她迟疑了下，问道。

"阿令，我回家就是想和你说这件事的。不止阿弥，你也不能留在建康城了。我已经替你安排了一个稳妥的去处。我亲自送你过去，你在那里，可以安心待产。"

萧永嘉双眉微微蹙了蹙："陛下呢？你也有了安排？"

"是。"高峤点了点头，"陛下一行暂时将行宫迁到曲阿，那里比建康更安全。还有民众也要疏散。"

萧永嘉定定地望着丈夫："你呢？你自己有何打算？"

高峤微微一笑，立刻握住了妻子飞快地变得有点儿冰凉的手。

"你莫误会。建康确实有沦陷的危险，我没有把握一定能守住，为了稳妥起见才做下如此安排，为的便是可以没有后顾之忧，放手一搏。能守，我自会尽量，若真守不住，也只能暂时撤退，日后再夺回来。"

他用力地捏了捏妻子的手。

"你放心吧。阿弥长大了，便偏心向着外人，我还要等你肚子里的孩儿日后叫我阿耶，一心向着我呢！"

萧永嘉在他眸底看到了一片淡淡的愉悦的光彩，这才放下了心，点头："好，我听你的安排。你事情多，到时不必特意送我了，我自己过去就行。"

"这些时日我都没陪你，我送你去吧。你叫人先收拾东西，到时候跟足人。"高峤的语气，带了点平日罕见的不容反驳的味道。

萧永嘉轻轻地"嗯"了一声，顺从了丈夫的安排。

高峤抚了抚妻子的秀发，站起了身："你歇着，我先去下台城，有事。"

帝后为配合高峤的保卫皇都的计划，暂时撤离建康，将行宫迁至由阿。这个消息已经在百官中迅速传播了开来。

高峤来到台城时，看见自己那间衙署大门的里里外外站满了闻讯而来的文武百官，众人相互议论着，神色各异，人声鼎沸。

这些时日，受高峤委托代理尚书令事务的冯卫被十几个官员正围着追问详情，躲也躲不开，一头的汗，忽然听到令官喊着相公来了，松了一口气，急忙推开众人，匆匆地迎了上去。

百官见高峤终于现身，也慢慢地停止了议论，纷纷朝他靠了过来。

冯卫带着众人向高峤见礼，等高峤落座，便迫不及待地发问。

高峤的两道目光，从面前的一张张熟悉的文武官员的面孔上掠过，说："确实是我的提议，陛下也已接纳。事既已定，宜早不宜迟，这两日便出宫。"

嗡嗡之声顿时不绝于耳，许多人都暗暗地松了一口长气。

一开始的天师教乱也就罢了，有高峤顶着，建康应当无虞，但加上后来许泌叛军挥戈向着建康打来，事情就完全不同了。

高峤双拳难敌四手，已然陷入被动的消息，谁人不知？站在这里的一些人，或是惧战，或是害怕从前在许泌倒霉时曾向他落井下石，万一这回让他真打回来，少不了报复，忧惧也是在所难免。听到高峤有这样的安排，自然暗中欣喜。

冯卫问："高相公，文武百官，该当如何？"

高峤道："愿意留下与我一道阻击叛军的，留。不愿留的，随陛下同去曲阿。"

周围忽然安静了下来，无人发声。渐渐地，众人的目光都看向立在冯卫身旁的那人，出身颍川刘氏的征虏将军刘惠，陆光死后，以声望被举荐，继任了陆光之职。

许陆两家离朝之后，如今朝中的大家士族，除高峤之外，便以这刘惠和担任了多年侍中的冯卫为大了。

刘惠见众人都看着自己，起初面露微微尬色，随即昂首道："高相公，我本很是愿意随你同留，与建康共进退。只是陛下那里，虽有陆柬之迎奉，毕竟势单力薄，万一被乱贼钻了空子，倘若有失，这如何是好？保护圣驾，亦是我等职责。故我还是护驾同随为好。"

高峤笑了笑："刘征虏言之有理，你护驾也好。"

"我亦请求护驾！"

"我亦同！"

周围起了一片附和之声。最后愿意留下的不过寥寥五六人而已，都是地位相对低微的先前从地方提拔而上的官员。

高峤淡淡地看了众人一眼，转向冯卫："冯侍中，此事交给你了。护驾同去者，都回去了吧，及早准备。"

冯卫面孔微微涨热，迟疑了一下，道："我留下助你！"

高峤望了他一眼，微微一笑："侍中乃是文官，这等打仗之事，交给武官便是。陛下行宫搬迁是件大事，我无法同行，一应事宜还要仰仗于你。"

冯卫见同僚身居高位者，争相逃离建康，竟无一人愿意留下，他感到羞耻，这才开口要留。见高峤不留自己，只得作罢，答应了下来。

众人见事已定，急着回家收拾财物避战离开，纷纷告退。冯卫和高峤议好安排帝后出行的计划之后，也匆匆离去准备。

方才站满了人的衙署变得空荡荡了，最后只剩下高峤和身后立着的几个属官。

一个属官捧着刚撰写的一纸公文走来，小心地奉到高峤面前，低声道："相公，公文已妥，请审阅。"

高峤目光落在纸中墨迹之上，视线久久凝停。

他知道，这道命令一旦下发，城中二十余万户民众便不得不离开建康城了。

虽然他已下令到了各地郡守那里，让曲阿、丹徒、毗陵等几个郡县必须暂时收容这些来自建康城的居民，但被迫离开家园，这些人一夜之间，便沦落成了难民，不知何日才能归来。而这一切，都是因为他高峤，这个曾被他们无比信任爱戴的尚书令的无能所致。

他仿佛已经听到了那些盈耳的骂声。

高峤举起自己那枚大印重重落下，在上头盖下了一方鲜红的印章。

李协进来，接过文书。

"高相公放心，下官会和兄弟们督促百姓离城，去往安置之地。"

高峤额首："有劳你了。"

李协躬身，匆匆离去。

亟待安排的事，应当已是差不多了，还剩些冯卫代他职时留下的亟待他亲决的文书。

高峤闭目，抬手揉了揉自己那胀痛得血管仿佛都在突突跳动的两侧太阳穴，慢慢地吐出一口气，睁眼取笔，视线落到案角堆着的那册刑司前些时日送来的待他批勾的死囚名录，停住了。

他想起来一事，略一迟疑，吩咐了近旁一声，那人得话离去。

没过多久，狱官匆匆赶来，向高峤下拜。

高峤问他："数月之前，那邵姓女囚，如今可已流放？"

狱官忙道："禀相公，还未曾。"说完话，见高峤目光投来，忙解释："先前刑司不是有话，等她病好再走吗？她病一直未能痊愈，故一直羁押在牢，并未离开……"

"怎么如此久了，还未痊愈？"高峤微微皱眉。

狱官见他似乎有些不悦，赔笑道："她这些时日，一直住着干净的单牢，下官也有请人替她瞧病。身上的伤是好了，只是身子却依旧弱，也说不出是什么病，整日昏昏沉沉的。先前相公一直未问，后来又出了乱子，下官便也不敢拿这事来打扰相公……相公可要见她一见，自己问个清楚？"狱官一边说，一边偷偷打量着，见他不语，试探着又低声问了一句。

高峤摆了摆手："不必了。"

狱官忙答应。迟疑了下，又问："高相公，下官方才刚听说全城迁空。斗胆问一句，这邵氏和牢里的其他囚犯，是留下不管，抑或另外处置？"

高峤沉吟了下："你将人全部发往石头城的牢里加以看守吧。"

石头城位于建康之西的江畔，出去二十里地是座军堡，里面有一支驻军，用来拱卫京师。

狱官应了，向高峤讨来手令，临走前又道："高相公放心，到了那边，我亦会给她安置妥当……"语气里夹带着满满的讨好，一边说着，一边躬身退了出去。

高峤已经低头开始处置公文，听到了，眉头微微皱了一皱，像是想说什么，抬起眼，见他已是退了出去。

当天晚上，全城疏散的消息便扩散了开来。

正如高峤所料的那样，全城陷入一片混乱。已经习惯了安稳生活的民众并不愿离开，跑到外头街上相互打听着消息，议论纷纷。每个人的表情里，都带着对朝廷的强烈的失望和不满。

这失望和不满，很快就转移到了发布这道疏散令的尚书令高峤的身上。

亥时，夜已深了，高峤还在台城忙碌着，忽然收到一个消息，道许多民众拥去高家，不但将前后门都堵住，连那条街也是无法通行了。

高峤吃了一惊，立刻中断了和下属的事匆匆往回赶。

高家此刻大门紧闭，门后横闩了一道粗木，领人守在这里的高七听到外头人声鼎沸，群情激动，命下人守好门户，不许有失。

忽然，门口响起一阵杂乱的砰砰之声，大门随之微微颤抖，似乎是许多人一道在撞着大门，要求高峤出来的呼声，此起彼伏。

高七神色紧绷，不亚于那夜被萧道承手下包围时的紧张，立刻命家人执好武器，又叫来一排弓箭手，布于大门之后，正叮嘱着，忽听身后传来一阵脚步声，扭头，见竟是长公主来了，慌忙迎了上去，道："小人无用，竟惊到了长公主。长公主安心回去歇息，这里我已部署好了，定不会有失。"

萧永嘉被阿菊扶着走了过来，身后跟了几个仆妇。

她停在门后，侧耳听着墙外不断传来的噪闹之声，片刻后，说道："开门。"

高七吃了一惊，忙道："长公主，外头那些人都已失心疯，门万万不可开！你放心，我方才已经派人翻墙出去通知李都卫了。他应当很快便会带人过来！"

萧永嘉道："把门打开！"语气已是命令了。

高七不敢违抗，只好一边叫人除去门闩，一边暗示弓箭手排在长公主身前，以防万一。

萧永嘉道："都让开吧。"

高七无可奈何，只好撤掉门后的弓箭手，改而埋在左右两边，自己又带人护在她的左右，神色紧张地看着面前那扇大门缓缓开启。

火把如昼。门外挤满人，一眼望去全是人头，就连大门外蹲在左右的两只石狮也被人群吞没，不见了踪影。

因为久等没有回应而变得情绪失控，开始推搡着用身体撞击大门的人，忽然看到门被缓缓打开，门里出现了一个神情严肃的美貌女子，虽大腹便便，却仪容高贵地站在门里，不禁愣了。

萧永嘉推开阿菊死死地抓着自己胳膊的手，迎着门外无数道投来的目光，朝前走了几步，停下，开口道："我便是你们要见的高相公之妻。他不在，我代他见你们。你们何事？"

门外吵闹之声慢慢地安静了。一阵沉默，人堆里响起一个声音："我们要高相公给个明白话，他是不是弃了建康？我们若听高相公的，如此走了，何日能回？"

"对！对！"周围之人纷纷附和。

萧永嘉道："你们错了！高相公今日之所以颁发此道疏散令，并非是要弃城，恰恰相反，他是为了更好地替你们守住这座城池！"

她的声音宛若敲冰戛玉，落地有声，

"我知你们皆是不愿离开，因此处是你们的家，祖辈根基所在，谁愿舍弃？他亦是不愿！他对此城的牵绊绝不亚于你们当中的任何一个！但他也没有办法！朝廷可用之兵有限，叛军和天师教叛军互为呼应，声势汹涌。

"我的夫君，他原本完全可以不必如此多事，不管你们死活。之所以颁了这道命令，不是为了弃城方便，而是为了保护你们，也为他到时迎敌，能够毫无牵挂，全力以赴！"

她的两道目光，掠过面前那一张张的面孔。

"就在你们来此闹事的今夜这刻，叛军正从几个方向而来，走在攻打建康的路上！而我的夫君，正在为了御敌殚精竭虑，奔波部署！他不能向你们保证，一定能替你们守住城池，但我却可以明明白白地代他叫你们知道，不到最后一刻，他绝不会放弃此城！"

门外静悄悄的，听不到半分的声息。

如此多的人聚在一起，却宛如成了一个无人之境。

萧永嘉慢慢地吸了一口气，提高音量，又道："乱起至今，这些时日，高相公一直在外奔波，连我都未曾见过他几面。你们对他不满，聚到这里，便是将门砸烂也是见不到他的。他前几日刚打完溧阳大战，今日确实回了建康。但此刻，人没有在家中拥被高眠，而在备战即将到来的护城之战！"

门外起了一片低低的议论之声，众人面上片刻前的那些失望和不满慢慢地消失了。

"全都散了！快些回去收拾行李，早点儿到高相公替你们安排好的地方，还能占个好位置！晚了，可就没处落脚了！"高七见状，急忙来到门口，高声劝退。

唏嘘叹气之声不绝于耳。挤在外头的人堆，终于慢慢地松动了。

人群渐渐散去。

高峤匆匆赶回，走到通往自家的那条街口，恰好遇到闻讯后手中高举火把带了人赶过来的李协。

李协举目，见通往高家大门的前方路上乌泱泱一片全部是人。近旁的仿佛看到了高峤，口中喊着"高相公来了"，纷纷跑来。他唯恐百姓冲撞了高峤，神色立刻变得紧张，回头道："高相公恕罪！方才下官正带着兄弟们在城东执事，来晚了！高相公快走，这里交给下官处置！"说完，命人护着高峤立刻离开。

高峤担心萧永嘉受惊，怎肯如此离开？摆手正要拒绝，叫他吃惊的一幕发生了。

那些冲到了他面前的民众将他围了起来，方才被推出带头来此想和高峤对话的一个年长老者，分开人群过来，朝他跪了下去，高声道："高相公，小人们错了！先前是小人们误会了高相公。方才听了长公主之言，才知高相公的用心良苦！恳请恕罪！高相公留下守城，我们也愿出力！"

"是，是！我们也愿出力！"周围人群里响起一片呼应之声，呼啦啦地，众人全都跪了下去。

片刻后，那条街上，便只剩下高峤和尚有些反应不过来的李协以及身后士兵还站着，一时不明所以。

高峤一愣，随即快步上前扶起那个老者，命众人起身。

李协也很快回过了神，立刻道："守城乃我等武士之任，高相公不需你们出力！你们只需遵照他的命令尽快离开建康城，便是在为守城出力了！"

老者被高峤扶起，见高峤含笑向着自己点头，含泪转头，对着众人高声喊道："你们都听见了？按照高相公的吩咐，立刻回去收拾东西，全都出城！"

众人向着高峤磕头，随即起身，抹泪各自散去。

当夜，东城门大开，民众连夜开始出城，李协领着前后左右四都卫军在城中维持秩序，忙而不乱。

一夜到天明，次日，更多的人开始出城。那条东去的道上，到处可见满面愁容、拖家带口的民众，密密麻麻，犹如一条长龙迤逦延伸，一眼望去看不到尽头。

第十二章

建康之劫

四更，夜色漆黑，建康宫里通宵未灭的残灯余火照出宫人们熬了大半夜满是疲倦的一张张脸。

　　这一刻，这座宫室数千、富丽堂皇的建康宫，再见不到半分往日的庄严和肃穆了。

　　里头的人挽着包袱、抬着箱笼，急匆匆地进进出出，甚至因为不小心相互撞在了一起。

　　片刻后帝后便要摆驾出宫，在官员的随驾之下离开建康了。

　　高雍容一夜没睡，疲倦和恶劣的心情让她脸色发灰，双眼浮肿。

　　坏消息一个接一个地传来。

　　武昌郡已被荆州方向来的叛军攻破，叛军正在向着高峤布防的望江郡而来。一旦望江郡也被攻破，建康彻底失去西方的屏障，叛军打来便是迟早之事。

　　不止这样，原本已被压制住了滚雪球般膨胀势头的天师教叛军，借着朝廷军被调离，防备减弱的机会，又趁机反扑。

　　刚刚送来的消息，东南方向重要大郡会稽郡也失陷了。郡守在逃走的路上被抓，死于城墙之上。

　　更可怕的是，传言天师教首吴仓和宣城叛军已经勾结在了一起，蠢蠢欲动，约定合兵，不日再次攻打建康。

　　大虞的军队，分中军、外军和各地的州郡兵三种。

　　中军便是建康的宿卫军和都卫军，归皇帝指挥，如今人数比起兴平帝时有所添扩，但两军加起来也不到一万。各地的州郡兵比重也很小，几乎不顶什么用。

整个朝廷靠的就是广陵军、叛乱前的荆州兵等这些被掌握在士族和权臣手中的外军。

而如今，大虞的可用之兵，几乎就只剩下高峤的广陵一军了。

殿外传来一阵通报之声，百官已到宫外，恭请帝后出行。

高雍容将落在殿外黑漆漆夜空中的目光收回，定了定神，正要出云，一个亲信宫人急匆匆地走来，低声道："皇后，牢婆传话，高相公命狱官将囚犯转入石头城。邵氏求告，请贵人将她释放……"

宫人看了下左右，附到高雍容耳畔，低低地说了几声。

高雍容眼底掠过一丝烦躁，冷冷地道："你传话于她，她那个兄弟，我已叫人从流放半道弄了回来！叫她如今给我老老实实在里头待着！非常时期，不能出任何岔子！等这一关过了，日后需用之时，我自然会将她救出！"

宫人应是，匆匆离去。

高雍容看了一眼身后的宫殿，迈步而出。

高峤和冯卫带着随同百官，看到帝后带着太子一行人从宫中摆驾而出，跪地迎接。

皇帝昨夜受凉生病，人恹恹的，满脸的疲色，出来便被迎上马车安置了。

高雍容并未直接登上马车，而是来到高峤面前，说道："伯父，陛下忧思过甚以致病倒，精神不济，叫侄女代他向伯父传话，建康交给伯父，一切仰仗伯父了！"

高峤道："此乃臣之本分。"

高雍容将他从地上扶起，叫其余人也平身，随即转头，看了眼远处列队待发的宿卫军，又道："伯父，陛下与我商议了，虽不能留下与建康共进退，但宿卫军却不必全部跟去那里。只消带左右二营便足够，其余人马全部留下，助伯父抵御叛军，卫我皇城！"

大臣们相互望着。高峤立刻道："不可！都卫军已留，宿卫军本就肩负护卫陛下安危之责，何况此次又是移驾。万万不可！"

高雍容道："侄女知这留下的人马不过杯水车薪，于伯父御敌并无大用，但却是陛下与侄女的一番心意，请伯父务必收编，听凭调用！"说着命人去向宿卫军传达圣旨。

高峤望着自己的侄女，眼底掠过一缕难言的暗色，终于道："如此，臣便替建康民众谢过陛下与殿下了。请皇后殿下上车，预备启驾。"

高雍容颔首，转身登上了自己的车。

城西郊外，兵丁押解着一队囚徒行走在去往石头城的路上。

女囚人数不多，只有十来个，本来就走在后头，其中一个仿佛走不动路了，越走越慢，落下前头一段距离。

这女囚便是邵玉娘。专门负责看守她的牢婆不耐烦，在边上不停地催促。

邵玉娘举着戴了镣铐锁链的双手，哀求道："嬷嬷行行好，替我解开锁链可好？这太重了，奴走不动路。"

因为长久不见天日，她面色苍白，说句话也气喘吁吁的，模样看着确实可怜巴巴。

牢婆冷冷地道："别人还戴着脚镣，狱官让你两脚空着已是优待了，哪里来如此多的啰唆话？快些走！"

邵玉娘无奈，咬牙又追了段路，渐渐走到一处长了茂密野草的路边，停了下来，手抱着肚子说要方便。

牢婆撇嘴，叫她蹲过去。

邵玉娘赔笑道："好嬷嬷，我昨晚上吃了牢里坏饭，今早肚子不好你也知道的。不是小恭，是大恭，手捆着不便，万一弄臭了，嬷嬷早晚都在我身边，怕熏到了嬷嬷。劳烦替我开开锁，好了我便戴回去。"

牢婆晓得她早上确实闹了肚子，眉头紧锁，看了下左右，一片平坦，并无可逃匿藏身之处，怕她真的沾了秽物熏到自己，皱着眉，摸出钥匙，替她开了一只手的锁。

邵玉娘千恩万谢，一手挂着铁链，一手捂着肚子，摸到野地里头的一丛野草之后，蹲了下去。

牢婆跟了几步停住，等了许久，催了几次，始终不见她起身，气呼呼地走了过去，却见她倒在地上，双目紧闭，竟是晕了过去，牢婆一惊，赶紧蹲下去掐她人中，见她没有反应，正要起身高声呼叫前头的人，冷不防地，地上的邵玉娘突然睁开眼睛，抓起挂在自己手腕上的铁索，抡了一圈，套住，一收，锁链便勒住了牢婆的脖子。

牢婆身材高大，被邵玉娘从身后死死勒住脖颈，竟无法挣脱，一屁股瘫在了地上，双腿乱蹬，喉咙里呜呜呜个不停。起先双手还在拼命抓着铁链，试图挣脱。

邵玉娘咬紧牙关，越勒越紧，铁链深深入肉。慢慢地，婆子手脚松弛，整个人一动不动，竟活活被勒断了气。

邵玉娘松开铁链，坐在地上喘了几口气，拿来牢婆的钥匙，开了自己手上的另一只镣铐，又将婆子尸体拖到一道土沟里拿草盖了下，看了下四周，朝着建康的方向快步而去。

颁布疏散令的第三日，帝后和伴驾的群臣已是去了曲阿，城中居民也已走了过半。

天才蒙蒙亮。薄薄的晨雾宛若一片薄纱，笼罩着建康东郊远处的那片丘陵和田野，勾勒出一道晨曦里的若隐若现的曲线。

眼前的田野是如此的宁静。如果不是有犹如雪片般不分日夜地飞来的各地战报，很难想象，不久的将来，眼前的这一切或许就要被兵乱给打破了。

城门下发出一阵嘈杂声，出来一队刚要离城的百姓，男女老幼，拖家带口。走在后面的一个男子推了辆独轮车，车上坐了个怀抱着吃奶娃娃的妇人。妇人眼神呆滞，手边是个包袱。

高峤不再看了，转头下了城头，回到家中。

萧永嘉已做好准备，带了太医、产婆、阿菊，另外选出来的四五个服侍的人正在家中等着。

高峤接了妻子，安置在一辆铺了厚垫的普通青毡马车里，一行人马悄悄地出了南城门，朝着句容的方向而去。

句容近旁有座名气不显的青龙山，青龙山的半山藏了一座默默无闻的道观，知道的人不多，观主是高峤早年偶然结识继而相交至今的老友。

高峤将萧永嘉送到这里待产。

行了半日，那地方便到了。通往山上的青石台阶被藏在了山木的茂密冠盖之下，极其隐蔽，如果不是走到近前很难发现。更妙的是，去往道观还要走一段修于两座山岗之间的栈道。即便山下有何意外，最后关头，只要毁去栈道，通道便断，可谓天然屏障，固若金汤。

观主来接萧永嘉上山去。

道观不大，环境清幽，萧永嘉被安置在后头的一间院子里。高峤留了一队人手护卫，命分别把守山下路口、栈道和道观，有事到建康来通报。安顿好了，便和妻子辞别。

萧永嘉催他回去："这里很好，我非常满意。你事多，已在我这里过了大半日，快回去吧，不必记挂我。"

高峤舍不得去，又知建康城里等着自己的事情千头万绪，不得不走。他握了握妻子的手，叮嘱阿菊等人照顾好她，叫生孩子时来告诉自己，又说自己有空也会来看她，说完，转身而去。

他跨出门，却听萧永嘉在身后说道："等一下。"便停了，见她走了过来，含笑替自己整了整衣襟，低声说："接下来不管多难，记得自己一定要好好的。我和孩儿等着你。"

高峤心中一暖。

他性格内敛，加上以礼自持，无论是年轻时还是如今，哪怕和萧永嘉关起门来再恩爱，人前也不会有什么亲昵举动。

但此刻，他却不由自主地，当着阿菊等人的面，将她搂入怀中，用力抱了抱，以此作为回应，这才松开，转身匆匆离去。

萧永嘉靠在门边，目送丈夫背影离去，扶着腰，被阿菊搀扶着转回屋中。

山中日子清净，和此刻外头的兵荒马乱相比，犹如身在梦境。

萧永嘉在这里住了七八天，高峤没有来看过她。

她心知一定是时局紧张，只能勉强压下焦虑，白天在道观里走走，晚上早早睡觉，等待产期到来。

没有想到的是，这个下半夜，山火竟烧了起来。

发现起火的是一个守夜的卫兵。看到起火了，立刻叫醒了道观里的人。

时至初冬，山中本就遍地黄草枯枝，容易引燃，又已多日放晴，火一起，加上山风助势，很快便大面积蔓延，根本无法扑救。

道观所在的位置又是下风口。眼见火势越逼越近，人在屋里，不但能感觉到阵阵热气，耳畔甚至都能听到山火烧过树木枝叶发出的声音。

道观很快就会被这场大火吞没。

整个道观里的人，观主带着几个徒弟，萧永嘉并几个下人加上护卫，不得不从山上撤了下来。

山下附近没有可以落脚的地方。所幸，观主说附近十里之处有个野村，住了几户人家，可以过去。侍卫用方才带下来的肩舆抬了萧永嘉，一路寻了过去。

村子确实如那观主所说，只住了几户人家。屋子稀稀落落，沿着地势而布，平日靠种几亩山田和打猎为生，无不淳朴。因两地靠得近，村民都认识这观主。见他领来了一行人，女子大腹便便，其余人看着都像是她的随从，虽境况见窘，但必有来头，于是立刻腾出了一间带了院子的大屋。

阿菊领着仆妇收拾了地方，终于勉强安顿了下来。此时，那山火的熊熊火舌已经吞没了几乎半个山头，发出的火光将附近照得如同白昼，连在这里都能看到火光。

众人远远眺望，无不心惊肉跳。

萧永嘉被阿菊扶着，在猎户家的简陋的卧榻之上歇了下来。

她知道丈夫必定事多。距离自己上山又这么过去了七八天，外头局势也不知变得如何，原本没打算拿生孩子的事去搅扰他，但今夜实在不巧，出了这样的事，没办法，便打发人回建康去向高峤报告消息。

此时，天已亮了。

折腾了半宿，她自己还好，见其余人都面露倦色，便叫人去向村民先借些吃的。几户人家送来了存粮，是些小米和野菜。仆妇烧了一大锅子的菜粥，招呼众人来吃。

护卫们忙碌了半夜，又是从火场出来的，无不口焦难耐。见附近有口村民用的小水井，方才都已纷纷去喝了水，此刻正感饥肠辘辘，恰好送来菜粥，站在那里几口喝完，领队便将人分班，命一半人暂歇，剩下的人继续站岗，等着建康那边的消息。

萧永嘉见太医、产婆、仆妇，个个也都熬得眼睛枯涩，让吃些东西，先去歇了。

阿菊不顾自己饥渴，先端了菜粥，配了一碟蒸腊味，进屋坐到萧永嘉的面前，一边替她轻轻吹凉，一边低声道："委屈长公主了，眼见就要生了，谁知竟会遇到如此之事……"

萧永嘉见她眼睛泛红，晓得她心疼自己，笑了，正想开口，忽然感到一阵隐隐腹痛传来，用手按了按，道："好似要生了。"

竟比预计的日子提前了几天！

阿菊跳了起来，立刻出屋，去唤躺下去还没一会儿的产婆太医和仆妇等人。谁知众人睡得死死的，叫也叫不醒。

阿菊不解，又叫了几声，见众人就是不醒，这才觉得不对，慌忙跑出柴门要叫来护卫，这才发现，门外护卫竟都倒在地上，人事不省了。

阿菊大惊失色，正要张口大呼对面岗坡上的那户人家，眼角风看见近旁有人晃了一晃，转头，还没反应过来，胸口凉痛，一柄匕首已是扎了进来。

她猛地睁大眼睛盯着对面这人，瞳孔里映出一张哪怕过了将近二十年，哪怕烧成了灰，她也能认出的脸。

这分明是邵玉娘的脸！

邵玉娘一副农妇装扮，蓬头垢面，一张脸白得像鬼，眼睛里闪烁着飘忽不定的光芒，嘴角带着冷笑，将她一把推倒在地，瞧也不瞧，命脸色有点发白的邵奉之替自己望着风，转身，迈着急促的碎步飘一般地朝里而去。

萧永嘉等了片刻，不见阿菊带人进来，感到不对劲，按住肚子，等那阵阵痛过去了，唤了一声，还是不见人，便扶着榻沿吃力地下了床。正要出去，听到门口传来一阵细碎脚步声，抬起头看见走进来一个女子，一时愣住。

邵玉娘一看到萧永嘉，双目便直勾勾地落在她的身上，从她的脸慢慢地往下，最后落到她的肚子上，死死地盯着，眼皮子跳动，神色极是诡异。

萧永嘉喃喃地道："邵玉娘……是你……你怎会来此……"

话音未落，她忽然抱住肚子，面露痛楚之色，跌回到床榻之上。

因为疼痛，她的身体很快便蜷缩成一团，随即喊着阿菊的名字，声音颤抖。

邵玉娘的视线终于离开她的肚子，落回到她的脸上。

她盯着萧永嘉这张和自己分明年岁相仿、看起来却依旧年轻美貌的面庞。

即便身怀六甲，即将临盆，身处如此一间破屋，也丝毫无损于她的妩媚动人，这是脂粉堆砌不出的经年尊优和受宠而养出来的气质。

"萧永嘉，你不会想到也有今日吧？你道昨夜那场山火从何而来？便是我放的！你那地方藏得真好啊，要不是我一把火烧了山，怎么可能把你逼下来……"

她的眼底放射出两道充满嫉恨的目光，呵呵地笑了起来，笑声得意。

萧永嘉腹痛得愈发厉害，连身子都微微抖动了起来。

"他们呢……你把他们如何了……"

邵玉娘哼了一声："你可真是贵人多忘事。难道你忘记了？我家中传医，从前我就是献药才救了高郎君的，何况天师教最擅长用药控人，我想弄点药，还不容易？算他们运气好。我本来想在井里下毒，再一想，倘若把你也一并毒死，岂不是便宜了你？这才改了，叫他们睡个一天一夜！"

也不知是疼痛还是气愤，萧永嘉的身子颤抖得更厉害了，勉力呼了一声高峤。

邵玉娘哈哈大笑："你叫啊，莫说高郎君了，就是这整个村的人也全都被我一井水给蒙倒了，我看你还能叫来谁！"

"邵玉娘，你到底要干什么……当年你遇害的事，和我无关……不是我叫人去追杀你的……"萧永嘉抖抖索索地道，抱住肚子痛苦呻吟。

"你给我住口！"

邵玉娘脸上的得意之笑骤然消失，眉梢眼底，爬上了愤怒的神色。

"就算不是你派人追杀我的又如何？当初，倘若不是你百般阻挠，高郎君会不要我？倘若不是你逼我离开，我会遇到那种事？全都是你害的，你这个蛇蝎毒妇！"

她咬牙切齿，原本秀美的面容亦为之狰狞变形。闭目，长长地呼吸了一口气，仿佛极力平定下了心中的怒气，才又慢慢睁开眼睛，盯着因为腹痛蜷缩、模样狼狈的萧永嘉，不慌不忙地坐到了她的对面，笑吟吟地道："方才你问我想干什么？"

"你听好，我叫你再痛一会儿，你要是还生不下来，我就帮你把肚子切开，把你和高郎君的孩儿取出来，往后当成自己的孩子抚养。我就不信，高郎君日后敢不听我的话……"

她笑个不停，仿佛被自己想出的这个计划给感染了，眸光里闪烁着异样的神采。

萧永嘉喃喃地道："邵玉娘，你别做梦了。你不知道吧，郎君当年就对我说过，你是个无耻之人，妄图勾引他。在他眼中，你不过就是个下贱之人。他怎可能会听你的话……"

她的声音有气无力，口齿却很清楚，一字一句清晰地飘入了邵玉娘的耳中。

仿佛被针刺了一下，她猛地跳了起来，双眉皱在一起，眼睛露出愤怒之色，立刻朝着萧永嘉逼了过来。她逼到床榻之前，打了萧永嘉一记耳光，厉声道："萧永嘉，你这个贱人！你再给我胡说八道试试？当年在江北，他受伤，得我照料，我感觉得到，他分明对我有情！倘若不是你从中作梗，他早要了我！便说如今，倘若不是他对我旧情不忘，我犯了事，他怎会饶我，还叫我住在单人牢房里……你这个贱人，叫你胡说……"

她神色激怒，抓住萧永嘉的两只肩膀，不停地用力摇晃着。

萧永嘉脸色苍白，被她摇得长发散乱，无法反抗。

狂怒中的邵玉娘，丝毫也没有留意，萧永嘉的一只手正悄悄地探向枕下。

"我这就切你的肚子……"

她松开了萧永嘉，作势转身要去寻刀，就在这个瞬间，萧永嘉的手触摸到了枕下的硬物。

那是一把匕首。出来后，为防万一，她一直贴身携带，方才压于枕下。

她抓住匕首，抽了出来，朝着毫无防备的邵玉娘，用尽全力狠狠地刺了过去。

邵玉娘发出一声惨叫，捂住肚子，脸上露出不可置信的痛苦神色，身体慢慢地佝偻了下去。

萧永嘉想拔出匕首。只是方才的周旋和最后刺出去的那一刀，已经是用尽了她全身的力气。刀又好似被肋骨卡住，一时竟拔不出来。

她从床上爬了下去，扶着墙朝外奔去。

邵玉娘的惨叫之声，很快便引来了守在门外的邵奉之，他站在门口，手里提着剑，吃惊地看着眼前发生的一幕，脚步定住了。

"给我杀了她……"邵玉娘趴在地上，神色痛楚，对着自己的弟弟下令。

邵奉之的视线落到萧永嘉的身上，和她对望。

萧永嘉慢慢地直起身体，盯着对面之人。

她脸色苍白，情境狼狈，但这一刻，当她站直身体，双目直视对方之时，仿佛散发自骨子里的那种令人无法企及的高高在上，竟叫邵奉之避开了她的视线，垂下眼睛，不敢与她对望。

"你还愣着做甚？还不动手——"

为了博取高峤信任，先前她故意病了许久，又在牢中关着，杀死牢婆逃出来后，连日的跟踪、潜伏和精神的高度集中，已是透支了她本就变得虚弱不堪的身体。

方才的那一刀，仿佛抽走了她浑身的气力。

她张着嘴，吃力地喘息，逼迫着自己的兄弟。

萧永嘉冷冷地道："邵奉之，你敢杀我？"

邵奉之的手微微颤抖。

"快动手！"邵玉娘厉声叱道。

邵奉之的手抖得愈发厉害，在邵玉娘的逼迫之下，吃力地抬起剑，对着萧永嘉的胸口，抖了片刻，突然"叮"的一声，那剑坠地，他亦跟着腿脚发软，扑通跪在了地上，哀求道："阿姊，我不敢杀她……咱们收手吧……趁现在还能逃，逃得远远的……我不想报仇了……我想活着……"

"你这没用的东西——"

邵玉娘再次变得狂怒，试着从地上爬了起来，方才起身，身体一晃，又倒了下去。

邵奉之趴在地上，瑟瑟发抖，不敢抬头。

萧永嘉跑了出去，从倒在地上的自己的仆妇、侍卫身边经过，跑到一道矮岗前，小腹再次抽痛，再也走不动一步了，她抱住肚子慢慢地蹲在了地上。

豆大的汗从额头滚落，她感到一股热流沿着自己大腿的内侧汩汩而下。

尽管高峤已尽全力，但当他赶到之时也是当天傍晚了。

他被眼前看到的一幕给惊呆了。

村落里的人全部陷入了昏睡，萧永嘉却不见了！

西路，望江郡的守军正在和荆州叛军苦苦激战，他也收到了确切的消息，宣城叛军和天师教勾结在了一起，二十万叛军再次向着建康袭来。

这些天，他一直忙着调兵遣将，构筑防线，万万没有想到，这里竟然会出如此的事。

他发现了倒在地上的阿菊。

她苦苦提着微弱的一口气，终于等到高峤，喃喃地道了一句："邵玉娘……"

再也支撑不住，昏了过去。

很快，高峤就在附近不远的一道矮岗之前找到了邵奉之的尸体。他被人割喉，地上流了大摊的血，早已气绝多时。

高峤和人在附近四处搜索，却没有萧永嘉的下落。

天黑了下来，寻找在继续。到了半夜，李协也闻讯赶来，带了许多的人手，一道加入了寻找的行列。

次日，附近方圆数十里都被找过，还是没有她的消息。

搜索范围又继续扩大。

三天过去了，高峤不眠不休，双眼熬得几乎滴出血来。

但是萧永嘉就仿佛一滴水彻底地消失在了日头之下，无影无踪。

情势变得愈发严峻了。

西线望江郡的战况告急，荆州叛军势如破竹。短短几天，望江郡守军不断地请求增援，但建康已经再也分不出多余的兵力了。

此前，高峤手中所有能用的军队已被迫拆分成了四支，望江郡一支，建康一支，守句容、曲阿、毗陵这道三角防线的一支，还有一支活动于腹地。

扬州东南一带的郡县几乎全部落入了天师教的手里。这支军队原本机动于中部地带，用来阻挡天师教那如瘟疫般继续扩向大虞中部的势头，但如今迫于来自宣城方向再一次的严峻威胁，权衡之下，高峤只能暂时放弃这个计划，命令鄱阳、豫章、临川、建安等毗邻东南的中部各郡组织郡兵自行抵御，于昨日将这支军队调了回来。

这支军队没有被派去西线。即便此刻奔赴过去，对于大局也无多少改变。

荆州叛军虽然在此前的北伐中铩羽而归，虽遭重创，但底子还在。对于这支军队的实力，高峤再了解不过。先前，在没有足够兵力用以对抗的前提下，他之所以布防望江郡，原本也只是为了延缓叛军沿江而下的速度，以便为建康获得更多的时间。

此次，这支调回的军队被并入了建康和三角防线。防线之后，是帝后、百官、从建康被疏散出来的几十万民众和大虞东南各郡先前那些因为天师教叛乱逃来避难的无数难民，万不能有失。

高胤就是这道防线的最高指挥者。

帝后所在的曲阿，地处三角防线最内的位置，又有坚固城防可凭，高胤将它交托给了守孝中闻讯而来的陆柬之。这些天，自己一直奔走于句容和毗陵之间。

这日傍晚，他刚收编了一支大约一千人的军队，从句容连夜去往毗陵，经过一个逃得只剩小半村民的村落旁，看见一个骑马士兵正抓着只咯咯啼叫的芦花鸡和显然不属于他的包袱翻身上马逃走，其后一个白发苍苍的老妪追赶着。

这士兵虽已去了兜鍪，但看衣服仍一眼能够认出，人是从广陵军里出来的。老妪腿跛，又怎么能追得上如此一个壮年骑兵？眼见被甩得越来越远，摔倒在地，伤心号啕。那士兵头也不回，快马加鞭，一溜烟地朝着野地深处逃去。

高氏的广陵军，这些年虽累立功勋，军纪比之南朝别的外军亦要严明许多。但高胤也明白，不少依着高氏、次等士族出身的军中中高级将领，虽然作战勇猛，但身上却带着一些士族无法避免的通病。上行下效，并非每一支军队都能遵循军规。

便是他的叔父高允，虽骁勇善战，劳苦功高，却也脾气暴躁，喜听奉承，性情骄傲，即便高峤时常提醒，他有时亦难免会放纵部下的扰民之举。

伯父高峤对这些不是不知，从前也试着去整肃军纪，但士族之间，那些世代盘根错节的人情关系早已是根深蒂固，犹如沉疴顽疾，想要连根拔除谈何容易？往往是高峤整肃，众人听之约束，等整肃过后，又故态复萌，周而复始。

伯父对此亦是无可奈何。

这些，高胤早也看在眼里。但连伯父都无法治本，他又能如何？平时能做的也只是约束自己的部下而已。

当此国难之际，竟然还有广陵军士兵如此作践百姓，且不用说，一看就是个逃兵。

高胤大怒，立刻停下行程，命人追了上去，将那个窜逃的士兵围堵住，抓了回来，将老母鸡和包袱还给老妪，等老妪止泣，擦了眼泪，千恩万谢地走了，转过身来，马鞭劈头盖脸朝那士兵抽了过去。怒极，又命当场砍下这个逃兵的脑袋。

士兵在地上打滚，怀里掉出了金创药，又哭爹喊娘地求饶，辩说自己是个传令兵，并非有意逃营，而是事出有因。

他道自己年过三十，还未曾有过女人，前日送信归来，为抄近路走了野地，偶然遇到一个受了重伤的女子，奄奄一息，女子以身相许，求他相救，他一时糊涂开了小差，将那女子藏了起来。今日出来，便是替她寻找金创药，方才路过看见村庄，里头似乎还有人家，一时起了邪念，这才进去抢了东西。

士兵痛哭流涕，不停地磕头求饶，又再三保证，说只要饶他性命，立刻便转回兵营，再不做逃兵了。

战事一触即发，高胤何来空闲听他说这些，下令将他拉去砍了，突然想起一事，神色微微一动，赶紧叫停，问明那受伤女子的年龄、形貌，所受的伤，遇到的地点，心中便隐隐觉得对上了人，立刻命人随这士兵过去将那女子抓来。

此地距离建康不过半日快马的路程，高胤见了人，立刻派人回去传讯。

次日清早，晨光熹微，那条展至建康方向的道上，伴着一阵越来越清晰的马蹄之声，高峤连夜赶至。

高胤也是昨日去了建康，见了高峤，才知数日之前伯母临产之际遇袭失踪的消息。当时伯父苦苦寻了几天，杳无音讯，战事又催逼得紧，他只能留人继续寻找，自己先行归来。

昨日见到伯父，见他才短短几日便暴瘦了下去，憔悴得令高胤几乎不敢相信自己的眼睛，晓得他分明心中伤痛到了极致，大战将至，却也只能将家事暂时放下，全力应对来敌，当时自己心中，亦是难过无比。

离去之前，私下里，高峤将邵氏的形貌体状说给他听，道此妇应知道长公主的下落，他正命人四处搜寻，叮嘱他若得空亦多留意着些。

昨日听那逃兵描述，他当时便联想到了邵氏，这才连夜通知高峤，见人赶到，匆匆迎了上来。

"伯父，侄儿疑心那妇人应该就是邵氏。只是侄儿无论如何问，她一律不答。本想将她送去建康，又怕她伤重，万一路上死了，这才唤来伯父……"

高胤将高峤带到村口一间破屋之前，指道："人在里头，伯父可以去看。"

高峤盯着那扇门，大步向前，一把推开了门。

昏暗的靠墙角落里蜷缩着一个女子，脖颈歪靠在墙边，衣衫被刮破撕裂，胸前一片干涸的血迹。露在外的脸、手，处处是被刮伤的痕迹。她面色如纸，神色委顿，双目微阖，半死不活的，没有半分的元气。

听到门被推开的声音，女子慢慢地睁眼，视线落到来人的脸上，眼睛里突然放出光彩，整个人仿佛瞬间便活了过来。

她飞快地坐了起来，抬手去捋自己的鬓发，好让自己看起来模样齐整些。

"高……"

"恶妇！长公主在哪里？你将她怎样了？"高峤双目在她脸上定了一定，一个箭步入内，喝问。

他额头两侧的青筋在隐隐跳动，嗓音嘶哑得像是一张被扯裂了的鼙鼓，投来的目光里，那种隐忍而深刻的厌恶和恨意更是她前所未见。

邵玉娘何尝不知，当年失去了那个绝佳机会，以高峤地位之尊，自己之卑贱，这一辈子，她也是再不可能有机会能够侍奉在他身边了。

也正是因为如此，她才更恨萧永嘉。

但是，她却依旧不肯死心，总还是怀了那么一点期望。

就在这一刻，她忽地明白了，也彻底地绝望了。

第十三章 寻妻之苦

那日，邵玉娘见萧永嘉逃了出去，撑着爬了起来追了几步，以再无退路痛骂邵奉之。

邵奉之被她逼着，又去追赶萧永嘉。

追到那道岗坡之前，就在她以为萧永嘉会被擒住的时候，远远看到一个年轻女子竟突然从岗头现身，拦在了邵奉之的面前。

不过一个抬手，她还没看清楚那女子是如何出手的，邵奉之就倒了下去。

她只看到一道血随了那女子的动作，从弟弟的咽喉里喷出，竟然溅了数尺之高。

邵玉娘不认识这个突然出现的年轻女子。但她生平第一回见到一个人，杀人杀得如此利落和熟练，尤其还是个女子。

她远远见那女子掉头，看向了自己的方向，再也顾不上别的，在强烈的求生欲的驱使之下挣扎而逃，恰近旁有道长满野荆棘的崖坡，她不顾一切地跳了下来，忍受着被荆棘扎刺的痛楚滚落到了坡底。

那女子追了过来，站在上头，一时没看到她的身影，大约比起杀她更记挂萧永嘉，没再冒着荆棘扎刺下来寻她，掉头而去。邵玉娘再一次死里逃生。

回想那日，从牢婆手下逃脱之后，她回到建康，趁着全城大乱潜在高家附近，躲于暗处窥伺，随后跟踪高峤送萧永嘉来到这里，接下来的七八天里，她一直在附近徘徊，摸清地形，寻找机会。

在探查到附近有那个小村落后，她终于想出了办法。当天深夜放火烧山，随后提前赶到小村落的附近藏起。果然，等到了萧永嘉一行人的到来，算到他们天明之际必会饮用取水，偷偷往井水里投了药。

长久以来，她为了复仇，隐忍、谋划、算计，甚至不惜自残身体，眼看就要得偿所愿，最后却功亏一篑。

一想到往后大概再也不会有一个像这回这般能够让她复仇的机会了，这几日，她无时无刻不是满腔怨恨，更加悲从中来，恨老天不公。

但是什么样的打击也比不过这一刻，她在高峤的眼睛里，再也看不到他先前望着自己时的那种怜悯之情了。

她非常肯定，不但二十年前，即便是在不久之前，哪怕知道她杀人放火之后，他看着她的眼神里也依旧带了一丝不忍。

而现在，没有了，彻底地没有了！

只剩下了深深的厌恶和痛恨。

摸着头发的那只手慢慢地放了下去。

邵玉娘盯着高峤那张绷得已经扭曲的脸。

"我的弟弟不听我的，我也将他杀了，更何况是那贱人？她自然是死了，和她肚子里那个快要生的孩儿一道死了！尸体被我挫骨扬灰，倒进了河里。你这辈子、下辈子，都别想再见到她了。"

高峤血管冰冷，整个人瞬间僵硬。

过去的那些日子里，他出动了大量的人，寻遍了出事附近她脚力可能到达的所有地方，又扩大了范围，始终没有她的下落。

时日一天天地过去，她的踪迹宛若石沉大海。

周围的人都已认定她已没了。他一直不愿相信，更无法接受这个结果。

在他心底，始终还怀着一个念头，她并没有死，只是此刻还在一个他没找过的地方而已。

这也是他急切想要找到眼前这个妇人的原因。

而这一刻，希望破灭了。

他盯着她，眼底慢慢泛红："邵氏，你再给我说一遍？"

"她死了！"

邵玉娘呵呵地笑，笑声有些瘆人。

"她罪有应得，死有余辜！当年要不是我救了你，她早就已经成了寡妇！她不感恩我，不成全我，还恩将仇报，将我害成今日模样，一切全都是她自找的！萧永嘉这个贱人，那日竟还企图骗我，说你在她面前说我无耻……"

"噗！"

一道沉闷的利刀破肉的声音。

高峤猝然出剑，剑尖刺向邵玉娘的心口，从她胸脯前的两道肋骨之间，毫无偏差地深深刺入，穿背而出。

邵玉娘的嘴还张着，声音却戛然而止。

她一下睁大眼睛，盯着高峤。

高峤眼底血红，却是面无表情，从她胸口猛地拔剑而出。

邵玉娘的身子随了他拔剑的动作，一下歪倒在地。

高峤再不看她一眼，提着那柄剑槽正不断淌血的剑，转头而去，才走了两步，那尚未死透的邵玉娘竟悲鸣了一声，用尽全身力气挣扎着从地上爬起，一个纵身扑了过去，伸手死死地抓住了他的脚。

"高郎君……临死之前，求你和我说句实话，当年，你心里也是有我的，是碍于萧永嘉，才拒绝了我，是不是……"

她仰着面，嘴角不停地冒着血，凝视着高峤的目光却是恳求的、柔弱的、惹人怜惜的，一如当年她初识那素冠白衣的男子时的美好模样。

高峤停下了脚步，慢慢地转头，盯着地上的这个女子，一字一字地道："邵氏，你给我听好，阿令她没有骗你。和阿令比起来，你连做她的提鞋奴也不配！我有妻如此，怎可能会对你有意？自始至终，在我高峤的心里，只有阿令一人！"

他一脚踹开她还死死抓着自己的手，出了屋大步离去。

高胤在外头忐忑等着，突见高峤出来，迎上去："伯父，怎样？可有伯母的下落……"话未问完，见高峤脚下一个踉跄，人晃了一晃，脸色惨白。高胤一惊，急忙抢上来扶住他的胳膊。

"伯父，你可是身子不适？"

高峤感到胸口猝然一阵疼闷，眼前发黑，一股又热又腥的液体涌到了喉咙。

远处突然驰来一骑快马，马上信使看到高峤，高声喊道："高相公，不好了，宣城叛军又打向溧阳了，离建康只有四百里了！"

高峤咽回了那一口热液，闭了闭目，睁眼，反手用力握了握侄儿的胳膊，道："我无事。我立刻回去，你也速回毗陵！"

高胤望着伯父匆匆上马，掉头就要回往建康的背影，心头涌出一丝不安之感。

"伯父，李穆那里，难道还没有消息？"他忍不住，高声问道。

高峤停了一停，道："他已回军，路上却遭到许泌留守军队和北夏军队的两面夹击。何日归来，还未能定！"

说完，领着随从，纵马疾驰而去。

高胤后来向高峤提及，在他离去之后，自己正要叫人将那邵氏尸首给处置了，不料妇人竟一息犹存，她艰难爬至门口，盯着高峤离去的方向，口中喃喃作声，似在发着诅咒。近旁驻足观望着的村民听了出来，竟是天师教咒。

原本平静祥和的日子，因为天师教的作乱而一去不返。京师一带的民众提及天师教，无人不是痛恨入骨。发觉这濒死妇人竟就是天师教教众，一人激愤之下捡石投掷，见高胤不加阻拦，更是群情激动，全村剩下的数十人全部围了上来，争相唾骂投石。

若非高胤后来命士兵将被乱石砸得面目全非的尸首拖走了，只怕就要被怒气冲天的村民给烧了天灯。

高峤虽未目睹，却也是可以想象，那妇人死时怨念该当何等之深。

他并不在意邵氏对自己如何怨念，但只要想到她可能施于妻子身上的怨念，他便感到无比的痛悔。

纵马飞驰在回往京师的路上，他痛恨自己从前为何一直未曾发觉，这妇人竟丑恶到了如斯地步。

他更是深深痛恨，利路名场，纵然挣下了一个扬扬虚名，世人提及他的名字无不仰望，却实不过是枉活于世，心盲眼瞎，二十年前便埋了祸根，直到酿出今日之事，害了妻子。

他想起自己数次心软，顾念旧恩，以至于那日连那狱官也心生误会，她性子急躁，又怎不会误会？

可是当初，他却自认为君子坦荡，只一味地责备她的不够通达。

如今这么多年蹉跎过去，妻子终于如他所愿，通达了。

可是一切也都迟了。

高峤想起和她当年的初次相遇，想起新婚时相处，想起因了那邵氏引发的夫妇多年冷战，想起那日送她上山两人所见的最后一面，他人都走了出去，她还叫住他，过来替自己整理衣襟低声叮嘱的一幕……

再也抑制不住，双目潸然。

那妇人歇斯底里，信誓旦旦，自认杀了不听话的弟弟，亦将萧永嘉杀死，投尸入河。

他却不信。

只要一日不见她的尸身，他便当她还是活着。

待这场国难平定，他必要再找，直到找到她为止。

建康遥遥在望。道路之上，一支刚刚调拨而来的军队正往城门匆匆而去。士兵的脚步踏得道上尘土飞扬，看到高峤骑马经过，纷纷停下，替他让道。

李协正在城门口忙碌着。

全城二十多万户，将近百万的人口，疏散起来也不是一日两日的事。

到了今日，城中犹有数千居民没有离开。这些人或是孤寡老弱，或是行动不便，根本走不了那么远的路。李协只能和手下将这部分人集中送往石头城。

比起建康，留在那里相对而言更安全一些。

他刚回来，远远看到了高峤一行人马，急忙过去迎接。

他知高峤昨半夜收到了来自高胤的消息，连夜去了。因先前一直参与搜寻，对长公主的下落也很是关心。见高峤的神色里看不见半分放松，眼底血丝密布，便知必定没有什么好消息，心下一沉，迟疑了一下，安慰道："相公放宽心。长公主吉人天相，定能逢凶化吉。"

高峤问他居民疏散情况，李协忙将情况说了一遍。

高峤颔首："此事交给你了。今日天黑之前，务必将所有还留下的人全部送走。"

李协应是，匆匆叫了人手再次入城。

他骑马经过南城的秦淮附近，下意识地停了马，看向秦楼所在的方向。

那一片，平日便是到了深夜，亦灯火星繁，丝竹盈耳。此刻还是白天，家家户户却门扉反锁，船停泊在岸边，一眼望去，冷冷清清，看不到半个人的踪影。

他晓得那女子出城了，此刻说不定已经到了曲阿。

那日，出于私心，他悄悄派亲信去了秦楼，想安排她搭乘运送辎重的军车去往曲阿，再托人安置好她，免得到了那里无处落脚，不料去的人回来告诉他，说她已被高胤的人给接走了。

他猜到应是高家之人感激她先前相助，这回施以回报。

当时他松了一口气，但心底里隐隐又起了一缕失落，有些后悔自己没有及早过来再见那女子一面。

他祖上曾做过武官，就是因为这点祖荫，他少年之时便入了宿卫营。

很早之前，在他还在宿卫营任职时，每日闲暇，和这建康城里许许多多与他有着类似背景和身份的武官一样，终日呼朋引伴，吃酒赌博，射箭游猎，浑噩度日，不想别的事，日子倒也无忧无虑。直到后来际遇突变，他被派去随当时还是别部司马的李穆平定蜀郡之乱。

就是那一次等同于死里得生的经历，李穆所展现出来的非凡的魄力深深地震撼到了他，就此彻底改变了他的人生。

他知这回建康凶险，早下定决心誓死追随高峤，和他共进同退。

他已经做好了阵亡的准备。

他父母皆亡，从前怕受约束，向来露水姻缘，不肯娶妻，可谓是无牵无挂，战死本也无妨。

只是不知为何，想到若是就此死了，心底又似有点儿牵绊。

眼前不禁再次浮现出那女子的样子。

原本像她那样的出身，就算早已不再纳客，自己若是看上了，直接养起也就是了。

他的官职地位，不能和京师的士族门第相比，但要她一个如此出身的女子却是轻而易举的，料她也是不敢反抗。

可不知为何，这回自己竟也假扮斯文，对她轻易不敢冒犯。

李协再次扭头，看了眼秦楼的方向，怅然正要离去，忽见一个手下跑来说道："李都卫，有个女子在南城门口说要进来，被拦住了，道寻你有事。"

李协心微微一跳，掉转马头，立刻往城门赶去。

他一口气赶到，下了马，奔出城门，张望左右，一眼看到不远处人少些的路边停了一辆小骡车，车旁站着一个女子。

她穿着一身灰扑扑的布衣，青丝被头帕包住，手上挽了一个包袱，静静地立在那里。两人四目相望，她眼睛一亮，朝他招手。

李协感到心跳有点加快，急忙跑了过去，停在她的面前。

"不是说你已被接走了吗？怎么又回来了？"

绿娘笑道："是。只是我走到半路，又想起件事，趁着还没开始打仗回来了。方才本想进城寻你的，但他们说上头下令只出不进，我只好请人将你叫了出来。你不会怪我扰你做事吧？"

"怎会？！"李协忙道，"你寻我何事？"

"先前我见你的衣裳刮破也未补，想着无事，帮你做了身衣裳，走时却忘了给你。没量过你的尺寸，只是估摸着大小胡乱做的，你莫嫌弃。"

绿娘将手中包袱递了过来。

李协缓缓地接过，望着她，一时不知该说什么才好。

绿娘凝视着他："无别事了，我先走了。战事凶险，刀枪无眼，你小心些。"

"等事情过去，这趟回来，李都卫若是不嫌弃我，我愿做你洗脚婢。"她低低地道完，垂下眼眸，转身朝着骡车走去。

李协看着她爬上车子坐了进去，门帘儿放下，那赶车的"吁"了一声，就要催骡之时，他终于反应了过来，追上去拦住，一把撩开车帘，探身进去道："绿娘，你且等着，我日后定要替你挣下个诰命夫人！"

他望着她蓦然放出神采的一双眼眸，毫不犹豫地抓住了她的手，用力地握了一握，这才松开，替她闭好门帘儿，叮嘱赶车的小心。

他站在路边，目送着这辆小骡车朝着东去的方向渐渐远去了。

他眺望南方。那个方向，谷马砺兵，烟尘滚滚，一场争夺和保卫京师的大战即将来临。

十二月月初，在洛神回到京口差不多一个月后，烽火终于还是烧到了建康附近。

消息传来，宣城叛军和天师教已经一道打向建康，她的父亲高峤，于距建康只有不到两日路程的溧阳迎战叛军。

坏消息不止一个，西线的望江郡也是岌岌可危。荆州叛军随时可能攻破这道防线，杀往建康城。一旦望江郡也失守，则建康城两面受敌，危机可想而知。

但这也都是七八天前的消息了。

从七八天前开始，她便没再收到来自外头的只言片语，也不知战况如何了。

因为京口也陷入了包围。

一支多达数千人的水贼竟沿江而下，绕过建康，直扑京口。

这群水贼原本活动于鄱阳湖一带，在上游横行多年，占泽称王。他们借着大虞内乱，抢劫来往商船，又靠着对地形和水势的熟悉，来无影去无踪，势力最大之时，人数一度过万。也是到了前几年，高峤派出重兵数次围剿，这才刹住了势头，有所收敛。

没有想到，这支水贼如今竟会趁乱倾巢而出，前来攻打京口。

水贼抵达之时正是深夜，对方以迅雷不及掩耳之势抢占了渡口，随后登陆，直奔京口镇而来。幸而京口防范严密，被守卫发觉，发出警示，一千守军立刻投入战斗。

虽然京口镇上的青壮大部分都已随了李穆投军，但剩下的镇民亦毫无惧色，操着家伙，随守军一道加入作战。激战了一夜，终于打退了水贼。

这群水贼无不是穷凶极恶的江洋大盗，又熟悉水战，围了出入京口的几条通道，不让传讯出去搬运救兵，仗着人多器利，歇息过后，次日再次攻打。

洛神当时便联想到了许泌。

鄱阳毗邻长江拐口，和荆州遥遥相望。水贼当初之所以势头如此凶猛，朝廷屡剿不灭，据说就是得了许泌的暗中首肯，水贼将所得和他分成，他便睁只眼闭只眼，任由水贼在大江上游活动，甚至朝廷组织围剿之时，还予以通风报信。

极有可能是许泌前次想抓阿家不成，这回索性来明的，勾结水贼，出其不意地从水路强攻京口。

洛神立刻将卢氏护了起来，又考虑到万一樊成和范望他们守不住，被水贼打了进来，便只能巷战。

倘若真到了那个地步，至少庄园还能庇护一二。

次日，樊成等人率领守军和镇上的青壮奋力抵抗之时，洛神打开了庄园大门，叫镇里的妇孺老弱悉数入内，暂时躲避。

庄园占地极大，容纳数千人完全没有问题。沈氏带着孩子、李家附近的街坊，还有镇上许许多多的人，全都进入了庄园。

这么多的人，要吃饭，要睡觉，洛神领着庄园里的仆从忙得不可开交。幸而众人都是同仇敌忾，进来之后无不主动争着做事，连谢三娘也来了，领着酒楼里的人，和沈氏等人一道，熬粥做饭，忙忙碌碌。

水贼凶悍，加上人数占优，洛神原先最担心的事果然还是发生了。

京口守军渐渐后退。

三天之前，他们已经被迫退到了庄园附近。幸而先前樊成在庄园周围布下了藩屏和阵地，庄园里也储备了很多的粮食和弓箭、火石等战略物资。就是凭着这些周密的准备，这才得以支撑下去，没被水贼攻入。

三天之前，终于有个信使在乱战中冲了出去，去向建康求助。

虽然这个消息让庄园里的人都提起了希望，从那信使离开之后，便无时无刻地盼着建康救兵的到来，但洛神的心情却没法乐观。

父亲一旦收到京口有难的消息，便是再难，定会派兵来救。这一点她深信不疑。

她担心的是，已经十几天没有消息的建康城，如今是不是也是身陷危机？

她亦担心，庄园里的弓箭和火石储备正一天天地减少。一旦用完，庄园恐怕也就危险了。

又三天过去了，倘若顺利的话，救兵应该差不多到了，但是外头却没有丝毫的动静。

庄园里的妇人们原本燃着希望的目光，渐渐变成了忧虑和担心。

救兵没有如期而至，只有两种可能。

或是信使在路上出了意外，或者建康已经被围，信无法送到父亲的手里。

这天夜里，水贼终于停止了白天的疯狂进攻，得以喘息的京口守军胡乱吃了些庄园里送出的饭食，横七竖八地靠在庄园围墙之畔，抓紧时间休息。

人太多了，屋子不可能全部容纳得下，许多人就睡在外头临时搭出的棚子下。

一个孩子生了病，发烧得厉害，得知消息，洛神叫侍女将那妇人和孩子带进自己住的清辉楼里安置歇息。

夜深了，隔壁那孩子吃了药，终于停止了哭泣，睡了过去。

洛神心事重重，睡不着觉，悄悄起身，穿过那些因为让出屋子都在自己这里打着地铺的仆妇和侍女们，下楼来到庭院，坐在被月光染上一层皎洁月华的石阶之上，仰头望着挂在树梢之上的那轮明月。

此情此景，叫她不禁想起了那夜李穆寻自己到这里时，因自己不给他开门，他爬树上了屋顶，破窗闯入自己闺屋的那一幕。

分开已是如此之久。

她日思夜想的郎君啊，如今人到底在哪里？

身后忽然传来一阵轻微的拐杖落地的声音。

洛神回头，见阿家也出来了，急忙上去扶住了她，低声道："阿家，您怎么出来了？"

卢氏道："阿弥，我听说，水贼指名要我出去，道我出去了，他们就退兵，是不是？"

这事是真的。

由此，洛神也愈发确定，这些水贼必定是受了许泌的指使。

他应该是不知道自己也在京口，这才将目标落在了阿家身上。

这事洛神一直瞒着卢氏，不想还是让她知道了，正要摇头否认，卢氏说道："我思前想后，不能因为我连累了全镇的人，不如将我交出去好了……"

"不行！阿家您若出了事，郎君回来，我如何向他交代？"

卢氏摸索着，慢慢地握住了她的手，说："我会给敬臣留封信和他说清楚的。何况，那些人未必就会要我的命。你不必过于担心。"

"这样也是不行！阿家您放心，再等个一两天，过个一两天，建康城那边的救兵一定会到！"

见卢氏似乎还要开口，她又道："阿家，您不必骗我。您当我不知道吗？您不想连累镇民，也不会连累郎君。您是不是已经想好，等您出去了，那些人退兵了，您就不活了，免得他们拿您威胁郎君？"

她眼中慢慢含泪："阿家，倘若那些水贼要的人是我，难道您肯让我出去？即便我阿耶那里没有收到消息，不会有救兵来，也没关系，只要咱们这边能再守得久一些，郎君一定会派人来的！南朝这么乱，他怎么可能放下我们不管？"

卢氏沉默了良久，用力地握了握她的手，微笑道："好孩子，阿家懂了，阿家听你的，等着救兵来。"

洛神这才放下了心，送卢氏回屋歇息。

次日，天还没亮，包围了庄园的水贼便又试图开始攻打庄园，樊成范望等人苦苦坚守，而建康城的方向依然还是没有动静。

当天晚上，吃的饭也改成了粥。

虽然先前有所准备，但储备的粮食再多，也经不住如此多的人一起张嘴。

守军要打仗，洛神吩咐依旧保持着米饭，庄园里的其他人，除了年迈、身体虚弱和生病的也吃干饭之外，其余人，包括她自己，全都改吃粥食。

如此又过去两天，情势越发危急，建康城那边依旧没有任何动静，而外头的水贼却越发猖狂，白天之时还点火烧了镇子上的屋，火光连片。

又一个夜晚来临，夜幕之下，耳畔到处是受伤者发出的呻吟和孩童的哭泣之声，庄园里的气氛低沉而压抑，洛神感觉得到，不只是被围困住的庄园里的镇民，便是守军，随着日子一天天地过去，这两日，意志慢慢仿佛也在动摇。最明显的，便是京口令。

这两天，恐惧和绝望已经开始掩饰不住地露在了他的脸上，若非有樊成和范望撑着，只怕守军也要开始放弃了。

吃饭的时候，洛神亲手提了一个装着胡饼的食盒，和送饭的沈氏等人一道从庄园门口出来，出现在了众人的面前。

连日的战斗使士兵都已很是疲惫，有些人就直接靠躺在地上闭目养神，忽然看到她出来，纷纷站了起来。

洛神拿了大饼，一张一张亲自发到士兵的手里，等发完了，说道："这些日子，实在辛苦你们，我极是感激。你们放心，咱们只要再这样守个几天，最多几天，李刺史的救兵就会到来的！他是个孝子，母亲和妻子都在这里，他绝不会丢下不管！"

士兵们握着手中的饼，定定地看着她，原本萎靡不振的神色渐渐有了精神。

范望见状，高声喊道："你们都听见了没？把夫人的话给我传下去！你们手里的饼，也是夫人她们亲手给你们做的！赶紧趁热吃，吃完了打起精神，给我好好守着！有李刺史在，谁都不会死！"

士兵们仿佛突然活了过来，大口大口地吃着饼，奔跑着相互传着话。

范望来到洛神的面前，恭恭敬敬地道："多谢夫人。请夫人快些回去，不必再出来了，这里交给我们。夫人放心，我们必会守牢，再不后退半步！"

庄园外的守军，又苦苦坚守了三天。

终于，在第四天的清早，如洛神那晚对士兵们说过的那样，救兵终于到了。

大江上游的方向，一支由高桓带领的两千人的军队从后直扑而来，将水贼停在江边的全部船只付之一炬，随后杀入京口，与获悉救兵到来后精神振奋的守军一道，将水贼杀得措手不及，人仰马翻，水贼们想要逃走，却又发现船只被烧。

数以千计的人积在江畔，死的死，伤的伤，天亮之时，江边大片的水都被染成了隐隐的暗红之色，江面之上更是漂浮了无数尸体。

被困了长达半个多月的京口终于解围。

庄园大门打开，所有的人都喜笑颜开，向着洛神跪拜磕头之后，纷纷回家。

洛神见到了高桓，自己的弟弟。

差不多一年没见，他个头又高了些，人看起来也是干练了不少。

他告诉洛神，李穆早在一个月前就已择近路回兵南朝，但在半路遭遇了留守的许泌军队和北夏军队的两面夹击，一时无法快速脱身，大军被绊住了。

他晓得南朝形势严峻，洛神又在京口，担心她和卢氏会遇到危险，便派高桓带着这支轻骑军走一条迂回远些但未设防的道，命他别的都不用管，只以最快的速度直接来到京口，确保京口安全无虞。

他便是如此，夜宿晓行，终于在今日赶到。

"阿姊，好险啊！幸好你们守住了，没出什么大事！万一你们有个三长两短，可叫我怎么向姐夫交代？"

在士兵面前，高桓已是渐渐树立起领队的威信，但是对着洛神，他一下又原形毕露，拍着胸膛，一副劫后余生、庆幸不已的样子。

洛神微微一笑，从睁大眼睛好奇打量着高桓的阿停手里，接过一块热乎乎的面巾，亲手替弟弟擦了擦他那张满是尘血的脸，擦完了，问道："你走之前，你姐夫那边情况很是不好吗？"

高桓嘻嘻一笑："阿姊放心，姐夫的战神之名可不是白叫的。他只是担心京口，才叫我先赶来。就许泌留守襄阳的那支军队，想挡住他很久，根本不可能！何况北夏军队应该也要自顾不暇了。慕容西已经出兵在打洛阳。"

"姐夫的计划，便是尽快拿下襄阳，然后直接渡江回南朝，这是最近的一条道了。许泌的荆州叛军不是沿江打建康吗？姐夫也效仿他，沿江追他，从后面打上去，打他个措手不及，看他还如何攻打建康！"

洛神那颗已经绷了许久的心，终于慢慢放了下去，脸上露出了一缕已经久违的笑容。

只要他回来了，不管接下来的情势还有多艰难，洛神便不觉得有多担心了。

他的身上就是有如此一种神奇的力量，能叫人感到安心。

第十四章　溧阳之战

建康之南，距离京师不过数百里的溧阳。

就在不久之前，宣城叛军第一次造势试图攻打建康之时，高峤曾亲自从建康赶至，在此地痛击叛军，成功阻击，一度令叛军龟缩不前。

但是，那场短暂的胜利还没过去多久，这个地方便又再一次地陷入了战争。

依旧是那支朝廷军，依旧是来自宣城的叛军。但和前次不同的是，这一次，叛军里还拧合了一股天师教的力量。

溧阳的这场争夺之战已是进入了第五天。

朝廷军一次次地打退了叛军的进攻，但宣城军和天师教众拧合起来的叛军，却仿佛从那地底深处爬上来的蝗螟般源源不绝，漫山遍野。打之不尽，灭之不绝，退了一拨又来一拨。

尤其那一支由天师教弟子组成的数千人的先锋队伍，个个面孔僵硬，双眼血红，眼底闪烁着野兽似的兴奋的异样目光，手中举着利剑狂冲而上，见人就砍。

没有什么能够挡住他们的步伐。这些人仿佛不是人，而是一大群只有生命没有灵魂的僵尸。除非是断气了，或是断了腿脚，否则，即便被斩断手臂，血流如注，也不会阻断他们踩着同伴尸体朝前冲去的步伐。

一个人倒下，后头立刻有更多的人冲上来。

在一场为了争夺有利地形的野战中，李协亲眼看到过一个被自己一刀砍下了脑袋的天师教弟子，竟挺着那具缺了头颅的身体笔直地朝前冲出了七八步路，这才扑了下去，而那把剑始终紧紧地握在手里。

此情此景，便是叫他见了，亦感毛骨悚然。

273

溧阳是建康城南方的最后一道关口，倘若失了溧阳，便如同为叛军打开了直通建康的门户。而建康，除了高峤多年以来用心经营的石头城和它那道并不如何高大的城墙，便再也没有任何值得一提的屏障了。

人人都知道溧阳的重要，加上自始至终，每一战，高峤必现身指挥作战，甚至不顾属下苦劝，亲自披甲执锐，上阵和将士一同杀敌。受他激励，无论是广陵军抑或是被留下一道守城的中军，到了这一步，皆已是杀红了眼睛，再无人敢思后退。

便是凭着这拧成一股的士气，数日之后，朝廷军不但夺回了先前失去的阵地，还将叛军往后逼退了五十里地。

然而，上下还没来得及喘一口气，在激战进入第七天时，高峤却还是不得不做出了收缩阵地、退守城内，分兵回往建康的决定。

因为他已没有别的选择了。

他收到了最新的战报。

望江郡在数日前被攻破，荆州叛军兵分两路，一部分走沿江陆路，攻占沿途郡县，势如破竹，另一部分在许泌的亲自督战之下，择舟船代路，沿着江流顺风疾行，径直朝着建康城汹汹而来。

这支循水路东下的叛军不日就要到了。

胜利的喜悦转瞬便烟消云散。

高峤安排人留下守卫溧阳的时候，议事堂里一度静默。

谁都清楚，在分兵去往建康之后，凭着数量根本无法和对方抗衡的人马，靠这一扇城门，想长时间抵御住外头那些近乎疯狂的数不清的叛军，压力极大。

这已不是单纯的死或者活的问题了，而是城池若是被叛军攻破了，一个不好，自己便是战死，也极有可能要背负一个无能误国的罪名，遭人唾骂。

这个罪名，谁也担当不起。

"高相公若是信我，我愿领军，固守此城！"一片寂然之中，李协缓缓出列，行礼说道。

高峤注视着他，那双深深凹陷的眼睛里慢慢地露出一丝欣慰之色。

他从座后起身，亲自走到李协面前，将他扶起，说道："我回往京师，必全力抗击荆州兵，力保建康不失。你若能率领儿郎在我打退西路荆州兵前保这道门户不开，此战，你身居首功！"

"相公放心！全军官兵，心坚如铁！没有高相公之令，便是血溅三尺，亦不后退一步！"李协一字一句地说道。

高峤派了当日主动请命留于建康的两个中郎将和李协一道守城，留下守军之后，当日便连夜带领剩余军队赶回建康。

建康西的石头城始建于前朝，本就是个用来拱卫建康的兵堡。当年北伐之前，高峤便开始再次经营，不但门户高深，城墙更是固若金汤，号称"江东第一要塞"。

许泌在朝多年，不会不知石头城的坚固，抵达之后，高峤料他必会绕过石头城。最有可能的路线，便是取道蒋陵覆舟山一带，提前在那里设下埋伏。

果然，被他料中。

到了夜里，荆州叛军趁着夜色掩护，在远离石头城几十里外的江畔舍舟登陆，迂回朝着建康城袭来。

原本是一场预计中的奇袭，没有想到，在经过蒋陵附近一处地势低落的山道时，竟遭遇了伏兵。一时间，两边山头火箭如蝗，擂石滚滚。叛军猝不及防，在山道里为躲避攻击，相互践踏，等伏兵杀出，只略作抵挡便溃不成军。

许泌见状不妙，慌忙收兵后退，丢下那些死伤士兵和满地的盔甲辎重，被朝廷军一路追杀得闻风丧胆，带着败军逃了半夜，直到天亮，一直逃到了建康西北方向的江城县的野地里，利用平坦地形重新整队，这才算是躲过了一劫。

此次，他之所以兵分水陆两路，自己亲自带着水路来的这支军队，迫不及待地去打建康城，原因全在李穆。

许泌向来怀着造就大业的念头，但他没有想到，先前一场北伐，非但没能达到排挤高峤的目的，反倒令自己在朝廷里失去了立足之地。

就在他为是否继续谋反，又何日谋反而犹豫不决之时，起于吴地，继而迅速蔓延开来的声势浩大的天师教乱，令他有了一种如有天助的感觉，再不犹豫，决定趁着这个千载难逢的机会，起事造反。

但是放眼南朝，他还忌惮一人。

那人便是李穆。

他知道李穆是个可怕的对手。

一旦他回兵南朝，自己到时若是还没有控制好局面，便极有可能遭遇困境，稍不小心，说不定还会阴沟翻船。

所以他一开始就打算将李穆的母亲拿到自己手上，悄悄派人潜往京口，没想到李母住进了庄园，门禁森严，根本没有机会下手，所以他干脆又指使那些江洋水贼公然去攻打京口。

他原本以为，如此应当能够成事。但最后传来的消息还是令他失望了。

更不妙的是，他得到消息，李穆果然如他所料的那样，已经发军南下。

所以，他更是需要尽快打下建康。

在他的谋划里，建康虽然无险可守，但他只要能在李穆回兵之前拿下建康，继而攻占京口，牢牢控制住广陵渡，则意味着，从上游荆州开始直到下游的江东，整片江域以及靠着大江而得的占了朝廷国帑来源很大比重的商贸和漕运，亦全部落入他手。

他掐住了南朝的命脉，再将李穆拒于江北，令他无法渡江南下，如此，他完全可以凭着这条大江，和李穆以及退到东南一隅的朝廷对抗，图谋余下。

这便是他亲自领兵奇袭建康的原因。

从他利用天师教作乱的机会公然反叛之后，诸事顺利。

与高峤左支右绌、疲于应对的窘状相比，他简直称得上是一帆风顺，心想事成，原本有些自鸣得意。

没有想到，登陆后的第一战，竟就中了高峤的埋伏，败得如此难堪。

许泌又恨又恼，在江城县休整了两日，获悉新的捷报，道杨宣率领的那一支军队，一路战无不胜，沿途攻城略地，势如破竹，一些小地方的郡县官员甚至不做丝毫抵抗，直接打开城门投降。

杨宣的军队已经打到了当涂一带，离建康不过也就三四天的路程了。

许泌大喜过望，将这消息传了下去，又以重赏激励士兵，随即调兵遣将，再次打向建康。

高峤首战获胜之后，晓得许泌必会卷土重来，派江乘令崔高守卫建康北的西陵，庐江太守尚纲守卫东向的青溪，石头城官兵守西门，自己则领军布防在台城的南向云龙门。

血战三日，崔高和尚纲相继阵亡，西陵和青溪落入许泌手中。

许泌士气大振，乘胜推往云龙门，高峤亲自领军对阵。在激战中，许泌被他一箭射中胸口，落马坠地，近旁之人起先以为他被射死，惊慌不已，抬起他仓皇逃走。高峤抓住机会反扑，逼得叛军又后退了数十里，将西陵青溪两地也给夺了回来。

只是，那一箭被护心镜所挡，只射裂了盔甲，入肉寸许，并无大碍。

虽然虚惊一场，死里逃生，但许泌此前从没有想过，以为可以轻而易举拿下的建康竟也如此难打。不但自己险些丧命于高峤之手，手下士兵亦伤亡惨重，疲倦不堪。想起先前，他想征发附近郡县的民众替自己充当军夫，结果民众怨声载道，纷纷逃走，一时也无心再战，下令原地驻扎休息，焦急地等着杨宣的到来。

叛军再一次被打退，建康也再次获得了喘息的机会，但这一仗，朝廷军亦损失不轻。不但普通士兵，就连中等以上的将领也伤亡了十数位，战况触目惊心。

高峤不顾疲倦，在台城云龙门外临时树起的营地里看望那些受伤士兵的时候，辕门之外，突然疾奔入内一个满身污血的信使，带来了一个可怕的消息。

毗陵失守了。

负责防守毗陵的征镇将军钟铭，出身士族，随高允征战多年，从前一直在广陵驻军，这次高峤调军南下，钟铭被调了过来，听命于高胤。

他自觉资历深，论辈分能和高允称兄道弟，更是高胤的叔辈，欺负他年轻，对自己被安排听命于他，心里不满。但知高胤是高峤看重的高氏下一代家主，碍于高峤之命，明面上也不敢有所表露，被派去毗陵后，布防完毕，打退了几次天师教众的围攻，心里便轻视起来，觉得高胤如此郑重其事，实在是小题大做，天师教不过是一群乌合之众，高胤却如临大敌，一切只是因他无能而已。

就在数日之前，高胤来此巡营，等他离开之后，钟铭竟召了几个亲信部下在帐中饮酒作乐，私下讥笑高胤胆小无能，众人附和，无不喝得酩酊大醉。

就在那天深夜，先前遭败的天师教纠集了十数万之众，在教首吴仓的亲自带领之下，朝着毗陵发动了大规模的夜袭。

结果可想而知。

钟铭酒醒，想要列阵对抗，已是迟了。

高胤闻讯赶来，毗陵已是失守，那钟铭也被天师教乱军杀死，头颅高高悬于城头。

此前布置出来的三角防线，一夜之间被撕破了一道口子。次日，吴仓便率领弟子和教众马不停蹄地朝着帝后所在的曲阿杀去。

信使跪地，高声喊道："高相公，天师教倾巢出动，人头不下十万，又是那教首带头作战，凶悍无比，曲阿守军不足，已被四面包围。高将军先前指挥作战之时被流箭所伤，陆公子正代他领军，艰难守城，情况万分危急！先前派出数位信使，皆出城不远便被发觉拦杀，小人潜出，拼死逃生，终侥幸来此报信！"

高峤眼前突然一黑，两耳嗡嗡，身体微微晃动。左右慌忙上来扶他。

他稳住身体，推开扶着自己的手，一把抓起信使送来的高胤的亲笔书信，一目十行地看完，肩膀僵住了。

帐中，他的面前围站了十来个神色沉重的副将，无不屏住呼吸，等着他的决定。

高峤的身影宛若一道石雕的柱，一动不动。

慢慢地，他的手无力地垂落，那双布满了血丝的眼睛里，流露出了一片愤懑和无奈的感伤。

"天意如此，我能奈何？"他喃喃地，自言自语般地如此道了一句，表情似哭非哭，似笑非笑，极是怪异。

周围静悄悄的，无人发声，气氛沉重无比。

"派人传信李协，不必死守溧阳了，叫他安排好退路，撤往曲阿。"他定定地出神了片刻，吩咐说道。

左右得令，立刻转身出了营帐。

"下令吧。立刻撤了建康所有布防，安排好断后，避免让许泌的叛军借机追上攻击，连夜发往曲阿。"他对自己的部下说道。

说出这话的时候，他眉宇间的那种萧瑟和悲凉，令此刻站在他面前的所有的人无不为之动容。

"高相公！"一个从年轻时就追随他北伐的高氏家将猛地下跪，唤了他一声，声音哽咽，"请相公领兵，尽快去往曲阿保护陛下，这里交给末将便是。末将必定拼死守城，绝不叫那逆贼得逞！"

"末将亦愿守城！"

"末将同请命！"

周围声音此起彼伏，众人纷纷下跪。

高峤面色惨淡，摇了摇头。

"曲阿那里，除了帝后，还有无数疏散过去的居民。建康可以丢，曲阿万万不能有失！更何况杨宣那支兵马，快则一两天，慢也最多不过三四日就打来了，到时定会和许泌合军。原本朝廷的这些兵马，想要应对就已不易，何况如今出了如此意外，还要拆分开来？"

他闭了闭目，复睁眸，视线从面前这一张张多年前起便追随在自己身边东征西战的家将的脸上掠过，眼底隐隐地现出一层闪烁着的水光。

"你们都是跟随我多年的人了。此次想必天意如此，你们也不必再为此城枉送性命了。全部听我的命令，立刻收拢各自人马，尽快动身！"

"末将遵命！"

众人纷纷从地上起来。有暗暗擦眼的，有神色严峻，议论着撤退法子的。

便在此时，突然，营房之外，那条通往南郊方向的道路的尽头，仿佛隐隐传来了一阵异样的响动。

那动静由远及近，起先犹如极远之境的一道平地闷雷，若有似无，听得不大真切。待人想要侧耳细听，恍惚之间，还没来得及觉察出什么，竟就好似迅雷一般，转眼便已滚滚而来，到了近前。

所有的人都在这一个瞬间听了出来。

那是大军急速行军而来才能发出的能叫神鬼都为之变色的震撼声浪。

伴着那越来越清晰的千军万马正席卷而来的轰隆隆的脚步和呐喊之声，脚下的大地仿佛亦为之微微震颤。

在这个瞬间，所有人心里立刻蹦出了如此一个念头——荆州叛军，竟然说到就到！

众人面色一变，不约而同，猛地全都看向了高峤。

气氛仿佛瞬间冰冻，高峤的两道目光亦陡然沉凝。他的双肩之上犹如压了两座泰山，从案后站了起来。

"传令，调敢死营即刻出城，以性命阻挡！其余军队立刻集结，以营号为序，速速撤离！"

他的部下得令，大步出营，各自要去安排事项之时，突然，一个斥候的身影出现在了辕门之外。

那斥候狂奔着，仿佛一道闪电，不顾一切地冲入了高峤的营房，扑倒在了地上。

"高相公，李刺史——李刺史他带兵到了！"

狂喜的声音，从这斥候的口里传入了每一个人的耳中。

气氛再次陡然凝固。营帐里，除了那报信的斥候发出的呼哧呼哧的喘气之声，没有半点别的声响。

但是就在下一刻，所有人仿佛一下活了过来，七八只手同时探向了地上的斥候，一下将他拎了起来。

"你再说一遍？"

斥候吞咽了一口口水："禀高相公，禀各位将军，是李刺史到了！荆州叛军在当涂时便被李刺史从后赶到给打散了。李刺史方才领军赶到了建康，即刻便能入城了！"

众人相互对望了一眼，突然，不约而同地全都放声大笑了起来。

笑声里，充满了一种劫后余生般的狂喜和快意。

"高相公，你可听到了？李刺史回来了——"

那副将转脸看向高峤，见他双目定定望着营帐帷门的方向，蓦然间，放射出异样的光芒，抬步，匆匆朝外走去，步伐却有些飘浮。他觉得有些不对，正要上去扶一把，却见他身体一晃，毫无预警地，人一头栽倒在了地上。

当初，在李穆最终做出回兵建康的决定之后，紧接着面临的一个最大的问题，便是选择从何处渡江南归。

长安建康，地理一西北一东南，即便是在朝廷南渡之前，江淮地带畅通无阻之时，来往两地之间的距离最近的一条驿道也长达两千余里。

何况如今，那些地带都还落在北夏军队手中。

他能走的通道，便是当初从义成北上攻打长安时开辟出来的那条军道。

从长安到义成的这段路毫无问题，但过了义成，接壤荆襄，他便面临何处渡江的抉择。

他有两条路可行。

一是绕过许泌势力所在的荆襄，取道江北，沿江一路东去，在溧阳的采石渡过江，直奔下游建康。

二是直面荆襄，直接就在上游江陵渡渡江，再顺江东下。

两者各有利弊。

前者，起初或可避战，看似能缩短行程，以达到尽快赶赴建康的目的。但采石渡古起便是长江下游江段除了京口渡外的另一大渡口。选择在这里过江，大军长途行军，路上绝无可能瞒过许泌派出的侦察耳目。他必会早早控制渡口，毁匿渡船，于南岸布设重兵，阻止自己顺利渡江。

到了那时，筹不到足够的舟船，再与以逸待劳的许泌军队陷入旷日持久的隔江对战，便是犯了驰援的兵家大忌。

况且，许泌倘若真的如他所想，趁着天师教叛乱的机会起兵谋反，那么在他谋反之前，他不可能想不到还存在着自己如此一个变数，极有可能，在他刚拔军南下之时便会加以阻挠。

路上一战，在所难免。

与其在下游处劣势地位为过江和他持久鏖战，不如出其不意，直接战荆襄，破襄阳，取武宁，从江陵渡口过江。

所以那夜，他与蒋弢略微商议过后，很快便做了如此决定，随即召集部属，言明情况，留下守军，将一应后方之事交托给了蒋弢孙放之等人，而后便领大军南下。

如他所料，大军刚过义成，完成粮草补给还没两天，尚未进入荆襄的地界，便遇到了来自荆州兵和来自南阳的北夏兵的两面夹击。

荆州兵自然是奉了许泌之命，要将他拦在这里，阻挡他南下的步伐。

许泌做事，周密辣手。他深知李穆不易对付，为了稳妥起见，当时又派人将自己如今与朝廷敌对，李穆或许不日便会南下的消息传给了羯人。

如许泌所料，北夏正忌惮着李穆，晓得他战定关中，接下来必要东出潼关，剑指洛阳。收到消息，怎肯放过这个能将他消灭的机会？

便这样，两支曾相互打得你死我活的军队，这一次，因为面对着共同的敌人，一改先前的对立，达成默契，一南一东，两面夹击，相互呼应，死死地拖住了李穆继续南下的步伐，让其一时无法摆脱。

这支驻于南阳的羯人军队由一个深受北夏皇帝倚重的宗室所领。因南阳地靠荆襄，又一度落入南朝之手，夺回之后，北夏皇帝极其重视，派此人过来镇守，隔三岔五会有递送公文的信使往来于洛阳和南阳之间。

李穆先是派了细作混入南阳，到处宣扬北燕皇帝慕容西已经大举发兵攻打洛阳复仇的消息，接着派人伏于驿站之旁，截获了一封从洛阳传至南阳的公文，获得火漆纹样和印鉴之后，伪造调令，称北燕大军压境，洛阳告急，皇帝召他立刻赶回洛阳商议军情。

慕容西在燕郡称帝，复立燕国之后，北夏便在防备着慕容氏的复仇之战。这宗室本就被听来的消息弄得很是不安，已经派人去往洛阳询问究竟，但因两地之距还没有得到回音。突然间收到如此一封调令，心急如焚，一时之间，怎会想到这竟是李穆的调虎离山之计？当即撤兵，留人驻守南阳，率军匆匆赶去洛阳。

北夏兵一退，李穆便兵分两路，一路原地不动，继续作对峙状，迷惑住荆州军，另一路连夜迂回取道，悄悄绕到了荆州军的背后。调兵完毕，立刻发动进攻。

负责留守的荆州将名叫许空，是许泌的族中兄弟，浑然不知北夏已经撤兵。突然遭到来自李穆的正面攻击，荆州军如何抵挡得住？

李穆的战神之名，整个荆州军府，上上下下，谁人不知？

他本就惧怕李穆，眼见落败，想到此次自己最大的任务就是留守襄阳，将李穆死死挡在江北，不让他从江陵渡过江。而想要抵达江陵渡，则必须通过襄阳。

他见状不妙，立刻打算撤军退入城中，以城防阻拦李穆南下的行军步伐。

以襄阳城防的牢固程度，加上自己有着大量的守军，李穆纵然再神武，短时间内想要攻破，绝非易事。

就在许空匆忙指挥退兵，打算撤入城中之时，身后竟杀出了一支军队，截断了荆州兵的退路。

前后夹击之下，战事毫无意外地结束了。

和那些愿意效忠追随许泌的高级将领不同，荆州军府里，许多中下层官兵本就对许泌造反感到不满，今日又吃了败仗，走投无路，也不必李穆表示什么，纷纷投降，杀了许空，掉头跟李穆一道杀往襄阳。

许空此前只留了两千人守城。城中官兵见李穆大军杀到城下，许空也已死了，又何来意志坚守城池？

很快，这座曾令许泌得意不已的有着"上游第一要塞"之称的城池，门户大开。

李穆干净利落地拿下了襄阳，三日后再取武宁，大军便开至了长江北岸的江陵渡口。

江陵渡是许泌军队往来南北的渡口，用以调兵的渡船长年常备，李穆顺利渡江，立刻领着大军循江东去，终于在数日之前，于当涂追上了杨宣所领的叛军。

双方开战。荆州叛军军心涣散，被打得四下溃散，李穆亦未追击，见让出了通道，便继续上路，终于在今日，带领着这支经过长途跋涉远道而来的大军，抵达了建康。

建康西北，江城县外的军营里，此刻，军医正在替许泌更换着胸前箭伤之处的药。

虽然受了伤，差点儿丧命，但许泌却笑容满面，躺在那里，和周围的部将谈笑风生，心情大好。

他刚刚收到一个探子快马传报回来的消息，先前在距离建康南门不过几十里的道上，发现了一支向着建康急行而来的大军。

因为距离有些远，看不清旗号，但必定就是杨宣领着军队抵达了。探子想到许泌这几日一直在焦急等待着杨宣大军的消息，急于回去报讯，叫一个同伴迎上，自己先放马赶了回来，要在第一时间将这个好消息传到。

许泌当时就哈哈大笑，立刻派遣身边一个副将代自己前去迎接。等伤口一包好，也待不住了，翻身而起，在左右的簇拥之下，大步流星地来到军营的辕门，亲自等着杨宣的到来。

众人跟随在他的身旁，笑容满面，争相表着忠心，说下一战不但要拿下建康，还要活捉高峤，替他报这一箭之仇。

正欢声笑语之时，只见方才派出去的那个副将已经骑马狂奔而归。

许泌脸上的笑容慢慢地消失。他盯着那副将越来越近的身影，心里忽然掠过一丝不祥的预兆。

那副将远远看见许泌，从马背上连滚带爬地下来，发出了一道撕心裂肺般的呼叫。

"司徒，不好了！是李穆回军了！朝廷军正朝这里攻来，他们很快就要到了！"

残余的最后一丝笑意，在许泌的脸上彻底地凝固。

他死死地盯着那副将身后的方向，神色瞬间变得僵硬无比。

这消息宛若晴空一个霹雳，将身后那些片刻前还在争相放着豪言壮语的将领们，全都给惊得目瞪口呆。

耳畔，隐隐仿佛听到了发自远处的一阵随风传来的厮杀呐喊之声。

众人面面相觑。

许泌猛地转过身来。

"传令——即刻列阵，预备迎敌！"

辕门里，突然发出了一道尖锐无比的咆哮之声。

这声音充满了惊怒，震动整个军营，震得远处一群停在野地里正在寻啄着草籽的鸟雀亦振动翅膀，扑棱着飞逃而去。

第十五章

国难未平

李穆进入了建康城，立刻就接管了原本听从高峤指挥的朝廷军队。

　　从上到下，没有一个人表示异议。

　　发生在建康西北方向的这片战场上的战事很快就结束了。

　　许泌的叛军犹如梦游般被杀得丢盔弃甲，溃不成军，抛枪跪地乞降者举目皆是。许泌胸前箭疮迸裂，血流不止，被亲信护送着逃往宣城。半道上，眼见身后追兵追上，走投无路之时，杨宣领军赶到，替他断下了后路，许泌这才终于得以脱身，狼狈向着宣城逃去。

　　笼罩了建康上空多日的乌云一朝得以消散，士兵那一张张布满血污的疲倦不堪的脸上，也终于露出了一缕难得的轻松之色。

　　但是，就在同一时刻，距离此地数百里外的曲阿，却是愁云惨雾，人人自危。

　　数日之前，毗陵被天师教乱兵攻破之后，厄运便也随之降临到了这座原本被认为是安全无虞的城池里。

　　高胤和陆柬之分别领着两支守军，在天师教乱兵攻往曲阿的路上，设下掎角之势加以阻击，将天师教乱兵挡在半途。

　　阻击的战斗进行得如火如荼，满城上下却已是陷入了巨大的恐慌。

　　风闻，这十数万教兵是由教首吴仓亲自率领而来的，吴仓一旦念咒，个个刀枪不入。

　　不只是栖身在此的百姓被这个消息搅得惊恐万分，那些跟随着的大臣亦是惶恐不安，不少人纷纷劝说帝后趁着教兵还没到来，先行避难。

　　刘惠称，当初之所以来此，是凭借了句容、毗陵和此地构成的三角防线，以为牢不可破。如今防线既破，此地便也岌岌可危，何况守军数量远远不及天师教的乱军，虽有高胤和陆柬之正在抵御，但恐怕是守不了多久的。附近百里之处便是云县，云县靠海，海边大小岛屿星罗棋布，他早年做过此地县令，知道当地的地形，不如尽快悄悄出城，奔往云县，登上岛屿藏起来，才是最安全的法子。

他愿领兵，保护帝后出行，去往海岛。

这个提议遭到了留在城中的冯卫的反对，认为海上毫无凭靠，且路上极其危险，那些天师教乱兵无孔不入，随时可能会被追踪袭击，不如就守在城中，将消息尽快报给高相公，料他得知之后必会有所安排。

刘惠冷笑，道荆州叛军来势汹汹，高相公如今只怕也是自身难保，等他来救，这里的城池，说不定早已被破。还不如趁着高胤和陆柬之还能守得住，有路可走，先行离开。万一迟了，被乱兵包围了，到时想逃走也没机会了。

皇帝被他一番话说得恐惧不已，当即下定决心离开。当天晚上，皇帝换了普通衣裳，带着皇后太子，在一众官员的随护之下，趁着夜色，悄悄地丢下满城之人，弃城而逃。

却没有想到，才出去不过数十里地，半路上，迎面竟遇到了数千应召赶往曲阿加入作战的天师教弟子。

皇帝吓得从马车里掉了下去。

一阵厮杀，刘惠抵挡不住，只能护着帝后和一众官员逃入了附近山中，苦苦熬到半夜，终于等到了闻讯带着救兵赶来的高胤。

高胤杀出了一条血路，却因为天黑混乱，不幸中了天师教弟子所发的一枚毒簇，强撑着护送当时已经面无人色的皇帝回到城中，随后毒气攻心，人便倒了下去。

守城重任全部压到了陆柬之的身上。面对周围越聚越多的天师教乱兵，被迫撤军回了城中，凭借城墙开始抵御。

曲阿成了一座围城。

围城进入第四天。

天师教教主吴仓在每次发动攻城之前，必会做法念咒，又给以天命为由择选出来充当先锋的教众发放神丸。

这些吃了神丸的弟子，短时间之内就会变得毫不怕死，战斗力极其惊人。

陆柬之率领士兵坚守城头，打退了来自天师教一次又一次的疯狂进攻。

这日傍晚，残阳如血，照红了城外那片地势平缓的广袤的丘陵和田野。

陆柬之带领守军，已经在城头接连守了整整一天。

吴仓似乎也急躁了起来，从清早起，天师教乱军的攻势便如同潮水，一波接着一波，没有片刻的停息。

一拨被驱着攻城的天师教弟子死光了，很快就会有第二拨天师教弟子顶替上来。

第二拨死了，第三拨转眼又至。漫山遍野，无穷无尽，看不到终结的希望。

而城头上的守军只是平凡血肉之躯的战士，凭着一口血气，坚守到了这一刻，已是快要到极限了。

但没有人后退。

从陆柬之到最普通的负责搬运擂石的士兵，所有的人都杀红了眼。

只要没有倒下，就没有人后退一步。

昏迷了几日，今早才刚苏醒的高胤，也登上了城头，和身边的士兵一道，挥刀杀了一个又一个的爬上墙头的天师教乱兵。

就连城中那些原本惧怕万分的老百姓，也终于被这宛如末日降临般悲壮的守城之战给感染了，他们不再惧怕，呐喊着，纷纷拥上城头和士兵一道作战。

数丈高的城墙之下，一天下来，尸体堆积如山，已经渐渐快要和城头齐平了。

又一拨教众在杀声中踩着叠尸上墙，蜂拥蚁聚，城头上的人用手中的刀、剑、石头，所有能够拿得到的武器，砸向密密麻麻不断往上冒的一个又一个黑色头颅。

城外那来自天师教众的厮杀和呐喊之声，从早到晚，一直不停地飘入城中充当了行宫的曲阿令的衙署里。

皇帝和百官聚在堂中，战战兢兢。

打听过来的都是坏消息。

当传令官带来最新的消息，说城头下的尸体已经堆得几乎要和城头齐平，天师教众眼看就要踩着尸山上墙之时，百官皆变色。那些平日养尊处优，连马都不能骑的官员，已经控制不住，牙齿瑟瑟发抖，两腿连站都站不稳了。

皇帝面色青白，掩面流涕："高相公呢？难道真的被困建康？否则，他为何还不来此救朕？"

百官相对，静默了片刻，渐渐地，也不知是哪个带的头，有人开始跟随皇帝涕泣。

就在堂中这哭声此起彼伏之时，突然，城外远处，那不可辨的方向，再次传来了一阵厮杀呐喊之声。

那声音宛若惊雷，似挟千军万马，带着震天动地般的力量，从四面八方朝着这座城池滚滚而来。

高雍容原本一直默默坐在皇帝身畔，君臣对泣之时，她眉头紧锁，一言不发。突然听到发自城外的这阵异样的动静，她的面色也骤然变得苍白。

这几日，不断有天师教的弟子从别的地方赶来曲阿，加入教首的攻城之战。

这就是天师教最可怕的地方。

当初，连朝中高官和士族名士也争相信奉天师教的时候，又有谁能想到，竟会生出今日如此局面？

堂中君臣的哭泣之声，被这异响惊住，突然停止。

在静默了短暂的片刻之后，哭声再次响起。

年迈的太子詹事热泪滚滚，用他那颗白发苍苍的脑袋，狠狠地撞击着大堂里的柱子，额头很快冒血，他却浑然未觉，悲愤哭泣："上苍！我大虞自武帝立国，国祚至今，绵延百五十年，难道今日竟要断在乱教手中？"

他话音落下，周围大臣更是涕泪交加，纷纷跪地，掩面痛哭。

"陛下——陛下——"

片刻之后，在一片此起彼伏的哭泣声中，冯卫从外奔入，面带喜色，一把推开一个挡住自己的正在哭号的大臣，奔到了皇帝的面前。

"李穆领军赶到，正在城外和乱贼厮杀，高将军和陆公子也出城共战！

"陛下，曲阿有救了！"

天明，持续了一夜的战斗终于告一段落。

吴仓在意识到不可能在这里战胜李穆之后，带着剩余的门徒和弟子仓皇逃离。

曲阿城外的野地之上，晨雾飘荡，到处是死去的天师教弟子的尸体，越靠近城门，所见越是触目惊心。

一具具的尸首仿佛虫子一般，相互堆叠在一起，密密麻麻，到了城门附近，竟寻不到任何可以落脚的地方。

昨夜激战程度如何，可想而知。

士兵们在军官的指挥下开始清理战场。

李穆入城，战袍森严，剑履洒血，来到那座衙署之前，在周围无数的来自惊魂未定的百官那近乎带着敬畏的注目之中，穿堂而入，来到了皇帝的面前，向着座上的皇帝下拜，说道："臣李穆救驾来迟，罪该万死。"

他话音未落，皇帝便站起了身，迈着虚浮的脚步，上前，冰冷的手指一把抓住了他的胳膊。

"敬臣，朕幸而有你！你救朕于险地，忠贞之节，超世之功，非大司马之衔不足以彰汝崇功！"

荆州叛军虽然在当涂和建康遭遇接连两次的失利，但李穆当时作战是为了驰援和救城，所以并未穷追猛打。叛军虽败，但依然保存了实力。

许泌逃到宣城之后，立刻重整旗鼓，纠集人马，试图反扑。

随后，在宣城之外的野地里发生的那一场大战，才是双方真正意义上的较量。

许泌败退，带着最后的残兵败将沿江西逃，建康城的压力顿时减轻，朝廷得以将重心重新放到天师教叛乱上。

很快，毗陵也被夺了回来。

一度形势曾危如累卵的京师和周边地带，那宛如乌云压顶般威胁，终于就此得以彻底消解，疏散出去的民众开始迁回建康。

这个消息，伴随着那些关于李穆如何从遥远的长安回军江东，力挽狂澜，在千钧一发之际拯救帝后、京师免于危难的绘声绘色的描述，也传遍了京畿，传到京口。

京口民众无不手舞足蹈，举手相庆，更深深地与有荣焉。这些日子，从早到晚，庄园外跑来打听李穆是否回来、何日归来的人络绎不绝。

人人都盼望能见到他的面，洛神更是如此。

从她被高胤在半道拦截送回京口避乱的那一日算起，到这一天，又过去了两个多月。

而和他分开，更是已经长达大半年了！

她无比地想念他。

阿娘如今应该早已生产了。

但是先前，或许因为战事的缘故，她一直没有和自己通信。

她到底替自己生了阿弟还是阿妹，近况如何，洛神到现在还没有得到半点儿消息。

还有阿耶、大兄他们，洛神可以想象，在李穆回军之前，面对着来自荆州叛军和天师教叛乱的双重压力，他们的境况是何等的艰难。

所有这些，都叫洛神感到无比地牵挂。

所以京畿一带趋于平稳的消息一传过来，洛神就等不住了，这日去寻卢氏，想请她暂时继续留在庄园里，自己准备动身回建康。到了，却见谢三娘也在卢氏的跟前。

谢三娘仿佛正要告辞，人已是起了身，看见洛神来了，叫了她一声"阿嫂"，向她行了一礼，态度很是恭敬。

洛神想起前些日京口被围时，她和沈氏等人一道在庄园里帮了很大的忙，面露笑容，留她再坐。

谢三娘微笑着婉拒，说是还有事，退了出去。

洛神叫人送她出庄园。卢氏随即招呼洛神坐到自己身边，笑道："阿弥，你可知三娘方才寻我说了何事？"

从昨日开始，李穆回兵解了京师曲阿之围的消息传开后，洛神知这两日，时有从前那些和阿家往来的街坊妇人来这里，向她打听李穆的消息。

但谢三娘应该不会特意为此而来，迟疑了一下，道自己不知。

"是好事呢。"卢氏显得很是欢喜。

"三娘道，前次，她收到了孙放之托你阿弟给她带回来的信。她已经想好，等下回蒋弢派人来接沈氏时，随她一道过去。"

卢氏笑道："她终身有靠，我也是放心了。等日后她成婚，我必当女儿一般地将她出嫁。"

洛神听了，心里彻底地吁出了一口气，也是由衷地为她感到高兴，附和称是，随即就把自己想要去建康的打算说了出来。

卢氏自然答应。

"路上既然平安了，你早些回去吧，多带些人同行。阿家这里尽管放心，阿家还是住在庄子里，暂时不回镇上。"

洛神回去，便命人收拾东西，打算次日动身。

至晚，行装全部打点完毕，洛神也早早地歇了下去，想养足精神，明日早早出发，但想到就能回去了，反而又睡不着觉。

李穆此刻大约也在建康，想到回去就能见到他，高兴之余，甚至有些激动。

但转念一想，许泌叛乱还没有被彻底平定，天师教更只是被赶出了京畿一带，东南腹地的许多郡县还是落在天师教的手里，形势依然严峻。

所以她又猜测，他也有可能并没有在建康停留，而是马不停蹄地继续忙于平叛去了。自己便是回了建康，也未必就能见到他的面。

心里一阵期待，又一阵的失落，到了深夜依然辗转难眠，有些等不到明早动身了，恨不得插翅，立刻飞回建康去看个究竟才好。

实在睡不着觉，索性披衣而起，点了灯，走到那扇窗台之前，推窗望了出去。

昨日下过一场薄雪，地上的积雪早就已经不见了踪影，只在瓦头的缝隙之间还留了一层残雪。月光的映照之下，残雪晶莹，宛如白霜。

她又一次地看向自己住的这座小楼旁的那棵树，忆起那夜他爬树来见自己的一幕，盯着婆娑树影瞧了片刻，感到一阵冷风吹来，顿时打了个哆嗦。

她搓了搓手，正想关窗，视线忽然定住了。

就在小楼大门通出去的那条步道之上，站着一道男子轮廓的身影。

那人也不知几时进来的，竟然站在自己住的这座小楼的门阶之下，微微仰面，一直默默地看着自己所在的方向。

洛神搭在窗棂上的那只手蓦然停顿了。

纵然那人脸庞被夜色所掩，但她怎可能认不出来那人影勾勒而出的熟悉轮廓？

她猜测他或许人在建康，又猜测他或许离开建康，去了别的地方平叛。唯独没有想到，他几乎是在第一时间来了京口，来寻自己了！

在这个带着南方冬天所特有的阴冷入骨的深夜里，还有什么惊喜，比想着一个人，那人就突然出现在了面前还要来得叫人欢喜的？

洛神全身的血管瞬间热了起来。

她惊喜地尖叫了一声，俯身探出窗口，朝那人用力地挥了挥手，随即她转身出屋，飞快地跑了下去。

她的双足落在木质的楼梯之上，蹬得楼梯咚咚作响，一口气奔到了门后，拉开门闩，打开了门。

李穆快步上了台阶，站在门外，两道目光在夜色中闪闪发亮。

"郎君！"

洛神唤了一声，整个人便扑到了他的怀里。

李穆张臂，将那具投入自己怀中的柔软身子紧紧地搂住。

就在搂住她的那一瞬间，他感到胸腔之中一阵气血激荡。

建康一平稳，他便放下了一切亟待处置的事务，第一时间赶回她所在的京口。

他早已从高桓口中得知了前些时日她在京口遭遇过的那一场惊魂，迫不及待地想要立刻见到她的面。

但是，就在片刻之前，当他终于回来，叫开庄园的门，到了她所居住的这座小楼之前时，他却又踌躇了。

那件已然发生了的事情，他怕她无法接受，怕她悲伤欲绝，但是又不可能将她一直隐瞒下去。这也是他无论如何也一定要第一时间来京口亲自见她的另一个原因。

但这一刻，在周遭那昏暗的夜色里，李穆听到怀中人不住口的一声声充满了惊喜的"郎君""郎君"的低低呼唤，这大半年间所积聚出来的对她的所有渴望和思念突然汹涌而出。

他再也忍耐不住，低头吻住了她的唇。

楼下的侍女们被洛神方才下楼梯时弄出的声响给惊动了，纷纷起身，执灯出来，看到这一幕，顿时愣住了，急忙避开。

良久，李穆终于放开了她，将她一把抱了起来，上了楼，入了她的屋。

他将她放在床上，转身要去点灯，手却被她给抓住了。

她撒娇般地将他强行拽了回来，不让他走，自己从床上爬了起来，跪到了他的膝上，双臂绕住他的脖颈，香软的双唇又朝他贴了过来。

终于再次结束这个充满了相思甜蜜的亲吻，李穆已是被她彻底地压倒在了床上。

洛神趴在他的胸膛上，余喘未平，柔软的手抚着他的脸庞，带了点撒娇地埋怨他："你何时回来的？怎么站在外头不叫门？昨日刚下过雪，夜里冷，也不怕冻着了……"

语气中又带着几分心疼。

李穆长长地呼了一口气，竭力平复下自己被他这个已有大半年没有见的小妻子给勾得加快的心跳，一时沉默了。

他真的不忍叫她知道那件事情，但却又无法隐瞒。

"哎呀，我都忘了——"她忽然想了起来，"你这么晚到，一定又饿又累。阿家很好，你放心，她已睡了，你明早再去见她也不迟。我先去给你弄点儿吃的……"

她急急忙忙地从他身上爬了起来，要下床去点灯，手却被他握住了。

李穆阻止她，自己下了床，来到灯架前，点亮了火，转过身凝视着她。

她坐在床沿边，靥透红晕，面若娇花，烛火映着一双明亮的双眸，唇边更是带着欢喜的笑。

李穆只觉得心情愈发沉重，那句话，不知该如何开口才好。

见他一直这样看着自己，一言不发，洛神渐渐觉得有些不对劲了，迟疑了一下，笑道："你这么看我做什么？"

李穆走到了她的身边，坐了下去，说道："阿弥，有件事，你听了，不要太难过。未必一定就是那样……"

洛神唇边的笑意凝固住了："出了何事？"

她的脸色微微一变："莫非是我阿耶出了事？"

李穆摇头："岳父还好。"

"是我阿兄不好了？"她立刻追问。

虽然大兄带兵多年，屡历战事，但战场之上刀枪无眼。

实在是李穆的这种语气，让她没法不胡思乱想。

他又摇头，说高胤在曲阿时确实受了伤，但如今已无大碍了。

他的话，非但没有叫洛神放下心来，反而愈发焦虑了。

这次战事，和她有血缘的几个直接上了战场的最有可能出事的男人，阿耶、阿兄、阿弟都无大事，李穆方才却用那种语气和她说话。

难道……

"是我阿娘出事了？"

她一下睁大眼睛，脸色陡然变得苍白。

李穆缓缓地点头，低声将自己所知的那事给她讲了一遍。

洛神还没听完，整个人便定住了，呆呆地望着李穆一动不动。

就在今天，收拾着明早动身的行装之时，她还在快乐地猜着阿娘到底是替自己添了个阿弟还是阿妹。无论是阿弟还是阿妹，她都会喜欢的。照着日子推算，应当也已满月了。

她想象着满月婴孩的可爱模样，恨不得立刻见到才好，却做梦也没有想到，就在建康告急的那段时日里，阿娘的身上竟然发生了如此遭遇！

眼泪很快模糊了双眼。

"阿弥，你先不要过于难过。那邵氏虽然声称自己杀人，毁尸灭迹，但我问过李协，那邵氏当时受伤不轻，凭她的情状，很难能将后事处置得如此干净。当时周围所有可能的地方全都搜过了，掘地三尺，附近水域也是逐一排查，并不见长公主，更不见丝毫的痕迹，便如凭空不见……推断或许当时近旁还有别人……倘若那样，长公主应当还活着，只是被人带走了而已……你放心，我已派人各处查找，一定会找回来的……"

她感到李穆将自己抱入了怀里，在她的耳畔安慰着她。

她知道他是不想自己太过难过，在他的怀里，闭着眼睛，死死地咬着牙，不断地点头，极力不让自己哭出声来。忍到最后，连两只肩膀都颤抖了起来。

李穆便是怕她如此难过之际，自己不在她的身畔，这才想由自己亲口告诉她这个噩耗。

他将怀中那具颤抖的身子紧紧地搂住，在她耳畔说道："阿弥，你哭出来吧，哭出来会好过些。我在的。"

洛神再也压抑不住了，呜咽出声，眼泪仿佛决堤了的水，从闭着的一双眼眸之中不停地坠落。

李穆不再说话，沉默着，只是一直抱着缩在自己怀里的她，轻轻拍着她的后背。

洛神哭了许久，慢慢地睁开了那双哭得已经通红的眼眸，抬头望着他，抽噎着问道："方才你说我阿耶还好。他其实是不是很不好？"

这些日子，就李穆所见，高峤并没有就此倒下去。

那日在营帐中苏醒后，他便立刻又投入了朝廷之事。

就在李穆赶来京口之前去向他拜别之时，他还在和冯卫商议着民众回迁之事，案前的文案堆积如山。

但是李穆却有一种感觉，自己的这个岳父不过是在强撑着。皇帝回来后便病倒了，朝廷局势还严峻如山，他没法就此倒下去罢了。

还在迟疑间，洛神已经从他怀里坐了起来，一边擦去面颊不断滑落的眼泪，一边哽咽着道："你不和我说我也知道的。阿娘出事，无人会比阿耶更自责更难过。我怕他真的会倒下去，我要尽快回去！"

李穆又抱了她片刻，等她渐渐地止泣，便带着她一起去见卢氏。

卢氏起了身。

李穆拜过许久未见的母亲，将建康发生的事情说了一遍。卢氏还没来得感受儿子归来的喜悦，便又万分难过，抚慰了洛神一番，当即便叫儿子送她快些回建康城去。

天还没亮，洛神便坐上马车朝着建康城赶去。

第三天的晚上，她终于回到了家，下了马车，出来相迎的高七见到她，才唤了一声"小娘子"，声音便哽咽了。

洛神压下心中悲伤，第一句便询问父亲的身体，得知他最近一直在吃药，今日已是回家，此刻人就在书房里，立刻过去，一边走，一边说道："都如此晚了，你怎都不劝我阿耶去歇息？"

高七唉声叹气："便是大家自己想停亦是停不了。许泌的叛军逃走了，却听说还要再打回来。天师教乱兵虽说被赶出了曲阿和毗陵，可在别的地方闹腾得更凶了。听说前日又杀了一个地方的太守……冯侍中他们晚上一直都在相公跟前议事，刚走没多久……"

洛神又问阿菊，得知她当时被救了回来，太医全力救治，总算有惊无险，捡回来了一条命，虽说身体还没恢复，还在养着，但也算是这许多不幸中的万幸了，心中这才终于稍稍好过了些。

她还没走到书房，便听见一阵咳嗽声从里头传了出来。

她推开门，看见父亲肩头披着一件衣裳坐于案后，正一边咳嗽，一边在批阅案头文件。

洛神停住了脚步，望着，眼圈慢慢地红了。

高峤听到开门的动静，抬起头，看见女儿回了，身上罩了件鹅黄色的厚缎披风，风尘仆仆，显然是连夜刚赶回来的，此刻正立在门口，眼角泛红地望着自己。

他一怔，唇下意识地微微扯了一扯，仿佛想向女儿露出一个笑容，只是那笑却太过凝涩，随之便被浓重的悲伤和自责所淹没了。

他慢慢地放下了笔，低声道："阿弥，你回来了……阿耶对不起你阿娘，也对不起你……"

洛神再也忍不住，快步走到父亲身边，含泪道："阿耶，你勿再自责。郎君都和我说过了，阿娘吉人天相，她一定还在的！咱们一直找，一定能把阿娘找回来的！"

高峤唇边露出一丝苦涩的笑意，点头道："是。阿耶也是如此想的。"

"阿耶，你要保重自己身体，等着阿娘回来。"

高峤微笑道："阿耶知道。你瞧，药我不是都吃了吗？"

案头一只空的药碗，旁边就是堆积着的文书。

她解下了自己的披风。

"阿耶，文书之事交给我吧，你去休息！"

高峤望了眼隐没在外头夜色中的李穆的身影，叫洛神将他唤入。

李穆进来，要向高峤行礼。

高峤摆了摆手，凝视着他，道："天师教叛乱令百姓号呼流离，东南一十六郡无一宁地。危害之广，猛于恶虎。再不定乱，贻害无穷。国难未平，能者担之。敬臣，朝廷需要你前去平定，你愿往否？"

酷威文化
图书 影视

春江花月

终章

Chun Jiang
Hua Yue

下

蓬莱客 著

四川文艺出版社

目录

第十六章

教乱之祸

不过匆匆一面，两人便又分离。

第二天，李穆便率军离开建康，开往天师教乱兵猖獗的东南之地。

李穆的战神之名，南朝尽人皆知，谁人不知他收复长安的壮举？如今这支应天军，军容整齐，军纪严明，一路所过，不但对百姓秋毫无犯，开到被天师教乱兵占领的阳羡，收复了当地之后，见田地荒废，沟渠淤塞，从前在义成开过荒的士兵还帮助百姓垦田清渠，这才离去。

大虞这些年内乱不断，老百姓也是被打着各种旗号的各路军队给弄怕了，不管是哪家，哪怕是高氏的广陵军，万一遇到兵痞，保不齐倒霉。一听到有大军要路过，往往先要将家中钱粮藏起，再远远观望，免得被路过的军队撞见了，以征借军粮的名义借走。须知一旦借走，往往就是有去无回。

但是这一次，情况和从前大相径庭，应天军美名传扬开来。

李穆每打到一处，当地的老百姓必夹道相迎，说起教乱之苦，人人咬牙，不但许多人主动充当探子，时刻向军队报告天师教乱兵的动静，那些家中稍有余粮的，遇军队驻扎之时，非但不藏，还会将先前为躲避教乱埋起的粮食刨出来犒军。李穆若是推托不过收了，也不会白取，当场予钱，不少分毫。

李穆深知，天师教叛乱之所以险些掀翻了半个朝廷，究其主要原因，还是受那吴仓蒙蔽而听凭驱策的教众实在太多。以吴地为例，据官府统计，几乎每两户之中就有一户教众。吴仓起事后，跟随他四处游走的教兵，人数最多之时，竟高达数十万之众，往往这里还没扑灭，另一地又起叛乱，顾此失彼，灭之不绝，这才酿出了如此大的变乱。

　　为了瓦解天师教，除了打仗，李穆特意还从军队里挑了一批能言善戏之人，每到一处，便于集市热闹之处向民众演示所谓吞火吞刀、刀枪不入的手段，以揭穿吴仓用来蒙骗信众的伎俩。演示完毕，又叫人四处宣扬，普通教众本是百姓，乃是受了蒙蔽，原本无罪，但凡退教者，往后不会追究从乱之罪，而且，若能从上家信头那里讨回当初奉出去的家财和粮食，官府一分不取，全部归于那人所有。

　　天师教吴仓深谙驭人之术，利用民众畏惧鬼神，迷信崇拜的心理，起事之后，将教民化为教兵，对底层的教众，半是威胁，半是诱骗。那些教众当初入教，因相信所谓的教人一家，无不踊跃捐奉家资，带着全家老小一道入教，被掏空家底的也不在少数。如今或是被断了退路，或是被吴仓许下的所谓日后的好处给迷了眼，这才随他犯上作乱。眼见情势不对，即便是想退出，也是无路可走，只能咬牙硬着头皮跟从。

　　李穆如此宣扬，那些摇摆不定之人，谁不动心？又传言，某地一些教民在当地香主那里索回了当初奉出的钱粮，如今已经带着家人回乡种地，官府果然既往不咎。

　　消息一传十十传百。没过多久，李穆的军队开往会稽之时，军队还没到，城里的乱兵风闻李穆大军要来，自己便先乱了起来，根本无心作战，纷纷去追当初介绍自己入教的头领，索要捐贡，一级一级闹上去。那些天师教头领被人追索，见势不妙，纷纷连夜逃走，等李穆到达，几乎没怎么费力，便拿下了这座东南大郡。

　　正是如此，靠着民众支持、对底层教兵的分化以及军士的善战，不过短短数个月的时间，到了次年的三月，李穆便将天师教叛乱最猖獗的吴地收复，继而又收复了包括丹扬、钱塘、新安等在内的十几个郡县。

　　吴仓此时已经失去了大部分落入手中的郡县，手下教兵日益减少，犹如丧家之犬，被逼带着先前搜刮来的财宝一路南逃，最后退到临海郡，再无路可退，一场困兽之斗后，与一起作乱的兄弟被杀。

　　到此，这场从去年秋天开始，一直祸绵到这年四月的大规模的教乱终于平息。

　　东南那些曾落入教乱之手的郡县，全部回归朝廷。民众对李穆爱戴有加，一些受害最深的地方的民众，竟还提议要替他立生祠，以纪他功劳。被李穆得知，派人过去，向当地民众表示谢意，以皇帝刚驾崩不久为由，坚决予以辞拒，民众这才作罢。

　　当了皇帝两年都不到的东阳王萧闵，本就体质羸弱，加上平日少节制，底子虚空，在去年底曲阿被围之时又受惊过度，虽获李穆救驾，在回来的路上不慎感染风寒，生了病。回宫之后，太医虽多方调治，但终是一病不起，于正月底驾崩，四岁的太子登基。

当时李穆因了战事正紧，无法脱身，只向朝廷递了一道祭折，未能回京奔丧。

如今已经过去了三个月，东南既定，李穆派人向朝廷发去战事奏报，正准备班师回朝，却得知了一个消息。

去年底，当李穆开始前去平定棘手的东南之乱时，高峤派了建康之战中阵亡的庐江太守之弟尚冲和豫章太守裴真二人领兵，前去追击兵败西逃的许泌，要彻底消灭他的残余势力，再不给他死灰复燃的机会。

许泌引以为傲的襄阳，在此前虽然被李穆给端了，但他深谙狡兔三窟的道理，从前在经营荆州时，除了襄阳，更于上游靠近蜀地汉中的夷陵，替自己也留了一个去处。

逃回荆州后，他便退到夷陵，在那里重整兵马，又利用当地的复杂地形和坚固的城防，和追击而来的朝廷军展开了拉锯作战，不但叫他守住了夷陵，就在不久之前，竟还夺取了夷陵一带的制江权。往来船只，皆需向他纳税，更因他祖籍属古宋之地，还建了宋国，自号为帝。

从荆州叛军退回上游之后，李穆便一直极其关注战事的消息。

他最新得到的消息，便是高峤已经派了伤愈的高胤领着军队发往夷陵增援，务必要攻下夷陵，将许泌叛军彻底消灭。

这一夜，军营里的将士欢声笑语，在庆功酒的刺激之下，大营之中，到处可闻军士"君乘车，我戴笠，他日相逢下车揖；君担簦，我跨马，他日相逢为君下"的放歌之声。

歌声之中，李穆久久无法成眠。

许泌之所以有如今的倚仗，靠的便是杨宣。

因为有杨宣，才聚拢了那些士兵的军心。也是因为杨宣，许泌才得以在朝廷军的重压之下，守住夷陵长达半年之久，甚至如今还自立为帝。

他闭目，想起自己少年初投军时受尽欺凌，十五岁那年，正是因为得了当时已是副将的杨宣的赏识和提拔，才有了自己后来的一切。

他想起当日，自己以六千士兵前往蜀地平梁州之乱，杨宣出于担忧，特意深夜时分，绕道远行京口来提醒自己的一幕。又想起去年在南阳时，他被自己说动，违抗许泌之命，配合发兵，解救陆柬之的围城之困。

在南阳时，李穆怎看不出来，杨宣并非没有弃走之念。但终究还是敌不过许泌的老奸巨猾，晓得他重情重义，用一个儿子的脑袋，换来了一名宿将的不弃追随，这笔买卖实在划算。

如今高峤又派高胤再去攻打夷陵。

一个是妻子的兄弟,一个亦长亦友,李穆再也无法置身事外。

他很快就做了决定,命副将暂时扎营此地,继续清扫那些逃入了深山老林的残存的天师教势力,自己于次日清早,只带一队亲兵,踏上了西去的道路。

这一路,他晓行夜宿,风雨兼程,终于在半个月后赶到了夷陵。

他赶到的时候,高胤已经领军逼到了城外,千军万马扎于距离夷陵城门不过数箭之遥的旷野之上。

奇怪的是,无论高胤如何叫战,城中皆无半点反应。

高胤围了几日,正和部下商议,决定硬攻之时,忽然得报李穆赶到,十分惊讶,急忙解散帐中会议,自己匆匆赶到辕门之外迎接。

"大司马远道而来,可是有事?"

驾崩的太康帝去年于曲阿封李穆为大司马。大司马位高权重,本朝几十年来一直空置,无人担当,仓促之下,礼部官员于章绶皆毫无准备,当时因为战况严峻,便只由吏部备案,并未正式封下金章紫绶,道平乱后,班师回朝,再行册封。

但朝中官员,从那之后,便都改称李穆为大司马。

高胤亦不例外,以官职称他,语气很是恭敬。

他一眼便看出李穆来得匆匆,身边又只跟了七八名雄健亲卫,显然不是奉了朝廷之名而来的,加上也知道他和杨宣的关系,不难猜到或许是为私由,故有如此一问。

李穆道:"高将军,动兵之前,我想先去见杨宣一面。"

大战在即,李穆私下会见叛将,未免有些不妥。

李穆的语气也很平和,不带丝毫的命令口吻,但却充满了一种令人无法反对的意味。

高胤不过略一迟疑,很快点头。

涉及攻城,从来都是易守难攻。何况夷陵城防牢固,又有杨宣这样的宿将把守,倘若真的强攻,即便能够攻下,士兵伤亡也必定惨重。

高胤心里很清楚这一点。

李穆微微一笑,转身上马,独自朝着城门而去。

他一骑独行,飞驰到了城门外的一箭之地,翻身下马,在来自身后军营和前面城头之上的无数道目光的注视之下,向着那扇紧闭着的城门大步而去。

城墙上方的垛口之后，拥出了一排弩兵。

几十张弓弩齐刷刷地搭箭，对准了正往城池而来的李穆。

李穆停步。

他才长途跋涉而至，一身布衣，风尘仆仆，利簇向身却毫无惧色，独立于城墙之下，腰间只悬一将军长剑，袍袖当风，渊渟岳峙，身形铮铮，不怒自威。

"我乃李穆！杨将军何在？请一晤！"他向着城头，扬声而道。

声音浑厚，被风传而上，城头人人入耳。

话音落下，城头城外，身前身后，数万之军皆寂然无声，耳畔只有野地来的大风狂卷漫天旗纛而发出的猎猎之声。

垛口之后，没有任何动静。

"杨将军，我晓得你就在近旁！

"士为知己者死，此话不错。你固然有豫让之义，但许泌，他却何来的智伯之烈？为一念之私，兴干戈之烈。为他头顶戴的这顶宋帝之冠，多少民众辗转呼号，又多少军士枉死阵前？

"我南朝之人，谈及胡人，无不切齿痛恨。为何？非发肤种族相异之恨。我等痛恨的，是胡人恣凶极恶，暴虐无道，一旦得势，动辄屠掠，百姓如同蝼蚁，一片生灵涂炭！府兵名号，虽带家姓，但这些年，朝廷难道少了供养？朝廷何来的供养？一分一毫，一米一粟，无不是出自南朝百姓！百姓供养我等从军之人，盼的是我等保一方安宁，卫四边无犯。

"杨将军，你我皆行伍之人，所谓慈不掌兵，士兵战死本是天经地义……"

他的目光从城头那些向着自己张弓的士兵的脸上扫视而过。

"但此刻，城头这些以弓箭向我的士兵，其中哪一个不是我南朝人中的勇士？既身为勇士，受南朝人哺养，不去杀那些夺我先祖之地的胡人，竟为了将许泌之流拥上皇位，与我身后的同袍兄弟同室操戈，自相残杀！"

大风从他身畔掠过，腰间那把长剑，发出微微的震鸣之声。

"我李穆，生平以北伐中原、驱逐胡人为第一志愿。我料杨将军，还有你身边那些因你而聚拢的将士，也绝非糊涂冷血之人！既知理，也热血，何以还要听凭许泌驱策，做如今这种糊涂之事？就凭他杀了一个儿子给你们看？

"许泌之子，贪功冒进，当日为他一己之私，多少士兵枉死颍川？他本来就是死有余辜！杨将军你何须负疚？"

他的话声随风而来，振聋发聩。

城墙上的弩兵，相互望着，脸上露出迟疑之色。张弓的臂膀慢慢地放松了下来，纷纷转头，看向身后立于不远处的杨宣。

杨宣一身戎装，身影凝固，垂目不动。

他身旁站着的副将是许泌亲信，见状，脸色微变，立刻冲着弩兵们喝道："李穆出身卑贱，本不过是陛下的一条狗！他不思报恩，如今反和陛下作对，挑拨离间！射箭！立刻将他射死！"

李穆从前出身低微，还在杨宣麾下时，不但作战无敌，为同伴所钦佩，逢危也必让同伴先退，自己往往最后一个离开，一向就得人心。何况这几年，他横空出世，取威定功，不是和南朝人内斗，而是实打实地将胡人打得满地找牙，光耀江北。

这些士兵，谁人不曾暗中钦佩？听这副将如此诋毁他，很是不满。

一个弩兵索性直接放下了弓箭。

副将大怒，走到那弩兵身前，挥起手中马鞭，朝他劈头盖脸地抽了下来，叱道："临阵抗命，以军法论，杀无赦！"

那弩兵的脸颈立刻被抽出一道血痕，咬牙道："我只听杨将军的命令！杨将军未发令，我便不射！"

弩兵逢战，少有单打独斗，往往列阵，同进共退，伙伴便是战场上保证自己存活的人，故平日除了训练，吃饭睡觉也是一起，往往结为异姓兄弟。

城外已经被朝廷大军包围了数日，城中士兵人人知道，最后的大战即将来临。

一旦城下军队开始攻城，自己能不能活下去还是未知，又被李穆方才那一番话说得左右摇摆，本就迷茫疑虑，见这副将作威作福，挥鞭便将同伴脸面抽出了血，顿时同仇敌忾，索性全都放下了弓箭，向那个副将怒目而视。

副将恼羞成怒，拔刀要杀那弩兵，又见跟前几十人一齐挡在身前，一下又怯，改而转向杨宣，怒道："你都瞧见了？你便是如此带的兵？以下犯上，你就不怕陛下回来怪罪于你？李穆就在城下，这个机会千载难逢！你还不下令叫人将他射死？"

杨宣双目望着前方，目光凝怔，仿佛未曾入耳。

副将咬牙切齿，从一个弩兵手中夺了弓箭，一把推开众人，奔到垛口之后，拉弓搭箭，朝着城下那道已是入了箭程的身影放了一箭。

羽箭离弦，撕裂空气，射向李穆。

李穆拔剑，将那支转眼奔到面前的羽箭一剑斩断。

"叮"的一声，箭镞飞了出去，插入近旁一片泥地之中。

李穆手握长剑，目露异光，蓦然提气，声动四面："军队一旦攻城，你们便再无退路！"

"杨宣，难道你宁可带着这些追随你的士兵为许泌葬身于此，亦不愿领儿郎他日北伐中原，驱逐胡人，立不朽之功？"

那副将见放出的箭被李穆斩断，咬牙切齿，又挽弓搭箭，再次瞄准。

就在他要放出第二箭的那一刻，感到心口一凉，一柄刀刃突然从后心透胸而出，身体蓦然僵直，双眼睁得滚圆，弓箭也从手中坠落，掉在了城门之前的泥地里。

那副将慢慢地回头，见杨宣站在了自己的身后，双目射出两道狠厉的光。

那把插透自己心口的刀，就握在他的手中。

杨宣抽刀，副将便扑在地上，抽搐了片刻，气绝而亡。

城头之上，气氛陡然凝住了。

原本沿着垛口一字排开的士兵慢慢地靠了过来，城楼之下的士兵亦仿佛感觉到了异样，纷纷登上城楼，朝着杨宣聚来。

无数的目光投在了杨宣的身上。

杨宣看向士兵，看向面前这一张张掺杂了希望和犹疑目光的疲倦的脸孔，缓缓地问："你们跟我一场，事到如今，你们是要继续打这一仗，还是投向朝廷？"

面对高峤又发来增援的朝廷军队，做了不到一个月的皇帝许泌也感到了一丝惊慌。

就在数日之前，他亲自动身赶去名义上仍归于朝廷的巴东方伯荣康那里，想要游说荣康联兵对抗朝廷。

荣康是巴东势力最大的藩镇刺史，倘若叫许泌游说成功，加上荣康的实力，或许便能和朝廷继续对抗。

临走之前，他下令，自己未回之前，杨宣不许出兵，只需死守城池便可。

这便是这几日高胤叫战，杨宣却始终未予应答的原因。

士兵默然了片刻，终于有人低声道："我等跟随将军。将军去哪里，我等便去哪里。"

众人纷纷附和。

杨宣仰天，闭目了片刻，睁眸，大步走到城头边，望向依然还候在原地的李穆，高声道："大司马，这些将士已然不愿再充叛军。倘若就此打开城门，你能保证朝廷日后不向他们追究罪责？"

李穆道："今日站在此处，我所言之每一个字，皆以我李穆之名保证！皆为我南人子弟，只要你领他们即刻悬崖勒马，往后一视同仁，绝无二样！"

"好！我杨宣信你！"

杨宣回头，对着军士道："大司马的话，你们可都听到了？我知你们心中所想。

照你们心愿行事便是。"

士兵一愣，终于反应了过来，大喜。

这些年，朝廷里叛乱不断，想掀翻萧室取而代之当皇帝的人闹了一波又一波，但最后能成事的，至今不见一个。

先前遭了连败，退守到了这里，形势稍稳，许泌便迫不及待地称帝，祭天地、立宗庙、大封文武，身边的人也都以陛下称呼他，宫室里夜夜笙歌，有模有样，俨然成了一个国中之国。但最底层的士兵，日子却过得苦不堪言，打仗又要他们迎头而上，心里早就怨恨不已，只是因为杨宣，这才勉强守到了今日。

此刻忽听杨宣这话，分明就是默许他们开门投向朝廷。

来的若是别人，士兵或许还会犹豫一番。

但城外那人，却是所有南朝士兵人人仰望的李穆，不分中军外军，不管家主为谁，谁不愿投向他的麾下效劳？

当下立刻一传十，十传百。

很快，城头之上的欢呼之声此起彼伏。士兵竞相朝着城下蜂拥奔去。

一支许泌的亲兵正闻讯赶来，迎头碰上，很快就被哗变士兵包围，三两下杀死，随即拥向城门，将门打开，朝着李穆奔去，到了他的近前，单膝跪地，向他行着军礼。

杨宣站在城墙之上，望着昔日跟随着自己出生入死的将士从身前跑过，纷纷离去。很快，方才还人头攒动的城头，便空无一人了，只剩下满目的宋旗还在迎风招展。

他慢慢地转身，看了眼城下那道仿佛觉察到了什么，正朝着自己狂奔而来的身影，摘去了头盔，拔刀，对向了自己的脖颈。

城门被士兵从里头打开的那一刻，李穆便向城门奔去，想要登上城楼，亲自将杨宣接下。

但是，周围太多的士兵朝他拥来，他的路被彻底堵死了。

他仰头，看见杨宣缓缓地摘下头盔的那一刻，心底便涌出了一种强烈的不祥之感。

命运无常，人又是何其无力。

纵然勇猛盖世，即便能够看到未知，冥冥之中，或许还是有那么一只手在左右一切。

那种命运或许终究还是人力所无法改变的不祥之念，顷刻间将他吞没。

他大吼着让开，目眦欲裂，奋力推开身前那些面带欢颜的挡了自己道的士兵，踩着一时退不开的还跪在地上的人的后背蹬跃而过，穿过城门，朝着城头狂奔而去。

他终于登上了城楼。

空旷而平坦的城楼砖道，在他脚下笔直地延伸向前。

一个高大的身影倒在城墙之上。

杨宣的战衣胸前染满了血。

李穆将他从地上扶坐而起，手掌极力想要堵住从他心口处正汩汩而出的血，却是徒劳无功，更多的血不断地从他的指缝间流淌而出。

杨宣睁开眼睛，注视着李穆那双通红的眼，吃力地伸手，握住了他的手。

"敬臣，当年在军中看到你的第一眼，你还是个少年时，我便知……你日后必有所为……"

他的唇边慢慢地露出一丝微笑，笑容渐渐凝固。

高胤和众人终于赶到城楼之上，见李穆抱着已经死去的将军，单膝跪于地上，背影宛若一尊石像，久久不动。

这些时日，朝廷不断地收到好消息。

东南的天师教叛乱此前被李穆彻底平定。随后，因为他赶去夷陵，成功地劝降了叛军，不费一兵一卒，朝廷军便收复了夷陵。做了不到一个月皇帝的许泌不但美梦破碎，还被原本想要游说和自己共同叛乱的巴东藩镇方伯荣康给杀了。

持续了半年多的大乱就此终于彻底过去了。

虽然几个月前刚死了个皇帝，但到了这会儿，大臣们也纷纷从原本的悲痛中走了出来，提及重新趋于安定的局面，无不欣喜。

但是这些好消息，却完全无法驱散半分洛神心中的难过。

离母亲失踪已经过去了半年，父亲一直没有放弃寻她。但是派出去的人，迄今为止，还是没有半点儿消息。

母亲或许真的已经没了。否则，那设想中的掳了她的人，为何到如今还没有任何动静？

但是，洛神不愿接受事实。

她无法想象，自己那个鲜活的母亲，真就香消玉殒，从此，这世上再没有她这个人。

她一遍遍地告诉自己，母亲还活着，活得好好的，只是处在一个她不知道的地方罢了，总有一日，父亲一定会寻回她的。

这些日子里，她唯一能得的安慰，便是李穆终于快要回来了。

上游平定之后，他又去了东南。据她从父亲那里打听来的消息，他人已在回京师的路上了。最晚，再过上五六日，应当便能到达。

五月初，这日是太康帝的百日之祭。过了这一天，百官便可除孝。

今日，除礼部主持的太庙祭祀，宫中也会有一场祭祀。

已经升为太后的堂姐高雍容，三天前便派宫人给洛神传信，叫她今日入宫参祭。

洛神压下心中愁绪，青丝绾髻，一身素服，坐车从高家来到皇宫，被等在宫门的宫人引入设作祭祀所的永福殿。

高雍容带着小皇帝——洛神四岁的侄儿登儿已经在那里等着了。

有些时日没见，高雍容人看起来也消瘦了些，见到洛神，让登儿唤她"姨母"，随即握住她的手道："我听太医说，伯父身体一直不见好。先前是在百日孝内，登儿也不便出宫。等过两日，伯父方便了，我便带他去探望伯父。"

天师教和许泌叛乱相继被平定的消息传来之后，父亲整个人便仿佛一下子松了下去。

这几天将朝廷之事都交给了冯卫，自己一直闭门不出，也不再见任何前来探望或是拜访的朝臣了。

洛神去给他送药，见他不是伏案奋笔疾书，就是在闭目冥想，看起来和从前很不一样。

洛神代父亲向太后道谢，叫她不必特意带着幼帝出宫。

高雍容眼眶微红，道："我知道你和伯父心里都很难过，我亦是如此。伯母的消息，我也派人到处打听了。你也莫过于忧愁。伯母吉人天相，一定会平安归来。"

洛神被勾出了心中难过，沉默着，向她点了点头，低声道："多谢阿姊。"

高雍容拭了泪，挽着洛神往祭堂去。

一番祭事完毕，已是正午。高雍容留洛神在宫中用饭。洛神何来胃口，加以推辞，高雍容知她无心用饭，便也不再强留，亲自送她出去。

洛神虽一再辞谢，高雍容却一直坚持亲自送她出宫，一直送到了宫门附近，一个宫人匆匆入内，禀道："皇太后，外头传报，道巴东刺史荣康带着许泌人头方才入京。得知今日是先帝百日祭，一口气也未曾歇，便赶来皇宫，恳求到先帝灵前行祭礼。此刻人就在外头跪着。"

高雍容一怔，看了眼外面，道："他来得倒是快。我以为还要过几日呢。"沉吟了下，又道，"既特意来了，也是一番心意，宣吧。"

宫人忙转身出去传话。

洛神看了眼皇宫大门，见一个男子带领数位官人跪在那里一动不动，知那人应就是杀了许泌的在巴东一带势力最大的藩镇方伯荣康。

这种地处偏远的地方藩镇，名为外臣，实际上权力极大。朝廷南渡之后，控制力不及，只求这些地方的方伯不发动叛乱，便已是吉星高照，并未多加管制。

洛神也未细看，转头对高雍容道："如此我便先出宫了，阿姊忙吧。"

高雍容点头，叫人送洛神。

洛神朝着皇宫大门走去。

荣康身材高大，孔武有力，年岁三十左右，面容生得也算英俊，只是左脸之上，从眼角开始，一直到颧骨之侧，留有一道长长的疤痕，令他整张面容多了几分狰狞的厉色。

他今日刚到建康便赶来皇宫，得了宫人的话，笑容满面地从地上爬了起来，正要跟随入内，忽然看到对面一个梳着高髻、素服着身的年轻女子在身后随从的陪伴之下，从皇宫大门里走了出来，才只瞧了一眼，脚步便定住了，视线再无法挪开。

起初还不敢正眼看，等那女子从自己身旁走过，跟着转头，便再也无所顾忌，视线一眨不眨地落在那道素衣裹身的背影之上，直到她登上停在宫墙边的一辆牛车，身影消失在了门帘之后，又望着，等那辆牛车消失在了视线之中，眼前仿佛还浮着那张乌鬓雪颜的绝色面庞，慢慢地转过脸，问宫人："方才那女子是何人？"

宫人早留意到他一直盯着洛神的背影在看，心里鄙视这来自偏远藩镇的方伯的鄙陋，脸上却不敢表露，笑道："她便是高相公之女、我朝大司马李穆之妻。刺史若准备好了，这就随我进来吧，免得太后等久了。"

高氏之女，李穆之妻。

荣康眼底掠过一丝失望，不再说话。

他再次回头，最后望了一眼那辆走得只剩下一团模糊影子的车，随即朝着面前那扇皇宫大门，迈步而去。

五月初十这一天，是李穆班师回朝的日子。

太史令称，初十是个大吉之日。

避战而去的民众已迁回建康，日子再次安稳了下来。太康帝的百日祭也过去了，京师除孝。

战乱、流离、国丧，恐慌压抑得叫人几乎透不出气的那段日子终于过去，城中很快便恢复了原本的热闹。市集南北，货物琳琅。通往台城的御街笔直而宽敞。城南淮河两旁的高楼里，伴着河中往来不绝的舟楫之声，丝竹吹弹，欢声笑语，从里飘荡而出，绕着两岸，终日不绝。

李穆班师归京的消息被民众争相传递着，军队尚在路上，多日前起，坊间便几乎尽人皆知，民众议论纷纷，翘首期待着这一日的到来。

许多人都还记得兴平帝还在世的那一年，朝廷取得与北夏作战的江北大捷之后，朝廷军队开入建康，皇帝亲自出城，于君王台前接见以高峤为首的立功将士并犒军的一幕。

当日，属于以高氏为首的士族们的无上荣耀，叫曾有幸目睹了那场盛典的民众，至今记忆犹新。

今日，那般的盛况将要再现。

太后和小皇帝会亲自出宫，来到城外，接见并犒赏为扶救国难而立下汗马功劳的将士。

和前次不同的是，这一回，这场盛典的主角，不再是高氏和与高氏一样的士族门阀，而是当初还只能位列士族之后，如今却已是大司马的李穆。

倘若没有他及时回军南下，如今的南朝会成如何模样，谁人也不敢想象。他当得起任何的荣耀和赞誉。

但从皇室来说，相对应的，这也是高雍容和幼帝走出皇宫，以太后与帝国至高至尊皇帝的身份在民众面前的第一次亮相，所以，朝廷极为重视。

三日前起，礼部官员便在东郊忙碌起来，开始座次安排、演练迎军等等的整套烦琐礼仪，连一面旗帜的插位都不允许半分的差错。

到了这一日，洛神独坐一辆华车，紧随前头载着太后和幼帝的帝驾，在仪仗和护军的护送之下，身后跟从着文武百官，于道路两旁民众的跪地参拜之中，穿过皇城，出了南门，来到城郭之外南郊皇家用以祭天的圜丘之旁，此处亦是今日的犒军之地。

这片广袤而平坦的原野，因为历代天子都曾来此祀天，承载了风调雨顺、国泰民安的寄托，气氛一向是庄严而肃穆的。

今日更是如此，一望看不到边际的旷野四周，布满了迎风招展的旌旗。

太后带着幼帝，在文武百官的跪迎中入座君王台时，中军的宿卫军和都卫军早已整齐地分列在各自的位置上，将前来观礼的民众和君王台分隔开来。

洛神的座位被安排在紧挨着高雍容之后的稍次的尊席之上，视野极好，前方一切皆无阻挡。

她盛装华服，端坐于华盖之下，从落座后便心无旁骛，双目凝视着前方视线尽头的那片原野，盼望着能快些见到李穆的身影，丝毫没有留意，就在君王台下十数丈外，在一群随驾的官员的角落里，有两道目光，从她落座之后，便穿过人墙，时不时地落在她的身上。

高雍容陪坐于幼帝身旁，神色庄严，目光睃巡过前方和左右。

今日这场由她最先提出的犒军盛典，固然是为了顺应民心，凝聚士气，于李穆也是空前礼遇。

但，即便是力挽狂澜、为南朝立下了汗马功劳的李穆，在年幼的皇帝面前，也依旧是要执人臣之礼。

所以，这何尝又不是一个可以叫军士和天下百姓亲眼见证南朝皇室至高无上地位的绝佳机会？

高雍容的视线，依次慢慢地掠过远处遮天蔽日的旗纛、护卫着君王台的一列列的中军武士、武士身后，民众那密密麻麻的仿佛连成了海洋的黑色的人头……

而她和她身边的儿子，便是这一切的最高主宰。

视线从远处收回，又扫向近旁那些立于台前左右的文武大臣，高雍容一眼便看到了前些日刚来建康的巴东刺史荣康。

作为对他献上许泌人头之功的奖赏，今日，他亦被特许来此观看这场盛典。

他就站在一群官员的后头，位置在角落，原本并不显眼。

但高雍容第一眼便注意到了荣康。

她发觉这个男人的眼神，似乎在窥探着自己身侧的某处。

循着他那两道视线，她微微转脸，看见洛神端坐在华盖之下，双目正望着前方。

高雍容微微眯了眯眼，在荣康再一次向着洛神投来窥视目光之时，盯着他，目含警告之意。

荣康很快和她的目光相遇，一愣，似乎是有些心虚，迅速垂下眼睑，挪开了视线。

高雍容不动声色，打量了眼这个前几日才刚入京师不久的巴东方伯，耳畔忽听远处传来礼官高喊大军抵达的提醒之声，方看向前方，凝神望去。

在耳畔那犹如万马奔腾而来的气势磅礴的马蹄之声，洛神看到远方的地平线上出现了一道铺展开来的长长的黑线。

那道黑线移动着，浩浩荡荡，向着这个方向而来。很快便看清楚了，是由无数士兵组成的方阵，在前头一支铁甲骑兵的带领之下，迈着整齐的步伐，正朝这个方向走来。

脚下的地面，仿佛随了这支军队的到来，开始微微震颤。

圜丘周围的空气，突然变得凝固了。

所有的人全都转过头，用带着不自觉的敬畏的目光，看着这支打了一个又一个胜仗，至今没有一场败绩的无敌军团越行越近，来到近前，终于停在了旷野之中。

大地的震颤这才随之停了下来。

李穆头戴首铠，身着战甲，带着身后三百名英伟挺拔、威风凛凛的将士，从马背上翻身而下，朝着君王台走来。

他越走越近，太阳的光芒，将他和身后将士身上的战甲，反射出了一片熠熠的亮光。

在洛神的眼中，他便犹如一位神祇，正向着自己而来。

她睁大眼睛，压住跳得几乎就要撞出胸脯的心跳，双眸一眨不眨地凝视着他。

李穆停在了距离君王台数丈之外的场地之上，抬眼，和洛神四目相望。

短得不过一眼的刹那对望，却也叫洛神感到心满意足了，胸间蓦然涌出了一阵微微酸楚的甜蜜之感。

纵然聚少离多，但只需一眼，如此一眼，便已够了。

她知道，他亦在想念着自己。

李穆收回了和妻子短暂相望的目光，在周围无数双眼睛的注视之下，带着身后的将士，向着台上那个分明已经被方才那阵军容气势惊吓得脸色发白的孩子，沉声说道："臣李穆奉命平定东南天师教叛乱，仰朝廷之威，得军中将士不惜死力相助，幸不辱使命，恢复东南，乱首吴仓已被戮，现将战利品呈上，请陛下过目！"

他话音落下，身后将士向两侧分开，只见百余士兵推着数十辆辎重车上前，打开车盖，露出一箱箱的财宝。早有礼官在旁高声点唱，总计上百箱的金银。

周围民众远远看见如此多的耀目金银，发出一阵惊叹之声。

此前许泌之乱之所以能顺利平定，靠的亦是他及时劝降杨宣，但此刻，他却丝毫也未提及此事，仿佛和自己毫不相干。

距离坐得近，洛神看到阿姊暗暗捏了一把幼帝的手，似乎在暗催他在臣子面前保持帝王之仪，随即叫平身。

"李卿劳苦功高。这些金银，想必都是天师教这些年于民间搜刮所得。所谓取之于民，用之于民，正好充入国库，以补先前为这战事所耗的亏空，大司马以为如何？"

李穆道："听凭上意安排。"

高雍容面带笑容，缓缓地站了起来，目光环视一圈，高声说道："诸位将士，尔等于国难之际挺身而出，立下大功，如今凯旋，陛下迎军于此，朝廷亦会依功犒封。尔等忠肝义胆，无上荣光，足为万世之表。望从今往后，继续为我大虞效忠，此为陛下之愿，亦为我大虞之幸！"

堂姐的声音还在洛神的耳畔回响着，随即就被周围百姓发出的震天撼地般的欢呼之声给淹没了。

这一场犒军，声势浩大，君臣相和，表面上看起来是如此的振奋人心。

于千钧一发之际力挽狂澜，凭着一己之力扶正了大虞将要倾覆的半边江山的大司马李穆，功劳不可谓不高，他却谨守人臣本分，丝毫不见半分居功自傲。

而萧氏皇家，皇帝虽然年纪幼小，所幸太后英明仁爱，有如此太后辅佐幼帝，实为国之幸事。

许多有幸亲身经历过白天这一场犒军大典的民众，在接下来很长的一段时日里，提及今日的盛大场景，无不津津乐道，经久难忘。

这个白天，李穆没有再在洛神面前露面。

洛神知他有事在身，犒军结束之后，先行返回家中。

夜幕降临。她早早地沐浴，特意往洗澡水里添了香料，沐浴完毕，从香汤中起身，擦拭发肤，穿上那条早几天前就已挑好的最能衬她一身雪肌的烟紫色的软罗裳裙，坐到了妆台之前，梳理自己那头光泽美丽的长发。

等长发干了，梳好，起身移到美人榻上，靠在那里，手中握了一本书，一边漫不经心地看着，一边侧耳听着外头的动静，渐渐出神之际，忽又担心自己还不够美，光彩不够动人，又抛了书，回到妆台之前，跪坐下去，一手握着一面铜镜，照出自己的面容，另一只手纤纤玉指，从玉盒里挑了一小抹用玫瑰汁和着上等香料做的口脂，正要点到自己的唇上，好让面庞看起来更鲜艳妩媚些，忽然，手停在了唇瓣之上。

透过镜面，她瞧见身后多了个人影。

一个男子，不知何时，竟悄无声息地转入了这间内室，停在那架折屏之畔，望着她的背影。

她慢慢地转头，双眸含水，顾盼流光，凝视着身后的人。

"郎君……"她唤他。

李穆目光暗沉，喉结微动，立刻朝她大步走来，走到了她的身后，跪坐下去，双臂从后面伸了过来，环住她的腰肢，将她身子搂入自己的怀里。

洛神柔背贴在他还着了战甲的胸膛之上，坚硬冰冷的铁甲令她身子微微地颤抖了一下。

李穆从后面紧紧地抱她，将自己的脸，深深地埋入她散发着花香的秀发里，一动不动。

洛神仿佛嗅到了来自身后这男子身上散发出来的那种沾染于战场的混合了铁和血的强烈的雄性气息。

她眼睫颤抖，慢慢地闭上了眼眸，那段修长的玉颈，仿佛再也无力支撑住自己的脑袋，软软地歪靠在了身后那男子宽阔的肩膀上，手亦是无力地软了下去，镜子沿着覆住她腿的一片轻软如云的裙裾滑落在地。

李穆便如此抱着她，什么也没有说，也没有别的动作，时间仿佛停止了。过了很久，才终于将她慢慢地松开，将她身子整个地转了回来，让娇小的她坐在自己的大腿之上，面朝着自己，用丝毫不加掩饰的贪婪目光，紧紧地望着她。

他什么都没做，不过如此抱了她，此刻，在他那两道目光的注视之下，洛神的脸便渐渐泛出一层淡淡的红晕，呼吸渐渐急促，胸口也微微起伏。

她忽地想起，自己唇上还只点着一点的脂膏，方才没来得及抹匀，他便来了。模样怕是有些丑，忙抬手捂嘴，不让他看，低头想寻方才那面脱出了手的镜子，手却被他捉住了。

李穆的视线，定在她的唇瓣之上，低头，脸朝她慢慢地压了下来，用沙哑的嗓音低低地道了句："我替你吃掉它……"

话音未落，便含住了她的唇。

第十七章

一人之下

水慢慢地漫开，地上湿汪汪的。

战袍早已卸落在旁。

烛火跳着，将那堆冰冷而坚硬的铁衣蒙了一层湿漉漉的暖光。一条揉得带了些皱的烟紫色罗裙被压在下面，裙幅上的一角云边却勾住了一片铁甲，裙裳和铁衣便凌乱地缠在了一起。

良久，那阵夹杂了女子娇啼的男子喘息之声终于渐渐地平息下去。

李穆擦干了她的身子，将她抱回到了床上，要去拿自己的衣裳时，洛神要他坐着，自己爬了起来，取了早就替他备好的一套干净的内衫，回来跪坐在他身畔，为他套在身上。

白日，在世人眼中，身为大司马的他，是朝中最具权势的男人之一，更是南朝的荣光，独一无二。他的名望就和他的权势一样，并崇齐光，人皆仰望。

但此刻，当他脱去了那层战甲，袒露出他那不为人知的一面时，也只有她才知道，在名望和权位的光鲜背后，留在他身上的是那满身的伤痕。

那些大大小小，从少年时起便印留在他身上的伤痕，犹如一段段的见证，见证了他到底是如何从尸山血海中杀出，终于走到了今天这一步的。

方才她没有看到，直到此刻，替他穿衣之时，她才发现，他的后背又添了一道新伤，目光瞬间便停了。

一道长长的几乎从肩头一直拉到了后腰的伤，宛若一条狰狞的蜈蚣，静静地伏在他的后背之上。

这是怎样触目惊心的一道伤痕啊！任谁见了，便再也无法忘记。

入目的一刻，有那么短暂的一个瞬间，她竟然生出了一种从前仿佛在哪里见过似的似曾相识之感。

可是还没来得及再细想什么，她便被自己眼前的所见给攫住了全部的注意力。

她停下了服侍他穿衣的动作，跪在他的身边，视线定定地落在他后背这道尚未彻底褪去缝合印记的狰狞伤疤之上，再也不像从前那样，傻傻地问他疼不疼了。

怎可能不疼？

卸去那层坚硬的战甲，他也只不过是一个血肉之躯的凡人罢了。

李穆仿佛感觉到了什么，转头，看见她的视线落在自己的后背之上，便明白了。

她望着他的似曾相识的眼神，叫他的眼前，蓦然再次浮现出梦中他和她的那个充满了血色的新婚之夜。

他没有在她面前表露出半分此刻心底涌出的那种叫他有些不适的感觉，只微笑着向她解释："早就不疼了。是先前和你分开后不久，在陇西与鲜卑人打仗时落下的。当时怪我自己大意，以为杀死了那人，其实却没死透，死人堆里爬起来，又从背后给了我一刀。当时穿着护甲，伤口也不见深，只是长了些，瞧着有些吓人罢了，没过多久便好了，你莫怕……"

他的声音渐渐低了下去，终于消失。

他看着她那只柔软的手，慢慢地朝着自己伸了过来，指尖抚上他后背的那道伤痕，随即整个人朝他靠了过来，低面，唇轻轻贴了上来，轻轻地吻他那道丑陋的伤疤。

她的唇吻之间充满了爱怜之情，仿佛唯恐稍一用力就会弄疼了他似的。

李穆低头望着她，目光定住了。

这一辈子，他敌不过想要她的念头，早早地娶了她，远远地离开朝廷，想用另一种方式，去实现自己的心愿。

然而眼前的这一切，却叫李穆越来越有一种似曾相识之感。

他感到自己正在重复着梦中的自己曾走过的那条老路。

只不过如今换了一种方式，殊途同归罢了。

杨宣还是死了，他也做了大司马。

就连后背之上的这道伤疤，也来得如此叫人猝不及防——当他意识到这一点的时候，它已是落在了他的身上，这一辈子，再也无法消除，将伴着他直到老死。

他不惧这世上任何一个敌人。

再强大的敌人，他亦可将它击败。

但是宿命，那种他分明知道一切，亦试图尽力避免，但一切仿佛始终在前方等候，谁也无法逃开，只能眼睁睁被推着向它奔去的无力之感，才是最能啃噬人心的最可怕的敌人。

这些时日，无可否认，杨宣的死，叫他的心情极其低落。他一直无法释怀。

他为失去这个老友而悲痛，亦陷入了一种宿命——或许当真无可逆转，哪怕他已经得到了她，最后终将还是会失去她的恍惚疑虑之中。

何止杨宣，这世上之人，当彻底地被卷入了命运的洪流，身不由己时，谁又能肯定，自己一定就能脱身而出？

这些天在回来的路上，他是如此渴望，渴望着能见到她的面。

或许，唯有和她在一起，将她紧紧地抱入怀中，彻底地占有她，感受着她属于自己的温暖和真实，才能叫他那颗无所依附的心再次安定下来。

她还在细细地亲吻着他后背的那道伤，那道他所厌恶的仿佛向他清清楚楚地证明着宿命之说的伤疤。

她越是怜惜它，他的情绪便越是压抑和低落。

然而身体却是如此的诚实，喜爱着来自她对自己的爱怜和珍惜。

李穆随之屈服了，他无法抗争。

一阵难以形容的，犹如发自灵魂最深之处的，带着强烈满足的感觉，将他整个人深深地攫住了。

他眼底闪烁着光芒，呼吸再次变得急促，血液在他体表之下急剧升温，火炉一般，炙烤着他全身的每一寸肌肤和经络。

他刚刚才占有过她一回。然而，这远远不够，永远也不够。

他的脑海忽然间一片空白，什么也不去想了。

他只想和她在一起，再不分开。

"郎君，你怎么了……"

洛神依然跪坐在他的身边，终于觉察到了他的异样。她停了下来，困惑地抬起脸，轻轻地问他。

一双明眸凝视着他，目光中带着一缕疑虑和担忧。

李穆一言不发，转过身，几乎是向她扑了过去。

一切终于再次停息了下来。

洛神浑身热汗，四肢百骸仿佛被温泉水细细地冲刷过，她淹没其间，漂浮其上，悠悠荡荡。

良久，她轻轻动了动，睁开眼眸，舒展一双玉臂，但没有推开还压在自己身上的男子，而是轻轻抱住了他的脖颈，唇贴到了他的耳畔，柔声道："郎君，你有何心事？"

李穆慢慢地从她丰厚如云的发间抬起自己的脸，和身下的她四目相望了片刻，啄吻了下她湿润的两瓣红唇，从她身上翻身而下，闭目道："阿弥，我想要辞去大司马之职，你可愿意？"

洛神感到有点意外。

大司马之位，朝廷已是空置了好多年，如今他居功而上，实至名归。

据她所知，明日朝会之上，朝廷就会为他正式颁下金印紫绶。就此，他名副其实，是大虞南渡以来第一位获封如此高位的大臣。

从官阶来说，大司马之位甚至要高于自己父亲的尚书令一职。

她没有想到，绶封在即，他竟会有如此的念头。

她爬了过来，趴在他的胸膛之上，双臂支着下巴，问道："郎君，你为何不愿做这个大司马？"

李穆并未立刻回答她。

洛神和他四目相望，忽然仿佛顿悟。

他曾亲口对她说过，他不喜欢这座京城。

他对这个朝廷的态度，显然也和包括自己父亲在内的所有别的朝廷官员都有所不同。

从开始到现在，对这个朝廷，他似乎从没有过任何的归属之感，纵然这并不妨碍他愿意在朝廷危急之时，千里迢迢带兵从长安归来，以解朝廷之困。

大司马之位在旁人眼中至高无上，但洛神知道，自己的丈夫和别人不同。

这一点，从他当初拒绝自己父亲的提携，带着区区两千士兵去往义成开荒开始，洛神就看得很是明白。

"我知道了！"

她立刻点头。

"你若不愿，咱们就不做这个大司马。区区一个大司马而已，有什么了不起的！"

她用强调的语气，又加了最后一句。

李穆凝视着她，眼底慢慢地涌出一片淡淡的笑意。

他摸了摸她的头，说："我确实不愿与朝廷有过多羁縻。做一个外臣，对我而言，也就够了。"

洛神点头："我都随你。"她想了下，"可是明日，朝廷就要封绶于你了。要不，咱们去寻阿耶吧，把你的想法和他说，只要阿耶点头，也就好了。"

李穆含笑点头。

洛神知道了李穆心中所想，比他还要着急几分。

晚上李穆回来得早，此刻时辰还不是很晚，她想父亲这些天，夜间睡得都很晚，自己劝他也是不听，便起身，打发人去看下父亲是否已经歇息了。

片刻后，果然被告知，说大人书房里的灯还亮着。

洛神和李穆穿衣梳头，整理好仪容，出了屋，一道往高峤书房走去。

两人来到高峤书房所在的庭院门前，停住了脚步。

院中夏木森森，光线昏暗，门窗里映出一团黯淡无力的灯火，檐阶树影斑驳，倍显这深夜寂寥。

高峤正立于阶下，背向着李穆和洛神，双手负后，微微仰头，似在凝望着头顶的那轮明月，背影消瘦而清寂。

"你们来了？"

他转过头，看了一眼站在庭院门外的李穆和洛神，朝二人点了点头，随即转身，朝着书房而去。

洛神和李穆对望了一眼，随他而入。

高峤登榻，坐于案后，挑亮了灯火，书房原本暗淡的光线一下子变得明亮了许多。

洛神一进来，就发现父亲的书房和平常有些不同。

这些时日，父亲抱病，上朝也不大去了，但在家中却又不肯休息。大部分的时间，都独自闭在书房里，埋首案牍，寸步不出，灯火往往亮至深夜，片刻不得闲暇。

洛神伴于书房时，见他处理的大多是些经年未决的旧日卷宗，涉及方方面面。既然是旧事，想来不急，便常劝他放手先去歇息，他口中应着，却一直不肯停下。就连今日的犒军大典，他也没有露面。

傍晚，洛神来给父亲送药，看到这张书案之上还堆满了各种文案和卷宗。

但此刻，却收拾得干干净净，什么也没有了。地上摆了两口很大的藤箱，箱盖整齐。

他坐定，望向李穆和洛神。脸色有些苍白，但精神看起来还好，神色温和，示意两人就坐。

洛神迟疑了一下："阿耶，你这些日子忙的事都忙完了？"

高峤微微一笑，点头道："是，都完了。方收拾好，明日叫人送去衙署便可。"

洛神看了一眼箱子，再看向父亲，心里忽然涌出一丝不安之感。

对面的高峤，却已看向李穆，微笑道："已近三更，你二人还不睡，来此寻我何事？"

李穆转向高峤，坐直了身体，恭敬地道："如此晚了，还贸然来打扰岳父，乃有一事，须告知岳父。"

"何事？"

"大司马一职，位高权重，须德行兼备之人担当，方可服众。我出身低微，德浅行薄，不敢忝居如此高位。方才和阿弥商议过了，明日朝会，我欲请辞。知道岳父还在书房，故特意前来相告，好叫岳父早些知道此事。"

高峤面上的笑意渐渐地消失，起先一言不发，注视着李穆。

翁婿两人对望了片刻，高峤忽然一字一句地道："敬臣，大司马之职非你莫属。明日便是颁印赐绶之礼，我亦会赴朝，满朝文武更是翘首等待。如此大事，你不可因一时意气而贸然遽定。不早了，明日还要早朝，你二人去歇了吧。"

洛神急了，立刻跪到父亲的身边："阿耶！郎君他此决定，绝非出于一时意气。大司马之位高高在上，固然荣显，但也因为荣显，身居其位，往后一举一动，人皆视之，诸多束缚，此并非郎君所愿！父亲为何不许郎君请辞？"

"阿弥，阿耶问你，在你看来，以敬臣之力，他能胜任大司马之位否？"

洛神迟疑了一下。

这是一个叫她很不好回答的问题。

在她看来，李穆毫无疑问，自然是能够胜任的。

但能够胜任，和是否愿意去做，这是两码事。

尚未等她回答，高峤已是说道："你心中知，敬臣能够胜任。阿耶亦如此认为。大司马一职，外掌兵事，内参尚书台政事，秉掌枢机，正是因为重要，阿耶才会慎又慎之，丝毫不敢马虎。放眼整个朝廷，阿耶实在找不出来，除了他，还有谁能胜任此位。"

"值此国家多难之秋，有能者不上位，难道你还想看到朝廷继续被那群无能之辈把持，风雨飘摇，民不安生？"

洛神一时语塞。

高峤已转向李穆，神色严肃。

"朝廷自南渡以来，莫说北伐光复两都，就连大江之南亦不见太平。这些年来，那些高居庙堂之人，多凭家世而上，个个纡佩金紫，享尽了荣华富贵，又何处可见光国垂勋？或庸碌怯懦，或狼子野心。风起青萍，日积月累，以至于酿出今日大祸，言灭顶亦不为过，险些叫国家为之倾覆……"

提及不久前才刚刚结束的那场几乎波及半个南朝的大乱，他的情绪仿佛也随之激动了起来。

"如今叛乱虽已平定，但国家内忧外患，却是半分也没有减少！在你回兵救难之时，慕容氏攻打夏人，中原混战不断，如同修罗场。你应该也听说了，就在不久前，慕容氏已攻破洛阳。隐忍多年，一朝趁乱而起，势头比起从前，只会愈发凶猛。何况，以慕容一族向来的野心和手段，又怎可能安于中原？日后一旦有机会，他们必会图谋南下。羯人如狼，鲜卑如虎，我怕日后为害更甚！"

高崤忽然咳了起来。

洛神急忙抚揉父亲的后背。

高崤勉强压下咳意，朝着担心望向自己的女儿摆了摆手，继续说道："外事固然不平，朝中也依然忧患重重。这几年风雨不调，大乱之前，各地粮仓本就没有多少存粮，东南更是朝廷赋税的重要来源，年年寅吃卯粮，勉力支撑国库而已。如今遇天师教叛乱，江南千里荒芜，民生凋敝，天下粮仓无以为继，没有一两年的时间，很难恢复。"

他凝视着李穆。

"朝廷本就勉力维系，经此大乱，元气大伤，如今若再没有一个能够主事之人站出来主持大局，内忧外患，如何应对？当初先帝封你为大司马，看似是他当时一时冲动，如今我再细想，又未尝不是他登基这两年做过的最为明智的举动？"

他微微摇了摇头，唇边露出了一丝苦笑。

父亲的语气让洛神感到愈发不安。

"阿耶，你此话何意？你要去哪里……"她顿住。

高崤沉默了良久，慢慢地道："阿弥，阿耶无能，几十年的高官厚禄，非但一事无成，最后还险些让南朝毁于我手。就连你的阿娘，阿耶竟也没能护好她……"

他的声音微微颤抖，戛然止住。

片刻后，定了定神，他又继续说道："外不能收复失地，内不能安民定乱，往后将这国家和朝廷交给真正会做事之人，我便去寻你阿娘。"

在洛神小时候的记忆里，父亲飞眉若画，修目如描，姿容飘逸，宛如神仙般的一个男子。

后来慢慢地，他的面容之上染了风霜，眉宇之间不知何时起，也开始爬上川字纹，因为常年化解不开，后来便再也没有消失过了。

今夜，灯火之下，眼前的父亲，双目之中，洛神更是看不见半分他昔日的神采。

提及母亲，父亲的眼底里，唯一剩下的，便只有那深深的自责和浓得化不开的悲恸。

洛神终于明白了，为何在获悉平定了天师教叛乱和荆州叛乱的消息之后，父亲突然变得如此反常。

他为这个朝廷已经呕心沥血了几十年，如今他想要离开，去寻找阿娘的下落。

她再也忍不住，哽咽着唤了一声"阿耶"，双手紧紧地牵住父亲的衣袖，泪光闪烁。

高峤安慰般地轻轻拍了拍女儿的手，慢慢转头，看向一旁始终一言不发的李穆。

"敬臣，我亦是庸碌之人，这个朝廷有我无我都是一样，你却不同。南朝已是千疮百孔，再也经不起另一场天师教叛乱或是许泌叛乱了。朝廷需要你做这个大司马，民众也愿意看到朝廷有你这样一个大司马。你若是不做，我还能信谁？"

李穆道："国若有用，我便在千里之外，也不敢不应召唤。但大司马之位，请岳父勿为难于我，我确实无意担之。"

高峤摇头。

"你今日上位，并非我之选择，而是时势所推。我走之后，冯卫将代我的职位。他平和中正，能主持局面，但流于中庸，国若无事，他可做一太平宰相，可如今这样的南朝，光靠他一人，根本无法撑起！

"敬臣，除了你，再无人能主今日的南朝。我与你讲这话，不仅仅因它只是你自己的事，更关乎国事、民事，你难道不知？"

李穆眉头隐蹙："为国为民效力，我不敢不应，但大司马之位，当真必不可少？"

"是！必不可少！"

高峤的语气，斩钉截铁。

"我大虞当年开朝奠基，武帝立大司马为第一品上公，凌驾于百官之上，开国以来，总共封过五位大司马。你所立的功勋，比起之前的那五人有过之而无不及。唯一不及，便如你自己方才所言，你的出身有限。倘若没有大司马官职加身，日后你何以震慑百官，叫政令通达，上行下效？

"不在其位，不谋其政。反过来，欲谋其事，必要名正言顺！短短数年，你便能有今日之成就，这个道理你一定知道，还要我再多说吗？"

李穆沉默不语。

高峤盯着他，忽然从案后起身，整衣敛袖，向着李穆，竟肃然下拜。

"我高峤代南朝，代百姓，拜求于你！"

洛神惊住。

李穆显然也是吃了一惊，急忙避让到了一侧，抢上去将高峤扶起。

高峤紧紧地攥住了他的手。

"敬臣，非常时期，这个朝廷只有你能撑起来！万千南朝之人，都已知你是朝廷的大司马，民众对你的敬重，今日我虽未去东郊，却也知道几分。你莫辜负民众对你的殷切期待！"

他的语气郑重无比。

李穆知道，从高峤不惜向着自己一跪的那一刻起，他就没有了选择。

或者说，时间还要往前回溯，从他费尽心机，终于将面前这个人的女儿娶到手，做了自己妻子的那一刻起，便注定了会有今日这样的一幕。

他心绪纷乱，慢慢地转脸看向洛神，与她对望着。

终于，他收回了目光，缓缓地道："但愿日后，我能不叫岳父失望。"

次日五更，洛神早早地起身，服侍李穆穿衣，预备上朝。

她帮他一件件地穿好袍服，系好腰带，戴上弁冠，最后替他结着弁冠的束带之时，忽然被他张臂抱入了怀中，抱得紧紧的。

昨晚从父亲书房回来之后，他在她面前便未再提及那事了，神色看起来也很是轻松，倒显得此刻的这个举动有些突然。

她略一迟疑，双手慢慢放了下来，亦环住了他的腰身。

两人便如此相拥着，静静地相互抱了片刻，李穆低头亲了亲她的额头，松开了她，转身开门而去。

高府大门之外，静静地停着一顶不起眼的青色轿舆。除了前后两个舆夫，近旁只高七一人垂手而立。

高峤朝服羽冠，双手抱圭，早早地端坐在舆中，看到李穆走了出来，向他略略点头，放下舆帘，轿舆便朝前而去。

李穆从牵马而出的下人手中接过马缰，翻身上了马背，稍落于后。

一舆一马，在泛着淡淡青光的朦胧晨曦里，朝着建康宫的方向而去。

洛神立在门后，望着前方那顶坐舆和马上的背影渐渐消失在半明半暗的天光里，抬起视线，目光投向了远处那座阆宇崇楼、高大巍峨的宫城的方向。

从她记事起，那个地方，她已经不知出入了多少回，熟悉得甚至连闭着眼睛也不会迷失其中。

其实，细细想来，那个地方又何尝不是如同云间蜃楼，虚空缥缈，陌不可及？

那座由无数间华丽宫殿连绵簇叠而成的宫城中，不知道有过多少次的君臣朝会了。今日的这场朝会，本不过是那无数次中的一次罢了。

但因为一个名为李穆的人，今日注定成为一次特殊的朝会。

谁能想得到，当初那个名不见经传的寒门武将，竟然青云直上，踏步凌霄，以大司马的身份凌驾百官，握权行令，威仪赫赫，从今往后，一人之下，万人之上。

洛神未能亲历这场朝会，但却能够想象出那一幕，金銮殿中，百官肃立，李穆金冠朱衣，在陛台之前接过印绶的那一刻，场景该是何等的荣耀。

投在他身上的无数道目光里，除了敬畏、艳羡，必定也是少不了嫉恨和不满。

这是属于寒门的胜利，也是烙在世家额头的耻辱。

她更是能够想象，当在朝廷执牛耳多年的父亲随后递出他亲笔书写的那一道辞呈，说出就此告病归隐的话时，满朝文武，丹陛上下，那些人在那一刻，又该是何等的吃惊和震动。

当晚，夜幕才刚刚降临，一辆宫车便在仪仗的护送下停在了高府的大门之前。

太后高雍容带着幼帝，出宫来到高府，亲自前来探视高峤。

李穆还在外头，没有回来。

高峤退朝归家，入了书房，那扇门便一直闭着，得知太后带着幼帝驾临，也未曾露面。

洛神带着家人到前堂跪迎銮驾。

高雍容面上带着微笑，和洛神寒暄着。

洛神看得出来，虽然已在掩饰，但堂姐的寒暄显得有些心不在焉。

她知道，在堂姐和那些文武大臣的眼里，父亲的这道请辞疏来得有些突然。

两人说了几句话，高雍容便问高峤的身体。

洛神引着她和幼帝去往书房，到了门前，轻轻叩了下门，门便从里应声而开。

高峤立于门后，素冠青袍，广袖宽袂，面容消瘦，神色严肃，望着门外沿了廊阶上来的高雍容和幼帝，身影一动不动，等她牵着幼帝到了自己的面前，才后退了一步，下跪道："陛下与太后莅临寒舍，高峤未能前去相迎，乞望恕罪。"

高雍容轻轻推了推幼帝的肩膀。

幼帝才四岁多，尚未就学，却已经极其机灵。

去年南朝大乱之前，高雍容曾力请高峤担任太子太傅。洛神也知父亲确实有意等太子再大些，便亲自教他读书。没想到随后天师教和许泌相继作乱，国无宁日，这事便搁置下来，直到如今。

那孩子牢牢记着来自母亲的叮嘱，走到高峤的面前，伸出手，捉住高峤的衣袖，口齿清晰地说道："外祖父快请起，勿折煞登儿……"

见高峤抬头似要说话，高雍容已跟着走了上去，抢着扶住高峤，说道："伯父快快请起！今日侄女带着登儿回来，是以家人身份来探望亲长，恳请伯父千万莫将朝廷里的那一套跪拜之礼搬来家中。若是如此，便是见外，不拿侄女和登儿当自己人了。"

高峤不再说话，慢慢地从地上起来，盘膝坐到一张方榻中央。

洛神引高雍容和幼帝也就坐，下人很快上来茶水，洛神挽袖，跪坐一旁，亲自倒茶。

高雍容问高峤的身体，语气里充满了关切。听高峤道自己并无大碍，松了口气，说："侄女早就想领登儿来探望伯父了，先前一是事务纷繁，二来，听闻伯父近来闭门，怕打扰了伯父清心休养，一直未能成行。今日终于回家，见伯父安好，我也放心了。恳请伯父放宽心，好生休养身体。伯父安康，便是我大虞之福。"

高峤不置可否，目光落到了坐于高雍容身畔的幼帝身上，仿佛在想着什么，微微出神。

高雍容觉察，忙道："登儿资质愚钝，也因年岁小，未正式进学，但侄女不敢松懈，平日无事，自己便勤加教导，教他一些尧舜禹汤、先贤古圣的事迹，盼望他日后能成一代明君。好在这孩子勤奋，一心向学，先帝驾崩后，也算是叫我还有所慰藉……"

仿佛被自己的话勾出了伤心，她眼眶微红，低头取帕，轻轻拭泪。

高峤收回目光，点了点头："孺子可教。"

高雍容破涕，面露笑容："伯父谬赞了。去年先帝还在世时，先帝便想请伯父担当太子太傅，亲自教导登儿读书。不想后来国乱，先帝不幸驾崩，此事便就不了了之。如今国事平定，趁此机会，侄女有一不情之请。等伯父身体休养好了，日后能否拨冗做登儿的太傅？伯父才高八斗，学富五车，登儿便能学得伯父一二分，于他日后也是大有裨益。"

高峤注视着高雍容，一言不发。

书房之中突然安静了下来，耳畔只闻茶壶肚里水沸发出的咕咚咕咚的气泡之声。

气氛忽然变得有些异常。

洛神倒好茶，轻轻送到两人的面前。

高峤终于开口了，一字一字地道："自古，国君才学如何，从来都在其次。君王德行，方为第一。"

他的语气，听起来很是凝重。

洛神悄悄看了眼父亲，又看向堂姐。

高雍容仿佛一怔，大约也没料到高峤会如此接话，顿了一顿，立刻反应了过来，笑道："伯父说的极是。侄女的意思，是登儿除了学业从师于伯父之外，亦需伯父多多教他为君之道、做人之理。"

她示意幼帝，要他向高峤行弟子向师的跪拜之礼。

那孩子被母亲教得很是伶俐，立刻起身，要向高峤行弟子之礼，却被高峤扶住了。

他的脸上露出笑容，凝视着那孩子，温声叫他坐回去，不必向自己行礼，随即转向高雍容。

"陛下这年纪，如同树苗初初扎根于地，正是教导的良机。切忌溺爱放纵，学业再有名师加以引导，日后方有可能成一代明君。我是不能担当此任了。琅琊颜瑰，才学远胜于我，年轻时便以诚孝闻名乡里，他可为帝师。另有冯卫，品性才学，亦可胜任。我去后，你可聘他二人为太傅。我料他二人必会尽心尽力教导陛下。"

高雍容沉默了片刻，忽然望向洛神，微笑道："阿弥，劳烦你将登儿暂时领出去歇息，可好？"

洛神晓得她今晚过来见父亲，必是和白天父亲提交的那道请辞有关。方才说了那么多，此刻才是要进入正题了。

她望了眼父亲，见他神色淡然，起身牵着幼帝出了书房。

等洛神走了，高雍容道："伯父，实不相瞒，侄女今夜回家，既为探望伯父，也是想要恳求伯父，能否收回请辞，日后继续留在朝廷？"

"我知此为不情之请。伯父因了伯母之殇，至今悲恸难当，侄女亦是感同身受。但人死不能复生。伯父心系北伐，又正当壮年，合该是大展雄图，一展壮志之际，倘若就此退隐，不但是我大虞朝廷的损失，于伯父自己，难道便不可惜？"

她顿了一顿。

"何况，我也将伯父一向视为亲长，在伯父面前，也不隐瞒。之所以盼望伯父能留下，除了方才的缘由，也是为了登儿考虑……"

她眼圈渐渐又泛出了红痕，语气悲伤。

"先帝不幸病去，登儿年纪幼小，我又是个妇道人家，孤儿寡母，境况本就艰难，叛乱甫定，朝廷依旧内忧外患，倘若伯父走了，往后再有如此乱局，谁来主持大局，谁来辅佐幼帝？侄女恳求伯父，等身体休养好了，以大局为重，留下继续主持朝政。大虞不能没有伯父！"

高峤道："冯卫代我为内相，李穆官居大司马，二人一主内，一主外。我亦拟好一干可重用的官员名单，今日已随辞呈一并提交。往后你以太后之尊，辅佐幼帝，遇事和他二人商议，多用名单之人，激浊扬清，便是遇到事情，又何惧无所依靠？"

高雍容道："比起伯父，旁人终究是外姓……"

高峤道："你是不信李穆？"

高雍容一怔，连忙解释："伯父千万莫误会。侄女怎会不信妹夫？只是陛下年幼，我一妇道人家，于朝事分毫不通，孤儿寡母，难免要想得周全些，凡事不敢掉以轻心……"

高峤淡淡一笑："太后何必自谦。先帝在世之时，大臣递上的奏折，十有七八，恐怕都是太后代先帝朱批。处理朝政，太后早已轻车熟路。如今外有李穆，内有冯卫，你只需循规蹈矩，按部就班，好生做你的太后，辅佐幼帝，待日后幼帝成年亲政，你有何放心不下？"

高雍容心下咚地一跳，脸色微微一变，望着高峤，见他双目落于自己脸上，神色冷淡。

她第一反应就是想断然否认。但短短一个瞬间，脑海里便又闪过了好几个念头。

从前她替皇帝批阅奏章，皆模仿皇帝的笔迹，事极隐秘，只有几个亲信知道。

她没有想到，此事竟被高峤知道了，但他先前却绝口不提，直到此刻，才仿似无意般地说了出来。

她很快就否决了否认的念头，定下心神，急忙解释："伯父千万不要误会！并非侄女有意僭越。实在是先帝体弱，那些奏折又不能耽误，先帝要我帮他，我无可奈何，这才勉为其难。侄女可发誓，代批的每一道奏折，发回大臣之前，全部送交陛下先行过目……"

她一边解释，一边已在心里飞快地筛着身边之人，疑心到底哪个背叛了自己。

高峤仿佛猜到了她的所想，淡淡地道："先帝登基不久便露出了怠懒之态，于朝事分明不大上心，时常夜宿皇家林苑，喜好女色，每日奏章却一一批复下发，无一遗漏，你又时常在我面前维护先帝。须知过犹不及，我早就猜到了。"

高雍容后背已是出了一层冷汗，还没来得及吁出一口气，听见高峤又道："阿容，你从小做事，便有章法，这本是件好事。后来你以王妃之身入建康为后，再成为今日之太后，到你如今的地位，做事怀些心机，用些手段，只要心有大局，本也无可厚非。方才那事，虽于礼制相悖，但也算情有可原。但另有一事，我却要问你。"

他盯着高雍容，语气渐渐变得严厉了起来。

"你和新安王从前怕也是暗中有所往来吧？那夜他到底是怎么死的？他原本利

用邵氏刺探我，以致长公主后来被那妇人所害，你敢说，你此前不知邵氏，和此事也没有任何的关系？"

倘若说，高峤方才揭破自己代先帝批阅奏章还只是小事的话，那么这一刻，当听到如此直白的质问从他的口中道出，一阵冰冷刺骨的寒意瞬间将她整个人包围。

她忍不住打了个寒噤。

她不会承认，却也不敢立刻否认。

她不知道高峤说出这话到底是掌握了什么证据，还是亦如同方才那样，只是他自己基于一些蛛丝马迹而得出的猜测和推断。

高雍容颤声道："伯父，侄女不知你此话何意，侄女到底哪里做得不对，何以竟会叫伯父误会至此地步？"

"新安王那夜事败逼宫，连我都知晓，陛下那些时日常常留宿园中，何况是他？既抱定了逼宫之心，就算是为拿到陛下玺印挟持宿卫军为他所用，他又怎会想不到万一陛下那夜宿在林苑，须第一时刻便派人赶去？否则，万一陛下露面，他即便印信在手又有何用？我赶去皇宫之时，你受伤不轻，他则已然死去，可见当时冲突何等剧烈，而派去林苑解救陛下的人回来却说林苑那里并无动静，陛下也是见到了我派去人才得知宫中出了如此大事。"

他看着脸色渐渐泛白的高雍容。

"这未免不合常理。萧道承那夜既决定铤而走险施行逼宫，乃至胆敢对当朝皇后挥刀，当时便是再事发突然，如此重要的一步，他不应当毫无防备。"

"我当时便觉奇怪，但是你的解释听起来也没有破绽，我便未再往深里想。如今我再回想，以他当时的举动，看起来倒更像是那夜他初入皇宫之时，尚未打定决心要和皇室鱼死网破。"

"陛下不在宫中，如此的巧，那夜他又死在了你的面前！"

"太后！"高峤蓦然喝了一声，双目盯着面前的高雍容，语气极是严厉，"当夜他入宫，起初是否找你商议对策？他是否被你所杀？你杀他，是否因此前曾和他勾结，做过怕我知晓的事？"

一连三声质问，问得高雍容彻底惊呆了。

那一夜，得知萧道承于高峤面前已是无所遁形之后，唯恐自己会被牵扯出来，她当机立断，立刻便做出了除掉他的决定。

她自忖已将当夜事情处理得干干净净，绝对不会留下任何能让高峤起疑的蛛丝马迹，更不用说能捉她把柄的证据了。

事情过去这么久了，她以为那夜之事从此石沉大海，这辈子除了自己之外，再不会有第二人知晓了。万万没有想到，到了现在，因为萧道承当日留下的那一个破绽，竟会引起高峤的疑心，让他知道了事情的真相。

不幸中的万幸，看起来，高峤似乎确实没有拿到什么确凿的证据，方才的一切也只是他基于萧道承的反常举止而做出的一个推断罢了。

但即便如此，在高峤那两道锐利得如同刀刃一般的目光逼视之下，高雍容的脸色还是白得几乎褪尽了血色。

她定定地僵了片刻，忽然跪了下去，膝行到高峤的面前。

"伯父，事到如今，我也再不敢隐瞒。伯父你想得没错，我和萧道成先前确实一直暗中有所往来。其实非但如今，侄女在出阁之前便曾和他相识了。只恨自己当时不懂事，被他所欺，出嫁后没过几年安稳日子，阴差阳错又随先帝回了建康。侄女回来后不久，萧道承借着身份之便频繁出入皇宫，表面上对陛下毕恭毕敬，暗中却拿我年轻不懂事时犯的错来要挟我，逼迫我听他的命令。

"伯父，萧道承此人，真正是心机深沉，人面兽心。他一心谋权篡位，当初伯父举他继位，他知伯父当时心生退意，朝廷又是世家当政，即便他登基做了皇帝，怕也要被权臣拿捏，不得善终，这才惺惺作态，故意力荐先帝上位。他的图谋，便是韬光埋伏、暗中布局，等日后除去世家，他也掌控了权力，到时篡位，易如反掌。"

她潸然泪下。

"伯父，侄女年轻不懂事时做下的丑事，怎敢叫伯父知道？先帝又是个无用之人，整日只知吟诗作赋，和宠妃厮混，更是不能指望他半分。我无可奈何，受萧道承威胁，只能暂时隐忍。没有想到，那夜他突然带人闯入宫中，气急败坏，说他干的事情被你知道了，怕你容不下他，逼我和他一道将你除去。我又怎肯听他摆布，去加害伯父？见他抢夺陛下符印，情急之下，和他扭打了起来，被他刺伤。后头之事，伯父你都知道了的，也是老天开眼，宫廷侍卫及时赶到，侄女这才侥幸活了下来。

"侄女当时的处置确实不当，难怪伯父你对我起了疑心。当时获救之后应当留他性命，刑名定罪。侄女却怀了私心，怕他说出我从前和他的那段丑事。坏我名声也就罢了，事关陛下颜面，更关乎高家颜面，当时心中对他实是恨极，宫廷侍卫为保护我杀他时，侄女也未阻拦……

"伯父，你方才质问邵氏之事。那萧道承胁迫侄女听命于他，也知侄女心中不愿，并非所有事情全都告诉我的。侄女可对天发誓，萧道承之前在我这里，没有提及邵氏半句！也是那夜宫变之后，侄女才知有如此一回事……"

她失声痛哭了起来。

"侄女这些年，为身份地位所累，虽然迷失本心，确实做过不少错事，但对于伯父伯母，从来都是如同父母般看待。宫变之后，侄女知道有那邵氏存在，当时便想杀了她的，免得留她惹伯母烦心。只是当时伯父无意杀她，侄女便也不敢做主。倘若知晓邵氏居心如此恶毒，当时伯父便是反对，我也决计不会留她性命！"

高崎神色僵硬。

"伯父您想，伯母出事之时，东南有天师教叛乱，荆州叛军也能随时打到建康，朝廷全靠伯父一人顶着，伯母那时若是出事，伯父必定分心，国若倾覆，于我有何好处？我便是再狼心狗肺，也绝不敢将主意打到伯母的头上。求伯父明察，千万不要误会了我……"

她说完，俯在地上低声抽泣。

高崎脸色灰白，定定地望着案前那片跳跃的烛火，眼神凝滞，良久，仿佛是在对高雍容说话，更仿佛是在自言自语，道："这些年来，我自认为兢兢业业，勤勉治国，也算是倾尽全力，不敢有半分懈怠。但这个朝廷在我手中，非但没有半分起色，反而颓堕萎靡，险些倾覆，以致到了不可收拾的地步。上不能匡主，下无以益民，我便是继续留在朝廷，亦是尸位素餐，不如顺时应势，及早抽身，将朝事交到真正有用之人的手上，这个朝廷，或许还能枯木逢春……"

他的目光慢慢转到高雍容的脸上。

"你不信李穆，我从前也不信。但如今，我对他深信不疑。"

"倘若他有异心，先前大乱之时，他大可以路途遥远为由，等到朝廷倾覆再带兵回来，坐收渔翁之利。但他没有。单凭这一点，他便够当得起'忠直'二字。"

"太后！"他盯着高雍容的双眼，一字一句地说道，"我方才和你说那些，目的不是要和你清算从前的旧事。我是要叫你知道，值此内忧外患之际，你身为大虞太后，双目可被宫墙所挡，心胸却要怀有天下之局！"

"何为世家？何为贵族？所谓高贵，绝非生而冠有高人一等的姓氏，乃是为人处世，要有匹配得上这身份地位的气度和心胸。你从前那些以己度人的不入流手段，往后若再拿来治国，非我恐吓，南朝之亡，非晨即夕！"

高雍容脸上一阵红一阵白："伯父如此谆谆教诲，侄女便是再冥顽，也不敢不上心。"

高崎道："你记住这话就好。有李穆在，外敌你便不用担心。你按照名单用人，实行减税，叫百姓休养生息，就算灾年，也不至于有大的乱子。"

"伯父的教诲，侄女必定牢记在心。请伯父放心。"高雍容流泪道。

高崎道："我言尽于此，我这里也无事了。你回宫吧。"

高雍容朝他叩了一个头，擦去面上的泪痕，慢慢地从地上爬了起来，开门走了出去。

洛神方才领着幼帝退出父亲的书房，才出来，便有几个宫人上来服侍。她在边上伴着，等了良久，终于见到高雍容出来，急忙迎上前去，见她眼睛微微浮肿，似乎带了点哭过的痕迹，脸上却笑容依旧，压下心中疑虑，自然不会多问半句。

送走了高雍容和幼帝一行人，洛神心中怀着疑虑，匆匆回到父亲的书房，看见他还坐在方榻中央，闭着双目一动不动，犹如入定，脸色泛着灰白的颜色，瞧着有些吓人，不禁担心不已，一时也顾不上别的，问道："阿耶，你怎么了？可是身体不舒服？"

高峤慢慢地睁开眼睛。

洛神看见他眼底透出一片血丝，愈发担心，急忙上前扶他，说道："阿耶，你若是累了，女儿送你回房，你早些歇息吧……"

高峤微微一笑，顺着洛神的搀扶，从榻上起了身，哑声道："你莫担心，阿耶无妨……"

一句话还没说完，洛神见他面露痛苦之色，身体微微前倾，口中竟呕出了一口血。

"阿耶！"

第十八章

双刃之剑

洛神大惊失色，一边用力搀住站立不稳的父亲，一边转头向外高声唤人。

门被人一把推开，李穆快步而入，一把扶住了高峤。

高峤定了定神，慢慢地推开了李穆的手，站直身体，吩咐闻声奔来的高七："召集族人，三日后，到高氏宗祠齐聚，我有话要说。"

父亲歇了几天，精神看着终于好了些。

洛神私下悄悄问太医，太医说高相公的呕血之症，是肝失疏泄，气机郁滞所致，只要放宽心怀，慢慢调养，身体便能恢复。

洛神这才稍稍放了些心。

当天，高家那些留在京师里的排得上辈分的宗族中人，总计不下数十人，全部聚齐到了祠堂之中。

高允、高胤、高桓等人都来了。

高峤先将高允单独召入书房，和他私谈了片刻。洛神在外面，隐隐听到了几句父亲和叔父的说话之声。

父亲在向叔父解释为何自己要将家主之位托给高胤，叔父似乎表达了理解。片刻后，他二人出来，洛神看到叔父微微低头，眼角似乎有些泛红，一言不发，随父亲朝前而去。

按照时人的惯例，大家族的上一代家主，只有死去方可将家主之位转给下一继任之人。

高峤当众宣布，自己往后不在之时，高氏家主由高胤代为掌管。又因高允辈分高，有资历，叫高胤遇事若是不决，多与高允商议。

高胤是高峤早已选定的下一任高氏家主，高家出了如今这样的变故，高峤心灰意冷，往后可能离开京师，云游天下。这个消息，高氏族人早已暗中相互传告，此刻听到他如此宣布，倒也没有引发多少的震惊。

众人低声相互议论了片刻，有向高胤道喜的，有向高峤打听他日后去向的，自然，其中也有不少人向高允暗暗投去异样的目光。

高胤力辞不成，跪谢过高峤，起身来到高允的面前，恭恭敬敬地向他施礼，说往后还需他多多相帮。

高允哈哈大笑，握住高胤的胳膊拍了一拍，无不应承。一时之间，祠堂里气氛融洽，一片欢声笑语。

当晚，高府举行家宴，李穆和洛神一道出席。席间，众人争相向李穆敬酒，李穆来者不拒，宴毕微醺，洛神送他回房。

两人进屋还没片刻，外头仆妇来唤，说大人叫小娘子去书房，有话要说。

洛神正在帮李穆解衣，忽听父亲单独召自己，不禁疑虑，停了手，看向李穆。

李穆轻轻握了握她的手，道："你去吧，别让岳父等久了。"

高七等在书房之外，向洛神恭敬地躬身，替她推开了门，低声道："小娘子进去吧，大人在里头等着。"

屋里烛火通明，高峤坐在那张方榻之上，见她进来了，含笑点头，示意她到自己的近前。

洛神登榻，坐到了父亲的身旁。

高峤并没有立刻开口。父女相对默然了片刻，洛神说道："往后女儿不能侍奉于父亲之侧，只求阿耶无论去往哪里，记得一定要保重自己。"

父亲将这里的事情一一交代完毕，显然很快就要离开建康了。

建康城里的许多人，包括高家人在内，无不认为萧永嘉早已死在了那场兵乱之中，而高峤之所以迟迟不肯为亡妻举办葬礼，只是因为他还固执地不肯接受事实罢了。

甚至还有人在背地议论，说长公主的死之所以会对高相公打击如此之大，以致他至今无法接受，是因为他半生无子，妻子又恰好死在了临盆之前——如此一桩人间惨剧，无论放到谁的身上，一时也是无法释然，难怪他会如此耿耿于怀。

时间已经过去大半年了，母亲始终没有任何消息。想到她生死未卜，想到父亲很快就要离开，不知何日才是下次相见，她的心中慢慢地被难过和惆怅所充塞。

高峤说："阿弥，阿耶昨晚去了趟白鹭洲，船到洲口，便又回来了……"

他顿了一顿，慢慢地抬起视线，落到了女儿的脸上。

"阿耶无颜登岛……"他苦笑道。

洛神望着父亲唇角镌刻的那一缕深深的纹路，忍住眼底涌出的酸涩，说道："阿耶，阿娘出事全是意外，你不要过于……"

话没有说完，便停住了。

父亲怎么可能不难过，又怎么可能不自责？

高峤微微一笑，点了点头。

"阿耶很早以前就想离开建康了，如今终于可以达成心愿。阿耶知道，你阿娘还在的。你放心吧，总有一天，阿耶一定会将她带回来的。"

"阿耶——"

洛神再也忍不住，一下便红了眼圈。

高峤轻轻拍了拍女儿的手，以示抚慰。

他说："阿弥，我知道你和敬臣所想。等建康事平后，你原本是要随他去往义成或是长安的。那些都是好地方，比建康城要好。但如今，你却不能走了，是阿耶委屈了你。"

朝廷从前原本有一项祖制，凡三品以上的大臣，无论是朝臣或是外臣，无特殊缘由，家眷须得长居京师。

这项祖制，从朝廷南迁之后，因为皇帝权力被世家架空，慢慢也就形同虚设。直到不久之前，许泌之乱平定之后，冯卫有感于早在许泌作乱之前，许氏家人便全部迁出了建康，以致毫无羁縻，肆无忌惮，遂与礼部提议恢复从前的这项条令。

当时一提出来，太后高雍容自然点头，下面的文武百官也没有人不赞成的。

冯卫为表率百官，就在半个月前已经将自己原本居于豫章的老父亲接入建康。百官不分文武，亦纷纷效仿。

"敬臣母亲眼目不便，且年岁大了，冯卫当时特意在我面前提过，道她可不必遵循此令。但是阿弥，敬臣身居高位，为百官之首，人皆望之，你是大司马夫人……"

高峤望着女儿，眼底里流露出一道歉疚之色。

"倘若你也不居建康，则此令形同虚设，无以号令百官，上行下效。"

早几天前，李穆还没有班师回朝的时候，洛神就已经知道了这件事情。

往后，倘若没有特殊缘由，不管李穆人在哪里，自己是必须要长居建康了。

她从前原本想过，跟随李穆，带着阿家她们一起去往义成，如今落空，再也不可能了，说心中没有半点失望，自然是假。

但事已至此，只要她的丈夫做一天朝廷的大司马，她就必须要做一天的大司马夫人。

她没得选择，就如同李穆。

今日的他看起来风光无比，在外人的眼中，位高权重，威仪赫赫，但是又有谁知道，这个大司马的头衔，对他而言，或许不过只是一种看不见的束缚？

洛神看着自己父亲，再也忍不住了，话冲口而出。

"女儿有一话，便是忤逆，也想问一声。阿耶，女儿还记得，曾几何时，阿耶你分明还认为郎君心怀不轨，对他处处防备。到了如今，为何却又勉强要他做这大司马？皇宫的那个宝座，天下但凡有能力者，何人不觊觎？阿耶，你难道就不怕他位高权重，失了制衡，将来有朝一日，真的生出谋事之心？"

高峤沉默良久，道："阿弥，你既然问了出来，阿耶便不瞒你。哪怕是到了如今，阿耶也还是看不透李穆。他攻下长安之后，与其说是外臣藩镇，不如说是目无朝廷，阿耶在他的身上见不到一个忠臣该有的模样。但是大虞面临灭顶之时，恰恰又是他回兵相救，力挽狂澜。"

"他不愿效忠朝廷，心底分明似对朝廷有所抵触，但所行之事却又完全称得上是忠臣良将，没有半分能叫人指摘的不是。"

"南朝早已病入膏肓了，没有一个强有力的主事之人，光靠如今朝廷上的这些人，不必等到他谋事篡位的那一天，朝廷自己恐怕先也要倒。"

"阿弥，你懂阿耶的意思吗？李穆如同一把双刃之剑。向善，朝廷或许就此能够一改颓势，枯木逢春；向恶，则大虞萧室的帝王基业就此翻覆，也是不无可能……"

他凝神了良久，看向洛神。

"阿耶也曾反复考虑，但最后，阿耶还是选择将大虞交到他的手上。赌这一把，也赌自己的眼光。"

他自嘲地牵了牵唇角，露出一丝苦涩的淡淡笑意。

"阿耶这一辈子，看错过很多的人。但这一次，阿耶觉得自己应当不会再看错了。

"何况，还有你在他的身边。阿耶希望，你在做他妻子的同时，也不忘自己身为高氏女儿应当负有的责任。"高峤注视着自己的女儿，慢慢又道了如此一句。

洛神一呆，心头渐渐茫然，极是难过。

她想起许久之前，母亲曾对自己谆谆教导，说，她不仅仅只是高氏女，更是李穆之妻。

而今夜，父亲却提醒她，做李穆之妻的同时，亦不能忘记她身为高氏女应当负有的责任。

父亲何意，她岂会听不出来？

说到底，父亲终究还是没有完全地信任李穆。哪怕他已决定相信他，将自己苦心维持了多年的这个南朝交到他的手上。

她眼前不禁浮现出那晚上堂姐带着幼帝过府，随后和父亲在书房密谈了许久的一幕，脸色苍白，一字一字地道："阿耶！那天晚上，您和太后，到底密议了何事？

"用人不疑，疑人不用。您需郎君扶持这个朝廷，您却又不信他。连您都这样，更何况是旁人？

"女儿不会忘记高氏女应当担负的责任。当初倘若不是为了高氏二字，女儿也决计不会嫁他。

"但如今，我实在是不懂，大虞朝廷固然重要，但难道阿耶就不曾考虑，以郎君如此之高位，日后假若功高震主，旁人容不下他了，到时，难道他就该引颈自戮，以全所谓的忠臣之名？

"倘若如此，这个忠臣不当也罢！恕女儿不忠不孝，女儿这就和郎君离开建康，免得日后卷入这所谓的忠奸是非！

她爬了起来，朝自己的父亲重重地叩了一个头，起身下榻便去。

"阿弥！"身后忽然传来父亲的喝声。

洛神停步，慢慢地转头，见父亲从榻上起身，慢慢地站了起来。

"阿弥，阿耶辅三代萧帝。当初你外祖父临终之前，将大虞殷殷嘱托于我的一幕，阿耶至今不敢忘。前夜阿耶与你堂姐的对话，详情如何，阿耶不便复述，但阿耶向你保证，绝非是在和当朝太后密谋如何对李穆不利！

"阿耶只能告诉你，当朝的太后，她已不再是你从前的那个堂姐了，你再不可以旧日之心而视之。但她若是就此能够尽到本分，辅幼帝，继中兴，叫国得以维系，令民得以安生，则阿耶今日所做的一切也算是值当。

"如此安排，是阿耶当日对你外祖父承诺之下所能做的最后一件事了。我已尽力，天意如何，一切便由上天定夺……"

高峤说完，再次咳嗽起来，面露痛苦之色。

见父亲如此模样，洛神心中又是一阵酸楚，急忙回到父亲身边扶住了他，替他抚揉后背，等他渐渐缓了过来，要去端水，却见他摆了摆手，慢慢地直起腰身，转身走到靠墙的一张书格之前，从其中一个屉里取出了一只小匣。

那匣子连盖，用一只铜锁锁住，上头放了一把钥匙。

高峤转身，走到了洛神的面前。

"阿弥，我走之后，你将这东西好生保管。阿耶但愿你往后不必开这匣子。但将来，有朝一日，万一遇到急难，它或许能助你一臂之力。你把它收起来。"

高峤将小匣连同上头的钥匙交到了洛神的手上。

匣子略微沉手，洛神也不知里头是何物，接了过来，定定地望着父亲，一动不动。

高峤凝视着女儿的面容，良久，抬起视线，望了眼门口的方向，说道："你回去吧。"

"阿耶！"

高峤唇边露出一丝笑容，朝她点了点头："回去吧！"

洛神紧紧攥着手中的那只匣子，转过身，一步三回头地往门口去，打开门，看见一道身影就立在书房庭院的门口。

她急忙偏过头，飞快地擦了擦眼睛。

李穆看到书房门被打开，洛神的身影出现在门口，立刻快步走来，几步跨上台阶，视线扫过她眼角残留着的一抹泪痕，略略蹙了蹙眉，随即看向门里的高峤，沉声道："不早了，岳父也请安歇，小婿带阿弥回去了。"

说完，向他行了一礼，伸手握住了洛神的手，低低地在她耳畔道了声"走了"，便带她离去。

第二天的清早，洛神早早起身送李穆上朝的时候，得知了一个消息。

就在昨夜，她的父亲走了，从偏门悄悄离开了高家。除了门房，没有惊动任何的下人。

和他一道同行的，只有高七一人。

她跑到父母的卧房，推开门，屋里果然不见他的人影。跑到书房，书房里也是空空荡荡，只剩下满屋书卷整整齐齐地堆叠在书箱之上，仿佛等待着主人下次不知何时再来启封。

虽然知道父亲去意已决，很快就要离开建康了，但当这一刻当真到来之际，洛神还是感到无比难过。为至今生死未卜、极有可能已不在人世的母亲，为或许接下来的余生都将在明知无望却又无法停下寻找的脚步中度过的父亲，亦为李穆而难过。

没有谁比她更清楚，他曾是何等排斥这座皇城。

然而，就是因为他从前娶了她的这个举动，哪怕当初，他真的曾怀有不容于自己父亲的勃勃的野心，到了如今，洛神知道，他也已是折起锋芒，不得不肩负起了维系这个朝廷安危的重任。

但从头至尾，他都没有在自己面前流露出过半分的抱怨或是无奈之色。

他如此的深沉和宏博，只让洛神心里感到加倍的歉疚。

有时，想得多了，她甚至有些害怕，怕他会不会因此而生出后悔娶了自己的念头。

倘若不是因为自己的羁绊，生逢如此一个乱世，以他之能，完全可以更加地随心所欲，放手一搏。

但她没有勇气向他发问这一点。

她知道他一直以来，便不曾真正有过轻松的时候，如今更是如此。

虽然他没有表露半分，但她感觉得到，那令无数人仰望的加在他身上的大司马的荣耀，也并没有带给他分毫的欢愉。

面对来自他的关切目光，她忍住心中的难过，直到他出门而去，目送着他在微晓中渐渐离去的背影，这才默默地落泪，随即很快自己又擦去了眼泪。

从今日起，南朝朝廷的格局便和从前截然不同了。

门阀零落，千钧之担压在了以寒门而起的李穆的肩上。

朝堂之事，她不能为他分担半分，从今往后，她能做的，便是尽量做好他的妻子，叫他再不要为自己而分心。

在过去将近一年的时日里，当萧室南朝经历着险些灭顶的巨大动荡之时，千里之外的北方中原，也一直没有停止过战乱和纷争。

当初，李穆回兵路上被挡，曾以慕容西要攻打洛阳为诈，调走了北夏宗室的军队。

他的那封信，与其说是无中生有，倒不如说是一个预言。

他的预言，在那之后很快便变成了现实。

就在南朝忙于平定天师教叛乱和许泌之乱时，慕容西领兵从燕郡南下，发动了对北夏的复仇之战。

鲜卑和羯夏两族之间那旷日持久的恩怨，以征服和掠夺为始，同样，也以征服和掠夺的征战而落下帷幕。

就在半个月前，在数次大战之后，北燕军队终于攻破了距离洛阳不过数百里的北夏陪都高凉。

这一战事关洛阳安危，以马上而得天下的北夏皇帝亲自领兵来到高凉应战，北夏军队不敌落败，他带着残余军队逃走，想稍做喘息重整旗鼓之时，慕容替领兵而至。

昔日的耻辱如烈火焚身，慕容替亲自披甲上阵，单臂挥剑，悍猛无比。他率领军队四面围合，对仇人展开了凶狠的攻击。羯帝受伤，在亲信的保护之下终于杀出重围，但在再次逃跑的路上，终于还是没能躲过来自慕容替的近乎疯狂般的追杀，被弓箭射下了马背。

捉住了北夏皇帝之后，慕容替没有立刻杀死他，而是亲手执刀，一刀刀地凌迟，慢慢地折磨，等仇人最后只剩一口气了，才命骑兵以马阵来回践踏，直到尸身被钉着铁掌的马蹄踩成血糜，连骨头都碎裂得成了渣滓，嵌入泥里，地上看不到人形，只剩下了一摊肮脏而模糊的血迹，这才终于罢手。

慕容喆赶到的时候，见自己的兄长立在一旁，僵硬的脸庞之上溅满了血，视线死死地盯着地上，紫色眼眸中射出的阴狠的目光，连她见了也觉有些心惊肉跳。

她匆匆赶到兄长的身边，告诉了他一个消息："阿兄，叔父已经领兵进入高凉，放任士兵屠城庆功……"

慕容西自然也是个狠人。但和一般鲜卑人不同的是，他从年轻时起便受到了很深的汉化。和族中那些每攻下一处动辄烧杀劫掠的族人不同，这回攻下高凉城，从他本心来说，并不想如此行事。但考虑到此前战况很是艰难，北燕士兵为攻下这座城池付出了不小的代价，攻破后，军中垂涎高凉城的富庶，纷纷要求按照惯例，给予捞取好处的机会。

慕容西原本不想答应，但见族人和将领都杀红了眼，群情激动，考虑到还有洛阳要打，政权也未稳固，倘若不给他们一些实实在在的好处，怕会引发对自己的不满，不利于军队日后的统领，于是答应了下来，允许士兵庆祝三日。

所谓"庆祝"，就是放任士兵在城中劫掠奸淫，以便为日后鲜卑人的统治尽可能地清洗血统。

这是从大虞南迁之后，占领中原的胡人政权在立国之前都会做的一件事情，人们早已司空见惯。所以，这也不是慕容喆要说的重点。

重点是，她看了眼地上那摊血污。

"阿兄，你难道忘记了，叔父先前特意叮嘱过的，要你留下羯帝性命，生擒带去见他？"

她就是担心兄长会忍不住杀了仇人，这才特意赶了过来，没想到还是迟了一步。

她的神色里流露出了无限的担忧之色。

慕容替面无表情，将手中那柄染满了血的匕首投插到了地上的那摊烂泥里，才慢慢地转过那张溅满血的脸，目光闪烁，淡淡地道："你还不明白吗？他明知我和此人有不共戴天之仇，还允许我来追捕。我杀与不杀，又有何异？杀他，固然抗命。若不杀他，则是百般隐忍，心机深沉。你是个聪明人，倘若你是他，你希望我杀还是不杀？"

慕容喆略一思索，便回过了神儿。

倘若她是叔父慕容西，自然宁愿看到一个只凭冲动贸然行事的慕容替，也不愿身边留着一个连如此奇耻大辱都能隐忍的人。

哪一种人更危险，一目了然。

她眼睛一亮，松了口气，欣然道："我明白了。阿兄你做得对！"

她盯了一眼地上的血污，恨恨地啐了一口唾沫："可惜我来晚了，否则倒是可以亲手再补上几刀！"

慕容替艰难地抬起左臂，用衣袖慢慢地抹去脸上的血污，动作显得十分吃力。

自从这条胳膊废了之后，一些日常之事，譬如类似于方才这种擦拭脸上血痕的动作，原本分明可以用右手轻而易举地完成，但他却一直习惯性地使用这只废臂。

慕容喆一开始不知道他为何如此，但现在，她慢慢开始有些猜出来了。

兄长大约就是要用这种方式来一遍遍地提醒自己，是谁废了他的这条胳膊。

那个男子，如今已经成了南朝的大司马，一人之下，万人之上，取威定功，位高权重。

她下意识地转头，看了眼遥远的南方，眼底掠过一缕复杂的神色，沉默了下来。

慕容替慢慢地放下那条胳膊，淡淡地道："回吧。长公主被你接来这么久了，如今也该露面，叫叔父见上她一面了。"

高凉城虽是陪都，但人口亦近十万，城中也建有一座宏大而华丽的宫殿。

这一夜，是胜利者鲜卑人的皇帝赐给那些为他作战的士兵们狂欢的最后一夜。这一刻，当许许多多当初因被围城所困而无法逃脱的人在度过了地狱般的三个白天，于绝望和恐惧里挣扎呼号，企盼着天明快些到来的时候，高凉宫的大殿里，今夜却是灯火辉煌，舞女蹁跹。

北燕皇帝慕容西在殿内摆酒设宴，和臣属将领推杯换盏。身旁几张案几之后，依次坐着他重用的汉臣张集以及徒何氏、卫氏、若久氏等几个势力最大的鲜卑贵族，其余燕国官员陪坐。气氛正热烈之时，一个卫兵从外入内，道慕容替已经领兵归来，自知违抗帝旨，杀了北夏皇帝，罪不可赦，无颜来见皇帝，此刻就跪在城门之外，等待着皇帝降罪。

他虐杀北夏皇帝的事情，众人都已知道。听到他回来请罪的消息，纷纷停止宴饮，目光不约而同，全都看向了坐于大殿中央的大燕皇帝慕容西。

从前有着北方第一猛将之名的慕容西身材魁梧，雄健逼人，卫兵入内时，他正笑容满面，和坐于自己右手边的距离最近的徒何公在隔空推杯，身后站着二十名亲卫。亲卫武功过人，警戒的目光不时扫过大殿中人的面孔，连最阴暗的角落也不放过。

徒何公是鲜卑徒何氏的首领。传言，慕容西手中藏有前燕灭国之前的宝藏的藏宝图。

当初趁着北夏势衰逃回北方之初，事情进行得并不顺利，响应者寥寥，就是最先得了他的助力，这才得以顺利召集旧部，东山再起。他复立燕国之后，不但以高官厚禄封徒何氏族人，前些时日，还有意让自己的一个儿子娶徒何氏的女子为妻，使两家结为姻亲。忽听卫兵如此禀告，脸上笑容慢慢消失，放下酒杯，挥了挥手，示意殿中舞女停下乐舞，目光环顾了一圈臣属，道："令支王抗命，诸位以为应当如何处置？"

慕容替是被北夏所灭的前燕皇帝的皇弟，封令支王，皇帝膝下无子，当时曾立他做了皇太弟。虽然没做几天燕国就灭亡了，他也和一干宗室一道被掳，但身份就是身份，不会更改。如今燕国复立，当年的皇叔慕容西称帝，慕容替的地位便显得有些尴尬。

殿中众多燕国大臣面面相觑，一时无人应答。片刻后，官拜丞相的张集开口道："令支王出征之前，天王曾有令在先，要他生擒北夏皇帝以助攻打洛阳。倘若乱战中失手杀了也就罢了，他却是以如此手段虐杀，坏天王大计不说，眼中毫无天王。当按照我大燕律例，从严处置，以儆效尤！"

张集话音刚落，徒何公便道："我对丞相一向是佩服的，但丞相此话有失偏颇。丞相非我族人，岂能理解我族人对夏羯的刻骨仇恨？何况令支王年轻气盛，仇人相见，分外眼红，一时收不住手，也是有的。我料他并非有意冒犯天王。但违抗天王之命确属事实，既知错，向天王认罪，以我之见，杖责数十，叫他牢记教训，天王以为如何？"

在座的这些鲜卑宗室或贵族，在当年国灭之时，或多或少都受到过羯人的羞辱。当初为了活命，只能奴颜婢膝，如今得以翻身，对北夏无不怀着刻骨仇恨，先前得知慕容替以如此手段折磨死了仇人，个个心中无不觉得痛快。只是之前碍于慕容西的命令，不敢明示罢了。此刻见徒何公带头替慕容替辩解，纷纷附和，大殿里的赞同之声此起彼伏。

慕容西再次环顾了一周，见张集似乎还要开口，打断道："大将军所言也有道理。叫他自领四十军棍，此事过去也就罢了。"

他的脸色转为肃穆："倘若再有下回，无论是谁，休怪本天王不留情面！"

众人皆应是。

他的命令很快被传递了出去。燕国大臣们开始对慕容西歌功颂德。慕容西面露喜色，下令继续欢宴。宴毕深夜，慕容西半醉，在二十名日夜不离身、对自己忠心耿耿的亲卫的护送之下，迈着有些虚浮的脚步，去往寝殿的路上，被张集从后唤停。

张集上前道："天王先前不听我劝，屈服于众，改了主意，拿此城犒军也就罢了。这个慕容替，你万万不可再手下留情！此人心机极深，绝非安分守己之人。天王倘若不借此机会杀他，日后恐要遭他反噬！"

张集出身北方世家，以机敏才干而闻名，慕容西仰慕其名，三顾茅庐，终于将他请来入燕做官。如今燕国一系列的官爵和律制，皆由他主持拟定，慕容西平日对他颇是敬重。但今晚，见他不放过慕容替，撺掇着自己杀他，还追到了这里，心里有点不以为然。

他笑道："丞相过虑了。我对侄儿一向了解。以我的推断，以他的性格，此次必定会杀北夏皇帝泄心头之恨，此也是我派他去出兵的缘由，为的就是试探于他。倘若因我之命，他隐忍不杀，反倒可疑。你安心便是。"

张集摇了摇头："恐怕没那么简单。或许是他揣摩到了天王心意，这才故意顺天王之意，虐杀夏帝，以迷惑天王。"

慕容西摆手："丞相想多了！"见张集似乎还要开口，心里有些不耐烦了，又道，"这回我答应以城池犒军，也是有我的考虑。丞相放心，此为最后一次。等攻下洛阳，绝不会再有如此之事！我乏了，要去歇了，丞相也早些去歇息吧。"

张集无可奈何，只得快快离去。

慕容西目送他背影离去，转身，在左右扶持下回到了寝宫，双臂搭在迎出的左右二美肩上，朝里晃晃荡荡而去，身后二十亲卫，其中两人亦步亦趋，寸步不离，其余人留守殿外。

这时，身后又传来一阵脚步声，一道女子声音传来："天王请留步，侄女有事相告。"

慕容西转头，见慕容喆立在殿外阶下，便命美人退下："如此晚了，寻我还有何事？"

慕容喆快步走到慕容西的面前，行礼道："如此晚了，侄女本不该再来打搅叔父休息，但侄女有一句话，实在是等不及明日了。阿兄此次铸错，忤逆叔父之命，原本无论如何责罚，都是阿兄应当受的，侄女不敢有半分不满。但侄女听闻宫宴之上，有人竟公然诋毁阿兄，质疑阿兄对叔父的忠心，侄女如鲠在喉，哪怕叔父见怪，也要替我阿兄在叔父面前辩白。"

慕容西料到她是为此事而来，宽慰道："张集只是性子耿直，加上成见，这才多说了几句。你放心，我不会听信他的。今晚惩罚你阿兄，并无别意，律例所在，不惩罚他不足以服众。"

慕容喆感激道："多谢叔父。有一事，侄女先前一直不敢相告，唯恐要受叔父责备。今夜长兄蒙冤至此地步，拼着便是被斥责，也不得不说了。"

"何事？"

"叔父想必也知，南朝长公主先前于国乱之时不幸罹难的消息吧？"

慕容西年轻时，对萧永嘉一见钟情，这些年，人生虽大起大落，但因为从前的求而不得，萧永嘉反倒化成了他心底一道抹不去的情影。

南北为敌，相互之间少不了暗派密探。去年萧永嘉罹难的消息，自然也传到了他这里。当时他还伤感了一阵子，命人替萧永嘉设灵堂祭拜，这也不是什么秘密了。

慕容西忽然听到侄女提她，有些没头没脑，一时不解，狐疑地看着她。

慕容喆继续道："叔父应还记得，南朝爆发天师教叛乱和荆州叛乱，当时侄女替叔父传信给李穆之后，曾秘密南下刺探情报的事吧？当时便是阿兄叮嘱我，说长公主是叔父的故人，不能有失，叫我顺道多留意长公主。虽说她地位高贵，但当时南朝危如累卵，连皇帝都带着百官逃出了建康，谁知道会发生何事？"

"我到了建康后，暗中留意着长公主。当时她临产，高峤将她送入山中待产，我见一切都好，正要离去之时，也是机缘巧合，竟叫我遇到了趁乱想要加害于她的仇家。当时长公主快要生产，情况岌岌可危，高峤又困于南朝的战事，万一落败乃至战死都有可能，长公主无依无靠，岂不危险？当时我便想到了阿兄的叮嘱，叔父对长公主也一直甚是关心，权宜之下，只好先将她带了回来……"

慕容喆一边说着，一边留意暗暗观察慕容西的神色，见他双目渐渐圆睁，面上露出激动之色，又道："我千辛万苦，好不容易将她带来这边，本是一片好意，不想长公主却对我生出误会，继而误会是叔父您指使的。加上后来南朝局面平定，我和阿兄左右为难，就这么将她送回去，怕非但不能结好于南朝，反而要惹出是非。若将长公主交给叔父您，又怕给叔父您惹事，叔父责备阿兄和我当初擅做决定……"

"她如今可好？她人在哪里？"慕容西打断了慕容喆的话，"立刻带她来见我……不，不！还是我去见她为好！快些！"

不等慕容喆应答，慕容西已是迫不及待，举步朝外而去。

漆黑的深夜，一个男子步履匆匆地穿过一座曲折而深长的庭院，最后来到了一处住所之前。

门窗紧闭，里面透出一片昏黄的灯火之色。

慕容喆停下脚步，低声说道："长公主就在里头。"

慕容西快步登上台阶，轻轻推开那扇门，朝里才走了几步，一眼便看到屋里坐了一个女子。

那女子修眉凤目，满头青丝，灯火更是映照出一张美貌的面容，虽然髻颊微丰，和记忆里的那种少女模样有些不同，但慕容西依然还是一眼便认了出来。

屋中的这女子，果然真的就是南朝的长公主萧永嘉！

数日前，萧永嘉的孩子被强行抱走，自己也从被软禁了半年多的住处带来这里。在焦虑中熬到此刻，她一看到慕容西露面，一愣，随即认了出来，猛地睁大眼睛，霍然而起，怒道："慕容西，果然是你！是你叫慕容替把我弄这里来的吗？你把我孩儿带到哪里去了？你到底想要干什么？"

她双眉紧蹙，满面怒容，张口便是厉声呵斥，慕容西却仿佛浑然未觉，目光如鹰，直直地在她身上落了片刻，忽然仿佛回过了神。哈哈笑了数声，命在屋角昏暗之中站着的一个侍女出去，又转头，命自己那些亲卫也全部后退，不许跟入，自己反手关上了门，朝着萧永嘉走了过去，笑容满面地道："长公主，慕容西有幸，竟在有生之年，还能再和长公主相遇在此处！你放心，我绝不会伤害你，更不会伤害你的孩儿。你还不知道吧？我如今已经复立燕国，也做了大燕的皇帝。只要你愿意从了我，我就把你的孩子当成我自己的孩子抚养……"

萧永嘉见他面孔通红，眼睛闪闪发亮，朝着自己步步逼近，骇然后退。

"慕容西，你是失心疯了？我何等身份，你胆敢如此对我？南朝便是再不济，我丈夫也不会眼睁睁看着我遭受如此羞辱，还有李穆，你不会不知道他是我何人吧？你今日敢动我一下，日后定要叫你死无葬身之地！"

慕容西停住了脚步，盯了萧永嘉片刻，方才脸上那种因为激动而显出的红晕，慢慢地消退，目光也阴沉了下去。

他哼了一声："我慕容西岂是怕事之人？高峤如今只怕已经去了半条命，如同废人一个，你的女婿李穆，我迟早也会和他一战。到时你看仔细了，这个天下，到底谁才是真正的英雄！"

萧永嘉的脸色慢慢泛白，身子微微一晃："慕容西，你是铁了心不打算让我回去了？"

慕容西急忙抢先一步，伸手扶住她的肩膀，被她甩开双手，搓了搓掌心，望着她的眼神渐渐又变得柔和了，说道："你既来了我这里，安心留下便是。你放心，我不会逼你的。我见你身体有些虚弱，你先在此养着身体，等养好了，便叫人将你孩子送还到你身边。"

萧永嘉气极，手紧紧地捏拳，身子微微发抖。

慕容西朝着门外喊了一声，很快，方才的侍女又进来了。

"好生服侍！若有半分不周，我拿你是问！"慕容西眼睛看着萧永嘉，嘴里吩咐侍女，语气严厉。

侍女显得有些惊慌，躬身低头，口中低声应是，双手拢于袖中，朝着萧永嘉疾步走来。经过慕容西身畔时，忽然抬起头，烛火映出一双瞳仁紫得如同夜空。

这一刻，慕容西的视线依然落在萧永嘉的身上，并没有看到身旁侍女突然露出的这双眼睛。

但这个侍女靠他靠得太近了。

多年生死战场历练出来的一种本能，令他突然有了一种危险即将来临的预感。

他立刻回头，但已经迟了。

就在那侍女抬头的一个瞬间，她那只原本一直拢于袖中的右手微微一翻，掌心里便多了一把刃口泛着蓝汪汪的颜色的匕首。

当慕容西看清那双熟悉的紫色眼眸时，侍女的那只手动作快得如同闪电，眨眼之间，那柄匕首便已无声无息地刺透了他的衣襟，深深扎进了他的胸口，瞬间没柄而入。

匕首是淬过毒的。

慕容西怒吼了一声，那只曾挥刀杀人无数的胳膊才举起到了半空，便感到心口一麻。那种麻木之感瞬间蔓延到了全身，他整个人突然便失去了力气，曾经高大犹如山峰般不可撼动的躯体轰然后仰，倒在了地上。

慕容西感到自己浑身的血液在飞快地变凉，慢慢地凝固，他睁大一双满含着狂怒和不可置信的眼睛，死死地盯着自己的侄儿、扮成了侍女的慕容替，一字一字地道："你以为他们那些人能拥你上位？"

慕容替居高临下，用佛陀般满含悲悯的目光俯视着正在地上努力挣扎着的自己的叔父，说道："叔父，你想利用汉人的智慧来帮你治理江山，这个想法是对的。但你却不知道，你用汉人用得太早了。你的燕国根基不稳，你如今要靠的，还是那群只知道杀人劫掠的蛮人。从你重用汉人的那一天起，你昔日的下属便开始和你离心离德。更何况，他们若是知道你一心守成，不愿带领他们去劫掠江南的财富和美人，你觉得那些人还会像以前一样，效忠于你？"

"哪怕你无心南朝，也应该给这群蠢人画一个饼，好让他们听你的话。"

慕容西的身躯在地上抽搐了几下，喃喃道："你图谋南朝，你以为你能胜得了李穆？"

慕容替眯了眯眼，薄唇勾出了一道精致而优雅的弧线。

他笑了，说道："我为什么要和明知很难赢的人打仗？等我做了大燕的皇帝，我只需韬光养晦，等待时机，或者适当地推动一下，让南朝人自己解决他们战无不胜的战神，然后我再出手，岂不是容易得多？"

"叔父，你号称北方第一猛将，知道为何栽在我的手里吗？因为你做事从来不用脑子。"

他用同情的目光，看着地上渐渐停止了挣扎的慕容西，伸出手，慢慢地替他阖上了眼皮，然后慢慢地站了起来，看向一旁脸色苍白的萧永嘉，说道："长公主，委屈你了，接下来恐怕还要在我这里留一段时日。你放心，今晚，我便会将你的孩子还给你。你在这里安心住下。"

他语气甚是恭敬，说完，向她微微一笑，随即转身，飘然而去。

慕容替一身白衣，披头散发，穿过那个倒满了横七竖八尸首的庭院，来到门外，面向着跪迎自己的徒何氏等鲜卑贵族和他们身后的士兵，开口说的第一句话，便是杀死张集。

他无声无息地登上高凉城那座高耸的城门楼台。

夜色如墨，压顶而下。

士兵于劫掠中放的火在肆虐着全城，远眺，满城皆是火光。

不远处的城门之下，忽然发出了一阵凄厉的妇人呼救的哭号之声，其间夹杂着士兵发出的狂笑。

慕容替居高临下地瞧了一会儿，忽命跟随在后的慕容喆取来一张五石之弓，在黑暗中，用自己那只动作僵硬的左手吃力地挽弓，慢慢地瞄准城头下那道影影绰绰的正在作恶的士兵的身影，射出了箭。

箭并未正入后心，偏了几寸，但士兵依然应箭倒地。

妇人骤然得救，从地上爬了起来，仰头望着上空，除了一片黑魆魆的城墙，什么也没瞧见，茫然了片刻，沿着城墙跌跌撞撞地逃离。

慕容替慢慢地放下了自己那条因为发力而微微颤抖的胳膊。

慕容喆迟疑了下："阿兄，可要下令叫士兵停止掠城？"

"离天明尚有两个时辰。"慕容替淡淡地道，神色冷漠。

慕容喆听着远处隐隐传来的更多发自妇儿的呼号啼哭之声，沉默了下去。

但很快，一切就都被耳畔呼呼而作的夜风所掩盖了。

慕容替独自登上了城楼之巅。

来自北方平原的风呼号着涌上城头，卷起他披散的长发和衣袂，他立于其上，身影宛若摇摇欲坠，却面无表情，两道目光穿过满城的风声，穿过脚下的火光，眺向了洛阳的方向。

北夏皇帝已死，洛阳如今只剩北夏宗室在守。

慕容替知道，很快，那座不可一世，曾将他践踏如泥的城池，就将匍匐在自己的脚下，瑟瑟发抖。

他曾经无数次地发誓，有朝一日，倘若叫他杀回洛阳，他要做的第一件事，便是屠城。

只有鲜血和烈火，才能洗刷他曾在那里遭受过的讥嘲和羞辱，让他得到报复的快感。

但是如今，他却知道，屠灭洛阳，已经远远不能给他带来他想要的快感了。

他盯着那片夜空，慢慢地，又将目光投向了更为遥远的南方，望了很久。

他想起了从前的那个夜晚。

也是如此一个夜风吹荡的深夜，在荒野地里，他被一个女子用石头砸倒在地，昏死了过去。

她是南朝最美丽也最高贵的女子。

他这一辈子，从来没有离死亡如此之近。

倘若那时候，她继续搬起石头，朝着他的头再砸一下，只要一下，他或许早已化为了野地里的一具被野兽叼得七零八落的森森白骨，更不会有他于此独立城楼的今夜。

但是人生就是如此玄妙。

那时候，因为她的一时心软，于是这个叫做慕容替的自己不但活了下来，活到今日，离他的所想也更近一步了。

一直以来，在他的心底，他都将自己那段和她度过的日子和那一夜的经历视为一种预兆，犹如谶瑞般的存在。

何为正，何为邪，他并不关心，他更不相信所谓的邪不胜正。

他只知道高一尺，魔高一丈。

他知道那个南朝汉人的野心，其实那也是他慕容替今日的野心。

就在今夜，就在此刻，他高高地立于城楼之巅，仿佛已经看到，天下的图卷正缓缓铺在他的脚下。

人言天下如棋，人在其中，往往身不由己，陷入乱局。

他慕容替却不要做那棋局中人。

他有足够的隐忍和耐心。他要做的，是跳出棋局，做那只观望人心的眼，做那只操纵局面的手。

他下意识地抬起右臂，抚摸了下自己那只方才用尽了全力，却终究还是未能完全拉开五石弓的废臂，慢慢地闭目，僵立了片刻，迎着夜风，蓦然放声而啸。

这啸声高亢而放纵，宛如穿云裂石，和着他脚下那满城的熊熊火光和痛苦呼号，刺破夜空，惊散人梦。

第十九章

离弦之箭

洛神猛地从梦中惊醒，发现还是深夜。

屋里安静极了，静得连她自己的心跳和外屋伴着她睡的阿菊与侍女发出的呼吸声仿佛都清晰可闻。

她冷汗涔涔，整个人仿佛真的刚从方才的梦境里出来一样。定了定神，掀开被子，趿了双鞋，借着窗外透入的那片朦胧月光，来到案前倒了一杯已经凉掉的水，喝了几口。

冰凉的水顺着她的脖颈流入身体，让她终于感到舒适了些。

耳畔，隐隐又传来一阵夜潮之声。

她再无半分的睡意，擦了擦汗，随意披了件衣裳便推门而出，在高高悬于白鹭洲头的那轮明月的清辉里，穿过自己所居的楼宇的后院，行了段路，江畔便映入了眼帘。

迎面吹来尚带寒意的江风，她坐在筑于江畔的一座凉亭里，望向那片夜潮翻涌的江水，渐渐地出神。

这是隆元三年暮春的一个深夜。

父亲离开建康转眼便已三年了，始终没有母亲的下落，也再没有父亲的消息传来。

今天白天入宫的时候，她又遇到了巴东太守荣康。

这一回，他带着一块据说天降的祥瑞，再一次入了建康城。

太后十分高兴，命百官出城，隆重将荣康和他所携的祥瑞迎入皇宫，在宫中设下瑞宴，不但召齐文武百官参宴，共鉴祥瑞，过后，还特意将祥瑞郑重陈于御花园中，叫建康城中所有的贵妇人都入宫共赏。

洛神作为大司马夫人，当朝一等一的命妇，一举一动，人皆望之。

今日如此的场合，她自然也要去的。

祥瑞是一块天降奇石，通体泛金，石体之上，布满浅浅孔洞，样子十分罕见。最奇的是，将当中一些孔洞相连，隐隐可以辨出上头仿佛铭着几个古篆大字："木禾兴，国隆泰"。

人人看了，都郑重跪拜，说这是上天降下的瑞谶，预示大虞风调雨顺，国运复兴，国祚绵延，永享寿昌。不少大臣还特意为这块祥瑞作赋，满朝上下，一时人人欢欣鼓舞。

诚然，今日的大虞朝局确实当得起这块天降祥瑞，值得庆贺。

曾经风雨飘摇、险些倾覆的大虞，如今已是渐渐走出了当初的颓势，处处向好。

在李穆成为大司马的第一年，他消灭了此前追随许泌叛乱的竟陵姚耽的余党，平定了竟陵。

紧接着，次年，隆元元年春，收复了许泌另一同党冯显所占据的江夏。长江上游彻底恢复了安宁。

到了隆元元年的秋天，他只用了两个月的时间，便平定了借口反对他以大司马之位执政而公然立国中之国的宗室长沙王。从此宗室无不静默，对李穆毕恭毕敬，再无人敢发一声不满。

到了隆元二年春，此前一直占据宁州称帝建立了汉国的匈奴人刘端，攻打依附于大虞的蜀郡。李穆出其不意，操练水军出兵，灭汉国，斩杀汉国皇帝刘瑞。

与此同时，朝廷在陇西的势力这几年间亦不断扩展。

隆元二年秋，李穆灭了企图攻打长安的西凉，斩杀了西凉皇帝。西域大小十余国皆遣使来到长安，拜见李穆，经由当年他开辟出的那条南下通道，辗转来到建康，归附大虞。

短短三年的时间里，李穆不但将长江源头起始直到下游入海之处的大虞国境之内的各州归一，完全统一了南朝，且西至西域，东至函谷关，以长安为中心的西北之地也尽数纳入大虞的版图。

不但如此，如今就连淮水流域，也将要重新归入大虞的版图了。

当初北夏皇帝被慕容替杀死后，没过多久，洛阳被攻破，慕容替代替猝死的慕容西继任皇位，做了燕国的皇帝。而当时镇守洛阳的夏帝宗室逃到汝南，占据淮中，重建夏国。

去年冬，夏人为争夺地盘侵犯大虞，李穆果断北伐。

就在不久前，消息传来，说他已攻下汝南，生擒羯皇，如今正在班师回朝的路上。

因南人多痛恨羯人当年的暴行，李穆便将夏帝押解归京，预备到了京师，再当众斩于闹市，以平民怨。

南朝的势力和国力，自南渡以来空前膨胀。如今又有这天降祥瑞加以佐证，满朝文武怎不欢欣鼓舞，歌功颂德？

白天，在宫中鉴赏完奇石之后，洛神向高雍容告辞，想要出宫之际，荣康却来求见，道自己此行来到建康，除了献上祥瑞，亦特意为当今南朝最尊贵的太后和大司马夫人两位准备了礼物，希望她们能够笑纳他的一番心意。

洛神当时便拒绝，高雍容却道他进献祥瑞有功，命人召入。

就这样，洛神再次看到了那个来自巴东的荣康。

荣康态度毕恭毕敬，献给洛神的礼物亦极其珍贵，一件饰以名贵珠宝的集以百鸟翠羽织就的氅衣，据说几十名绣娘费了半年的时间才完成了这件衣裳，当世无二。

洛神以太过奢靡不敢受用而婉拒了。当时荣康面露失望，却也不敢勉强，收回礼物，诺诺而应。

不知道为何，洛神对这个来自巴东的地方藩镇天生怀了不喜之感。当时并未再留，寻了个借口，很快便出宫回了白鹭洲。

这几年，李穆南征北战，戎马倥偬，一年之中，几乎有大半年的时间都在外头。

阿家和阿停她们早已经去了义成。她独自守在建康，李穆不在的时候，那些漫长等待的日子里，她便时常来母亲当年曾长住的白鹭洲居住。

就在今夜，她吃完药，慢慢入睡之后，竟又一次地梦到了从前的那个梦境。

梦中，她又陷入了江水的包围。

仿佛就是在白鹭洲，在这片熟悉的江渚之上，铺天盖地的水从四面八方向她涌来，灌入她的口鼻耳窍中。

奇怪的是，她梦见梦中的自己，在那一刻，心中竟没有丝毫的恐惧。

她能感受到的，只是无尽的痛悔和深深的悲哀。

她被再次出现的这个梦境给惊醒，直到此刻，整个人似乎依然被梦中的那种感觉所攫住，心神不宁。

她忽然有一种感觉，仿佛就是在这里，在这片汹涌的春潮和阵阵的涛声之中，在自己的身上，发生过什么。

她慢慢地闭上眼睛，回忆着梦中的场景，竭力想要捕捉住梦里仿佛一掠而过的某些记忆碎片时，忽然，听到身后传来一阵脚步声。

她睁开眼睛，看见阿菊手里拿着一件披风匆匆地寻了过来。

阿菊来到她的身后，将披风罩在她的肩上，一边替她系着领口的带子，一边低声埋怨："虽说暮春了，可晚上还是冷，何况又是江边，风大。小娘子还吃着药呢，小心又吐。"

三年的时光，流逝而过，始终没有母亲的消息。

阿菊从一开始的念想，到如今已经不敢再在洛神面前提长公主三个字了。

洛神知道，在她的心里，母亲应该已经是没了。

或许也是因为如此，她身体如今虽也大不如前，但却还要固执地亲自服侍洛神，把她照顾得比从前更加无微不至。

洛神听她提及自己吃药吃得吐了，不禁又苦笑。

她是多想自己能替李穆生一个孩子啊，可是这么久过去了，她却始终没有怀孕。

到了如今，连阿菊也开始暗暗感到着急了。

虽说李大人一年中大部分时间在外，夫妻聚少离多，但这么些年了，小娘子的肚子却没有半点动静，总归有些叫人不放心。

从去年冬天，李穆离开建康北伐之后，阿菊就请来太医，给她调养身子。

药很苦，吃得洛神经常呕吐，人也消瘦了些，前些时日，连阿菊也看得不忍心了，说要是实在吃不下去就罢了，反正李大人也从未过问此事。

但洛神却不肯停。吐了再吃，从不间断，从他离开后，一直坚持吃到了现在，已经将近半年了。

一阵江风吹来，洛神打了个寒战。

阿菊立刻像只老母鸡似的将她护在了怀里，低声劝道："走吧，再去睡吧。阿嬷知道你想郎君，他不是快要回了吗？这回回来，想必应该能在建康多留些时日了。"

她的脸上露出笑容，语气里充满了骄傲："李大人又立了大功。前些日起，外头就都在议论，到时要看杀那羯人皇帝的头呢！可算替我们出了一口恶气。这回回来，也不知道朝廷该如何封赏了。"

洛神微微一笑，压下心中隐忧，听话地顺了阿菊的扶持，从亭中站了起来，朝里而去。

战争，没有休止的战争。

三年间，加上即将要杀的，李穆除了两个太守、一个王、三个皇帝。

只有洛神知道，他南征北战，戎马倥偬，为的并不是来自朝廷的封赏。

暮春如酒，仲夏尧夐。

到了这一年的五月，被俘的后夏皇帝和一干宗室贵族如期被押送到了建康。南朝的民众翘首等待了许久的献俘仪式，在皇城南正中的宣阳门前举行。

那一天风和日丽，太后带着幼帝端坐在宣阳门的城楼之上，文武百官肃列于门下左右，民众被允许远观。

天威震叠，莫不敢从。在当朝太后代幼帝所发的一声"斩"字令中，几十个羯人头颅顷刻间滚落在地。群情激荡，民众所发的欢呼之声，几乎震撼了全城。

这是大虞南渡之后的这许多年里，继数年前江北大捷之后，南朝人在北方所取得的又一次空前的巨大胜利。这一次北伐，不但彻底消灭了羯夏，斩敌首于京师，并且也将大虞的国境一举扩张到了淮南一带，共统十八州。南徐州、南豫州、南兖州，这些原本早就落入北方胡人统治的失地，就此重归大虞。

献俘礼过去已经好几天，建康的街头巷尾，民众依然还在热议着这个话题。他们口中提及最多的一个名字，自然便是当朝大司马李穆。

李穆并没有像众人先前预期的那样班师回朝。

在灭了羯夏之后，如今的北方，除了几个还占据着边陲之地的胡国，和大虞鼎立相对的，便只剩下鲜卑燕国。

北燕在三年前攻下洛阳之后，皇帝慕容替并未将国都搬迁到洛阳，仍以从前的燕郡为都，以洛阳为陪都而已。

这几年，借着逃到汝南的羯夏为屏障，燕国在占领了关右的雍、秦、渭以及北徐州、北豫州、北兖州等原本归于羯夏统治的大片中原腹地，将国界南推到了淮北之后，便停止了战事，开始鼓励农耕，兴修水利，滋衍人口，俨然一心立国，在北方再没有发动过任何的军事行动了。

但是，就在不久前，在李穆灭了羯夏班师南归的路上，北方却再一次地传来战讯。

北燕大军集结边境，向着潼关发动进攻。

慕容氏当年趁着南朝内乱夺下洛阳之后，双方以潼关为界，所在的华州西部，属李穆治下，东部则归燕国所属，暂时划地为界。

在平静了三年之后，慕容替此时突然发难，矛头显然直指长安。

李穆做了大司马后，长安这些年依然是由孙放之和高桓留守。他们对燕国始终保持警惕，潼关一带一直驻有重兵把守。

但慕容替这次用兵非常突然，加上精心准备，相较于守军，在兵力上占了绝对的优势。一开始对方的势头极猛，迅速越过边界，占领了华州西部的十几个郡县，打到潼关之时，遇到守军借着地势展开的强劲阻击，这才停下了西进的脚步，双方暂时对峙。

军情紧急，孙放之和高桓一边组织防御，一边向李穆迅速传去消息。

就是在如此的情况之下，刚刚打完夏羯的李穆临时更改了计划，派人将俘虏如期押送回到建康，自己立刻率领大军掉头，回往长安加以应对。

对于普通的南朝民众来说，过去的这三年间，不但老天开眼，风调雨顺，从去年初开始，朝廷推行的许多民生改良举措，也叫他们如今的日子比起从前要好了不少。

在民众的眼里，这一切都来自李穆。

因为南朝有了这样一个人物，叫过去所有那些曾因失望而冷的血，重新变得再次滚烫起来。

他们热切地期盼并且也坚信，他们的大司马李穆必能继续他不败的战神之名，继彻底消灭羯夏之后，借着这个机会，将占据中原腹地的鲜卑燕国灭掉。

倘若如此，则大虞彻底收复北地，再次御临九州。这场二十年前起最先由高峤发动的旷日持久的艰难的北伐征程，也将落下完美的帷幕。

共武之服，以定王国。数十年的中原沉陆，一朝匡复，这将会是何等激动人心的一桩伟大事业！

就在举国民众沉浸在欢欣和期待中的时候，五月底的这一日，一个来自洛阳的使者，来到了建康宫中，替他的主人、燕国皇帝慕容替带来了一封国书。

这个使者是燕国的一名宗室，名叫慕容元，汉化很深，能言善辩，举止衣着看起来和南朝人并没什么大的区别。

慕容替在国书中以臣自称，口气谦卑而恭敬，说慕容氏从先祖起就是大虞之臣，后逢乱世方随波竞流。但自己从小仰慕汉学，视大虞为上国，从前向羯夏复仇成功继而侥幸做了燕国皇帝，便抱定止息干戈之心，只求自保。这几年始终严守边界，不敢越雷池一步。前些时日，燕国军队之所以在潼关和大虞守军发生冲突，绝非自己所愿，更不是有意为之，究其原因，是关西守军不遵界限，屡屡侵犯边境，自己迫于关东民情压力，这才下令集结军队，施行自卫。

他说，多年以来，南北相互仇敌，北方各邦之间更是征伐不断，民生维艰。他知自己如今若再和大虞开战，势必两败俱伤，故一心求和。只要大虞允诺日后不再过界侵犯，燕国不但立刻止兵，而且愿意将自己先前从羯夏那里夺来的汝阳也归还给大虞，以示求和之诚意。不但如此，他还愿意正式派遣使团南下，以属国身份向大虞纳贡，世代称臣，以修边宁。

这封国书，在朝廷掀起了轩然大波。

这一日，洛神人虽在白鹭洲，但很快也得知了消息，当即打发人往冯卫那里送了封手函。

当天晚上，冯卫便匆匆上了岛。洛神听到他来了，忙到前堂相见。

冯卫面容凝重，并未入座，在堂中踱来踱去，显得有点心神不宁，看到洛神出来，疾步趋前，向她问安："有些时日未遇夫人了，夫人玉体安康。"

无论从辈分还是年龄来说，冯卫都比洛神要长。但这几年，在她面前，他一向很是恭谨。

今日她给他去手函，没想到他这么快就亲自登岛。

这自然是因了李穆的缘故，洛神心知肚明，替他让座，说道："冯公尊长，为了侄女一函，竟亲自莅临，不胜感激，快快请坐。"等他入座，开口问白天之事。

冯卫入座，说道："今日燕使去了驿馆后，为那国书，朝臣们争论不休。朝会散时，也未争出个结果。"

他顿了一顿。

"实不相瞒，在我看来，慕容替狡诈，言不足信。他称此次陈兵潼关，是为我大虞守军越境在先。此言分明是强词夺理！我亦据理力争。只是……"

他皱眉，摇了摇头："刘惠等人却称穷寇莫追。且慕容替兵强马壮，倘若开打，战事必定旷日持久，耗空国库，引发民怨不说，万一战败，局面便不可收拾，南朝如今好不容易得来的大好局面，恐怕一去不复返。倘若对方真的有意求和，不如趁这机会，就此承认南北并立，划地而治，以求长治久安，这也是民心所向。"

冯卫口中的刘惠，便是当初取代陆光官职，在建康乱时又不愿留下，声称自己护着帝后去往曲阿的那位征虏将军，如今官居侍中，是这两年朝中新兴起的门阀大家。

洛神听了，一时沉默。

她心里清楚，以刘惠为首的那些门阀士族，这两年表面上噤若寒蝉，对李穆毕恭毕敬，莫不敢从，但在心里对他一定是恨之入骨。最直接的起因，应当便是去年初李穆推行的一系列新政。

大虞南渡之后，多年下来，各地门阀士族和豪强地主，将山川湖泽几乎全部瓜分占有，普通民众除了要向官府缴纳税赋之外，连日常的砍柴打猎，撒网捕鱼，也要向这些占了林泽的士族地主额外纳税。重重压榨之下，即便遇到丰年，所得也不够全家饱食，生活过得异常艰辛，以至于宁愿失去自由，投靠庄园以求庇护。而各地依附于门阀士族的大大小小的庄园隐匿大量普通人口做庄丁为自己谋利，导致朝廷无兵可征、无税可收、无饷养战。乱象丛生，恶性循环。

畸重的赋税，人口的流失，这两个相互作用又直接影响南朝命脉的巨大弊端，过去高峤不是没有纠正过。但在士族当政的这个朝廷里，法令到了下面，形同一纸空文，屡禁不止，愈演愈烈。

洛神至今还记得，李穆当时为了推行新政，境况何等艰难。就连冯卫，当时表面十分赞成，对朝廷的这些弊端说起来也是愤慨不已，但真落实到具体实施上便加以推诿，不愿协助。除他不愿得罪人外，来自冯氏族人的压力也是一个重要的原因。

毕竟，在朝廷做官的这些士族大家，谁家没有几分山林湖泽，谁又不曾收过下头那些庄园的供奉？倘若新政真的执行开来，冯氏的利益必定会受到损害。

就是在那种举步维艰的情况之下，洛神去寻了当时已经借病退隐的叔父高允，向他陈述利弊，恳求他带头释出他名下庄园里所有该上户册却隐瞒下来的庄丁。

叔父当时很是不快。但最后还是被洛神给劝服了，勉强报上了历年来隐在庄园里的全部八百多名人口。

在高氏成为士族第一个响应新政的家族之后，李穆便再无顾忌，下令杀了当时在庄园里藏了三千多人、公然带头抗命的会稽郡守刘璺。一刀下去，满朝噤声，再无人胆敢推诿，新政这才终于得以推行，民众欢欣，才一年多的时间，效果便已开始显现。

当日那个被拿来祭旗的刘璺，便是刘惠的族亲。

"不知大司马如今领兵到了何处，更不知他何日才能收到消息。"

洛神沉思之际，听到一旁的冯卫叹了口气。

"今日倘若大司马在，便可一锤定音，战或是和，朝臣也不至于争执到如此地步。"

洛神抬起眼眸，望着冯卫，说道："冯公，大司马人虽不在建康，但冯公此疑，我却可以代他回你。"

"人心思定。倘若慕容替真心休兵，大司马纵然一心想要光复洛阳，也绝不至于一意孤行，冒天下之大不韪而征战不休。但慕容替如今分明是在颠倒是非。没有大司马之命，我不信我阿弟会擅自越境攻击燕人。他的国书必定有诈，居心更是可疑。刘惠那些人对大司马心怀不满，平日又苟且偷安，冯公心里应当清楚。大司马没有回讯之前，我求冯公，朝论之时，千万莫要退让！侄女先行谢过冯公！"

洛神向他深深行了一个致谢之礼。

"啊呀！夫人快莫如此！此为国事，非同小可，便是没有夫人嘱托，未得大司马的话前，我也不敢拿这事当儿戏！夫人放心，我定会据理力争，劝太后勿要轻信！"

洛神送走了人，独自又坐了良久，心思重重，信步沿着庭院，再次来到那片江畔，立在江边。

今夜无潮，江水平静，从她脚下的江石之畔澹澹而过。

她眺望着对面那片黑漆漆的夜空，出神之际，忽然听到不远之外一处江畔的水边发出一道轻微的拨水之声，仿佛有人从水里钻了出来。

白鹭洲上的四周几乎几步一个岗哨，日夜巡逻不停。附近的守卫立刻被这异动吸引了注意力，迅速聚了过来，挡在洛神身前，拔刀喝道："何人胆敢擅闯禁地？"

"是我！"

一个男子从江水里露出了头，抹了把湿漉漉的脸。

洛神认了出来，竟是许久未见的都卫李协，急忙命人退开。

李协上了岸，飞快来到洛神的面前，恭敬地低声说道："夫人，附近渡口有耳目，故我潜水而至。我奉了大司马之命而来，尽快安排护送夫人出建康。"

洛神也渐渐觉察到了，这半年间，从李穆离开建康之后，自己无论是在白鹭洲还是在城中，无论去哪里，附近似乎都有眼睛在盯着。心中一沉，还没应话，身后忽然传来脚步之声，回头，一个仆妇奔了过来，口中道："太后来了！请夫人叙话！"

李协立刻附耳到洛神耳畔，说了几句话，在洛神震惊万分的注目之下，将一样物件放到她的手中，随即迅速跳入江中隐匿不见了。

洛神低头看了一眼手中的东西，一时心跳如狂，几乎跃出喉咙，她定了定神，转头看去。

循着庭院通往江畔的步道之上，已过来了一行人。

虽然还隔了些路，但借着月光，她看得清清楚楚，最前的被那群宫卫和宫人簇拥着的那人，正是自己的堂姐，当朝太后高雍容。

来不及多想什么，她立刻将手中的东西藏入袖中，向护卫低低叮嘱了一声，随即转身，向着正往江畔而来的高雍容走去，渐渐近了，跪于路上行礼。

高雍容加快脚步，上前将她扶起，口中责备道："阿姊和你说了多少回了，私下见面不必行如此礼节，你怎么就是不听？"

洛神微笑道："虽说无外人在旁，但份位有别，该有的礼节还是不能少的。何况，承阿姊的情，对我一向已是足够纵肆了。"

高雍容笑："谁叫我只有你这么一个亲妹妹呢，我不疼你疼谁？"

"我知道阿姊对我好。如此晚了，阿姊怎不休息，还出宫来我这里？"

高雍容命身后之人离远些，环顾了一眼四周。

江波淼淼，倒映孤月，江畔一块青黑色的岩石上系了一条扁舟，小舟在夜风中轻轻晃荡，显得愈发空荡孤寂。

高雍容望了洛神一眼，带着她来到那座凉亭里，坐了下来："如此晚了，怎的你也未睡，竟一个人在这里吹风？"

洛神微笑："我睡不着，便出来透透气。"

高雍容道："可是在想妹夫？"

不待洛神回答，她微微点头："你不说我也知道。这几年，到处不太平，妹夫四处奔波，你夫妇二人聚少离多。他上次一走，转眼竟又过去了半年。原本还以为这些时日就能回来了，不想北边竟又出事，害得你们夫妇至今不能见面。"

她的语气里，满是唏嘘。

"阿姊既提及郎君，我便也不相瞒，今日朝廷之事，我也听说了，因与郎君干系重大，本想询于阿姊。但知阿姊一向席不暇暖，今日更有燕国使节到来，怕搅扰了阿姊，便先向冯公打听了几句。冯公也是刚走不久。"

她注视着高雍容。

"冯公言，朝臣似乎多有纳北燕国书之言，但不知阿姊如何作想？"

高雍容的脸上，并没有露出半点儿惊讶的神色。只是方才那缕唏嘘慢慢消失，两道目光投到了洛神的脸上。

"阿弥，妹夫此次灭了羯夏，献俘京师，为我南朝再立汗马功劳。你可知道，阿姊打算对他如何封赏？"

她慢慢地应，却答非所问，随即又接着道："阿姊当时得知妹夫大胜的消息，便就想好了，这回须封妹夫为王，从今往后，剑履上殿，入朝不趋，赞拜不名。你意下如何？"

洛神道："郎君领兵御敌，绝非希图封赏。何况先前所得已是足够，不敢再受朝廷如此厚封。请阿姊收回。"

"以妹夫之功，再如何封赏，阿姊亦觉不够。你不必推托。"她拍了拍洛神的手，安抚似的道，"如今总算好了。待妹夫归来，天下便也太平了。往后你们应当能够好好相聚了，再不必一个东一个西，名为夫妇，却经年也难得在一起几日。"

洛神望着她，沉默了片刻，道："阿姊，你是要接受那慕容替的国书了？"

高雍容脸上依然带着微笑："大虞这几年虽风调雨顺，国库比起往年也算宽裕了些，但战事一直未停，民众也是怨声载道，急需休养生息。北伐固然重要，但阿姊也慎重考虑过了，刚打完羯人，实在不宜又去打燕人。何况燕人和羯人也有所不同。羯人是日落西山，那燕国却势头正起，一时想取胜，恐怕也没那么容易，倘若如此打下去，于国于民，绝非利好。如今他既主动示弱，又有意让地，我大虞若丝毫没有表态，未免不妥。不如趁机谈和，亦是为民造福。"

"我已向妹夫发去诏书。若无朝廷后令，命他不可轻易言战。"她说道。

"此亦为朝臣之共识。"她又说道。

洛神猛地站了起来，和她对望了片刻。

"阿姊所虑，不无道理。但敢问阿姊，倘若此为慕容替的诡计，一旦我大虞放松警惕，他便撕毁盟约，另有所图，到时该当如何？"

"兵来将挡，水来土掩。倘若日后他当真食言使诈，到时我大虞早也厉兵秣马，发兵灭之，光复失地便是。但如今，为生民之计，倘若能够息兵罢战，自然是以和为上。"高雍容的语气慢条斯理。

月光从亭顶一角照入，映得她脸孔半明半暗。

她亦慢慢地站了起来，柔声道："阿弥，我听说你时常一人居住于此，未免孤单，我有些放心不下。不如你这就随我一道住进宫中吧。想你我从小便关系亲近，如今却多久未曾促膝谈心了。你入宫，阿姊也能有个伴。等妹夫回来，让他再接你出宫。"

洛神道："阿姊，我想留在这里，等郎君回来。"

高雍容道："阿姊是为你好。这里四面环水，总归空旷了些，虽说有护卫，但比不过皇宫安全。"

"倘若我只想留在这里呢？"洛神一字一字地问。

高雍容脸上依然带着笑容："阿弥，阿姊如今还记得你小时候的模样，你一向最听阿姊的话了。还是随我入宫为好，莫教我再为你担心。"

她牵住了洛神的胳膊，耐心地哄着，仿佛此刻在她面前的洛神，真的还只是从前的那个小女孩。

洛神定定地望着面前的高雍容，看着她眉眼间的笑意和唇间的细碎念叨，脑海里忽然又掠过了小时候的许多片段。

虽然很早以前她就知道，如今的阿姊，再不是自己从前记忆里的那个阿姊了。在她的心底里，也早就做好了最坏的打算。

但每次，当她看到高雍容面对自己时的笑意和那些流露出来的关切，又总会叫她在心底左右摇摆，暗暗期盼，期盼一切都只是多心而已。

上天知道，一直以来，她是何等珍视和阿姊之间的这种姐妹之情。

她是自己的家人，如果可以，她真的希望，这种情分，一辈子都能够如此保有下去。

甚至，就在片刻之前，当她骤然听到李协告诉自己的那句话时，她的第一感觉不是轻松，而是惊悚。

惊悚于李穆，她的郎君，心机深沉到了如此地步，何以竟想到早早便做如此决绝的安排。

就在这一刻，她的心中难受极了，但却又感到了一丝释然。

那是一种终于能够从犹疑和摇摆的折磨中解脱出来的释然。

温情脉脉的面纱能够遮掩一时的喜怒，却无法永远地盖住人心。

她所仰慕和挚爱的那个男子，如高山般巍然耸立，如渊水般宏博深沉，他和这整个罩着一件华丽外袍、衣下却散发出腐朽阴霉气味的朝廷，从一开始就是如此的格格不入。

该来的决裂，今日终于还是来临了。

洛神站在那里，凝视着高雍容的微笑。

"阿姊，你是要拿我当囚犯吗？"她问道，"倘若我成了囚犯，为大虞裹血奋战，北伐收地，力推新政的李穆，在你眼里，又是何种身份？"

高雍容一怔，慢慢地松开了方才挽住洛神胳膊的手，脸上的笑容渐渐也消失了。

"阿弥，你可知你方才那句话，是为何意？"她蹙了蹙眉，语气变得有些冷硬。

"我自然知道。"洛神一笑。

"阿姊，不妨告诉你吧，我不但不去皇宫，就在今夜，我也要离开建康城。郎君会接我走的。"

高雍容神色一紧，迅速眺望了下四周。

三面皆是庭院，对面，在那看不到的黑暗的江面阴影之中也已布下了她的天罗地网。

她慢慢地吁了一口气，暗笑自己，这几年，或许真的是被人压迫过甚，以至于此刻一听到洛神提及，竟也差点相信了。

"阿弥，不要再胡闹了！走吧。这就随阿姊入宫！"她沉下脸，用不容辩驳的语气说道，转身要唤跟随自己同来的宫廷侍卫。

洛神抬起手，从袖中露出了一样物件。

那是一块绿玉雕成的小葫芦，口子用一根红色的丝绳吊着，坠在洛神的手指之下，微微晃动，月光之下泛着盈盈的玉泽。

"阿姊，你瞧，这是何物？"洛神道。

高雍容转头，一看到她手中的那个玉坠，面色遽然一变，一把夺了过来，低头看了一眼，厉声道："登儿腰包上的坠子怎么会在你这里？"

洛神望着神色瞬间转为焦惶的高雍容，想起方才李协对自己说，大司马很早以前就在宫中安插了人手，为的就是防范今日之变。

箭离弦，便再不回头了。

她压下心中涌出的那一缕不知是庆幸还是难过的心绪，慢慢地说："阿姊，我说过，郎君会接我走的。你不妨先回宫看看，我有没有在骗你。"

高雍容的面庞在月光下看起来如同雪一般惨白。她睁着一双充满了怒火的眼睛，死死地盯了洛神片刻，突然掉头，疾奔而去。

皇宫禁卫森严，关卡重重，想将一个人带出去绝不容易，更不用说那人还是皇帝。

但是却竟就如此，皇帝他真的从皇宫中凭空消失了。

据宫人言，白天退朝之后，小皇帝不愿去御书房读书，到了傍晚，趁着太后忙碌，带了几个平日随行的宫人偷偷去林苑游玩，命不许告诉太后。这也不是头一回了，宫人自然不敢告发，没想到入了林苑不久，人便不见了。

高雍容还没回到皇宫，半路上便遇到仓皇出宫寻她禀告消息的宫人，确证了从洛神那里得来的话。

方才在白鹭洲上，虽有儿子随身佩戴的玉坠为证，她还是有些不信。

除了不信儿子能被人从防守森严的皇宫中劫走，她更不信李穆竟能够抢在她的前面下手。

这半年多来，他人一直不在建康。

也就是说，他至少要在前次北伐之前，甚至更早之前，便已在皇宫之中埋下了监视的眼。

倘若他有心，以他今日之权臣地位，想做到这一点自然不难。

可怕的是，一切都是在毫无迹象之下发生的。何况这几年间，吸取了从前来自萧道承的教训，她对宫中之人防备极严。

但就是在这样的情况下，她事先竟也浑然不觉。直到今天，她本想先行下手，才知道，已经被根本就不在建康的李穆给抢去了先机。

高雍容感到不寒而栗，又一阵急火攻心，险些晕厥，定了定神，立刻赶往皇宫。

　　整个林苑的角角落落，包括皇宫里的每一座屋子都被翻了个遍。全城也紧急关闭城门，连夜内外四处搜索。

　　但她的儿子，当今大虞的皇帝，却消失得无影无踪。最后唯一查到的线索，便是天黑之后，曾有辆运送秽物的车子从皇宫侧门出去。

　　秽车虽通常只在早上收集出宫，但有时傍晚也会出去一趟。宫廷侍卫见惯不怪，且因那恶臭，并未逐一开盖检查，放了出去。

　　而这一去，便再无车子回来的记录。最后只查到出了西门，不知所终。

　　高雍容已经完全可以肯定，她的儿子，便是如此被弄走，送出了城。

　　三天过去，搜索毫无进展。她的案头上，只不过又多了一条绣着金龙的束带。

　　这日清晨，缭绕在白鹭洲畔的淡淡薄雾还未散尽，早已收拾好简单行装的洛神，带着同行之人，终于得以从被重重包围的白鹭洲的渡口离开，登上一条西去的快船。

　　高雍容带着身后几十名朝廷官员立于岸边，盯着洛神一言不发。

　　冯卫愁容满面，神色更是焦虑无比，追到船头之前，不死心地苦苦劝着："夫人，就算朝廷和大司马意见相左，大司马有所不满，亦万万不可如此行事！你听我一言，暂时留步，将陛下送回，再劝大司马归京，到时是战是和，再商议也是不晚……"

　　人人心里都清楚，李穆在这个时候用这种方式强行接走他的妻子意味着什么。

　　那些这几年间新被提拔上来的寒门官员，无不忧心忡忡，神色凝重。

　　侍中刘惠却很激动，夺步上前，高声说道："冯公此言差矣！"

　　"多年以来，征战不休，民众苦战已久，人心思定。如今好不容易有如此机会，太后乃是出于体恤，顺应民心，这才有意罢战谈和，于国于民，无不利好！李大司马罔顾民心，欺国主年幼，仗位高权重，一心以战邀功也就罢了，今日竟还做出如此忤逆犯上之事，简直目无纲纪，骇人听闻！"

　　"试问，大司马此举，与当初的乱臣贼子许泌，又有何区别？"

　　站在他身后的那些官员纷纷点头附和。

　　"夫人难道忘记，你亦是高氏之女？高相公如今人虽不在朝廷，但高风亮节，何人敢忘？他若是得知大司马今日借势如此肆意妄为，又岂能坐视不管？"刘惠又道。

　　议论之声四起。众人冲着洛神背影指指点点。

　　洛神停步，转身说道："我父亲如今若在朝廷，诸公难道以为他会无视鲜卑人对长安的公然挑衅，如在场诸公一般，欣然去和慕容替议什么和，讲什么南北划地而治？"

她神色如常，但话里的讥嘲之意扑面而来。

刘惠和身后那些大臣无不愣住，相互对望了一眼，面上露出不满之色。

一个须发皆白的大夫指着洛神，颤巍巍骇然道："我与你父从前也常相互往来，乃是见你长大的。你身为高氏女，闺仪阃则，含章发秀，一向为世人所范。今日李大司马公然挑衅朝廷，你不加劝阻，一味盲从也就罢了，怎么如此说话？"

这老大夫博综艺术，善属文赋，乃当世名士。那年许泌攻打建康，他随帝后逃亡曲阿，事后受惊过度，归来当即告老，这几年本已不见他在朝廷露面了，今日却也被高雍容请来。

除了要向自己施压，想来，她更是要用这种方式，叫天下人人皆知，是李穆大逆不道，背叛朝廷在先。

洛神应道："老世伯不问世事，名声垂范。侄女方才之言，怎敢针对世伯？"

十六岁嫁了李穆，流年弹指，光阴逼人，当日那个满心不甘，在新婚夜以刀向人的懵懵懂懂的女孩儿，又怎会想到，多年之后的今日，从出生之日起始，头上便被冠以一个南朝最高贵的姓氏的自己，竟会如此和他们相对而立。

一尺之水，却如一道再也无法跨越的巨鸿深渊，横亘在了她和建康这座皇城的中间。

她的心中无限感慨。

就在这一刻，她忽然有些同情自己的父亲。壮志满怀，亦非无能，却脱不开他与生俱来的姓氏和门第的那道枷锁，犹如陷足泥沼，跋涉半生，到了最后，非但壮志难酬，就连母亲和她腹中那即将出世的孩儿也不知所终，意义何在？

她更心疼李穆。顶天立地的一个汉子，挽狂澜于既倒，扶危厦于将倾，末了，他尚在裹血力战的征途之中，他的女人却要被南朝皇室当作人质押于京师。不从，便是大逆不道，乱臣贼子。

如此一个皇朝，哪怕和她休戚相干，血脉互溶，她又有何割舍不下？

"你们不记李穆功劳便罢，乱臣贼子？这就是你们对他这些年在朝为官的全部评价？"

她的目光，从那个一脸痛心惊骇的老官僚的面上扫过，看向一张一张大臣的脸孔。

"容我猜一下，你们为何如此恨他。南朝上下，多年以来，养了无数的饕餮之徒，个个高贵风雅，实则贪得无厌，即便已被喂得脑满肠肥，亦是不肯停下那张与民夺食的嘴。哪怕只是一小口也不愿意吐出。他却叫你们吐出了吞入腹的东西，所以你们全都怕他、恨他，偏偏又拿他没有办法！如今好不容易有了打压他的机会，便是明知与虎谋皮，你们也是不愿错过。"

她唇畔浮上一丝冷笑。

"在你们的眼中，长安算什么，洛阳算什么，在胡人铁蹄之下挣扎求生的那些北地遗民又算什么。和你们从嘴里吐出来的那点儿肥肉相比，这些全都不值一提。谁阻挡了你们搜刮民脂民膏，他就是乱臣贼子，你们便要除他而后快。"

四周阒然，冯卫渐渐面露羞惭之色，沉默不言。

"刘侍中，我猜得对不对？"

洛神看向刘惠。

刘惠怒道："一派胡言！你竟敢如此污蔑朝廷群臣！"

洛神哼了一声："你们既将乱臣贼子之名扣于我郎君头上，我自然要替他和你们说道说道。你们不承认也罢。"

她盯着刘惠，讥道："刘侍中，你号为征虏将军，但不知征过何方的虏，讨过何方的逆？若还要点脸面，我劝你不如及早上表，求太后赐你一个曲阿将军的名号，倒是名副其实。"

这是暗讽当年建康难时，他不肯随高峤留下守城，以保护帝后之名逃去曲阿的那件旧事了。

虽然气氛凝重，但站在冯卫身后的几个官员，都是当年随同高峤一道守卫过建康城的，听洛神如此公然讥嘲刘惠，还是忍不住低声发笑。听到自己笑声突兀，急忙又握拳捂嘴，作咳嗽状。

"你……你……"刘惠那张白白净净的面孔，这下涨得血红，抬手怒指着洛神，气得一时说不出话来。

"全都退下去！"

一直沉着面孔的高雍容忽然开口。

刘惠狠狠瞪了洛神一眼，在身边几人的扶持之下，怒气冲冲地离去。

江畔码头，很快只剩下了洛神和高雍容两人。

洛神立于船头，高雍容立于江畔。

耳畔只剩江水轻拍岸石发出的阵阵水声。

"阿弥，在我心里，从小到大，一直把你当成亲妹妹。我再给你最后一次机会。这一回，只要你愿意站在我这一边，我便既往不咎。"高雍容说道。

洛神注视着她。

"阿姊，从小到大，我亦一直将你当成亲阿姊。我知道你也不会全信慕容替的。

你能告诉我，你为何宁可与虎谋皮，也不愿李穆继续替大虞北伐，收回故土，完成这桩足以载入青史的伟业？"

高雍容避开了洛神的注目，蹙眉道："你要理解我。这几年，他诚然对朝廷立了不小的功劳，但亦惹出了无数的麻烦。似方才刘惠那些人，我不能全然不顾他们的意思。这些，从前我都替他压了下来。如今再打北燕，真的不是一个好时机。"

洛神摇了摇头。

"阿姊，都到了这个地步，你何必再和我说这些？李穆是带兵的人，能不能战，没人比他更清楚了。方才我猜过了刘惠那些人的心思，此刻不妨也来猜猜阿姊的所想。"

她凝视着高雍容的眼睛。

"阿姊，你和刘惠那些人不同。他们是恨他夺了他们世代的享利，你却怕他夺了你的权，怕世人眼中只有李穆，不见萧室，怕他功高盖主，取而代之。所以你宁可守着这半壁江山，偏安一隅，也不愿他收复中原。

"哪怕他没有半分不臣之心，此前也未曾安插人手保我平安，任我留在这里为质，你也是容不下他的，是不是？"

高雍容面容一僵，咬牙道："阿弥，比起大虞的江山和阿姊日后能给你的荣华富贵，一个男人算得了什么？更何况他出身低微，根本就不值得你为他如此！"

"我最后问你一遍，你当真要为那个姓李的，弃高氏与大虞不顾？"她加重语气，"我告诉你，李穆是没有明日的！倘若你走了，你必会后悔！"

洛神微微一笑。

"我出生便冠以高姓，我母亲是大虞的长公主，我更不会忘记阿姊你从前对我的好。我本也不想如此，但今日却不得不如此。因我知道，他值得我如此去做！

"他便是真的如你所言，明日不复，我也必须要与他一道过完今日。这些年，为了这个朝廷，我和我的郎君分别太久。我想他了，我知他也想我了。我要走了。

"你放心，等我离开之后，登儿会平安归来的，这一点，我必能向你保证。"

洛神朝僵立在岸边的高雍容郑重地行了最后一礼，随即命樊成开船，转身入了舱室，再无回头。

樊成令水手就位，船在一片初升的朝阳之中，沿江朝西，扬帆而去。

高雍容立在江畔，目光盯着那艘越去越远的船，身影一动不动。

刘惠匆匆上来，低声道："太后，方才太后也是亲眼所见，亲耳所闻！连她都如此，李穆反心，昭然若揭！臣先前已劝过太后多次，今日再冒死直言一句，自古，没有失位之臣，只有失国之君！大虞倘若没了，我等做大臣的，只要换身官袍，照样还能做官。但若真的到了那一天，陛下将何去何从？太后又将何去何从？"

刘惠神色激动，连声音都在微微发抖："非臣借机以报私仇，而是李穆不除，后患无穷！臣恳请太后，再不可顾念亲情，为大虞之计，当断则断，如此方为大虞之幸，万民之幸！"

"刘侍中有心了。我知道该如何处置。"高雅容淡淡地应了一声。

她转过脸，两道视线仿佛越过了重重关山，投向那遥远的西南方向，盯着，看了很久。

"阿弥，你不从我言，我说过，你会后悔的。"

她的双目闪烁，嘴唇轻动，喃喃自语般地从嘴里冒出了如此一句话，随即撇下一时尚未反应过来的刘惠，转身一步步地离去了。

第二十章 妾之余生

远在千里之外仇池国的世子侯离，这日正在自己豢养猛兽的兽园中观看驯兽师驯兽，在虎豹发出的阵阵吼声中，他不禁又想起当年自己曾遇到过的那只小白虎。

　　如此神兽，当日未能加以驯服为自己所用，至今想起仍是一个遗憾。

　　他正暗中可惜，忽见一个手下匆匆上前，道大虞派的御前使者到来，代替当今皇帝安边抚民，命前去迎接，不禁一愣。

　　因为李穆的缘故，仇池早归向了大虞，纳表称臣，但并未派人去过建康。这几年，建康虽也有赏赐之物递下，但御前使者却还是头回见到。

　　侯离的父王侯定这两年身体有些不好，从去年开始，国中事务慢慢交给他来处置。侯离问使者的身份，得知名叫姚襄，是个文官，不敢怠慢，换衣，带人匆匆前去相迎，将建康使者一行人接入城中，以臣下之礼自处。

　　姚襄对他一番勉励之后，命侯离屏退左右，这才取出一道圣旨，言李穆日前公然抗命，背叛朝廷，图谋作乱，他此行来到仇池，便是代替陛下与太后传令，命侯氏父子助力朝廷，拿下义成，事成之后，计功封赏。

　　侯离吃惊不已，这才明白了这个建康使者此行的目的。

　　仇池之所以归顺大虞朝廷，当初全是因为李穆的缘故，他对李穆更是由衷钦佩，怎肯听从朝廷之命去攻打义成？当即拒绝，对方突然发难。

　　当侯定得知消息，拖着病体匆匆赶来之际，看到儿子已被一个面上带着疤痕的男子所擒，对方自称巴东太守荣康，奉朝廷之命，来此攻打义成，命仇池协力。

　　他的大军已陈兵于仇池之外，只要他一声令下，随时便能对仇池发动进攻。

台城柳，秣陵树，朱雀桥，芳草渡，洛神生于斯，长于斯。

在她的记忆里，建康是如此美好的一座城池，和她更是有着割舍不断千丝万缕的联系。

但也是到了今日，她方才知道，即便是这座城，当里面没有了一个叫人内心牵绊的人，离开之日来临，竟也是没有半分的留恋。

半个月后，船至江陵靠岸，岸边候着一队先行赶到的人马，领队的正是李协，快步迎来。

他出现在这里，意味着什么，洛神心知肚明，望向他身后那一干随众，晓得应是和他从都卫营里一道出来的，道谢。

李协恭敬地还礼："夫人多礼了，能为大司马和夫人效犬马之劳，乃我与弟兄们的福分。往后大司马在哪里，我们这些人便在哪里，誓死跟从。"

他去年娶了绿娘，当时还是洛神充当媒证。如今他出了建康，绿娘自然也不可能留在那里了。洛神便问她的安置。

李协忙道："有劳夫人记挂。内子先前已被安排悄悄去了义成。她有身孕了，如今人已到那边，一切都好，正盼着夫人早些过去，日后好侍奉夫人。"

绿娘原来已经去了义成。洛神终于放下了心，又得知她已有身孕，更是惊喜，忙向他贺喜。

李协眼底满是掩饰不住的笑意，请洛神上车，和樊成的人马会合，一行总共数百人，踏上了前往义成的道路。

建康已被远远地抛在了身后，从江陵北上的这一日开始，路上便就安全了。

李穆如今应还在潼关一带，洛神不知他那里的形势和战况进展得如何，但她知道，他必在牵挂着自己的安危。她急着想要到达，把自己已经平安的消息传送给他，好叫他能够彻底放下后顾之忧，放手去做他要做的事。

还有阿家、阿停、沈氏她们，也都在义成，等着她的到来。她已好几年没有见到她们的面了。

那座城池，更是承载了她和李穆在一起时的无数的回忆。

一别便是数年，不知刺史府后院里那座石亭旁的黄竹依旧否？夏日黄昏她帮李穆冲过凉的井，水清冽依旧否？窗前她种下的那一片花，又盛开依旧否？

她归心似箭，连做梦都想快些赶到义成，又何惧行路辛劳？晓行夜宿，一路北上，到了八月底，终于渐渐接近义成。

这日晌午，走到一座山梁脚下，头顶日头正当火辣，洛神见众人辛劳，便叫大伙稍做歇息。

水路加上陆路，已经走了将近两个月的时间。这里距离义成，终于只剩数百里地了。

翻过这道山梁，三四天内应当就能抵达。

一路辗转，洛神本已很是疲累，但想到很快就能到义成，精神又倍加振奋。坐在山脚下的一片树荫里，喝了几口侍女递来的水，眺望远方之际，方才被派去探路的士兵已是纵马疾驰归来，喊道："山那边有大队的军队，正往义成方向而去！"

这几年，这一带原本活动着的所有势力都已被李穆清除干净。义成有一支大约两万人的日常驻军，由郭詹和戴渊留守。这里离义成不算很远。

洛神的第一反应，军队应当是义成守军。

但很快，她就意识到事情仿佛没那么简单。

李协樊成向那士兵问了几句话，李协翻身上马，带了几个人，迅速朝着山梁而去，樊成则将所有的士兵集结到了洛神的周围，神色异常凝重。

洛神问他："军队不是我们的人？"

"看样子似乎不是。但方才隔得远，瞧得也不太清楚。夫人先不要担心。李都卫已去探查，等他回来，便知详情。"

洛神心口咯噔跳了一下。

倘若山梁那边此刻正发往义成的那支军队不是自己人，又会是谁？

就在这一刻，她忽然想起那日自己离开白鹭洲时，堂姐高雍容最后说的那一句话。

她对自己说，李穆是没有明日的。倘若她走了，她必会后悔。

那时她对那句话，并未多加留意。

但在此刻，她的心里忽然涌出了一种不祥之感。

李协回来的时候，抓了一个脱队的斥候。从对方的口中，洛神听到了一个可怕的消息。

那支军队发自西南的巴东，由太守荣康亲自率领，兵马五万，一路急行，目标是袭取义成。

这不是最可怕的。

最可怕的是，仇池也已被控制了。

以两万对五万，再加上仇池从侧助力，义成如何应对？

她爬上山梁，入目所见的景象，叫她心惊肉跳。

就在山梁的另一侧，那片广袤无垠的旷野里，满坑满谷，被一支庞大的军队所充斥。军队宛如密密麻麻的蚁群，正朝着义成的方向而去。远处，尘土飞扬，隐隐有野兽的咆哮声随风传来。

那是来自仇池的兽军兵团。

义成已经不能去了。

几人很快商议完毕，李协即刻赶往义成传送消息，同时派人奔赴长安，叫长安发兵，驰援义成。

洛神则暂时停留在原地。樊成寻了一处隐蔽的藏身之所，建了个临时的宿营地，一行人暂时落脚下来。

三天之后，派去义成方向打探消息的人回来了。

荣康的军队已经开到了义成城外，展开了猛烈的攻城。

这几年间，为方便长安和义成之间互通，更为保证长安能在最快的时效里收到来自义成的消息，李穆在连通两地的那条军道上，每隔五十里便设一个驿点。

信使五十里更换一次马匹，日夜兼程，消息以八百里加急的速度传送，两天之内就能抵达长安。

李穆在长安驻有重兵，洛神相信，高桓和孙放之在得知义成被攻击的消息后，必定会以最快的速度组织驰援。

快则七八天，慢则十天。十天之内，援军一定能够到来。

以义成城墙的高大坚固，加上城内那两万训练有素的守军，洛神相信，即便四面被围，义成守军坚持到援军到来的那一日，应该不成问题。

她在焦虑和期盼中，日夜等待着来自长安的消息。

几天之后，消息终于回来了。但事情的严重程度，已经远远超出洛神原本的想象。

就在慕容替向南朝发去国书求和的同时，北燕也丝毫没有停止对潼关的进攻。慕容替亲自出征，倾举国之兵，二十多万人马全力西进。

李穆军队如今就在潼关一带，鏖战北燕大军，短期之内势必无法脱身。

而自己的长兄高胤，竟然会在这个时候，领着军队发往长安，不但已经截断义成和长安之间的军道，据说他此行，还奉朝廷之命，接替李穆的长安刺史之位，要接管长安。

这个突如其来的新消息，令洛神彻底震惊了。

她做梦也没有想到，高家之人竟会卷入这场原本发生在南朝皇室、李穆和慕容替之间的纷争里。

至此，她也终于明白了高雍容的全部计划。

将自己扣在建康为质，与此同时，以最快的速度派荣康袭击义成，派高氏军队去占领长安。

义成是李穆的发迹之地，长安更是保证李穆军队获得粮草供应的后方基地。

倘若高雍容的计划能够成功，这对正与北燕鏖战的李穆大军意味着什么，不言而喻。

原来，之前对自己的发难，不过只是一个开始。

这一连串的闪电用兵，才是她在背后射向李穆的真正的利箭。

她也终于明白了，为何那日离开时，高雍容对自己说出了那样一句话。

她还是低估了自己堂姐的底线，再也没有丝毫的怀疑——显然，在自己的堂姐和北燕皇帝慕容替之间，除了所谓的停战议和，两人必已达成了某种私下的不为人知的默契。

长安也将面临危机，显然，已不可能再指望那边能发兵救援义成了。

那该怎么办？

她浑身冰冷，人几乎站立不住，慢慢地坐了下去。

周围的空气，仿佛也随之冻住了。

樊成带着几百士兵站在她的面前，神色异常凝重。

她一动不动，仿佛一具石像，只感到身体里的血液，如潮水般鼓涨，冲刷着她的耳鼓，轰轰地响，整个人不住地冒着冷汗，很快，汗水便将衣衫湿透了，紧紧地贴在她的身上。

一阵风过，她打了个冷战。突然之间，眼前浮现出了一样东西。

她想了起来，那年父亲离开的前夜，曾给自己留下的那只小盒子！这几年，她一直妥善保管着，这次离开建康更是随身携带。

她猛地站了起来，奔向那座自己临时过夜的帐篷，冲了进去，打开箱子，迅速地拨开衣物，很快便找到了那只小匣。

她拿起一旁的钥匙，颤抖着手，将钥匙插入那把小锁的锁孔之中，一扭。

伴着轻微的"咔嗒"一声，锁开了。

洛神的心脏，剧烈地跳动着，手心湿透，汗水更是从她额头滚滚而下，模糊了她的眼睛。

她抬袖，飞快地擦去汗水，打开盒子，赫然看到里面置了一枚虎符。

虎符之下压着一张折叠整齐的信笺。

两样东西便如此静静地躺在匣子里，仿佛很早之前，就已经在等着她的开启了。

这是高峤留给洛神的一封信。

他说的第一句话，便是但愿这封信能一直封存不启。因一旦启封，则必是朝廷发生了他最不愿见到的一幕。

接着又说，他不到弱冠之年便掌高氏家主之位，官居高位，事朝廷半生，知门阀之蠹弊，皇室之褊狭，庶民之多艰，当年北伐失败，除自身能力所限之外，身后掣肘，也未尝不是羁绊。

高峤对女儿说，阿耶对朝廷并非无尤无怨，亦不是没有身体力行，但所能做的却极是有限。身为高氏家主，在与生俱来的身份地位和与皇室、门阀之间世代耕滋，根深蒂固的利害攸关面前，他欲做能吏，乏有魄力，欲做循吏，又有负苍生和天下。为官二十余载，内外交困，形同煎熬。以他自评，便是志高力绌，一事无成。而放眼南朝，过江名士多于鲫，能安天下者，却未见一人，直到得见李穆，如见这微世之下，一点火光。

君臣相安，国得以起死回生，民得以安居乐业，这便是他的希冀。

故哪怕明知朝廷已是沉疴难起，他也依旧希望他看重的李穆，能与自己扶持了半生的这个朝廷，各退一步。

但他又怎不知，世间本就难得两全之法。自己如此希冀，何等渺茫？

高峤说，日后，倘若李穆并未做出恃功希图移鼎之举，而高太后却因私心阻挠北伐，乃至图谋加害李穆，便是他绝难容忍之事。而双方对立，必会将她牵涉其中，也将会是她的一道难关。

所以，他将这最后决定权交给洛神。

因他相信自己的女儿，不会因李穆是她丈夫，或高后冠有和她相同姓氏而以私心断事，有所偏颇。

高峤对女儿说，他给她留了些准备。

第一便是陆柬之。他那里，以地方郡兵的名义，替自己养着一支完全效忠的军队。将士除了部分陆氏旧军之外，其余全部都是当年跟从自己曾经北伐的家兵和他们的子弟，无不骁勇善战，是为精兵。三年前起，奉了自己的命，聚于陆柬之的手下。

他之所以要暗中保有如此一支完全脱离于广陵军的军队，目的便是以防不测。只要接到她的消息，陆柬之随时便会集合军队，为她所用。

他给洛神留下的另一样东西，是匣中那枚双半合一的虎符。

高氏每一代的家主，各自都拥有一枚用以标信身份、调令军队的虎符，军士熟知，见虎符如见家主，而家主死后，虎符便随葬主人。

匣中的虎符，便是代表高峤身为高氏家主的印信。

高峤说，高氏与皇室参差关联，他将自己的虎符留给她，只是为防万一的考虑。从前他在离开之前，曾私召高胤，道日后若见虎符，如见本人，持符人的所言，便是自己之命，命高胤必须遵照。高胤当时慨然允诺，料他不会食言。

父亲在信末说，今日之乱，究其根源，早有端倪，错全在他。但愿信中所留，能助她一臂之力，也算是当初为自己强留李穆扶持南朝而做的一点弥补。

最后他叮嘱女儿，无论出了何事，行事务必要以自己安全为第一考虑。

洛神心跳得飞快，双手抖得厉害，一目十行地读完了信。

她现在终于明白，为何陆柬之会在去年向朝廷上表，自求西陵太守一职。

西陵位于江北，地处江夏和江陵之间，并非要冲之地，只是一个普通的中等郡县而已。当时他孝期一满，冯卫便亲自举荐，想重用他。没想到他却自求去做西陵太守，叫满朝之人迷惑不已。当时冯卫还劝了他一阵子，道以他的才名，去那里做个太守，实在是大材小用。陆柬之却以自己早年游历经过西陵，喜爱那里山水风光为由，请求朝廷批准。冯卫见他去意坚决，疑心他还没有从当初被李穆打击的阴影里走出来，如今若同朝为官，未免尴尬，这才一心求个外放的闲职。虽然心中觉得可惜，但也很是理解。于是陆柬之便去了那里做官，成了默默无闻的一个江北太守。

她之前的想法和冯卫大同小异，想他或许是这几年因为经历太多的波折，心灰意冷，这才挂个闲职，寄情山水而已。

直到这一刻，看了父亲的信，她才明白陆柬之去做这西陵太守，想必也是父亲当初对他的授意。除了可以养兵，更重要的是，西陵的位置恰好位于江北中段。无论是往建康，还是去李穆势力所在的义成一带，都很是便利。

她看着父亲留给自己的信和虎符，想起他在离家那夜召自己去书房，父女最后见面的情景，如今也不知他人在何方，眼睛一阵发酸。

她闭目，长长地呼吸了一口气，等定下心神，立刻取出笔墨，写了一封信，叫来樊成，吩咐了一番。

她命他即刻亲自去往西陵，务必要将自己的信，当面送到陆柬之的手上，请他火速发兵来此，驰援义成。

樊成知事态紧急，半刻也不容耽误，权衡之下只能应命，只带几人同行，方便路上行事，将其余人全部留给洛神，事情交代给副手杨继，要他一定保护好洛神，随即离去。

从这里到西陵，倘若兼程赶路，快则四五日，慢的话六七天内，他那一行人应该就能抵达。

樊成走后，洛神让杨继选了几个善于应变的手下，扮作巴东士兵的模样，叫几人伺机靠近义成，想办法给李协他们传送援军即将到来的消息，以鼓舞军心。

洛神知道，在救兵到来之前，她能做的都已做了。接下来，她便是继续留在这里等着，也没有任何用处了。

她让随同自己从建康一道出来的阿菊和侍女们继续待在这个相对安全的地方，留一部分士兵保护她们，等着陆柬之的援兵到来，自己在第二天的清早，朝着长安方向而去。

没有人能理解，她的心情是何等的焦虑和绝望。

义成还被荣康的军队包围着，而自己一向敬重的长兄，竟也与她的丈夫为敌了。

哪怕他带着圣旨而来，留在长安的守军，也不可能俯首帖耳地将长安交出来的。

先不论这场夺城之战是否真的已经爆发，洛神最担心的，还是高胤即便陈兵城外，哪怕不攻城，长安的粮道势必也会被断掉。

而一旦失去了稳定的粮草供应，如今还远在关外的李穆和他的大军，将如同被人掐断命脉。

当年父亲二次北伐之所以失利，一个致命的原因，便是后方粮草无以为继，大军无力维持，这才败退而归。

而这一次，洛神知道，李穆面临的境况，更是远远凶险于当年父亲北伐之时。

当年父亲北伐，他们只要他失败而归便就心满意足愿意罢手。不管心底如何诽谤，至少表面还是可以讲和通好，相安无事。

但是到了李穆北伐，情况却完全不同了。

也只有在李穆这里，这个皇朝从诞生之日起，便如疥疮毒瘤般如影随形的存在于士族和寒门之间的天然仇恨和对立，才反映得淋漓尽致。

在南朝，有多少人爱戴他们的大司马，便有多少人恨他入骨。

他得到的爱戴每增添一分，那些在背地里刺向他的带着恐惧和恨的刀剑，便也锋利一分。

高胤或许和别人有所不同。但他身为高氏家主，倘若不尽快向他解释清楚这一切，仅仅只从自己离开建康的方式来看，他便确实没有理由不把李穆当作叛臣看待，更不可能让他为了李穆，带着整个高氏家族背叛南朝。

洛神心急如焚，恨不得插翅，立刻飞到长安。

当高大兄知道了当朝太后和慕容替暗中的交易，知道就在他奉命去接管长安的同时，义成还深陷围城的消息之后，她不信，他依然还会无动于衷地奉着高雍容的命令要去接管长安，要断李穆的粮道！

她在新领队杨继的带领之下，绕开了附近可能遭遇荣康军队的道路，取野径迂回北行，走了三天，终于走出去百余里地，将巴东人的营地远远抛在了身后。

就在洛神以为可以稍稍松一口气，接下来能考虑改走更快的那条旧道时，第三天傍晚，一行人翻过一道岗坡，突然看到对面走来一队运送军粮的巴东士兵。

遭遇来得如此猝不及防。

一行人立刻躲避，但还是迟了一步，对方看到了他们，呼叫着追赶上来。

这些保护洛神的卫兵按照预先定好的应对，迅速兵分两路，一路吸引身后追兵的注意力，另一路借地势的遮掩护着洛神反方向而去，终于摆脱了追兵。当夜，双方以路上所留的暗记再次碰头，会合之后，第二天的清早，天还没亮，便继续匆匆北上。

但霉运一旦开了头，便似乎不会轻易打住。

中午时分，就在他们的身后，忽然又出现了一群追兵，数量看起来远远超过昨天的那群士兵。

很明显，这一次赶上来的追兵并非偶遇，而是有意为之。

追兵不但紧追不舍，竟然还动用了兽兵，发自虎豹的咆哮声越逼越近。

从数日前决定去往长安时，她便和身边的卫兵一样改为骑马了。

她的骑术算不上有多精妙，但驾驭身下的这匹马原本绰绰有余。但今日，坐骑显然是被身后那些此起彼伏的虎豹吼叫之声给惊住，跑着跑着，速度越来越慢，眼看虎豹追了上来，杨继当机立断，带领众人护着洛神，转向侧旁的山林。

这群追兵，是荣康亲自带领追赶上来的。

昨日从下头得报消息之后，他疑心这一行去往长安的人就是洛神。城池一时也攻不下，索性下令暂时围城，停止进攻，命来自仇池的驯兽人驱赶虎豹，和自己一道连夜追赶。方才渐渐逼近，他一眼便认了出来，其中果然便有洛神，顿时欣喜若狂，催动人马，愈发狂追不舍。

在野兽的包围夹攻之下，最后终于将一行人逼到了一处崖坡之上。

驱兽人赶着虎豹，将山头包围。

杨继带领卫兵，且战且退，一直退到了崖坡的尽头。

两道断崖相对，中间隔着数丈之远，身后便是崖坡。断崖之间，一口涧潭。一时之间，再无路可退。

杨继利用岩石掩护，组织卫兵，用箭阵阻挡追兵的快速靠近。

山风阵阵，吹得洛神衣袂狂舞，几乎站不稳脚。

身处两道断崖之间，人力绝无可能越过，几十只野兽将三面团团包围，荣康越逼越近，正亲自指挥士兵上来，身后又无路可去，她竟也没有恐惧，只取出藏于身上的那只装有虎符的囊袋，递给护在身边的杨继，说道："杨将军，你不必管我了。你若能冲得出去，务必离开，尽快赶到长安，将这东西送到我大兄手上。告诉他义成和我的情况，说是我父亲的命令，让他立刻退兵！"

杨继看了眼下头越逼越近的追兵和那群在附近山坡徘徊，若不是被驱兽人压制着，迫不及待似要随时冲上来展开撕咬的兽群，沉声道："夫人请将东西收好！我们这些兄弟，当中没有一个是怕死的。方才我是特意将人引入山林。我叫兄们这就放火烧山，等逼退兽群，烟雾起来，他们掩护，我必会带着夫人离开这里！"

洛神望着面前那一张张视死如归的面孔，心中感动不已，将那只装了虎符的口袋重新牢牢系回在身上，点头："好！我信你们！你们自己也要小心！"

荣康看得清清楚楚，自己心仪的那个高氏女，就站在不远之外的山头之上，想到得手之后的情景，止不住一阵心旌动摇。

他又岂会看不出杨继的意图，却不敢让士兵放箭阻挡，唯恐误伤到了洛神，怕大火真的烧起来，仗着人多，立刻命令士兵强行攻山，喊道："全都给我冲上去！不许伤了那女子，我要活的！谁抓住了她，我封他一等军功，赐官得爵，赏金一万！"

重赏之下，巴东士兵不顾一切，朝着山头冲了上来。喊杀之声夹杂着群兽发出的阵阵吼声，惊心动魄。

杨继吼道："放火！"

卫兵得令，正要行动，突然，一道虎啸之声从对面那道断崖的林子里头传了出来。

这虎啸之声深沉浑厚，充满了凛然的威严，声浪在岗岳间回响，犹如撼地摇天，经久不息，顷刻之间压倒了周围的一切嘈杂之声。

方才还在吼叫示威的群兽，突然安静了下来。正疯狂拥上山头的士兵，也被突如其来的虎啸之声给震慑住了，纷纷停下，看向对面的那片山林。

一阵大风刮过，周围树木簌簌作响。

虎啸之声仿佛就发自身后的不远处，震得洛神胸间一阵血气翻涌。

伴着耳畔余音未绝的啸声，她猛地回头，看见一道白色的巨大身影，从对面那道断崖的林子里跃了出来。

那是一只成年白虎，身体庞大，身姿异常矫健，只见它沿着陡峭的嶙峋山壁腾挪了几次，看向这头，纵身猛地一跳，身影犹如一道白色闪电，竟从对面崖头径直跃过了数丈宽的山涧，"啪嗒"一声稳稳落到这边，立足在一块高高凸于山崖的巨大岩石之上。

白虎居高临下，威风凛凛，迎着山风，冲着脚下的群兽，又发出了一道长长的咆哮之声，啸声狂野，充满了勃发的怒气。

回声阵阵，再次响荡在群山之间。

所有的人都惊呆了。

方才还蠢蠢欲动等着撕咬的兽群虎豹，在这只犹如从天而降的充满了王者之气的白虎的威慑之下，竟慢慢矮下身子，做俯首帖耳状，眼睛里放出恐惧的光，发出一阵示弱的呜呜声。

距离实在是太近了。

洛神起先也是恐惧不已，被如临大敌的护卫们挡在身后，慢慢地往后退去。

她睁大眼睛，望着高高立在巨岩之上的白虎，目光落到它脖颈上的那圈黑色毛发上时，视线定住，突然，心怦怦地跳了起来。

她认了出来，眼前这只威猛无比的大虎，就是从前那只曾和她有过一段旧缘的小白虎。

她不会认错的。就是不知道，已经过去了这么多年，眼前这只正当壮年的成年公虎，它还认不认得自己。

"小乖乖！"

洛神脱口唤出从前曾叫过它的那个名字。

白虎听到了她的声音，转脸朝向她。白虎体形硕大，脖颈粗壮，蹲在巨岩之上，肩胛向两侧打开，犹如两排铁扇，四爪更是锋利如钩，爪头之上还带了些没有舔舐干净的来自猎物的残余血迹。

它脑门宽广，有着一张端正而威严的脸孔，一双棕黄色的带了点三角形的虎眼，一副白森森的尖利獠牙。似乎片刻之前，它是从睡梦里被对面发出的这些响动给惊醒，很是不快，这才如此现身露面。

但，眼前的这只白虎，除了依旧圆溜溜的脑袋和脖颈上的圈毛之外，它和洛神记忆里的那头带了点可怜巴巴的等着自己去救护的小老虎模样，已是完全不同。

它强壮、威严、残暴，从那双虎眼到身后铁鞭似的尾巴，浑身上下充满了威慑的力量，仿佛随时就要扑过去，用它的獠牙和利爪，将眼前猎物给撕扯得粉碎！

洛神才唤它出声，见它的注意力被自己吸引了，心里一下又感到忐忑。

虽然它小时候很有灵性，和自己也极是亲近，但中间已经过去了好几年。方才若不是它那一身罕见的皮毛，恐怕就连自己也不敢认它了。毕竟是野畜，又在山林多年，它怎么可能还记得自己？

她那脱口一声本是发自惊喜，但若因此惹来它的攻击，如此情形之下，岂不是雪上加霜，在给杨继他们招麻烦？

后悔已是晚了。

她再不敢发出声音，只能尽量保持着镇定，双眸一眨不眨地凝视着对面那头正看着自己的大白虎，脸上露出微笑。

白虎用它那双阴冷的棕黄色眼睛盯着她，片刻后，脑袋忽然歪了歪，抬起爪子，迟疑了下，似乎想从岩石上跃下来。

杨继整个人绷得紧紧，双眼盯着面前这头似乎就要有所行动的猛虎，立刻用手势和唇语，向自己的同伴做了个慢慢后退的动作。

荣康对着这头自己生平未曾见过的白虎，方才那阵错愕过去，便被它那一身罕见的美丽皮毛给吸引住了，心里暗呼好运。没想到今天不但能得到美人，还附带一张如此珍贵的皮毛。立刻悄悄举起大弓，搭箭，拉满，瞄准它的眼睛，射出了箭。

箭镞朝着白虎流星般地飞去，箭头和空气摩擦，发出轻微的呜呜之声。

"小心！"

它歪脑袋的动作，让洛神顿时熟悉感满满，看到箭向它射来，下意识地又叫了一声。

白虎双耳微微一动，猛地转头，喉咙下低低地咆哮了一声，虎视眈眈地盯着荣康，躯体下蹲，强劲的两条后腿猛地一蹬，一下就从岩石上高高跃起，身影在空中划出一道长长的弧线，落到了距离荣康不过数丈之外的一片空地上，冲着手里还握着弓箭的荣康吼了一声，扑了上去。

荣康一箭射空，几乎眨眼之间，见这头猛虎竟就蹿到了自己的面前，朝着自己扑来，吃了一惊。但毕竟是带兵的人，也未如何失态，心里还想着取它皮毛完整，只迅速地退到士兵身后，命驯兽师驱着群兽将它困住活捉。

驯兽师不敢不从，鼓哨发号施令。虎豹却一改平日凶悍，畏畏缩缩，它们起先只是围着白虎打转，不敢靠近，直到驯兽师用平日驯兽用的特制钩鞭抽打，又发出尖锐凄厉的哨令，几个虎豹在强驱之下，终于团团朝着白虎张牙舞爪地扑了上来。

白虎怒吼一声，不退反进，扑向那几只蹿来的虎豹，一爪下去，伴着嚎叫，最前的那只斑斓虎，从脖颈到一侧肚腹的皮肉便被撕裂，豁开一道长长的口子。

几乎同一时刻，另一只斑斓虎从后面扑上来，张嘴要咬白虎脖子，白虎回头，一跃一抓，獠牙毕露，快如闪电，"喀嚓"一声，一口咬断了它的脖子。斑斓虎瘫倒在地，发出凄厉的嚎叫之声。那第三只一道攻击的豹子，高高跃起，扑了上来，被白虎一爪子拍开，在地上打了个滚，还没起来，又被扑上的白虎一口咬住臀部，鲜血淋漓，一阵撕咬之后，终于奋力从白虎的利齿中挣扎着逃了出来，惊恐地呜呜哀鸣，夹着不停滴血的尾巴，一瘸一拐地逃走了。

"嗷呜——"

白虎的嘴角和爪子上沾满鲜血，后颈毛发根根怒张，虎目圆睁，冲着面前的兽群怒吼一声，虎豹皆后缩，瑟瑟发抖，再不敢上来了。

驯兽师面露难色，一边后退，一边不停地挥鞭鼓哨。

白虎一个蹿跃，扑向那人，在他转身逃走之际，从后将人扑倒，张开血盆大口，一下便咬断其脖颈。

虎豹皆受这驯兽师的号令，人突然被白虎咬死，如同失去枷锁，有受血腥气味吸引，扑上来团团围着那几只死兽啖肉的，有野性毕露，掉头跟着白虎，转头去攻击荣康士兵的。

一时间，草叶乱舞，尘土飞扬，士兵大声呼喝，或胡乱向着兽群射箭，或自顾掉头逃跑，场面大乱。

荣康这才变了脸色，急忙号令弓箭手列阵发箭，却已是迟了，群兽跟着白虎，狂性大发，冲入了人群，见人便疯狂撕咬，巴东士兵如何抵挡得住，竞相夺路而逃，惨叫之声此起彼伏。

白虎目射凶光，和几只随来的虎豹，扑向掉头逃跑的荣康，身形迅如闪电，一个纵跃便扑到了他的身后。

荣康听到身后传来士兵发出的惨叫之声，晓得正被虎豹攻击，又感到自己脑后一阵腥风，瞬间寒毛倒立，也顾不上别的了，慌忙就地打滚，这才避过了来自身后的致命一爪。但却还是迟了半分，肩膀一阵剧痛，竟被白虎的一只爪钩生生给撕下了一大块皮肉，顿时鲜血淋漓。

场面已经完全失控了。

他不敢停留，忍痛在聚拢来的士兵的保护之下，从地上爬起，仓皇撤退。

白虎向着山坡下那些作鸟兽散的人再次发出了一声长长的虎啸。

这是胜利的充满了示威的犹如王者的咆哮之声。周围虎豹仿佛受了它的感召，一起应和。

一时之间，山谷中啸声此起彼伏，汇在一起，震撼涧谷，山岩簌簌落土，惊出林间无数飞鸟，宛若乌云般，黑压压地盘旋在半空，遮天蔽日。

洛神望着眼前发生的一幕，还有些不敢相信自己的眼睛。就在那震荡耳鼓的长啸声中，突然，她感到脚下那片泥地微微一动，还没反应过来，那片被雨水泡得松软的泥地，竟坍塌了下去。

她站立不稳，身子跟着往后倒去，收不住势。惊叫了一声，整个人便沿着道旁的斜坡滚了下去，身下一空，人笔直地从数丈高的崖头坠落，一下坠入了涧底的那口水潭之中。

天旋地转，冰凉柔软的水从四面八方向她挤压而来，无孔不入，刹那间夺走了她的呼吸。

在这个幽暗而无声的陌生世界里，她不停地、慢慢地下坠，突然之间，脑海里似有一点灵光闪过。

如同此刻这般的情景如此的熟悉，仿佛她从前在哪里经历过似的。

仿佛置身于一个旧日的梦境，记忆开始朝她涌了过来，瞬间充满了她的灵府。

刚落水时的惊恐消失了。

她闭着眼睛，停止了挣扎，整个人漂在水中，悠悠荡荡，长发和身上的衣裙散开，如片片美丽的水藻。

她的脑海里涌现出似梦非梦的一幕。

月光之下，江潮翻涌，她看到一个女子，在身后一群穷凶极恶的人的追赶之下，涉水而下，一步一步，迎着向她卷来的浪潮走入江中。

她的背影是如此渺小，却又义无反顾，不曾回头。

一个浪潮打来，吞噬了那个女子。

犹如一粒尘埃，她便如此消失，仿佛化为了潮水打出的那一片白色泡沫，无影无踪，人世间不曾留下半点她曾经来过的痕迹。

悲伤、痛苦，浓得化不开的自责和绝望铺天盖地，将洛神整个人紧紧地攫住了。

雪泥鸿爪，浮光掠影，在她的脑海里争先恐后地闪现。

她又看到了那女子。这一回，她身穿嫁衣，美丽无比，在喜烛跳跃的火光中，和她的新郎相对立于帐前。

她的新郎是如此英俊和伟岸。曾经百战，血铸铁衣，但在她的面前，这一夜，百炼钢亦化为了绕指柔。

他凝视着她的目光，是如此的温柔和欣喜。

她的一只纤纤玉手端了一只酒盏。

她将那盏递给了她的新郎，说，从今往后，妾之余生，托于郎君。

他含笑接过，将那一盏她递来的泛着醉人芬芳的醴浆饮入腹中。

画面一转，洛神又看到自己被李穆压在了身下。

他满脸的鲜血。那血从他的口鼻和耳中不停地涌出，甚至从他的眼里坠落，滴溅到她的一张娇颜之上。

他盯着她，那是怎样的目光啊，含着血，充满了痛楚和恨意。

他那双曾斩敌无数的大手，就停在了她的脖颈之上。只要他发力，稍稍发一点力，她那段美丽的、柔弱的脖颈，便将轻而易举地折于他的指掌之下。

那双手停在她的颈项上，却终究不曾发力。而他的脸慢慢地压在了她的面庞上，肌肤渐渐失去了温度，最后变得冰冷而僵硬。

他便如此，死在了她的身上。

洛神耗尽了肺里的最后一缕空气，胸中爆裂般地疼痛。

一股暗流涌来，将她冲了出去。

她宛若一只断了线的风筝，在这困住她的漆黑无边的世界里，身不由己地飘荡着。

暮春花月，春江潮水。

那个在身后追兵的狂叫声中怀着无限绝望和悲伤沉入江中的女子，竟是她自己！

她不想死，她更不能死！

她要活下去，活着去见她的郎君，那个娶了她的名叫李穆的男子！

她还有无数的话想要向他问个清楚。

求生的欲望从未像此刻这般，如烈火般将她整个人瞬间焚燃。

洛神猛地睁开眼睛，仰头，竭力地寻找着头顶那片晃晃荡荡的朦胧的光影。

她知道，那里就是生的希望。

宛如一个初生的婴儿，她漂在水中，凭着自己的本能，努力地向着那片光影靠去时，感到自己的头发和衣领，忽然被什么叼住了似的，带着她加速往上而去。

终于，她眼前一亮，露出了水面。

渴盼中的新鲜的空气，一下涌入了她的口鼻。

她湿漉漉地趴在岸边的石块之上，剧烈地咳嗽着，一边咳一边不停地流泪。

她脑海里的那些浮光掠影似乎都是梦，一个关于她和李穆的梦。

但一切却如此真实。

如今，她明白了，为何当初李穆一意孤行，哪怕千夫所指，也一定要娶她为妻。

为何那一夜，在京口金山观潮之时，他对她说，他日后要做一件事，到了那一日，天下或许都将与他为敌。

她也终于明白了，他为何如此不喜欢建康。

对于他来说，多少的红尘紫陌、富贵堂皇，不过也就是一座坟茔而已。

他压下了血仇，磨平了锋芒，默默隐忍，步步退让。他为了她，对皇室俯首称臣。

但是那些人却依旧没有放过他。

只要他愿意，他本可以呼风唤雨，无所顾忌。这个南朝，乃至这个天下，又有谁能阻挡他登顶的脚步？

只因幼时一次不经意的偶遇施恩，竟让他付出如此的代价。

洛神不知，自己何德何能，何幸之深，竟能获得一个男子如此的对待。

洛神趴在岸边，在那袭来的阵阵锥心般的痛苦之中痛哭不停。忽然感到脸庞一阵湿热，仿佛有什么东西在舔着她。

她抬起一双蒙眬的泪眼，看见那只白虎毛皮湿漉漉地蹲在她的脚边，伸出舌头，正一下一下地舔着她的湿泪。虎目之中不见戾气，只有温顺。

自己一定是太想见到他了。

就在这一刻，她竟仿佛在它望着自己的那双虎目之中，捕捉到了一点如同李穆的感觉。

她没有恐惧，定定地望着面前这只和自己若有奇缘的白虎，再一次泪流满面。

"夫人，你可还好？"

身后忽然传来一道带着些试探意味的呼唤之声。

洛神停止了哭泣，转头，看见不远处，杨继和他的手下人就站在那里，也不知道已经站了多久。

他们身上也都湿漉漉的，衣角还在滴水，方才想必全都下水在搜寻自己。

杨继小心翼翼地看着痛哭的女主人和方才第一个将她从水里找到又叼她上岸的白虎，被眼前的这一幕给惊呆了。

洛神闭了闭目，摸向自己的腰间，确认那枚虎符还在，抬手拭去脸上的水珠和泪，从地上站了起来，转身道："我无事。这就动身，我要尽快到长安！"

第二十一章

临战谋权

深夜，高雍容从噩梦中惊醒，冷汗涔涔。

她梦见了萧道承目光怨恨地盯着自己，形容异常恐怖，犹如厉鬼的模样。

她一下坐了起来，感到一阵心惊肉跳，下意识地看了眼四周。空空荡荡。

她慢慢地吁了一口气，擦了擦额头的冷汗，却再也无法入眠，起身从一只密匣里，取出了一封信，再次看了一遍。

这封信出自如今的北燕皇帝慕容替。数月之前，早在那封国书之前，就已被秘密送到了她的手上。

慕容替的信言简意赅，只有三句话。

第一句说，他无意与南朝为敌。只要南朝不兴北伐，不夺燕地，他便愿意和南朝休兵议和，互通交情。

第二句说，放眼南朝，历来主张引兵北伐者，背后无不另有深意，立威是其中目的之一。李穆北伐，意图恐怕远远不止立威。

第三句说，南朝人得洛阳，萧皇室失天下。孰轻孰重，请太后斟酌。

高雍容盯着密信，出神了片刻，独自转入后殿，推门入内，停在了一样蒙着锦缎的物件之前，慢慢伸手，指头攥住那匹锦缎，蓦然一把扯落。

锦缎下的东西露了出来。

这是一块石头，却又不是普通的石头。

百官，后宫，乃至民众，全都对它顶礼膜拜过。

她的视线落在那片传得尽人皆知的看起来犹如铭文的印记之上，耳畔仿佛再次响起刘惠的话语，唇慢慢地抿紧，眼底掠过一片暗影。

从殿中出来的时候，她对宫人发了一道命令。

"速召大将军高允入建康。急事召见！"

高允解甲一年多来，一直居于他那座位于吴兴的庄园中，终日与当地名士饮酒谈玄。两地相距不是很远，他收到上命，即刻动身，快马加鞭，不过数日便回了建康，入宫觐见。

当得知高雍容召回自己的目的，是要他火速赶往长安，监军高胤，必要之时，要他召旧部取代高胤，以尽快拿下长安后，沉默了片刻，摇头道："恐怕要叫太后失望了。我当初辞官之时，便拟今后再不过问朝事。此事于我，恐怕有些不便。"

高雍容道："叔父当初心灰意冷辞官，侄女便异常惋惜。叔父正当壮年，放眼朝廷，家世、资历，军功，何人能超？正是大有作为之际，却如此黯然收场。侄女当时极想挽留叔父。奈何朝廷被李穆把持，陛下形同傀儡，侄女知叔父便是继续留在朝廷，亦难免要被排挤，无奈任由叔父离去。"

高允神色微动，喟叹一声，摆了摆手："罢了，这些都过去了，不必再提。你既召我来了，我便问一声，阿弥当日出京，到底怎么一回事？"

"侄女正要向叔父禀明。叔父也知，这几年，并非我强留阿弥于建康，而是朝廷惯例，人人如此。李穆倘若事出有因要接走阿弥，只要向我道明，我难道不通人情，强行扣留阿弥不成？他竟做出挟持陛下的威胁之举，狼子野心，昭然若揭！他眼里可还有朝廷？可怜南朝皇室本就不振，如今世家亦没落，他却凶焰大炽，连叔父也被他逼走了。侄女孤儿寡母，无人能靠，又能如何？只能忍气吞声，任由他肆意妄为……"

说到伤心之处，她眼圈微红，声音哽咽。

高允本就脾气火爆，加上从李穆当初强娶洛神开始，对他的偏见就一直未消，只不过后来因为高峤之故才忍了下去。如今再也忍不住，勃然大怒："他是觉得差不多了，当真想要谋朝篡位，行许泌当初之事了？"

高雍容拭泪："前次燕国遣使送来国书，叔父虽不在朝廷了，但因事关重大，侄女当时也给叔父去了消息。侄女知叔父不信慕容替，不赞成此事。但朝廷官员当时异口同声，道我大虞苦战已久，百姓急需休养生息，如此机会不可轻易错失。侄女一时没了主意，尚在犹豫之时，那李穆竟又擅作主张，连建康都不回，带兵便侵燕国。他如此行径，要置朝廷于何地？南朝臣民，知大司马而不知陛下，登儿就只差让出皇位了。"

高允冷冷地道："当初从他罔顾身份要娶阿弥开始，我便知道，他绝非安分守己之人。果然不出我的所料！"

"还有一事，侄女不敢隐瞒叔父。叔父当也知道先前荣康献上祥瑞吧。当时侄女还很欢喜。后来却被刘惠提醒，道'木禾兴，国隆泰'之'木禾'，既可解为稼穑，亦暗合李穆姓名。所兴何人？非当今天子，是他李穆啊！此绝非祥瑞，乃天降凶谶……

"侄女也想过，倘若李穆当真天命所归，要代我萧皇室移鼎上位，我也不敢逆天而行，不如就此考虑禅位于他，免得最后死无葬身之地……"

"啪"的一声，高允猛地拍案而起，怒道："你怎么这样没有出息？什么祥瑞，不过一块破石罢了！大虞江山，你说让就让，欲置先祖列宗于何地？"

"是侄女说错话了！叔父息怒！"

高雍容慌忙拭泪。

"侄女也只是被逼无奈，一时感慨罢了。为我大虞江山，便是螳臂当车，也是要拼一番的。故先前和朝臣商议，派大兄发兵去往长安，取代李穆长安刺史职位，接管长安，以牵制李穆。

"侄女知叔父如今一心寄情山水，本不敢搅扰叔父，但此事实在干系重大，侄女生怕自己担当不起。且不瞒叔父，侄女知大兄和李穆一向交好，对他有些不放心，万一事情不成，侄女和陛下，便只能坐以待毙了。思前想后，只有叔父是唯一信靠之人，只能将叔父请来，恳请叔父再次出山，为我大虞保驾护航。叔父在广陵军里素有威望，旧将遍营，只要叔父出面，必一呼百应，取下长安，指日可待……"

高允没有说话。

高雍容看了他一眼，迟疑了一下，小声说道："其实当初伯父离开之前，越过叔父，将家主之位传了大兄，侄女便觉不妥……论辈分、资历、声望、军功，叔父哪样不是压过大兄，伯父却如此行事，叫侄女也是想不通……"

"不必说了！"高允皱眉，打断了高雍容的话。

"是！"高雍容恭敬地道。

"侄女也只敢在心里替叔父抱个不平而已，何敢置喙伯父的举动？我也知道叔父恢宏雅量，不会计较这些。不止大兄，李穆当初也被伯父看好。但叔父，就算你为避李穆锋芒，甘心退让，等他日后一旦谋反成功，他怎会放过叔父？刘惠对李穆极是不满，固然因他心狭记恨所致。但当初李穆为收归人心，推行新政，连冯公也劝他宜放缓些，他却置若罔闻，手段狠辣，令人发指。会稽郡守刘噩，有名士之名，对朝廷没有功劳亦有苦劳，说杀就杀，叔父难道竟无动于衷？

"李穆出身寒门，对士族名士，必忌恨不已。以他的心狠手辣，日后一旦上位，我母子和刘惠等人遭难便罢，我怕就连叔父，也难逃他的毒手。

"叔父，你出身高氏，地位尊贵，一生英雄，为我大虞立下了汗马功劳。李穆靠军功和北伐积聚人心。叔父当时人在广陵，为朝廷守卫疆土，这才错过了时机，并非不如李穆。叔父，难道你竟心甘情愿，继续被这出身低微的寒门之人压制，乃至最后束手就擒？"

高允脸色阴霾密布，目光闪烁不定。

高雍容回头，看了眼殿室的深处，咳嗽了一声。

一道帐幕掀起，只见幼帝快步跑了出来，奔到高允面前，双膝下跪，口中道："登儿有难，求叔祖救命！"

高允慌忙起身，下榻一把扶起幼帝，转头对高雍容道："罢了，便是为朝廷计，我亦不能坐视不管！"

高雍容面露感激之色，又亲自拜谢。

高允道："事不宜迟，我即刻动身，你和陛下安心，等我消息。"说罢告退。

李穆如今正和慕容替战于潼关一带，即便得知消息，因被牵制，也无法及时回军，正是夺取长安的天赐良机。

派高胤去攻长安，高雍容总有些不放心。如今终于说动高允出马，高雍容顿时信心大增。

只要慕容替能牵制李穆，不让他回到长安，他便是得知消息，也是鞭长莫及。

长安和义成若是得手，李穆没了后方的支撑，如此庞大的一支军队，拿什么来迎战实力不凡的慕容替？

高雍容几乎已经能看到他的穷途末路了。

她望着高允匆匆离去的背影，才松出一口长气，忽然想到洛神那日离开时对自己的指责，心里不禁又掠过了一片阴影。

她对自己的这个堂妹，不能说没有感情。当初得知她被迫要嫁给一个素未谋面的寒门武夫，她之所以自作主张施行暗杀，除了不愿高氏门第被这桩婚姻给玷辱之外，也是为了自己的堂妹。晓得她不愿下嫁那寒门武夫，高峤和萧永嘉却束手无策。

可惜，不但当时没能成功，后来，就连他们也都怪罪起自己的擅作主张。

留李穆一天，她便觉得自己一天没法放下心来。

她自然也不会相信慕容替说的什么无心于南朝的鬼话。那些胡人，一个比一个凶残，只要有能力，只要有机会，谁不会图谋继续南下？

但如今情况之下，比起李穆，来自北燕军队的威胁实在微不足道。如果不抓住这个千载难逢的机会和慕容替一道先将李穆这个隐患消除，恐怕不必等到日后慕容替发难，自己儿子的地位便先不保了。

南朝如今有新夺取的江北大片淮水流域做缓冲，有长江天堑，有垂涎洛神而愿意效力自己的实力不容小觑的荣康，还有对自己始终忠诚的高氏军队。北燕日后即便来犯，自己也不是没有对抗的本钱。

坐到了她如今的这个位置，谁能容忍李穆这样的权臣？

她不过是出于自保，没有别的选择。

今夏北方多雨，连日大雨，令关西的泾水、渭水满涨，水面几乎要和堤岸齐平了。长安城外，一些地势低洼的地方已是积出积水。

高胤奉命，率领原本随自己驻在淮南一带的军队开到这里已经有几天了。

他并没有立刻将军队开到长安城下，而是驻扎在距离城池几十里外的一片野地里，随即命人先去向长安守军宣布来自朝廷的旨意。

昨夜又下了一夜的大雨。今早雨虽停了，但驻扎地的一些地方，积水不退，没过脚腕，士兵无法搭设帐篷过夜，一早，他寻到了另一处地势较高的地方，安排军队起营，另换驻地。

全营官兵，立刻忙碌了起来。

他站在一处高地，眺望着远处那湿润阴沉地平线尽头的长安城，眉头紧锁，心事重重，忽然听到辕门之外，隐隐传来一阵争执之声。

高桓一身戎装，带着一队悍兵，快马健蹄如飞，越过营房外设的数道马栅，径直闯到了辕门之外，被守卫阻挡，双方立刻起了冲突。

高胤赶到时，看见高桓高高坐于马上，横眉冷目，长剑已经出鞘，指在了自己一个偏将的咽喉之上。而他的周围是一圈手执刀戈将他团团围住的士兵。

气氛紧张，一触即发。

"全都住手！"高胤疾步而出，厉声喝道。

高桓转过脸，看了眼从辕门里疾奔而出的高胤，慢慢收回架在那偏将脖颈上的剑，冷笑道："高将军好大的威风。做了扬州刺史不够，还想做长安刺史？只是我告诉你，这个长安刺史可没那么好做。你想做，得先问问我长安军民点不点头，答不答应！"

高胤并未立即应声，只叫围住高桓的将士全部散了，说道："子乐，我知道你对我很是不满。我对大司马一向敬重。但他此前，先是做出挟持陛下之举，又罔顾朝廷议和大局，擅自用兵，非臣子所为。我此行，不过是奉命行事而已。我既无意长安刺史位，也不想与大司马和长安军民为敌。只要大司马答应暂时止兵，容朝廷

401

得缓和，再议是战是和，我便可向朝廷做交代了。倘若他有难言之隐，我也可代他和朝廷转圜。"

他顿了一下。

"否则，像是如今这般局面，朝廷乃被迫随大司马与燕国交战。是战是和，乃国之大事，非大司马一人能定。我很是为难。我望你莫意气行事，还是与我一道将此事好生了结。如此，对大司马也未尝不是好事。否则真等到最后刀枪相见，不过又是一场内乱，大司马亦将彻底背负逆臣之名。难道你愿意如此？"

他面色凝重，语气克制，自有一番大家之风。

高桓先前面上的怒气消去了些，从马背上一跃而下，快步走到高胤面前。

"大兄，你们都被慕容替那鲜卑人给蒙蔽了！当日分明是燕人先过界侵袭，占我华州数地，劫掠民众，我将士才被迫反击。当时我就在华州，详细经过我一清二楚！给朝廷的本子里也奏得清清楚楚！我实在不懂，为何太后、满朝文武，甚至大兄你，都相信慕容替的花言巧语，也不信我长安的奏报？慕容替一边口口声声谈议和，一边却倾举国之力，数十万兵马压境。若非姐夫当时回兵及时，如今关内不定已经遭他荼毒了！他这是有心谈和的举动？"

高胤道："子乐，我也晓得慕容替非可信之人，更愿意相信大司马确实无不轨之心。但他何以要在这个当口强行接走阿弥，乃至不惜做出挟持陛下的举动？这事无论放到哪里，都是大罪，说不过去，叫太后和朝臣如何信他？"

"我不管这些！姐夫便是这时候接走阿姊，那又如何？他夫妇这些年聚少离多，接出建康怎么了？不止姐夫，我也更放心！"

高桓面上再次浮现出怒气。

高胤沉吟了一下："我亦是带兵打仗之人，知战事一旦起来，不可能说停就停，何况双方卷涉兵马如此之众。事既出了，我的意思，长安兵马，你先照朝廷旨意暂时交给我接管，好叫我向朝廷有个交代。其余事，等大司马战毕，再来详说。你放心，只要你们照朝廷旨意行事，我绝不会断大司马的粮道，更不会掣肘大司马在前方的战事……"

"你的盘算打得倒是精明！以为我会上当？"

高胤话还未说完，便被高桓打断了。

"等长安落入你手，到时是方是圆，还不是由你说了算！实话告诉你，朝廷不可信，大兄你亦不可信！我来，本是想劝你擦亮眼睛，莫充人爪牙。你既不听，我就转你一句话，长安守军虽寡，但我与孙将军还有全部将士，都已做好护城的准备。人在，长安在！"

高胤脸色铁青。

高桓嗤笑了一声，满面掩不住的鄙视。

"朝廷那些脓包，上上下下，何等货色，大兄你难道不知？当日连伯父都失望离去，如今不知所终，你又何必执迷不悟？你若还是非不分，黑白不辨，要做朝廷的走狗，我亦无话可说。你我战场相见，从此再无兄弟！"

他转身大步而去，蹬着马鞍上了马背，带着一行士兵，便要离去。

"站住！"高胤喝了一声。

"怎么？你想在这里就将我扣住？"

高桓回头，傲然环顾了一圈四周高胤的士兵，唰地拔剑。

"我今日既来，便不怕你使阴！我的大队人马，此刻就在你的营地之外。你要打，打便是！"

气氛顿时再次紧张了起来。

高胤强忍着怒气，上去正要再说话，忽见对面长安方向来了一队人马，正朝这边疾驰而来。

辕门附近的守卫知这一行人马并非自己人，纷纷看向高胤。

高胤脸色阴沉，眺望对面来人。

那一行人马很快来到近前。最前骑马之人一身文士装扮，竟是久未见面的蒋弢。

蒋弢年初便去了附近的魏兴郡，在那里抚治地方，筹措粮草，高桓许久未见他了，没想到这时候，他竟会突然回来，也是惊讶，怕他不明情况，落入高胤之手，立刻催马掉头要去拦他，却听他高声喊着："高小将军，少安毋躁！"一边喊着一边疾驰而来，转眼到了近前。

高桓迎上，大声道："蒋长史，你回得正好！朝廷里的人非蠢即恶，竟听凭鲜卑人的摆布！大司马正在前方作战，我大兄竟也不分是非，乘人之危，企图强占长安！我与孙将军已经布局，和他们干到底就是！"

蒋弢下了马，抚慰了高桓几句，便朝立在辕门口的高胤走去。

"蒋长史，你不要去——"高桓急忙阻拦。

蒋弢停步。

"无妨，我这趟回来，就是为了寻高将军叙话的。"

两旁刀斧相向，他面带笑容，双目望着辕门前的高胤，大步向前，走了过去，向高胤见礼，笑道："久未谋面，高将军一向可好？"

高胤神色放缓，还礼道："承蒙记挂。不知蒋长史来此，有何贵干？"

"为的便是长安之局。不知将军可否容我入内细说？"

高胤瞥了眼一旁盯着自己如临大敌的高桓，脸上露出笑容，避身邀他入内，道："求之不得。蒋长史请！"

蒋弢被高胤带入辕门，一路入内，见虽有水淹，但整个军营忙而不乱，军容整齐，满口称赞。

高胤不语，领他入了自己的大帐，两人坐定，蒋弢便开门见山，将自己的疑问和来意说明。

"蒋长史，大司马之举引来朝廷猜忌，我亦未能得见大司马之面，不敢妄下论断。敢问长史，你若是我，今日处我位置，你当如何行动？"

蒋弢道："我特意赶回长安，为的就是代大司马向高将军说明情况。将军只知大司马为将夫人带离建康，以下犯上，罪不可赦，但将军可知，倘若不是大司马预先防备，如今夫人已被太后扣在建康做了人质？"

高胤一愣："什么？此事当真？"

蒋弢盯着高胤，微微一笑。

"将军，你是真的对朝廷局面分毫不知，还是分明有所觉察，却不愿深想下去？"

高胤目光微微一动，蹙了蹙眉，仿佛想开口，终究还是没说什么。

蒋弢继续道："功高震主，大司马如何不知？当初若不是为了高相公之言，他又岂会留在建康主政？不在其位，自然不谋其政。但既受下了高相公之托，身居庙堂高位，若一味只为保全自己，尸位素餐，则与罪人又有何异？"

高胤沉默着。

"大司马以寒门起，功勋卓绝，本就惹人侧目，推行新政，又损刘惠等人之利，这些人恨他入骨，群起而攻之，乃人之常情。但新政利国利民，效果亦立竿见影，太后却也忌惮大司马，乃至在他领兵御敌之时，欲将夫人扣下做人质。太后此举，目的何在？更不用说，分明是慕容替挑衅在先，长安三番四次进表自辩，为何太后执意不听？当初高相公既择将军为高氏家主，将军心胸、眼界自然远胜旁人。这背后蹊跷，将军难道参详不透？

"想当初建康内乱，岌岌可危，大司马拥兵在外，无人能制。他若有心于此，当时出动，何人能与他争锋？当时不动，却要择如今这个内外交困之机发难朝廷。

"高将军，容我亦问一声，倘若你是大司马，你会行此贸然之举？"

高胤面露迟疑之色，慢慢闭目，仿佛陷入了凝思。

蒋弢道："高将军若觉我方才所言有些道理，烦将此地所见，转给朝廷，退兵百里，等大司马打完这一仗，自然会向朝廷做个交代。否则，自己人打自己人，便宜了鲜卑人，正中敌人的下怀。"

高胤忽然睁眼，点头道："你所言不错。外敌当前，不宜内战。我等他便是。到时是非曲直，我再和他当面论清！"

蒋弢见他答应了，目露微微喜色，向他郑重道谢。

高胤立刻召来副将，将自己的决定说了一遍。

能不用打长安，将士自然也是高兴。命令很快下达。

营帐今早原本就要搬迁，军士已是有所准备，得令后依次拔营，列队撤离。

高桓听得高胤答应暂时退兵，虽然对他还是有些不满，但还是找了过去，向他道谢，说道："方才我态度不好，冒犯了兄长，我给兄长赔礼。但一码归一码，我还是那句话，姐夫没错！大兄你随波逐流，在建康久了，连是非对错都不肯去分了！"

高胤也是无奈，摇了摇头，正要问他李穆在关外的战况，听到辕门之外，再次起了一阵嘈杂声。

这一次的动静，比之方才要大了许多。阵阵马嘶，中间夹杂着高声喧哗。

高胤冲着朝自己匆匆奔来的一个士兵喝道："外头又出了何事？"

"是何人下的令？！竟敢违抗朝廷旨意！"

伴着一道洪亮的斥问之声，高胤和高桓齐齐转头，见高允在身后一群士兵的簇拥之下，正从辕门方向，大步流星地朝里而来。

两人愣了一下，对望一眼，急忙迎了上去，向高允行礼。

"叔父，你不在吴兴，怎么来了这里？"高桓脱口问道。

高允面罩寒霜，盯了高桓一眼，随即转向高胤："子安，是你下的令，命大军撤离长安？"

高胤颔首："正是。侄儿来此方知，先前有所误会。慕容替居心叵测，大司马正与北燕大军战于潼关，事情未明，贸然夺长安，有些不妥。"

"胡闹！"高允喝道。

"李穆公然劫持陛下，乃乱臣贼子，事情还有何不明？"

他两道目光如电，扫视了一圈周围渐渐围拢过来的将士，提气高声道："我奉摄政太后懿旨，来此接替高胤之帅令！此刻起，全部人马，皆听我号令！有胆敢违抗者，以军法处置！"

他声音洪亮，中气十足，话音随了风声，在军营里远远传荡开来。

周围顷刻间鸦雀无声，无数双眼睛看了过来。

高胤脾气再好，也是忍不下去了，寒声道："叔父，我乃高氏家主。没有我的命令，你不能征调军队！"

高允眯了眯眼，冷哼道："子安，非我征调，乃是朝廷征调！"

他身旁跟随的一个宫人，急忙从怀里掏出一卷黄帛，展开，抑扬顿挫地念着来自建康的旨意。

"叔父，太后究竟在想什么？她是糊涂，还是故意要害我姐夫？"

没等宫人念完旨意，高桓大怒，冲了上去，一把夺过宫人手中的帛卷，狠狠掷在地上。

宫人手指头戳着高桓，尖声道："高六郎，你胆敢……"

话还没说完，便"哎呦"一声，被高桓一脚狠狠给踹到了地上。

"岂有此理！给我把他抓起来！"高允大怒，视线又扫向站在一旁的蒋弢，冷冷地道，"连同此人一道，都给我绑了，看牢！"

高桓打了声尖锐的呼哨，起先跟随他过来的那几十名亲兵立刻冲了进来。

高桓拔剑，挡在蒋弢身前，厉声喝道："谁敢上来，我看他是活腻了！"

士兵被他眼神里的那股子凶悍之气给震慑住了，停住脚步，不敢再进，看向高允。

高允脸色铁青，正要亲自上前，蒋弢忽然从高桓面前走了出来，朝着高允行了一礼，说道："长安不可失。大将军若执意要为难大司马，则大司马少不了要得罪了。"

他说完，转向高胤。

"敢问将军，大军开来长安，粮草可是囤于上洛仓？"

高胤一怔。

"向来军队要攻长安，囤积粮草之地，或择上洛为仓，或择阜安为仓，取其驰道与长安相连，路途平坦，日内便可送到之利。"

蒋弢侃侃而谈，神色中丝毫不见惧色。

"实不相瞒，大司马此次回兵，赴潼关战慕容替前，为防长安有失，已是有所预备。就在方才，我来此之前，得报将军此行所携的够这十万人马食用两个月的粮草库已被取下。方才我是见将军深明大义，便也不提此事，想着叫人将粮草库完璧归赵便是。"

他又看向高允。

"大将军，你若强行要取长安，我敢担保，粮库便会焚于一炬。我料这里，士兵最多也就只带三四日的口粮。失了粮库，大将军纵神勇盖世，又能坚持到几时？"

他唇边含着微笑，不疾不徐地道："长安守军虽不如大将军之众，但大将军想在三四日内破城，怕也没那么容易。"

高允大怒。

他是常年带兵之人，岂不知粮草之重？拔剑就要刺向蒋弢。被高胤一剑格开，正要派人飞驰去往粮仓查看究竟，见一个士兵已经从外急奔而入，一脸惊惶，奔到近前，扑通一声跪了下去，喊道："高将军，不好了！粮仓守军方才来报，说遭遇了大队人马的偷袭，不敌失陷！"

高桓愣了一下，突然哈哈大笑："蒋长史，我姐夫原来还有如此安排！你竟连我也瞒！"

高胤面露怒意，猛地转头，盯了一眼蒋弢和乐不可支的高桓，又慢慢转向高允，咬牙道："叔父，我高家效忠朝廷，历年东征西战，如今这一支，乃最后所剩之人马。你借太后之名，夺我兵权，倘若将军队折损在了这里，叫我日后如何向伯父，向高氏历代家主交代？"

他神色冷硬，横剑于胸，一字一字地道："我乃高氏家主。太后旨意，在我这里无用！叔父你若再以势压人，休怪我不敬！"

高允怒极，偏偏是粮草命脉被人掐住，一时无计可施。正僵持着，突然，听到身后传来一道似曾相识的女子的声音。

"叔父，阿弥这里有阿耶的一封亲笔手书，道见信之日起，高氏家主易位，由叔父取代大兄执掌。见手书，如见阿耶本人。"

众人齐齐转头，看见辕门之外，洛神竟站在那里，身后是几个随从。她的手里，托着一封书信，双目望着众人，神色自若。

一时间，高允、高胤、高桓、蒋弢等人，全都吃惊无比。

"阿姊，你怎么会在这里？"高桓终于反应了过来，嚷道，朝她跑了过去。

"还有这信，怎生一回事？"

洛神笑道："我先前被郎君派的人接出建康，去往义成。当时心里便觉得不妥，奈何乃是郎君之意，我也不好违逆，只好上路。不想行至半路，竟遇到了阿耶。阿耶说他知道朝廷之变，急着想赶回来，但又打听到了阿娘的下落，犹豫不决，恰好遇到我，便写下此信，派人送我到长安，代他传达意思。"

高桓瞠目结舌，心里总觉得面前的这个阿姊有些古怪，不像是自己所熟知的阿姊。但是要他说出哪里不对，他却又说不出个所以然来。

他呆呆地看着阿姊从自己的身边经过，走到高允面前，将信奉上，道："叔父，这便是阿耶的亲笔手书。道高氏家主之位，改由叔父继任，请叔父过目。"

高允如坠梦中，下意识接过那封信，打开，翻来覆去，看了几遍，盯着上头那熟悉的出自高峤的笔迹，努力压抑着心中油然而起的激动之情，颤抖着手，将信递还给洛神，道："阿弥，拿去给你大兄也看一眼，免得说我骗他。"

那洛神恭敬应是，走到了呆若木鸡的高胤面前，向他施礼，随即将信递了过来，用满含着歉意的语气说道："大兄，实在是对不住，一切都是阿耶的意思。阿耶说，他想来想去，觉得高氏家主之位，还是由叔父继任，更为妥当。"

高胤慢慢接过信，看了一眼。

只消看上第一眼，便认出了是伯父的笔迹。

千真万确，这是伯父的手书。

他感到浑身发凉，心头一片茫然。觉得事情仿佛哪里不对，但一时却又想不起来。僵立着时，高允的一个副将已经出列，对着营中将士挥舞着手中那封信，高声呼道："高相公的命令！即刻起，高氏家主易位！由大将军高允继任！尔等将士，全部听令！"

副将喊完，便带着自己同来的人，向着高允下跪，又高声欢呼。

高允在广陵军里，声望亦是不低。这当中不少都是他的旧部，又有高氏女亲自送来的高峤之命，何人不尊？渐渐地，营野里的广陵军全都跟着欢呼，发出的声浪，直冲云霄。

"拿下高桓和这蒋弢！"

高允脸上笑容消失，立刻下令。

顷刻间，士兵团团围上，弓弩手列阵，举起弓箭，将人困在了中间。

"阿姊！伯父怎么可能会下如此命令？我不信！一定是他弄错了！他在哪里，我亲自去见他！"高桓一脸的不敢置信，冲着那洛神高声发问。

洛神叹气："六郎，我知道你一时难以接受。我起先也是。但阿耶怎会弄错？阿耶的命令，我不敢不从。你放心吧。等郎君撤兵回来，我会向他好好解释的。"

高桓又是茫然，又是愤怒，一句话也说不出来。

高胤终于如梦初醒，立刻上前阻拦。

高允道："只要粮库无事，我不会拿他们怎样的。你还是带人去夺回粮库。"说完，命手下传令即刻整队，预备发兵。

才不过半天的时间，平日训练有素的广陵军士兵便列阵离开营房，发往了五十里外的长安城。

沿途居民，早已逃亡一空，全都入城被庇护了起来。

黄昏，正当残阳如血的时分，高允率领大军，开到了长安城，驻扎在了城外。

他知道长安城必定早有准备，防守严密。接下来要打的，绝不会是一场容易的战斗。

粮库虽还未被烧毁，但没有夺回之前，后路便没有保障。

他必须要速战速决。拖得越久，对自己就越不利。

虽然已到城外，但他不会立刻下令攻城。除了天将黑，不适合攻城之外，他将数量远远压过对方的大军提前开来，叫对方见识到己方的严盛军容，围而不攻，这亦是给对方守军施加压力的一种攻心战术。

当夜，高允命士兵困了长安城一夜，分拨不停地喧哗造势，到了第二天的清早，命全体埋锅造饭，饱餐一顿之后，东方晓白，便调拨军队，在城门之外严阵以待，预备攻城。

孙放之早已严阵以待，命城门紧闭，自己亲自到城头督战。

高允胯着一匹高头战马，战甲雪亮，横提大刀，左右分路，他驱马来到城头之前，冲着城头高声喝令，命孙放之打开城门。

孙放之神色阴沉，一言不发，命弓兵向下射箭。顷刻间，城头箭镞如雨，见高允被迫后退了数丈，哈哈大笑，正要下令继续放箭，忽然惊住了。

只见城门之外，几个士兵抬了一张带着幕帘的坐辇上来，靠近了些，那坐辇停下，从里面弯腰下来一个女子。

他一眼便认了出来，女子竟然就是大司马夫人高洛神！

他急忙命士兵停止射箭，高声道："夫人，你怎么会在此？"

那高洛神扬声道："孙将军，我是来劝你打开城门，暂时交出长安的。这不但是朝廷的意愿，亦是我阿耶的意愿。何况我叔也无恶意，只是奉命行事而已。只要你交出长安，叫我叔父对朝廷有个交代，郎君那里，绝对没有半分影响！我一心只想化干戈为玉帛，等郎君打完仗回来，无论何事，只要有我在，我便会替他和太后转圜。我是出于对郎君的一片关爱，实在不忍心看到他因误会和朝廷生出嫌隙，更不愿看到长安城外，今日血流漂杵。"

"我是何等人，说话是否算数，孙将军你再清楚不过。请将军相信我！"

她抚了抚鬓发，动作妩媚。

孙放之诧异万分，惊疑不定，站在城头之上，一时不知该如何回应。

这城头上的守军有不少都是从前从义成跟来的，对大司马夫人极是敬重。忽见她竟亲自来劝降，呆若木鸡，不知所措。

孙放之更是为难无比。

对这个亲自赶到长安的自己和士兵们极为爱戴的夫人的要求，此刻该如何应付，实在是叫他头痛。

"孙将军，难道你竟连我的话也不听了吗？"城下那高洛神，又喊了一句。

他定了定神，正要回答，突然，听到城外那片野地之上，传来了一道长长的，震人耳鼓的虎啸之声。

这突如其来的虎啸声震动人心，更引得无数战马嘶鸣，声音此起彼伏，喧嚣一片。

城头上和城门外的士兵，神色各异，纷纷掉头，循声望去。

"孙将军，勿信那女子所言！她乃旁人易容假扮，非我阿妹！我阿妹在此！"

伴随方才那一阵虎啸和战马的恐惧嘶鸣之声，孙放之抬眼眺望，被映入眼帘的一幕给惊呆。

一只白虎，身姿矫健，如闪电般，穿过城门之外的阵列奔驰而来，身姿宛如一道劈开水波的利刃，两旁将士纷纷避让，迅速地让出了一条道。

高胤和一个女子，随那白虎纵马穿过阵地，朝着城门方向而来。

她端坐在马背之上，貌美无比，双目因为赶路的缘故，更是亮得宛若两片秋水波光。白虎蹲在了她的脚边，风掠动她的长发和衣袂，直叫人疑心仙姝落世。

高胤将她扶下了马。

她双足落地之时，仿佛因为过于疲劳的缘故，身子微微晃了一晃。就在近旁所有人都情不自禁生出想去扶她一把的念头时，她已站稳了脚，随即，在周围无数目光的注视之下，望着前方，迈步而来。

"叔父，是我！我带来了阿耶交给我的虎符。全部将士，立刻撤兵！"她走到惊呆了的高允的面前，一字一字地说道。

说完，她微微偏头，看了眼近旁那另一个已经脸色大变的自己，冷冷地道："倘若我没猜错，此女名叫慕容喆，乃慕容替的胞妹，擅长易容，能模仿笔迹。叔父，你不但被高太后利用，亦被这鲜卑女子给骗了。"

慕容喆没有想到，事情竟会发生如此突变。

她出身于慕容氏，名义上是皇族，但生逢乱世，慕容家族天性里的冷血和残酷，在她的身上，体现得淋漓尽致。

为了实现霸业，这个家族容不下半点多余的温情，对子弟，灌输最多的，也是为了实现目的，无所不用，无所不为。

慕容家族之人亲情淡漠，自相残杀，究其原因，除了天性使然，向子弟灌输的这种教育，或许是主要原因。

她从小被发现颇有天分，于是便被家族加以特殊训练，希冀技能和皇族身份的加持，日后能为家族霸业发挥最大的作用。

对于自己的幼年，她印象最深的记忆，就是有一次，因为没有完成指定的训练，她被罚跪在厚得积到膝盖的雪地里，又饿又冷的时候，她其中之一的兄长慕容替，悄悄给她送了一块吃的东西。

那时候起，她便下定决心，日后无论如何，她都要追随这个兄长，以全兄妹之情。

在蛰伏了这么久之后，她的兄长慕容替终于选择在这个时机，向他实现皇图霸业的最大阻碍，亦是最大仇敌的南朝人李穆，发动了蓄谋已久的进攻。

为了这一次的进攻，她知道，自己的兄长暗中布下了周密至极的精心安排。

以重金和许利，收买南朝的巴东刺史荣康，叫他为己所用，指使他将那块试炼人心的石头以"天降祥瑞"的名义送到建康，只不过是计划里的其中一步而已。

在兄长的计划里，这是他和那个名叫李穆的南朝人之间的决斗，只许胜，不许败。所以她又被派来这里，推波助澜，以便尽快拿下长安，断掉李穆的后援，以期在战场之上实现最大的优势。

这一次的行动，于她而言，是一次很大的冒险之举。

她的易容术可说是炉火纯青，当世无二。同为女性，加上这几年她对高氏女暗中悉心揣摩，处处刻意模仿，当她冒充洛神出现之时，她笃定，对于一般不熟悉高氏女的人来说，她就是高洛神，高洛神就是她，绝对看不出什么破绽。

但是，对于熟悉高氏女的人来说，易容术并非万无一失。

哪怕她保证，自己所有的眼神语气都能做到惟妙惟肖，甚至有时对着镜子，连自己也沉醉其中，真假难辨。

但假的就是假的。在白天，尤其日光之下，当皮肤毛发纤毫毕露，一颦一笑之时，假肌纹理不可能做到和真的一模一样，很容易被人瞧出端倪。

她行动的最佳时机，就是光线不够好的早晚、夜间，或是阴天。

她很幸运。昨天高允到达时，因为连日阴雨，天气阴沉。

此刻也是一样，又是一个阴天，加上还是清早时分，光线更加黯淡，更利于她的行动。

两军对战，士气为先。

这种时刻，她以李穆夫人的身份出现在城下劝降，命令守军交出城池。

哪怕最后无法成功，但试想，最高统帅的夫人，亲自现身两军对垒之地，站在朝廷一方喊话，消息传开，这对于长安守军的士气来说，将会是如何的一个迎头痛击。

她本以为，这是上天助力于她，将机会送到了她的面前。

露完这次脸，她便可以借故消失，安全地离开。

只要再多给她片刻时间，事情或许就成了。

她没有想到，她化身的人会以如此一种方式到来，令她顿时原形毕露，无所遁形！

短短一瞬间，无数的念头在慕容喆的脑海里盘旋。

在周遭无数道视线的注视下，出于求生之本能，她微微挪了挪脚，试图伺机奔向不远之外的那条护城河，以试一试自己最后的运气时，脚步突然又定住了。

那只原本蹲踞在洛神身边的白虎，两只眼睛盯着她，射出阴冷的犹如看着猎物似的叫人见了不寒而栗的目光。

仿佛觉察到了她的意图，白虎一下从地上站了起来，微微拱背，后颈上的鬣毛，根根竖立，喉咙里发出低沉的咆哮，仿佛随时就要扑上来的样子。

慕容喆立刻停止了试图逃跑的尝试，僵硬地站在了原地。

高胤示意一个随从过去。那人上去，伸手一扯，女子那张精致的面皮便被剥去，伪装之下，是一张苍白的和洛神完全不同的女子面孔。

近旁之人，无不瞠目结舌。

高允的一张脸膛顷刻间更是涨得血红，整个人动弹不得。

洛神取出那只虎符，让高允过目后，转给他身旁的那些军中将领。

熟悉的虎符从一只只手中传递而过，最后被送到高胤手中。

"大兄，阿耶当初选你为家主，临走之前，对你可有一番交代？"洛神问道。

高胤郑重持虎符于手，转身向着军士，高高举起，喝道："见此虎符，如见我伯父本人！我尊虎符之令，众将士亦听令，立刻停战，按照次序退兵，回归营地！"

他的命令，迅速地被传递下去。

很快，回应这道命令的将士的欢呼之声响彻了长安城外的旷野，久久不散。

包围了长安城一夜的军队，开始有条不紊地撤退。

长安城门开启，孙放之带着身后的将士，笑容满面地跑了出来，向洛神施礼，迎接她入城。

"哈哈，好险！鲜卑人无耻狡诈，无所不用其极！险些连我也给骗了！我就说嘛，夫人怎么可能会不顾大司马之安危来劝降！"

高桓也被放了。他一把甩脱束缚着自己的绳索，提剑怒气冲冲地跑了过来，咬牙切齿："敢冒充我阿姊，受死去吧！"

他提起一把寒光闪烁的利剑，朝着慕容喆的胸脯就要刺下，不带半点怜香惜玉。

"高小将军，你若杀了我，便永远也别想知道长公主的下落！"

慕容喆忽然抬起眼睛，嘴唇翕动，说出了如此一句话。

第二十二章
夺取亢龙

生平第一次，洛神踏入了这座当初李穆以许聘之名为她打下的城池。

城外军队撤退了，再不会对长安造成任何的威胁。

义成的好消息也跟着传了过来。

樊成赶到西陵，将她的话带到了陆柬之的面前。正关注着时局的陆柬之当即召集军队，奔赴义成。荣康久攻义成不下，又得知援军即将赶到。对于义成，他本就抱着能吃就吃，吃不下就跑的念头来的，见状不妙，立刻放弃攻城，带着军队逃回巴东。

义成安全了。

慕容喆被关了起来，供出了一些关于长公主的情况。她声称，当初建康危急，长公主遭遇劫难，危急之下，就是自己将她从那对居心险恶的姐弟手中救出，帮她顺利生产，再带去北方。如今不但母子皆好，而且自己对长公主也始终以礼相待。

虽然除此之外，无论再如何逼问，她也不肯多说半句了。但凭着直觉，洛神感觉她说出来的这些应当都是真的。

也就是说，母亲和自己那个素未谋面的小阿弟如今还活着。至少目前看起来，应当还是安全的。

虽然母亲落在慕容替的手里，洛神也不知父亲如今身在何方，是否已经追查到了母亲的下落，但比起过去几年来的生死茫茫，这已是不幸中的万幸。对于洛神来说，完全可以称得上是另一个天大的好消息。

她盼望李穆早日奏凯，顺利归来。

她真的想念他，想得几乎快要发狂了，心底里积聚着无数的话，想要当面说给他。

但是，陆续传回的关于前方战事的消息却又紧紧地攫住了她的心。

传回来的消息说，李穆此前取得潼关大捷，乘胜东进，如今已经过了弘农，打到渑池一带，因为天气的阻滞，暂时停止东进，和退到了新安的北燕军队相持着。

长安一解围，高桓立刻带领一支军队和后续的粮草，发往渑池增援。

但昨天却传来了一个坏消息。

那支运送粮草的增援军队，在抵达弘农时，道路被猛涨的山洪冲毁，山体坍塌，交通断绝，大队人马无法前行，只能停在那里，派人迂回寻路，去向李穆传送消息。

突发的恶劣天气，复杂无比的地形，不择手段的敌人。

洛神的心一下便悬了起来，日夜难安，恨不得立刻赶去前方，看个究竟。

暴雨不绝，流经渑池的涧河猛涨。

不过一夜之间，水位便漫过了河岸，河道迅速扩张，河水冲刷着两旁的山地，大片大片的泥石坍塌，掉落水中。

李穆站在河岸之上，脚下，那片卷着泥石的浑浊的河水，滚滚东去，拍击着岸边的岩石，溅起阵阵激扬的水花。

他眺望着远方，身影宛若一道凝重的立岩，已经这样矗立了许久。

"大司马，弘农传来了长安的消息！"

一个信使踩着脚下的泥泞，向他急奔而来。

这封信报，李穆已经等了多日。

先前在潼关，和北燕战事胶着，随后击败对方，大军东进推至弘农之后，因弘农地处潼关和洛阳中段、交通方便，李穆便将弘农设为临时联络点和军需补给点。来自后方的各种消息，均会被专门的信使源源不断地传达到他的手中，以便他根据最新情况，决定下一步的行动。

在这次北伐之前，他曾要求义成、长安和自己这里，三地之间，必须保持信报的正常往来传送。即便无事，每隔一日，也必须要有平安消息送出。

由义成发至长安，汇总之后，两地信报以最快的速度送到弘农，再转到自己这里。

此前，两地皆平安无事。

而这一回，距离他收到上一封信已经过去了六天。

这在之前从未发生。

连着如此多日没有来自后方的信息，一种可能，是突发的恶劣天气引发道路毁损而导致的交通中断。

如果是这个原因，并无大碍。

从长安东行至潼关，再到弘农，能让大队人马和辎重粮草往返顺利的虽然只有一条主道，但对于通信兵来说，路不是只有如此一条。主道毁了，迂回别道，多费些时日，最后也是可以到达这里的。

李穆担心的，是另一种可能：后方出了事，这才导致信报无法像自己先前要求的那样至少隔日发送。

不仅如此，以他的估计，李协这时候应该早已将洛神送到了义成。

但在上一封来自义成的信报里，却只道诸事平安，并无洛神已安全抵达的消息。

消息从发出到送达他这里本就滞后了，又多日没有收到原本应有的信报，这叫他心里隐隐有了一种不祥之感。

此刻，这封几经辗转最后才迟迟送到的信报，也证实了他此前的担忧。

信来自孙放之，落款为月初，距今日已经过去了将近二十天。

信中说，长安多日没有收到来自义成的消息，他有些不放心，派人去往义成探查时，高胤便率着广陵军开到，道是奉了朝廷之命前来接管长安。他和高桓自然不会奉命。长安守军的军心也很是稳定，长安军民必会全力应对，绝不会有失，请他放心。

李穆视线落在信笺上，目光陡然凝住了。

这一刻，他第一时间想到的，其实并非长安，而是距离更远的义成。

按照此前的安排和行程，到今日，李协应已将洛神送到了义成。

朝廷既对长安悍然发难，自然也不会放过义成。

义成有高耸坚固的城垣，这几年，城墙一直在不断加固。城中物资储备丰富，即便陷入了兵困围城，至少也能坚持半年以上。他在那里也留了万一遭受攻击亦足够支撑到援军到达的驻军。

但即便如此，也不表示万无一失，何况，根据手头这封来自长安的信报推断，极有可能，在孙放之发出这封信报之前，义成就已遭到了类似于长安的攻击。

李穆知道后续一定还有消息，只不过因为天气和道路的阻滞，确切的消息应当还在路上。

此刻，从他立足的脚下到洛阳并不远了，夺取东都指日可待。而且，潼关一战，北燕军队虽然被打得军心涣散，一路后退，从华州开始，相继丢失故关、弘农、焦城，如今退守到了距离洛阳不过数百里的新安，但倘若不趁势抓住机会，彻底将慕容替的军队击溃，一旦等它缓过这口气，极有可能死灰复燃。

李穆没有片刻的犹豫，也不再继续等待或许正在路上的后续消息。

他立刻返回驻地，召集将领，将方才收到的消息叙述了一遍。

应天军的将领们突然获悉朝廷竟在这种时候发兵长安，不啻背后插刀，在配合北燕军队的行动，不禁义愤填膺，个个破口大骂。

从北燕大军悍然攻击华州开始，一路打来，今日打到这里，虽然军队的步伐在不断地东推，但其实，先前打的每一仗都很是艰难，并不容易。

他们的敌人不但实力强劲，而且也颇得人心。

数年前，慕容替做了北燕皇帝，随后攻下了洛阳。当时满城之人战战兢兢。鲜卑人此前在高凉城就曾大肆劫掠杀戮，而慕容替和洛阳有着不解的深仇大恨，更是无人不知。

如今复仇归来，城中来不及逃走的数以万计的百姓，无不陷入了深深的绝望之中。

就在人人以为他要血洗洛阳之时，出人意料的是，入城之后，他非但没有屠城发泄复仇，反而勒令士兵驻于城外，对民众没有半点袭扰。随后，又发布了抚民公告。

不但如此，在他将洛阳设为燕国陪都，执政的这几年间，他下令废除了苛捐重税，在各地兴修水利。施政之举，完全可以称得上是仁君英主。

自然而然，这让从前在北夏治理下艰难求生的百姓生出一种受宠若惊之感，对赐予了他们这一切的宽容而仁爱的北燕皇帝慕容替更是感激涕零。

在很多人看来，好不容易终于能过上安稳的日子，他们其实并不希望改变现状。

只要能给予自己一个安稳的生活，对于普通百姓来说，最上头的皇帝来自何族，其实又有什么紧要？

所以应天军在此前的东进路上，在当地民众那里，虽然说不上是敌对，但并不如何受欢迎，这倒是真的。

就在结束还没多久的这场渑池之战里，刚开始的时候，李穆派出去侦察地形的先遣小队因地势复杂，一时迷路，求助于遇到的当地人，对方甚至故意指点错误方向，险些贻误了军机。

就在驻于此处的这些时日里，虽然大军纪律严明，秋毫无犯，但附近民众对应天军的到来，依然如避蛇蝎。

这和从前在南朝时，军队深受民众拥戴，形成了鲜明的对比。

将士们正憋着一口气，铆足了劲，想一鼓作气拿下洛阳，突然得知这个消息，如何不群情激愤？

李穆神色凝重，并未多说什么。等众人骂完了，情绪渐渐有所平复，便下令将军队一分为三。

一支负责断后，避免北燕军队闻讯趁势偷袭。

主力回兵到弘农，暂时在那里等待后续的命令。

另一支由他率领的三千的精锐骑兵，则今日立刻动身，由他亲自带领，轻装赶回关内。

将领们虽心有不甘，但无不奉命。事情安排完毕，各自行事。

天空阴沉沉的，大雨再次瓢泼。当天，李穆便和这五千轻骑，冒雨踏上回程。考虑到路上可能会遭遇断桥断路的情况，骑兵还随身携带了镐铲绳索等器械，以便搭桥通路，迅速排除障碍，早日返回。

才一夜，到了第二天中午，这支骑兵已是行出了数百里地。一早起，天又下起大雨。众人虽身穿蓑衣，但半日淋雨，早已浑身湿透，无不饥渴疲惫。恰好附近有个名叫许村的村落，村口有间祠庄，门被锁住了。李穆便派了个会说话的手下进村借地，容士兵暂时入内避雨。

片刻后，士兵出来，道村民相互推诿，都说不知钥匙在何人手上。

"大司马，上去一脚踹开就是了！和那些人啰唆何用！"

一个脾气暴躁的副将闻言怒气冲冲，下马就要上去踹门。

如此的冷遇，并不止这一地。先前东进之时，大军也有遇到过类似情景。李穆早已见怪不怪。望了眼不远之外，几个躲在门窗之后偷窥这边的村民的身影，微微皱了皱眉，道："罢了，再去前头看看吧。"

众人奉命，各自上了马背，待继续前行，突然，一个士兵喊道："前方有人来了！"

李穆转头，看见对面，冒雨来了一队十几骑的人马，风驰电掣，到了近前。

"是高将军！"有人眼尖，认出了当先那个身穿蓑衣，头戴斗笠的少年将军。

李穆早看见了，催马上去。

高桓也看到了李穆，面露惊喜之色，喊了一声"姐夫"，从马背上翻身而下。

"姐夫，我大兄退兵了！

"义成也解围了！平安无事！

"我带了军队和粮草过来，弘农路断，大军无法通行，暂时停在那里！

"我怕姐夫收不到确切消息担心，自己便先绕路过来，好向姐夫报信儿！"

高桓一边跑，一边高声嚷道。

李穆身后的将士听得清清楚楚，无不面露喜色，松出一口长气。

李穆飞身下马，双足踏着没过脚踝的泥泞，一个箭步上去，紧紧地抓住了高桓的胳膊。

"你阿姊呢？她如何了？她在哪里？"

高桓喘了几口气，抹去脸上的雨水，笑道："姐夫放心，我阿姊此刻人就在长安，平安无事！"

天黑了下来，一行人在许村前头几十里外的一处高地过夜。

李穆命士兵在此暂时扎营，等后头军队到达会合之后便一并发往弘农，清道修路，补充粮草供给，等天气好转再做下一步的计划和行动。

一顶一顶的军帐竖起在了高岗之上。虽很是简陋，但却能将风雨遮挡在头顶之外。

在泥水和雨水里赶了一天一夜路的士兵安顿好后，他们很快便进入了梦乡。

夜深了，李穆的营帐之中，灯火却依旧亮着。

他应当也是乏累了，但整个人却心潮起伏，沉浸在高桓在今夜带给他的消息里，久久无法入睡。

高桓向他描述了他的阿姊离开建康之后的一路经历。从请陆柬之的救兵，说到被荣康追捕落水，从那头一路追随她来到长安，如今已被长安民众视为神兽的灵性白虎，说到当日高允如何在慕容喆的助力下夺了高胤兵权，发兵城下，危急之时，她赶到两军阵前，送来了高峤当日留给她的那枚虎符。

夜雨不停地抽打着帐顶，在耳畔那不绝的哗哗声中，李穆躺在狭窄的行军胡床之上，慢慢闭目，一遍一遍地想象着长安城下，两军对峙，她风尘仆仆赶到的那一幕，感动之余，他惊诧于她做的这一切，而对她的思念更是犹如揭盖而起的滚烫的火，不可遏制。

一直以来，在他的心底深处，他是何等希望和她朝朝暮暮，将她牢牢留在自己身畔，永不失去。

而今夜，就在今夜，这苦雨不绝的深夜，从前那时不时会从心底冒出来的啃噬着他的各种念头彻底离他而去了。

他再不怀疑，更不会担心了。

他的妻子，他所爱的那个女子，这几年间，纵然和他聚少离多，但当那宿命般的一刻最后到来之时，她还是抛弃了曾给她带来过荣耀的那一切。

高贵的地位，无上的荣华，血缘的亲情。这一切，终是没能羁住她的脚步。

她彻底弃绝了她的过去，来到了他的身边。

从今往后，他再不会患得患失。

这一刻，他是如此想念她。

想念她芬芳的气息，想念她肌肤的温度，想念她被自己压在身下时，于他耳畔声声唤他郎君的缱绻温柔。

他蓦然睁开眼睛，翻身而起，从携着的那只白日负于马背，夜间寸步不离的马袋里，取出了一样用油纸包裹着的东西。

他坐到了烛火之前，打开防水的油纸，取出里面那本早已被他翻烂的诗经，打开，露出夹在书页中间的那两朵早已泛黄枯萎的干花，凝视了片刻，小心地拿起，凑到鼻端，闭目，深深地嗅了一口来自它们的气息，便如同嗅到那盈满她衣袖的一缕暗暗幽香。

分别已是太久太久，久到记忆里上一次和她道别的情景，如同发生于混沌初开，天地始奠。

此前所有那些被压抑下去的深夜时分的魂牵梦萦，在这一刻，如潮水般向他涌来，将他整个人淹没。

唯一的心念便是归心似箭，他再也无法等待下去了。

他已经下定了决心。

等到了弘农，无论如何，他都一定要先回一趟长安。

两日之后，在后面的大队赶了上来。

几方人马会合完毕，便开始拔营上路。

李穆上马预备动身时，忽然听到队伍之后隐隐传来一阵夹杂着士兵叱骂的哭号之声，很是不同寻常，便命身边一个亲兵去看究竟。

那亲兵很快跑回来禀告，但口气带了点不屑。说军营之外，追上来了一群数百人的民众，其中便有数日之前刚路过的许村村民。那些人想见大司马，但被外面的士兵阻挡，加以驱赶，那些人却死活不肯走。

李穆问何事。

亲兵道："只听他们喊救命。何事倒不清楚。"

"先前见了我们，个个唯恐躲避不及，连个躲雨的地方都不借！如今有事，倒知道追上来喊救命了。大司马不必理睬！"一个副将劝道。

李穆回头望了一眼，道："我去瞧瞧吧，究竟何事。"

他掉转马头，纵马朝后而去，很快靠近，看到一群百姓挤在路边，正试图穿过阻拦他们前行的那排士兵。有人在哭号，有人跪在泥泞里不起，还有人苦苦哀求士兵放行通报。

前头一个粗手粗脚，满面风霜，衣衫褴褛，浑身沾满污泥的中年男子，神色显得焦急万分，骨节粗大到变形的十指，紧紧地抓着抵在他胸前的一排长矛，翘首望着前方，口中高声在喊着什么。但是他的声音，却被周围的嘈杂给淹没了。正乱着，忽然看到对面纵马回来一队人马，当先那男子高坐马背，顶盔披甲，一手按剑，不怒自威，不禁都停了下来。

周围慢慢地安静了下去。

"惊扰了大司马，是末将之过！请大司马放心回去，这里交给末将处置便是！"正喝令士兵驱赶民众的副将见李穆去而复返，慌忙跑了过来。

李穆坐于马背，两道目光投向了对面那群民众，视线从一张张沾满了污泥的脸上掠过。

"我乃李穆。尔等见我，何事？"他问。

"大司马，求您救命——"

那中年男子沙哑着嗓音嘶喊着，"扑通"一声，整个人几乎五体投地般完全趴跪在了脚下的那片烂泥地里。

众人如梦初醒，在这男子的带领下纷纷跪在地上，不住地磕头。

"诸位起来！"

李穆叫下跪的百姓起身，看向领头的中年汉子，目光掠过他皮肤皲裂得如同龟壳的腿脚和骨节粗大到变形的双手。

"你是匠人？追我何事？"

汉子抬头喊："大司马，我确实是工匠！鲜卑人要借大河河讯引水倒灌平川！我逃出来时，大河水位已高过两岸洼地数丈，宛若悬河。如今唯一指望，便是大司马出手相救！大司马若不肯相救，一旦决口，洛阳之下，河道相通的方圆数十个郡县全都将化为汪洋，无人能够幸免！便是此地，涧河联通洛河，一旦大河倒灌，怕也不能幸免！"

汉子的声音颤抖，脸上挂满了泥水，几乎已经辨不出本来的面目，只露出一双通红的眼，眼睛里充满了恐惧、焦惶和盼望。

他话音刚落，那些一道追上来的村民也无不跟着苦苦乞求。

黄河一旦决口，便如天崩地裂。何况又连日大雨，水汛如何凶猛，世代居住于黄河沿岸的民众谁人心中不知？

一片哀告声中，来自许村的那个老汉抹着泪道："大司马，老朽乃是许村里长，年迈多病，前些日一直卧病在床。也是昨日，方知大司马一行人路过村口，避雨被拒。怪村民有眼无珠！得利了几分，便以为鲜卑人的皇帝真会拿我们这些人当人看。我村民无知，冒犯了大司马。恳请大司马大人大量，救苦救难！"

他带着身后那些羞惭不敢抬头的村民，不断地在泥水里磕头。

李穆急忙下马，亲手将老汉扶起。

老汉老泪纵横，不肯起身，又诉道："半甲子前，老朽还是孩童，犹记那年，大河决口崩堤，方圆几十个郡县，一夜之间成了汪洋。老朽的几个家人便全都死于水难。大水退去后，大河改道，多年之后方稳了下来。如今这人话语若是当真，那黑了心的鲜卑皇帝要引水倒灌，又遭逢如此的连日大雨，水势怕要胜过半甲子前的那场洪水。天灾人祸，我们这些人都要被断了活路！"

老汉老泪纵横。

李穆叫手下将这老汉从地上搀起，自己对匠人道："你随我来。"

匠人慌忙从地上爬了起来，追上。

李穆将人带入路旁的一顶军帐，道："情况到底如何，你从头说来！"

匠人感激万分。五大三粗的汉子，话未开口，竟先哽咽，红着眼圈，将经过一五一十地说了出来。

三年之前，慕容替攻下洛阳不久，抽调民夫，于各地兴修水利。其中一处，便是上津口。

上津口位于穿过洛阳的洛水下游，亦是附近几条河流和洛水的交汇处，又位于黄河的一道折弯处，水水相通。每到丰水季节，常会发生黄河之水倒灌洛水高出河堤淹没两岸田地村落之事。民众长期苦困，但因规模不大，加上从前的北夏朝廷对此丝毫不在意，日复一日，也只能如此过了下去。

这匠人姓王行五，乃上津之人，父祖都是工匠，他从小聪慧，对水利之事颇有心得。知家乡苦于水患，多年前起便勘察地势，绘制图纸，向当时的北夏官府提交建议，恳求在这一带修建堤堰，水枯蓄水，水满放水，以杜绝从前的水患。但北夏朝廷不予理睬，他无可奈何。没想到，新来的北燕皇帝竟要修筑堤堰，也知道他的名字，竟将他请去主持修建。王五欢欣不已，带着全村男丁奔赴到了河口，领着民夫开始工程建造。前前后后，克服了诸多困难，历时两年多，就在数月之前，这座依靠地势的自然高低而调节水位的堤堰终于修成。

就在王五等人为之鼓舞，附近民众也对北燕皇帝慕容替感恩戴德之时，噩梦发生了。

最近大雨不断。从七八天前开始，洛水水面渐渐漫涨，村中积水。王五放心不下，带着一群工匠，想上堤堰察看情况，意外地发现堤堰竟被一支军队给占领了。

这就罢了，最令他吃惊的还是他们对堤堰的操作。

此时是黄河的丰水期，加上连日大雨，本该泄洪，保证河水顺畅通过那道折口，他却万万没有想到，此刻堤堰竟是合拢的。非但没有帮助泄洪，反而如同在这河道之上强行横加了一道阻拦水势的堤坝。

上游雨汛，黄河之水滔滔而来，在这里被大坝所阻，强行拐道，被迫倒灌入了洛水，洛水又挟上游洪水下来，两峰相遇，巨浪滔天，水位更是不断上涨，冲击着两旁的河道。

河堤一旦被撕开口子，瞬间便是千里崩溃，到时河水倒灌，首当其冲的洛阳和其余郡县，将会发生何等惨绝人寰的可怕之事，王五再清楚不过。

他大惊失色，加以阻拦，却遭到鲜卑士兵的殴打和驱赶。同行村民里，几人更是被打得伤重吐血，被迫返回，又是惊恐，又是不解，实在不懂，耗费了巨大人力物力历时两年才建成的这座原本应当造福于民的堤堰，如今士兵为何要做如此之事。直到当天深夜，一个平日和他有所往来的主管河道的小官偷偷寻他，道自己就要跑了，叫他也趁早快些带着家人逃走，他这才知道，原来北燕皇帝慕容替竟存了水淹洛阳的念头。

随即，又有消息传开，说他之所以做出如此的计划，是为了阻挡南朝李穆的北伐大军。

水位在继续上涨。消息一传十十传百，很快，洛阳附近十里八乡的人全都知道了。

河堤一旦全线崩塌，洛阳和别的那些郡县固然要被倒灌的滔天洪水所吞没，这里更是会在第一时间就变成汪洋泽国。

世代生活在这片土地上的人们怎肯如此放弃家园？许多人冲去和鲜卑士兵理论，理论随即变成一场杀戮。

王五的几个族亲当时就被杀死。

消息如同瘟疫般散开。无可奈何的人，只能挥泪收拾家当，逃往附近任何一个地势高的山地之上。

眼见耗费了自己无数心血而建成的堤堰最后竟变成毁灭家园的罪魁祸首，王五痛心万分，绝望之下，想到了前些时日传得沸沸扬扬的据说就要打到洛阳的南朝人李穆，抱着最后一丝希望不顾一切地赶了过来，盼望他的大军能尽快赶到上津，在决口之前将堤堰打开，以泄洪水。

李穆的神色变得凝重无比。沉吟了片刻，问他："以你估计，上津口还能支撑多久？"

王五道："幸而当初修建堤堰之时，在我多次提请后，亦加固过河坝。但水势如此之大，河口岌岌可危。以我那日所见，再不尽快打开堤堰，最迟七八天内必要崩溃。一旦崩溃，大水倒灌……"

他目露恐惧之色，痛哭流涕，再次下跪，对着李穆不断地磕头恳求。

慕容替站在上津口的一道岗坡之上，注目着那道巨浪汹涌的河口，身影久久未动。

河口之下，数十万人口，万顷良田，很快都将要随着决口倒灌的天上之水替那个南朝人李穆陪葬。

很久之前，他曾许诺过一个女子，道自己日后攻下洛阳，不会屠城施加报复。

他确实做到了。

如今他们要怪，就怪命该如此。

害了他们的，是那个名叫李穆的南朝之人。

"陛下，此地危险，请速速撤离，回往安全之地。"

他的亲信、一个名叫姚轨的鲜卑大将在旁劝他，见他未应，顺着他的视线，又看向远方洛阳的所在，迟疑了一下："陛下既有如此安排，为何不秘密进行？听闻王姓工匠逃走，应是去向李穆寻求援助了。大水若是倒灌，固然能阻挡他的大军，给我军以重整旗鼓的时机，但消息瞒着不叫他知道，以防他逃跑，到时淹死他的大军，岂非更好？"

慕容替终于转向他，神色冷淡："如此大的事情，你以为能一直瞒下去？何况，他的军队若会轻易被大水淹死，你我今日也不会狼狈至此！"

姚轨面露羞惭之色，低头道："全怪属下无能！"

慕容替神色微缓："罢了，也不能怪你一人。你不知李穆，他和旁人不同。南朝的那些人，无不是酒囊饭袋，枉费我给他们提供良机！我便是要让那工匠去给他传消息，这才未加阻拦。"

他冷笑："他不是要收复洛阳吗？我便以洛阳为注，和他赌一回大的。"

姚轨似懂非懂，却也晓得慕容替的心思一向深沉，不再作声。

慕容替又沉吟了片刻，问道："亢龙关的重兵可布置好了？"

"早已布置停当！便是一只苍蝇，也休想从那里飞过！"

慕容替微微颔首："我只信姚将军一人！这一回，请将军亲自去亢龙关守道！只要能够除去李穆，从今往后，天下之大，我大燕将再无敌手！"

姚轨面露激动之色，扑通下跪："请陛下放一百个心！只要他敢来攻打亢龙关，属下必叫他有来无回，命断关口！"

夜黑若漆，大雨瓢泼。

一队一队的将士此刻已全副武装，整齐地列阵于高岗之上，等待着李穆的决断。

大帐之外站了十几个应天军的将领，皆静默无声。

李穆独立于帐中，向着面前那张摊开的山河舆图矗立，身影一动不动已是许久。

有生以来，他从未曾像今夜这般，遭遇如此艰难的抉择。

倘若他不救，即刻带兵回撤弘农，肯定是安然无恙。但数日之内，极有可能，连他此刻所在的这个地方亦会变成汪洋泽国。

倘若他下令去救，则时间又太过紧迫。

从这里到上津，最近的一条捷径便是舆图所示的亢龙道。

从前为了北伐，他对中原一带的山河地理做过详尽的了解。

这条亢龙道，其实是处在稠林塬上的一道裂缝。稠林塬呈台状，顶上平坦如原，长满了郁郁葱葱的树木，但四周却峭壁陡立，高数十丈，飞鸟不能栖息，而洛河之水便贴着一侧山壁从旁流过，唯一通道就是这条裂缝，当地人称之为"亢龙道"。

裂缝自古便存，犹如万千年前被一柄巨斧从中劈开，开在了稠林塬的中间，长十五里，曲折狭窄，两侧绝岸壁立，狭窄得只能容数人并排通过，可谓丸泥能塞。

他若去往上津，别无选择，只能取道亢龙道。那就必须要以最快的速度，攻下设于亢龙道口的亢龙关。

亢龙关倚靠天险，居高临下，一夫当关，万夫莫开。一旦他发兵前去，又无法在数日内拿下关口快速通过，及时地赶到上津，于河口被摧毁之前开堰泄水的话，他的大军将极有可能被滚滚而来的洪流吞没。

一旦下令，便再无退路，他必须胜，也只能胜。否则万一不成，这个代价将会巨大无比。

帐外传来一阵脚步声，有人进来了。

李穆转头，见是高桓。

高桓浑身被雨水湿透，站在那里说道："姐夫，我出来前，阿姊曾叫我给姐夫带封她的信。我一时忘记了，姐夫莫怪。"说完，从怀中取出一封已被雨水打湿了一角的信。

"姐夫倘若决定带人去攻亢龙关，记得务必带我同去。"

高桓说完，将信恭敬地放在案上，向李穆郑重行了一个军礼，随即转身快步出了大帐。

　　从今往后，妾之余生，托于郎君。

　　毫无任何准备，这一列书于素笺之上的字便如此地跃入了李穆的眼帘。

　　笺纸已被雨水润湿，昳丽的字体外缘模糊了，几道笔画尾端的墨迹沿着信笺那宛若美人发丝的细腻纹理慢慢地晕染开来。

　　李穆的目光牢牢地被这一列字给黏住，无法挪开，心骤然猛跳了一下。

　　他怎可能忘记，梦中那个新婚之夜，她曾对他说过一样的话。那是表白，更是郑重的托付。他不会忘记，永远也不会忘记。

　　信笺的背面，似乎还有一行字。

　　他翻了过来。

　　心乎爱矣，遐不谓矣。中心藏之，何日忘之。

　　李穆久久地凝望着手中这封来自她的信，翻来覆去地看着。

　　渐渐地，他的胸腔之中，溢满了一种前所未有的陌生又带了淡淡酸楚的激动的感情。

　　一直以来，他以为那些都将只是深埋在他心底的永远只能由他自己来背负的过往。又怎么可能想到，今日竟会再次经由她的笔端，如此猝不及防，送到他的面前。

　　这一瞬间，他便读懂了她的信。

　　她分明是在告诉他，她已经知道了关于他的一切。不但是他的现在，亦包括那段本已彻底掩埋的黑暗过往和回忆。

　　她在盼望着他的归来，好向他倾诉她对他怀着的深深的思念和爱意。

　　李穆不知她是如何知道的。那些过去，连他自己都已不愿再回忆了，他又怎忍心让她知道？

　　这一辈子，从娶了她的第一天起，哪怕那时他还心结未解，他也未曾想过让她知道。

　　他是永远不会在她面前提及的。

　　这一辈子，能得她如此相伴，他已然满足，不愿再让她平添困扰。

　　然而，她终究还是知道了。

　　就在这一刻，李穆觉得自己的心彻底地得到了满足。

　　便犹如朝云暧霴，行露未晞，踽踽独行的自己忽被她从后追赶上，双手牵握，两心相贴，再也不存半分的罅隙。

这一刻，他的心里只剩下了深深的不忍，无比的感恩。

上天是何等厚爱于他，这一辈子，叫他得妻如此，他李穆夫复何求？

他所爱的妻，倘若知道了他今夜面临的抉择，她又将何去何从？

李穆喉头发堵，眼角微微地泛红。

他用衣袖小心地擦干了信笺上的残留水迹，取油纸包好，将它贴身藏在自己滚烫的胸前，闭了闭目，转身大步出了营帐。

雨水在夜风的裹挟之下肆虐天地。

涧河之水贴着脚下的这片岗原汹涌流淌。

李穆面向着他的部将和战士，一手按剑，立在风雨之中，身影宛若磐石，在对面那一双双饱含着忠诚和信任的眼目注视下，高声说道："人道若是不复，天道又将何存？号称应天军，当行应天事。应天之时，便在今日！"

"尔等勇士，即刻发兵，随我取亢龙关！"

他的声音坚定有力，穿透风雨，远远传送而出。

"末将誓死跟从，不胜不归！"

随那十几名副将嘹亮而整齐的应答，响应之声从军营的四面八方起来，和着风雨，回荡在这片高岗之上。

亢龙关的地理极其特殊，不但地处崖中，关前还有洛水横亘，河水贴着塬壁东流，在河岸和关口的中间，只有一条狭窄的小路，来袭之人，任凭他有千军万马，到了这种地方，亦是无法摆开阵势。

关楼之内，虽也险峻狭隘，令关内最多只能容下五千士兵，但有这五千守军，对于守关来说，便已足够。来袭方渡河抵达关口本就不易，即便成功，关楼高耸巍峨，固若金汤，守军居高临下，来者仅凭夹在关楼和洛水间的那点活动地带，想要发动有效攻势取关，难如登天，这才古起便有"一夫当关，万夫莫开"之说。

李穆自然知道这个道理。

在他做出决定的那一刻，他便不做大军进攻的准备。

取亢龙关，兵在于精而不在多。

当得知他决定领三千敢死之人随他掉头强攻亢龙关，命其余人马按照原定部署尽快发往弘农，整个军营沸腾，将士群情激昂，争相请军中文书代写留给家人的遗书，要求跟从大司马前去夺关。几个分属不同号营的将士争夺不下，最后不得不以抓阄来决定。

李穆率领一千厉武营精兵，连同另外选出的两千敢死队，随身携带只够五天的干粮，未等雨停天亮，在向导的引路下，掉头连夜踏上了奔赴上津的路。

之所以只带五日口粮，是因王五以他经验，判断上津的河口最多也就只能支撑这么些天了。倘若无法如期抵达开堰泄水，等待这支军队的归宿便是滚滚洪流。

当夜，这支轻骑军队便至新安。

下了多日的大雨，终于停了。道路依旧泥泞无比，河川溢水，淹没两岸地势低洼的田地。

大水随时可能到来，北燕大军早已撤离新安。消息也扩散开来。道上，从洛阳方向来的道上，走来了无数闻讯的民众，拖儿带女，逃离城池，走在路上，人流长得看不到头也见不到尾，无头苍蝇般地到处寻着能够暂时容身避难的一处立足之地。

远处，道路的尽头渐渐出现了一支轻骑军，朝着他们身后逃离的方向疾驰。

路人无不停下脚步，望着这支逆行而来的陌生军队，在前头一名神色严峻的将军的带领之下，出现在了视线里，满眼茫然。

"是应天军！"有人认出服色，脱口喊叫。

队伍一下起了骚动。

又不知何人先传的消息，道方才前头那位带领着这支逆行轻骑军的将军，便是南朝人李穆。

"大司马李穆来了！"

"方才最前头的那人便是他！"

一传十，十传百，消息不胫而走，迅速传遍了这条漫长的逃难道路，一双双原本只剩下了绝望和麻木眼神的眼睛里，重新又燃起了希望的火苗。众人纷纷跪在路旁，向着正从自己面前驰过的军队磕头。

"鲜卑人要淹洛阳！求大司马救救我们！"

夹杂着孩童啼哭的恳求哀告之声在道旁此起彼伏。

骑兵队列未做任何的停留，风一般地从他们身畔掠过，马蹄翻飞，溅起片片点点的泥渍，在众人的翘首注目之下，很快便消失了道路的尽头。

第二天，负责守卫亢龙关的姚轵便收到消息，李穆领着一支人数大约不超过三千的轻骑军朝着这里急奔而来。

他的第一反应是吃惊。

虽然慕容替已经有所断言，但从他的深心来说，对慕容替的这个判断，他并不如何认同。

在他看来，大水只要能够阻挡李穆追击北燕军队的脚步，容他们获得一个重整旗鼓的机会，便就已经达到了目的。

他没有想到，这种情况之下，这个南朝人非但不撤，竟然真的来了。

李穆的战名，他如雷贯耳，得知这消息的第一反应便是紧张。但等得知他只带了三千人马过来，立刻又松了一口气，哈哈大笑。

亢龙关的关楼高三层，层叠而上，关墙高耸，完全依凭两侧的高耸塬壁修建，将一切可能的隐患都杜绝在外。只要关门一闭，连只苍蝇都休想飞入。

李穆再神勇，手下再善战，他想靠三千人马拿下他守卫的关口，无异于痴人说梦。

更何况，留给李穆的时间本就没多少了。河口随时崩塌。而自己占据关口，地势高耸，即便整条黄河水倒灌入了洛水，大水将洛阳宫的琉璃瓦顶淹没，他也不惧淹到自己。

但对于关口下的李穆和他那三千士兵来说，可就没这样的运气了。

他仿佛已经看到一代名将葬身于自己手下的一幕，抖擞精神，命令士兵在关楼严阵以待，只等李穆人马到来，在他渡河之时，便给予迎头痛击。

是夜月黑风高，深夜时分，亢龙关前幽暗无光，河面骤然暴扩的洛水贴着塬壁冲刷而过，发出阵阵怒吼般的咆哮，令人胆寒。

姚轨听到士兵来报，关下河面对岸突然出现点点火把，应是李穆那三千军队开到，连夜要对关口发动袭击，立刻登上关楼眺望。果然，看见对面火把移动，隐隐似有舟船下水的动静。突然，伴着雷起似的战鼓声，对岸传来了军中常闻的用于鼓舞士气的战前呐喊之声，知李穆预备强行渡河了，当即发令，亲自坐镇关城，指挥作战。

早已就位的士兵，随他一声令下，立刻朝着对面射箭抛石。对岸应天军也迅速集结成阵，在盾牌结成的保护墙后，展开奋力反击。

亢龙关前的平静被打破了。夜色之中，火光四起，双方士兵的喊杀声、叫骂声与激流拍岸发出的轰鸣声交织在一起，震动人心。

就在关前对战如火如荼之时，同一时刻，几条舟船，载着三百士兵，悄无声息地从距离关口半里之外的一处岸边下水，桨手奋力划桨，很快抵达对岸，向激流中抛下重达千钧的铁锚，固住船体。

这里没有落脚点，更没有道路。

有的是一面耸立着的高达数十丈的垂直塬壁。仰望，犹如一把从河流中坚插入黑色苍穹的笔直利剑。

"全都准备妥当？"

李穆停在舟头，向着这三百名出自厉武营的勇士沉声问道。

士兵们的头上紧紧地扎着缚带，携带照明用的火折，身上圈着足以能够支撑自己体重的长达数十丈的麻绳，腰间别着匕首，背后缚着弓刀，手缠护腕，脚上是特制的靴头尖锐的靴——之所以穿这样的靴，是为了能让他们将自己的脚，插入这塬壁上的任何一道裂缝或者树木藤干，以便牢牢固定，帮助他们顺利登顶。除此之外，每个人的身后还背负着一只装满了火油的罐子。

从头到脚如此全副武装，每个人的负重至少都在几十斤重。

但是所有的人无不昂首挺胸，齐声应是。

火炬的熊熊之光，映亮了一张张彪悍无畏的脸膛。

大队士兵连夜佯攻关口，掩护这三百勇士跟随自己徒手攀登绝壁，登顶之后，从塬顶降落关城，利用关城内空间狭小守军腾挪受限的致命缺点破开关门，这就是李穆定下的夺关计划。

这三百号人，无不是精英里的精英，勇士中的勇士，他们曾无数次地跟随自己出生入死。

但今夜的这一仗，其艰难，其凶险，却是前所未有。

他们的脚下没有退路。不成功，便成仁。

李穆的视线，从面前那一张张的面庞之上掠过，上前替一个年轻的士兵扶正缚在他背后的略歪的弓箭，最后来到高桓的面前，视线落到他的脸上，略一迟疑。

"末将高桓，已做好全部准备。请大司马发令！"

高桓挺直脊背，语调铿锵。

李穆和他对望了片刻，慢慢抬手，落到他的肩上，用力地握了一握，随即转身，仰望了一眼头顶那座仿佛亘古起便矗立于此的高可通天的塬壁，拔出匕首，插入塬壁的岩罅，牢牢钉入，另一只手抓住从上垂落的藤蔓，试了试力，道了声"随我来"，随即攀登而上。

三百勇士分作数列，在领头人的带领下，跟随着前头伙伴的落足点，一步一停，踩着任何可以落脚借力的地方，向着塬顶，攀爬而上。

一行人艰难上行，虽然缓慢，但哪怕中途目睹伙伴失手掉落，亦不曾停止，更不回头，只是盯着头顶同伴的身影，五指化为钢爪，足尖犹如利刃，手足并用，宛若猿人，贴着峭壁，一寸一寸，在塬壁之上挪移。唯一的目标，就是登上塬顶。

李穆一路领头，从漆黑夜色的子时开始，直到最后一下，他的五指在试探过后，牢牢地抓住一块岩石的锐角，发力，猛地一个翻身，双脚踩在了平地之上。

而这时，距离他从塬底开始攀登，已经过去了将近半夜的时间。

这是黎明之前最为黑暗的时刻。天边已然乌沉沉的，但在极远尽头的云层之后，隐隐已有一丝曙色露了出来。

出现在李穆眼前的，是何等壮观的一番景色！一望无际的平原，茫茫苍苍，茂木叠生，粗得有如人臂的藤蔓，相互交织，彼此吞噬，向着远方疯狂地蔓延开来，草木密密麻麻，密得甚至叫人寻不到一个能够落脚的地方。

就在不远处，两道塬壁的中间突兀地断裂开来，犹如被造物巨斧强行劈开，分为两半。

李穆知道，就在那道裂缝下的深渊之底，就是自己今日必须通过的亢龙道。

他无暇多看一眼这千百年来都未曾有过人迹的来自造物的鬼斧神工，解下自己身上背负的绳索，一头缚在悬崖畔一株根基深扎塬壁，树干足有两围粗的树上，结好绳索，随即将剩余绳索投下。

很快，随他身后的高桓便攀着下垂的绳索跟上来了。他亦如法炮制，垂挂下了自己的绳索，以帮助下面的同伴登顶。

越来越多的士兵攀缘着绳索陆续登顶，集合之后，众人挥着砍刀，披荆斩棘，在塬顶的密林里，强行破开通道，朝着那道峡谷而去，到了崖顶，纷纷解下身上所负的麻绳，系于牢固之处，解护腕缠在手心，随着李穆一声令下，攀着绳索，在黎明之前最为黑暗的这一刻，借着夜色的掩护，朝着谷底垂直降落。

而这时，在关口对岸不停佯攻渡河的士兵见到了约定的时辰，突然再次发出喧天般的战鼓之声，杀声四起，舟船再次强推入河，朝着关口发动了今夜最为猛烈的进攻。

李穆威名赫赫，加上此前自己连吃败仗，今夜他亲自带兵来攻关口，虽有天险作为屏障，城楼里的鲜卑守军也是丝毫不敢懈怠，从半夜起就全神贯注地盯着，被对岸拖到此刻，早已疲惫，忽然听到关外再次杀声四起，弓箭如暴雨般射向关口城头，密密麻麻，连姚轨也险些被射中，怒发冲冠，命令士兵全力反击。

就在关门内外杀得难解难分，你死我活之际，突然，关楼上的鲜卑士兵感到头顶仿佛有雨水似的液体泼洒而下，黏腻刺鼻，纷纷抬头，只见一团明亮的圆形火点，犹如从天降落的天火，从那漆黑的数丈高的塬壁之上，悠悠坠落，掉到地上，火星四溅。

"是火油！"

一个士兵摸了摸自己被沾染的衣袖，将手指碰到的东西送到鼻下闻了一闻，蓦然惊叫。

仿佛作为回应，话音未落，"轰"的一声，地上那片流淌着的液体便猛地起火，迅速蔓延。不过片刻的工夫，城楼便陷入火海，被泼到了火油的士兵，全身亦跟着迅速燃烧起来，有摔倒在地来回打滚的，有带着火苗疯狂逃跑的。

阵阵撕心裂肺的惨叫声中，姚轨骇然举头，眼睛瞪得滚圆。

沿着陡峭的塬壁，一道道的人影宛若天兵天将，从他的头顶迅速降落，还没回过神来，只见一道人影落到了城楼的屋脊之上，抽出背后的一柄长剑，双足一蹬，纵身跃起，整个人便如鹰鹘一般，朝着自己扑了下来。

火光熊熊，映出了那张男子的面孔。

他看得清清楚楚，那人竟是南朝大司马李穆。

一时之间，他根本无法想象，李穆此刻不在关门之外，而是会以如此一种方式，凭空降落在了自己的面前。

他下意识地举刀，手臂才抬到一半，眼前一道寒光掠过，脖颈一凉。

在他终于意识到，那是自己头颅落地时，那截身体，轰然倒下，将那颗双目还死死睁着的脑袋，压在了下面。

“不好了！李穆进关了——”

近旁一个鲜卑士兵，目睹了发生在电光火石之间的这一切，心胆俱裂，猛地掉头，大声喊叫，奔了几步，竟爬上城墙，不顾一切地跳了下去。

李穆一脚踹开姚轨的躯体，抓起人头，掷向关楼底下那群正推搡涌动着的鲜卑士兵，厉声喝道：“姚轨已死！挡我者，杀无赦！”

整座城楼，陷入了火海，鲜卑士兵举头仰望。

熊熊的火光，照出了那张犹如鲜卑人噩梦的南朝男子的英武面容。

他居高临下，双目如电，不怒自威。

那种仿佛在这人世之上，再没有任何力量能够阻挡的豪气，叫人为之胆寒，望而却步。

第二十三章 久別重逢

洛神在长安等了一天又一天。

雨水停歇，连天气也开始放晴了，非但没有等到李穆归来，这日从弘农反而传来了一个新的令她百感交集的消息。

洛神知道，她是真的不能用坏消息去描述它。

但是，在听到那消息的一刻，她的心跳加快，呼吸瞬间便停了一般。

她不曾见识过亢龙道的曲折和狭险，却知道那号称一夫当关、万夫莫开的天堑入口正被慕容替的士兵牢牢把守，宛若张开的血盆大口，就等着他的到来。

她不曾目睹那条穿过洛阳城的古老河流是如何的美，千百年来，默默滋养着两岸的肥沃土地和世代生活于此的人们，但她却在梦中曾和它神交，亲近无比。她知道它有个极美的名字，它叫洛水。就连父亲给自己取的名，也和它有着千丝万缕的联系。

而今这条河流，它再也不复往昔的平静。在无情的天灾和人祸面前，它眼看就要化为暴怒巨龙，将周遭的一切无情摧毁。

她的郎君，从来便是铁骨铮铮，顶天立地。哪怕经历了那般黑暗的背叛和杀戮，赤子之心，依旧未冷。

她知道，即便在他决定回去阻止这一切的时候，他问她的意思，纵然在她心底，有着万千的不愿，她也一定不会阻止。

因为她知道，那是他应该去做的事。

这个世上，也只有她的郎君，才有能力去做这样的事。

只要他活着，便注定是这天下的中流砥柱。

她相信他。

他一定会牢牢记着她在信里告诉他的话，平安归来。因为她知道，他的心里，一定也有无数的话想要和她说。

但是，即便如此一遍遍地反复安慰自己，也无法压制住洛神在得知这个消息之后的焦虑和惶恐。

她不敢想，万一亢龙关无法及时攻克，当彻底挣脱了堤岸束缚的滔天洪流沿着洛水滚滚倒灌的那一刻真的到来，将会发生何等可怕的事情。

她的余生，是否还能再见到他？

她是否还能够再一次地亲吻他，将她心中那些想要向他倾诉的话语，当着他的面，一句一句地倾诉给他听？

消息传来的这一天，长安刺史府的气氛无比压抑。

谁都知道李穆要做的那件事何等艰难。

要在短短数日之内攻克重兵把守的亢龙关，赶到上津口，就连一向自信满满的孙放之也觉得这是不可能完成的任务。

他还收到一个不能叫夫人知道的消息。

所有这次跟随李穆行动的人，在出发之前，有家室的全都留了书信。

在洛神的面前，他除了反复安慰，告诉她大司马一定会平安归来之外，别的一句不敢说，亦不知该如何开口。

洛神独自在房中过了一夜。第二天清早，她找到孙放之，告诉他，她决定去弘农，在那里等待李穆的归来。

"如此等他回来，我也能早些和他见面。"

她的双眼微微浮肿，但说话之时，语气却是平静而坚定。

便是如此，洛神踏上了去弘农的路。

她从长安出发，晓行夜宿，途经灞陵、新丰、武城，来到华阴，出了潼关，又沿着李穆曾作战过的那条路，过故关，十天之后，终于抵达了弘农。

弘农令和应天军的将领得知她到来的消息，出城二十余里相迎。

这一辈子，倘若说有什么事情是她觉得自己亲自做过的最为幸运的决定，那么就是如今这件事了。

在满怀的焦虑和不敢多想半分的担忧之情里，她风尘仆仆地抵达弘农的那一刻，因为一个也是刚刚才传到此处的消息，她激动万分，以至于无法抑制，当场便泪流满面。

那是多日以来，一直紧紧绷着的神经，突然之间，彻底得以放松的欣喜万分的眼泪。

李穆做到了。

他做到了世人眼中看起来原本绝无可能的一切。

他只用了一夜的时间，便拿下了亢龙关，经由亢龙道，经过洛阳，奔赴上津口。

在他带着士兵抵达的时候，洛阳城里的积水已经没过小腿。积水还在以肉眼可见的速度不停地漫涨，洛河两岸的良田更是彻底被溢出河道的河水淹没。

河口已是岌岌可危，崩塌极有可能就是下一刻的事。到处都是涉水逃难的百姓，哀鸿遍野。而奉命留下看守堤堰的那支将近千人的鲜卑士兵也早已撤退到了堤堰附近的一座山丘之上，用他们手中的利箭阻止任何试图靠近堤堰泄水自救的人。

李穆率领他的士兵打下山头。与此同时，一路同行的王五带着沿途闻讯跟从而来的无数民众拥上了那道堤堰，绳索相连，奋不顾身，扒开一根根的巨木和当初亲手填埋而下的用以阻挡洪流的重达千钧的巨大石笼。

被阻塞了多日的水流回归正途，开始从被扒开的那道口子里沿着它原本的方向汹涌东去。

在上游又一阵涌来的倒灌巨浪的冲击下，被扒得千疮百孔的那道堤堰终于支撑不住，轰然坍塌。在巨浪扯出的巨大漩涡之中，红了眼睛的民众，如同化身为狂暴猛兽，将那些被应天军击败的鲜卑士兵赶到河口，逼入浪涛之中。

目睹那些昔日穷凶极恶，而今满目恐惧的鲜卑士兵在水里挣扎呼号，转眼就被巨浪吞没冲走的一幕，很多百姓当场号啕大哭，向着李穆俯伏在地跪拜，事他之敬，犹如帝王。

那位将领说，大司马原本已是踏上了返程的路，但是那日，在他经过洛阳城外时，满城之人闻讯从城中赶了出来，拦住了他的去路，不愿让他离开。

他的行程，说不定因此会有所耽搁。

那将领恭敬地请她入城，说他会派一支军队去往洛阳接应大司马，请夫人在此安心等着大司马归来。

洛神只觉得自己浑身热血沸腾。

他们不知，她等他，想要见他，已经等了如此漫长的时候，如何还能再等得下去？

她亦不想再等。

皮肤之下，血管之中涌流着的每一滴血，都在驱使她，命令她，立刻继续上路，向东去。

她只想见到他，立刻见到他，什么也无法阻挡在她心底里燃烧着的这个渴望至极的念头。

数日之后，洛神跟随那支前去迎接李穆的军队，终于到了那座据说被他一夜打下的亢龙关。

关口如今已由应天军把守。虽然城楼半毁，入目所见到处都是火烧过后留下的焦黑痕迹，但气势依旧逼人。

洛神经过关口，仰头打量那道高耸入云的塬崖之时，有些不敢相信，李穆到底是如何带领那三百勇士攀崖登顶又从天而降，心中满怀敬畏，几乎屏住了呼吸。

虽不曾亲眼见到，但她却能想象，就在不久前的这个地方，曾经发生过一场惊心动魄的夺关之战。

山道崎岖，她坐在一匹温顺的母马背上，在士兵的保护之下，忍受着身畔两侧的塬壁仿佛随时都要倾塌而下将人深埋于其下的迫人至极的幽闭之感，终于通过了那条长达十五里的曲折狭窄的涧道。

转出来的那一瞬间，她的眼前豁然开朗。

她进入关口时，天还很亮。此刻转了出来，已是黄昏。

一道河流从远方延伸而来，绕着她身后的这座高原，蜿蜒流淌，静静东去。

她知道，她面前的这道河流便是洛水。

宽广清澈的洛水再不复暴怒咆哮，它慢慢地恢复着原本属于它的静美之态，在夕阳洒下的漫天金光之中，悠悠流淌。

这便是洛水，她的父亲曾梦中神游，念念不忘的东都之水。比洛神从前曾经遥想过的样子还要美上几分。

她情不自禁，停住了脚步。

领军的那个副将上前，恭敬地道："夫人，大水虽已退去，但前头好些地方道路依旧泥泞，不利于行，且天也快黑了，今夜不如暂时在此扎营过夜，明早再行上路，夫人意下如何？"

洛神点了点头。

那副将一声令下，士兵便开始在距离河滩不远的一片高地上，安营扎寨。

供她今夜休息的帐篷很快便竖了起来。

同行仆妇手脚麻利地铺好寝具，请洛神入帐歇息。

她不累。哪怕身体已然疲倦，心里只要想到和他越来越近，每前行一步，便距离和他见面更快一分，她便感到自己又充满了力气。

她从帐中弯腰而出，眺望着视线尽头明日要继续上路的河流东去的方向。

洪水退去了，但水体依旧丰盈，河面水位仍高，岸边还留着大水刚刚退去不久的一片河滩。河滩平坦而广阔，带着整齐的被流水冲刷而出的褶皱，以曲线的美丽之态，在她的面前，一层一层慢慢地向远方铺陈开来。几只水鸟悠闲地跳行在湿润的河滩上，在柔软如绵的沙土地上，不经意地留下了脚爪的轻浅印痕。

河流的尽头，西天远方，乌金西坠，红霞漫天，将这片河滩罩上了一层浓烈的金色光芒。

洛神眺着远方，迎着晚风慢慢地徘徊在夕阳里的洛水之畔。

不远处，几个正在高岗上搭着帐篷的年轻士兵，不时地悄悄回头望她一眼。

"夫人，晚膳已好，请夫人回帐用膳……"

仆妇又来请她回去。

洛神最后眺望一眼洛水流逝的方向，快快点头，正打算依了她话回帐，突然，她的视线定住了。

就在方才她眺了又眺的那个远方尽头，渐渐出现了一排旗纛之影。

夕阳照在纛面之上，很快便看清了。

来的是一支轻骑军，正沿着洛水河岸，朝她身旁不远处的那座高塬疾驰而来，越来越近。

很快，洛神已经能听到数千战马疾驰而来所发出的宛若密集鼓点般的轰轰落蹄之声。

旗纛迎风招展，那两个斗大的"应天"大字，跃入了她的眼帘。

"大司马到了！大司马到了！"

一个负责瞭望的士兵，一路狂奔而来，冲着营地的方向高声呐喊，声音里充满了狂喜。

整个营房瞬间沸腾。几乎所有的人都放下了手头之事，转头眺望。

洛神早已看清了，骑兵最前面的那个男子，不是李穆又会是谁？

双眸映着他的身影，不过只是一瞬间，她的胸口便蓦然发堵，眼眶泛红。

"郎君——"

她唤了一声。

迎着吹自洛水水面的尚带几分潮热的晚风，她提起裙裾，朝他奔去，奔出数十步远，又停了下来，立于洛水之畔，微微喘息，目含热泪，望着那道距离自己越来越近的身影。

李穆亦看到了她伫立在夕阳洛水之畔的娇俏身影。

他的眼中蓦然放射出欣喜的光彩。

他立刻策着胯下乌骓，全速前行，迅速脱离了身后大队，朝着她的方向抄了直道而来。

战马奔到那片河滩之前，在他驱策之下，毫不犹豫，纵身跃入，四蹄踏着松软泥泞的滩涂，朝着洛神奔驰而来，一路泥水翻飞，惊起那几只正在河边踱步觅食的水鸟，扑腾腾地扇着翅膀飞上了天空。

犹如一匹神骏威武的天马，乌骓载着主人，跨越滩涂，奔向洛神。

还没等它奔到近前，它背上的男主人，便似已经迫不及待，一下松开马缰，从它背上翻身而下，双足稳稳落地。

洛水水面金光粼粼，一阵晚风掠过，吹动了她的衣袂，远远望去，她飘若仙子，宛若乘风踏水西行。

李穆唇边带着笑容，向着洛水之畔的女子大步而来。

他的眸底满是柔情，凝视着她，双眼一眨不眨，生怕一个眨眼，她便会消失，随那洛水而去。

他们已经分别许久，久得犹如水淼天远，星汉不渡。

洛神曾一遍遍地想过和他相见时的情景。到了那日，她必以玉珰装饰耳鬓，以青黛描绘翠眉，画裙双凤，珠辉玉丽。她想要让他第一眼便见到自己最美的模样，她如今的模样。

她没有想到，就在这一刻，当她徘徊于河畔，心中因那山高水远的阻隔而暗生幽怨之时，他竟如此出现在了远方的地平线上，朝着自己奔驰而来。

两个人的中间只隔着最后那片涂满了金色夕光的长长的河滩了。

他的身影是如此的伟岸，步伐是如此的矫健，凝视着她的目光充满了惊喜，那张英俊面庞上的笑容，如这片将他整个人笼罩的夕阳，带着温暖的光芒，却又有着一种直击人心的强大力量。

就在这一瞬间，洛神忘记了一切。

她驻足在河畔，近乎痴痴地望着李穆纵马穿过河滩，向着自己大步而来。

"阿弥！"

当听到自己的乳名从他口中喊出，再也忍不住了，眼泪夺眶而出。

她的郎君终于回来了，和她相逢在这夕阳西下的洛水之畔。

她流着泪，笑着，再次朝他迈步奔去。

李穆一个箭步跨上河滩，张臂将她身子接住，紧紧拥入怀中。

洛神闭目，将自己的脸贴在他宽阔而坚实的胸膛上，不停地流泪。

朝思暮想的人终于归来。她的身子，被他的双臂紧紧地搂着。她听到他在耳畔不停地低声呼唤"阿弥"，听到了来自他胸腔下的血液澎湃的激荡之声。她的鼻息里亦嗅到了来自他身上的淡淡的犹如铁锈的一缕残余血腥的气息。

　　一切都是那么的真实，他真的回到了她的身边。

　　这一刻应当是充满欢欣的，她却不知自己是怎么了，当他真的站到了面前，将她拥入怀中，为何她竟会有如此多的眼泪。

　　泪水仿佛决了口的湖，不停地从她闭着的眼眸里涌出，很快爬满了她的脸庞，将他的衣襟也濡湿了。

　　慕容替为避开即将到来的滔天洪水，带领军队早已北渡黄河，走得干干净净，全部退到了相州的魏郡。

　　这个借助天时地利原本势在必得堪称完美的计划，最终却以失败而告终。鲜卑人不但拱手送出了黄河之南的土地，从战略和军心而言更是一次巨大的打击。

　　上津口的险情一俟解除，李穆派兵把控住渡口，又组织民众自发协同守卫之后，知道接下来的一段时间内，鲜卑人即便心有不甘，想要夺回曾做了几年陪都的洛阳，也是有心无力。洛阳暂时无虞，于是便立即动身西归。

　　和她分离已是太久。局势终于暂时缓了下来。此前的几天，他归心似箭，本以为要回到长安才能见到她的面，却没有想到，就在今日，行到亢龙关时，竟会和她相遇。

　　无法形容片刻之前，当他远远望见在那铺满金色夕照的河滩彼岸，徘徊于洛水之畔的那抹身影所带来的震撼。

　　仿佛见到了传说中的洛水之神，衣袂飘飘，下一刻她便要随风凌波而去。

　　无须看清容颜，只消一眼，望见那抹身影的第一眼，他便认了出来。

　　是他的妻，那个在他金戈铁马的征战间隙，曾无数次入了他梦的心爱女子。她也离开长安来到这里，在这个夕光漫天的黄昏，与他相逢在洛水之畔。

　　重逢的狂喜，在看到她身影的第一眼便将李穆整个人彻底地点燃了。

　　他的心虽已不复年轻。但这一刻，他却犹如化身成了一个初次陷入相思爱恋的少年。梦寐以求的心爱女子和他相约于此。他不顾一切，只为奔到她的身边。

　　有那么短暂的一个瞬间，他甚至生出了一个错觉。

　　仿佛他这一生此前曾经历过的全部光阴，乃至那遥远得犹如梦境的所谓前世种种，喜、怒、哀、乐，他的爱和恨，所有的一切，全都不过是为了成全今日这一刻，他和她在洛水之畔的相逢而已。

　　他将扑在自己胸口泪流满面的她紧紧地抱住，眼眶跟着泛红。

　　他低头，不断地在她耳畔柔声哄她，告诉她自己真的回来了，回到了她的身边。

　　但是她却哭得越发厉害，埋首在他胸前，双手紧紧地抓着他的衣裳，泣得一句话也说不出来，两只肩膀微微颤抖。

不远处的高岗之上，忙碌的士兵停止了安营扎寨。归来的骑兵，驻足在那片滩涂之后。

无数双眼睛，从周围投来注视的目光。

几位军中将领也没想到会在这里遇到李穆，面露激动，朝这边疾奔而来，看到这一幕，迟疑了一下，相继停下了脚步。

身后的乌骓，踏着夕阳来到两人身畔，停在河边，饮了几口洛河水，随即抬头，安静地看着自己的男女主人。

李穆忽然抱起洛神，将她放坐到马鞍之上，自己跟着跃上马背，将她身子轻轻揽入怀中，低低地喝了一声，乌骓便扬蹄，朝着前方，轻快平稳地前行而去，很快转过一道河湾，将那些注视着的目光抛在了身后的那片岗丘之后。

洛神扭身，双臂紧紧地搂住了身后的男子，仰起一张泪痕交错的面庞，双眸含泪地凝视着他，口中含含糊糊地唤他一声郎君，声音犹带着一缕残余的泣音。

她柔软的胳膊和身子靠过来的那一刻，李穆感到自己整个人为之哆嗦了一下。

体肤之下，血管之中，熟悉的令他浑身汗毛亦为之倏然竖立的一种激荡之感，瞬间被唤醒了。

这个夏末的黄昏，空气里流淌着充盈了淡淡水腥味的风，暖洋洋的，和散自她发肤的幽香混在了一起，一寸寸地渗透进他体肤的每个毛孔之中。

李穆感到自己心跳如雷，浑身炙热。

他渴望亲吻她，拥有她。因他是如此思念，念着她的一切。

再无任何顾忌，他放开了坐骑的缰绳，任它行在河畔。一双臂膀将她整个人从马鞍上轻巧地抱起，转了个向，面朝着自己，那炽热的饱含了相思折磨和重逢甜蜜的吻，便落到了她的唇上。

洛神闭着眼睛，睫毛微微颤抖，被他灼热的吻夺走呼吸，忘却了一切。

四周静悄悄的，洛水无声无息地在脚下蜿蜒流淌，看不到头，看不到尾，仿佛从古至今，从今到永远，都将这般存在，永不消失。

晚霞满天，落日静静地坠在长河彼端那片广袤田野的尽头处。

乌骓仿佛被这远处的长河落日给吸引了，停下脚步，出神地凝视着，轻轻地甩动马尾。

许久，李穆将洛神从马鞍上抱了下来，解下外袍，铺在河畔的一片草地上，带着她，面向夕阳坐了下去。

他的臂膀依旧将她紧紧地揽在怀中，片刻不曾松开。

洛神的头靠在他的肩上，望着对面那轮快要沉下地平线的夕阳，低低地道："郎君，你可知道我名字的由来？"

李穆低头望她。

"我阿耶曾梦回洛水，徜徉河畔，狂喜放歌，醒来倍加惆怅，便替我取名洛神，以为寄托之意。

"我从小便想，倘若有朝一日，能叫我亲眼看一看令我阿耶为之魂牵梦萦的洛水，到底是何等之水，那该多好……"

她仰面，和李穆对望着，慢慢地道："那日，我从义成赶往长安的路上不慎落水，恍惚间看到了一些事……"

"因为这些事，我觉得自己好似活了两辈子。何其幸运，我这一辈子，因为郎君你，就在今日，终于叫我得偿所愿。"

她顿了一顿，凝视着李穆那双自眸底深处慢慢溢涌着光芒的深沉眼眸。

"郎君，这一辈子，你为何定要娶我，以至于如此委屈了你自己？"

她一字一字地问。

"为何你未曾向我、向我的堂姐、向这个朝廷、向所有曾加害于你的人复仇？倘若你想，你本可以轻而易举。"

李穆久久地凝视着她，双眼一眨不眨。

落日忽地收了它的最后的一片红光，倏然沉坠，隐没在了地平线下。

光线突然暗淡了下去，李穆的眸光亦随之转暗，他猛地将她揽入怀中，紧紧地抱着，一动不动。

"阿弥，我真的没有你想的那么好……"良久，她听到他在自己的耳畔哑声说道，"当初我之所以强行娶你为妻，并非全然出于对你的爱护……"

"可是，你终究还是对我更好。"她在他耳边轻声说道。

他一顿，哑口无言。

洛神的唇角上翘，终于露出了微笑。

她微微歪着脑袋，打量着他。

在怀中人那双美丽的明亮双眸的注视之下，李穆终于不再躲闪了。

他缓缓地说："阿弥，我舍不得你。"

"你便如同你的名，高贵，美丽，善良，又不乏勇气。你如此的好，我越是和你多相处一分，便情不自禁多喜爱你一分。你什么都不知晓，我不忍令你陷入左右为难的痛苦之中。我做的一切，是为了配得上你，希望彻底地叫你能爱上我，离不开我，便如同我喜爱你，离不开你一样。"

他的一只大手，爱怜地轻轻抚过她的面庞。

"阿弥，"他又说，"我从那噩梦中醒来之初，我发现自己身边没有你，你依旧是高高在上的高氏女，我不过军中一个地位低微的武官。我无法接近你，连多想你一分，都犹如是一种亵渎。我感到无比的孤独。这是哪怕将天下送到我的面前亦无法取代的孤独。我感到我的心里仿佛被挖去了一样曾经属于我的东西，如今它不见了，空空荡荡。"

他凝视着她。

"那时我就知道了，我想你。

"阿弥，倘若不是那场梦，在我李穆的心中，你大约永远只是一个我纵然爱慕却无法企及的高高在上的女子。

"正是因为那场梦，梦中，你嫁给我，曾唤我郎君，哪怕只是一场阴谋，亦助长了我对你的野心。"

"我想念那个会对我说'从今往后，妾之余生，托于郎君'的你。我想要得到你，想听你亲口对我说一遍。没有你在我的身边，我便是再活十辈子，亦是孤家寡人，又何来的乐趣可言？"

他不再说话了，只是含笑望她。

暮色四合，笼罩河滩，一轮镰刀般的新月从天边升起，挂在远山之巅。

周围愈发安静。乌骓站在近旁的河畔，安静地咀嚼着岸边一片丰美甘甜的水草，几只筑巢于此的水鸟从匿身的草滩里飞了出来，翅膀擦过河面，向着对岸飞去。

高桓见姐夫和阿姊迟迟不归，眼见天色又晚，便带了几个士兵来寻，远远看见乌骓立在河畔，透过草滩，隐约见到李穆和自己的阿姊依偎坐于岸边，两人身影并靠一起，很是亲密，不敢再靠近，急忙悄悄后退了些。

洛神的喉咙慢慢地堵塞，双眸之中再次泛出泪光。

她眨了一下眼睛，一颗泪珠便从眼角滑落。

她是何等的幸运，竟然能听到这个男人对自己说出如此深情的一番话语。

李穆手指替她轻轻擦去泪珠。

洛神哽咽道："郎君，从今往后，只要我能做到，我会为你做任何的事。"

李穆凝视着她。

他的眼底仿佛有什么光芒在微微地闪烁着，拖长语调，慢吞吞地道了声"好"。

"阿弥，我想你帮我再冲个澡，就像在义成刺史府的那年夏天，每日傍晚，我从外头回来，一身的汗，你便亲手替你我冲澡。后来回了建康，这些年，你再也没有替我冲过澡了。"他又说道。

洛神擦了擦眼睛，破涕为笑，点头应好。

李穆展眉一笑，摘了兜鍪，顺手脱去衣裳，只剩下军人为骑马作战方便而穿的袴褶，随即起身，涉水而下，立于洛水之畔。

洛神笑着，拿起他那顶已是附了一层厚厚汗水盐霜的兜鍪，来到他的身旁，像从前在刺史府后院的那口井畔一般，站在岸边的一块石头上，挽起衣袖，用兜鍪舀起清澈的河水，高高地举起，浇淋了下来。

清凉的河水哗哗地浇在他宽厚而精壮的肩背之上，水花四溅，弄湿了她身上的衣衫，她却丝毫没有察觉，依旧替他舀水，浇淋。

李穆在她的命令之下，转过身来。

"郎君，你是更爱梦中的那个我，还是如今的这个我？"暮色愈发暗淡，河水粼粼泛波。洛神并未留意到对面那男人渐渐转为暗沉的目色，一边继续替他淋着水，一边问道。

她的语气轻松，甚至带了点儿撒娇的感觉，仿佛不过只是一句心血来潮的玩笑而已。

可是只有她自己知道，这句话，从方才开始便一直在她的舌下打着转，终于鼓足勇气，装作若无其事般地问了出来。

方才知道了他是因为对梦中那个她的念念不忘，这一生才下定决心娶了自己，在她的心底竟然生出了一丝淡淡的嫉妒。

她问了出来，屏息等着他的回答，却没听到他的回答。

他仿佛在出神。

洛神又问了一遍。这一次，语气已经不自觉地多了几分郑重的意味。

李穆轻轻"啊"了一声，似乎终于回过了神，抬起眼，伸手按住她那只还在自己身上忙碌着的手，顿了一顿，微笑道："阿弥，梦境之中，我是怜她、惜她，亦感激她对我的全然信任。我想护她余生，叫她再不要受到任何的伤害。但是你与她不同。你是她，却又非她……"

他沉默了片刻，再次开口时，语气变得低沉起来。

"阿弥，梦中我毒发倒地之时，她被人从我身边强行带走。她流着泪，不断地回头望我，眼中满是不忍和痛悔。我看得清清楚楚。倘若不是我伸手抓住了她的脚，我想她最后还是会抛下我而去的。

"但我知，你不会。阿弥，倘若当日之事真的发生，你亦在不知情时误伤了我，我知道，无论如何你也不会抛下我，就那般从我身畔走过……"

洛神的鼻头微微发酸。

"噗"的一声，手中那只兜鍪跌落在水里，溅起一片水花。

她慢慢地牵起他那只掌心带着钉痕的手，送到自己的唇边，在伤口处轻轻地亲了一口，随即将那掌心，贴在了自己一侧的面庞之上。

"郎君，我不怕，死亦不怕。

"前些时日，你去攻打亢龙关时，我便已想好。倘若你也没了，我是不会替你守寡的，我会随你同去。

"李穆在，我是他的妻子。李穆若不在了，我便追随于他，同生共死……"

她说着，投入到了他的怀里，紧紧地抱住他的脖颈，再也不肯松手。

李穆立在水畔，身影凝固了片刻，忽地将她一把抱起，涉水上岸，放于铺在岸边草地的衣裳之上，随即跪在她的身畔，凝视着星光之下那张美丽的面庞，俯身下去，跪在了她的身边。

"郎君——郎君——"

洛神闭着眼眸，轻声唤他。

乌骓始终寸步不离，立在身畔，吃了几口草，不时地扭头，仿佛在好奇地打量着自己的主人。

细密的汗水从洛神洁白的肌肤渗透而出，和他滚烫的汗水交织在了一起。

终于，一切慢慢地安静了下来。

他舍不得放开她，用衣裳将她的身子包住，继续将她抱在怀里，让她听着自己依然宛如擂鼓的心跳之声，慢慢地亲吻着她。

忽然，她竟推开了他，一个翻身便坐到了他的身上。

李穆顺从地由她坐在自己的身上，困惑地睁开眼睛，用沙哑的声音低低地唤她的名："阿弥，你做什么？"

洛神居高俯视着他，最后听从了他，朝他慢慢地趴了下来，趴在他的胸膛之上，捧着他的脸亲吻着他。

李穆心满意足地闭眼，感受着来自她的热情，忽然，听到她在自己耳畔低语："郎君，阿弥不但要做你的妻子，还想做这天下最尊贵的女人。"

李穆一顿，再次睁开了眼睛。

头顶的星光点点璀璨。

她居高望着自己，双眸在夜色之中，宛若坠落的星辰，熠熠含光。

这一刻的她，美得惊心动魄。

李穆仰望着她，心跳蓦然再次加快。

"郎君，我要做天下人的皇后。我要你助我实现心愿。"她慢慢地坐直身子，坐在身下那男子的身上，迎着他投向自己的两道目光，没有丝毫的闪避，一字一字地再次说道。

李穆和她对望了片刻，呼吸渐渐变得粗重起来。

突然，他一个翻身，便将她再次压在了自己的身下。

"李穆无所不应！"

他额头青筋勃起，咬紧牙关，在她发出的低低惊呼声中，于她耳畔，一字一顿如此说道。

第二十四章 白虎戏朝

高桓等在近旁。从迟暮的天光可见，直到天黑了下去，始终不见李穆带着阿姊转回来。他起先以为两人已经走了，但眺过去，那匹乌骓的身影却始终就在河畔，可见他二人也在，只不过身影被河畔那一片芦草给挡住罢了。

他自然不敢贸然径直闯去。但等了许久，心中实是费解。虽说夫妻二人许久未曾见面了，此刻久别重逢，但何来如此多的话，竟说到天黑也没说完。忍不住好奇和疑惑，爬上附近一道岗头，立于其上，翘首望去，不禁呆住了。

在那片依水而生的茂盛的芦草丛畔，他终于望见了姐夫和阿姊的身影。

他眺见姐夫卸去了衣甲，站在河畔水中的一道身影。

月光和夜色，勾出了一道雄健的男性身体轮廓，充满了阳刚的力量。

他又看见了自己的阿姊。她仿佛站在岸边的一块石头上面，挽起衣袖，月光之下，皓腕如玉。她的手中，拿着那顶戴在姐夫头上的曾伴他无数次出生入死的兜鍪，舀着水，慢慢地替他冲着身体。

银色的水柱，哗哗地落下，浇在姐夫身上，水花四下飞溅，在月光的映照下，泛出一片闪烁的水光。

高桓又看到阿姊的另一只手，放在了姐夫的身上，在替他洗着身体。

他二人靠得是如此的近。姐夫那宽阔的胸膛仿佛紧紧地贴着阿姊，夜色之中，两人身影看起来几乎合二为一。

十九岁的高桓知道自己不该再看，但这一幕于他而言，却又充满了勾魂摄魄的神秘力量，他控制不住。

他吃惊地睁大眼睛，目不转睛地盯着芦草丛畔那头的河边，整个人都呆住了。

姐夫此前留给他的唯一印象，便是取威定霸，战无不胜。想到姐夫，高桓脑海里唯一浮现出的画面，便是他金戈铁马，于敌阵中摧枯拉朽般一骑绝尘的身影。

他没想到，在阿姊的面前，姐夫竟也会有如此温柔的一面。

高桓被映入眼帘的这流露出男女之间无限柔情的一幕给冲击得面红耳赤，浮想联翩，浑身慢慢发热。

他们仿佛在喁喁私语着什么。渐渐地，阿姊停止了动作，忽然扑入了姐夫的怀里，双臂抱住他的脖颈。接着，姐夫便反抱住了阿姊。

两人的身影随之消失在了那片芦草之下。

夜色迷离，高桓心头狂跳，再不敢停留，慌忙转身，匆匆下了岗头，命令那几名方才已被自己遣开的士兵先回营房，自己定了定神，这才慢慢地回来，继续守候。

他仰面躺在河畔，双手枕于脑后，望着头顶压面的星空，嘴里叼着一根随手摘下的新鲜芦竿慢慢地嚼着，任那一缕带着淡淡清甜草气的味道在自己的嘴里慢慢地扩散开来。

他便如此在河畔守候，耳边是晚风掠动河畔芦草发出的不绝的窸窣之声。

许久，夜渐渐地深了，他半阖着眼皮一动不动，仿佛就要睡过去时，听到那头传来了乌骓的轻轻嘶鸣。

他迅速睁开眼睛，坐了起来，循声转头。

远远地，他看见姐夫和阿姊又现身在了月光之下。

姐夫将阿姊抱起，放她坐到了马背上，接着，姐夫弯腰低头，仿佛在替阿姊套袜穿鞋。穿好之后，他仰面冲着马背上的阿姊笑，侧脸线条温柔无比。随即翻身上了马背，坐到她的身后，伸臂将她揽入怀里。

一举一动都充满了无限的柔情。

高桓又看得呆住了。突然，见李穆转脸，朝着自己的方向似乎投来一瞥。

高桓吓了一跳，立刻趴回草丛里，屏住呼吸，连大气都不敢喘一口，直到他两人共乘一鞍，驱着乌骓从近旁不远的河畔走过，身影彻底消失在了夜色之中，这才从地上爬了起来，望着前头的方向，慢慢地吁出了一口气。

高桓悄悄返回了营地。这一夜躺下去，想起洛水之畔，姐夫和阿姊如一双神仙眷侣，不禁也是油然向往。第二日一早醒来，见天才蒙蒙亮，军队尚未拔营，他便也不急着起身，正独自懒洋洋地出神之际，帐外来了一个士兵传话，道大司马召将领宣事。

高桓不敢迟疑，匆忙起身，迅速整理完毕赶了过去。见姐夫立在一片空地之上，仿佛早就到了。

人迅速齐了。

高桓暗暗留意，姐夫双目炯炯，精神看起来极好，丝毫不见疲惫，心中不禁暗暗有些佩服。

李穆宣布了一件事，道自己有事，即刻要去长安，派将领带兵分赴各紧要关卡，协先前人员守地，等待后命。

众将齐声应是，得令后各自散去。

没自己的事，高桓正要发问，李穆的两道目光投向了他，叫他留下。

周围只剩自己和姐夫两人了。

高桓望向李穆，他望着自己，没有说话，神色凝重，这叫他难免又想起昨夜之事，疑心被他觉察，惹他不快，一时心慌，不等他开口质问，自己先红了脸，看了下左右，见卫兵远远地站着，近旁无人，便上前，吞吞吐吐地道："姐夫你莫怪……昨夜起先我是来寻你和阿姊的，后来你和阿姊……我便叫人都回去了，我自己守着，不叫人靠近……"

李穆微微一笑，语气寻常："你做得不错。"

高桓再次愣住了，呆呆地看着李穆。

李穆却收了笑，转了话题，说道："我昨夜听你阿姊说，长公主这几年似乎落在了慕容替的手里，极有可能她人便在燕郡。但到底身在何处，却不得而知。慕容替是为达目的不择手段之人，如今他盘算落空，我怕他会对长公主不利……"

高桓恍然大悟，立刻将昨夜之事抛到了脑后，面露怒色，道："那个慕容家的女子亦极其狡诈。先前多次讯问，死活不肯说我伯母的下落。我伯父如今不知踪迹，当时我就想去探查究竟，但被阿姊阻拦，不让我去！"

李穆道："你阿姊是出于对你的爱护，不愿让你涉险。"

"只要姐夫点头，慕容替那边，便是龙潭虎穴我也不怕！"

李穆道："我特意留下你，便是为了此事。你胆子大，能随机应变，这几年历练也日渐增长，又精通鲜卑语，是最好的人选。我有熟知燕郡方位道路之人，你再带几人，即刻乔装，前往燕郡去刺探消息。"

高桓目光闪闪，沉声道："高桓谨遵大司马之命！定不负所托！"

李穆颔首："你准备下，和向导定好路线，尽快动身。记住，行事务必谨慎。燕郡是慕容替的地盘，以他的心机，倘若长公主真在他手里，必定藏得极为隐秘。能探听到消息最好，若不成亦不必强求，以自身安全为第一。"

高桓一一答应，告辞，转身匆匆便去，走了几步，忽然听到身后又传来李穆的话语："六郎，你即将弱冠了吧？"

高桓以为姐夫对自己还有点不放心，急忙停步，转身挺起胸膛："再有两个月不到就满了！姐夫若是不信，去问我阿姊！"

李穆含笑道："确实不小了。你若有了意中人，不要羞于开口，尽管向你阿姊言明，她会替你做主。虽是战时，但也不妨碍人生大事。"

高桓顿时面红耳赤，急忙摆手："天下不平，何以成家！姐夫快莫取笑我了！我走了！"

他转身，逃也似的大步而去。

李穆目送他的背影消失，随即转身进了近旁那顶昨夜临时过夜的大帐。

其时还早，距卯时仍差了一个点刻。加上昨夜回来后，他情难自禁，有些累到她了，一早他起身出来时，她还沉眠未醒。

李穆轻手轻脚地入内，借着帐外透入的一片朦胧晨光，见她已醒来，刚从被窝里爬出来似的，坐在毡褥之上，长发蓬松，一只手压在小腹上，似在出神，也不知在想着什么。忽听到他进来的脚步声，转头软软地唤了声郎君，朝他伸出一双胳膊。

李穆来到她的身边，将她温暖的身子抱入怀中，忍不住低头和她温存了一阵，松开时，见她脸庞红红的，乖巧地靠在自己的怀里，却眯着眼，唇角上翘，依旧一副心不在焉、自顾开心的模样，仿佛自己不存在似的，心里不禁有点儿吃醋。

"在想什么？"他忍不住问她。

洛神轻轻"啊"了一声，这才回过神来，面庞愈发红了，道："告诉你了，你不准笑我。"

李穆不舍得放开她，正色道："你说，我不笑。"

洛神这才爬起来，跪在他的腿上，嘴唇凑到他的耳畔，高兴地道："方才我做了个梦，梦见一个系了件肚兜的胖娃娃，骑在小乖乖的背上，冲着我跑来，咕咚一下，一头撞进了我的肚子里，就跟真的一样，我一下就醒了。你说好玩不好玩……"

李穆一顿，低头望着一脸欢喜的小娇妻，这才明白为何方才见她按着肚子自己出神，想这些年，将她独自留在建康，聚少离多，压下心中顷刻间涌出的愧疚和心疼，捏了捏她的面庞，点头笑道："好玩。下回见到了你的小乖乖，我对它好些。"

洛神顿时不依了，使劲地推他："你说不笑的！你分明在笑话我！"

李穆被她推倒在了毡褥之上，顺带伸臂抓住她，轻轻一扯，便将她也拽了过来。

他一个翻身，将她压在了身下。

良久，洛神从他怀里钻出脑袋，脸庞红扑扑的，含含糊糊地问："郎君，接下来要去哪里？"

李穆慢慢地平定下喘息，闭目道："征战已久，将士们也会疲劳，借这个机会，叫他们也休息一阵。我先送你回长安。"

洛神一下清醒了："我大兄还在等着见你。"

李穆唔了一声："我知道。"

洛神扭着身子，要他放开自己："那别睡了，快些动身吧。"

李穆仿佛有点懒洋洋的，依旧抱着她不放。闭目道："也不急这一时。这里的事我都交代妥了。你累了，我陪你再睡一会儿。"

洛神摇头说不累，正要再催他，听见帐外远远地传来一阵异响，接着，士兵的声音传入："大司马，洛阳方向赶来了很多百姓，堵住了亢龙道的入口，不让将士们通过，又说要求见大司马！"

李穆睁眸，和洛神对望了一眼。

洛神立刻将他那只搂住自己腰身不放的胳膊搬开，推他："不许睡了，快去看看！"

军营之外，昨夜被设为营地的那片岗原之侧站满了百姓。如方才那士兵所言，通往亢龙道的路口，也被人群堵住了。一队士兵奉命拔营完毕，正要通过此道，被迫暂时停下了脚步。

放眼望去，晨曦之中，洛水之岸，更多的人还在不断地朝着这个方向拥来。

他们仿佛经历了一段连夜的长途跋涉才来到这里，面带疲惫，衣衫褴褛，足上裹着一层厚厚的泥浆，任凭士兵如何驱赶也不肯离开，只在那里不断地苦苦恳求。忽然看到一道身影从军营里快步走了出来，许多人认出了李穆，面露激动之色，呼唤"大司马"之声此起彼伏，人群也随之起了骚动。

先前主持修筑上津口堤堰的王五，从排开了一条道的人群里奔了过来，朝着李穆下跪。他身后的那些人亦纷纷效仿。

李穆疾步到了近前，笑道："快起来！"

和前次他来向李穆求救之时的情景一模一样，这个工匠无论如何也不肯起身，叩头道："当日堤堰水患平了之后，小民和众乡邻想寻大司马道谢，被留下的军士告知，大司马已动身离开。以为大司马会去洛阳，赶到了那里，才得知大司马不在。我们这些人，不止欠大司马一条命，欠的是全家之命！倘若不向大司马叩头表谢，岂非猪狗不如！得知大司马要回关内，斗胆追了上来，侥幸在此遇到，请大司马受小民一拜！"说完，领众人向着李穆叩头。

此前，慕容替在上津口河口布置下的这个计划，如果按照他的设想进行，亢龙道能将李穆阻拦，哪怕只是多阻拦个一两天，结果便也大不相同，可谓是天时地利，万无一失。为防己方被大水所淹，慕容替早早就带着剩余军队渡河，退回到了安全的河北一带。

倒灌的黄河大水便是听命于他的最好的守军。等除去李穆，自己再带兵回来，收复洛阳，不费吹灰之力。

在他整个计划里，除掉李穆才是重中之重。至于即将被大水吞没的河南中原之地的人固然重要，但比起自己要成的大事，这些完全可以忽略不计。

他没有想到的是，才不过一夜的工夫，固若金汤的亢龙关竟然被李穆给攻破了。不但他的计划彻底落空，连河南这片中原之地也拱手送出。

李穆返程时，抵达洛阳之前，晓得百姓不顾大水刚退，家中尚狼藉一片，竟纷纷出城数十里外，等着迎接自己入城，他不想扰民过甚，加上行程也不能耽搁，临时决定绕道，随后按照原定计划，巡了数个重要的位于黄河南岸的渡口和战略之地，布置军事，安排自己人暂任郡守，负责整治地方，安抚民众。

可正因为如此，路上行军较慢，今早还是被身后这些民众给追上了。

李穆要将王五扶起，这工匠带着身后之人却还是不肯起来，又道："大司马北伐至此，不过数日，便又匆匆返回关内，连一步也不肯踏入东都。"

"大司马莫非还是要就此离去？恳请大司马，莫要弃我等于不顾，就此一去不返！"

他说着，眼眶泛红，神色也变得激动起来。

"朝廷南渡之后，这么多年，胡人在河南你来我往，打个不停，我等汉人贱若猪狗。每回打过来一个，便要被剥去一层皮，能活到今日实属侥幸。大司马，我们这些人中，哪个不曾经历过家破人亡的惨剧？从前盼望朝廷北伐，皇帝只要能够回来，哪怕我等依旧吃糠咽菜，也比战战兢兢朝不保夕要好！当年家父在世时，听闻大虞高公发兵北伐，日盼夜盼，望眼欲穿，最后临死也没等到朝廷北归。

"从前大司马未到之时，我们都被那个鲜卑人给骗了！以为他和别的胡人不同，真会将我们这些人视为子民。如今才知，唯有大司马才肯救我等于水火之中。

"小民们听闻，南朝不容大司马。故斗胆恳请大司马，再不要回了，就此留下可好？更不要一去不返，弃我等于不顾！"

说到最后，他哽咽出声，身后的百姓，亦纷纷露出戚色。

那些堵住亢龙道的民众也纷纷跪了下去，高声附和。

士兵先前要过，路口却被堵塞，任凭如何驱赶，那些人只是苦苦哀求，就是不肯离开。领队因有命在身，以为这些民众是来寻衅的，预备下令强行开道，此刻才明白过来。

原来百姓们是怕军队离去了胡人又打回来，这才追上来，堵住路口不让他们通过。

王五抹了把泪，看了眼身后陆续赶来越聚越多的那些人，又道："大司马，这些同行之人并非受到鼓动，乃是一路上晓得我们上津口的人要来留大司马，各村各地纷纷派人加入，这才一路同行，追大司马到此地。为的是能亲眼见到大司马，向大司马请愿，恳求大司马留下，勿弃之不顾！"

"我等甘愿奉上口粮余财，只求大司马顾念，救救我们！"

洛水之畔，许多人拥了上来，他们的手中举着装了干粮麦粟的提篮袋囊，争先恐后，神色激动。

洛神站在大帐旁边，将这一切看得清清楚楚，心中不禁生出无限的感慨。

这些中原之民本就备受异族压榨，活得艰难无比，何况大部分人所在的村庄又刚遭遇一场水淹，水位虽不算高，但生活必大受影响，带出来的这些食物，或许就是家中所剩不多的口粮里硬抠出来的。

他们惧怕李穆一旦离去，这里又要遭到胡人的残酷对待，这才恳求他留下。

生而为人，遭逢乱世，为求生存，竟艰难至此地步。

李穆显然也是有些动容，高声命将士后退，勿再阻拦他们前行，等人群渐渐靠近，向着自己围拢而来，登上一块巨石，面向众人，高声道："承蒙诸多父老厚爱，追我至此，李穆涕零感激。请放心，北伐复地，乃我李穆生平夙愿，纵然不才，既到了此处，又怎会弃之而去？当日之所以过洛阳而不入，乃是不愿搅扰民众。诸位放心，我人虽暂时返回关内，但此地各要紧关口皆安排驻防，一旦胡人再有风吹草动，大军必会开来！各大郡县，不日之内也会出安民通告。"

他环视着对面那一张张仰望着自己的脸孔，顿了一顿，提气又道："我李穆今日借此机会，向诸位父老起誓，不彻底平复中原，还天下太平，便绝不罢休。诸位美意，我应天军心领，所携粮物请一概带回。大水方退，听我一言，勿再追我上路。如今第一要事，便是即刻归家，补种耕作，以保来年收成！"

他的话音落下，四周一片沉寂。

"父老们，大司马所言极是——"身后忽然传来一声疾呼。

众人回头望去，见洛水之畔，又赶来了一行骑马之人。

那当先者，乃縠成县的县令。

縠成县距离此地数百里，县令姓丁，先前听闻慕容替要以大水倒灌洛阳，洛河沿岸一带郡县只怕都要遭殃，于是虽满心恐惧，暗骂鲜卑人狼心狗肺不得好死，倒也未只顾自己逃命，先叫人到县下的各个村庄发了警示，叫村民们各自逃难，自己也弃城，举家逃到一处地势陡高的山中，在山上蹲了多日，始终未见大水淹来。

前几天派手下下山打听消息，才知南朝大司马李穆一夜之间强夺亢龙关，赶赴上津口，化解危机。慕容替更是偷鸡不着蚀把米，丢了大片河南之地，退到河北。本就战败，又遭此打击，恐怕很难再打回来了。丁县令一心想投李穆，这两天不辞辛劳，一路追上，今早追到这里，恰好遇到此事，自然不肯放过这个表忠心的机会，立刻现身，帮助李穆劝退民众。

只见他翻身下马，来到众人面前，高声又道："我乃毂成县令！大司马所言极是。在你们当中，若有我毂成县的县民，便快些归家耕田补种！其余人也是一样，从哪里来的，回哪里去！勿再停留此地，耽搁了大司马的军机大事！"

李穆身旁的几个将领亦纷纷传话，上前劝说民众。

"有大司马的这句话，我等便放心了！大伙都听了大司马的话，回去吧！"王五双眼通红，也从地上爬了起来，跟着向身后之人劝话。

一传十，十传百，聚集着的人群，这才终于开始慢慢地散去。

那丁县令来到李穆的面前，请求拜见，态度极是恭敬，道自己先前听闻消息，如何及时地遣散县里民众，又如何敬仰大司马之名，往后愿誓死追随，效犬马之劳。

李穆勉励了一番，转身而去。

就在这时，忽然，不远处，亢龙道所在的那座高塬之上传出了一声虎啸。

啸声若雷，由远及近，暗震山岗。

民众无不耳闻，纷纷停步，转头望去。

洛神一听虎啸声近，便知白虎又出来了。

自从她失足落水被白虎叼上岸去往长安的路上开始，它便时隐时现。有时几日不见踪影，有时寸步不离，陪伴她同行。身边之人起先惊骇，白虎现身之时往往惧避。数次之后，见它仿佛通灵，并不伤人，这才慢慢消除了惧怕。那日长安解围，洛神入城之后，白虎便消失在了城外的山林之中，这些时日一直未再露面。本以为它已经离去了，没想到这一刻竟然又出现在了这里。

她回头，果然，就在身后那座高塬的半山腰上，一丛峻岭岩头之上，一眼便看到了白虎那熟悉的身影。

它高高地踞于峭壁之间，雄姿焕发，向着对面刚刚升起于地平线的那轮火红朝阳，发出一声震动四野的长啸，啸声未消，纵身一跃，身影便又隐没在了林壑深处，不知所终。

这一幕虽然短暂，但岗下之人，无不看得清清楚楚，议论纷纷。

丁县令回过神来，看了眼李穆，目光一动，突然转身，向着众人高声道："白虎者，神兽也！"

"古书云'国之将兴，白虎戏朝'，又有言'圣王感期而兴，则有白虎晨鸣，雷声于四野'。"

"父老们，大司马今日在此，白虎现身，如此巧合，此难道不是天应之兆？你们还不快快前来拜见！"

他说完，向着李穆奔来，口称天命所在，以大礼纳头而拜。

在他带动下，百姓更是群情激动，争相向着李穆行礼。

高塬之下，洛水之畔，但闻人声鼎沸，气氛达到高潮。

洛神目睹着这一幕就在自己的眼皮底下发生，起先有些吃惊，再一想却又理所当然。

在这些劫后余生的百姓眼中，李穆的出现便如同他们能够抓住的最后一根救命稻草。

这片土地，终归是要有人称王号帝的。在他们的心目中，如今这个天下，还有谁能比这个救他们免于灭顶之灾的人更能令他们安心？

所谓的白虎神兽，只不过是一个引子罢了。

她情不自禁地看向前方的那个男子。见他慢慢地转过了头，两道目光正投向自己。

在耳畔那此起彼伏的鼎沸声中，两人四目相接。

洛神凝视着他，向他露出微笑，用力地点了点头。

小半个月后，李穆带着洛神回到长安。

他们抵达长安的那日，军民欢腾，城中热闹无比。

李穆送她进城，入了刺史府，叮嘱她好生休息，自己换了身衣裳，便又马不停蹄地出城而去。

洛神知道，他是要去见自己的大兄高胤。

那日长安城外，她持着阿耶的虎符赶到，又揭穿了慕容喆的真面目，叔父高允大约羞于见人，连夜不辞而别。大兄却一直没有回，大军至今还驻在上洛。

洛神知道，这应该是朝廷的命令。

回顾这小半年间，从她离开建康开始，她便一直奔波在路上，辗转跋涉，焦虑不安。而今夫妇终于团圆，顺利回到了长安，一旦放松，人难免疲累。

洛神也明白，李穆和大兄都是稳重之人。就算于时局还有分歧，见面应也不至于发生什么冲突。

但话虽如此，李穆离去后，她心底依然感到有些不安。

天黑了下来，她虽然感到累了，却毫无睡意，一直在等着李穆回来。深夜时分，终于听到外头传来脚步声，仆妇隔着门说，大司马回来了。

洛神忙迎他入内，问两人见面的详情。

李穆微笑道："当说的都已告知他了。你大兄他……"他顿了一下，看向洛神，"他也来了，道还要和你见上一面。"

高胤独自入了长安，未带任何的亲随，候在刺史府的客堂之内。

李穆伴着洛神来到客堂，留下了洛神，人便退了出去。屋内剩他兄妹二人。

他站在屋中，身影一动不动，神色郑重。

洛神上前，唤他大兄。

烛火映照出高胤的面容。他比先前看起来要黑瘦些，眉宇之间悬着掩饰不住的沉重，但在洛神面前却仿佛不想过多表露，打量了她一眼，眼底终于流露出一丝温柔的笑意，问她近况如何。

洛神道自己一切都好。

高胤点了点头，沉默了片刻，说道："大司马此前所做之事，夜夺亢龙关，救黎民百姓免于灭顶之灾，我都知晓。别的话我也不多说了。阿弥，方才他对我说，从今往后，他不再是南朝的大司马，亦不再奉朝廷之命。此事，你可知晓？"

他的语气很是严肃。

洛神注视着自己的长兄，点了点头："我都知道。"见他像是要说话，又道，"我不但知道，我也赞同。"

高胤道："阿弥，你可知这代表何意？他这般行事，叫我实在为难。"

洛神道："阿兄不必为难，将实情告知朝廷便是。"

"从前郎君奉命于朝廷，朝廷不也对他百般防备？阿兄如今驻军于此，迟迟没有南归，恐怕亦是奉了朝廷之命监视，防他兴兵南下，图谋建康，是不是？"

高胤不应，只一字一字地问："李穆他真的要犯上作乱？"

洛神摇了摇头："阿兄，你错了。从前他未曾做过有负大虞之事。从今往后，朝廷勿再为难，他也不会主动对南朝不利。"

"劳烦大兄，务必替我转话太后。与其如此防备他，不如防备荣康。他表面对大虞忠顺，实则狼心狗肺。你们一定要小心！他和胡人暗中勾结，要对南朝不利。比起我郎君，这个荣康才是朝廷真正的心腹之患！"她的语气郑重异常。

高胤定定地望着洛神。

面前的这女子分明是自己那个从小看到大的阿妹，却不知何日起，她和自己、和高氏以及高氏所效忠的这个朝廷，已渐行渐远。

高胤知道，如今她是再也不会回头了。

就在今夜，如此时刻，他的心里忽然涌出一缕糅杂了绝望般的深深疲倦之感，如同被禁锢在一间不见天日的幽室之中，依稀知道，只要跨出一步，推开那扇门，光亮或许就在前方，而自己却始终迈不出那一步。

他也终于有所体会，当初伯父身处高氏这个家主之位时，他曾做出的每一个抉择，又是何等的艰难和无奈。

他沉默良久，说道："阿兄明白你的意思了，这就代你转话。但愿……"

他顿了一顿，还是没有说出这句话，只是露出了笑容。

"大司马乃是值得信赖之人。阿妹能得如此佳婿，阿兄放心了，阿兄走了。"

他朝洛神点了点头，开门而去。

黄沙漫漫，驼道苍茫。

一支全副武装、大约千人的鲜卑军队，于半个月前，从北燕国都燕郡出发，晓行夜宿，西行而去。

西面，与鲜卑人的燕国毗邻着的，便是匈奴人刘建于数年前趁着北夏内乱时建立的西凉。

从军队出发之日开始，高桓便一路尾随。

这支军队看起来仿佛是去给鲜卑人在雁门郡的守军运送辎重的，但从它出发之日起，夹杂在数十辆辎重车中的一辆外观极是普通的马车，便是高桓想要接近的目标。

倘若慕容喆所言不虚，长公主确实就在慕容替的手中，那么，比起禁卫森严的皇宫，还有什么别的地方更能藏人？

他潜入燕郡之后，打扮成鲜卑人的模样，凭着纯熟的鲜卑语和阔绰的手笔，很快就和几个时常出入赌场的皇宫内卫混熟，相互间称兄道弟，迂回打听自己想要的信息。一日酒后，终于从内卫口中探听到了一点消息，道这支从燕郡西去的军队，名为运送辎重，实际是个幌子。真正的目的是为了将马车里的人送至西凉，交给西凉皇帝刘建。

马车之中据说是对母子，但身份神秘。到底是何人，慕容替此举目的又是为何，他们便不得而知了。

鲜卑人的骨子里便慕强卑弱。慕容替从前取代慕容西做了皇帝，这几年间，令鲜卑人的地盘不断扩大，压制了西凉国等旁的胡族所建的北方邻国，鲜卑人对他执政渐渐认可，心态日益膨胀，但也知道，与他们眼中真正的强敌李穆，始终还少了一场一分高下的战争。

阖族之人，对不久之前皇帝终于发动的入侵长安的战事，报以极大的期待。

没有想到，这一场几乎倾举国之力，起于潼关终结于上津口的中原之战，即便最后借力那千载难逢的水汛，竟然也没有取胜，而以一败涂地告终。

失败，并不仅仅体现在战事不胜，不断后退，乃至最后将以洛阳为中心的黄河以南也拱手相让，更在于北燕皇帝慕容替因此一役，威信扫地。

那内卫提及慕容替，语气本就带了些不敬，谈及他一改从前对匈奴人的强硬态度，这样大的阵仗，只为掩护送人过去，似对西凉有所谋求，愈发牢骚不停，竟开始缅怀起慕容西在世时的威猛无敌，言下之意，便是慕容西倘若还在，此仗未必会输得如此惨。

说者无心，听者有意，高桓立刻便联想到了长公主母子，随即尾随跟踪，想要一探究竟。只是那辆马车始终被士兵和辎重车牢牢夹在中间，莫说靠近，这么多天过去，连马车里人的样子都未曾看到过一眼。

眼见离西凉越来越近，再没几日便要抵达两国交界的雁门郡一带了，他心中焦急不已。当天恰逢风沙大作，队伍无法前行，扎营在了一个避风口，是夜便不再犹豫，决定深入虎穴，夜探营房。命令几名随从在附近等着，自己换上鲜卑军衣，伺机潜入，朝着营地中心而去。

营房里处处戒备，每隔一段路，便有夜巡的守卫来回经过。高桓一路躲闪，借着夜色和帐篷的掩护躲过一路的岗哨，渐渐靠近营地的中央。

那里守卫愈发森严，几乎几步一岗。其中一顶帐篷的周围更是站着数名卫兵，寸步不离。

一个士兵大约累了，打了个哈欠，回头看了眼身后的帐篷，操着鲜卑语，和身边一个同伴嘀咕道："只不过是一个汉人妇人，外加一个孩童罢了，能出什么事，天天要咱们这么守夜……"

抱怨的话语还没讲完，身后那片暗影里，迅速走来一人，抬手"啪"的一下，一记响亮的耳光便扇到那士兵的脸上。

士兵捂脸抬头，见来的是今夜当值的领队，急忙捂脸低头，不敢吭声。

领队厉声怒斥："你知那妇人是何身份？别以为快要到了就敢偷懒！那人至关重要！出发之前，陛下曾有话，此行若有闪失，莫说你们，连我在内，也要以死谢罪！"

卫兵悚然应是。那领队教训了几句，这才转身离去。

高桓隐在暗处，听得清清楚楚，抑制不住一阵激动。

倘若说，他原本还并不如何确定的话，那么方才那一段入耳的对话，让他心中的希望之火顿时开始燃烧。

一个身份特殊的汉人妇人，加上一个孩童，十有八九，说的应该就是伯母母子二人。

他恨不得立刻能冲进去看个究竟，但那顶帐篷周围守卫实在森严，他寻不到机会靠近，只能继续潜伏在附近，双目紧紧地盯着前方，希冀能亲眼看到里头的人出来。

仿佛心有所感，就在他屏息敛气等待之时，只见那帐门忽然被掀开，从里面弯腰出来了一个人。

月光映出了一道纤细的妇人身影，孤瘦如竹，腰背却挺得笔直。

虽然还隔了些距离，但高桓依然一眼便认了出来，那妇人不是别人，正是自己那个已然失踪了数年、本以为早就不在人世的伯母！

萧永嘉似是深夜难眠，从帐篷里信步而出，站在帐篷门口，仰头，出神般地眺望着夜空中的一轮明月。

近旁几个士兵见状，如临大敌，立刻走来挡在她的面前。

一个会说汉话的士兵开口，命令她立刻进去。

萧永嘉神色平静，冷冷地看了一眼围住自己的士兵，慢慢环顾了一圈黑漆漆的旷野四周，随即转身，弯腰入内，身影消失在了帐门之后。

虽不过短短一瞥，但对于高桓来说已是足够。

他浑身血液沸腾，抑制跳得几乎就要跃出喉咙的心房，慢慢地后退，随即转身，朝着营地外围迅速撤离。

就在快要离开之时，突然，猝不及防，从他侧旁的一片暗影里，转来两个作伴撒尿的巡夜士兵。

"口令！"士兵看到了他，立刻操着鲜卑语发问。

高桓来不及闪避，顿了一顿，迅速看了一眼四周。

这里靠近边营，附近并不见人。

他的脑海里立刻估量如何才能在不惊动人的前提下，在最短的时间里，杀死这两个突然遭遇的鲜卑士兵，然后迅速离开。

他低着头，恍若未闻，继续朝前而去，一只手暗暗地握紧了藏在袖中的短刃。

"站住！对口令！"士兵停住脚步，露出警惕的表情，再次发问。

高桓眼底掠过了一道杀机，就在他要拔刀时，突然，身后传来了一道对口令的声音。

有人赶了上来，快步走到高桓的身边。

高桓感到自己那只握刀的手，被对方暗暗地压住了。那人赔着笑，继续用鲜卑语向对面的士兵解释："他是新来的，一心想着打仗发财讨老婆，不想被配来和我赶车，心里生着闷气，脑子又憨蠢，方才刚睡醒，一道出来方便，一时没记起口令！"

这声音虽然听起来很是低沉而苍老，但在入耳的那一瞬间，高桓却生出了一种似曾相识之感。

他心中诧异无比，实在想不出来，此刻身处敌营之中，怎会突然冒出来这样帮自己解围的人。

但对方是友非敌，这一点完全可以确认。

他立刻松开了按着匕刃的手，顺着身边这人的口气，用鲜卑语骂了几句粗话，随即嘟囔道："早知当兵是来拉车卖苦力的，那日强行绑我，便是拼了这条命，老子也不会来的……"

洛阳一战失利之后，北燕军队补充兵员，到处强征兵丁。巡逻士兵听他如此抱怨，疑虑顿消，道了声无事回帐，撇下他俩离开了。

等那两人走掉，高桓立刻看向身边之人。月光下，站了个和自己相仿打扮的鲜卑低级老兵，佝偻着腰背，身影苍老，半张脸更是被凌乱须发给遮挡住了，完全看不清本来的容貌。

但是，就在对上对方那双在月色下闪烁着光芒的双眼时，他的胸口猛然一跳。那种微妙的熟悉之感再次朝他袭来。

他的脑海里跳出一个人。

他打了激灵，险些没有跳起来，就要脱口而出时，那人迅速看了一眼四周，摇了摇头，低低道了声"随我来"，转身便领着他离去。

高桓心头怦怦直跳，激动万分，立刻跟着那人迅速潜出营地，来到了一处偏僻无人的暗处。

"伯父，怎会是你？！"

高桓要向面前这人下跪。

"六郎起来！"

那人挺直了腰背，声音也不再刻意压低，立刻伸手拉住了高桓。

站在高桓面前的这个"鲜卑老兵"不是别人，正是这几年间一直销声匿迹的高峤。

"伯父，你怎么成了如此模样……"

一时之间，高桓根本无法将面前这个须发凌乱、满面风霜、一身愁苦的老兵模样的人，和自己的伯父高峤等同起来。

他定定地望着，眼眶发热，声音也随之哽咽了。

高峤微微一笑，轻轻拍了拍他的手臂。

"伯父一切皆好，不必担心。"

就是这一个微笑一句话语，让高桓在瞬间捕捉到了伯父往昔的几分神采。

他终于稍稍安心了些，更知这并非细说旧事的时机，定了定神，先将自己此行的经过简单说了一遍。

"伯父，我方才看得清清楚楚，那人就是伯母！"

高峤道："我也知晓了。你的伯母和你……阿弟，确实就在此处。"

他顿了一顿，闭目平定自己的情绪，很快睁开眼睛。

"这些年，我和我派出去的人，寻遍了大江南北，不久之前才获悉这条线索。"

"伯父可知，慕容替将伯母和阿弟送去西凉，意欲何为？"高桓迫不及待地问。

"我听闻，慕容喆如今人就被关在长安？"

"是！当日长安城下，叔父和阿兄为是否强攻长安起了争执，她假冒阿妹，仿伯父笔迹，假传伯父之命，险些酿成大祸。本来是要杀她的，就是从她口中得知伯母下落，这才暂时容她活命至今。"

高峤点头："这就是了。匈奴皇帝刘建对慕容替之妹很是倾慕，从前曾求婚于慕容喆，慕容喆却没答应。慕容替战败，他不甘就此作罢，意欲联合刘建，东西夹击长安，这才将你伯母送去西凉交给刘建。"

"我知道了，这是想拿伯母来交换换慕容喆！只是以胡人的无耻，我怕姐夫便是送回了慕容喆，他们也不会轻易同时放回伯母和阿弟！"

高峤眺望了一眼远处营房的方向，收回了目光。

"六郎，你不必再滞留于此，速速回去，把慕容替勾结西凉匈奴意欲夹击长安的消息告诉你姐夫，让他提前准备。再转告他，该如何备战便如何备战，不必考虑别的。伯母和你阿弟的事交给伯父。伯父必会将他母子二人救回来！"

高峤神色不惊，语气平静，无任何的发力，更不带半分信誓旦旦的意味。

但就是这看似寻常的一句话，从他口中说出，在高桓听来，却有如吃下了一粒定心丸，顿时安心下来。

他点头："侄儿无不遵照！侄儿这就回去了。伯父你要小心！侄儿盼着早日能够见到伯父伯母还有阿弟一道归来！"

他说完，向高峤恭恭敬敬地行了一礼，转身要走，忽听高峤又道："等一下。"

高桓停步转头，见他上前几步，从怀中取出一张折起的羊皮卷，递了过来，说道："这几年间，伯父为寻你伯母走遍北方，足迹亦出了关外，间隙便陆续记绘。此虽为草图，但上面标明了北燕境内各重要的关隘布防与粮库所在。你带回去交你姐夫，供他作战参考。"

高桓惊喜不已，回过神来，急忙双手接过，小心翼翼地藏入怀中，恭敬地道："侄儿代姐夫多谢伯父！"

高峤凝视着他，微微颔首："几年不见，六郎你亦干练如斯，伯父欣慰之余，更是放下了心。事情紧急，不宜耽搁，你快些回去吧。"

高桓不再停留，拜别高峤，转身疾奔而去，走出去一段路，回忆着方才和伯父阔别多年、不经意再次碰面的一幕，念及伯母母子身处异乡，沦为人质，伯父苦苦追寻，两鬓风霜，心中只盼上天垂怜，能叫伯父顺利救出伯母母子，好叫一家人从此团聚，永不分离。

他下意识地再次回头。

身后，方才自己和伯父说话的所在，已是空空荡荡，不见了人影。

他摸了摸怀中的地图，心中感慨万千，回过头时目光蓦然一定。

就在他的前方，一片浓重的夜色里，在古道畔的矮岗之上竟还立着一道人影。

距离不算很远，但也不近。只见那道人影面向着营房的方向，仿佛在眺望着那里，一动不动，凝重如山。

月光从半山照下，依稀照出了一张满面乱髯的脸。

高桓的第一反应便是那人就是伯父，但这念头一闪而过。

伯父必定已经潜回营地，暗中护在伯母的身边，又怎会再次在这里出现？更何况，虽然夜色昏暗，看得并不清楚，但很明显，这道粗犷的身形轮廓，绝对不可能是伯父。

高桓猛地停住脚步，手再次按在了刀柄之上，眼前突然一晃，一眨眼，那个人影竟倏然消失在了夜色之中。

高桓迅速追了上去，疾步登上那片山岗眺望四方。

月夜之下，四野空旷，黄沙如雪。空荡荡的，何来人影？

他迟疑了一下，疑心是自己看岔了眼，摇了摇头。再次摸了摸怀中的地图，急着回去报讯，遂不再停留，跃下岗头，疾步而去。

第二十五章

引狼入室

长安。

大兄那日走后，如今应当还在等着朝廷的回复。洛神听闻，驻守在上洛的广陵军，暂时还没有撤离。

但对于长安来说，随着李穆的回归，这支军队的威胁仿佛已不复存在了。

这些天，长安城的街头巷尾渐渐开始流传在亢龙道，追赶而来的民众在拜谢李穆时，白虎现身于山顶的事情。人们再联想到那日长安兵危之时，白虎穿过军营，奔到城门之下，雄姿矫健，最后蹲在了李穆夫人身边的一幕，各种玄之又玄的说法不胫而走，传遍全城。

李穆陪伴了洛神几日，前些天又忙碌了起来，出城而去，今日才回。

洛阳虽已回归，但河北的大部分地方如今都还在慕容替的手中。

他的北伐之业尚未完成，和北燕之间必定还有一战。

洛神知他忙于备战，白天回来又和蒋弢、孙放之等人碰面议事，耐心地等他，一直等到傍晚，终于等到他回来了，很是欢喜。两人一道用饭。

饭毕，李穆送洛神回房。

洛神想起高桓去北燕境内打探母亲下落的事。算着日子，也是有些时日，不知如今他消息打探得如何，心中牵挂，忍不住问李穆。

李穆拥她入怀，安慰她说，应该很快就能有高桓的消息了。

洛神靠在他的肩头，想起如今还被关着的慕容喆，不禁微微出神。

慕容喆的口风极紧。此前无论如何审问，除了那日透露了半句长公主下落的消息后，便再也没有多说半句。

洛神知道，李穆应当是存了以慕容喆和长公主母子交换的一点准备，才一直留她活命。

也是巧，她刚想到慕容喆，外头便传来了仆妇的通报声："李大人，方才狱典来报，说那个鲜卑女子要求见大司马，道有要紧之事，要当面相告。"

虽然觉得反常，但洛神的第一反应，便是慕容喆或许松口了，立刻看向李穆。

李穆神色平淡，目光微动之间，仿佛想起了什么，伸手握住了洛神的手，柔声道："走吧，咱们一起去瞧瞧。"

慕容喆入监之后，便状若痴哑，终日面墙而坐，一句话也不说，更是不再透露半句关于长公主下落的详情。

连前些时日看守向她传达慕容替败退河北的消息时，她亦毫无反应，宛若置身事外。

唯一的一次失态，据那看守说，便发生在得知那消息的当夜。

那夜深夜时分，看守隐隐听到牢里传出一阵压抑的饮泣之声，等过去时，却见她又恢复了原本的沉默和冷淡。故今日听她突然如此开口，立刻便去通报。

慕容喆并未遭虐，但比起从前，还是消瘦了不少，脸色苍白，正闭目坐于墙边。听到牢外传来脚步声，睁眼，望着站在门外阴影里的那个男子的身影，眼底慢慢地闪烁出一缕光芒。

"你要见我，何事？"

李穆并未叫人打开牢门，只是站在铁栅之外，开口问道。

慕容喆定定地望着他，良久，唇角微动。

"犹记当日，我奉叔父之命去向你传信。一晃数年，今日再见，李将军雄姿如故，我却成了阶下囚。"

她的声音沙哑，神色像是自嘲，又像是感叹。

李穆的视线，穿过铁栅，落到了她的脸上，目光平静："慕容公主，你若是想通了，痛快交代长公主的下落详情，待她平安归来，我可饶你一命。倘若还在打别的主意，不必枉费心机。"

慕容喆抬起眼眸，盯着李穆，说道："我虽然掳走了她，但你别忘了，当日若不是我恰好也在，以当时情景，何来她存活于世？何况这几年间，我奉她如母，对她没有丝毫的怠慢。这便是你对我的报答？"

李穆冷冷地道："胡人虽也称人，却多不知何为人道，更遑论礼义。便是衣冠者，亦只知心术而不知耻。慕容公主，你便是其中之一。

"当日我曾警告过你，勿再以我夫人面目示人。你可知今日你何以还能活着，有如此待遇？”

“实话告诉你，你愿详说长公主之事最好不过。不说亦是无妨。慕容替扣她多年，自然是要以她要挟于我。以他今日之败，倘若所料没错，不久必会推她出来。只要她现身，我未必不能救她。你并没有你想象中那般重要，更非不可或缺之人。已是饶你不死，你还想要如何？”

慕容喆的脸上，露出了一丝掩饰不住的狼狈之色，沉默了片刻，仿佛终于定住心神，低声道：“你先前对我说过的话，我自然不敢忘记。你说的是，我确实厚颜无耻。但我也有我的无可奈何。”

她从地上慢慢地站了起来。

“夫人可也随你同来？若是来了，可否容我单独和她说几句话？”

李穆道：“你有何话，说便是。”

慕容喆道：“事关长公主母子，我只能和夫人说。”

李穆皱眉，面露不快之色，本不欲搭理，但知洛神心中对母亲极是牵挂，只是没有在自己面前时刻表露而已，冷冷地盯了慕容喆一眼，终于还是转头，吩咐了一声。

随从去了，很快引着在外歇着的洛神进来。

李穆转身迎了上去，将慕容喆之言转述了一遍，低声道：“你不必进去，就在外头。我在近旁。若有事，呼一声便是。”

洛神点头，定了定神，快步来到关着慕容喆的那间牢房之前，隔着铁栅，停在了门外。

慕容喆除了一开始，道了些关于长公主母子的事情，后来便什么也不说了。今日终于肯开口，她想到母亲和自己那个从出生后便素未谋面的阿弟，心中一阵难过，又一阵的期待。

她是多么渴望，能快些将母亲和阿弟救回来，父亲也归家，往后一家人团聚，再不分离。

“慕容公主，你要怎样才肯说出实情？”

洛神知道她必定是要和自己讲条件，虽然还不知她要的是什么，所以开口便直接如此问道。

慕容喆的双目凝视了洛神片刻，答非所问：“李夫人，说起来，我料你不会信。从我记事开始，这些年来，我过得最轻松的时刻，便是被囚于此的这段日子。”

见洛神似乎一怔，她自嘲般地笑了一下，笑容带了几分惨淡。

“我从小便没了生母，七岁开始，被家族选中，加以严苛训练，吃尽了苦头。

慕容替并非我的胞兄，但在我小的时候，唯一对我好些的便只有他了。这也是为何我后来会不计一切为他做事。这一回，为了助他大事能成，我假扮成你，来到长安。没有想到，最后不但事情没成，功亏一篑，连我自己也陷入了如此境地。"

"你们以为我会无比沮丧，想着如何尽早逃离是吧？你错了。"

"我竟感到安心，前所未有的安心。这些年来，我已尽我所能去报答长兄了。事不成，是天意，非我没有尽力。"

"很早之前，长兄曾对我说，他答应过人不去屠城，故当日攻下洛阳，纵然恨极了这座城池，他亦未杀一人。但我却知，他早又另有安排。不亲手屠城，却依旧要他痛恨着的洛阳和城中之人受到他们应得的惩罚。还有你的郎君李将军，他更是我兄长这辈子最大的仇敌。于天下，于私怨，他都与他势不两立。"

她双眸望着洛神，从她的发，一直看到脚，眼角渐渐泛红。

"李夫人，有时我真的羡慕你。出身南朝名门，又嫁了李穆这样一个男子。我固然做尽卑劣之事，被李大司马轻视，但我并非完全无心之人。李大司马乃我生平第一个仰慕之人。

"那日，当我得知长兄原本势在必得的引水之计被李大司马挫败的消息时，我真的不知，我当时到底是失望，还是彻底地松了一口气……"

她忽地潜然泪下。

监牢中静悄悄的，只闻压抑着的女子的低低啜泣之声。

洛神沉默了片刻，道："亡羊补牢，犹未迟也。你既知耻，往后该如何做，心中自当有数了。"

慕容喆抬头。

"这便是我今日要见李大司马和夫人你的缘故。我兄长此前虽遭失利，但他绝不会就此罢手。倘若我所料没错，如今他必定想要联合匈奴人刘建，夹击长安，以图再次一搏。那个刘建，从前曾觊觎我，向我求亲，被我拒绝了。我恳求长兄，勿将我嫁到西凉，当时他应允了下来。但如今情势不同，以我对他的了解，他必已改了主意，迟早是要拿长公主威胁大司马，好将我换回，送我去西凉结交刘建，以谋共同出兵。"

她的眼里流露出了一缕浓重的厌恶之色。

"那个匈奴人令人作呕，我实在不愿再胡乱委身于人。"

"我也早就明白了，对兄长而言，我只不过是他手中可利用的一件工具罢了。我叔父早年因功高震主，被迫离开龙城之时，我刚出生没多久。后来这几年，他虽对长兄有所提防，但并未对他痛下杀手，对我也算亲厚。当日长兄以计杀了叔父之后，弃尸不顾，放任和叔父生前有怨的手下去砍斫尸体，我便为之暗中齿冷。当时若非我加以阻拦，叔父怕是连全尸也不能得。长兄对叔父尚且如此对待，从前为了复仇，更是连自己的性命都未当一回事，又何况是我？这些年来，我也为他做过不少事，如今就算离开也不算对不住他了。"

"李夫人，在慕容氏的家训里，没有信义二字。有的只是为达目的，不择手段。以我长兄之心计，恨李大人之深，即便他提出以长公主母子换我，想必也不会只是简单交换。"

"只要你能答应我一件事，我保证，我必竭尽所能，让长公主母子安全归来。"

"何事？"

慕容喆凝视着洛神，慢慢地道："当着夫人之面，我便不遮掩自己的所盼了。夫人若能应允，待事成之后收容我，顾我终身无虞，我便对天发誓，就此弃暗投明，倾尽全力，助大司马成就大事。"

她虽没有明说，但言下之意，洛神岂会听不出来？

他没有想到，慕容喆竟会直白如斯，径直就在自己面前提出了如此一个条件。

她下意识地便要拒绝。尚未开口，听见慕容喆又道："这些时日，我也已是想明白了。这次即便能够回去，若还是像从前那般活着，又有何乐可言？"

"我并不惧死。"她慢慢地来到洛神的面前，和她隔着铁栅相望，一字一字地说道。

洛神和她对望了片刻，淡淡地道："这有何难？长安有无数的勇健儿郎。你若真愿弃暗投明，日后我必会代你留意。"

慕容喆看着洛神，微微一顿，道："李夫人，你知道我的意思。"

洛神道："方才我的话语，亦是我的意思。"

慕容喆盯了洛神片刻，目光仿佛惊诧："李夫人，我实在不明白，你为何不应？我只不过是想留在大司马的身边，助夫人服侍大司马而已。难道你不想救回你的母亲和阿弟？你还没见过你阿弟的模样吧？"

洛神长长呼吸了一口气。

"慕容公主，我母亲当年便是收容了一个不该收容的女子，这才有了今日之祸。她若知道，必不肯让我重蹈覆辙，哪怕是为了救她和阿弟。

"李郎君是我的郎君。莫说我不会与人共之，便是我愿意，非我贬低公主，郎君恐怕也不会点头。慕容公主愿出力最好，若是不愿亦不勉强。郎君会助我再想办法的。"

她说完，转身就要离去。

慕容喆那张本就苍白的面庞愈发不见血色了。

她盯着洛神就要离去的背影，眼底忽然掠过一缕厉色，快步来到栅门前，抬手伸到发髻之侧，竟从髻里抽出了一支藏于中的看起来像是一截小竹管的东西，拔下盖头，便露出了一截锋利的铁尖，赫然变成了一把小小的匕首。

囚犯入狱之前都要经过搜身，免得身边留有任何锐物，既防伤人，也防自伤。

没想到，慕容喆的头发里，竟也藏有锐器。

"李夫人！"

她厉声唤了一句，见洛神回头，将手中的尖头对准了自己的脸。

"李夫人，我一心向好，对你无所不言，本盼着你能有几分同情之心，救我于泥潭之中，不想却遭你羞辱至如此地步！

"我只要将我的这张脸划上几下，叫西凉皇帝刘建知道，是你逼迫下的手，则不但能叫他打消娶我的念头，你说，你的母亲和阿弟，他们又会遭到如何的报复？"

她冷笑。

洛神吃了一惊，见她脸色惨白，目光闪闪，迟疑了一下，正想着先安抚，却听到身畔传来一阵脚步声。

李穆来了。

慕容喆睁大眼睛，望着对面这个自己从见他第一眼起便暗自倾心的南朝男子。

从没有一刻，像方才那样，让她清楚地意识到，她是何等嫉妒面前的这个女子。

她曾坐在镜前，痴望着镜中那个有了另一张脸孔的自己，想象着，便是一辈子都戴着这张脸生活，她也是心甘情愿。

一切都是因为他。

而此刻，面前这个曾令她一见倾心的南朝男子，他投向自己的两道充满了厌恶的阴沉目光，却让人不寒而栗。

"慕容公主，你想划几刀，尽管划便是，没人会拦你，自己看着办。"李穆冷冷地道了一句，随即转向洛神，握住她有些发冷的手，带着她转身出了牢房。

慕容喆终究还是没有往自己的脸上划刀。

三天之后，高桓赶回长安，给洛神带回了来自父亲的消息。

洛神振奋不已，开始盼望着父亲能早日救回母亲和阿弟，带他们平安归来。

而与此同时，她却又将不得不和李穆再次分开了。

派出去的探子陆续传回了消息，西凉和北燕开始有了往边境调兵的迹象。

李穆召集部下，制定了不等对方集结完毕便做出主动迅速攻击逐一击破的战术决定。

就在北方战云密布，一场新的，或许也是最后的北伐之战，就要再次来临之际，远在建康城的大虞朝廷此刻还依然陷在一场争辩之中。

争辩的焦点，便是到底该如何处置李穆。

高胤此前发回来的奏报早已到了建康城。

在奏报里，他说李穆现如今对朝廷并无实际威胁，请求准许他带兵返还。

他解释说，对朝廷而言，如今最大的危险并非来自长安，而是仍占据着青州的那支鲜卑兵和西南的局势。

青州一直就是北方政权企图与素有建康江北门户之称的广陵相峙的大本营。从前北夏时如此，如今北燕亦是如此。慕容替在青州经营了一支效忠于他的心腹精兵，虎视眈眈。此前洛阳一役，因为李穆绝地反击，他虽然丢失了大部分黄河以南的中原之地，但青州仍然掌握在他手中，对朝廷的威胁，并未得到彻底解决。

除了北方的青州，西南也是朝廷需要防范的重点。那里本就鞭长莫及，胡族杂居，此前便陆续出现多个自立的胡人政权，又有过许泌之乱，前些年，本就是靠着李穆之威才勉强镇压了下去。如今李穆不在，局面怕会再次变乱，他请求朝廷务必重视防范。

纵观如今的局面，与其让他继续留在长安空置军力，不如及早回兵。

这是一封很长的奏报，罗列详细，鞭辟入里。他的急切之情跃然纸上。

但他却并未如希望的那般迅速得到回应。朝廷因他这封奏报而起的争论已经持续了多日。

以刘惠为首的官员并没有因高胤的这封奏报而改变想法，仍然坚称李穆公然背叛大虞，行径骇人听闻，是为朝廷最大的乱臣贼子，当立刻向天下发布公告，人人得而诛之，并责令高胤立刻执行先前朝廷下达的命令，控制长安，捉拿李穆。

比起刘惠这些人，冯卫的态度却要缓和许多。他赞同高胤的奏报，说李穆并非朝廷如今最大的隐患。以他对李穆的了解，之所以驻军不归，中间应有重重误会。他希望朝廷先暂缓对长安的谴责和压迫，甚至毛遂自荐，愿意亲自去一趟长安，当面劝说李穆，让他向朝廷认罪，回归朝廷。

高雍容固然需要刘惠这些人为自己摇旗呐喊，收拢人心，但她心里清楚，像冯卫这样能做事的人，是刘惠之流所无法比拟的。一直以来，她对冯卫便颇多倚仗。

这一次的争辩，她起先一直没有表态。

从她内心深处来说，她更倾向于刘惠的言论。

在高胤发来信报之前，关于洛阳一役，李穆如何沧海横流力挽狂澜的消息，早已经传回南朝，而所谓"白虎现，圣人出"和亢龙关前民众苦苦追留他的消息，更是在民间引发了热议。

南朝百姓越是沸腾，对于高雍容来说，便越发成了一个噩梦。

没有任何一个上位者能容忍如此的局面。

李穆是压在她面前的一座大山，一日不移除，她一日无法安心。倘若有法子，能将李穆除去的同时而不动摇大虞，她立刻便会毫不犹豫地动手。

而之所以迟迟不敢动手，是因为她也知道，高胤的顾虑不是没有道理。

但是她的犹疑并没有持续多久。

因了高胤随后送到的一封发给她的秘奏，使她终于下了决心。

高胤在发给她的密奏里，如实讲述了自己和洛神会面的经过。

他再次强调，他愿以自己的人头担保，长安如今绝对不是朝廷需要防范的首要目标，需要防范的是荣康，务必限制他的权力。

他强调，这并不仅仅只是来自长安的提醒，更是自己的隐忧。

荣康本只是个地方方伯，借许泌之乱而起势，这几年对朝廷之事异常热络，势力不断地扩大。结合他从前在巴地蚕食周边的劣迹来看，荣康绝非安分守己之人。如今朝廷局势微妙，倘若再不对他的权力加以限制，比起李穆，他更有可能成为大虞的心腹之患。

在这几年中，荣康的官职一直不断地得到提升。在李穆接走洛神，和朝廷决裂之后，高雍容便提拔他为镇西将军、荆州刺史，命他领兵去攻义成。无果而归之后，他驻军荆州，向朝廷上了一道请罪书，等待降罪。

高胤没有想到的是，他发给高雍容的这封推心置腹的私信，非但没有达成目的，反而令当朝太后变得愈发疑虑，乃至惶恐不安。

她最担心的事情，终于还是发生了。

如今竟连高胤，也被长安那边给说动了！他非但不执行自己的命令，反而开始帮着长安开脱罪名。

她原本倚仗的高氏，日后还能让她继续依靠吗？

当信任开始产生裂痕，偏执和疑虑便如同一条吐着毒信的蛇，盘在阴暗的角落，用盲目和自大的毒液浸染人心，直到彻底地蒙蔽人的双眼。

放眼天下，她还能够借力自保的，除了那个正在被长安警慎的荣康，再也没有第二人了。

在高雍容的眼里，荣康本是个一心仰慕士族想要获得士族认可的莽夫。

李穆虽然出身低微，但好歹也是庶族。

而这个荣康，连庶族也不是，根本就是一个来自化外的野蛮人。

这样一个人，竟也敢觊觎自己的堂妹洛神，甚至不止一次在她面前表露出他日若是扳倒李穆，希望太后能赐婚他和洛神的意思。

高雍容从心底里鄙视，但当面却从未明确拒绝过他的痴心妄想。

她需要这个蛮人对自己言听计从。而荣康这几年对她一直俯首帖耳，除了上过那个叫她后来扎心的所谓"祥瑞"和没能打下义成之外，其余表现令高雍容很是满意。

而如今，长安之所以要借高胤之口提醒自己当心荣康，自然是有用心。十有八九，不过是离间计罢了。

这一夜，高雍容在儿子的寝宫里，注视着他那张沉睡的面容，被自己母子即将就要沦为孤家寡人的恐惧折磨着，彻夜难眠。

天亮之后，她不再犹豫，下了两道懿旨。

第一道是下给高胤的。命他继续驻军原地，严密监视着长安的动向，封死李穆的南下之道。没有朝廷的命令，不许擅自回兵。

第二道，便是加封荣康为郡公，兼江州刺史，命他发军驻到江州，随时听从朝廷的调遣，以拱卫下游，应对可能发生的任何针对建康的攻击。

这两道懿旨，再次在朝廷引发了轩然大波。

冯卫一开始极力反对。

太后看似没有听从刘惠他们的主张，公然宣布李穆是为逆臣，给日后留了转圜余地，但如此安排，尤其是引荣康入江州，在冯卫看来，如同将建康门户大开，很是危险。

建康只驻有万余宿卫军。向有建康门户之称的广陵，军队主力也已被调去防范李穆，如今只剩一小部分守军。

从江州到建康，虽不算近，但在没有足够广陵军镇守门户的前提之下，将荣康引入江州，无异于是将建康置于他的保护之下。

万一荣康不可信，建康岌岌可危。

但这一回，高雍容的态度却十分坚决，命荣康即刻到江州就任。

荣康的反应也令高雍容很是满意。

他在收到朝廷委任之后，感恩戴德，不但八百里加急上了一封感恩书，为表达对朝廷的忠心，还提出要将自己的长子送到建康为质。

高雍容不但就此彻底打消了疑虑，就连冯卫，在知悉荣康的这个决定之后，态度也终于有所缓和，不再像先前那样坚决反对了。

毕竟，在广陵军不能及时返回的情况之下，倘若荣康真的忠于朝廷，让他驻兵江州，对建康来说，如同多上了一重保险，自然是件好事。

这一年的深秋，大江南北，黄河上下，冥漠之中，人人各行其道，走上了已择的那条道路。

李穆和洛神再一次地辞别，踏上了他的北伐之路，为自己少年时便曾立下的雄心壮志蹈锋前行。慕容替厉兵秣马，拉拢盟友，会师雁门，发誓要手刃仇敌，雪尽前耻。高胤枉有一身血气却如索在身，寸步难行，只能驻军原地，徒劳地向朝廷再次发去奏报，盼望能说动当政之人，允许自己返回他该在的位置。而荣康，则带领着他的军队，一路没有阻拦，直奔江州。

不管北方如今又如何风云再起，至少在南朝，看起来一切仿佛都在高雍容的掌控之中。

正当朝廷上下翘首等待着荣康履行诺言将长子送到建康为质之时，情况开始变得不对劲了。

据消息，荣康的军队在抵达江州之后，竟然没有按照调令指示的那样就地驻军，而是沿着大江朝着下游继续东进。

高雍容起先并不相信，直到数日之后，陆续收到了沿途几个太守发来的急报，这才意识到了问题。

消息称，荣康以护送长子入京做人质为借口，率领大军继续东进，势不可挡。以各郡那点可怜的地方军事力量根本无法制止。他们能做的也就是第一时间上报朝廷，希望朝廷出面干预。

高雍容立刻派遣刘惠赶去，阻止荣康的这种行径，命他带着军队退回江州，只允许他的儿子入京。

刘惠不但在朝廷身居高位，更是当下建康士族中的名士，以机敏和辩才而闻名，先前荣康数次入京之时，对他诸多奉承，看起来颇是敬重。出了这样的事，派他出面解决最是恰当不过。

但刘惠的表现却叫高雍容和朝廷官员彻底失望，并为之恐惧不安了起来。

刘惠见到荣康的时候，荣康的大军如入无人之境，已经开到了毗邻丹扬郡的石城。

据和刘惠同行、后来逃回的那个黄门侍郎讲，会面之初，刘惠趾高气扬，颐指气使，荣康态度谦卑，但等刘惠传达朝廷旨意，命他即刻带兵掉头返还江州之时，荣康立刻变脸，说自己是奉了太后之命，亲自送儿子入建康做人质，不肯返回。刘惠自觉受了冒犯，很是生气，骂荣康是野蛮人，不讲信义。荣康大怒，当场将刘惠和从属全部扣下。这侍郎恰好当时因为身体不适，留在营中没有同行，闻讯不妙，脱了官袍和道旁百姓易衣，装成衣衫褴褛的路人，这才侥幸避过追拿，逃回了建康。

满朝文武被这个消息彻底给惊住了。

荣康的意图，至此已是昭然若揭。

冯卫痛悔万分，懊悔自己起先竟也放松警惕，没有坚持反对到底，以至于引狼入室，酿成了今日之祸。

高雍容更是心乱如麻，一口气没有提上来，险些晕厥了过去。

她万万没有想到，这几年，自己一手栽培起来的这个外表看起来忠厚可靠的地方将领，竟也暗藏了如此狡诈而毒辣的祸心。

他的军队倘若开到建康，以建康目前的兵力，根本就没有招架的余地。

到时，人为刀俎，我为鱼肉。

她终于想起了堂妹先前经由高胤之口对自己的提醒，也想起了高胤那支至今还被压在长安附近的军队。

一夜之间，她的嘴角起了燎泡，人也病倒了，却不愿在朝臣面前有半分的示弱。

那天的朝会，她强打起精神，带着自己的儿子，站在通往大殿的门口，耳畔听到满朝官员对自己的低声抱怨之时，生平第一次，她深刻地感受到了什么叫四面楚歌。

她派人火速过江，送信到广陵，急调高胤此前留在那里的驻军速来应援阻拦荣康。

同时，以最快的速度送信给高胤，命他即刻回兵。

信使出发之后，高雍容和大臣们开始了焦心的等待。而荣康军队很快就要开入京师的消息，也在全城迅速蔓延了开来。

所有曾经历过数年之前许泌之乱的人，在心底里，不约而同地感受到了一种日日噩梦即将再临的恐惧和绝望。

那一次，危难中的建康城，有高氏家主高峤临危受命，站出来带着将士血战到底，直到李穆到来，拯救了这座皇城和城中之人。

而这一次，当相同的噩梦再一次降临，谁又将会拯救他们呢？

再也没有拯救了，更是看不到任何的希望。

不过数日之后，来自江北的消息便如瘟疫一般，带着绝望和恐惧迅速地席卷了全城。

就在这个节骨眼上，驻在青州的北燕三万军队对只剩不到一万驻军的广陵发动了进攻。先前因愧悄悄南归的高允已赶去广陵，领着那不到一万的人马阻挡鲜卑人的南下，军队正陷入苦战，自身恐怕也是难保，根本无法回兵保护建康。

而远在长安的广陵军主力，这时候即便能够如期收到消息，亦是远水解不了近渴。

更何况，就连消息也被半道拦截了。

月初，就在建康城里的富贵人家开始卷着细软连夜逃离，而更多的百姓人心惶惶之时，荣康的大军，几乎没有遇到任何像样的抵抗，顺利地开到了建康城外。

亲自指挥建康保卫战的冯卫被俘，数名顽强抵抗的武官被杀，不过半日，荣康的大军便撕开了由一群毫无战斗意志的宿卫军所布防出来的阵地。

面对着如潮水一般涌来的入侵者，冯卫除了痛哭流涕，再也没有任何别的办法。

城门全部被堵死了，建康变成了一座围城。

荣康骑着马，在身后铁甲军队的簇拥之下，于道旁建康百姓恐惧的目光注视之下，得意扬扬，呼啸入城，径直闯入皇宫。

大虞的太后，带着皇帝、皇室、士族，以及身后那一群如丧考妣的官员，在从出逃的路上，被身后追赶而来的荣康士兵拦截了下来。

这群昔日高高在上、从出生日起便受着锦绣供养的高贵之人，宛如一群难民，只能步行着，被周围那些持着刀戟、如狼似虎的士兵一路赶回建康城，回到了皇宫。

那一日，建康城上方的那方深秋天空碧蓝如洗，鸿雁北归。

南国的秋空竟难得也有了一丝北地的飒爽和通透。

荣康高高地坐在建康宫大殿的那张宝椅之上，正摸着扶手上浮雕着的一条黄金盘龙的龙头，看见被士兵驱赶着入了大殿的那群人，他起身下了宝座，朝着众人走来，将一只血迹干涸，皮肉已然开始膨胀腐烂的人头，掷到大殿光洁的地面之上，说道："臣不过是奉太后懿旨，亲自送犬子入京师为质罢了，无奈太后对臣误会至深，摆出如此阵仗，万不得已，臣只能得罪。"

地上那只人头的主人，正是多日之前被派去带人传信给高胤的扫寇将军。

大殿里起了一阵作呕之声，许多人不忍再看，纷纷以袖袍遮面。

高雍容脸色惨白，紧紧地攥住躲在自己身后的惊恐万分的幼帝的手，厉声叱道："荣康，大虞陛下乃是天命所归！枉我对你如此信任，你却恩将仇报，以下犯上，做出禽兽不如的恶举！你就不怕遭到天谴？"

荣康不怒反笑，拍掌，众人便听到殿外传来一阵脚步之声，转头，见冯卫和刘惠以及先前跟随刘惠一道过去面斥荣康的那些属官，竟全被五花大绑地推到了殿中。

士兵撒手之后，冯卫双目紧闭，一动不动。刘惠面如土色，站在那里瑟瑟发抖，眼看就要晕厥过去的样子，其余人亦皆狼狈不已。才不过十来日，便都似换了个人，身上哪里还有半分昔日轻裘朱履不可一世的富贵模样？

荣康命人松绑。

众人看着他，又惊又疑，不知他此举到底是何意图。

荣康走到高雍容的面前，盯着高雍容身边的幼帝，下跪，一本正经地道："太后，陛下，臣方才说了，臣此行唯一目的便是送犬子入京。一切都是误会。如今误会解除，恳请太后和陛下回归宝座，大臣们亦各就各位，由臣带着诸位向陛下行叩见之礼。"

大殿里鸦雀无声。

众人看着环立在周围的那些铁甲鲜明、手持明晃晃的染血刀戟的士兵，一时无人敢动。

高雍容亦是僵硬地立着，死死地将小皇帝护在自己的身后，一动不动。

荣康的目光，依次从众人的脸上扫过，渐渐转为阴沉。突然拔刀，一刀刺入身边一个大臣的胸口，在那人发出的惨叫声中，荣康厉声喝道："你们全都聋了？我的话都没听到？再不从命，杀！"

"杀！杀！杀！"

周围的士兵，跟着发出一阵咆哮，声音回荡在大殿的角落，发出嗡嗡回声。

众人瑟瑟发抖。

有的当场软倒在地，有的拔腿跑向自己往日站位的地方，更多的人，宛如无头苍蝇一般，白着脸在大殿里胡乱跑动，相互推搡，争着自己的位置，唯恐迟了，招来杀身之祸。

一阵乱哄哄宛如闹剧般的动静之后，就连始终闭目不动的冯卫，也被唯恐受他牵连的同僚给推着，推到了文官列队的首位。

在荣康和他的士兵发出的肆无忌惮的嘲笑声中，南朝的文武官员，终于各就各位。最后只剩下高雍容还牵着小皇帝，两人站在大殿的中央。

"太后，人人都就位了，只等着太后和陛下。"荣康笑嘻嘻地到了她的面前，貌似恭敬地道。

高雍容僵硬地直着脖颈，目光盯着前方，拖着儿子的手，一步步地上了陛阶，终于带着小皇帝，慢慢地坐在了那张龙椅之上。

雁门关的周围，群山起伏，千嶂万壑，北据塞外，南通关中，烽堠遥应，隘口相连，自古便是兵家争夺的要地。

匈奴人刘建建西凉后，占据了雁门关。就是凭着这个倚仗，他野心勃勃，从前数次谋划南下攻打长安，占领关中，谋划不成，又改而将目标放在东面，求婚不成，便和慕容替争夺地盘，双方冲突，打过几仗，各有胜负。

本来相互交战的两国，如今因为一个共同的敌人，靠着联姻，终于联合在了一起。

做了几年西凉皇帝的匈奴人刘建非但不傻，反而精明得很。

他占据的地方，不止在雁门之外，还有部分并州之地，晓得李穆迟早是要将矛头对准自己的。如今慕容替人算不如天算，在李穆手里栽了个大跟头，灰头土脸，将洛阳一带的中原之地拱手让出，主动找上门来，以婚姻示好。自己既能抱得美人，又能合拢双方兵力铲除李穆，以绝后患。如此一个机会，他怎会错失？

想当初，自己向慕容喆求婚，却被她嫌恶，令他沦为笑柄，如今慕容氏求好，慕容喆也落入了李穆之手，要靠着自己才有可能回来，笔墨又如何能描尽他心中之得意？

此前的洛阳之失，对慕容替来说，如同输了一场豪赌。

那一战，不但让他丧尽了在中原的人心，在燕国威望大减，于实力也是大受打击。

除了一支负责送来人质的先头部队，燕国的大军和相应的后勤粮草，至今还在路上，未能到达。

就在这个时候，西凉皇帝刘建收到消息，说李穆突然发兵北上，疑似向着雁门而来，显然是冲着自己的，急忙召集手下，商议过后，定下了对策。他一边派人送信给李穆，称要以长公主母子交换慕容喆，一边集合军队，严阵以待，只等北燕军队开来，到时双方会合，誓将李穆灭于雁门之外。

李穆率着军队从长安出发，北上雍州，入并州，直奔雁门而去。

北方的深秋，越靠近边塞越是风沙弥漫，衰草连天。

这条北上的将长安、雍州和并州连接起来的官道，开辟于大虞开国初年，沿途分布着大大小小数十个郡县。早年间，曾经人口稠密，市井云集，而今在胡族铁蹄的反复践踏和屠杀劫掠过后，这一路北上，大军沿途所见，人烟稀少，荒村遍地。道上除了偶尔有几个拖家带口、结伴逃难的路人之外，连野狗都饿得瘦骨嶙峋，倒毙路边。死气沉沉，荒凉之甚，叫人触目惊心。

直到半个月后，渐渐靠近雁门，路上才多了些逃难人的身影。

　　早两年，刘建为稳固西凉的地盘，曾逼迫许多来不及逃走的人举家迁到雁门郡充实人口，为自己筑城，充当奴役。当时人数万余。除了汉人，中间也有氐、羯、鲜卑等族的平民百姓。这两年间，死的死，逃的逃，如今只剩千把人了。

　　战事虽还没有到来，但随着匈奴骑兵云集雁门，宛若惊弓之鸟的这一千多役民，早已嗅到了战争的气息。即便不逃，也会被征为奴兵，等着他们的只有死路一条。从半个月前起，这些人便从临时聚居的方镇逃亡。许多人自然死在了匈奴兵的刀下，但也有侥幸逃出来的，结伴朝长安方向而去，遇到这支北上的军队，得知是李穆的应天军，如见救星，跪在道旁求助。

　　李穆命军医救治受伤和生病的逃难之人，给其余人指点去往长安的道路，不分胡汉，一视同仁。这一日，开到一处名为石口的关隘。

　　这里距离雁门不过只有数百里路。刘建指定的用以交换人质的方镇，就位于石口和雁门关的中间。

　　长途急行，士兵见乏，李穆命军队暂时驻扎下来，士兵抓紧歇息，自己带了几人，换上路人的衣服，先行去往方镇探查地形。

　　方镇从前是位于这条古道之上的一个商贸点，东西南北的客商云集于此交易换货，一度曾车水马龙，人来人往。后来因为战乱，荒芜了下去，这两年，就成了那些被强行迁到这里充作奴役之人的临时聚居之处。日复一日，风沙侵袭，如今城垣坍塌，周边被埋，城内仅剩的那片还没被黄沙掩埋的黄泥民居，也是低矮破旧，荒凉无比。

　　高桓那日在敌营里偶遇高峤，心知就算他还没救出伯母母子，如今人也一定在他们附近，这让他放心了不少。但想到对方守卫森严，伯父毕竟势单力薄，且至今也没什么好消息传来，心中又有些忐忑，故得知李穆要去暗探方镇，立刻要求同去。

　　几人纵马疾行，半日便到。快到之时，下马改为步行，远远看见镇口的方向，高高地挂着些长条状的东西，风中晃晃荡荡，吹来的风里隐隐飘浮着一股腐肉的臭味。

　　走得近了，这才看清，镇口的黄泥土墙和木桩之上，竟挂满了一具一具的尸体，地上更是伏尸遍地，足有数百具之多。有男有女，有老有小，最小的一具看起来不过几岁大而已。

　　从尸身上残余着的褴褛衣着判断，应该都是前些日逃亡不成，被匈奴兵抓回来的镇民。

　　尸身已然腐烂膨胀，面目恐怖，一群乌鸦停在附近，正啄着腐肉，看到来了几个活人，发出几声怪叫，振翅飞上空中，却不停地盘旋在腐尸之上，不肯离去。

空气里充满了浓烈的臭味，入目所见，更是如同人间地狱。

这几名随从无不是跟随李穆出生入死从尸山血海里走过的悍将，但面对如此景象，亦是面色微变。

高桓早也习惯了战场杀戮，但身处如此境地，一时无法呼吸，腹胃里一阵翻江倒海，忍不住呕了几下，定了定神，才直起身来，怒道："这些禽兽不如的匈奴人！定是知道咱们会来这里，故意留下这些尸体，好给咱们一个下马威！等抓住了这些匈奴人，不将他们碎尸万段，难消我心头之恨！"

李穆打量了下四周，穿过一具具的尸身，走进已经空无一人的镇子，察看了一圈，最后爬上附近地势最高的一座坡丘，站在上头眺望四周，出神了片刻，便出镇，一言不发，只带着高桓一行人，踏上了回程的路。

傍晚时分，渐渐接近驻军的营地，前头道旁，走着一行十数人的难民，听到身后传来马蹄之声，回头见来了几匹快马，急忙让到路旁。

李穆经过这一队难逃人时，回头看了眼行在队伍末尾的两人，忽然放慢马速，停了下来。

高桓见他停下，便也跟着勒马，顺着他的视线望去，见那二人赤着两脚，挑了一副破破烂烂的家当，正跟着前头之人低头向前。他们衣衫褴褛，皮肤被太阳晒得黝黑而粗糙，神色愁苦，看起来和这些日子在路旁遇到的逃难之人并没什么区别。

高桓有些不解。

李穆看着那二人越走越近，等到了跟前，命随从拦下，冷冷地道："你们是乌干的手下吧？"

他说的是匈奴人的话。

乌干便是西凉皇帝刘建派来驻守雁门的统领，官居西凉左将军之位，手下两名万骑长，多个千骑长和百骑长，是刘建的得力干将。

此前西凉和北燕交战之时，慕容替所养的那支号称无敌的铁甲骑兵，就曾败在乌干的手下。此次刘建将他派来充当先锋，和李穆交易人质，足可见对他的信赖。

二人被拦下，面上皆露出茫然恐惧之色，立刻下跪，不住地叩头，其中一人苦苦哀求："我们都是汉人，从前是被匈奴人强行抓去做苦役，家里人都死光，如今侥幸才得以逃脱，也听不懂匈奴话，不知道长官在说什么。"

李穆看向一旁的高桓，继续用匈奴语对他说道："杀了他们！"

大多数匈奴人的相貌和汉人相差无几，头发束起，换身装束，再学会说汉话，混在汉人里，便很难辨认。

高桓知道这个道理。但实在看不出来这两个人和其余的逃难之人有何区别，更不知李穆何以认定他们是匈奴人的奸细。但见他神色严肃，语气果决，虽心里迷惑不解，但犹如下意识的反应，立刻翻身下马，一手按剑。

出剑之前，毕竟还是有些犹豫，再次看了眼李穆。

李穆双目却盯着那两个脸色渐变的男人，喝道："还等什么？！杀了！"

高桓一凛，应了声是，再不怀疑，立刻上前。

就在他拔剑之际，那两人相互对望一眼，突然抛下担子，转身便跑，身法矫健，迅如闪电，却哪里跑得过身后嗖嗖射来的两支利箭。

箭是李穆所发。

一人后心中箭，箭贯胸而出，当场扑地毙命。

另一人便是那个方才呼冤的，李穆似是有意留下性命，箭只射穿了他的膝窝。只听到一声惨叫，人摔倒在地，打了几个滚，竟又爬了起来，拖着伤腿一瘸一拐地再跑，前路被高桓和几个同伴拦住了。

李穆命随从加以审讯。

伴着一阵阵的惨叫，很快，受不住凌迟之痛的那人便招供了。他道自己确实是乌干的手下，还是个千夫长，因相貌和汉人相似，又精通汉人的言语，便被派来混在逃难人的队伍里。原本是想探查李穆军队的详情，没想到还没到达就被捉了出来。又招供，说刘建叮嘱过乌干，在交换人质之时，先用假的代替，看能否骗过李穆。因那对汉人母子用处极大，实在不愿就这么放了回去。自己是乌干的心腹，所以知道这个秘密。

高桓大怒，见李穆没有开口阻拦，一剑杀了那个匈奴探子，说道："姐夫，到时务必小心，千万不要上当！"

李穆眉头微锁，转头望了一眼来时那座方镇的方向，沉吟了片刻，道："六郎，你对岳父曾说过的他能救出岳母的话，可有信心？"

高桓一怔，随即立刻道："自然！"

李穆颔首："我亦信岳父。"

高桓跟在李穆身边数年，外出行军打仗同吃同睡，从一开始那个带了点冒失的士族少年，渐渐变成今日李穆麾下的一员副将，对他的了解，也是日益增多。立刻问："姐夫此言何意？"

李穆未答，反而问他："此仗，你可知目的为何？"

高桓立刻道："歼灭慕容替和这个匈奴西凉国！叫他们便是命大不死，日后也不敢更无力再南下一步！"

李穆道："你所言不错。我大军跋涉而来，此战目的，是歼灭这两国的联军，而非仅仅击败而已。倘若你是主帅，你会如何用兵？"

高桓迟疑了下，见李穆投来鼓励的目光，鼓起勇气，说道："胡人骑兵精锐强悍，尤其在这种开阔之地，威力更甚，不可小觑。要想歼灭对方，一是正面对敌之时，必须旗开得胜。只能赢，不能输，如此才能叫我军士气大涨，摧垮敌军信心。二是后路包抄掩袭，前后夹击，才能出其不意，克敌制胜。"

"姐夫，你看我说得对不对？"

他说完，看着李穆，目光中带着期待，又含了微微的紧张。

李穆微微一笑，点了点头："你之所言，正合我想。"

高桓面露喜色，这才松了一口气，听他又道："所以这回交换人质之时不必拆穿对方的诡计。"

高桓又一愣。李穆示意他靠近，和他低语了一番，高桓双眼渐渐发亮。

"乌干为壮声势，到时必会带来精锐骑兵压阵。我方将计就计，若能一举全歼这支先锋精锐，这个仗的胜算便就更大几分。"

"末将愿领此任务。可立军令状，事若不成，愿以死谢罪！"

高桓立刻单膝下跪，郑重请命。

李穆叫他起来，注视着面前这张年轻而英气勃勃的面庞，片刻后，点了点头："我正有此意。你是长公主的子侄，派你去也是顺理成章，能叫对方打消顾虑。为防万一，我会另派人再去刺探岳母的消息。"

这是高桓第一次独立担当如此一场重要战事的指挥。他压下激动而兴奋的心情，重重点头。

随从已经处置好了那两人的尸首，从道旁归来。高桓忍不住好奇，又问："姐夫，方才那两人，我瞧着和常人一般无二，你才路过而已，怎知他们是奸细？"

李穆道："这一路逃难的百姓，虽也有青壮，但不似这两人，看起来衣衫褴褛，肌块却鼓震有力，下盘更是稳当。另外一点，让我确信他们身份的，是两人的腿脚，皆内弯，走路八字。"

高桓恍然大悟，脱口道："是了！匈奴人从小便开始骑马，尤其是骑兵，一年四季，在马背上要多过在地上，长年累月，许多人的腿脚都会变成如此模样！方才那两人，若只有一人如此，尚可认为是巧合，两人都是如此，必定有诈！"

李穆笑道："是了。我便是起了疑心，才叫你杀他们。诈了一下，他们果然露出了马脚。今日运气也算不错，有所收获。走吧，这就回营去，召人立刻议定详细方略。事宜速，不宜缓。拖久了，一来会给慕容替和匈奴人两军会合的机会，二来，那两人迟迟不归，怕会引乌干的怀疑。"

　　高桓对自己的姐夫佩服得五体投地，忙抢着从一个随从手中牵来乌骓，恭敬地请李穆上马，自己在后紧紧追随，朝着军营，疾驰而去。

第二十六章

血渡雁门

当夜，一骑便从石口出发，飞抵雁门，投去了李穆的一封书信，道已将燕国公主慕容喆带至，毫发无伤，要求尽快迎回长公主母子二人。

乌干一口答应，但额外附了一个条件，称天王为表达迎回公主的诚心，也是为了让李穆放心，三日之后，自己这边只派出一支千骑的人马。相对应的，要求李穆这边来迎长公主的人亦不能多过自己，军队止步于石口，在慕容公主平安抵达雁门之前，不得前行一步。

李穆承诺。

三日转眼过去。

按照原先的议定，双方各出一千兵马会于方镇，交换人质。

随同高桓去往方镇的这一千骑兵，皆为少壮精锐，出发之前，整齐列队于石口大营的辕门之前，铠甲鲜明，全副武装。骄阳似火，将铠甲和刀剑的白芒映射在了他们的面容之上，一片肃杀。

李穆来到队列之前，亲手为士兵们斟酒壮行。

烈酒满碗。

他的目光从面前那一排排年轻而昂扬的面孔之上掠过，最后落于立在骑队之前的高桓的身上，注视着他，一字一字地道："此为首战，至关重要。若能如我所期，速战速决，则功劳全在于你和这一千将士。临行之前，满饮此杯，以为壮行！"

高桓面容坚毅，双目炯炯，双手高举酒碗，高声应道："我等誓死效命，不负所托！"

身后将士齐齐和着他的誓词，声若惊雷，一同饮下这壮行之酒。

高头战马就在他们身后一字排开，宛如感受到了这临战前的激扬气氛，腾跳嘶鸣，声若天龙，仿佛恨不能下一刻便挣脱缰笼，冲上战场。

践行酒毕，高桓振臂高呼，翻身上了战马，率领这千骑人马，朝着方镇而去。

押着慕容喆的那辆幕车，从李穆的身旁经过。一道充满了幽怨和恨意的女子之声，从车中发出："李穆，我慕容喆发誓，从今往后，我必……"

但是话音尚未落下，便已被周围军士齐声所发的慷慨高歌给压了下去，消弭无痕。

李穆神色平静，目送前方那列疾驰离开的战队的身影，目光最后眺向远处。

远处，在那目力所不能及的尽头，矗立着的那座雁门城关，便是这一战的目标。

高桓率这一千骑兵半日便至方镇，乌干人马还未抵达，镇中空无一人。

悬弃着的尸首前两日虽都已被掩埋，但烈日之下，满目黄沙，废弃的城垣，倒塌的围墙，大白天的远远望去，这里也如同沙漠中的一处坟场，鬼气森森。

高桓也不急，只领着军士来到镇子的北面，在数里之外的一处平地之上摆开了阵势。

日头渐渐西斜。

将士在烈日下等了半日，乌干的人马却迟迟没有露面，开始按捺不住，情绪变得焦躁了起来，队列也不似一开始那样严整，渐渐松散。有人骂骂咧咧，有人松开衣领吹风，有人脱掉靴子，抖出鞋里的沙子，也有后排的军士，干脆放下手中长槊，坐在地上歇脚。被高桓看到了，厉声叱骂，这才重新列队。

队列虽又恢复了原来的样子，但军容却松松垮垮，军士的脸上已经看不到一开始那种渴战的表情了。

这一切都被埋伏在附近的探子收入眼中，一一报到了乌干的面前。

乌干的人马其实早就已经到了，一大早便藏匿在距离方镇数里之外的一座沙丘之后，迟迟没有露面而已。此刻听到回报，哈哈大笑，和身旁之人说道："李穆也是浪得虚名，不过如此而已！他想必自恃身份，瞧不起我，这才派了他那个嘴上连毛都未曾长齐的小舅子过来！你们瞧着，等下我如何收拾他们！好让李穆知道，天王可不是慕容替那种小白脸能比的，雁门关更不是他撒野的地方。这一回，我定要他有去无回，葬身于此！"

一人附和："前两日探子还报，说这娃娃将军带人在镇外挖坑，把腐尸一具具全都给埋了。但不知他有无多挖几个坑洞，好给自己也留个葬身之地！"

笑声四起，乌干的手下无不得意扬扬，仿佛已经看到了对方即将遭遇惨败的一幕。

"左将军，已等一天，可否出动了？"一个副将问道。

乌干抬头看了眼日头，道："再等等！是他们急着想要迎人，不是我们急着接人。再磨磨他们的士气。且日头下去了，才有利于行动。"

他的话外之音，众人无不明白。既然要以假扮之人去骗对方，光线自然越是黯淡越好。于是齐声应是，又耐心等待，一直等到日头下山，四野光线黯淡了下去，乌干一声令下，这才带领一千人马，从那座山丘之后，朝着方镇直奔而去。

"高将军，匈奴人来了！"岗哨探查到了前方动静，立刻回来报告。

高桓望了一眼前方。

暮色之中，地平线上，果然出现了一队乌泱泱的影子，正往这方向而来。

他的眼底闪过一道冷芒，不动声色，命人将号令传达下去。待乌干带着人到了近前，不等对方停下，纵马出列，厉声喝道："乌干，说好今日交换人质，我早早便来，你却为何迟迟不到？叫我空等了一日！言而无信，算什么英雄好汉？"

乌干坐在马上，眯着眼睛看向对面，见对方骑兵阵中冲出来一个唇红齿白的白袍小将，对着自己怒目而视，知此人便是李穆的小舅子，出身于南朝高氏的士族公子。又看了眼他的身后，士兵也是个个横眉冷对，显然早就等得不耐烦了，心中不禁愈发得意，暗笑对方果然还是太嫩，沉不住气，面上便露出歉色，叫一通晓汉人言语的随从传话，道自己一早便奉了天王之命出来，不想半路有事耽搁，这才姗姗来迟，叫他不要见怪。

高桓一脸的不耐烦，高声道："我不和你多说！你人既来了，我伯母母子呢？慕容公主我可是带过来了！"说完，命人将慕容喆带出。

乌干定睛望去，见他身后，两个士兵推着个被缚的貌美女子走了出来，便叫身边跟来的北燕使者仔细辨认，确定是慕容喆无疑，这才放下心来，哈哈笑道："好！我就欣赏像高将军这样爽快的人！你伯母他们，我自然也带来了。"说完，命士兵将人也带出。

日落之后，不但光线迅速黯淡，风也跟着大了起来。一阵阵的风，裹着细沙，迷人双眼，只见一个汉女打扮的妇人，蓬头散发，佝偻着腰，手中牵个三四岁大的孩童，被几个匈奴士兵押着，从队列里蹒跚而出，顿了一顿，用嘶哑的声音，颤抖着喊道："六郎……是伯母……你快救我……"

她的声音之中充满了恐惧。边上那孩童被身后的匈奴士兵用刀头顶了一下，吓得也跟着号啕大哭起来。

高桓又是激动，又是愤怒，"腾"的一下，人就从马背上跃了下来，高声道："伯母,你莫怕!侄儿这就来救你!"说着便要冲过来。

这妇人是刘建找来的,和长公主的容貌身段本就有几分相似,又借着黯淡的暮色将人推出交换。

高桓情绪如此激动,显然是被蒙蔽了过去。

乌干压下心中的得意之情,朝随从丢了个眼色。那人会意,忙阻拦道:"高将军且慢。为稳妥起见,你我两方,宜同时交换人质。你意下如何?"

高桓硬生生地停住了脚步,催促手下将慕容喆带上来。

对面也如法炮制。等两边的人质各自站定,一声令下,双方便朝对面走去。

"快些过去!还愣着做什么!"高桓冲着慕容喆喝道。

慕容喆披头散发,迈步朝着对面走去。

她和那对迎面而来的母子越走越近,视线扫了一下,忽然回头盯了高桓一眼,唇边露出一丝冷笑,随即回头,加快脚步,朝着前方走去。

高桓仿佛已是迫不及待。那妇人却越走越慢,头始终低垂,快到近前之时,停下了脚步。

他按捺不住,奔上前去迎接,到了近前,突然停了下来,盯着那仍不敢抬头的妇人看了几眼,脸色猛地一变,冲着对面的乌干喝道:"乌干,她不是我的伯母!你竟敢骗我!"

乌干的手下早已将慕容喆接入阵中,除去绳索,未做任何停留,立刻送往雁门关。

他得意万分:"高氏小儿,你乳臭未干,用你们汉人的话说,不过是仗着和李穆的那点裙带关系,这才得了将军的名号吧?李穆是空有虚名,你更不是我的对手。我本以为会有一番周折,没想到这么容易,就将慕容公主接了回来。迟了!你知道得晚了!"

他狂笑不止,身后的骑兵也跟着大笑。笑声如浪,充满讥嘲,一阵阵地涌来。

高桓双目射出怒火,咬牙切齿,丢下那个已经吓得瘫软在地不住磕头的妇人,翻身上马,转头一声令下,士兵鼓噪,纷纷跟着他上马,朝着前方的匈奴骑兵杀了过来。

乌干故意激怒对面的这个白袍小将,等的就是这个局面。见状,做了个手势,一干人立刻跟着他呼啦啦地后退,如潮水一般撤离。

高桓一路猛追,一口气追出了几十里地,追到乌干藏身了一天的沙丘前时,见前方的匈奴骑兵突然停了下来,伴着一声尖锐的哨令,两侧的沙丘之后,杀出来无数预先埋伏的匈奴骑兵,漫山遍野,乌泱泱到处都是。

"高氏小儿，你不但白白送回了慕容公主，没有想到，我这里还有五千伏兵吧？李穆空有战神之名，今日还不是要栽在我西凉的雁门关前！"

伴着乌干的大笑之声，他身后的骑兵掉头，并入伏兵的阵列。在震耳欲聋的杀声里，朝着高桓的骑兵冲来。

高桓目光闪烁，一声呼啸，身后的千骑得令，掉头便朝方镇而去。

乌干见对方掉头逃跑，更是得意扬扬。

这便是刘建和他设下的一个计中计。

先以假的长公主换回慕容喆，等高桓发现上当，必怒不可遏，再用言语激他，诱他追击到这里，预先埋伏的骑兵杀出，以多对少，必能将这支骑兵歼灭。

但这并不是今天最终的目的。

埋伏在这里的五千骑兵，是刘建引以为傲的骑兵中的骑兵，精锐里的精锐。

他最终的目标，是要利用今天这个机会，趁李穆不备，用这支精锐骑兵奇袭对方大营，烧掉辎重和粮草，随后再闪电撤离。

这正是西凉骑兵最擅长的战术。等李穆反应过来，即便骑兵的马匹足够精壮，在他能追上自己之前，早已安全退回到了雁门关内。

接回慕容公主，消灭高桓的骑兵，再奇袭李穆大营，一举三得。

李穆的大军，一旦没了辎重粮草，到时候，不必和慕容替联手，西凉军队也能稳操胜券。

这个计中计进展得如此顺利，让他欣喜若狂。

立大功的机会就在眼前，他怎会让前头这支骑兵逃走？立刻发令，带着身后六千骑兵狂追不舍，渐渐拉近距离，追到方镇时，借着残余的天光，看见对方似乎走投无路，全都躲进了镇里，借着尚未倒塌的城垣的掩护，在土墙之后排开箭阵，似乎是想在这里和自己拼死一搏。

对方不过一千人马，自己却有六千精锐，乌干又怎放在眼里？带着士兵，发出阵阵作战之时那叫敌人听了为之胆战心惊的尖锐怪啸，拔刀挥舞着，朝着镇口冲了过来。

士兵岿然不动，藏身在土墙之后，盯着越来越近的匈奴骑兵，蓄势待发。

高桓下过命令，在没有收到信号之前，不准发射一支羽箭出去。

匈奴骑兵近在眼前了。

黯淡的夕照也难掩对面马上匈奴人那一张张丑恶宛如厉鬼的狰狞面容。

就在他们怪叫着，挥舞着刀，驱马冲向镇口，准备将躲藏在里面的那一千敌人的脑袋砍下来时，他们毫无知觉，就在前方不远之处，等待着他们的，是一个巨大的陷阱。

乌干只知，前两日，高桓曾带人来到这里，挖坑掩埋那些被他们屠杀的居民。

他却做梦也不会想到，这只是一个障眼法。

李穆那日来此察看地势，回去之后便定下了计策。

借着白天挖坑掩埋尸体的假象，在夜色的掩护下挖了一个用来埋葬敌人的陷阱。

就在这一刻，高桓和几十个士兵，半边身子埋在沙地里，正埋伏在镇口的两旁，一动不动。

每个人的臂膀之上都缠着一根婴儿手臂粗细的巨大绳索。

绳索被浅埋在沙土之下，一直延伸，横过镇口，另一头，就掌握于伏在远处对面的士兵的手中。

一百步，六十步，五十步……

高桓面容沉静，唯独双目紧紧地盯着越来越近的匈奴骑兵的身影，缠着绳索的臂膀，慢慢抬起，仿佛蓄满了无穷的力量，一触即发。

就在最前面的一排匈奴骑兵越过了那道埋在地里的绳索，又继续朝前奔来之时，他暴喝一声，蓦然从沙土里一跃而出，带领着身旁的士兵，拉直了手中的绳索。臂膀皮肤之下，青色的血管暴胀而起，绳索吃力，陡然绷得笔直。

"轰"的一声巨响，犹如石破天惊，伴着飞扬起来的足有数丈之高的黄沙和尘土，只见镇口前面那片原本平坦的地面之上，突然裂开了一道巨大的口子。

一片片的篱笆和横木，随着绳索的牵引，迅速地翻炸而起。

地上多出了一个长达百米，宽十丈的巨大深坑，宛如朝上张开的一张巨口，将上面的人马，无情地吞噬入腹。

在巨坑的底部，密密地插满了削尖的木桩。前面的一片骑兵掉落下去，连人带马，当场就被钉穿在木桩之上。

就在人喊马嘶，徒劳地挣扎之时，后面的骑兵，因为巨大的惯性和来自身后的推挤，加上天色昏暗，看不清楚，根本无法停住，纷纷跟着掉落。

几乎眨眼之间，地坑的底部，填满了人马。

坑壁笔直，即便后来掉进去，侥幸借着同伴尸体的垫地，没有被当场刺穿的骑兵，也是无法出来。

六千精锐骑兵，转眼之间，便此被吞噬了大半。

坑底之下，密密麻麻，蠕动着的一片，分不清是人是马，是活是死，马匹和人，相互踩踏挣扎。

嘶鸣之声，夹杂着凄厉的惨叫，不绝于耳，从坑底冲了上来，宛若发自阿鼻地狱。

"放箭！"

高桓双目赤红，一声令下，土墙后的士兵纷纷拥出，聚到坑边，引弓射箭。

羽箭仿佛一张密密麻麻的网，朝着坑中的匈奴人毫不留情地射去。

乌干冲在前头，也掉入了沙坑。亏得他反应快，抓住身边一起掉下的一个士兵挡了一下，这才侥幸躲过了那根已经插了两个骑兵的木桩。

那士兵一声惨叫，被木桩插住，却没立刻死去，双手依旧死死地抱住他的大腿，挣扎着不肯松手。

乌干一刀砍断了士兵的手，这才终于得以解脱。

直到这一刻，他才明白了过来。本以为李穆中计，却没有想到，原来中计的人，竟然会是自己。

他又恨又惧，肝胆欲裂，正要寻找可用的马匹，企图踩着堆叠的尸体纵跃上去，突然，头顶一阵箭雨，再也无处可逃，全身登时插满箭镞，被利箭射得宛如一只刺猬。

他举头仰望，双目暴凸，目光之中，充满了不可置信的愤慨和不甘，直挺挺地站在那里，还是不肯倒下。

一个被射死的匈奴骑兵突然从天而降砸了下来，将他压在了下面。

侥幸在后面的匈奴骑兵，终于止步在了那个不断吞噬人马的沙坑之前。

人人都被眼前突然发生的这个巨大变故给惊呆了。

还没等对方反应过来，高桓又一声号令，埋伏在镇口两边的骑兵，也冲杀了出来。

眼见主将也掉了下去，显然是活不成了，镇口两边还有埋伏，光线微弱，根本不知道到底还有多少敌人。剩下的那些匈奴骑兵，哪里还有半分斗志，掉头就跑。

高桓岂容这些人逃脱，包抄围堵，一场恶战，天黑之时，乌干和他带出来的这六千精骑，全部被歼，高桓大获全胜。

胜利的欢呼之声响彻方镇四周。火把的光芒，照亮了一张张染血的兴奋面容。

高桓将手中那把染满了血的长剑插回剑鞘，抹去脸上被溅的血污，命军士们就地吃些干粮，稍作休整。

就在他于此吸引匈奴人的注意力的同一时刻，他的主帅，姐夫李穆，已于昨夜时分，利用此前伯父转达过来的地图所标识出来的一条别道，领着军队，避过了刘建的耳目，连夜朝着雁门关奇袭而去。

倘若一切顺利，那么这一刻，姐夫应当正在攻打雁门关。

根据此前探子的消息，刘建已是亲自到了雁门关。

他在等着乌干给他传去火烧粮草的好消息时，大概做梦也不会想到，李穆会在这个时候，兵临城下。

高桓想到那一幕，便热血沸腾，恨不得立刻插翅飞去。等军士休整完毕，便马不停蹄，朝雁门关的方向疾驰而去。

雁门城关夹山而建，在距离关内数里的平坦之处，依着地势筑有一片巨大的营房。最前面那密密麻麻的简陋之所，便是兵营。西北角是马厩，里面关着数量惊人的等待投入战斗的战马。对面是器械库、粮草库。营房的中间，一间占地阔大突兀拔起看起来和这兵营有点格格不入的豪舍，便是新建起的专供匈奴将帅或来此督阵的西凉高官贵胄居住的地方。

西凉皇帝，自称天王的刘建，数日前亲自来此迎敌督战，自然落脚在了这里。

将近三更，屋中烛火煌耀。伴着一阵野兽般的低嗥之声，一个留着辫发、赤露着彪悍体格的黑皮壮汉终于停了身体的耸动，翻在一张带着雕饰的大床之上，大口大口地喘息。

女子从他身下偏过半张脸，艳面凤目，含情脉脉，媚笑道："天王对我可还满意？"

这女子乃是慕容喆，壮汉便是西凉皇帝刘建。慕容喆今夜一到，便被迫不及待的刘建接来了这里。

攻城略地固然是首要目的，但终于得手了这个原本对自己不屑一顾的慕容氏美人，叫她雌伏于自己身下，也是人生一大快意之事，叫他身为男子的虚荣心得到了极大的满足。

更何况，一想到自己今夜美人在怀，而李穆或正掉入自己所设的计中计里，刘建便感到热血沸腾，见慕容喆又刻意讨好，越发得意，哈哈大笑。

"天王，非我灭自己威风，长他人志气，我总有些不放心。"慕容喆想了一下，出言提醒，"以我对李穆的了解，他不似如此容易上当之人。我皇兄的人马尚未开到，天王你还是小心为上，多派些人出去刺探接应，以防万一。"

"公主放心，李穆他再狡诈，也不会想到我安排下了如此连环之计！你等着，看我如何替你慕容氏复仇。等我砍下李穆的脑袋，夺了长安，我便封你为后，你我一道共享天下！"

他越说越是兴奋，盯着未着寸缕的慕容喆，眼睛里露出淫邪之色，将她一把搂了过来，正要再次大展雄风，耳畔听到远处隐隐传来了一阵喧嚣呐喊的声音，听方向似乎来自城关那边。

刘建停住，循声转头，眼中露出迟疑之色。

"天王——不好了——"

伴着一阵纷至沓来的凌乱脚步声，又一道充满惊恐的声音突然在外头嘶喊了起来。

"李穆的军队开到了！城关告急——"

刘建一把推开怀里的慕容喆，从床上跳了下去，胡乱抓了衣裳披起，打开门健步而出。

夜的宁静就此被突然打破。在此起彼伏响个不停的尖锐哨令声中，整个军营都骚动了起来。

匈奴士兵从睡梦中被惊醒，胡乱抓起刀戟，跑出营房，连队列都来不及整理，便朝着城关拥去。

"怎么回事？"刘建一把抓住迎面奔来的副将，厉声问道。

这位副将负责夜守城关，等候着乌干一行人马的凯旋，本就认定是稳操胜券，守备松弛，加上军中上下人人都知天王今夜喜迎慕容公主，营房中间的那间豪舍里，想必连夜正在上演着洞房极乐，上行下效，营中非但没有半分警惕，连那些城头上的守卫，为驱赶瞌睡，就在李穆军队在夜色的掩护下，无声无息地抵达了城下时，他们还在相互私传着北燕公主如何媚动天下，以色事人的种种风流韵事。

结果可想而知。

面对着李穆亲自带领军队发动的突然攻城，副将从睡梦中惊醒，措手不及，一边紧急召人守卫城关，一边匆忙赶来向刘建通报消息。

"天王，左将军怕是已经遭遇不测！否则，怎会放任李穆连夜打到这里，事先却没有半分消息传来？这不是在害天王吗？"

匈奴兵野战悍勇，尤其平地之上的骑兵作战，战力过人，但守城却从来不是他们的强项。

这也是在慕容替的军队到来之前，刘建千方百计要将李穆军队阻拦在石口的主要原因。

而现在，他此前最担心的一件事还是发生了。

李穆竟然避开自己所设的耳目，毫无预兆，于深夜时分兵临城下。

他的脸色大变，眼皮不住地跳，眺向城关的方向。

那里火光熊熊，照亮了半边的夜空。

"慕容替是死了吗？为何还是不见人影！"

刘建一边破口大骂，一边命人速速唤起全营军士，从赶过来的随从手中接过自己的披挂，匆匆穿戴完毕，跨上战马，朝着城关疾驰而去。

慕容喆从床上慢慢地爬了起来，穿上衣裳走出去，爬到营房的瞭望台上，朝城关的方向看去。看了良久，她又转头，望向营房东北角的那个方向，渐渐出神。

东北方向，一处由数重守卫看守起来的隐秘营房里，一灯如豆。

昏暗的灯火照出一对母子的身影。

这里虽然偏僻，但方才外面突然发出的那些动静还是传了过来，以至于惊醒了沉沉睡梦中的孩子。

虽然从出生的那一日开始，这个名叫"小七"的孩子便跟随自己的母亲一道，被禁锢住了脚步。

他双足丈量过的最远的距离，是位于北燕宫中的那个四方院落。他双眼见过的最开阔的风景，是仰头那片四方天空里的冬雪夏雨，一行归鸿。

但这一切都没有阻止他的长大。

小七眉目纯明，平日沉默寡言，不爱说话，但他知道很多的事情。

他知道自己的父亲是谁，知道母亲和自己为何会和父亲分开，知道有一天，他会寻到自己和阿娘，将他们一起接走，从此再不分开。

他还心心念念地记着一件事。

小七是他的乳名。因为高家和他同辈的男子里，他排行第七，所以，阿娘叫他七郎。

他是高家的七郎君。

他还没有大名。

阿娘说，他的大名，要留到以后让父亲给他起。他盼望着这一天能早日到来。

就在今夜，睡梦中，他再一次地梦到了父亲，那个他从出生后便没有见过，却根据阿娘的描述，悄悄地在脑海里想象过无数遍的人。

那个叫做父亲的男人，他应该又高又瘦，聪明而博学，温柔而坚毅，勇猛而无畏，他有一双明亮而有神的眼睛，他会来到这里，像个英雄一样将自己和阿娘带走。

他被外头传来的那一阵喧嚣之声给惊醒了，睁开睡意蒙眬的眼睛，揉了揉，立刻就醒了过来，爬起来，唤了声阿娘，投进了她的怀里。

萧永嘉将娇儿搂入怀中，侧耳凝神听着一阵阵远处传来的仿佛军士作战发出的呐喊和厮杀之声，片刻之后，牵着儿子的手，带他来到那扇窗前，推开窗户，望着那片在远处城关方向的夜空中跳跃着的火光。

"阿娘，是阿耶来救我们了吗？"小七看了片刻，仰头望着母亲，小声地问。

萧永嘉眉头微蹙，收回视线，低头注视着儿子。

她清楚地看到，在他那双和他父亲肖似的眼睛里，流露出了一缕小心翼翼的仿佛极力克制着的期待光芒。

她压下心中油然而起的内疚和伤感，正想回答儿子的话，突然，身后传来了一道女子的声音："小七郎，姨来告诉你，你听好了，那不是你阿耶来救你们，是你的姐夫来攻打城关。他不是要救你们，而是要害你们。"

萧永嘉转头，看见慕容喆不知何时竟也来了这里，就站在他们的身后。

她身上的衣裳还算整齐，头发却有些蓬乱。或许是灯火太过昏暗的缘故，她的脸色看起来白里泛青，目光闪闪，视线落到小七的脸上，神色似笑非笑，透着些古怪，和从前每次出现在萧永嘉面前时的模样很是不同。

萧永嘉的心怦地跳了一下。

当年从她产子，被慕容喆掳到北方囚禁起来的这几年，虽然失去自由，但平心而论，就俘虏的身份来说，自己母子所得的待遇算是不错的了。

尤其慕容喆。每次出现，对自己总是毕恭毕敬，甚至告诉她许多外头正在发生的事。在小七的面前，也是口口声声自称为姨，甚至有一次还易容成了洛神的模样，哄他，说自己便是他的阿姊。

萧永嘉一直冷眼旁观。虽然渐渐疑心她那种异样举动的目的，但这么久了，从没见她似今夜这般反常。

小七抬头，迷惑地望着自己的母亲。

萧永嘉轻轻拍了拍儿子的后背，转向慕容喆："你怎会在此？"

"我怎么不能在这里？长公主，你是个聪明人，我阿兄送你来此，目的为何，你应当知道。你听到外面的动静了吧？李穆已经打过来了。匈奴人很快便要支撑不住。刘建也很快就会拿你母子去威胁李穆，好换取一个喘息之机，等我阿兄的到来……

"长公主，这几年，我自认为待你不薄，处处护你周全。我早就料到会有如此一天，我是不想看到这一幕的，我想救你和小七郎。实话告诉你，就在不久之前，我失手被擒，囚于长安之时，告诉过李穆和你的女儿关于你和小七郎的下落，说我愿意帮助他们，救你们回去。但是……"

慕容喆盯着萧永嘉，唇角动了一动，面上露出一个带了点儿扭曲似的微笑："长公主，你们母子实在可怜。李穆和你的女儿，他们看起来似乎并不愿救你们，拒绝了我的善议……"

"你的何等善议？"萧永嘉忽然打断了她的话，"容我猜测一下，慕容公主，你是否别有幽情，本想借这机会自荐枕席，或是所谓的甘心服侍？你口口声声说是给他们一个救我母子的机会，只不过是在胁迫罢了。你且听好，他们拒绝了你，才是我所乐见。"

她望着慕容喆，笑了一笑。

"你们囚禁了我母子这么多年，你以为我还会执着于生死之事？活着固然是好，但真若临到死期，受之便是。慕容公主，我倒是可怜你，空有头衔，花容月貌，又一身的心计和本事，你却到底是在为谁而活？"

她放下了怀中抱着的稚子，让他站在地上，自己蹲了下去，凝视着他那一双纯明的眼睛，说道："七郎，阿娘曾告诉过你，阿耶这些年一定在到处寻找我们。你阿耶他是个英雄，可是英雄也会有做不到的事情。倘若万一，在阿耶能找到我们之前，坏人就要出来，拿刀剑对着我们，你怕不怕？"

小七似懂非懂，却摇头道："阿娘，我不怕。要是坏人拿刀剑出来，我会挡在阿娘的面前。"

萧永嘉眼底涌出一层泪光，将儿子再次抱入怀中，用力地抱了一抱。

屋外传来一阵脚步之声，仿佛有人来了。

慕容喆的脸色愈发难看，顿了一顿，冷冷地道："长公主，你既也如此不识好歹，便休怪我无情。刘建的人已是来了。等我走了，你再后悔也是晚了。"

屋外忽然起了一阵异响，仿佛有人发出了一声呼救般的惊叫，但那呼叫还没来得及出口，便又消失了下去。

一切再次归于宁静。

慕容喆猛地回头。

"怎么回事？"她喝了一声，朝外面疾奔而去，刚跑了几步，突然定住了。

一个军中老兵模样的男子，无声无息地从门外的那片暗影里现身，脸孔被夜色所藏，看不清楚，只有手中的一把长剑，青锋在烛火的映照之下，泛出一道暗红色的森芒。

那是血，还带着热度，裹着剑锋一滴滴地流淌，滴落在那男子脚前的地上。

这一幕虽然意外，但慕容喆的反应却极快。

几乎就在眨眼之间，她已从身上摸出一把匕首，一个转身就要扑向身侧的长公主母子。

但那老兵手中的剑锋却比她的反应更要快上几分。

她才转了个身，颈侧一凉，那柄带着血的利剑便已架了上来。

她感到皮肤一痛，立刻停了下来。

"你是何人，敢在此撒野！"慕容喆声音僵硬，斥道。

老兵一个反手，剑身迅如闪电又击了过来。

"啪"的一声，她手中的匕首脱手而出。

"慕容公主，这几年，劳你看顾我的妻儿，我高峤今日来接回他母子二人。"

那老兵话语低沉，话音落下，抬肘，重重击了一下她的后颈。

慕容喆眼前一黑，人倒了下去。

"阿令，是我！我来迟了！"

那人转身，朝着一旁已是惊呆了的萧永嘉大步而去，到了她的面前，张开双臂，将她一下紧紧地拥入了怀中。

萧永嘉的视线落到了抱住自己的这男子的眼睛上，和他四目相望，那种真实的熟悉之感，才突然如同潮水般向她袭来，而手脚却依然无法动弹，只定定地望着面前这张胡须满面、布满风霜的消瘦脸庞。

就是这个人啊，她带着稚子，等着他的到来，等了这么久，等到这一刻，几乎就要绝望之时，他终于还是来了。

"阿令，你不认得我了？"高峤焦急地重复着自己的话。

萧永嘉的眼睛里慢慢地涌出泪光，突然低头，张口，咬在了他的肩膀之上。

这一口仿佛用尽了她全身的气力，牙齿深深地嵌入皮肉，唇舌之间，瞬间便漾出一缕淡淡的咸腥味道。

但她依旧没有松齿，仿佛只有这样，才能将自己这几年间所积聚而出的所有委屈、怨恨和苦楚都发泄而出。

高峤的手顿住了，他低头，看着伏在自己肩前那个一动不动的身影，面上的焦急之色消失，眼角随之泛红。

他忍住肩膀被利齿所啮的痛，愈发紧地搂住了她的身子，沙哑着声，对着怀中的妻子道："阿令，我来晚了，叫你们受苦了，我这就带你们走……"

萧永嘉泪盈于睫。她闭了闭目，松开牙齿，推开了高峤，举袖迅速抹去面上那汹涌而下的泪水，看向站在一旁，仰头正怔怔望着自己和高峤的小七，拉起了他的手，哽咽道："走吧。"

高峤转头看向小七，视线落到他小脸上的那一刻，便再也无法挪开了。

"阿娘，他便是我的阿耶？"小七望着面前的这个男子，迟疑了下，轻声向着自己的母亲发问。

萧永嘉点了点头："是，他是你的阿耶。"

小七蓦然睁大了他那一双纯净而明亮的眼睛，脸上露出吃惊又欢喜的表情，一眨不眨地望着高峤。

高峤再也忍不住，眼眶在这一刻，变得湿润无比。

他弯腰，将自己的儿子从地上一把抱了起来，来不及多看几眼他的模样，抬手揉了揉他的小脑袋，将他的脸蛋压在自己的胸膛之前，对妻子低声道："外头的卫兵都已被杀，后路也安排好了，我们快点儿离开。"

他说着，瞥了眼地上的慕容喆，略一迟疑，眼中终还是掠出了一道杀机。

萧永嘉叹了口气："罢了，不必杀她了，我们走吧。"

高峤看了她一眼，一手抱紧小七，另一只手握住妻子的手，带着她穿过倒在地上的数名匈奴士兵的尸体，疾步而出。

夜色黑魆，但城关方向的火光却没有半点削减的势头。不远之外，火杖点点，营房里还在不断调兵去往城关。

"人呢？死了吗？还不把人带出来！"

一阵咆哮之声，随风而来。

几个手执火杖的匈奴士兵在头目的带领下朝着这个方向匆匆来时，就在他们的身后，营房的远处，那片漆黑的东北角突然冒出了一片火光。

那个方向是粮库。

留在营中的士兵大声鼓噪，纷纷跑过去时，仿佛已是约好，几乎就在同一时刻，对面西北角，那一片马厩的方向，突然也起了火光。

天干物燥，已是多日不见雨水，贮存着的粮草又皆为燥物，加上风力助燃，待士兵赶到，眼前已经大火连片，附近又无便利水源可用，何来办法灭火？只能眼睁睁看着火光熊熊，在旁奔走，徒劳呼号而已。

火势越烧越大，眼见就要波及近旁营房也就罢了，更为雪上加霜的，是关在厩中的那数千匹战马，被周围熊熊燃起的大火所逼，扬蹄嘶鸣，奋力挣脱缰索。

大片的栅栏被群马拖倒在地，厩顶连片倒塌，火光之中，无数受惊的马匹从厩栏里狂奔而出，四散奔逃。匈奴士兵闪躲不及，被迎面而来的马群撞倒在地。马蹄仿佛雨点，从他们的身体和头脸上踩踏而过，头破血流已是轻伤，断骨折腿，比比皆是，惨叫之声，此起彼伏。

更有许多马匹在挣脱缰索之后冲出来时，马尾已是起火，奔逃中又引燃了帐篷，火借助风势，没片刻的工夫，整个营房便陷入了一片火海。

纵然西凉皇帝亲临城关指挥，也是无济于事了。

　　在李穆率领军队发动的猛烈攻击之下，城关本就岌岌可危了，这里又祸不单行，那奉命前来提人的头目心知不妙，顾不上别的，疾步跑到关着长公主的地方，借着火光，看见外面的地上，横七竖八倒着几个守卫的尸体，脸色大变，冲了进去。

　　"不好了，人跑了——"

　　风声，马鸣，匈奴人声嘶力竭的吼声，随了火光冲上夜空，久久不散。

　　……

第 二十七 章

天伦共聚

天的选集
第二十

高崎对营房里的路和岗哨的分布，早已烂熟于心，将小七扛在肩上，带着萧永嘉，从预先择好的路，趁着这营房乱成一团，朝外而去，路上杀了数个为躲开马群的踩踏而无意蹿来的匈奴兵，照着计划那般，顺利地逃了出去。

月光之下，两座夹峰之间，一条羊肠小道蜿蜒向前。

高七和其余手下在放火完毕之后，与高崎约在这条小道的尽头碰面。在那里，马匹已是预备妥当。

火海和匈奴人的呼叫声已被抛在了身后。高崎带着妻儿，快步行于山间的羊肠道上，树影婆娑，怪石嶙峋，他感到怀中小七那双搂着自己脖颈的小手收得越来越紧，毛茸茸的小脑袋也朝自己越靠越近，最后紧紧地贴在了他的下巴上，一动不动。

那是来自怀中稚子的无声的亲昵和依靠。

他在战乱中降临人世，因为自己的疏忽，叫他从来到这世间的第一天起，便随了母亲，身陷囹圄。

就在今夜之前，当高崎在暗处远远眺望他母子的身影之时，在他的心底深处，喜悦之余，不是未曾没有过掺杂了愧疚的胆怯之情。

曾为大虞国相、高氏家主的他，自认仰无愧于天，俯不怍于地，已是尽到了他所能尽为的本分。

但是身为丈夫以及一个孩子的父亲，他却亏欠良多。

他曾无数地向着上天暗祈，祈垂怜能再给他一个机会，好叫他弥补从前对妻子的亏欠。但当梦想中的这一刻真的到来之际，他却又变得胆怯了。他不知自己该如何去面对妻儿。他害怕得不到妻子的原谅，害怕在那个稚子的心目中，自己这位父亲，就是一个不堪的存在。

然而，上天终究还是厚待了他。他何其有幸，能得妻如此，娇儿如此。

此前的一切忧虑，在这一刻全然消失。

他的胸膛里，涌出了阵阵的暖流。

他悄悄地调整抱着小七的姿势，好让他在自己的怀里能更舒适些。

"还走得动吗？"他低声问妻子。

萧永嘉微微喘息，摇了摇头："我走得动。"

"前头就快到了。"

萧永嘉朝丈夫点了点头，微微一笑。

斑驳的月光从树影中洒落，映在她的脸上。

她面容皎洁如日，但看起来却比从前消瘦了许多。

高峤默默地抓紧了她的手，带着她正要继续向前，忽然，脚步停了下来。

前方一道坳口，就在杂草丛生的小道中间，宛若突兀的岩柱，立了一道魁梧的人影。

月色照落，那人以黑布蒙面，不见面容，只剩下一双眼睛在夜色里烁动着莫测的光。十数名随从模样的暗影，正悄无声息地从道两旁的树木和山石之后闪出，分立在那人身后左右，将去路完全地堵死了。

小七蓦然转头。高峤感受到了他的紧张，立刻轻轻拍了拍他的后背，低低地道了声莫怕，随即轻轻放他在地，将母子二人护在了自己的身后。

这里距离接应之地已没多少路了。眼见就要抵达，半路竟又来了一个挡道之人。

高峤知对面和匈奴人应该不是一伙的。他一时无法确定对方到底是什么来路。

但能肯定，对方似乎早就在此等着了，并且，是敌非友。

他紧紧地盯着对面的蒙面男子，一只手按了剑柄之上。

那人也是一言不发，和高峤对望了片刻，两道闪闪的目光转落到了他身后萧永嘉的身上，片刻之后，开口道："将她留下，我便放你和你儿子离开。"嗓音粗哑，难听至极。

高峤沉声道："你是何人？"

那人不应，只道："高峤，指挥兵马，你或许还能和我周旋一番，但论武功，你绝不是我的对手。我也不愿多加为难，你按照我的话做，我绝不食言。"

高峤眼底掠过一丝怒意，目光扫视了对方一圈，短短一个刹那，心中便闪过了无数的念头。

　　这个蒙面人不知来历为何，更不知他何以要挟持萧永嘉，但对方显然是个劲敌，何况还有十来名不弱的手下。

　　自己倘若只身一人，和对方搏命便是。回首来路半生，何等的大风大浪没有见过，又岂会惧怕面前这区区十来个敌人？

　　但此刻，他的身后还有萧永嘉母子。

　　在没有一击便中的十足把握的前提下，他放在第一位考虑的，便是要保证她母子二人的安全。

　　这里距离前方安排好的会合之地已是不远了。只要自己能拖住这些人，高七他们见自己未能在约定的时间抵达，自然会找过来的。

　　高峤转头，低声叮嘱萧永嘉带着小七紧靠山壁，手慢慢地捏紧了剑柄，冷冷地道："一个连头脸都不敢显露藏头缩尾的鼠辈也敢如此放话。是不是对手，试过便知。"

　　他身后的萧永嘉忽然弯腰，凑到小七的耳畔，叫他站着勿动，自己上前一步，和高峤并肩而立，说道："我夫君方才问你是何人，你为何不应？"

　　蒙面人不言。

　　"你不说，那就容我猜一下。"

　　她慢慢地道："当年南朝发生内乱，慕容兄妹趁我夫君忙于救助民众保卫建康的机会，将我掳到了北方鲜卑人的地方。这几年，发生了很多的事，夫君也一直在寻找我母子，如今终于找到了，我一家得以团圆，你却突然现身于此。你和匈奴人不是一伙的，但也绝非临时起意，而是暗中刺探已久，否则，你是不可能如此凑巧，此刻恰好也在此地现身挡道。"

　　"你以巾蒙面，不肯显露身份，说明你与我夫妇有旧，至少相识。"

　　"你仗着人多，威胁要扣留我，目的难道也和西凉皇帝刘建一样，是要拿我去威胁李穆？"

　　"堂堂大丈夫，岂会靠一妇人左右战局？你当我……"

　　那蒙面人顿了一顿。

　　"你当我会和慕容替、刘建那些无耻之人一样，做出如此下作之事？"他的语气，隐隐带了些自傲。

　　萧永嘉微微点头："我敬你的骨气。但你的目的究竟为何？我听你方才口气，倒有几分诚恳，好像只要我留下了，你便会真的放走他父子二人。这我便不解了。我固然是南朝的长公主，但如今南朝掌权的，是高太后，我的身份早已时过境迁，并无多少利用价值。你却费了如此大的气力，一路跟踪埋伏，单单只为扣下我？我想来想去，或许是你我旧日有仇，你要报复于我……"

"不不，你误会了，我绝无此意——"

随着萧永嘉的叙话，蒙面人的情绪不再像一开始那么无波无痕，渐渐仿佛变得激动了起来，听她如此发话，立刻朝前踏了一步，出声否认。

"既不是如刘建那般利用我左右战事，也不是有仇，那么你要扣我，到底所图为何？"

蒙面人仿佛一时语塞。

萧永嘉盯着他，目光仿佛穿透了对方脸上的那片蒙布，一层层地剥开隐藏其后的那张真实面目。

"你虽然蒙了面，说话声音也变了，但却总是叫我想起一个从前认识的人。那人我以为应当死去了的，故方才不敢贸然指认。但想来想去，除了那人，我实在是想不出来，还会有谁做这种事！"

她和对面蒙面人说话之时，高崤疑惑地望着，目光在两人中间，转来转去。

"慕容西！当年你并没有死，是不是？"她蓦然提高了音量，一字一字地说出了这一句话。

高崤猛地转头，盯着对面那人，喝道："你真的是慕容西？"

蒙面人僵立了片刻，他突然抬手一把扯去面上的蒙布。

月光照出一张须发蓬乱，面色微微苍白的脸孔，不是慕容西又是谁？

高崤吃惊不已。

他万万没有想到，当年一手复立北燕称帝，南下攻取高凉后不久便传暴病死去，皇位被慕容替所代的慕容西，竟然还活着，而且出现在了这里！

他茫然了片刻，望着对面这个不但是自己前半生在北伐战场上的对手，亦是觊觎过自己妻子的鲜卑人，到了如今，竟还妄图想要将她从自己身边夺走。

突然间，他仿佛醒悟了过来。新仇旧恨，在心底里翻涌而上，再也无法保持得住先前的冷静了。

长剑寒光一闪，已是半出剑鞘。高崤咬牙道："你来得正好，你想扣下她，先要过我这一关！"

慕容西鼻孔中哼了一声："高崤，我慕容西难道还会怕你不成？"说话之时，神色中的倨傲分毫未减。

高崤大怒，忽感自己手背之上压上来一只柔软的手。

萧永嘉按住了他正欲拔剑的那只手，望着他微微摇了摇头。

"慕容西，当年那样都叫你活了下来，也算是上天对你眷顾有加，你不思过悔改，此刻竟还来为难我夫妇，是何道理？你方才还未曾答话，你这般半道出来，强行扣我，到底意欲何为？"

慕容西一下又沉默了，目光闪烁不定。

高峤再迟钝，又岂有不明之理？心头怒火大作，欲将妻子拉到自己身后，却听萧永嘉又道："你既做得出，又有何说不出？可见你也自知理亏，难以启齿，对吧？"

慕容西欲言又止。

萧永嘉的神色却陡然变得冷漠，说道："慕容西，当年你求亲时，我若是属意于你，父皇便是不同意，我也会想方设法让他点头的。那时我就瞧不上你。你以为这么多年之后，难道我会改变？"

"你听好了，你今日便是仗着人多将我带走，我萧永嘉也是宁死不会屈从。"

纵然月光暗淡，也是藏不住慕容西那张脸孔之上浮出的狼狈表情。

他挥了挥手，示意随从全都退下，上前，神色已经恢复了过来，冷淡地道："当日若非因你之故，我也不至于轻易便被慕容替那厮所害。正是死里逃生，如今才要有仇报仇，有愿还愿！"

"但你既如此放话了，我慕容西也非恬不知耻之人。我们鲜卑人历来有个规矩，猎人狩猎，出来了，打不到猎无妨，却绝无箭不上弦、刀不出鞘的道理，此为不祥。今夜我既来了，你休想如此容易便打发我……"

他拔出腰刀，两道目光，停在了高峤的脸上。

"我与这个南朝人，从前便是战场上的敌人。看在你的面上，今夜我给他一个机会。你方才不是说我仗着人多吗？我便与他单打独斗。只要他能胜我，我立刻便走，从今往后，再也不会出现在你夫妇面前！"

高峤年轻时文武兼修，以他的出身，所习之武功剑术，自也传自名家。萧永嘉知丈夫武功不弱。但是和有着北方第一猛将的慕容西相比，想要靠打斗胜他，在她看来，几乎是不可能的事。何况多年以来，他为朝政劳心费力，身体一度还积劳成疾，这些年为了寻自己母子，想必更是栉霜沐露，历尽艰辛，又怎么可能胜得了慕容西？

她还没来得及说话，手一暖，已被高峤握住。

他转向了慕容西："慕容西，当初是你自己心术不正，才被小人利用加害。吾妻乃因你之过才被慕容兄妹谋算，受这池鱼之殃！她未曾怪罪你，你竟将罪愆迁至她的头上，这是何道理？"

慕容西脸色阴沉，盯着高峤，冷冷地道："高峤，你若是怕了，道一声便是。"

517

高峤拔剑出鞘。

"噗"的一声，他松手，剑尖已是深深插入地上。

剑身映着月华，不住地来回颤悠，其上宛若流水，精芒烁动。

他转过头，看向身后一直听话乖乖地站着，一动不动，眼睛却越睁越大，盯着这一幕的稚子，笑道："七郎，阿耶要教训这个对你阿娘不敬的鲜卑人。你怕不怕？"

小七摇头："不怕！"

高峤哈哈大笑，上去一步，抚了抚他的脑袋，叫目露忧色的妻子牵好小七，随即拔出插入地上的长剑，朝着对面的慕容西大步走去。

"慕容西，你做了几年的活死人，藏在暗处，眼睁睁看着原本属于你的皇位被你的侄子所占，日子想必比我高峤也好不到哪里去！狭路相逢，你既要战，战便是了！你我之间，新仇旧恨，正好一并清算！"

"天王！"

一个方才被慕容西屏退下去的年长些的随从忍不住疾步上前，唤了一声慕容西。

此人出身于鲜卑贵族贺楼氏。从前徒何氏、卫氏等被慕容替游说背叛慕容西，拥戴慕容替上位后，大肆杀戮慕容西的亲信。贺楼氏与慕容西关系亲近，虽长年留在龙城，但亦遭清洗，闻讯带着部族连夜逃走，这才躲过了杀身之祸。后来虽和死里逃生的慕容西会合，但却无所立足。这几年间，无时无刻不想着夺回故地，奈何双方实力悬殊，遂隐伏不动，暗中召集人马，等待时机。

如今机会就要到来了。

此前洛阳一败，慕容替已是伤了元气，如今虽又联合西凉，但想要轻取李穆，显然不大可能。而一旦开战，李穆必也会全力以赴。

他们等的就是双方鏖战，到时伺机出手。不敢说别的，趁慕容替不备夺回龙城，乃至趁其不备，拿下防守空虚的燕郡，也是指日可待。因事关重大，一个月前起，慕容西便亲自潜伏在了雁门关一带刺探消息。数日之前，按照计划，一行人原本是要撤退了，但贺楼却又得知，慕容西有意要将萧永嘉也一并劫走。

慕容西的原话，自然是挟持萧永嘉，以防备日后李穆对鲜卑人的动作。

这个打算固然不错。但想从匈奴人的大营中劫走一个重要人质，难度之大，可想而知。

出于谨慎，贺楼不欲多事，起先并不赞成慕容西提出的这个显然是临时起意的计划。但慕容西却一意孤行，坚持己见，贺楼也就只能听命于他。

今夜之事，原本都照计划在进行。自己这边对上一个高峤，胜算极大，只要将人拿了，尽快悄悄离去，便就大功告成了。没有想到，事情竟突然又起了如此变化，眼看着天王被那个南朝公主认了出来，三言两语一激，事情便偏离了计划，看他情绪仿佛也有所失控，竟要和高峤对决，有些焦急，忙上去低声劝阻："大事为重！请天王勿争这一时之气，免得节外生枝。"

慕容西却置若罔闻。

天王勇武盖世，在鲜卑人中素有威望。可惜性格刚愎，紧要关头，又往往优柔寡断，狠不下心来。当年若是能听从张集和自己的话，在觉察慕容替有异心之时便及早下手除去，也不至于会有后来的惨变。

贺楼见他面色阴沉，拔刀，头也不回地从自己身边经过，朝着对面的高峤迎了上去，晓得他依旧不肯听劝，也只得叹了口气。

好在论决斗，高峤看起来无论如何也不是天王的对手，事已至此，也就只盼他能速战速决，好尽快离开此地。

贺楼无可奈何，只得又退了回去。

多年之前，高峤和慕容西在战场上虽也曾数度交手，但却是各自指挥兵马作战。作为两方的主帅，并没有机会能让两人真正下场，近身肉搏。

高峤接住了慕容西挥向自己的第一刀。

刀剑相交，在刺耳的铿锵声中，他感到了来自对方的那宛如压顶般的奇大力量，连虎口也为之一震，若非立刻后退一步，以巧劲顺势卸去大半，硬碰的话，只怕手中这把已伴他半生的百炼宝剑，当场就要被震断。

慕容西望着被自己一出手便迫退的高峤，面上掠过一丝冷笑，不给他以任何反应的机会，第二刀又跟着砍了过来。

高峤抵挡着慕容西连绵不绝的攻势，一步步地后退。

刀锋和剑刃不断地交错碰击，以至卷刃，在夜色中迸溅出点点的火花。

转眼之间，两人便已交手了十数个回合。高峤一直处于防守的下风，情状堪忧。而慕容西的刀虎虎生风，步步逼近，好几次，若非高峤闪避及时，便要血溅当场。

萧永嘉焦急万分。

深秋初冬的天气，入夜已是寒气逼人。她的后背却迅速地沁出了一层冷汗，紧紧地贴着衣裳。

"呼"的一声，寒光一闪，刀锋又朝高峤喉咙削了过来。

他再次后退了一步，身体随之迅速后仰，这才避过了那距离他喉咙不过数寸之距的刀锋。

至此，他的身后已没多少可退的余地了。再三两步，便将踏空，那里是片杂草丛生的崖坡。

萧永嘉紧张得几乎要透不过气了。

她紧紧地抱着小七，将他的头转过来，脸压向自己，不想让他再看。

小七却挣脱开母亲的压制。他的两只小手紧紧地握成了拳，努力地转过头，睁大眼睛，注视着刀光剑影之中，那个叫做父亲的男子的身影。

慕容西虽看似占尽了上风，但接连十数刀出去，刀刀看似就要命中对手，临了却又落空，亦是焦躁，见高峤已被自己逼到了崖边，眼底蓦然掠过一缕杀机，暴喝一声，再次举刀。

这一刀，凝聚了他十足十的力量，力透刀背，月光之下，刀锋宛如雪瀑，向着高峤劈落。

高峤没有避让，举剑直迎而上。

刀剑再次相错。

他手中的青锋剑，终还是吃不住刀的力道，一下被绞断，震成了两截。

"铮"的一声，火星四溅，一截断剑高高地弹上半空，随即掉落在地。

在高峤手中，只剩下了一把不过尺长的断剑，两人之间的距离，也一下近在咫尺。

慕容西喝了一声"受死"，刀锋继续朝着高峤劈落。

他料定高峤必会故技重演，如先前那样，企图以腾挪化解。

所以这一刀，不过只是虚晃而已。

在出刀之前，他就已经想好了下一步的杀招，定要见血，再不给他以任何躲闪的机会。

高峤的一双瞳孔之中清楚地映出了来自对面的两点雪白亮光。

那是刀锋在月色下的影子，投入他的眼中，化为了两个白点。

白点的影子越来越大，转眼便到近前。

慕容西突然一个反手，想改劈为刺。

令人意想不到的一幕发生了。

就在人人以为高峤会故技重施，再次靠着腾挪避开这杀招之时，他非但没有退开，反而在慕容西反手，要改变刀径，以截他后路的那一刹那，以身向刀，迎了上去。

"噗"的一声，刀刃上身。

顷刻之间，衣衫被利刃割裂。

一道深及寸余的长长的刀口，从他的胸膛拉到了一侧的肩膀，大片的血从伤口中涌流而出。

小七挣扎着从母亲的怀中下来，迈开双腿要奔过去，被萧永嘉从后一把抱住。

慕容西万万没有想到，面对自己的这个杀招，高峤非但不避，竟还欺身靠近，以身喂刀。

他一时来不及反应，持刀之手，微微一顿。

在他还没能做出下一个有效反应之前，此前一直处于防守位置的高峤终于出手了。

也是他唯一的一次出手，迅捷如电，未给敌人留下半分的机会。

慕容西感到眼前掠过一道剑芒，脖颈随之一冷。

断剑之刃压在了他的咽喉之前。

他的一缕胡须被剑气所断，从他一侧面颊之上轻飘飘地落在了地上。

慕容西的身体一僵，全身的血液陡然变得滚烫，双眼圆睁，那只握刀的胳膊，才微微一动，便感到咽喉一阵刺痛。

血从被割破的皮肤之下，毫无阻挡地流了出来。

"剑虽断，刃犹在。慕容西，你输了。"

高峤的声音在他的耳边响了起来。

前一刻还滚烫的血，随着这话语之声，突然冷了下去。

慕容西感到咽喉一松，刺痛之感消失了。

他在原地僵立着，保持着原本的姿势，无法动弹。

血，沿着他手里仍紧紧抓住的那刀的刃，慢慢地凝聚在了一起，最后化为血滴，从刀尖之上，滴落在地。

"景深！"

"阿耶！"

他的耳畔传来了声音。

他转动着自己僵硬的脖颈，慢慢地转头，看着高峤抛开了断剑，朝着奔来的萧永嘉和那孩子走去。

一开始，他的脚步平稳，走了几步，步履变得迟缓，停了一停，又直起身体，继续朝前而去。

"景深，你怎样了？"

萧永嘉几乎是跑了过来，她一把扶住了高峤，带着他靠坐在了地上。

血不停地从他的伤口中涌出，早已将他的衣衫染上大片的血。

萧永嘉跪在他的身旁，颤抖着手，用牙齿咬着，将裙裾撕条，缠在丈夫身上的伤口之上。

"莫担心，只是皮肉伤而已，我没事。"

疼痛和失血令高崤脸色苍白，但他的神情却很是轻松，安慰过妻子，他甚至还低下头，轻声指导萧永嘉该如何崩缠伤口才能最快地止血。

萧永嘉眼中含泪，按照丈夫的指导，替他包裹伤口。完毕，高崤又安抚般地握了握妻子那双染满了血的冰冷的手，随即看向身畔一直望着自己的小七，低声笑道："阿耶没用了。七郎对阿耶失望了吧？"

小七牙齿紧紧地咬唇，用崇拜的目光望着自己的父亲，拼命地摇头。

"阿耶流了这么多血，都说不痛。阿耶就是大英雄。"

高崤大笑，抬起那只没有受伤的胳膊，将儿子搂入了怀中，唇凑到他的耳畔，低声道："等日后回去了，阿耶教你读书写字可好？"

小七用力点头。

慕容西定定地望着，突然转身，提刀，一步步地走来。

萧永嘉替丈夫裹好伤口之后，便一直在留意身后不远之外慕容西那伙人的动静，看见他竟提刀又朝这边走来，月光映出一张显得有些扭曲的脸容，不禁暗自心惊，立刻从地上站了起来，厉声道："愿赌服输！慕容西，方才若非我夫君点到为止，你早已气绝身亡！你还不走，莫非是要食言？"

慕容西停步，盯着月光下的萧永嘉。

这个南朝的长公主，当年从他第一眼见她之时，便倾心不已。后来若非因她之故，那一夜，自己也不至于完全丧失了警惕，以致被侄儿轻而易举地施加戕害。

他的侄儿慕容替，心机之阴，叫人胆寒，但他却不知道，在他出生之前，自己还是少年之时，曾误服毒药。为了解毒，遍用奇方，其中不乏以毒攻毒的方子。

在那段长达一年多的就医日子里，他犹如身处炼狱，几次从鬼门关前，去而复返，痛苦不堪。所幸他体格强健，远胜常人，终于痊愈，随后，他慢慢地发现，自己的身体也起了变化，如同因祸得福，对毒药的耐受，远胜于常人。

那夜，在他中刀倒地之后，几乎是出于本能反应，立即闭气假死，随后昏死了过去。

也是上天要给他一条活路。先是慕容替对那把淬过毒的匕首太过自信，并未仔细检查便丢下他的"尸体"匆忙离开。再是他的侄女慕容喆，总算还念最后一分血亲之情，及时赶到，阻止了叛军对他"尸首"的凌虐，安排人将他运回龙城落葬。

次日，他被卷在席子里用马车送回龙城的路上苏醒了过来。

运送他的那几个鲜卑士兵见他死而复生，无不惊惧，又慑于他平日之威，何敢反抗，皆为他所用。

便是如此，他侥幸活了下来，等待复仇。

在这犹如活死人般的不见天日的漫长日子里，他无时无刻不在谋划复仇之余，每每想起萧永嘉，更是爱恨交加，难以自已。

自己曾对她一往情深，多年之后，更是因她之故付出了如此惨痛的代价，望她有所回应，又何错之有？

"高峤方才不过是用奸计，才侥幸胜了我！当年他北伐，亦是被我的军队阻挡，才失败而归！他一向便是我的手下败将！我慕容西，除了不是汉人，文才不及他之外，哪里比不上高峤？"

慕容西恨声应道。

萧永嘉怒道："慕容西，你比他差得远了！只怪大虞朝廷无能，才叫你们这些胡人有了南下之机，你们犯下的累累兽行，我今日也不和你论。我只说一件事。当日攻下高凉城，你放纵下属劫掠手无寸铁的民众，滥杀无辜，如此行径，与兽类，与你的侄儿慕容替，又有何区别？你遭如此报应，也是咎由自取。当日侥幸叫你活了下来，已是上天留命。当年你亦自称读过经史子集。论胸襟，论气度，论为人之道，你与他如同云泥之别！今日你还有何脸面，竟敢如此质问？"

她冷笑："我再求你一事。从今往后，切勿再提你对我如何如何了！我萧永嘉可担待不起你如此的厚爱！莫非你真以为你对我有如此之用心？你不过是不甘，自欺欺人罢了！"

慕容西双目定定地望着萧永嘉。那条提刀之臂，仿佛被什么看不见的东西给抽去了力气。

带着残余血迹的那簇刀尖慢慢地下垂，最后无力地顶在了他脚边的地上。

萧永嘉说完，便不再看他，转身扶起一直沉默着的高峤，另一只手牵住小七，低声道："我们走吧。"

高峤眼眶微微酸胀，悄悄地握紧了妻子朝自己伸来的那只手，从地上站了起来。

夜已过去。远处天光微晓，晨色朦胧。

一家三口相互扶持着，朝着小道尽头继续前行。

贺楼带着人回到了慕容西的身边，看了眼三人的背影，迟疑了下，低声问了一句。

慕容西的神色僵硬无比，注视着前方几人的背影，慢慢地摇了摇头。

贺楼沉默了片刻，道："此地不宜久留。既如此，请天王也速速上路。"

"相公，长公主，奴来迟了！"

就在这时，对面疾奔上来十数道人影，很快便至近前，正是等不到高峤，循路寻来的高七等人。

两边相遇，高七乍见萧永嘉和小七，激动万分，热泪盈眶，带着人要下跪见礼，被萧永嘉给拦住了。

高七拭去眼泪，欢喜上前，正待抱起小主人继续上路，忽然，身后营房方向的路上，又传来一片马蹄疾驰的声音，中间还夹杂着脚步之声。

仿佛是有大队的人马，正从匈奴营房的方向追了上来。

高七脸色微微一变，扭头看了一眼，一把抱起小主人，命人护着家主快些撤退，却听萧永嘉道："等等！"

对面那条小道之上，火光大作，一行人马，至少有数百之众，举着火杖，已是进入了视线。

借着朦胧晨曦和火杖的映照，影影绰绰，已是能看到前头人的样子了，并非匈奴兵的衣着。当先那领队之人，仿佛是个汉人青年将军的模样。那青年目力极好，眺了前方一眼，高声喊道："我是高桓！前方可是伯父伯母？"

绷了一夜的萧永嘉，终于彻底放松了下来，双腿一软，身子跟着晃了一晃，被身畔的高峤一把扶住了。

高七亦是松了口气，喜形于色，高声应道："六郎君，正是相公和长公主！"

高桓带着人马奔到近前，脸上带着欣喜笑容，见近旁慕容西那一行人面露紧张之色，纷纷拔刀，知是敌非友，命令士兵先将对方团团包围起来，自己飞快地跑到了高峤和萧永嘉的面前，向两人见礼，却见高峤胸前大片血迹，吃了一惊，问究竟。

高峤道："我无妨。你姐夫那边如何了？"

其实看到高桓现身于此，他便已经猜到战况了。

果然，听高桓道："伯父伯母放心，姐夫方才已攻下城关，我才得以来接应伯父伯母。"

他说着，转头看向正被士兵团团围住的慕容西一行人，问那些人的身份，得知那领头之人，竟是曾做过北燕皇帝的慕容西，惊讶过后，神色蓦然转为阴沉，一声令下，数百名军士，立即张弓搭箭，对准了包围圈中的慕容西等人。

贺楼脸色大变。

数百张铁弓倘若齐齐发射，自己这些人将会如何下场，可想而知。

他看向慕容西。他却仿佛置身事外，依旧站着，一动不动，情急之下也顾不上别的了，慌忙道："高将军，方才天王放过了高相公和长公主，你不回报便罢，如此对待我等，是何道理？"

高桓冷笑："慕容氏没一个是好东西！你们这些人也是个个死有余辜！今日撞我手上，要怪就怪命该如此！"

"全体士兵听令，一个也不许放过！"他蓦然提高音量。

士兵纷纷拉紧弓弦。

贺楼见这青年将军的脸上满是杀气，心惊不已，急忙朝着高峤和萧永嘉的方向奔去，却被面前的箭阵给逼停了脚步，高声道："高相公，长公主，方才若非天王放行，你们——"

他的话声，却被身后忽然传来的一阵大笑之声所打断。

慕容西仰天狂笑了数声，慢慢转向高桓，抬手指着贺楼和身后的那十几个随从。

"这些人皆来自贺楼部，子弟世代负祭祀守望之责，一直守于龙城，并未入中原行屠掠之事。从前我称帝时，亦劝我早日回归。这些年因忠心于我，更是被慕容替所不容，望你能放过他们……"

"天王，我等欲与天王同生共死！"

贺楼与身旁随从纷纷奔向慕容西，神色激动，下跪叩头。

慕容西恍若未闻，继续道："以我鲜卑人的神灵起誓，他们将带部族返回关外，从此再不踏足中原一步。若是有违誓言，诅咒子孙后裔，代代贻祸！"

"至于我——"他顿了一下，"高小将军，你要取我命，我慕容西命就在此，不必你动手，自己便可了结。我生平杀人无数，何日送命，都是不亏，死又有何妨！"

他再次仰天狂笑，仿佛这还不能够发泄他此刻的情绪，继而长啸出声。

啸声震人耳鼓，几分愤懑，几分苍凉，又几分的自嘲。

"我慕容西半生纵横乱世，做过名将，做过降奴，做过死人，亦做过皇帝，今日栽在此处，非人亡我，天亡我也！"

啸声中，他蓦然举起手中之刀，闭目仰脖，刀锋朝着咽喉，横拉过去。

"天王！"

贺楼大惊失色，扑上去想要阻拦，奈何迟了一步。他人尚未扑到跟前，刀已到了慕容西的颈项之侧。

眼见就要血溅三尺。突然之间，一支羽箭挟着撕裂空气般的呜呜之声，笔直地朝着慕容西射来，疾如雷电，迅如流星，转眼之间飞至近前。

"叮"的一声，伴着金铁相击所发的碰撞之声，簇箭铁头击在了刀背之上，一下便将刀撞开。

慕容西睁眼，看向箭来的方向。

高峤立在那里。

晨光愈白。他或因发力牵动伤口，面色在晨曦中看起来苍白如纸，但神色却很是平静，那道瘦削的身影立得笔直。

"慕容西，你也算是性情中人，今日暂且放你一马。"

"你且听好，不管是中原，还是你北燕如今所谓的国都，你脚下的一分一寸，皆非你族类归属！记住你自己方才的话，带上你的人，回到你们该去的地方！"

高峤说道，一字一句，铿锵相击。

在小七充满崇拜的注目之中，他慢慢地放下了手中的铁弓，看向身畔的妻子。

萧永嘉和丈夫四目相对，朝他微微一笑。

多少的爱意和情愫，皆化入了这一笑，一切尽在不言中。

慕容西定定地望了他夫妇片刻，闭了闭目，睁眼，突然抬手，一手持刀柄，另一只手捏刀头，十指发力。

"铮"的一声，那刀被他折成了两截。

"待复仇事毕，我便归拢部族，回往龙城，此生再不入关中一步！若有违此言，叫我有如此刀，不得善终！"

断刀被掷插于地。慕容西转身大步而去。

贺楼彻底地松了口气，急忙向着高峤的方向行了个谢礼，随即带着剩下的人追上慕容西，匆忙而去。

一行人的背影，很快消失在了晨曦中的道路尽头。

伯父既然放走了慕容西，高桓只好作罢。见他衣前染满血迹，伤处虽包裹过，但血丝仍不断地从衣衫里渗透出来，忙唤人取来伤药递上。趁着萧永嘉替高峤上药的工夫，上前一把抱起歪着脑袋好奇打量自己的小七，笑道："你便是我高家的小七郎？我是你阿兄。快叫我六兄！"

小七一点儿也不怕生。立刻从他怀里挣脱着下来，站定双脚，随即照着阿娘从前教导自己的长幼之礼，向高桓行拜见之礼，恭恭敬敬地叫他"六兄"。

在高家平辈的子弟里，从前高桓排行最幼，被尊为兄生平还是头一回，顿时眉开眼笑，"哎"了一声，急忙再次将小七抱了起来。

小七又道："阿娘说我还有阿姊和姐夫。六兄，我何时才能见到他们？"

高桓正要答话，忽然，一骑信使从城关方向的道上疾驰而来。那人看见高桓，高声喊道："六郎君！高将军有急信要交给你。道你若是见到大司马，务必转交。

十万火急——"

这信使是高胤派来的，本是高家的部众，起先没有看到高峤和萧永嘉，等到了近前，才认出两人，吃了一惊，慌忙从马背上下来，落地见礼。

气氛一下紧张了起来。

"出了何事？"高峤问。

"建康城被荣康所占！荣康挟持了太后和陛下，淫乱后宫，欺侮百官，搜刮民众，无恶不作。高将军获悉消息，已在回兵的路上，请大司马亦知悉！"信使一边呈上高胤的信，一边高声说道。

刘建称帝定都大同之后，这几年，为防备李穆的北伐，将雁门关作为防守的第一道关口。雁门之北、大同之南的浑源州，是为第二道防线，那里亦缮甲厉兵，屯粮秣马。

按照他原本的计划，此次是和慕容替合兵雁门关，将李穆的军队消灭在第一道关口。不料，慕容替的兵马还在路上，半夜时分，李穆便如神兵天降，出现在了城关之前。

匈奴满营之人，上至刘建，下到兵卒，对此毫无防备。刘建虽匆匆赶来指挥应对，但为时已晚。从睡梦中被惊醒的匈奴兵匆忙赶赴城关，勉力对抗着来自敌人的一波接一波的凌厉攻势之时，营房的方向又起了冲天的火光。

仅存的意志，随了这一把大火彻底烧散。

大势已去。刘建晓得再死守雁门关不定就要全军覆没于此。如今只能退而求其次了，放弃雁门关，北退到浑源州，改在那里和慕容替会合，再图对战。

天明时分，那场燃烧了将近半夜的熊熊烈火，终于熄灭。

李穆的战袍之上，覆满了血战留下的痕迹。他带着身后的将士穿过城关之时，匈奴人的血还在不断地从他肩头甲片的缝隙里一滴滴地流淌而下。

城关之内，大片的连营化为了焦土，满目的断壁残垣之上，不断地冒出阵阵青烟。沿着通往西凉国都大同的路上，到处都是匈奴人逃跑时遗落的靴履和兵器，尸体横七竖八、堆叠如丘，浓烈的血腥的味道随风四处飘散，充斥着每一个角落，也表明了就在刚刚过去的一夜，在这个地方，曾发生过一场何等惨烈的战事。

数日之后，刘建终于逃到了浑源，喘息未定便整理残兵，又召齐了原本驻留在此的剩余军队，在乱岭关一带排兵布阵，一边防备李穆的二次进攻，一边焦急地等待着北燕军队的到来。

据他此前收到的消息，就在李穆突袭雁门的那日，慕容替的军队已是开到了紫荆关一带。在他收到自己紧急发送的消息之后，改道来此，按照路程估算，最多三四日内必定能到。

整整一天，探子犹如走马灯，不停地出入于刘建的帅帐。带来的消息却让他暴跳如雷。

李穆的军队已经追了上来，离浑源不过百余里路，最迟，一两天内，必定开到。

而等待中的北燕军队，却迟迟不见人影。

慕容替分明已是过了紫荆关，于昨日抵达黑石岭，距离此地，也不过一两日的路程了，不知为何，却突然停在了那里，再没有前行一步。

"咣"的一声，一只錾金铜壶被重重地砸在地上，当场扁了下去，壶中的酒液洒了一地。

天气已经转为寒冷，帐中也没有燃起取暖用的火炉，刘建却赤裸着上身，浑身热汗腾腾，一双眼睛被酒水刺激得通红，不停地走来走去。发出的愤怒吼叫之声，连帐外头的士兵，都听得清清楚楚。

"李穆的应天军就要追来了，他竟然不来了？"

周围站满了他的部将和下属，无一人胆敢说话。

诅咒和谩骂从他的嘴里不停地冒了出来。

就在片刻之前，在他等得望眼欲穿之时传来了一个最新的消息。

慕容替获悉，当年他以为已经死去的慕容西还活着，他不但活着，还和逃走的鲜卑贵族暗中勾结在了一起，极有可能要趁这个机会卷土重来，蓄谋作乱。

慕容替的整个计划，至此彻底被打乱了。

数日之前，在他获悉李穆已经于自己抵达之前便拿下了雁门关，匈奴人被迫退守到浑源一带的消息时，他便仿佛再次嗅到了一丝不祥的气息。

而随之而来的关于慕容西的这个消息，更是叫他倍感不安。

为了这一仗，他几乎动用了自己手下全部能够调用的人马了，莫说慕容氏的龙兴祖地龙城，即便是国都燕郡，如今也是后方空虚。

倘若自己的那个叔父真的还活着，这样的一个机会，送到了他的面前，他又岂会放过？

以慕容替的推断，慕容西选择的复仇方式，极有可能是趁自己不在，后方空虚，出面占据。

他不会和自己进行正面的较量。至少目前不会。就算有贺楼氏等部族的支持，那些人势单力薄，根本无法和自己拥有的军队相抗衡。

对于慕容替来说，抉择不算艰难。

日日夜夜，他虽然无时无刻不渴望着击败并杀死那个名叫李穆的南朝人，但他更清楚，一旦失去了后方，自己便真的将会彻底失去复仇的机会——没有了后方的稳定支撑，他拿什么来控制这支如今还能被他抓拢起来听他指挥的庞大军队？

他不能冒这个险，哪怕这种可能性很小。

慕容替的决定，得到了那些随军的鲜卑将领的默认。

他唯一被问过的一句话，便是关于慕容喆。

发问的是随军为将的一个慕容氏的宗族。

慕容替眺望着身后那个自己原本要去的方向，脑海里，浮现出了许多年前，在他还保持着身为王子当有的尊贵的那个时候，在冰天雪地里，他出于一时的怜悯，给她偷偷送去食物之时，她投向自己的那感激无比的目光。

可是到了最后，就连这个对自己最忠诚的妹妹，她也背叛了自己。

慕容替沉默了片刻，淡淡地道："公主机敏善变，必能保全自己。"

当天晚上，慕容替便下令全军连夜拔营东归，火速返回燕郡。

在此莫名停留了一个白天的鲜卑士兵并不知道皇帝突然决定回去的原因。但不用再奔赴前方去和李穆的军队再次正面交锋，对于这个结果，几乎所有的人都持了乐见的态度，也没有人抱怨连夜上路的辛劳，当夜，军队便沿着来时的路掉头东归。

三天之后，慕容替再次回到了他曾西出的紫荆关。

守着紫荆关的，是他的亲信。过了紫荆关，便是属于大燕，亦是属于他慕容替的土地了。

接连三天的急行，士兵都已疲惫不堪，远远看到关楼就在前方，这才又恢复了些精神，盼着过关，今夜好早些得到休息。

慕容替并不比士兵轻松多少。

他被慕容西还活着又卷土而来的消息冲击得心神不宁，过去的这三天，几乎就没怎么合眼过，到了此刻，双眼已是熬得布满了血丝。

他急着想要将大军带回燕郡，以确保自己后方无虞，但也知士兵对这种夜以继日中间短暂休息的行军方式已经开始显露出不满，见紫荆关将到，天色也不早，看起来一切如常，也未收到关于慕容西要对燕郡或是龙城不利的消息，略作考虑，便命人去叫开关门，拟在此安营一夜，明早继续上路。

关楼越来越近，暮色之中，关门紧闭，慕容替也看得一清二楚，城墙之上竟不见一个守军士兵的身影。

他心知不对。这些日子里，那种一直挥之不去的不祥之感再次朝他涌来。

他立刻命身后的军队停下脚步，单独派人靠近，前去叫门。叫了片刻，里头竟没有半点回应，城楼之上，也依旧不见人现身。

那种不祥之兆愈发强烈。

慕容替正要下令，命军队掉头回转离开此地，就在这时，前方忽然传来一阵鸣鼓之声，只见城楼之上，突然出现了一众士兵的人影，沿着垛口一字排开，皆是鲜卑人的打扮，中间站出来一个身穿盔甲的人，身材魁梧，头戴兜鍪，顶上一簇红缨在风中舞动，远远看去，犹如一团鲜红火苗，整个人看起来威风凛凛。

城关之下，无数道目光，齐齐望向那人，起先静默了片刻，渐渐地，有人仿佛认了出来，却又不敢置信，于是相互交头接耳，起了一阵骚动。

贺楼亦从城头现身，立于慕容西的身畔，喊道："勇士们，睁大你们的眼睛，看看清楚，城头之上，我身边这位，是为何人！"

"他便是你们的天王陛下！他并没有死！而是被奸人所害，用谎言蒙蔽了你们！"

他的视线落向城楼之下骑于马背之上的慕容替，猛地抬手，指了过去，厉声道："那个奸人，便是慕容替！你们如今口口声声称之为陛下，他当年用奸计，害了天王，所幸老天开眼，天王并未被这奸人害死，如今他又回来了！"

一阵短暂的静默过后，关楼之前骚动更甚。

消息一传十，十传百，仿佛为了看得更清楚，前头的士兵纷纷朝前挤去。

慕容西摘下头上的兜鍪，让众人能更看清自己的模样，双目环视过一周，高声说道："你们没有看错，我慕容西没死，今日回来了！"

"你们当中，有愿意回来跟从我的，可入城门！跟了我，往后再没有飞来横财可发！但我会带你们回到龙城老家，在那里，让你们娶妻生子，安稳度日！"

关楼下，鲜卑士兵的议论之声一下大了起来。

他们这些人，起初投身行伍的目的，自然是冲着发财和女人来的。仗打了这么多年，很多人渐渐也看得清楚了，不管他们效忠的头领之人一开始给他们描述过如何诱人的将来，每一战，死的是他们这些低等的士兵，所得有限，而真正获利最多的，是根本不用打仗的鲜卑贵族和军衔比他们高的军中将领。年长日久，很多人也会思念故土，希望能够早日回去，过上安稳的日子。

慕容西的话音落下，脚下的两扇关门，便在众人面前慢慢开启，最后完全打开。

议论之声，再次嗡嗡响起，突然，一个士兵从人群挤了出来，一边朝着门洞跑去，一边喊道："我早就不想打仗了！我愿效忠天王，随天王一道回龙城！"

慕容替一直坐在马背之上，微微仰头，出神般地望着城楼之上慕容西的身影一动不动。

他的一个亲信见状，厉声斥责士兵叛逃，举起手中的弓箭，瞄准前头正往关门跑去的士兵的后背，正要放箭，城头之上，呜呜地射来了一支力道凌厉的弓箭，迅若闪电，一下插入了他的胸膛，那人身体晃了一晃，坐立不稳，捂住胸口，从马背上一头栽落在地。

"要随我回龙城老家的，只管进！不愿跟从我，还要继续替慕容替卖命的，我亦不勉强！但谁若胆敢阻止入内之人，下场便如此人！"

慕容西的声音回荡在关楼之前，人立在城头之上，看起来神威凛凛。

前次洛阳一战，慕容替威望堕折，士兵又来回疲于奔命，本就对慕容替有所不满，事情突然发生如此变化，下面短暂静默了片刻，很快，开始有人效仿那名士兵，口中喊着慕容西从前的天王之号，争相出列，向着楼关奔去。

"天王有令，杀慕容替者，赏金万两，封千骑长！"

伴着一阵急促的擂鼓之声，从关门之内突然拥出了一支骑兵，慕容西亲自带队，向着对面的慕容替，疾驰着冲杀而去。

许多鲜卑士兵见状，纷纷调转矛头，跟着慕容西，向慕容替所在的方位冲去。

局面很快便失控了。

竖在慕容替身后的那面大旗倒了下去，慕容替身上中箭，在一群亲信的拼死护卫下，掉头撤退，朝着南面的方向，奔逃而去。

李穆北伐，势不可挡，就在不久之前，于浑源州的乱岭关彻底击溃了西凉匈奴军队的主力，直捣大同，一举攻破西凉国都，刘建带着最后仅剩的残部，仓皇北逃，退出了关外，北方并州至此全部归于李穆所治。

不仅如此，在北方，鲜卑人的燕国也发生了巨变。据说慕容西死而复生，现身复仇，紫荆关前，鲜卑底层士兵哗变，慕容替下落不明，于乱军中被杀，慕容西重新做了北燕的皇帝。

北方局势风云变幻，消息很快也传到了建康城。

但今日的建康城再不复往昔了。荣康带兵入建康之后，自封太师，以辅佐幼帝执政为名，入住建康宫，纵情声色，为所欲为，又以资助军费平定李穆叛乱为名，逼迫满朝文武和宗室士族贡献金银玉贝，若被发现有欺瞒者，动辄打杀，人人犹如身处水深火热，在恐惧的高压之下苟延残喘。

慕容替身死乱军的消息传到荣康耳中之时，正是半夜，皇宫里却依旧灯火辉煌，酒池肉林，荣康搂着衣衫不整的美人，正在纵情淫乐，听闻，他愣了一愣，随即仰天大笑，从席后一跃而起，兴奋地来回走了几圈。

"太师，太后有请。"就在这时，一个宫人小心地入内，跪地说道。

荣康目光闪烁，想了下，转身往高雍容所居的宫殿而去。

高雍容的面上匀过一层厚厚的脂粉，妆容精致，但脂粉之色，也掩盖不住她苍白的面色和浮肿的眼泡。

她笑道："已是深夜，还将太师请来，太师勿怪。"

荣康眯着一双醉眼，盯着高雍容看了片刻，笑道："太后如此妙人，肯主动邀臣来此，臣怎舍得怪？不知太后深夜邀臣，所为何事？"

高雍容含笑不语，坐在那里，一动不动。

荣康哈哈大笑，大步到了她的身边，大喇喇地坐了下去，一臂搂她入怀，另一只手拿着置于案上的酒壶，往杯中倒酒，笑道："太后早些想通，也就不必浪费如此多的时日了。臣荣康虽是个粗人，但定会用心服侍太后，定要叫太后满意。臣先敬太后一杯。"

高雍容接过荣康递来的酒，一饮而尽，却因喝得太快，一时呛住了，俯身下去，埋头咳嗽个不停。

荣康"哎呦"了一声，伸手拍她后背，说道："是臣的罪过，害得太后不适。太后切莫怪罪。"口中说着，那手已改为抚摸，肆无忌惮。

高雍容仿佛丝毫没有觉察，埋头俯身，咳了好一阵子，才重新直起身子，将手里的酒盏放回在桌上，自己端起酒壶，也往酒盏里注满酒，端了起来，待要送到荣康面前，又放了下去，看了眼那几个跟着荣康过来，此刻站在宫室门外的守卫，轻轻推开了荣康那双放在自己身上的手。

荣康会意，立刻命卫兵都退出去，不受召唤，不得入内。

等卫兵一走，高雍容笑道："来而不往，非礼也。更何况太师辅佐陛下，劳苦功高，本宫也敬太师一杯。请太师切勿推辞。"说话之时，情态妩媚，自有一番动人之处。

荣康大笑，连连道好，接过酒盏，送到嘴边，待要喝下去，忽又停下，道："臣若是喝了这一杯酒，太后将要如何奖赏臣？"

高雍容眼波流转，道："太师想要如何，本宫便就如何。"

笑声中，荣康再次端起酒盏，在高雍容的注目之下，再次送到嘴边，眼见就要张口喝下，忽又停住，将酒盏送回到高雍容的面前，道："太后对臣，臣心知肚明，一向是看不上眼的，今夜能得太后如此垂青，臣感激涕零，这杯酒乃是太后亲手为臣所斟，臣不敢自己独饮，请太后也先饮一口，余下臣再受恩，如何？"

高雍容眼底掠过一道异色，却不动声色，又咳嗽了几声，摇头推辞："本宫不会饮酒，方才那一杯险些咳死人，太师勿再为难了。"语气之中，已是带了几分撒娇的语气。

荣康笑嘻嘻地觑了她一眼，那杯酒却依然不肯收回，定要高雍容和自己共饮，见她再三推辞，笑道："太后不肯饮这杯中之酒，莫非太后知道这酒水有异？"

高雍容脸色微微一变，勉强笑道："本宫不知太师此话何意？"

荣康盯着她，面上笑容陡然消失，放下了酒杯，冷冷地道："你方才借着咳嗽，俯身下去，以为我没看到吗？你往杯中弹了何物？"

高雍容僵了片刻，突然直起身子，扑向放在了案上的那杯酒，扬手想要打翻在地，却被荣康一掌给扇到了地上。

荣康站了起来，盯着俯在地上的高雍容，冷笑道："臣是粗人，但也知道惜命。太后赐的这杯酒，臣是万万不敢喝的。你自己不喝，那就换个人来喝！"说着，高声命人去将小皇帝带来。

高雍容脸色骤然大变，厉声道："你敢！"

卫兵已奉命离去，高雍容追了上去，待要阻拦，却又如何拦得住？没片刻工夫，便看着自己的儿子被几个如狼似虎的卫兵给推了进来，紧紧地捂住嘴。

荣康一声令下，几个卫兵将他抓住，制止了他的挣扎，一人端起案上的酒，捏开他嘴，预备朝里灌去。

高雍容的脸色变得惨白一片，如同死人。

就在方才，她借着咳嗽之机，将预先藏在指甲里的毒药，弹入了那只自己喝完了酒的空酒杯之中。

这毒药毒性极烈，只需一指甲盖，只要入腹，便会七窍流血而死，任大罗神仙也休想逃过。

她已和几个亲信大臣暗中商议妥当，只等今夜荣康毒发身亡，他们便带人入宫，将荣康布置在宫中的人一网打尽。

她万万没有想到，荣康这厮看似是个浑人，竟也心细如发，有所防备。眼看那毒酒就要被灌入自己儿子的腹中，高雍容肝胆俱裂，尖叫一声，连滚带爬地扑了过去，紧紧地抓住了荣康的腿，不住地磕头，泪流满面，祈求他能放过自己的儿子。

荣康命人停下灌酒，道："你和陛下，我只要留一人就够。你要救陛下，也好，你自己饮下这杯酒，他便能活。放心，等陛下向天下宣告将皇位禅让于我，我会加以优待，留他性命。"

高雍容仰头望着荣康，僵住了。

"快说，到底是你活，还是他活？"荣康狞笑着逼问。

"阿娘——阿娘——"

儿子还在卫兵手中拼命挣扎，声声呼救，不断地传入她的耳中。

高雍容整个人不住地发抖，汗水从她额头滚滚而下。

她张了张口，想说什么，舌头却又仿佛被什么给压住，说不出一句话来。

"你不死，那就是你儿子死！给我灌下去！"荣康厉声喝道。

卫兵捏开小皇帝的嘴，将那酒水灌了进去。

"啊——"

高雍容尖叫了一声，眼睛一闭，一下倒在了地上昏死过去。

凌晨时分，皇宫的大门突然打开，一队队全副武甲的士兵出现在了建康的街道之上，火杖通明，人喧马嘶。

临街民房的人从睡梦中被嘈杂声惊醒，提心吊胆，无人敢出来看个究竟。

从荣康进入建康之后，对于百姓而言，这已成了常态，他们唯一能做的，就是将门闩得再紧一些，哄着屋中小儿尽快止啼，免得引来横祸。

宗室贵族，连同朝廷大小官员，在凌晨的睡梦之中，被突然而至的粗暴的砰砰作响的拍门声给惊醒，得知荣康命人即刻去往皇宫，不知出了何事，怀着惶恐，在门外那些如狼似虎的士兵的威逼之下匆匆出门，赶到之时，有些人连鞋都来不及穿，至于衣帽未整齐者，更比比皆是。

对于注重外表的南朝官员而言，这在往日，简直是不可想象的，但此刻，谁也没有心思再去注意这些细枝末节了。

数百人被赶入了皇宫的大殿，看到里面的景象，骇然不已。

大殿里灯火通明，高太后瘫坐在她平日伴着小皇帝听政的位置之上，面无人色，眼泪不停地流，整个人仿佛在微微发抖，看起来虚弱不堪，倘若不是被身后一个宫人强行架着，只怕当场就要倒到地上去了。

小皇帝就在她的身旁，他穿着睡袍，仿佛刚被人从床上拖出来的样子，身体以一种奇怪的方式歪靠在座上，闭着眼睛，头亦向一侧软软地靠去，一动不动，乍看仿佛睡了过去，实际上已是死去，而五官七窍却依然慢慢地往外渗着泛黑的血丝。虽然已是死去，但表情扭曲，面上的痛苦之色清晰可见，临死之前曾遭受过折磨。

大殿里短暂静默了片刻，突然，也不知是哪个起的头，悲呼"陛下这是怎么了"，群臣这才仿佛反应了过来，纷纷跪地，泪流满面。

在一片撕心裂肺般的呼叫和哀哭声中，高雍容目光呆滞，毫无反应，仿佛元神已然出窍，留在这里的，不过只是一具空壳而已。

正当群臣恸哭之时，殿门之后，伴着一阵盔甲和刀剑随走动发出的摩擦之声，有人入殿。

群臣抬头，看见荣康被一众武甲士兵簇拥着现身。

荣康停在死去的小皇帝的尸身之前，瞪目向着对面的大臣。

众人对他又恨又惧，顿时收声，无人再敢哭泣。

殿中再次安静了下来。

荣康吼了一声："把人带上来！"

身后传来一阵脚步之声。

群臣回头，见荣康的手下押着两个五花大绑之人从殿外入内，竟然是御史张直和荣康入京前负责皇宫守卫的一个名叫刘振的羽林将军。

荣康指着小皇帝的尸身："你们都看见了，陛下被人药死，惨不忍睹。我已查明，带头企图谋害陛下篡位的，就是这两人，方才抓了过来，就地正法，好为陛下报仇雪恨！"

他说完，喝了一声，几个手执鬼头大刀的刽子手便上来，将人压倒在地预备行刑，二人奋力挣扎，冲着前头的高雍容喊道："太后，救命——"

高雍容脸色愈发惨白，闭着眼睛，手不停地颤抖，指甲早已深深地嵌入肉里，齐根折断，掌心深处，慢慢地渗出了一缕血迹。

"给我杀！"

话音落下，两颗人头便落了地，滚了几圈才停了下来。

大殿原本光滑如镜的地面之上，顷刻间溅满了猩红的血迹。

南朝群臣面如土色，止不住地瑟瑟发抖。

荣康狞笑道："除了这正法的二人，还被我查到了一些同党……"

他的双目闪着凶光，在面前那一张张大臣的脸上慢慢地游走。

被他视线看过之人，无不毛骨悚然，恨不得遁地三尺，好让自己能从这里逃离。

刘惠站在人堆里，拼命地低头，不想被荣康看见，耳畔却听到脚步声朝着自己而来，抬眼见几个士兵竟分开众人冲到了面前，不由分说，架着自己便拖了出去，慌忙喊道："冤枉！我毫不知情！陛下之死，与我无关！"

荣康哼了一声："他二人分明招供过，你就是同党！来人，杀了他！"

群臣骇然。

刘惠再也顾不得颜面，人扑倒在地，苦苦哀求："太师饶命！此事与我真的毫无干系！我对朝廷，对太师，忠心耿耿，日月可鉴！"

他的额上不住地淌着冷汗，一道道地滚落。

见荣康面带冷笑，斜睨着自己，张口便命人下刀，魂飞魄散，一边拼命挣扎，一边喊道："我出钱！我有钱！求太师收下我的家产，饶我性命！"

荣康这才命人松开他。

刘惠软在地上，挣扎着爬了起来，再不见平日半分的名士风度，涕泪交加地道："前次太师向我等筹措军费之时，我一时糊涂，忘记了家中还藏有金银万两。除了金银，各地田庄，我也愿一并奉献，支持太师扶持朝廷，只求太师赦免！"

荣康目光闪动，神色这才放缓了些，命人取来纸笔，要他将隐匿的财物并藏物之地，一一写下。

刘惠接过纸笔，哆哆嗦嗦地写下了清单。光是金饼便有五千锞之多，白银数万两，铜钱更是不计其数，光是埋藏之所，便有十来处之多，还有各地的田庄房产，密密麻麻，写满了一张纸。

可怜他以书法著称，此刻落笔，写出来的字却歪歪扭扭，宛如走蚓，可见惊吓到了何等的地步。写完，纸被收走，呈了上去。

荣康看了一眼，甩了甩墨迹未干的纸，冷笑："以前在巴东时，便听闻建康贵人有钱！果然是名不虚传。悔悟得不算太晚，暂且留你一命。"

刘惠晓得自己逃过一劫了，才松了口气，转念想到家财全都化为乌有，又心如刀绞，眼前一黑，再也支撑不住，一头栽倒在了地上。

荣康命人带着单子立刻去刘家查抄，又抬眼看向旁人，手指胡乱指点，所到之处全是同党。

此前被逼交捐财物的时候，众人自然有所隐瞒，今夜却知是逃不过去了。小皇帝和地上那两具无头尸首便是明证，不待荣康开口，纷纷争着索要纸笔记下自己要捐纳的财产。

荣康命人将早准备好的纸笔拿出，一一分发下去，众人奋笔疾书，完毕收上，过目之后，仰天狂笑，命令手下带着单子分头去查抄，随即转向高雍容，脸上露出笑容，恭敬地道："太后不是还有一道懿旨吗？趁着群臣都在，请太后宣之。"

高雍容嘴唇微动，又闭了回去。

"太后，此刻不宣，更待何时？莫非你想让陛下死不瞑目？"

荣康脸色蓦然转为阴沉，厉声喝了一句。

高雍容肩膀颤抖了一下，终于睁开眼睛，视线不忍落向自己那血污满面的儿子，哆哆嗦嗦地道："陛下驾崩，国不可一日无君，宜效仿尧舜，昭告天下，禅位于太师……"

话未说完，已是泪流满面，泣不成声。

荣康仰天狂笑："都听见了？太后亲口懿旨，禅位于我，还不快快拜见！"

　　刀斧之下，又有谁敢说半个不字？

　　众人面面相觑，腿软的已是跪了下去，磕头喊话，声音稀稀落落，见荣康不满，怒目相视，众人心中恐惧，又重新呼叫万岁。

　　可怜泱泱朝廷，文武百官，淫威之下，任荣康搓捏，被玩弄于股掌之上。

　　昔日的宗室贵族、士族高官，任再如何的位尊风流，在这丝毫不加掩饰的野蛮暴力面前，也是毫无任何尊严可言。

　　卑贱至此，令人不忍直视。

　　荣康仰天狂笑，又得意扬扬，指名道姓，要几家宗室贵族将女子今夜便送入后宫，封为嫔妃。

　　他点中的，无不是南朝素有名望的士族贵姓。除了刘氏，还有中书令冯卫之女。

　　刘惠才刚苏醒过来，听到荣康要自己将女儿送给他充当嫔妃，眼前再次发黑，又一头栽倒。

　　荣康笑毕，见那几家被点中的，皆俯首帖耳，不敢有半分反抗，独一人从地上站了起来，对着自己怒目而视，定睛看去，见竟是冯卫，命人上去，将他再次按压在地。

　　方才入内，一眼见到小皇帝暴死，太后失魂落魄，冯卫便知大事不妙。

　　就在数日之前，高雍容曾秘密给他通报消息，商议如何将荣康除去，遭到了他的反对，道不可轻举妄动，与其冒险，还不如再继续忍耐，等待救援。

　　他以为太后已被劝服。万万没有想到，今夜竟发生如此之事。虽痛恨荣康人面兽心，暴行令人发指，但知大势已去，自己亦无力回天，也只能将屈辱压下，暂时屈从，以待后情。万万没有想到，荣康敛财不算，径直夺位，还恬不知耻，连自己的女儿也不放过，再也忍耐不住，奋力挣扎，指着荣康破口大骂。

　　荣康拔刀来到冯卫面前，一刀砍在他的肩膀之上。

　　冯卫倒地，口中仍骂个不停。

　　荣康冷笑讥嘲："莫非你想让女儿做皇后不成？可惜皇后之位，我只留给高氏女，你莫多想。"

　　殿中响起荣康手下发出的大笑之声。

　　冯卫挣扎着从地上爬了起来，咬牙切齿："荣康贼子，尔弑君欺上，无恶不作，必遭天谴，不得好死！"

　　荣康大怒，一脚将他踢翻在地，正要命人将他杀了，殿外忽然传来报声，一个士兵疾奔而来，跪在殿外，口中喊着急报，道城外发现了开来的军队，距离建康已是不过百里。

荣康一愣，扫了一眼殿中闻声神色变得各异的南朝文武官员，眼底掠过一道凶光，略一思忖，命手下将人全都拘在此处，不准离开，自己带了人匆匆而去。

城外那支向着建康连夜开来的，正是高胤所率领的军队，黎明之时，终于开到了距离皇城不过二十里的城南石子岗。在那里，遇到了严阵以待的荣康军队，双方一场恶战，战至午后，荣康不敌，又听闻陆柬之亦领了几万人，正向着建康赶来，急忙带着残余军队仓皇逃入城中，闭门不战。

当夜，高胤和随后赶到的陆柬之两军会合，休整过后，次日，待要发动攻城，却得知了一个消息。

荣康将城中的宗室贵族、士族官员以及先前他刚入城时被缴了兵械的南朝士兵，共计数千之众，全部驱赶到城南的一片空地之上，威胁若是攻城，便实行坑杀。

那日，数千名平日四体不勤、五谷不分的宗室贵族、士族官员，在刀斧的威逼之下，无奈拿起锹镐，含泪替自己挖起坑洞。从早到晚，稍有懈怠，便是棍棒鞭笞。待挖好坑洞，又如赶鸭般，被驱赶着集体下坑。稍有不顺，立刻杀死。众人乱成了一团，再不敢反抗，只得自己走下坑去，任凭泥土从头顶纷纷铲落，眼睁睁看着慢慢地埋过腰身，人犹如被栽在了地里，再也无法动弹。

撕心裂肺，充满了绝望的哭声和哀求声，混杂着坑头之上，荣康士兵发出的震耳欲聋的"坑！坑！坑！"的齐齐吼声，回荡在这座繁华皇城的每一个角落，久久不散。就连平日对这些人暗怀不满的城中民众，此刻也无不兔死狐悲，黯然神伤。

居住了数十万人的建康城，陷入了恐惧的沉默，街道之上，死寂一片，犹如一座白日坟茔。

风流折辱，富贵凋零。

人间惨剧，也不过如此罢了。

风吹日晒，扔在地上的胡饼，便是每日仅得的一点儿口粮，只能维持不被饿死而已。

不仅如此，看守还故意将东西丢在他们手臂够不到的地方。当饿得眼冒金星的众人忍辱伸手吃力够取的狼狈模样，便成了荣康士兵戏弄取乐的来源。

到了第三天，下起了雨，埋场里泥水横流，栽在地里的众人，凄惨之状无以言表，平日孱弱些的，早已支撑不住，晕厥了过去。

消息传到城外，高胤怒不可遏。

他对城中这些正在遭难的宗室、官员和士族之人，虽早也失望至极，但这些人当中，有不少曾是自己旧日相识，如此受辱，朝不保夕，他又如何能够做到视而不见？何况就算这些人是咎由自取，一道被埋的，还有许多因上官无能而被缴了械的普通士兵，于情于理，他都不可能置之不理。

高胤恨不得立刻攻城，却又投鼠忌器，一时难以定夺，好在很快，他收到了一个来自北方的消息。

李穆在浑源大败刘建之后，暂且搁下了破西凉国都大同的战事，正南下而归。不日应当便能抵达。

高胤在当初派人给他传递消息的时候，对他是否还肯回来助力建康，心中其实并没有底，直到得知这个消息，方才安心了些，思忖城中那些人一时应当不会丧命，决定暂停军事，等李穆到来再作商议。

而在建康城中的荣康，此刻却又是另外一番打算。

作为一个来自偏远巴东的地方方伯，初来建康之时，他虽被这皇城的烟柳繁华给迷了眼，暗中也曾蠢蠢欲动，却不敢真的付诸行动，直到后来被慕容替所用，加上这两年，势力比起从前愈发雄壮，他的野心这才日益膨胀。

此次，他趁北方战事的机会入主建康，原本是得了慕容替的授意。但他已渐渐不甘心再受驱策，但又忌惮于他，正踌躇摇摆之际，前些时日，得知慕容替在和李穆的北方大战里不但一败涂地，还丧命于浑源，顿时如同去了枷锁，飘飘然了起来，心底埋藏已久的那个皇帝梦，也冒了出来。

不想老天作梗，他连皇帝瘾都还没来得及过一下，城外便开来了南朝军队，咄咄逼人。在出去和高胤打了一仗，讨不到半分便宜之后，重新估量了一番形势，他的皇帝梦便清醒了过来，开始计划退路。

就在这几日，在他威胁坑杀南朝宗室官员的同时，派去查抄各家各户金银财物一事也是没有停下。

果然是不见棺材不掉泪，刀斧之下，那些人为了保命，再也不敢有所隐瞒。

光是从刘惠一户起出的金银，养一支万人军队，三年也是绰绰有余，何况建康城里有将近千头这样的肥羊，哪怕没有刘家那么肥，全部搜刮出来，数目也极其惊人，用富可敌国来形容，毫不夸张。

在荣康的计划里，若是建康真的不保，自己做不成皇帝，万不得已之时，待搜刮完毕，便带着金银财宝跑路。

有了这笔巨额财宝，逃回巴东老家，值此乱世，不愁日后不能卷土重来。

至于如何带着这些金银财宝离开，他也已是想好法子。依旧是拿如今那些还被栽在土里的南朝高官士族做护身符。

等敛齐财物，撤退之时，将这些人一并绑走。

当朝的太后和诸多士族高官都在自己的手中，高胤必定束手束脚，不敢强攻。到时不必开打，自己已是占尽上风。

荣康打定了主意，不但加紧搜刮清单上的财物，就连普通民众家中也不放过，士兵开始挨家挨户入室劫掠，形同盗贼，恨不得将建康的地皮刮掉三尺才好。

正当他疯狂敛财之际，这日，一行数十人的身影，由远及近，出现在了一条通往建康北的野径之上。

因为荣康之乱，附近民众听闻他抓壮丁充军，又大肆搜刮财物，能躲的都已躲远，大白天的，周围也不见什么人影。

建康城就在前头了，城垣已是清晰可见，连城头上插着的带了皇城新主标识的一排旗子，也隐隐可见。

领头男子停了马，坐于马背之上，眺望着前方。

他的左臂一直垂在身侧，整条胳膊被衣袖遮挡住了，风吹着，袖子贴在胳膊上，露出一段僵直的轮廓。

这是一个年轻的男子，容貌秀美，有着一双罕见的紫色眼眸，但此刻，他的双颊却因暴瘦而凹陷下去，皮肤苍白得近乎病态，日光之下，连细微的蓝色血脉都清晰可见。

他的神色漠然，迎着刺目的日光，眯眼眺望了前方片刻，取出一封信，命人前去传讯，随即叫身后跟从自己的那几十人停下歇脚。

那些人虽然都是普通汉人的打扮，但体格彪悍，犹如出身行伍。只是此刻，他们的脸上，早已写满了疲倦，眼神更是黯淡无光，仿佛这次长途跋涉，已将每一个人身上原本的精气给消磨殆尽。

听这男子如此发令，众人各自坐到路边，默默取出干粮，吃了起来。

这男子仿佛丝毫没有觉察，继续望着前方城池的轮廓，站在野地之中，人一动不动，仿佛入定。

他的身后，一个侍卫头领模样的人，在迟疑了半晌之后，终于还是上前，低声劝道："陛下，今时不同往昔，陛下龙困浅滩，以荣康这等小人，必不肯再听陛下之言，陛下实在不宜再入建康。何况，就算陛下掌控了建康城，此处也非能够久留之地。一旦强敌来袭，四面毫无屏障。陛下何不暂时退让，静待时机，日后再起？"

男子慢慢地转头。阳光之下，一双紫瞳仿佛透明的玻璃珠，盯着他，毫无波澜。

侍卫的脸上慢慢露出惶恐之色，声音低了下去。

他效忠的北燕皇帝慕容替，面前的这个人，在紫荆关前遭到了慕容西的报复，士兵反叛，一败涂地，作为慕容氏的死卫，他是拼死，才和这最后几十个忠心不离的手下一道，终于将他从乱军中救出逃走。

先是中原失利，再又遭到如此的惨败。

曾经拥兵数十万，如今身边唯一所剩，只有这几十个护卫了。

他本以为慕容替会找个地方躲起来，以避开正寻他尸首的慕容西的复仇。即便雄心依然不死，也当暗中蛰伏，日后再待时机。

意外的是，那日从昏迷中苏醒过来，慕容替睁眼，仰面躺在地上，任由身上污血横流，对着夜空一动不动。

整整如此一夜，犹如躺尸，叫身边之人甚至以为他已经死去，天明之后，他才终于开口。

说的第一句也是唯一的一句话便是动身前往建康。

他的语气是决绝的，不容半分的质疑。

就这样，一行数十人此刻来到了这里。

建康城已是近在眼前了。一旦进去，便再也没有退路。

这一路上，他忍了许久的话，再也忍不下去，终于问出了口。

此行分明如同送死。哪怕侥幸制服荣康，接下来要面对的，也绝对不会有好结果。

如此不计后果甚至近乎疯狂的举动，实在不像是他一向熟悉的慕容替的作派。

见他这般盯着自己瞧，侍卫急忙低头，跪了下去："若是冒犯陛下，恳请陛下恕罪，卑职只是……"

他停了下来。

慕容替的视线转向另外那些人，从他们的脸上一一扫过。

"你们也是如此作想？"他问。

众人相互看了一眼，慢慢地放下手中的干粮，相继从地上站了起来，低头不语。

"你们跟随我，也有十来年了吧？"

众人沉默着。

他点了点头："今日我落到了如此地步，你们还在这里，也算是仁至义尽。我亦没打算要你们与我一同入城。"

众人一愣。

"你们走吧，想去哪里就去哪里。这几年，我给你们的赏赐，应该也能叫你们娶妻生子，过完下半辈子了。若是思念故土，想回龙城，回去向我叔父认罪，他为归拢人心，应该也不会为难你们。"

众人吃惊无比，慌忙跪地，叩头，纷纷向他表忠，道定要追随于他到底。

慕容替淡淡笑了一笑，不语，走到自己那匹坐骑的近旁，抽出一把匕首，割断了固定辔头的缰索，又丢掉了马鞍。

他抬手摸了摸它的头，道："你也跟了我多年，今日也放你走吧。往后是生是死，看你自己造化了。"说着，猛地用刀柄击了一下马臀。

战马吃痛，嘶鸣了一声，撒蹄朝着野地狂奔而去。

慕容替目送马匹身影渐渐消失在视线里，再没看人一眼，转身朝着建康城走去。

"陛下——"

众人在他身后喊着，跟着前行，渐渐放慢了脚步，最后终于停了下来，跪在了路上，向着他的背影叩头。

慕容替始终没有回头，只是发出一阵大笑。笑声中，加快脚步，朝着前方那座城池大步而去。

第二十八章　解困京师

荣康身穿龙袍，威风凛凛，坐在金碧辉煌的建康宫里，命人将慕容替带入。

在他入殿之前，已被彻底搜检，连脚上的靴子都检查过了，见无异常，这才放行。

在两旁无数道目光的注视之下，他朝荣康走来，到了近前，停住，下跪，行礼，口呼陛下。

荣康心中暗自得意。

风水轮流转。想当初，慕容替占领北方称帝时，自己仰其鼻息。如今倒了个个儿，变成自己高高在上，这个原本总是阴沉沉的叫他见了有些发怵的鲜卑人，今日竟会如此向自己俯首称臣，怎能叫他不得意？

他命慕容替起身，假意笑道："传言你死于乱军，朕闻讯时，还颇为伤感。不想原是讹传，最好不过了。但不知今日你来建康，是为何事？"

慕容替道："实不相瞒，我虽侥幸活命，但部下散尽，故地难归，又遭叔父追杀，已是走投无路。晓得陛下势力如日中天，特意前来投奔，以求庇护。"

荣康皮笑肉不笑地道："好说，好说。只是你信中所言……"

慕容替在投给他的信中称，自己也曾做过几年皇帝，当初便知乱世之中，朝不保夕，故留有一埋藏金银宝藏的秘所。他愿呈上藏图，以表自己投靠的诚心实意。

人心不足蛇吞象。在建康城虽已得了一笔巨额财富，但面对这种诱惑，荣康的贪婪之念反而愈发膨胀。虽然明知慕容替此行诡异，却还是抵不住诱惑。

好在他孤身一人，又被搜了身，料也翻不起什么大浪。

慕容替道："藏图在此，为叫陛下有数，亦列出了详细数目。"说着，从怀中取出一方折叠起来的羊皮纸，朝着荣康走去，到了近前，停下，交给荣康身边之人。

荣康接过，见图上地理标识清晰，一目了然，所列的金银珠玉，竟全是以车来计算，双眼不禁发光，看了又看，哈哈大笑，将羊皮纸收起，纳入自己怀中，命人摆酒设宴，招待慕容替。

筵席之上，众人谈论着被栽埋在地里的南朝官员，笑声不绝于耳，荣康左拥右抱，丑态毕露，几杯酒下肚，看向坐于自己下首之位的慕容替，想起从前他做皇帝时，对自己不屑一顾的倨傲模样，有心要再当众羞辱他一番，目光落到他那条始终垂落不动的左臂之上，笑道："朕听闻你的这条胳膊从前是被李穆所废？大丈夫生而在世，若不能报仇，苟活于世，亦是羞耻！"

周围起了一阵窃窃私笑之声。

慕容替恭敬地道："之所以来投奔陛下，为的正是复仇。"

荣康得意而笑："朕见你进来后，这手便一直不动，可否方便，叫朕看看，李穆到底将你这只手臂，废成了如何模样？"

众人跟着起哄。

慕容替道："陛下要看，我有何不便？"说着坦然举起左臂。

衣袖滑落，露出了一条微微扭曲的手臂。臂上肌肉瘦弱，已见萎缩，连那只手，比起正常的右手看起来也小了一些。

荣康的嘴里发出啧啧的叹息之声，不停摇头："李穆实在是可恨。但不知你这只手，如今若和女子打架，谁输谁赢？"

话音落下，众人哄堂大笑，有人便提议试试。

荣康责备道："慕容老弟也算是当世英雄，岂能容你如此戏弄？"

殿中笑声愈发大了起来。

慕容替面上丝毫不见愠色，反跟着笑，道："打架是不知输赢。不过提壶倒酒，应还是能做。不如我给陛下斟酒一杯，以表我对陛下收容的感恩之情。"说完从座上起身，来到荣康面前，在周围目光的注视之下，用那只废手吃力地端起案上的一只酒壶，抖抖索索地举向荣康面前的酒盏，小心地倒了一杯酒，恭敬请饮。

荣康赚足了脸面，哈哈大笑，接过酒杯道："慕容老弟亲手斟的这酒，朕岂能不喝？"说着送到嘴边，仰脖，一口灌入了嘴里。

就在他扬起脖子，咽酒下腹之时，在一刹那之间，谁也没有料想到的一幕发生了。

慕容替那只空着的右手，突然扫起案上一只筷箸，倾身向前，以迅雷不及掩耳的速度，猛的将筷头朝着荣康露向自己的咽喉，笔直地插了下去。

他的手背青筋毕露。

"噗"的一声，那根筷子在极快的速度和巨大的臂力之下，犹如锋利的匕首，戳穿了荣康的皮肉，深深插入咽喉正中，整整一根穿颈而出，露出的筷头之上，沾了一缕细碎的血肉。

荣康那庞大的身体猛地顿住。

"咣"的一声，酒杯脱手，掉落在地。

他双目圆睁，眼珠瞬间后翻，终于吃力地看向对面的慕容替，忽然抬起一只胳膊，张开蒲扇似的手，似乎想要反击。

慕容替居高临下，俯视着他，紫眸里泛出冷色，稍稍抽回些筷子，狞笑着，猛地左右搅动，气管登时破裂，喉上血肉模糊。

荣康惨叫一声，眼珠再次上翻。那只举起来的手无力下坠。

他的一双牛眼死死地盯着慕容替，挣扎着，摇摇晃晃地站了起来，还没站稳，又"砰"的一声，身躯倒了下去，压倒在身边一个已吓呆了的美人的身上，四肢痛苦地抽搐着，喉咙里发出一阵古怪的嘀嘀之声，血不断地从他嘴角和喉咙的那个破洞里涌出。

美人终于反应了过来，吓得魂飞魄散，但在他重压之下，拼命地扭着身子，想要挣脱出来，却又如何挣脱得开，嘴里发出一阵充满了恐惧的尖叫之声。

大殿之上，荣康的亲信这才终于跟着反应了过来，摔了手中酒杯。一片稀里哗啦声中冲了上来，纷纷拔出刀剑，刹那便将慕容替包围在了中间。

慕容替神色自若，撒手松开了那根插在荣康咽喉里的筷子，转身，视线扫过对面那一张张惊怒交加的脸，冷冷地哼了一声，目光凌厉，与方才侍酒之时的样子判若两人。

就在这一刻，他仿佛又恢复了自己的身份，变成了曾经的北燕皇帝慕容替。

众人被他目光所逼，呼喝之声，慢慢变小。

"荣康已是活不成了！你们杀了我，对你们有何好处？他搜刮的金银财宝，没分给你们一分一毫！原本打的就是万一守不住建康城，丢下你们自己带着财宝逃路的主意！你们这般替他卖命，最后能得到什么？"

他冷冷地道，语气倨傲，充满了王者之气。

荣康爱财。封官晋爵很是大方，但论到真金白银的赏赐，却颇为计较。从前也就罢了，这回打入建康城，眼看他将搜刮来的金银珠宝一一藏入宝库中，除了少数重用的亲信，其余人替他奔走，实际入手的东西，相比之下少得可怜，原本心中就很是不满，被慕容替这么一说，脚步亦随之停顿。

慕容替瞥了眼还在地上痛苦抽搐着，大口大口想要呼吸，气却喘不上来的荣康，淡淡地道："他搜刮过来的那些好东西，你们不拿去分了，难道要等别人抢在你们前头，把东西搬光？"

众人相互看了一眼，各自露出怀疑戒备之色。

乱世之下，人命贱若蝼蚁，这些荣康军中的将领，本就是一群为财为利才聚到了荣康手下的亡命之徒，又何来的情义可言？

一阵短暂的静默之后，突然有人转身，朝着殿外跑去。

一个人动，其余人的脸上立刻露出紧张的神色，也没人去管地上的荣康了，纷纷跟着转身夺路，唯恐慢了一步，宝库里的东西就会被人抢光。

"站住！"慕容替突然喝了一声，声音充满了威严。

众人不由得停下了脚步，转头看向了他。

慕容替缓缓走到大殿中央，环顾了一圈四周这金碧辉煌的宏宇崇楼。

"建康是个好地方吧？喝不完的美酒，吃不完的佳肴，享不尽的美人！但我告诉你们，南朝似这般的好地方还多得是！荣康搜刮来的那些财宝又算什么！南朝的富庶，远不是你们的双眼所见，头脑能够想象的！"

"如此的人间胜地，难道你们不想在此分封王侯，让你们和你们的子孙后代，永享富贵？"

他声音激昂，铿锵有力，回荡在金殿之中，震人耳鼓。

众人看着他，目光闪烁。

"但我告诉你们，"他的语气一转，变得凝重无比，"你们的敌人李穆，他不久必会率军打来！如此好的地方，分明已到手，难道你们还愿意拱手让出，像夹着尾巴的野狗，被他赶回到巴东那种穷山恶水的地方？"

"我知道你们不愿！但李穆若是打来了，你们能有那样的结局，已算好的。我怕你们一个一个，即便分了那些财宝，到时也是有命拿，无命享！"

众人渐渐激动起来，脸上露出愫色。

一人喊道："那你说应当如何？"

慕容替厉声道："自然有办法！只要杀死李穆，南朝剩下的那些酒囊饭袋，能奈你们如何？到时候，这天下便由我们说了算！"

众人原本议论纷纷，等听他说到杀死李穆，顿时又安静了下去。

"你说得倒容易！"一人低声咕哝，"李穆若是如此容易能被杀死，你也不至于落到今日的地步……"

慕容替面不改色，冷冷地道："昔日汉高祖四败于项羽，最后亦是一战而胜，成就汉室帝业。我慕容替固然曾败于李穆之手，但此次，我若是没有十足的把握，天下之大，我去往何地不成，何必来此？我告诉你们，只要你们听从我的号令，那些财宝，我一分不取，全部分给你们。不但如此，等杀死李穆，成就大事，待我再次匡复大业，今日在场之诸位，将全是我慕容替之开国功臣！到时荣华富贵，唾手可得！"

他蓦然提声，声若洪钟："我慕容替于此，对天发下毒誓，倘若有亏，叫我万箭穿心，不得好死！"

众人浑身热血直冲脑门，一只只眼睛发红，纷纷吼道："我等愿听从号令，杀死李穆，共享富贵！"

"你们不要上当——这厮最是狠毒！杀了他，替陛下报仇！"这时，一个方才见势不妙，偷偷溜走的荣康亲信带人从殿外跑进来，高声喊道。

众人知他从荣康那里分来的财物最多，相互使了个眼色，一拥而上，刀剑齐下，三两下便将人杀死，又见荣康还在地上挣扎，仍未气绝，索性上前，一阵胡乱砍杀。可怜一代枭雄，也曾呼风唤雨，不可一世，转眼便被砍卸成了数段，支离破碎，就此死在了自己人的刀剑之下。

"去分了库中的财物吧！"慕容替擦去溅到自己脸上的一滴污血，淡淡地道。

大殿里爆发出了一阵欢呼之声，众人争先恐后，纷纷拥向库房。

这一夜，建康的百姓再次遭受到了一轮劫难，无数民房失火。

在满城百姓痛苦的呼号声和士兵那亢奋得近乎疯狂的高呼声中，慕容替登上了建康的城楼，向着城外的南朝士兵，传送了自己的一句话。

他说，建康城中所有人的命运，他将交由高氏女洛神来决定。

她要他们活，他们便能活。

她要他们死，他便屠尽这城中的每一个人。上从宗室士族，下到平民百姓，鸡犬不留，一个不剩。

一切，他全都交给她做决定。

而他，就在城中等着她的回复。

李穆率军抵达之时，迎接他的，便是如此一个消息。

建康城外，石子岗的军营里，将士闻讯，无不义愤填膺。

高胤更是出离地愤怒。

阿妹如今远在长安，和这里的战争毫无干系，却被慕容替用这样的方式给牵扯出来。

不仅如此，很显然，他如此出格，乃至近乎疯狂的言行，目的，不过就是对李穆的公然侮辱和挑衅而已。

高胤有些担心李穆的反应，但见他率军赶到之时，已是入夜，风尘仆仆，连安置都略过，径直便寻自己议事，看起来，慕容替的这出格举动，对他并无半点的影响，这才放下了心，立刻将自己的军帐让出，连夜聚集将领，商议对策。

众人很快到齐。

攻城并非最难之事。最难的，是如何能够保证在拿下对方之前，解救出那些人质。

何况，除了朝廷之人，城中还有无数的黎民百姓。

以慕容替的疯狂，再加上一群丧心病狂、唯利是图的叛军，倘若真的开打，到时候会发生什么，谁也不敢保证。

众人情绪激动，正在你一言我一语地议论纷纷时，忽听外头城池的方向，再次传来一阵隐隐的鼓噪之声，士兵很快便传来消息，道叛军抓了许多百姓上了城头，威胁城外退兵，否则便将大开杀戒。

众人大怒，纵马过去，见城头上火光灼灼，叛军如群魔乱舞，嚣张至极，被绑上城头的百姓哭声不绝，惨不忍闻，回来之后，犹如再次炸开了锅，帐中骂声一片。

高胤眉头紧皱。

他知军中不少人都主张强攻，他亦知慈不掌兵的道理。

对手虽是一群为利而聚之人，形同散沙，但却又类同畜生，一再退让，非但不能解决问题，反而会令对方的气焰愈发嚣张。

倘若能够有法子，既最大限度地保全人质，又能解决叛军毒瘤，他自然求之不得。

但显然，这样的法子并不存在。

在李穆到来之前，他便也已有了强攻之心。

即便付出代价，但一部分的人命代价，总好过什么都不做，眼睁睁看着建康如此沉沦。

他需要的只是一个肯定。

他不由自主地看向李穆，说道："以我之见，唯今之计，只有强攻了。但不知大司马意下如何？"

其实以今日情状，他已不该再叫李穆为大司马了，但却一时难以改口，脱口而出，自己浑然未觉。

其余人也止住了话声，目光齐齐投向了李穆。

李穆颔首,看向高胤:"你所言不差,破城必须强攻。但有一事,我想向你求证。你可曾听说,建康宫中,有条径直通往城外的密道?"

"倘若真有密道可借,里应外合,事半功倍。则强攻破城之余,亦能将城中百姓的伤亡尽量减少到最低。"

历朝历代,开国创业之人在替自己修建皇宫时,往往会在宫中预设一条通往城外的逃生密道。尤其值此乱世,这样的做法更是普遍。

高胤小时,确实曾听闻建康宫中有如此一条密道。

据说是萧室南渡之初,元帝考虑到皇权羸弱,在修建皇宫时,暗修了一条直接通城外的密道,以便他日万一危急,能为自己留条后路。此事极为隐秘,只有皇帝一人知晓出入口的所在,到了如今,除了极少数,连知道这件事的人也是寥寥无几了。

倘若传言是真的,传到兴平帝时,他病得突然,倒下便不能说话,这个秘密也就随之入土,继任他皇位的太康帝和如今的高雍容,自然也都不知。

其实这些天,高胤也曾想到过此事,出于试一试的念头,派了许多士兵出去,在城外有可能修出口的地方,展开过大面积的搜索,希望能找到传言中的密道出口。

倘若真有这样的一条密道存在,循着出口,便能入城。

但自己也知,传言未必是真。且即便是真的,此举亦如同大海捞针,他并不抱什么希望。没想到李穆突然会问这个,诧异之余,便将实情相告。

李穆听后不语,仿佛凝神在想着什么。

高胤不敢打断他,在旁边等着。片刻之后,听他慢慢地道:"叛军不是威逼我们退吗?不妨先按照他们的要求,退后些,做两手准备。多派些人,继续寻密道出口,三日后,若还是寻不到,则别无他法,只能强攻。速战速决,拿下建康城,叫城中人质的伤亡减到最低。"

众将等的就是他这句话,纷纷应是。

高胤慢慢地吐出了胸中的一口气。

三日之内想找到密道口,在他看来,是不可能的事。

强攻已是板上钉钉的事了。到时候,城中的百姓,包括那些此刻已被栽在坑里多日的南朝宗室高官和贵族,伤亡也是在所难免了。

出于他的立场,这绝不是他想看到的一幕。

但他知道,这是权衡之下,为帅所能做出的唯一的正确选择。

他正要点头,李穆却仿佛窥觉了他的所想,望向他:"高将军,倘若你是当初的元帝，意欲在建康城营造一条逃生密道，出口之地，你会选择陆路，还是靠近水路？"

高胤一愣，沉吟了下，道："既是为逃生考虑，自然是走水路更容易脱身。"

"不错，我亦是如此设想。另外，皇宫靠城北，建密道，自然宜短直。"

"是了！"高胤一下被提醒。

"城北出去有元武湖！元帝南渡之后，修建皇宫时，特意曾发动民夫，将元武湖和大江沟通，拓宽水道！"

李穆点头："故我推断，倘若真有皇宫延伸而出的密道，十有八九，出口应在元武湖一带。这几日，别的地方不必找了，我们就赌一把，派人在元武湖附近搜寻。一寸地方也不能略过！"

帐中那些广陵军的将领，原本对李穆就钦佩有加，他一到，身居帅位的高胤便让出了中心位置。高胤做得自然，旁人看了，也丝毫不觉异常，仿佛这是天经地义之事——只要有李穆在，他便是众人的焦点和灵魂，所有的人，不管是自觉还是下意识地，皆都如此。

此刻听完他的话，无不露出恍然之色，纷纷赞同。

时间紧迫，高胤立刻下令，调派更多的人手，连夜前往元武湖仔细搜寻。又留下几名将领，和李穆一道，连夜制定强攻作战计划。

三天转眼过去，强攻占城的准备已是妥当。而元武湖那里的搜索，也是进展到了尾声。

据负责此事的一个副将回报，他已奉命带人搜遍各处，一些有可能的地方，还挖地三尺，倒是找到了几处被土石埋没的山洞，但往里走，四壁皆为石洞浅穴，并无能够延伸出去的地下密道。

这结果本就在高胤的料想之中，虽然感到失望，也只得作罢。再次将几个重要将领召集过来，复议明日攻城之事，以确保到时万无一失，能按照计划，以最快的速度控制建康。

过去的这三天里，城中火光不断，叛军几乎将全城劫掠一空，狂欢之声通宵达旦，在城外隔着老远都能听到，但又据探子回报，城门附近的防守却没有懈怠，叛军一直监视着外头的一举一动。

毕竟，有钱也要有命花，这个道理人人都知。

明日这一场仗，必不轻松。

满城为质，在高胤过去所经历过的所有战事里，都未曾有过如此艰难的局面。

只要开打，毫无疑问，必定会有战士之外的人员流血和伤亡。

那些人里，固然有死不足惜的，但更多的，还是原本不该卷入这种惨剧的无辜百姓。

他的心情很是沉重。也愈发理解，为何李穆不顾自己劝说，今夜亲自前往元武湖了。

复议过后，已是深夜，高胤见李穆依旧没有归来，想了一下，自己也骑马赶了过去。

原本被派来这里搜寻的大队士兵已经撤了回去，预备明日的攻城之战。只剩下一小队人，还跟着李穆留在这里。

高胤找到李穆之时，他正站在一座荒丘之上，眺望着建康的方向，身影一动不动。

高胤迟疑了一下，在丘下说道："大司马，不早了！好回营去歇息了。"

李穆转头，看了他一眼，问道："将士们都准备好了吗？"

高胤道："大司马放心，一切都已妥当，已专门安排士兵，尽量救护城中民众。"

李穆沉默了片刻，朝散布在丘下附近的几十个还在搜寻的士兵喝了一声。

众人听到召唤，晓得要归营了，纷纷跑了回来。一个士兵经过一片荒草丛生的野地之时，突然被脚下的东西一绊，一下绊倒在地，下巴正好磕到埋在野草里的一块尖锐石头之上，当场磕出了一个洞，鲜血直流，伙伴见状，急忙扶他。

李穆和高胤走了过去，问那士兵受伤情况。

士兵深以为耻。一边捂住伤口，一边说无妨。

李穆叫人帮他止血，扫了眼方才绊倒这士兵的地面，借着月光，见地上像是一块雕工整齐的条石，目光微微一动，上去，将附生其上的荒草和藤蔓扯开，见是一块碎裂的残碑。

李穆蹲了下去，辨认其上铭文，似乎是寺庙所立。

他站了起来，环顾四周，问高胤知不知道从前这里是什么地方。

高胤早已看了石碑，道："这里从前若是寺庙，那应当是兴善寺。"

"正是兴善寺没错！只是已经没了几十年了！"

一个被召来做向导的当地人忍不住插话。说完，见李穆很感兴趣，忙又道："小民也是幼时听阿父所言。说这兴善寺香火旺盛，偏不巧，朝廷南渡没两年，便遭遇失火，寺庙坍塌，当时正好在扩建皇宫，百姓们都盼着朝廷能一并重修寺庙，朝廷却不应，还说这地方压了龙头，不宜动土，当时在另外地方重修了寺庙，这里便任由荒废了下去，还下令不许人靠近，谁若胆敢擅闯，被抓住了，便是重罪。也就这些年，才渐渐没人提这规矩了，只是附近四野八乡之人，还是不大敢来此的……"

那人还说得唾沫横飞，李穆和高胤对视了一眼，立刻下令在这一片开挖。

半个时辰之后，几个士兵合力，搬开了一块被泥土和荒草所埋的条石，突然高声喊道："这里有个洞！"声音充满了兴奋之意。

高胤心口猛地一跳，健步赶去，来到了露出地面的那个洞口之前，俯身下探。

洞口很窄，漆黑一片，刚弯腰下去，一股带着浓重的腐霉气味的冷风嗖嗖扑面而来，叫他整个人打了个寒战。

和建康宫相连的皇家园林北苑，经数次扩修，园中亭台楼阁，碧瓦朱甍。花木掩映之间，说不尽的雕栏玉砌、飞阁流丹，宛如人间仙境。

而今就连这里，也逃脱不了被蹂躏的命运。叛军如蝗虫般拥入，将内中值钱之物全部搜刮一空，就连装饰廊柱的鎏金外层也不放过，整片整片地被剥除，最后只剩下光秃秃的立柱。至于园中花木禽鸟，或被践踏夷平，或遭折颈断翅，轮番扫荡，彻底劫掠过后，这才呼啸而去。

这一夜，四更将过，正是黎明之前最为黑暗的一刻。北苑里漆黑一片，寒风掠过飞檐殿角，飒飒作响。

密道十分狭窄，最宽处也只能容二人并排通过，长约十里，从兴善寺原址的地下开始，一直通往城中。

密道的尽头就在北苑之中。口子极小，只能容一人弯腰进出，又隐在一座假山之中，以怪石遮掩，和四周契合得天衣无缝，年深日久，其上又生满苍苔，若非知情之人，便是停在假山之前也看不出什么端倪。

连夜探明情况之后，一行人循着原路迅速返回，召人商议对策。

考虑到密道狭窄，短时间内很难能容大队士兵同时上去，而从北苑到坑杀人质的坑场，距离也不算近，以如今城中叛军的警觉，中途不可能不被发现。

带领士兵入城的那人，除了要保证自己在可能面临的重重包围中脱困而出，更重要的，是在主力人马攻入城池、抵达坑场之前，救下那些随时可能丧命的人质。

这个行动的艰巨程度可想而知。

帐中灯火通明，照亮了一张张的面孔。

那些平日勇猛无俦的军中将领，此刻却无一人出声。帐中一片静默。

并非胆怯不敢应承，而是担心自己能力不够。万一若是不成，后果可想而知。

数千条人命，谁也担待不起。

高胤正要自己揽下，忽听李穆说道："我带人入城吧。"

高胤一怔，忙道："还是我去吧。我必全力以赴，力保人质性命。"

李穆道："倘若由你指挥攻城之战，你有几分把握？"

高胤思索了下。

"建康城墙当初建成之后，这些年里，曾数次上报，因地基湿软，坍陷变形，后虽经数次修补，但若以投石机同时投以大量的巨石，持续撞击，一个时辰，必能见效。"

"那就这般安排。你负责在外攻城，我带人走密道入城，里应外合，尽量将伤亡降到最低。"

他话音落下，大帐中再次静默了下去。

高胤望着李穆。

他的目光平静，语气亦如常，丝毫不见张扬，但却叫人油然感觉到了一种犹如泰岳踞于面前般的沉稳和隐威。

高胤心里很是清楚，这件事由他去做，胜算会比自己更大。但相应的，危险也就更大。

而他要救的那些坑中之人，其中不少不久之前还曾是他的敌对。

他和李穆对望了片刻。

生平第一次，他真真切切地知道了何为敬服。

他不再坚持。从座上起了身，来到他的面前，单膝下跪，向他行了一个军中之礼，恭敬地道："高胤领命，必不负大司马所托！"

帐中其余将领亦纷纷效仿，全都跪在高胤身后，争求希望能够随同李穆一道入城。

李穆起身，将高胤和众人一一扶起，笑道："跳梁者，虽强必戮，何况是这群乌合之众！这一仗，势必除恶到底，以警醒四方，奋扬义武！"

众人热血沸腾，聚在一起，领命之后，各自散去准备，矫健身影迅速地消失在了夜色之中。

战斗，即将来临。

慕容替从入城杀了荣康之后，便半步也未再踏入建康宫，一直宿于城门附近的营房之中。

这个初冬的下半夜，五更未到，他从黑暗的梦境里惊醒，心底忽然生出了一种近乎本能般的不祥预感。

仿佛这座城池之中，就在此刻，正发生着什么他所无法得知的危险。

他晓得城外的军队迟早会发动强攻。

他亦心知肚明，想靠城中这群暴徒再次起势，哪怕只是守住建康，亦是痴人说梦。

那些被他靠着摇唇鼓舌和真金白银说动而愿意暂时聚在他手下的叛军，和他一样，不过各有所图。便仿佛一座筑基于流沙之上的屋，摇摇欲坠，随时便将面临坍塌。

但他不在意这些。

那些人最后便是死了，也只能怪他们自己被利欲所驱使。

在他独自进入这座城池之时，他便没想过将来。

他是个没有将来之人。

他想的，只有一件事，那便是等着李穆的到来。

李穆的首要目的，必然是解救人质。而他已在城门设下重重关卡，重兵以待。

只要李穆攻城，人质便将被彻底活埋。

那些人里，除了南朝的士族高官，还有许多降卒。

他要让李穆也尝一尝失败之下的那种无能为力之感，到底是何等的锥心滋味。

慕容替的双目因连日来交织的疲倦和兴奋，变得充血而发红。

他正要走出营帐，听到远处城头的方向，传来了一阵喧嚣之声。

他的心一跳，立即冲了出去，看见那个方向，起了一片跳动的火光，在远处那将白未白、即将破晓的晨曦的映照之下，刺目无比。

一个荣康的旧部将领正骑马而来，到了近前，一脸兴奋告诉他说，城外的南朝士兵方才突然逼近，企图趁黑发动突袭攻城，却不料城中早有防备，在火油和箭阵反制之下，对方偃旗息鼓，放弃攻城，又退了回去。

"陛下果然神机妙算，早就料到南朝人会偷袭！那李穆也不过尔尔！陛下请放心，我已带着兄弟们布好了天罗地网，只要李穆胆敢入城，便叫他有去无回……"

那人在慕容替的耳边不停地奉承着。但慕容替心底的那种不祥之兆，却变得愈发强烈。

他转过头，盯着坑场的方向，尚在迟疑之时，突然，城北皇宫的方向，隐隐又似起了一片厮杀呐喊之声。

虽若有似无，但因为满城死寂，声音还是传入了耳中。

他的脸色微微一变。

那荣康的部将也听到了，一愣，脸上随即露出怒色，骂道："一帮扶不上墙的烂泥！也不看看什么时候了，还只顾争抢！坏了大事，老子先砍他们的脑袋！"

他厉声唤来一个副手，命令立刻带人过去查看究竟，将那些胆敢在这种时候擅离职守相互斗殴的士兵全部抓了。

这些时日以来，城中常发生士兵因为分赃不均而群殴乃至相互残杀的事情，那阵喧声，想必又是这种事情。

副手正要领命而去，慕容替突然吼道："你亲自去，多调人手，加上弓弩，若有异常，给我死守！"

那人迟疑了下："陛下，应当只是士兵斗殴而已。那边已有足够的人手，再调去那里，岂非分散兵力，破坏了原本的计划……"

"照我的话做！"慕容替吼了一声。

那人一愣，反应了过来，心中暗骂这鲜卑人阴沉不定，难以伺候，若不是慑于他曾经做过北燕皇帝的身份，指望靠他谋划除去李穆这心腹之患，往后永久地占据南朝这块膏腴之地，他又岂会听这鲜卑人的指挥。

他心里怨骂，行动却不敢怠慢，急忙唤人调兵赶去。

慕容替已夺过一匹战马，飞身而上，朝着那阵喧嚣传来的方向赶去，才到半路，遇到几个惊慌失措正朝这边跑来的士兵，口中喊道："陛下，不好了，北苑里突然杀出来一支南朝人的军队，正往坑场而去，我们抵挡不住……"

他们的喊叫声里充满了惊惧。

"轰"的一声，慕容替浑身的血液在这一刻仿佛全都冲到了脑门上。

他僵了片刻，猛地拔剑，一剑刺死一个跑到自己面前的士兵，随即掉转马头，朝着坑场疾驰而去。

东方破晓，天光渐白。

在朦胧的黯淡晨光之中，李穆和身后那支从地下跟随自己现身的队伍，顺利地穿过了空无一人、满目疮痍的北苑。

但才出来不久，朝着坑场疾奔而去时，便被慕容替安排在全城的岗哨觉察，引来了附近的士兵。

没有任何多余的话，李穆一把拉下与兜鍪相连的面部护具，带着身后和他一样身着全副铠甲，一手执盾，一手握刀的数百将士，朝着对面大步迎上，向着第一个冲到了自己面前的对手，挥起了手中的刀。

在黯淡的晨曦中，刀锋划出了一道最为刺眼的冰冷虹光，迅如闪电。

对方甚至还没来得及举刀，人便已当头被劈斩开来。

一道带着咸腥热意的血，猛地溅上半空，洒在李穆的面具之上。

屠杀便以如此冰冷残酷的方式拉开了序幕。

北苑的那个密道口已被发现，被叛军迅速封死。

而在这里，在李穆的对面，一开始是几十人，随后数百，继而上千。

越来越多的叛军，正闻风而至，在头领的指挥之下，要将这一支已被断后的地底军团扑杀在他们前往坑场的路上。

但这一支由数百人组成的三角军团却在快速前行。

对面那个列在最前的三角尖端位置上的武士，叛军看不到他隐藏在面具后的脸，更不知这是何人。

在他们的瞳孔里，只看到那人犹如一柄斩开波浪的利剑。一盾一刀，一步一人。经过之处，断肢横飞，血肉如雨，以至于那些奉命前来围剿的叛军士兵恐惧于这种人力似乎无法阻挡的可怕的杀伤威力，不敢再正面靠近，随他前行，叛军纷纷后退。

"李穆将军在此！

"挡路者，杀无赦——"

就在这时，他的身后，数百将士齐齐发出一阵怒吼之声，声音震动耳鼓，撼动人心。

空气短暂凝固。

"是李穆！李穆来了！"

叛军之中，杂乱的呼喊之声随之响了起来。士兵用惊恐的眼神望着面前这个正向自己杀来的面具铠甲武士。

他便是那个传言中的南朝人李穆！

在他还籍籍无名之时，他创造了以区区数千人击败了十万梁州兵马的神话，从而开启一个关于南朝战神的传说时代。

他以最低微的士兵之身，在这个等级森严、壁垒分明的南朝，娶了最高贵的高氏之女，收复长安，还做到了大司马的官职，权倾朝野，名震天下。

一个又一个的皇帝，死在了他北伐路上的刀戈之下。

他也曾在一夜之间，攻破传说中的天险绝地亢龙关，以他一己之力力挽狂澜，令洪泽改道，叫万千民众幸免于难，免于流离。

他的名字，无人不知，无人不晓。

而今朝，他竟以这样的方式，出现在了这里。

直到这一刻，这些叛军，才真正感到了一种来自死亡的威胁。

当李穆再次挥刀，让所有的人不由自主地心生胆寒，再也不敢和他直面敌对，纷纷掉头，逃离而去。

"放箭——"

前方街口，大队的弓弩手已经骑马奔来，迅速架设起了弓箭。

箭镞如雨，嗖嗖而来。

那些转身逃离的叛军，还没来得及跑上几步，便纷纷中箭，仿佛一茬茬被迅速收割的稻麦，倒在了自己人所发的利箭之下，尸首堆叠，伤者发出的呼号之声此起彼伏。

李穆一声令下，身后一排将士迅速赶上，和他列成并排之势，以手中所持的坚硬盾牌挡在身前，组成了一面盾墙。

与此同时，身后将士亦迅速转为倒三角的阵型，举盾护顶，朝着前方，疾奔而去。

弓弩手见箭阵并未发挥出预期中的威力，眼看着敌人冒着箭雨，竟迅速朝着己方移动而来，渐渐惊慌，开始不听命令，任凭身后将领嘶吼不停，纷纷后退。

李穆带着将士，顶着箭阵持续向前，双方越来越近，弓弩终于彻底失去威力。

就在那个骑于马上的叛军将领拔刀，强令手下展开肉搏厮杀之时，对面头排的中间，一人突挥手中盾牌猛地掷了过来。

盾牌挟着那一掷之力，在空中飞快地旋转，发出呼呼之声，以极快的速度，朝着马上那个正发号施令的荣康的将领奔袭而去。等那人发觉时，已经来不及躲闪。

随着沉闷的"砰"的一声，整面沉重的盾，猛地撞击到了他的胸膛之上。

那人惨叫一声，口吐鲜血，被盾牌的余力带着，从马背上摔了下去。

几乎是在同一瞬间，那个身影已腾挪而出，飞身上了马背，掉转马头，朝着坑场的方向奔驰而去。

他身后的将士亦纷纷效仿，冲入看得呆若木鸡早已无心作战的叛军阵营，夺了马匹，随着前方的身影，追了上去。

晨光熹微，坑场之上，正在上演这一幕人间地狱般的景象。

城外，在一字排开的十几架能够投射将近千钧巨石的巨大投石车的连番轰击之下，建康城墙那段最弱的部分，已轰然坍塌，泥砖飞扬，城墙被砸开了一道如同城门宽的巨大口子。

大军如潮水般冲入，和叛军展开了肉搏之战。

而在这个坑场之中，守城的叛军并不知道城墙已破，更不知道一支军团从地下拥出，杀出血路，转眼便到近前了。

他们腰揣着作为战利品的金银珠宝，做着美梦，按照原来的计划，大肆填埋着坑中之人。

在土里被埋了多日，许多人本已昏迷，剩下的也如同将死，奄奄一息。

此刻知道死期真的到来，在求生欲望的驱使之下，仿佛又苏醒了过来。

但这苏醒，只不过是意味着更加强烈而清晰的痛苦。

他们能做的，除了哭泣，也就只是徒劳地呼号。

当李穆纵马赶到坑场之时，大部分的人都已被土层埋得到了胸口和脖颈，有些只剩鼻子和眼睛，嘴里已被泥土填塞，无法发声，更有人已遭没顶，只剩两只高举的手臂还伸在地面之上，徒劳地抓着，仿佛在向上天祈求最后一线生机。

坑场的上空，充斥着不绝的哀哭和少数人发出的咒骂之声，凄惨之状，宛若人间地狱。

"全部埋平——"

负责此处的叛军将领，看见脚边一个已被埋入土里的南朝降卒，双手还在地上抓着，哈哈狂笑，上前一脚踩了下去，却不料脚腕被那只手死死抓住。

仿佛凝聚了临死之前所有的怨恨和怒气，那只手的手劲儿，大得异乎寻常，死死地钳住不放。

那将领挣脱不开，恼羞成怒，拔刀，对着手腕，就要一刀砍下。

就在这时，一支羽箭，挟着呜呜的破空之声，朝着他的脑壳，疾射而来。

尖锐的坚铁三角镞头，高速旋转着，不偏不倚，插入了他正微微低下的头颅正中。

犹如击碎了一只蛋壳，"砰"的一声，他的大半只脑壳已如同蜂窝，人也应声倒了下去。

一骑如飞，转眼到了近前。

近旁那些正忙着填土的叛军士兵，看着这一幕就在眼皮子底下发生，仿佛不过一个眨眼，一时还来不及反应，看着一个浑身染血的铠甲面具人，从马背上飞身而下，迅速地挖开那双手边的泥土，将地下那个还没有断气的南朝士兵的头脸从土里拔了出来。

"杀了他——"另一个叛军头目赶了过来，高声喊道。

叛军士兵们这才反应了过来，纷纷操起武器，围拢而来。

"城门已破！我南朝大军，即刻便到！尔等叛贼，死期至矣——"

轰轰马蹄声中，阵阵呐喊，从身后传了过来。

叛军士兵纷纷回头。

身后黄尘弥漫，迷了视线，也不知有多少和这铠甲人相同的南朝武士，正朝着这里疾驰而来。

李穆掀起了覆在脸上的那张铁面，露出面容。

他浑身沾满了血污，面容却一尘不染，神色肃杀，目光凌厉。

"大司马！"

"大司马来了！"

"我们有救了——"

第二十九章　取而代之

那个被他从土里拔出脑袋的南朝士兵，慢慢睁开眼睛，正张大嘴巴吃力地呼吸着，仰头之时，一眼认出了他。狂喜之下，不知从哪里来的力气，竟接连发出了三道嘶吼之声。

吼完之后，泪流满面，泣不成声。

"大司马，救我——"

短暂的静默过后，夹杂这狂喜的声嘶力竭的喊叫之声，再次充斥在了坑场的每一个角落之中。

积聚了多时的愤怒和仇恨，随着那片城墙的轰然坍塌，如烈火燃烧，无法遏制。

将士们从坍塌的城墙口子里冲入。

在犹如熔岩揭盖迸发、吞噬一切的力量面前，城中那支原本就只靠着贪婪和妄想而集结在一起的叛军队伍，很快便崩溃。叛军士兵狼奔豕突，纷纷朝着最近的城门逃去，企图逃走。

四门外早已布置下拦截的伏兵，前后合围，无情绞杀，呐喊之声响彻全城，回荡在建康城中的每一个角落。

一控制住局面，高胤立刻派出一支军队赶赴坑场协助救人，自己这边，则命人牢牢把住城门，不放任何一个人逃走，尤其是慕容替。

似慕容替这般狡诈一有机会便会逃脱的对手，高胤此前从未遇到过。这一回，无论如何，务必除恶，决不能再放他逃脱。

一队士兵忽然奔来，道方才发现了慕容替的踪迹，孤身一骑，似往坑场而去。

"只是孤身一骑，怎么拦不下来？"高胤厉声质问。

"他以太后为挟！"

高胤一怔，立刻追了上去。

坑场早已被李穆控制。

叛军死的死，逃的逃，剩下的见状不妙，早已丢下武器跪降，为求活命，转身奋力刨开自己方才填埋下去的泥土，将坑里的人拽拉上来。

李穆也带人，已将被埋得最深的那一片人给解救了出来。

随他同来的将士，此前虽已有过准备，但直到此刻，目睹了这里的景象，才知凄惨之状远比之前所有的想象来得更加触目惊心。

被栽在土中多日，终于出来之时，无论原本地位高贵与否，身份如何，一个一个全都横七竖八地瘫在了地上。

用"狼狈"已经不足以形容他们此刻的模样了。

筋疲力尽，奄奄一息。他们的身上裹满了泥污，皮肤溃烂，衣物间出没着不停爬动的虫蚁。虽然天气已经转冷，但整个人依旧散发出一股浓烈的恶臭味道。

没有人在意这些了。

他们从坑里出来后，第一件也是唯一的一件事情，便是张开自己的嘴巴，大口喘息，感受着终于能够顺利呼吸的那种畅快之感。

有人开始哭。

哭声起先细弱而无力，仿佛一根飘荡在风中的细细的蛛丝，随时就有可能断掉。但很快，哭声便响亮了起来，到处可闻，并非悲伤，而是夹杂着恐惧、庆幸和劫后余生的狂喜的哭声。

"冯相在此！"此起彼伏的哭声之中，突然，一个士兵高声喊了起来。

李穆迅速赶了过去，和士兵一道将冯卫从坑中迅速刨出，一把拔了出来。

冯卫已经虚弱不堪，他浑身糊满了泥污，狼狈万分，人也闭气过去，一阵施救过后，"啊——"了一声，慢慢地睁开眼睛，神色犹带茫然。等看清面前的李穆，他猛地睁大眼睛，目光中放射出狂喜的光芒，颤抖着嘴唇，仿佛想说什么，眼睛突然一翻，又晕了过去。

"刘侍中！"又一个士兵呼喊道。

就在近旁，一个披头散发、还被埋在土里的人，一下一下地晃动着他那只露在外头的胳膊，示意求救。

此人便是刘惠。

他被土埋到了胸口，有片刻工夫了。所幸方才那些叛军士兵只顾往下填土，还没来得及压实。但便是如此，他也已经脸色发紫。

仿佛一条被困在涸泽里的鱼，他张着干裂出血的嘴，试图呼吸。但来自胸口的压迫，却阻止了他的这种努力。

几个士兵飞奔过去，想将他从土里刨出，忽然，仿佛又想到了什么，硬生生地停了下来，对望一眼，转头看向李穆，神情有些不安，等着他的指示。

刘惠已经无法顺畅地呼吸了。他感到自己的胸口仿佛被铁箍箍住了，勒得透不出气。他痛苦万分，想向面前的这个人求饶，但却一句话也说不出来。

他唯一还能做的事情，就是用他的两只眼睛看着李穆，充满了恳切和祈求的神色。

李穆微微皱了皱眉，对那两个士兵点了点头。

士兵们晓得刘惠从前在朝廷里对李穆百般诋毁，和李穆是为敌对，故方才不敢擅自做主。既得了他的许可，立刻合力，将人从土里扒拉了出来。

刘惠瘫在泥堆里，张嘴拼命地呼吸，等一口气渐渐地喘平，被人扶着爬坐起来，整个人还是两眼发直，瑟瑟发抖。

忽然，身后传来一阵喧哗之声。

李穆转过头来，一骑出现在了视线中。

慕容替银甲白衣，单手挥着一柄狼牙长槊，凶悍无比，寒光过处，血色一片，从阻挡的人群里，劈开了一条路，朝着李穆疾驰而来。

士兵们大声呼喝，迅速移来拦马桩，挡住了他的去路。

他带着马背上的高雍容一道跌落，不待士兵靠近，立刻翻身而起，抓起高雍容，挡在身前，一手钳着高雍容，另一只手挥动手中长槊不断劈杀，一步一步，艰难寸移。

士兵们见他状若疯狂，手中又有高太后为质，一时不敢再逼近，只是一层一层聚拢而来，将他彻底包围在了圈中。

慕容替身上的白衣早已被血染透，双目亦尽皆赤红。

他环视一圈，捏着手中的长槊，双目阴鸷，死死盯着前方的李穆，一句话也不发，只推着高雍容，继续朝前而来。

高雍容脸色惨白，被慕容替挟着，宛若傀儡一般，跌跌撞撞，朝前移动。

士兵们并未散开，只是随着慕容替的前行，慢慢地后退，不住回头望向李穆，等待他的命令。

李穆的视线，穿过中间那攒动着的人头，落到了慕容替那张满是血污的脸上。

"慕容替，你以一介女流为护身符，算什么男人！放开她！"

高胤终于赶到，纵马奔驰到近前，翻身下马，挡在了慕容替的面前，厉声喝道。

慕容替恍若未闻。

他继续推着高雍容前行，盯着李穆，一步步地朝他而去。

"都让开，放他过来吧。"李穆忽然开口道。

高胤迅速回头，看了他一眼。

他的神色平静。

高胤迟疑了下，看了一眼被慕容替挟住的高雍容，终于往侧旁让了一步。

士兵效仿，跟着呼啦啦地往两侧退去，让出了一条道。

慕容替一把推开高雍容，连看都未看她一眼，朝着李穆继续走去。

高雍容被掼到了地上，趴在那里一动不动。

高胤急忙上前察看，见她双目紧闭，显然是虚弱至极，已是晕厥过去，急忙叫人将她送去救治。

慕容替丢掉了手中的长槊，一步步地走到李穆的面前，终于停下了脚步。

周围已经听不到哭声，连呻吟声也彻底地消失了。

万人之众的坑场，竟如鸿蒙之初的混沌，寂然无声。

一阵风过，掠动慕容替头顶那盔上的一点红缨，红缨飘动，如血如火。

他盯着李穆的充血双眼，亦是如此，宛如就要滴下血来。

李穆的视线，掠了一眼他那条曾被自己废去的手臂，说："即便我只用一臂，你也不是我的对手。更何况，你未必能有机会走到我的面前。"

慕容替的眼角跳了一跳："那又如何？难道因此我便不报仇了？"

他仿佛在笑，满面的血污，亦掩不住容颜的风姿。

"这个世上，我慕容替所有的仇人都必须死。该死的，都已经死了。你也不能例外。

"只要还有一口气在，我便要报仇。"

他突然向天放啸，状若疯狂，随即拔出了剑，朝着李穆奔袭而去，步伐越来越快，足尖落地，踏出了一个又一个的血印。

一路癫狂，又透出几分诡异的决绝和悲壮。

两人之间的距离越来越近。

李穆一动不动，目光从慕容替手中的长剑之上，慢慢抬起，落到了他的身后。

一支箭已从慕容替的身后发射而出，嘶嘶作响。

风驰电掣，几乎就在眨眼之间，这支射出来的箭便追赶而上，刺穿了甲胄，深深地插入他的后背。

慕容替脚步顿了一下，又继续前行。

箭是高胤所发。

慕容替必须死，宜速决。

他不想再出现任何的意外。

高胤发出了第一支箭，便收弓，由弓弩手接替。

一声令下，数十支利箭，从左右和后方继续咻咻地朝着慕容替射来。

转眼之间，他的身上便钉满了一支又一支的利箭。

一道道的血柱，沿着他的身体从他的肩膀、后背不停地流下。

他的嘴角亦涌出了血，步伐越来越慢，身体摇摇晃晃，却始终没有回头，咬着牙，蹒跚着，继续朝前迈步，终于，迈到了李穆的面前，举起那只不停淌血的手，欲要刺向李穆，身体却再次晃了一下。

"锵"的一声，剑坠落在地。

他整个人，随之扑在了地上，挣扎了片刻，终于翻身，任由钉在后背的箭，一支支地穿胸而出。

慕容替仰面朝天，睁着眼睛，死死地盯着李穆，一字一字地道："上天待我，何其不公！是上天要亡我，不是你李穆。你记住……"

李穆冷冷地道："慕容替，复仇无妨，但若不择手段，乃至丧心病狂，便是人不收，天亦会收。你所言极是，今日乃是天要亡你。多少人因你所谓的复仇，家破人亡？你道上天待你不公，你待那些因你枉死之人，又何来的公平？"

他说完，迈步离去。

慕容替嘴里不停地涌血，却自顾呵呵地笑："这人世上，何来公平？你何曾看到森林中虎狼鹿羊同行？本就是弱肉强食，成王败寇……"

他咳嗽了起来，声音无比痛苦。

李穆恍若未闻，不再回头。

慕容替独自仰躺在地，双目望着天空中渐渐飘来随风幻化形状的一朵浮云，眼神渐渐涣散，似是自言自语，断断续续，喃喃地道："这一辈子，从我十三岁后，我就已经死去了……唯一觉得自己还是活人的日子，便是在义成。那日，天气闷热，你午觉睡去，我坐在地上，偷偷替你摇着扇子打风……"

他的唇边慢慢地露出了一丝笑意。

李穆已是出去了十数步路，忽然停了下来，转身盯着地上的慕容替，眼底掠过一道阴影。

"做了北燕皇帝，我却依旧没法安宁。有时我常常想，从前在那片旷野地里，你当时若是狠下心肠，当场杀死了我，那么我就再也没有后来的那些折腾和痛苦了。可惜，你终究还是心软，没有杀我……

"我本可以让整个建康城替我陪葬的。但我没有。因那时，我曾答应过你，你若不喜欢我屠城，我便不屠……洛阳算我食言了，这一回，我定要记住对你的许诺，尽量少杀些人……"

李穆的一只手按在了剑柄之上，五指慢慢收紧，一步步地走了回来，在周围远处那无数双不解的目光注视之下，一剑刺入了慕容替的胸膛。

剑柄穿心透背，深深地插入地下。

慕容替的声音，戛然而止，唇边凝固着的那一丝笑意却愈发明显。

李穆神色漠然，拔出染血的剑，再次转身离去。

这一场历时数月的变乱，随着随之而来的一场雨水，终于平定了下去。

雨水涤荡过建康，冲刷去了废土的焦黑和街道上的血的痕迹，巨坑填平了，城中也慢慢地恢复了秩序，但那段新修补起来的与两旁旧砖有着鲜明分界线的城墙，却仿佛一块刺目的伤疤，时刻提醒着每一个路过的来往之人，就在不久之前，这座煌煌帝都曾遭受过怎样一段血和火的洗礼。

对于生活在这里的民众而言，关于长久以来的有关乱世的苦难和恐惧，也是从荣康入城的那日开始，才在他们的生活之中，打下了真正令人不堪回首的一个烙印。

就在这次沦陷之前，对于有着天然的皇城庇护倚仗的他们来说，似乎天塌下来，也会有皇帝和那群朝廷高官们顶着。江北无论何等战乱连天，所有的流民血泪和水深火热，传到这座城池之时，不过也就只是街头巷尾茶余饭后或愤慨或悲叹或无奈甚至已然麻木的一个话题而已。

朝廷虽不振，建康从定都开始，亦曾屡次遭到来自叛军和北方胡人的威胁，但留在他们印象中的最接近哀民的一次体验，也就是那年的许泌之乱。后来回想，当时不过也就只是举家迁徙，不久便又平安回来，什么都没改变，一番劳顿罢了——便仿佛一块并不如何深重的伤疤，好了，也就揭过，并未给人留下多少切肤之痛。

这一回却是完全不同于往昔。短短不过数月的时间里，他们亲身遭受到了一轮又一轮的劫掠，日日夜夜，生活在死亡边缘的威胁和战战兢兢的恐惧之中。就在那日，当得知军队攻入城中，叛军作鸟兽散时，百姓的情绪再也无法遏制，纷纷拥出家门，冲上街头，和军队一道，围攻着四处逃窜的叛军，发泄般的痛哭之声遍布全城。

城中的秩序，很快便恢复了，但民间翻涌着的情绪，却并未随之平复。

曾经高高在上的皇室与朝廷，一夜之间，从云端跌落到了泥涂之中。

当高贵华丽的外袍被无情地剥除，露出来一具生满疮疖、爬满蛆虫的腐烂躯体，摧毁了的权威，也就再也无法被扶回神坛，维持着旧日的道貌岸然了。

对皇室的失望和随之而来的强烈不满，宛如一场无形的瘟疫，在坊间迅速蔓延开来。而与之形成鲜明对比的，是关于应天军驻在了京口渡和采石渡的消息，在民间疯狂地被传播。

仿佛嗅到了一种异乎寻常的气息，民众欣喜若狂，庆贺不已，没过几天，坊间到处便都热议起了曾被朝廷禁言的"国之将兴，白虎戏朝"的传言和那曾出现在"祥瑞"上的"木禾兴，国隆泰"的暗谶。

改朝换代，呼之欲出，人人都在翘首以待，等着那一天的到来。

高胤自然很快便收到了来自这两处守军的消息。

京口和位于建康上游的采石渡，这两个渡口，是下游贯通南北的两大军事要塞，一左一右，直通江东，为兵家必夺。

应天军不告而据，这表示了什么，不言而喻。

他送走刚休养了几天却不顾身体衰弱忧心忡忡特意来见自己的冯卫，再联想到这些日子以来民间沸腾的舆论，心思重重。

考虑再三过后，终于骑马出城，来到石子岗的军营，求见李穆。

李穆明日便将动身北归。高胤入他营帐，见他一袭常服，坐于案后，手旁有一书卷，似刚放下，内页陈旧，已起毛边，书封却系新裱，由此可见主人对它的爱惜程度。

高胤眼尖，扫了一眼，认出是诗经卷，心下不禁微微诧异，难以想象似李穆如此之人，南征北战，戎马倥偬，何以随身竟会携此书卷——但他也无意深究，因这并非他来此的目的。

李穆起身相迎，请他入座，寒暄了几句，便问他来意。

他问话之时，面带微笑，自有一种恢廓的气度。

来的路上，高胤曾思绪万千。

无数想说的话，在他的心底盘旋萦绕。

然而，当他真的面对这一刻之时，那些话却一句也说不出来了。

他沉默着，李穆亦不催他，等待了片刻，见他不言，复又拿起手边之书卷，慢慢地翻了一页。

"敢问大司马，可定好了登基之日？"

仿佛过了很久，终于，高胤听到自己的耳畔响起了如此一句问话。

话出口后，顿悟是自己所言，他不禁一阵恍惚。

他不知自己何以会突然说出如此一句话。他更不知，这是自己心底所想，故脱口而出，还是只是对面前此人的一种试探。

无论出于哪一种缘由，显然都是突兀而不合时宜的。

他下意识想收回这话，微微动了动唇，却又沉默了，只是屏住了呼吸。

李穆缓缓地抬眼，视线从手中的书卷，转移到高胤的脸上。

两人四目相对。

耳畔，传来帐外远处士兵发出的模模糊糊的呼喝之声，愈发显得帐中寂静，静得高胤仿佛都能听到血流反复流经自己胸膛之时发出的阵阵冲刷之声。

短暂的四目对视，短得仿佛冰冷雪片落在炽热的皮肤之上，很快便消融不见。但在高胤的感觉中却漫长无比。他竟然甚至感觉到了一丝已经许久未曾有过的紧张。

就在他的心跳也随之加快之时，他看到李穆朝自己笑了一笑。

"等攻破了大同，灭掉西凉，北伐完毕，应当便近了。"

他如此说道，语气寻常，神色平静，仿佛在和自己谈论着一件再寻常不过的事，不见半点咄咄逼人之气，但无形之中，高胤却感觉到了泰山压顶般的气势。

那是一种舍我其谁，足以碾压一切的力量和气势。

他的眼前，闪现过白天那几个来求见自己的大虞朝臣，追问："倘若到时，有不顺者，大司马意欲如何？"

"不顺者，皆诛。"李穆说道。

仅此五字，再无别话。

高胤沉默了片刻，慢慢地起身，开口告退。

李穆亦未再留，送他至帐外，回来拿起那本书卷，出神了片刻，慢慢仰卧于一张榻上，将书卷覆于颜面，一动不动，宛如入睡。

几个同行而来的部将，正在外头翘首以待，终于等到高胤身影出现，急忙迎了上去。

"高将军，难道真要与应天军再战，以夺回渡口？"一个副将小声问道。

高胤沉默着。

几人看着他，面露忐忑之色。

高胤的视线，缓缓看了一圈身边之人，问道："你们心下，作何念头？"

几人起先没有作声，良久，一个副将觑着他凝重的脸色，终于期期艾艾地道："下头军士，无不想着放马南山……不愿再战了……"

"不是我等惧怯，而是不便和应天军作战。"另一人道。

"民众对应天军极是拥戴。军中不少士卒这几日纷纷收到家人叮嘱，叫不许与大司马作对，怕被乡亲们指着脊梁骂祖宗……"

"实不相瞒，军心已是不定……自然了，倘若将军有命，末将便是舍命，亦会遵从将军之令……"

几人说完，屏息敛气，看着高胤。

高胤默然了片刻，道："全部撤回广陵吧。"

几个副将相互看了一眼，露出不可置信般的惊喜之色，急忙接令。

高胤未再多言，从几人身边经过，出了军营，漫无目的地放马而行，最后行至江边，停了下来。

他下马，独立于江畔，望着脚下那条不绝东去的江流，眼前仿佛浮现出方才那几名对高氏忠心耿耿的部下在听了自己命令之后，露出的喜形于色的表情。

是的，作为高氏今日的家主，他已经做出了自己的决定。

纵然艰难，甚至带着许多遗憾，但他知道，自己的这个决定，是正确的。

这不仅仅是他生而拥有、曾引以为骄傲的士族光荣的没落、旧日皇朝的终结，或许，这也是一个时代的谢幕和离去。

就像他脚下的这片江流，一旦东去，永不复返。

当该来的一切，终于到来之际，再也没有任何力量能够阻拦。

高胤迎着猎猎的江风，长长地呼吸了一口气。

他想，他已经做好了准备，等待着，迎接一个新皇朝的到来。

最后一场冬雪亦是消融，长安城外，野地里的绿意再次盎然之际，洛神收到了一个消息。

她的堂姐高雍容一病不起，如今情况很是严重，但日日夜夜，只要她醒着，嘴里便会念着她的名字。

高胤派人带来了一封亲笔书信，问她愿不愿意来建康探望高雍容。

李穆是上月月初从建康回到长安的，夫妇短暂相聚过后，他便又领兵北上，继续着先前中断了的北伐之战。

等取了雍州，攻下大同，将匈奴人也赶回到他们自己应当去的地方，北伐之大业，也就终于能够如他所愿的那般，得以成就。

洛神期待着，这个乱世和无休无止的战事也能就此终结。

收到信后，她想了很久，最后决定南归。

高桓此次并未随同李穆北征。他带了一支军队，亲自护送阿姊，踏上了南下之路。

仲春二月的时节，这一天，洛神再次踏上了建康的地界。

高胤出百里之远，在归辖于建康的宣武城，迎接她的到来。

当夜，洛神暂时宿在城中，预备次日再入建康。

再一次回到建康城，回想当初离开之时的情景，早已是物是人非，她的心中，颇多感触。正自思量，忽听人来报，道是冯卫求见。

洛神叫人传他入内。

那场生死劫难虽然过去已经数月了，但在冯卫的身上，至今还是能见到些残留的痕迹。

他的身体仿佛一直没有养好，步伐蹒跚，身穿大虞朝廷的官服，对着洛神，态度极是恭敬。

洛神依旧是以后辈之礼待他，含笑向他问安，请他入座。

冯卫却执意不坐，说道："夫人，实不相瞒，冯卫来此，乃有一事想求夫人出手助力。"

洛神也不勉强，自己入座后，微笑道："何事？道来便是。"

冯卫上前了一步，突然竟向她下跪，行了一个叩谢之礼。

洛神忙侧身避让，说道："冯相年长于我，德高望重，我当唤你一声世伯，何事竟对我行如此大礼？快快请起！"

冯卫不起，只直起身体，道："夫人可知，如今朝中如何议论大司马？"

"如何议论？讲来听听。"洛神面上依旧带着微笑。

"众人皆言，大司马如今有起而代虞之心，陈兵江北双渡，便是明证。倘若真的如此，岂非是挟恩以制，趁危而入？"

冯卫顿了一下。

"从前众人非议大司马时，我便曾当众驳斥，大司马绝非有心作乱之人。如今他却不知听了何人谗言，有如此出格之举动。夫人出身高贵，一向深明大义，当知此举极是不妥。夫人若肯出言相劝，大司马必会听从。

"今少帝虽驾崩，但宗室尚存，何妨从宗室中择贤而立，以大司马为国辅？

"至于太后，请大司马和夫人放心，有前车之鉴，太后往后事事定会以大司马为先，再不会重蹈覆辙，听信谗言。倘能如此，大司马不但能全了这社稷再造之旷世奇功、忠义之美名，更将载入史册，万世流芳……"

"谁的社稷？又是谁人定的规矩，这江山的主宰只能从萧家人中择选？"洛神脸上的笑容渐渐消失，忽从位置上倏然而起，打断了冯卫的话。

冯卫迟疑了下，喃喃地道："大司马身为人臣，如此取而代之，恐有名不正，言不顺之嫌……"

洛神冷笑："冯相，我瞧你是已经忘了当日被叛军活埋之事了！何人为帝方造福黎民，你心中分明一清二楚，却还来此，想来不过是出于几分私心罢了！"

她走到门边，一把打开大门，指着外头："你可将你方才说与我的话，再说给那些将士去听，问问他们答不答应！"

冯卫一时语塞，慢慢面红耳赤。

诚然，他之所以会来这里，并非全然出于对南朝皇室的忠诚。

对于这个皇朝，他真正的忠诚，其实远没有自己以为的那么多。

他只是有一种预感，一旦李穆登基为帝，这个熟悉的南朝，自己前半生已经习惯了的许多东西，恐怕都将颠覆，再也不复存在。

即便富贵依旧能够保有，他亦本能地恐惧于这种改变，希望能够维持如今的这种局面。

就是被这种恐惧所支配，他才明知希望渺茫，还是依旧来到了这里。

就在这一刻，他忽然想起从前，荣康献上的那块祥瑞之石。

关于那东西的真相，朝廷之中，远不止自己一人心知肚明。

世上何来祥瑞？都不过是需要的时候适时出现，以达成某种不可明宣的目的罢了。

但是如今，再回想那东西却一语成谶，竟成了真，仿佛冥冥之中早有安排。

他知道，一切已经注定，再也不可能撼动半分了。

"夫人，你出身高氏，高氏与大虞休戚相关。今日朝廷没落至此，难道你竟丝毫无动于衷？"冯卫喃喃出声，只能如此道了一句。

洛神盯着他，忽地一笑，道："冯公，你方才不是说，大司马不知听了何人逸言，起了作乱之心？我告诉你吧，那人便是我。我向来之所愿，便是做这天下的皇后。"

"我的夫君，如今就要替我实现心愿了，你说，我此刻的心情，该当如何？"

冯卫怔住，再也说不出半句话了，他从地上爬了起来，低声告退，转身黯然缓缓而去。

次日清晨，洛神抵达建康。

其时尚早，晨曦黯淡，伴着一道沉重的吱呀之声，两扇紧紧闭合的城门，在她面前慢慢地开启。

这辆不起眼的青毡小车，从城门通过，行在空无一人的街道之上，朝着皇宫而去。

她的到来，和当初的离去一样，悄无声息，没有惊动任何不相干的人，除了此刻已是站在通往皇宫正门的御街上的那一群人。

那一群人自然也不是不相干之人。

五更不到，天色还黑，他们便陆续赶来这里，翘首等待那辆小车的到来。

这其中，便有刘惠的身影。

今非昔比。江山易主已是板上钉钉的局面，就连高胤也默认了应天军的行动。这个本就风雨飘摇的皇朝，就此失去了它最后的倚仗。

冯卫昨夜归来，虽然一言不发，但他那面如死灰的表情，足以传达一切。

末日已然降临。

怀着忐忑和恐惧的心情，他们迫不及待地想要表明自己的立场，这就是个最好的机会。

天光大亮，那辆预期中的车，却始终不见到来。

这群人渐渐沉不住气，派人不断地打听，这才得知，就在天亮之前，他们等待着的那辆车，已经改道，从西明门入了建康宫。

洛神步行在宫道之上。早起的执役宫人认出她在晨曦中渐行渐近的身影，露出惊讶而恭敬的目光，随即纷纷跪在道旁，向她叩首行礼。

她来到了太初宫。

兵乱平息，高雍容回宫之后依然住在这里。

少帝暴死之后，被匆匆下葬，前些时日，朝廷又补办了一场符合礼制的丧葬，别处已然看不到半点痕迹了，唯独这座宫殿，似乎还沉浸在巨大的悲痛里而无法自拔，白幡未撤，在晨风之中瑟瑟飘摇。

殿中光线昏暗，影影绰绰的烛照之下，洛神看到高雍容被左右两个宫人扶着，枯坐在灵位之侧，背影佝偻，仿佛一尊泥胎塑像。

一个宫人上前，俯身下去，低声通报她的到来。

高雍容慢慢地转过脸来，双目浮肿，面色晦暗，人看起来，苍老了许多。

她定定地望着洛神，慢慢地，眼泪涌了出来，溢出眼眶。

"阿弥——你终于来了……"她颤声道，挣扎着，想从蒲团上站起，身子一晃，一头栽倒在了地上。

洛神急忙上前，和宫人一道，将昏了过去的高雍容送到后殿，让她躺了下去，洛神正要叫人去传太医，高雍容眼皮微动，苏醒了过来，伸手抓住了洛神的胳膊。

她的手心夹着潮汗，碰触之处，冰冷而滑腻。

"阿姊知道，出了这么大的事，你一定会回来的，你不会抛下这里不管……"

她喃喃地道，眼泪再次从眼眶里涌了出来。

洛神取帕替她拭泪，低声道："阿姊，我听人讲，你大病未愈，夜夜不眠，这样下去，身体恐怕是要吃不消的。"

"我在替登儿念消孽咒……我夜夜都会梦到登儿……我真恨啊，怎么当时死的不是我……我宁可死的是我……他还这么小，却惨遭如此毒手……"

她松开了洛神，改而双手掩面，泪水从指缝间汩汩而出。

洛神沉默了下去。

关于登儿的死，她也听闻了经过。道是当时，高太后不堪荣康压迫，与几个有心反抗的臣下设局，想要毒杀荣康，没想到非但没能如愿，反而被荣康反制。作为报复，荣康当场杀害少帝，手段残忍至极。

"阿弥，当时我也是身不由己……"

她流着泪，哽咽不断。

"荣康的恶行，令人发指，臣下皆懦弱，无人能用，我是一心想着除去奸佞，没想到出了岔子……当时那恶贼，以毒酒强灌登儿，我苦苦哀求，盼他放过登儿，我宁愿他取我性命，奈何恶贼不听，为报复于我，竟然当着我的面，生生地害了我的登儿……"

她再次失声痛哭，悲痛过度，一口气喘不上来，人倒在了枕上。

一缕凉风，从不知何处的殿角深处无声无息地涌来，掠动烛火，殿内灯影幢幢。

洛神劝她节哀。

她恸哭了许久，哀哀之声，才终于慢慢地止歇，复又慢慢伸手，再次握住了洛神的手。

她红肿着眼眸，抬起视线，落到洛神的脸上，哑声道："阿弥，如今我方知道，谁人是为忠，谁人是为奸，阿姊极是后悔。当初我不该听信刘惠那些人的谗言，竟会对妹夫起了疑心，以至于将妹夫逼走，更害得你也被迫离开建康，有家难归。全都是阿姊的错……"

她再次哽咽了，凝视着洛神。

"阿弥，阿姊向你认错。你可愿意原谅阿姊？"

洛神和她对望着，片刻后，微微一笑，慢慢地点了点头。

高雍容面露欣慰之色，含泪而笑。

"我便知道，一家人终归是一家人，你能谅解阿姊，阿姊实在高兴。阿弥你放心，阿姊再不会听信外人之言了。从今往后，妹夫还是我大虞首臣，国之重器，朝廷之事，更是要多倚仗妹夫……"

洛神不语，静静地看着她说个不停。

高雍容打住，看了眼洛神，仿佛想起了什么，转头，视线投向那座看不到的灵堂的方向，眼眶再次泛红了。

她拭去眼角的泪光，定了定神，仿佛终于下定了决心，转头又道："阿弥，经此劫难，阿姊本已无心朝事，想着若能抽身，下半辈子静心老死，便已是最大造化。奈何如今人心不定，阿姊身居此位，实在是无法脱身。前些时日，众臣纷纷上言，国不可一日无君，劝阿姊于宗室中择贤，认作继子。阿姊思前想后，为社稷计，也只能如此了。广安王有一子，年纪适合，聪慧过人，阿姊有意过继，你以为如何？"

洛神的视线，从她露在袖口之外的那半只不经意间紧紧捏拢、指节苍白的手上抬起，注视着她，颔首。

"阿姊若有合适之人过继为子，自然是件好事。"

高雍容眼底掠过一道如释重负的光芒，立刻紧紧抓住洛神的手，道："有阿妹你这一句话，还有何事不成？阿姊放心了。阿姊这就召集群臣，宣布懿旨，尽快公布天下，我大虞不日便新帝登基，以安天下万民之心。"

她说完，转头高声呼人入内，叫了几声，却不见人来，皱眉正要再提高声音，却听洛神说道："阿姊，你未听明白我的意思。方才我是说，阿姊痛失爱子，伤心不已，倘若能得一继子，往后代替登儿承欢膝下，以慰余年，自然是好事。至于别的……"

她从榻沿之上，慢慢站了起来。

"至于别的，阿姊自己方才既也说了，无心朝事，往后便不必为难，安心养病。朝廷之事，阿姊不必再费心了。"

高雍容微微一顿，慢慢地抬头，视线落在洛神的脸上。

"阿弥，你这又是何意？"她喃喃地道，眼皮子微微跳动，脸上挂着一丝勉强的笑意。

"我是说，朝廷之事，往后阿姊不必插手。并且，恐怕也容不得阿姊你去再插手了。"洛神看着她，一字一字地说道。

高雍容脸上的笑意仿佛突然间被冻住了。

她盯着洛神，嘴唇渐渐地发抖，颤声道："你说什么？你再说一遍？你对我如此说话？我是当朝太后！"

"阿姊，姐妹二十余年，你要见我，我便从长安来此见你。你的意思我明白。

但晚了。时至今日，家事勿论，国变至此地步，你扪心自问，你的所想，还有可能吗？

"我劝阿姊，与其还执着于昨日，不如放平心为好。李穆非赶尽杀绝之人，何况你我姐妹。只要你愿意，我能保证，往后你的封号、地位、食禄，比起从前，概不会少。"

高雍容直挺挺地昂着头颅，死死地盯着洛神，脸色变得越来越白。

突然，她发出一声充满愤怒的尖叫，整个人宛如一只张开翅膀的大鸟，朝着洛神扑来，探身而出时一下失了重心，整个人从床沿上跌了下去，扑在地上。

她抬起头，面上再不见方才的脉脉温情了，双目圆睁，手指着洛神，厉声叱道："你的良心呢？你小时候被毒蜂叮咬，若不是我舍身救护了你，你早就已经死了！今日一切，便是你对我的回报？"

洛神看着她坐在地上那无法自持的愤怒模样，前所未见，全然陌生。

她压下心底涌出的一丝悲凉之感，未置一词，转身而去。

"你给我站住！你这小贱人！"

"阿姊！"

伴着洛神来的高桓方才一直守于殿外，闻声闯入，立刻将洛神护在了身后，用戒备的目光，盯着高雍容。

高雍容一脸怒容，瞪着突然闯入的高桓。

"六郎，她是你的阿姊，我难道便不是了？我是当朝的太后！她能给你什么，我加倍给你！你过来！"

高桓不作声，亦不动。

高雍容呵呵冷笑："又一个吃里爬外的东西！全是跟她学的吧？"

她的视线转向洛神，盯着她。

那是怎样的一种眼神啊？充斥着怨恨和不甘。

"阿弥，我的好阿妹，我救过你的命，处处护着你，即便当日你背叛我，我亦只扣下你，不忍伤你。如今你却忘恩负义，如此对我！你为了一个男人，背叛了你的姓氏和门第，背叛了大虞，还害死了登儿——

"登儿！我可怜的登儿……"

她突然激动了起来，朝着洛神扑了过来，伸出双臂，作势就要掐住她的脖颈。

"是了，我的登儿！他也是被你们合起来害死的！倘若不是李穆引祸，我大虞怎会遭此劫难！他又怎会如此惨死！"

"高太后，请自重！"高桓将洛神护到了自己的身后。

高雍容扑了个空，收不住势，一下跌倒在地，额头撞在了柱角之上。

一道殷红的血，沿着额角慢慢流下。

她鬓发散乱，面上血污横流，趴在地上，大口大口地喘息，模样狼狈不堪，却依然用恶狠狠的目光，死死地盯着洛神。

洛神慢慢地拿开了阿弟拦在自己身前的胳膊，注视着地上的高雍容。

"阿姊，我知道你恨我。不管你承不承认，无论是当年我的父亲，还是李穆，都曾给过你机会。是你德不配位，负了江山。

"你口口声声要保大虞。大虞却不过是块遮羞布。你放不开的，是你自己的权势和地位罢了！

"荣康之祸固然有前朝累代积弱之患，但你身为摄政太后，却没有半分容人之量，利欲熏心，这才被人蒙蔽，引狼入室。也正因你位高权重，祸害之烈，才不止一家一姓，而是天下的百姓万户！

"阿姊，你道当日荣康毒杀登儿之时，你曾争着替死，怎么我却听闻，你是为保自己性命，才叫登儿被灌毒而死！"

她摇了摇头。

"惜命本也无罪。可笑之处，是你为博取我的同情，拿可怜枉死的登儿在我面前惺惺作态。为人母，为国母，你皆不配！时至今日，我实在不知，你何来的胆气，竟还敢打着过继宗室子弟上位企图依旧听政的主意。

"莫说我做不了这江山的主，我便是能做主，你便是再多救过我十回，我也不会将国运再次寄托到如你这般之人的身上！"

高雍容听她提及儿子，仿佛被针刺了一下，脸色蓦然惨白。

"你胡说……你给我闭嘴……你滚……"

她分明瞧着已是有气无力，发出的声音却又尖锐无比，在洛神的耳畔响起，刺得人耳鼓微微生疼。

她望着面前这个自己叫了她二十多年阿姊的人，不再说话，转身便去。

"阿弥——阿弥——是阿姊错了！你不要怪阿姊。求你看在阿姊救过你的分上，叫李穆日后不要杀我——"

她走到门口之时，听到身后又传来高雍容的哀求之声。

她感到胸口一阵闷胀，脚步顿了一顿，未再回头，径直出去，跨出殿门，呼吸了一口外面的新鲜空气，这才觉得稍稍舒服了些。

"夫人，你怎么了？可是哪里不适——"

侍女琼树一直在外等着，见她终于出来，迎来，觉得她面色有些苍白，不放心，低声问道。

"我无事，这就出宫吧——"

洛神朝她笑了一下，迈步没走两步，又感到一阵头晕，身子微微晃了一下，被琼树一把扶住，慌忙叫人。

她定了定神，等那阵晕眩之感过去了，忽然想到了一件事，只是期盼太久了，一时反而不敢相信，心剧烈地怦怦而跳，眼睛里放出了异样的光芒。

"阿姊，你莫生气，小心气坏了自己。本就不该来此的。我看她是疯了——"高桓一脸担忧，不停地安慰着她。

"送我去白鹭洲吧，我想住在那里，等你姐夫来。顺便再去请个太医过来，替我把个脉。"洛神回过神来，强压下飞快的心跳，含笑说道。

二月，大同被攻破，刘建和残余部众往北向匈奴世居之地逃亡，被追击至颓当城，死于乱军。

李穆统军入城，满城匈奴人匍匐于地，战战兢兢，莫敢直视。

西凉国就此覆灭。

这也是继羯夏、西金、北燕等国之后，胡人侵入中原而建的最后一个建制称帝的政权的覆灭。

自虞朝偏安南方以来，中原四分五裂，沦陷陆沉。

多少年来，包括大虞朝廷在内，南朝虽也不乏有志之士相继北伐，却始终无克竟其功者。直到李穆横空出世，今燕然勒功，一统中原。

这个消息宛如插翅，很快传到长安，传到洛阳，越过长江，传入建康，传遍了南朝的八州百郡。

萧室依旧冠有皇室之名，却犹如寒冬枯枝上最后一片死抱枝头的黄叶，已是名存实亡。

新朝将立，此为大势所趋，人心所向。

建康城中，如今人人都在翘首等着李穆的渡江南归。

二月底，李穆南下，在经过西凉国旧都大同之际，停留了几日，安排北方边境的布防之事。

刘建在此称帝之后，曾耗费巨资，效仿汉宫，建造了一座美轮美奂的宫殿，以供自己享乐。先前逃跑之际，纵火焚烧，殿宇毁坏过半。李穆这趟回来经过，命人清理废墟，拟将旧宫改建为粮械仓库。

占据了这片土地多年的匈奴人，如今虽然已被驱逐，但雁门之北，依旧杂居着许多胡族。

刘建虽死，匈奴未绝。为防后患，他拟以大同为中心，在各个要塞戍筑军镇，以长久防御。

夜幕降临，他站在城头的垛口之后，遥望着千里之外的南方，往事一幕幕地浮上心头。

失了家园的少年随母亲南渡过江，身后乱兵追赶，箭矢如雨，他眼睁睁地看着同行之人被射落水中。滚滚江水，瞬间将沉浮其间的所有的挣扎和呼号无情吞噬。

多年之后，此时此刻，倘若能够叫他再遇当日之少年，他终于能够说上一句，当日你所立之誓愿，今日，我已代你实现。

河山虽多疮痍，所幸万古不废，而今，一切从头收拾。

李穆思绪起伏，情不自禁地摊开手，视线落到自己掌心上，那个被铁钉穿过而留的陈年伤疤。

一个军中执事过来，见他低首凝望摊开的手掌，神色凝然，不知他在看什么，更不知他在想什么，一时不敢开口打扰，停在了近旁。

李穆问他何事。

执事这才回报，清理宫殿之时，在一座冷宫之中，发现有异样情况。

凉宫西北之角，几个士兵路过一处少有人经过的废殿，听到里面传出一阵女子压抑的哀哀哭声，循声入内，在一片布着蛛丝尘霾的帐幔之后，看到一个老宫女在低声饮泣，近旁的卧榻之上躺着另一个女子。

女子看起来还很年轻，小腹高高隆起，即将临盆的样子，又蓬头散发，面容枯槁，目光呆滞，仰面躺着，盯着黑洞洞的殿顶，起先一动不动，如同死人，见士兵闯入，那张木然的脸上才露出惊恐而羞耻的表情，她将身子紧紧缩成一团，整个人瑟瑟发抖，嘴里不停地喃喃重复着什么，说的仿佛是鲜卑语。

士兵不懂，问老宫女。老宫女也非汉人，言语不通。士兵疑心这妇人是刘建后宫的遗留之人，便去通报执事。执事找来精通鲜卑语的人，这才听懂，少妇口中念的是"不要碰我"，再盘问老宫女，终于弄清楚了女子的身份。

原来这少妇便是当日和亲西凉的北燕公主慕容喆。

当日在紫荆关，慕容替不告而去，刘建本就战败，又得知慕容喆逃跑，不禁勃然大怒，抓回来后，百般凌辱泄愤，随后发现她有了身孕，便带回大同，投入冷宫。

两个月前，大同被攻破，刘建逃走之时，丢弃了当时已是大腹便便的慕容喆。

经历如此一场非人折磨，慕容喆大病，人更是如同行尸走肉，在这个没有逃走的老宫女的照顾之下，挺着肚子，苟延残喘，直到今日。

慕容喆曾是北燕公主，而如今，鲜卑慕容部的头领慕容西已臣服于李穆。执事自己不能做主，遂来通报，请李穆定夺。

李穆感到意外，没有想到，昔日那个诡计多端、行事不择手段的慕容家的女子，今日会被遗留在此，沦落到了这等地步。

他沉吟了下，说道："传信给慕容西，叫他派人来此处置吧。"

执事应声而去。

李穆低头，再次望向自己手掌上的钉痕。

天地不仁，以万物为刍狗。他从不相信所谓一饮一啄，莫不前定，但冥冥之中，他却真的是何其幸运。

那一年，也是那个渡江而来的少年，被钉在庄园门外，正当绝望之际，那辆乘着小女孩儿的牛车从面前不疾不徐地走过，留下一路悠扬的牛铃之声。

许多年后的今日，回想那日，倘若牛车走的是另外一条道，或早些、迟些走过，或许他便那样死去了。

又或许，他即便侥幸依旧活了下来，但他的人生之中再不会有她的出现。

他无法想象，没有她的人生，他将会是何等模样。

上天是如此眷顾于他。那一日，没有早一刻，没有晚一刻，不早不晚，就是那一刻，女孩儿从他的面前经过，自牛车望窗的一角转脸看向他，投来一望。

便是那一望，将他的两世和那个名叫洛神的女孩儿系在了一处。纵然前世终于遗憾，今生也已全然弥补。

他的眼前浮现出了她曾捉住自己的手，将她柔软双唇贴在他掌心伤处，印下了怜惜一吻的情景。

他慢慢地握紧了手掌，仿佛如此，便能再次感受到当日她留在自己掌心之中的唇吻的温度。

事已毕，尘埃定。

他是如此想念她，恨不得能够两肋插翅，尽快回到她的身边。

李穆是在这一年的三月底渡江南下回到建康的。

高胤、前些时日已南归的蒋弢、朝廷官员、各地郡守等，不下千众，悉数出城。百姓更是竞相拥出家门，夹道相迎。一张张脸上，写满了敬畏和对即将到来的新朝新政的期待和憧憬。

李穆遇到了来接自己的高桓，第一句话，便问洛神。得知她不在城中，这些时日一直住在白鹭洲上，立刻掉转马头，要前往白鹭洲。

"姐夫！"高桓叫住了他。

李穆转头看向他，问他还有何事。

"阿姊她……"

他话说一半，觑了眼显然是连夜赶路而回的李穆，想象着等他自己见到阿姊之时可能会有的反应，又强行忍住了，笑嘻嘻地道："阿姊她很是思念姐夫。知道姐夫你快回来了，这几天怕是连觉都睡不好。姐夫快去吧，莫叫我阿姊等久了！"

李穆觉得高桓有事瞒着自己，只是急着想立刻见到洛神，也不再和他多说什么，狐疑地盯了他一眼，纵马便去。

他放马疾驰，不过半炷香的工夫，便赶到了渡口，乘舟渡水，渐渐靠近白鹭洲，惊动了守卫，见他回来了，惊喜万分，纷纷上前拜见，又要奔去通报，被李穆拦下，命不必惊动夫人，自己走了进去。

建康城中，今日几乎所有的人都走出家门，街道上熙熙攘攘，热闹得犹如过节。而在此处，洲上却是静谧一片。

暮春三月，樱瓣烂漫，蜂蝶穿花，江渚之上，远处一群白鹭振翅飞翔，不时发出几声清越的鸣叫之声，入耳，更添几分幽静。

那扇大门，就在前方不远处了。

这几年间，时光就在这般和她分离又相聚，相聚又分离的反复之中不知不觉地过去。

但这一次，对李穆而言，和往常却有些不同。

取代前朝，登基建制，做这天下的皇帝。一切如同水到渠成，顺理成章。

但在那一刻到来之前，他想要有她伴在自己的身边，和她一道进入建康，受这来自万民的敬拜，做这天下的帝和后。

没有她，便没有今日的自己。

"夫人还是进去吧。李郎君便是今日回来，建康城那边那么多的人和事，等他来这里，想必也不会早了。"

"……我不累。屋里有些闷，在这里站一会儿，也是无妨……"

忽然，一阵说话之声，隔着前头那片花墙，隐隐约约地传入耳中。

李穆心情一阵激动。这些日子，行路所积的所有疲劳，在听到她声音的这一刻全都离他而去。

他晓得她出来是在盼着自己的归来，正要加快脚步现身和她相见，侍女的笑语之声又传了过来，听她说道："如今真是喜事不断啊。长公主前些日来信，道大家的伤已痊愈，很快便能回来了。家中多了七郎君不说，再过几个月，等夫人也生了，便愈发热闹。更不用说，李郎君也归来了。今日城中，不知正如何热闹呢……"

　　李穆的脚步顿了一下，这才反应了过来，一时竟呆住了，有些不敢相信自己的耳朵，忽然想起方才高桓叫住自己说话之时那略带促狭的神色，他终于明白了过来，心跳骤然加快，怦怦地跳个不停。

　　他的妻子，腹中孕育了他的孩子！

　　他就要为人父了！

　　李穆被这种奇妙的感觉给紧紧地攫住，心情激荡，欣喜之情无以复加。

　　他深深地呼吸了一口气，定了定神，朝那声音的方向继续快步而去，迫不及待地转过花墙，抬起视线，望向前方。

　　一个丽人在侍女的陪伴之下，正倚门而立。

　　她穿了一袭浅白色的春衫，襟袖绣了几朵应这时景的樱花，衣衫很是宽大，却也遮不住小腹的微微隆起。

　　她正在笑，颊边露出一双笑窝，犹如一道温纯而安谧的风景，叫人看了便感安心。

　　李穆的目光，从她的小腹慢慢地转到她的脸上，凝望着她，无法挪开自己的视线。

　　洛神正瞧着建康城的方向，遥想和父母阿弟的聚首，李穆归来的盛景，心中无比骄傲，她忽然感到有些异样，下意识地转过头，视线定住了。

　　李穆不知何时已是归来，就站在距离自己不过数步外的那道花墙之畔。

　　这个男子，他的身上还带着行路的风尘，望着自己的目光却是如此明亮有神。

　　"郎君！"

　　洛神没想到，日思夜想的李穆这么快就出现在了这里，惊喜不已，叫了他一声，下意识地朝他跑去。

　　李穆笑着，大步向她迎去，几步跨上台阶，张开臂膀，一下将自己的妻子拥入怀中，紧紧地抱住。

　　夜幕再次降临，铺天盖地地笼罩了整座城池。

　　建康宫中，一座后殿之中，灯火惨淡，映照出殿中那一张张透着沮丧和绝望的脸。

　　刘惠傍晚时接到高雍容的密诏，命他入宫。本来不想去，奈何诏令不断，沉吟了片刻，最终还是出了门，从偏门入宫，悄悄来到此处。

　　高雍容已经卧病许久，先前据说一度病得人都糊涂了，但今夜，除了面容苍白，人消瘦了许多，精神看起来很是不错——甚至可以说，好得异乎寻常。

　　她穿戴整齐，脸色阴沉，一双眼睛闪烁着光芒。

到了的人里，除了刘惠，还有几个宗室亲王。几人相互看了几眼，便向高雍容行拜见之礼——毕竟，只要李穆一日未登基，她一日不退位，便还是南朝的太后。

刘惠草草行礼过后，便问高雍容诏令自己前来的目的。

高雍容的目光扫过一圈众人，咬牙切齿地道："你们这几人，一向得我重用。如今朝廷危如累卵，李穆反贼，咄咄逼人。你们这些人须得尽忠，助我除去李穆，不得推托！"

她话音落下，几个宗室缩了缩脑袋，沉默不语。

刘惠想起白天等待李穆入城之时的情景，心中对高雍容又是鄙夷，又是厌烦，推托道："他兵强马壮，又立了北伐巨功，莫说民众拥戴，就连太后你的本家兄弟，不也转投于他了？太后叫我等来，又有何用？大势已去，不如顺着他，太后日后不定还能保住荣华，何必多此一举？"

高雍容仿佛大怒，猛地拍了一下案面，脸上血色失尽，嘴唇发青，哆嗦着叱道："刘惠，你好大的胆子，竟敢忤逆于我！陛下是我的亲生儿子，平日最听我的话了！只要我在他面前说一句，要你的脑袋，易如反掌！你当我不敢杀你吗？"

几个宗室面露讶色，又飞快地对望了一眼，头愈发低了下去，一声不吭。

刘惠见她双目光芒闪烁，也渐渐觉得她有些不对劲，便敷衍道："臣知罪……但不知太后有何能够克敌制胜的法子？"

高雍容脸色这才稍缓，眼睛里露出兴奋的光芒，压低声道："我要你去见李穆，就说我自愿退位，你哄得他高兴了，趁他不备，你替我一刀杀了他！只要他死了，我便叫陛下让你做宰相。冯卫那个蠢货，半点用处也没有！"

刘惠试探着道："陛下不是已然驾崩了吗？太后何以能让陛下再封我为宰相？"

高雍容脸色一变，怒道："胡说！谁说我的登儿驾崩了？你敢诅咒陛下，莫非你也活腻了？"

刘惠终于确定，眼前这个高雍容，怕是已经神志错乱。当下口中一边敷衍，一边转身，拔腿就走。才走了几步，听见身后一阵脚步声近，还没来得及回头，竟被高雍容一掌狠狠给推到了地上。

"刘卿，你是不听我的话了要去告密，讨好李穆不成？"

他转过头，见高雍容俯视着自己，双目幽幽，语调阴恻恻的。

昏暗的烛火被殿角涌出的风掠动，晃荡了几下，照得她的模样愈发瘆人。

刘惠今夜之所以还肯来这里，确实是存了想要探听她的意图，再去李穆那边告发，以求新君信任的念头。见目的被她戳穿，又被推倒在地，再无顾忌，骂道："你这疯婆子，如今还在做你的春秋大梦！当初若不是你无能，怎会害得我险些被活埋，家财尽散？如今还逼我去刺杀李穆？你当李穆那么好刺杀？你自撒疯，我告辞了！"说完，从地上爬了起来，转身就朝殿外走去。

谁知还没走几步，后背突然一凉，接着，一阵钻心般的疼痛之感从方才那部位传来，迅速传遍了全身。

刘惠僵在了原地，慢慢地回头，才知一把匕首插入了自己的后背。

高雍容手中死死握着那把匕首的刀柄，冷笑道："你既然知道了我的秘密，却不替我做事，背叛于我。想走？没那么容易！你去死吧！"

她猛地拔出匕首，又咬着牙，朝着刘惠继续戳刺，一边刺一边大笑。

血随着她的动作不断地从刘惠的身体里流出。

刘惠拼命挣扎，终于从高雍容的匕首之下逃脱，跌跌撞撞，逃往殿门，逃了几步，又被追上，刺了一刀，再次扑倒在地，撞倒了那排烛台。

烛火落地，烧着了帐幔，火舌迅速蔓延上升。

高雍容咬牙切齿，继续挥刀，胡乱刺杀。

刘惠在地上爬着，身下拖出一道长长的血痕。

在场的几个宗室，被眼前这突然发生的一幕给惊呆了。见高雍容目光狰狞，挥舞着匕首，一下一下地刺着地上的刘惠，状若疯狂，突然转头，两道目光，仿佛射向自己，个个吓得魂飞魄散，哪敢再留，纷纷拔腿逃跑。

刘惠发出的痛苦号叫之声，充斥在起火的大殿之中久久不散。

久别重逢，爱妻有孕，路上所有的辛劳，一扫而空。李穆的喜悦难以言表。

天很快黑了，两人一道用过饭，他牵了她的手，正要到江畔散步消食，忽然看到远处，建康城北的那个方向起了一片红光。

城中仿佛失火了！

没片刻，确切的消息便传递到了两人的面前。

是皇宫起火。最先着火的殿宇便是高雍容所在的那处。

"……高将军已调了人手紧急灭火，命小人来此通报大司马和夫人。火势太大，高太后……已殒命于太初宫的后殿……"传讯人跪在那里，低头停住了。

李穆迅速看了眼洛神，问详情。

那人说："据逃出火场的宗室说，高太后今夜密召他几人入宫，去了之后，才知是要谋划对大司马的不利。同去的还有刘侍中。刘侍中态度不敬，惹得太后不快，又遭刘侍中反讽，太后大怒，摸出一把预先藏起的匕首，胡乱刺倒了刘侍中，他们恐惧逃走，随后，后殿便起了火……"

"宫人先前被命令不准靠近,待发现起火,听到里头传出太后呼救之声,但火势已是很大,进不去了……"

那人还在说着,洛神望着远处夜色之中那簇仿佛跳动着的红光,呆住了。

一只手从旁悄悄伸了过来握住了她的手。

洛神回过神,转脸看向李穆,见他望着自己,目光中隐含担忧,压下心中因这突然消息所致的震惊,定了定神:"我无事,你莫为我担心……"

话虽如此,想起自小到大,曾经的姐妹相处,心底终还是涌出一缕难以言明的悲伤之感,沉默不语。

李穆将她拥入怀中,安抚般地轻轻拍了拍她的后背,低声道:"我先送你回房,我去城中看看。"说着打横抱起了她,入屋将她放在床上,替她盖好被子,命侍女在旁好生陪着,自己匆匆去了。

洛神睡不着觉,也安不下心,睡睡醒醒,一直等着,次日清早,李穆终于回来了。

他昨日抵达,此前风餐露宿,本就辛苦,没怎么歇息,昨夜又出了这事,恐怕早已疲倦不堪,见他回来了,忙起身问他肚子是否饿了,叫人传饭。

李穆双眸带着些血丝,摇头,扶她躺下,叫她再歇着。

洛神鼓起勇气,问宫中失火的情况。

昨夜那场起于太初宫后殿的大火,借助风力,火势很猛,烧了一夜,至五更,才终于灭了下去。

大火不但将整座太初宫焚毁,连带也波及了近旁的几座宫殿。

这倒是其次。

收拾太初宫后殿废墟之时,发现两具死死扭在一起的焦尸,从衣着不难判断,一为刘惠,另一具便是高雍容。

观姿势,显然在失火之后,高雍容想逃出去,被不甘独死的刘惠死死拖住了腿,两人最后一道殒命在了火场之中。

李穆沉吟了下,最终还是隐瞒了详情,只说大火已经灭了,高雍容也不幸殁了。

洛神沉默了片刻,道:"我阿姊,死前想必有诸多不忿吧?"

李穆安慰道:"你莫难过了。放心吧,我必照礼制,厚葬了她。"

洛神向李穆道谢,又朝他微微一笑。

"郎君,你也不必为我担心。阿姊忽然这般死去,我确实有些难过,但你放心,我知道该怎么做。"她叹了一声,"阿姊这般去了,倒是叫我想起了另一个人。"

"慕容替当日占领建康,以我羞辱于你,后那般死去,与我的阿姊,何其相似。"

"我的阿姊，一心固权，险些葬送了建康城和城中之人。慕容替偏执于复仇，为自己的痛苦和屈辱，要让全关中，乃至全天下的人陪葬。在他们看来，他们自己无论做了何事，哪怕天怒人怨，亦有能够说服自己的理由。他们却不知，这世上有人遭受过的苦痛，应当有的仇恨，并不在他们之下。但那人，却不会因为自己的苦痛和仇恨，施加到别人的身上。"

"心若是被恨或欲望填满，哪怕已经做了天下至高的帝皇，也是无法满足。他们落得这般下场，不是别人害的，而是咎由自取。"

"我如此幸运。我的郎君，便是那个和他们完全不同的人。"

她抬眸，凝视着李穆，一字一字地道。

李穆的心底涌出了一阵暖流，将洛神拥入怀中，久久地抱着，不愿松手。

洛神伴着李穆睡了长长的一觉，醒来已是黄昏，日头西斜，半室染金。

耳畔是如此的宁静，只有枕边人发出的均匀的呼吸之声。

她慢慢地睁开眼睛。

他太累了，终于能够放松下来，此刻依旧沉沉地睡着，还没有醒来。但一只手却紧紧地握着她的手，还是没有松开。

握得太久，两人手心相触之处已是沁出一层潮热的汗意。

洛神没有唤醒他，也没有抽出自己那只被他握在掌心中的手。

带着些许睡足刚醒的慵懒，她静静地依在他的身边，感受着犹如带着他体温的暖暖气息的包围，恍惚之间，时光仿佛倒流，回到了那年在义成的那个黄昏。

彼时她初到，便遇围城。也是如此一个斜照满屋的黄昏，她回屋，看到疲惫归来的他为了不弄脏她的床铺，卧在一张条几之上便沉沉睡去。她几经犹豫，靠近替他盖被之时，被他握住了手，她便趴在了他的胸膛之上。

已是过去很多年了，但那个被他握手不放的静静的黄昏，至今想起，依旧如在昨日。

洛神情不自禁朝身畔的男子又靠了些过去，忽然感到一臂搭在了自己的腰上，将她身子揽着，轻轻带了过去。

接着，一只带着火热温度的宽大手掌，小心翼翼地贴在了她隆起的小腹之上，轻轻地抚摸。

他终于醒了。

洛神伸出一条胳膊，搂住了他的脖颈。

李穆吻她，温柔而缠绵，良久才松开，两人额面相贴，微微喘息，洛神听他在自己耳畔低语："阿弥，多谢你了。"

洛神睁眸，和他对望了片刻，唇角微微翘了起来："何事谢我？"

"谢你知我。"

"这些日子，回来的路上，我一直在想，你曾对我言，要做这天下的皇后。"

"阿弥，你是为了成全于我，好叫我无所顾忌，是不是？"

洛神笑了，凑过去轻轻亲了他一口，说："是我想还是你想，又有什么关系？你已经为我退让太多。我早知道了，这个天下，本就没有人比你更有资格君临。"

"郎君，我等这一天已等了好久。如今终于到来，我很是高兴。"

李穆凝视着她，慢慢地收紧了搂住她的臂膀。

天渐渐黑了，李穆怕她饿，起身穿衣，两人一道用过晚饭后，李穆牵了她的手，慢慢散步到了江畔。

一轮皎皎洁明月，从江心冉冉升起，江畔春潮暗涨，花影朦胧。洛神倚在李穆身畔，坐于江畔亭中，听远处阵阵潮声，脑海之中，不觉浮现出了那日自己坠落水潭之时闪现而出的画面。

很久以前，就在脚下的这个地方，也是这一片潮水，无情地吞噬了一个向它走去的女子。

她是何等的不幸，却又何其有幸。

"阿弥，你在想什么？"李穆的手掌轻轻围着她的腰腹，亲了一口她的耳垂，含含糊糊地问她。

洛神转头，凝视着月色下的那人，微笑道："我在想，我的郎君，他不但能平天下，日后，也一定会是一个能定天下的英明之君。"

李穆一怔，随即笑了，道："阿弥，有件事，我想叫你知道。国号定'成'，我欲以长安为都，你以为如何？"

这个即将到来的新的大一统皇朝，以"成"为国号，想来是为记取二人从前以义成为家的那段过往。

比起建康，关中长安，也确实更宜为大国之都。

她点头，说："长治永安，是为长安。愿大成从此太平盛世，永无饥馁，如长安之名，长治永安。"

李穆哈哈大笑，笑声里充满快意。

他牵了她的手，立在江亭之中，面向江北道："古往今来，能长存不废者，唯有这凛凛河山、春江秋月。蒙上天厚爱，叫我这辈子得偿所愿，往后竭尽所能，谋天下太平，便就无憾了。"

洛神笑道："是是，大成开国之陛下英明神武，说什么都是。不如妾身第一个拜见陛下，可好？"说着，笑意盈盈欲真要下拜，被李穆一把抱起。

"阿弥，方才我之所言，还要再加一条。"

他渐渐收了笑，神色转为凝重，望着怀中那张笑颜。

"我李穆，对你之心，亦如江月，永世以继。倘若还有下辈子，再下辈子，生生世世，李穆都愿做回当日那个被你所救的少年。

"阿弥，你可愿意，下回在经过他面前之前，再救他一次？"

洛神望着他，眼眶慢慢地酸胀。

时光回溯，谁又知道，当年幼时那不经意的回眸，结下了如此不解之缘？

而此刻，她的郎君，正在向她许下他的生生世世——倘若这人世间，真的会有生生世世，轮回不止。

她握住了他搭在自己腰身上的那只手，抬了起来，一个指头一个指头地摊平，然后带到自己的唇边。

"不管多少回，我都愿意。"

她说道，低头，在他带着伤痕印记的掌心之上亲了下去。

（正文完）

番外一

归乡

这日，一辆马车和七八名侍从沿着年久失修的残破驿道，由北向南，缓缓而行。

这片夹于江淮之间的地方，多年以来，曾因南北对峙，沦为拉锯的战场，一度是白骨露于野，千里无鸡鸣的景象。今战乱虽平，但道路两旁依旧荒芜，这一路南下，往往连行数日而不见一烟村，直到近日，渐渐靠近这些年渐趋稳定的长江北岸，人烟才得以重现，路上也能看到些商旅往来的踪迹了。

晌午，这行人马在经过一不知名的村集三岔道口之时，停了下来。

路旁有一供往来路人歇脚的茶棚，棚以茅草竹篱所搭，棚下安了几张陋席，里面已坐了几名行旅过客，又七八个从附近农田里垦地归来歇脚的本地村人。一对白头翁媪，正忙着为客烧茶捧食。地方虽然简陋，可喜阴凉干净。马车旁那头戴帽笠、作寻常路人打扮的中年清秀男子看了下日头，低声和车里人说了几句，车门开启，马车里便下来了一个牵着孩童的中年妇人。

妇人素面布衣，以帕包头，打扮普通，容貌却极是秀丽，被那个应是她丈夫的男子扶下马车后，男子又抱下一个清秀男童，三人连同身后侍从入内，拣了空位坐下。

翁媪见一下来了这么多人，很是欢喜，殷勤招待。棚口的村民本正高谈阔论着，忽见来了这一行人，虽衣饰普通，但莫说那看似主人的一家三口样貌超然，便是侍从，亦个个不俗，不敢再肆意高声说话，各自低头吃起早上带出的干粮，悄悄打量几眼。

妇人举止文雅，坐下之后，取手帕细心地替那孩童擦去额头的汗水，见他大口吃着粗粮面饼，显然很是饿了，吹凉面前新上的一盏热茶，自己又试了试温度，方递给那孩童，望着他的目光中，充满慈爱。

男子摘下头上斗笠，执于手上，临时充当扇子，一边替母子二人扇风，一边主动和近旁之人攀谈，问村集的地名和如今的人户之数。

众人见他面带笑容，很是和气，渐渐消除了起先的戒备畏惧之心，争相回答。一人道："此处名叫刘家集，再过去些，便入九江郡了。如今此地已有数百户人家，都是这两年趁了江北太平陆续归来的乡亲。荒废了的地也慢慢种了起来。"

其余人附和。

男子便问收成。得知除前两年勉强度日之外，去年已是稍有余粮，便点头。这时，一老叟叹道："虽说如此，比起早年集里数千民户，如今也就十户剩一了。我幼时逃难离去，如今临老归乡，昔日亲族乡邻安在者，又有几人？"

众人被他言语勾出了伤心旧事，一阵唏嘘，你一言我一语，争相痛骂胡人荼毒中原犯下的累累罪行。

又一人道："从前南边朝廷有个高相公，也是个为国为民的好官，可惜他没能做成咱们人人盼望的北伐之事。没了高相公，幸好又出了个李大司马。我前些年无路可走，投奔去了义成，一家老小，这才侥幸活了下来。如今在那里本已安了家，听说这里太平了，又回来了。但愿从今往后，再不要有战事，叫我一家老小在乡里安生度日，死了入葬祖坟，我便心满意足。"

"刘三儿，你还不知道？大司马不是大司马了！他是上天所遣的天子，有白虎护佑，听说他就要做皇帝了！等李大司马做了咱们天下人的皇帝，咱们的好日子才就真的来了！"

那男童起先因了腹中饥饿，加上这些村人说话带着口音，听不大懂，便没留意，等听到众人口中不断提及高相公和李大司马，看了一眼自己的父亲，眼睛忽然发亮，望向自己的母亲，欢喜地道："阿娘，我听懂了！他们说的高相公和李大司马，是不是就是我的……"

妇人急忙伸手，捂住了男童的嘴，对他摇了摇头。见他不解地望着自己，低头凑到他的耳畔道："小七想得没错，他们说的高相公，便是你阿耶。李大司马便是小七你的姐夫。但你忘了，阿娘先前是怎么教你的？"

男童急忙悄悄看了眼四周。所幸那些人情绪激动，并无人留意到自己方才脱口而出的那话，带了些羞赧，也凑到母亲的耳畔低声道："在外人面前，不好随便提我和姐夫的关系，我记得的。"

妇人含笑点头。

"阿娘，咱们是不是快到家了？我长这么大，还没见过阿姊和姐夫的面，也没见过阿娘和我说过的长江，巴不得快些到才好。"他顿了一下，又郑重地说道，"我想见阿姊他们。还有，我也想看长江是怎样的。"

这妇人便是萧永嘉，带了小七，正随高峤行在南归途中，方才路过此地，想着松泛一下长途坐车的腿脚，便下来小歇，不期却从小七口中听到他如此的愿望，见他一脸稚容，望着自己的一双纯净眼眸中满含着向往和期待，不禁想起了从前被囚之时，为遣寂寞，自己一遍遍向他描述那道分割了南北流经建康的长江之壮阔景象的日子，心中不禁无限感触。

她抬手，轻轻抚摸了下儿子的脑袋，柔声道："阿姊他们也在盼着见到小七的面呢。咱们再这么走些天，很快就能走到长江边了。"

小七双目放光，欢喜地点头。

他母子低声说话之时，茶棚里的气氛因为方才那个话题变得热烈起来。众人纷纷转向商贩，道他们四处走动，最近可有新的消息。其中一个商贩道："你们问我就是问对了人。前些日子我方走了趟建康城，那边的消息再无人比我更清楚了。"

萧永嘉细听。

那商贩开始讲述自己前些时日听来的消息。

李穆入建康时，满城如何热闹，民众如何沸腾。

虞朝那些劫后余生的官员，如何卑躬屈膝，出城迎接。

那夜皇宫的一场意外大火，又如何惊动了整个建康城里的人，第二天消息传开，高太后被烧死在宫中。

那人长年各地贩货，口齿自然顺溜，说得是绘声绘色，便如一切都是自己亲眼所见，茶棚里的众人听得更是入了神，跟着他的描述，或向往万分，或鄙夷嘲笑，等听到那位高太后死于宫中夜火，短暂沉默过后，有人轻声嘀咕了一句"想必是天火收人"，随后便又兴高采烈，围着那商贩，想要追问更多关于新朝的消息。

萧永嘉虽早就看好李穆登基，此前在和女儿的那次通信里，女儿也以恭谨的语气，就此事向自己做过表述，她早就有了心理准备。但也是方此时，经由这商贩之口，才得知这些近况，尤其是高雍容之死，令她颇感意外，一时五味杂陈，出神了片刻，望向丈夫，见他脸上起先带着的笑容渐渐消失，目光凝重，仿佛有所思，当时未开口，又坐了片刻，给那对翁媪留下茶水钱，一行人起身离开。

她回到马车之旁，看着丈夫将小七抱回到车厢里，转头朝向自己，伸手要扶她上去，悄悄握了握他的手掌，低声道："莫非你还是放不下从前？"

高峤一怔，和妻子对望了片刻，忽然大笑。

"当年我未能做到之事，李穆完成了。如今我又接回了你和小七。我之心愿，无不得偿，我还有何放不下，有何遗憾？方才只是被乡人之言触动，忆及从前半生过往，心中一时感慨罢了。"

萧永嘉知大虞皇朝于丈夫的意义，从某种程度上说，甚至比自己还有更多羁绊，方才见他神色，本来有些顾虑，但听他笑声爽朗，并无丝毫言不由衷之意，这才放下了心，微笑道："如此便好。咱们上路吧。"

萧永嘉上了马车，片刻后，忽听身畔童音问道："阿娘，等见过了阿姊，咱们往后要去哪里？"

她将儿子搂入怀中，微笑道："以后咱们一家人再不分开。阿耶和阿娘带你归乡，种菜种花，阿耶教你写字练武，长大以后，你也做一个顶天立地的大丈夫，好不好？"

小七眼睛里闪烁着光芒，用力点头。

道路渐渐变得平坦起来，马车朝着前行的方向，疾驰而去。

番外二

余音

建康。

陆氏旧宅的两扇大门刚刚刷过黑漆，阳光照耀之下，门面显得铮亮而高大，仿佛一夕之间，便恢复了旧日曾经有过的光彩和气派。但走得近些，便不难发现，门口那两只已蹲踞了多年的石狮子身上，至今还留有叛军入门劫掠之时用刀斧斫砍所留下的道道凹痕，一只石狮子的耳朵也残缺不全了，在身后两扇新得刺目的大门的衬托下，那种昔日豪门风吹雨打、盛景不复的败落气息，反而愈发显现。

陆柬之步上石阶，入了大门，走过空旷得仿佛能清晰听到自己脚步回音的穿堂，望着对面闻讯匆匆赶出迎接自己的家仆，眼前依稀浮现出了少年时陆家正当鼎盛的情景。

那时鲜花着锦，这间穿堂，每日从早到晚访客如织。

而今陆家昔日的大部分奴仆都已散了，或自去，或被遣散，眼前剩下的几个都是老人了。

陆柬之面含微笑，向着那几个颤巍巍朝自己下跪，眼中满含激动热泪的老仆点头，随即穿过久未打理、草木杂乱的庭院，回到了自己昔日的住处，推开那扇檐角布了一张残破蛛网的书房旧门。

天色渐渐变暗，他独自坐于案前。

一道斜阳从开着的门窗里照入，照出了案面之上他方才写下的一道请命书。

明日是大成皇朝的开国典礼之日。

一个终结乱世的崭新的大一统皇朝，就此出世。

陆柬之知道，登基为帝的李穆，必然是个英明之主。满是疮痍的土地，会慢慢恢复生机，天下之人，从今往后，必将开始过上安定的生活。

就在前几日，也有了传言，道李穆决定采用分科考试制，不限门第，来彻底取代已沿袭了数百年的官员举荐制。

消息传出，士族子弟无不黯然，而和他们的反应形成对比的，是满街布衣的高歌狂欢和奔走相告。

昔日的一切风流和荣耀，随着旧日皇朝的终结，仿佛陆宅的那两扇大门，纵然再次刷漆，也再不可能恢复旧日曾经有过的光彩了。

而那旧的一切，于陆柬之而言，已没有什么可值得留恋。

他在黄昏中独坐了良久，目光转向屋角，注目了片刻，起身走了过去，慢慢打开尘封的琴匣，下意识般地，手指轻轻拨了几下琴弦。

琴弦并没有流出该有的曲调——因为长久未曾调弄，琴弦已然松了，发出的弦音低沉而喑哑，需要他再紧一下琴轸。

他恍惚了片刻，终于想了起来，这似乎应是一支很久以前，他曾在溪边隔墙和着她的箫声奏过的那一支曲调。

他没有动，指在琴弦之上停留时，隔墙忽然传来一阵吵闹之声。

他走了过去。

是自己的弟弟陆焕之和老仆起了争执。

再过些时日，这座宅邸也将易主，他会带着陆焕之离开这里。那个一直照顾陆焕之的老仆正在收拾屋子。也不知道动了他什么东西，惹了陆焕之的不快，一阵吵闹之后，他紧紧地捏着手中那张纸，号啕大哭，伤心委屈得像个孩子。

他在躺了几年苏醒之后就变成了如今这个样子，糊里糊涂，说话还口齿不清，老仆已经见惯不怪，在一旁低声哄着，见陆柬之来了，才过来诉苦，絮絮叨叨地道："大公子你瞧，就一张破纸，老奴方才收拾屋子，不小心动了一下，二公子便说我要抢走，哭闹个不停，还说不认得老奴，非要赶老奴走。"

他唉声叹气，满脸无奈。

陆焕之醒来之后，好些人都不认得了，所幸记得他这个兄长。陆柬之上去哄他。

看到兄长来了，陆焕之的情绪才平复了些。陆柬之问他手中纸张为何。陆焕之看了下四周，这才小心翼翼地将那张纸递了过来，含含糊糊地说："大兄你瞧，这是阿弥从前写给我的书信。她也喜欢我。我要好生保管着，千万不能弄丢。万一哪日，她记起了我，要来找我，我若是拿不出这封信，她生气可如何是好？"

陆柬之只看了一眼，整个人便怔住了。

那是一张从琴谱上撕下的扉页，瓷青粉笺，上有寥寥数列字迹。

　　那是很久之前，他初次离开建康去往交州，卧床不起，她给他寄来一曲琴谱，对他说，世事不如意者常十有八九，放开心怀，便处处海阔天空。

　　琴谱他曾珍重保管，后来却被他的弟弟陆焕之给偷走了，随后，再无下落。

　　他猜想，它或许已经永远消失了，就仿佛那段云烟般的过往，过去，也就消散无痕了，却没有想到，今日在这里，竟又看到了这残缺的扉页。

　　他回过神来，微笑着，耐心地哄着陆焕之，直到他擦去眼泪，破涕为笑。

　　夜幕渐渐降临，夜深了。

　　书房中未燃烛火，陷入漆黑。

　　一片淡淡的白色月光，从敞开的门窗里照入，照出案上那张纸的一个模糊轮廓。

　　陆柬之终于起身，再次来到那架琴前，摸着黑，用手指慢慢地摸索着琴轸，终于调好了琴弦。

　　他坐于琴后，双手停于弦上，那支曾随了那张扉页到来的琴曲，便从他的指端之下，如流水般倾泻而出。

　　一曲终了，余音不绝。

　　他在黑暗中默坐了良久，终于起身，回到案前，点亮烛台，将那张纸凑近火苗，点着了火。

　　火光燃着纸张，随着纸张的卷起，慢慢地向上吞噬，也照亮了陆柬之的脸庞。

　　他望着在火光中渐渐消失的字，双眼之中跳动着一对火苗的光影。

　　他已想好，待新朝立后，他便上奏，希望能再去交州，再做那里的太守。

　　当初离开时，并未有过不舍，也从未想过，有朝一日，他还想要归去。

　　而今回想，他却怀念起了太守府后当年他时常独自负琴攀登的那座小山头。

　　人人都有自己的归途。

　　他知道，那里便是自己的归途。

　　做一个边陲之地的太平太守，闲来负琴登山，偶尔回忆过往，遥望一眼那看不见的远方，知她与所爱携手，一世安好。

　　于他而言，便就够了。

番外三

登基

新帝登基、大成立国并择期迁都长安的诏书，一夜之间，通告了建康的各部衙署官员，又经由快驿发散出去，短短时间之内，传遍了大江南北。

神元元年，五月十六日，通往皇宫的南朱雀大门开启，那道更名为神元门的原大司马门前的四方广场之上，列队站满了七品之上、四品之下的京官。

左侧的昌和门开启，蒋弢、冯卫等一列文官，身穿朝服，头戴羽冠，从门里走了出来。

右侧的东阳门也同时开启，高胤、孙放之、陆柬之、戴渊等人，亦从门里现身。

这些四品之上的大成官员，有来自长安，这些年一直跟随李穆东征西战的有功之臣，也有前朝的旧臣。今日不论出身，只以文武和位阶排序列班，也正暗合了之前传言的新朝取官之法。

接着，重新选拔组建过的羽林军一列、宿卫军一列，从两门之后跟行到了广场上，分列在跸道两侧。

士兵们皆头顶金盔，身穿铁甲，个个都英伟挺拔，威风凛凛。

所有人面向神元门，神色肃穆，目不斜视，恭敬等候着新帝从门里露面，昭告登基。

辰时正，清晨初升的第一缕阳光，恰好照射在神元门的那片琉璃瓦顶之上，反射出一片耀目的金光。

神元门徐徐向着两边开启。

所有的人，立刻都朝门洞的方向下跪。

无数双眼睛，望向那正在打开的两扇大门。

门洞终于完全开启，高大巍峨。

门洞之后，是一扇又一扇更为深远的宫门。

但在门洞之后，却没有他们等待中的新帝出现。

众人一个愣怔，但是很快，跪在最前的蒋弢和高胤等人已是掉转方向，朝着跸道的方向，重新下跪。

伴随着身后传来的一阵马车辚辚之声，其余愣着的官员纷纷回头，这才反应过来。

原来新帝竟然不在神元门后，而是乘坐御辇来到这里。

高桓身着雪亮铠甲，剑眉星目，唇红齿白，和李协一道，骑马领着身后的一队人马随扈于侧，队伍行进，发出一阵沉重而整齐的脚步声。

"百官恭迎新君圣驾！"

他威风凛凛，发出的声音中气十足，传遍了神元门前广场里的每一个角落。

众人立刻转向，朝着跸道，再次跪拜于地。

广场之上，除了脚下靴履飒飒，肃穆无声。

御辇停下。高桓利落地跳下马背，快步上前，和李协一左一右，开启车门。

李穆从车中走下，出现在了朝臣的面前。

他衮冕衮服，头顶玄表朱里、前后十二旒的帝王冕，身穿日月星山的十二章帝王衮服，神色肃穆，气势非凡，天子之威，尽显无遗。

他现身的一刻，百官无不低头叩首，不敢直视。

"陛下万岁，万万岁！"

众人不约而同，齐声发出了震耳欲聋的山呼之声，屏息敛气，等待着他穿过跸道，走向神元门。

但是接着，令人吃惊的一幕发生了。

李穆并没有立刻迈步向前，而是转身伸手朝向车厢，握住了一只纤纤素手，随后，将那女子从御辇之中，小心翼翼地牵引而出。

百官抬起头，为看到的一幕吃惊不已。

洛神身穿后服，面带微笑，现身在众人的面前。

她身上那厚重的层层后服，亦遮掩不住已隆起的小腹。

大成开国皇帝李穆，便如此牵着他的皇后，在两旁百官的注目之下，踏着跸道，向着前头的神元门缓步走去。

番外四

良宵记

日暮黄昏，陆陆续续下了半个多月的恼人春雨终于止住了。阶前梧桐湿漉漉的，滴着雨，窗畔的海棠花也吸饱了水，沉甸甸的，压弯了几绺细弱的梢枝。一阵带着暖意的湿润夜风徐徐吹过，檐廊下，一排灯笼轻晃，红晕朦胧，花瓣随风飘落。

海棠窗后，洛神坐在布置华美的洞房里，看着镜中女子。女子一副新嫁娘的装扮，双颊霞晕，红唇莹润，一张娇颜足以羞煞窗外的海棠花。

许多年了，她深居简出，早已心若止水，许久未有过如此盛装的打扮。此刻，她凝望着镜中的自己，如梦似幻。

她记得清清楚楚，李穆死后，那些谋害了他的人得偿所愿，从此再无掣肘，但随之而来的，是大虞的厄运。

覆巢之下，无人幸免，始作俑者自食恶果，其中也包括她。

建康城破的那日，她遣散了仆从，带着深深的遗恨和自责投江自尽，葬身在江潮之中……

她分明应当已经死去了，然而睁开眼睛，竟回到了和李穆成婚的这一天。

此刻，李穆还在。然而那锥心般的痛楚和遗恨，却依然萦绕在她的心头，无法退去。

她望向案上摆放着的那一双合卺杯，正出神之时，门外传来了脚步声。有人推门入内，是宫中来的那个伴她出嫁的老媪，她堂姐的乳母。

老媪的到来，令洛神一下清醒。

老媪吩咐侍女退出去后，走到摆放着合卺杯的案前，检查今晚要用的酒杯。

洛神冷眼看着，一阵心寒。

这老媪此刻来到洞房，是在做最后的检查。从前，她竟完全被蒙在鼓里，还以为老媪是出于细心，在为自己准备今夜要用到的重要礼器。

想到即将染血的洞房，和李穆临死之前凝视着自己的那双滴血的眼睛，她不寒而栗。

老媪检查完酒杯，脸上带着笑转身走来，做出慈爱模样，低声叮嘱她："合卺之礼极是重要，一切都已备好。务必瞧清楚了，左边是你的，右边那只酒杯才是大司马的。人分男女，杯有阴阳，万万不可混淆，否则不吉，于你和大司马的婚姻不合。"

唯恐洛神弄错，她用半是关切半是恐吓的语气着重强调了一遍，却未得回应。见洛神双眸定定地盯着自己，神色古怪，便又唤了她一声。

"夫人，方才的吩咐，您可记住了？"

洛神蓦然回神。

老媪打量了一眼面前的美貌女子，暗暗点了点头。

太后的这个阿妹，自多年前守寡之后便隐居了，一直不见外人。亏得太后有眼力，竟看出李穆对她有情，于是设下如此妙计。

确实，也只有如此与世无争的温柔女子，才能叫那李穆放下戒备。

"不必担心，如你这般貌美，世上没有男子能把持得住，何况大司马对你亦是喜欢。记住老身的话，切勿忘行合卺之礼。大司马很快就要来了，老身出去了，恭祝夫人和大司马百年好合。"

老媪叮嘱完毕，这才放心地退了出去。

洞房里只剩下洛神一人了，她心神不宁，有些坐立不安，深深地陷在自己的情绪之中无法自拔。直到那个男子入了洞房，看到他高大身影的那一刻，她的心蓦然安定了下来，甚至一阵心酸，眼睛也跟着发热。若不是极力忍着，怕是当场就要落泪了。

李穆走过来，坐在了高家女郎的身旁。他不敢细看身边的盛装丽人，他的新妇。他只沉默着，浑身绷得紧紧的。空气里飘出一缕脂粉的幽香，他渐渐生出几分燥热之感，后背也沁出了汗。当他转过头，却发现身旁的女子眼角泛红，似在忍泣，愣怔过后，顿时生出了几分自惭形秽之感，苦笑了一下，略一沉吟，开口道："你莫害怕。我知道你不愿意嫁我，我不会勉强你做任何你不愿意的事，你放心便是。"

高贵如她，宛若神女，怎么可能愿意委身自己？

她肯下嫁，必是当朝太后的安排。至于太后的目的，李穆猜测，或为笼络，或是利用她对自己行不利之事。

他和太后一派之间，已到了剑拔弩张的地步。如今双方虽表面还维持着和气，对方在自己的面前也是毕恭毕敬，但那些人是何等敌视自己，他心知肚明。而今北伐在即，有高峤的前车之鉴，为保证后方不出问题，他北上后，朝中的关键位置也会由他的心腹替他牢牢把控着。但这样一来，恐怕会招致太后等人更多的仇恨。

这种时刻，他本应当做的是一心备战。然而鬼使神差的，他竟没把持住自己，应下了婚事。

其实，当日应下婚事后他便后悔了。一来，当下并非娶亲的合适时机；二来，他不愿令她委屈至此。但话已出口，一夜之间，消息便传得尽人皆知，若出言反悔，于他是没什么，但于她，怕招来闲言，颜面受损。

今夜成婚，看她这副心事重重、泫然欲泣的模样，显然自己猜得没错。她应是被太后所迫，内心并不愿嫁他为妻。

洛神见他说完又朝自己点了点头，神色温柔，不禁呆了。

她想起了从前。那个时候，她原本想着，既然答应了堂姐嫁他，那么新婚之夜，纵然不是出自本心，自己也须主动示好，尽到新妇的本分。况且，她从小深受父亲影响，对朝廷的苟安之策并不认同，内心深处，她对李穆也是深怀敬重的。

她原以为太后让自己嫁给李穆，只是为了谋求日后能有一个善终。万万没有想到，太后真实所想会是那样一条毒策。

或是上天怜悯，给了她一个重来的机会。从前她不知道，糊里糊涂地铸下大错也就罢了。现在既然知道了，该如何做无需多言。

她也不知道自己方才在见到他的那一刻为何会如此难受，但他显然是误会了。

她反应过来，慌忙摇头："不是的，大司马，你误会了！我……"

她迟疑了一下，在他的目光注视之中，终于鼓起勇气道："我愿意的！"

是的，梦历一生，醒来后，她对身边男子的感情已是完全不同了。

她明白太后那些人为何处心积虑，要在这样的关头不择手段地杀死面前这个男人，而自己的身份立场，本该和他们一样。然而，亡故的父母、战死的亲人，还有她曾经经历过的噩梦般的一切……她又怎么可能无视？

当她说出这番话后，面前的男子极是惊讶。望着他不可置信的样子，洛神忽然感到一阵心疼。

那杯毒酒是自己递到他手中的，那些动人的话也是自己说给他听的。他信了她，卸下防备，许她一生，却被她害了。她亲手害死了面前这个原本可以为南朝力挽狂澜、弥补天裂的人！可即便那样，到了最后，他还是放过了她。

她高洛神何德何能得他如此的厚待！

如今她已看到了一切，而他什么都不知道。今夜开始，该当由她来保护他，还他对自己的不杀之情了。

醒来后便一直压在她心底的杂念在这一刻全部消失，她犹如卸下了重担，整个人变得轻松起来。她凝视着对面的男子，嫣然一笑。

"只要郎君不弃，我愿嫁你，做你的妻。是真的。妾之余生，能得郎君为夫，是莫大之幸。"

她对他笑，还说出了这样的话！李穆回过神来，一时无法相信自己的所见所闻，甚至怀疑她如此对待自己是另有所图。

但他很快打消了疑虑。

人的嘴可以撒谎，但眼睛会出卖内心。她的眼神是如此诚挚、如此温柔，在她凝望自己时，李穆感觉到了来自于她的满腔爱怜之情。

怕酒气招来她的嫌弃，今夜他饮酒不多，然而此刻，他已然醉了，整个人都晕眩了起来，有一种受宠若惊之感。

怎么可能？她怎么可能看得上自己？

少时虽有幸和她偶遇，得她相救，但已经太过久远了。如今她早已长大，不再是他记忆中的那个小女孩了。这些年，他和她距离最近的一次，还是几年前的宣城之围。当日，他救她时，她正落难，不可谓不狼狈。但即便是那样的情状，她对自己除了言谢，也没有别的情绪表露，始终维持着矜持。他想不明白，今夜她怎么突然放下身段，对自己态度大变。

这不是弱者对强者的低头和顺服，她对他怀有感情，他清清楚楚地感受到了这一点。

李穆定定地看着她。娇面含着笑意，眼眸映了烛光，宛若落入星辉，美得不可方物。李穆的胸中泛出无法抑制的强烈的喜悦之情，手心越发潮汗，心更是怦怦怦地跳了起来。

他少时历经苦难，这些年又戎马倥偬，早已惯看风云。今夜，是他生平头一回失态至此。

曾无数次闯入夜梦的女子就在他的身畔，向他诉着她对他的柔情。他怎么可能好运至此？

他怕自己的粗鲁会吓到她，忍着立刻将她拥入怀中的念头，定了定神，起身走到食案前，提起酒壶，就要往案上摆着的那一双酒盏里注酒。

"你乏了吧？饮了这杯酒，休息吧——"

"不要碰！"

李穆手一顿，停了下来，转头便见她已是快步跟上扯住了自己的衣袖，仿佛那酒盏是什么能咬人的东西。

他不解地望着她。

洛神看了眼门的方向，靠近李穆，踮起脚尖。唇附到他的耳畔。

随着她的贴近，李穆的鼻息里钻入了一股来自她的幽幽暗香，连带着她的发丝也像是存心不肯放过他般，顽皮地搔过他的脸庞。他的心神为之一荡，还没反应过来，便听到她附耳和自己说道："倘若没猜错的话，你的杯中有毒。"

绮念顿消。

他怔了一下，低头望着案上那只正静静摆着的酒盏，端起来凑到鼻下嗅了嗅气味，又对着烛火照了照杯底——杯底泛着一层异样的蓝汪汪的颜色。

他神色凝重地放下酒杯，走到门后，忽然打开了门。庭院远处的角落里，几道暗影仓促躲藏，迅速消失在了树影之后。

他的眼中掠过一道凌厉的光。

洛神忐忑地望着他的背影，见他站了片刻，回头看了自己一眼，随即迈步走了出去。李穆召来亲信，低声吩咐了一番，回来后，关上门停在了门口。

他沉默了半晌，问她："你肯下嫁于我，本是为了配合太后，要在今夜害我？"声音听起来异常的低沉。

看到他用如此眼神看着自己，洛神心里忽然难过极了。

"郎君，你听我说。我原本不知阿姆的计划。她找到我，央求我嫁给你。她说她害怕将来你会容不下她和陛下，希望我能帮她。我信了，便答应了她。我真的没有想到，她另有图谋，求我嫁你，是为了让我骗你喝下毒酒……"

洛神慌乱中说完，才蓦然惊醒，懊恼不已。她怎么蠢笨到了如此的地步！这种解释，还不如不说！

果然，李穆没有任何反应，他的身影仿佛凝固住了。

她开始心慌，眼眶也再次发酸。

"你相信我，我是真的不曾想过害你！半分也不曾有过！"她的声音已是带着哭腔，还有深深的委屈。

他慢慢地走到她的面前，凝视着她泛红的美眸。

"我李穆于你不过只是一个外人，你为何帮我？"他问。

洛神微微仰面，迎视着男子的注目，没有闪避。

"李穆，你是南朝仅存的希望，我父亲的遗憾只有你能替他实现。若我不知道自己被人利用也便罢了，既然知晓了太后的阴谋，又怎么可能是非不分加害于你？"

李穆再次陷入了沉默，他望着她，片刻后，面上缓缓露出一缕笑意，接着，他后退了几步，站定。洛神惊讶地看着他朝自己恭恭敬敬地行了一个拜谢之礼，礼毕，他直起身。

"夫人，"他用敬称唤她，"李穆不才，得夫人信任至此地步，感恩满怀，无以为报。请夫人放心，我必倾尽全力，不负夫人所望。至于太后那里，也请夫人不必顾虑。我知你和太后姊妹多年，你处境两难，我不会令你为难。只要太后悬崖勒马，看在你的面上，今夜之事，我不予追究。但是日后——"他顿了一下，"倘若他们一意孤行，到时得罪，还望夫人见谅！"

洛神心中涌出了几分淡淡的伤感。

她和太后注定是要分道扬镳的。曾经的姊妹之情早已如同流水，一去不返了。

她凝视着他，轻轻摇头："我明白。你已仁至义尽，我很是感激。"

她说完，两人便对立着，谁也没再开口说话。

红烛静燃，香炉喷雾。香雾袅袅缠绕，散入空气。

李穆举目，环顾四周。

他日常一贯从简，但这间房屋却极为华美。这是他为迎娶面前的高氏贵女，特意命人加以布置的，就怕委屈了她。如今，说心中没有失落自然是假，但他岂会强人所难？

他的目光再次落到对面女子的脸上，用平静的语气打破沉寂："婚事既是托词，想必夫人也是不愿嫁我的。我还是那句话，绝不敢勉强。今夜不早了，夫人请休息吧，往后夫人想要如何，李穆必定遵从。"

他说完，转身朝外走去。

"你去哪里？方才我对你说的话你都忘记了吗？你是不管我了吗？我为了你开罪太后，你北伐在即，若就这般丢下我走了，我要怎么办？"她冲着他的背影喊道。

此刻洛神哪还管什么矜持，她只知道，无论如何也不能叫他走出这扇屋门。

耳中传来她声声质问，语气中仿佛还带了几分哀怨。

或许，她说的都是真的？

李穆心跳再次怦然。他在原地停了片刻，慢慢转身，对上了一双正紧紧盯着自己的美眸。

他用带了几分不确定，试探地问道："夫人此言何意？夫人是说……"

"叫我阿弥。我的家人都是如此称呼我的！"洛神打断了他口口声声的"夫人"之称。

阿弥。他在心里默默念了一遍。

真是好听啊，她的小名。但是自己真的能够这样唤她吗？

"阿弥……"在她那双美眸的注视下，他迟疑着，终于，照着她的吩咐，唤出了她的小名，"你……当真愿意嫁我李穆为妻？"

几乎没有任何的停顿，他看见她点头。

"是，只要郎君你愿意娶我！"她的语气极是肯定。

也不知哪里来的勇气，她说完，抬起手，在他注目之下，自己拔去了金钗，任云鬟垂落。接着一件件地褪去了衣裳。

灯花跳跃，幽室寂静，暗香袭人。眼前玉人肌肤胜雪，美得不可方物，叫人不敢直视。

李穆只觉心头一阵狂跳，全身血脉偾张，口干舌燥，手足却又仿佛被缚，无法动弹。

是梦，还是幻？

洛神站在他的面前，等了片刻，见他还是没有反应，一时羞愧难当，眼眶发热，咬了咬唇，恨恨地道："罢了！你若不愿，我也不会勉强大司马。"

她忍着泪，转身正要去取方才被自己褪下的衣物，身子便落入了一个坚实而有力的怀抱之中。

那个呆愣的男子如梦初醒般阻止了她的举动，将她搂入怀中，接着，他低下头，炽热的唇落在了她的面颊之上。

洛神轻舒双臂，缠绕在了他的脖颈上，宛若无骨，唇在他耳边呢喃："送我到榻上去。"

李穆双手微微颤抖，照她的命令将她抱起，送到了床榻之上。锦帐随之垂落，挡住无尽旖旎。

他是武夫，对她却极尽温柔，甚至还带了点笨拙和小心翼翼。良宵红烛，当和风细雨转为疾骤，荡出的涟漪渐渐平息下去，两人依旧紧紧拥在一起。

洛神闭目缩在他的怀中，慵懒倦怠又心满意足。他却仍在一遍遍地亲吻着她，仿佛想以此证明一切都是真的，不是他的梦境。

"阿弥……阿弥……"

洛神听到男人在耳边喃喃地轻唤她的名，她睁开眼眸，转过脸，对上了一双深沉如墨却含着浓得化不开的柔情的眼眸。她的唇角微微上翘，主动靠上去吻了吻他的嘴角。

"郎君，你不累吗？"她已是倦极。

李穆深深地望着她，忽然笑了起来，他终于松开她，仰躺在床上，闭着眼睛回想着今夜发生的种种，随后发出一道低低的叹息："阿弥，你莫笑我，我只是不敢相信这都是真的。"他睁开眼睛，转过脸看着她："我李穆何德何能，让你对我如此之好？"

"郎君，假如，我是说假如，假如今夜我不知太后阴谋，叫你喝下了这杯毒酒，你会杀我复仇吗？"她凝视着他的眼眸，问道。

李穆一怔，笑意消失。他沉默了片刻，慢慢摇头："阿弥，我不好骗你。倘若当真如此，我也不知到了那种时刻，我究竟会如何做……"

"你不会杀我，哪怕是我害了你的性命。"在他略带迷惘的目光注视之下，她一字一字地说道，"无论我怎样对你好，比起你对我的好，都是远远不够的。"

"郎君，你听好了，我嫁你，不是你之幸，而是我之幸。从今往后，无论你去哪里，我都要跟你一起走。我要和郎君一起，一生一世，永不分离！"

她的话，一字一句，印入他的心底。

他仍有些困惑，但这无关紧要。她对自己的情感真真切切，他能感觉得到。他用手指轻轻绘着她的面容，最后双手深深地插入她的长发，捧着她的头，带着她，将她再次拥入自己的怀中。

"好。"

他回她以应许，深深地吻住了她。

洛神从长长的午梦中醒来，人还沉浸在梦中的情景里。

她感到心中充盈着满足之感，慢慢睁眼，转过脸，正要去看身旁还在熟睡的儿子，忽然视线一顿。

李穆不知何时也回了寝宫。大约是不想惊醒她，便和衣卧在了床榻的外侧，伴着她和儿子沉沉入睡，尚未醒来。

时光荏苒，他登基已有一年，她也顺利生下了儿子。

他们的孩子，是随了李穆所缔造的大成帝国一道来到这个世上的，一出生便被封为永安王，以寄国泰民安之愿，为天下所瞩目。

在她顺利生下孩子后，此前来到新都的高峤和萧永嘉也带着小七离开去往江东。他们出行并非是单纯的游山玩水，也为体察民情，督查官吏。

多年战乱，如今的国事千头万绪，最需要的是休养生息，整顿地方官吏，将朝廷所定的国策落到实处，让民众恢复正常生活，为将来治世打下坚实基础。

高峤主动提出愿为女婿分担事务，李穆对他极是感激。小七终于见到了心心念念的阿姊，还做了舅舅，欢喜无比，很是舍不得和阿姊还有流口水的小外甥分开。但他也向往读万卷书、行万里路，最后还是和他的皇后阿姊依依惜别，跟着父母踏上了属于他的成长之路。

高桓也跟着高峤和萧永嘉一同上了路。临别之时，小七偷偷告诉洛神，他会帮她盯着六兄高桓，免得他又出去闯祸，得罪女郎。至于起因，说来话长。

高桓外出行猎时，为抢夺马道，与人发生了肢体冲突。怎料到，高桓人未老、眼先昏，竟没认出和他争猎的骑士是个女郎，不但冒犯了对方，失手之下，还差点伤了对方心爱的坐骑。那女郎极是生气，好一阵不依不饶。

那女郎出身本地大族，家族在迁都之时立下大功，极有名望。况且帮理不帮亲，确实高桓有错在先，洛神知道后便将那女郎召到面前，问如何才肯谅解。一番问话之后，洛神意外喜欢她爽利的性格，女郎对当朝皇后本就极是倾慕，便当场作罢，再不寻高桓的麻烦。

事情总算皆大欢喜，唯独高桓觉得极是没趣，不想再留在京中，免得再撞见那女郎，正好获悉伯父伯母要走，他便提出同行。

几天前，李穆收到了岳父的书信，当中还夹了封小七写给他皇后阿姐的信。小七年岁虽小，却已能自己写信了。他告诉洛神，阿爹阿娘一切都好，六兄很好，自己也很好，请阿姐和姐夫放心，不用记挂他们。他还说，等到年底，六兄会回往长安，他可能跟着六兄一道回来，到时候就又能见到阿姊、姐夫和他的小外甥了。

洛神十分欢喜，当即提笔给小七回了一封信，对他说，她和姐夫还有小七的小外甥一起等着他的归来。

至于李穆，天下初定，政务之繁可想而知。

洛神知他应是倦了，才会这样便睡了过去。她慢慢起身，正想替他盖被，却见他动了动，眼睛虽还闭着，手已经伸过来将她压了回去，又顺势搂她入怀，人也跟着靠了过来。他亲了亲她的面颊，含含糊糊地道："你陪我再睡一会儿，等下我就要起来了……"

洛神替他盖好被子，随即温顺地靠在了他的怀里，继续这难得的小憩。

他的怀抱宽厚而温暖，她静静地聆听他沉稳而有力的心跳之声，慢慢闭上眼眸，又想起了她在梦中看到的那个世界。

那个世界里的新婚之夜不再喋血，她和李穆心心相印，彼此许下了一生的诺言。

她知道那是真的。在那个世界里，他们也将携手前行，便如现世，一切安好。

（全文完）

图书在版编目（CIP）数据

春江花月.终章 / 蓬莱客著. —— 成都：四川文艺
出版社, 2022.6
ISBN 978-7-5411-6358-6

Ⅰ.①春… Ⅱ.①蓬… Ⅲ.①言情小说－中国－当代
Ⅳ.①I247.5

中国版本图书馆CIP数据核字(2022)第068819号

CHUNJIANGHUAYUE.ZHONGZHANG

春江花月.终章

蓬莱客 著

出 品 人	张庆宁
出版统筹	刘运东
特约监制	王兰颖
责任编辑	邓　敏
特约编辑	马春雪
营销编辑	刘玉瑶
封面设计	小莫设计
责任校对	段　敏

出版发行　四川文艺出版社（成都市锦江区三色路 238 号）
网　　址　www.scwys.com
电　　话　010-85526620

印　　刷　天津旭丰源印刷有限公司
成品尺寸　160mm×235mm　　　　开　本　16开
印　　张　39.5　　　　　　　　　字　数　730千字
版　　次　2022年6月第一版　　　印　次　2022年6月第一次印刷
书　　号　ISBN 978-7-5411-6358-6
定　　价　78.00元（全二册）